갈라지는 │욕망들

갈라지는 욕망들

한영인
평론집

창비
Changbi Publishers

학업을 중단하고 제주로 떠나온 지 9년이 되었다. 공교롭게도 그 기간은 내가 비평을 쓴 시간과 정확히 겹친다. 비평을 쓰기 위해 학업을 그만둔 건 아니었지만 학업을 그만두고 내가 할 일이라곤 비평을 쓰는 것밖에 없었다. 그래서일까. 한때는 비평을 쓰는 일이 마치 절박한 자기증명의 몸부림처럼 느껴지기도 했다. 하지만 다행히도 비평은 누군가의 쓸모를 입증하는 데 그다지 큰 효능을 발휘하는 장르의 글이 아니었다. 비평이 처한 곤경은 역설적으로 사사로운 자기증명을 초월하는 비평의 존재론을 사유하도록 이끌었다. 여기 묶인 글들이 그 사유의 귀결을 집약하고 있다고 말할 수는 없다. 단지 그 깨달음에 이르려는 모색의 흔적을 담고 있을 뿐이다.

어린 시절부터 글을 쓰며 사는 삶을 꿈꿨다. 하지만 그 글이 문학비평이 될 줄은 몰랐다. 나는 세상에 존재하는 다양한 형식의 글에 매료되어왔으며 때로는 그 흉내를 내보느라 여러 날을 앓기도 했지만 문학비평만큼은 예외였다. 비평을 흥미롭게 따라 읽기 시작한 후에도 고집스레 독자의 자리를 고수했을 뿐 그와 비슷한 글을 써볼 생각은 품지 않았다. 비평은 정치적으로 예리하고 윤리적으로 급진적이며 사상적으로 풍요로운 동시에 예술적으로 아름다운 텍스트의 결정체가 아니던가. 확실히 나 같은 사람이 넘볼 글이 아니었다.

비평의 후광 앞에 지레 겁먹은 대가는 혹독했다. 한편의 평론도 써본 일 없이 덜컥 비평가가 되어버린 나는 모든 걸 새롭게 배워야 했다. 무엇보다 '한국문학 비평'이 고유하게 계발해온 내재적 문법에 적응하는 것이 급선무였다. 동시에 비평의 생산을 추동하고 유통의 방향을 결정하는 물질적이고 제도적인 힘과도 대면해야 했다. 적응에만 진력해서는 제대로 된 적응에조차 실패하고 만다는 이중과제론의 통찰은 내 경우에도 어김없이 들어맞았다. 기존 비평의 한계를 극복하려는 의지 없이 이루어지는 적응 노력이란 기실 지나간 폐습의 무의미한 반복에 불과할 따름이라는 엄연한 사실이 글을 쓸 때마다 분명해졌던 것이다. 그 과정에서 나를 괴롭히던 자기증명의 강박도 조금씩 잦아들었다. 자기를 증명하려고 진력하는 글은 역설적으로 증명하려는 자기가 얼마나 초라한 존재인지를 보여줄 뿐이라는 사실을 깨닫게 되었기 때문이다.

내가 비평을 시작할 무렵에는 어느 때보다 비평의 쇄신을 둘러싼 목소리가 드높았다. 기존 비평의 문법을 채 익히기도 전에 그것을 극복할 묘안까지 짜내야 하는 곤혹이 시시각각 엄습했다. 다양한 사건들의 소용돌이 속에서 보다 예리하고 급진적이며 풍요로운 동시에 아름다운 언어가 내 안에서 자라나기를 바라는 소망이 또렷해졌다. 하지만 여기 실린 글들이 그 소망에 얼마나 가까이 다가섰는지는 냉정하게 따져봐야 할 문제다.

제1부에는 '전환 시대의 비평 논리'라는 거창한 제목을 달았다. 눈치챘겠지만 리영희 선생의 저서 제목을 허락 없이 빌렸다. 만성화된 경기침체에 더해 기후위기까지 맞닥뜨리게 된 오늘날 한국 소설의 주체들은 과거 산업사회가 약속한 번영의 미몽에 여전히 붙들려 있으면서도 동시에 파

멸이 예정된 작금의 경로에서 이탈해 더 나은 세계와 접속하고 싶다는 모순된 욕망을 체현하고 있다. 나는 이 존재들이 발신하는 모순적인 욕망을 성급하게 추인하지도 단호하게 단죄하지도 않고 다만 이해하고 역사화하고자 노력했다. 나는 그 과정에서 '욕망의 갈라짐'이라는 개념을 떠올리게 되었다. '욕망의 갈라짐'은 중의적인 의미를 담고 있다. 이 개념은 먼저 이제까지 한국사회에서 지고의 선이자 인생의 달성 목표로 기능했던 세속적 욕망과 이를 확대재생산해온 다양한 기제들에 결정적인 균열이 발생했다는 사실을 지시한다. 이것은 기존의 재생산 논리가 한계에 도달한 결과라는 점에서 주체의 능동적인 실천의 결과로만 소묘될 수 없다. 하지만 그 외부의 강제에 맞서 새로운 '자기의 테크놀로지'를 구상해야 하는 과제는 어디까지나 주체의 능동적인 실천 영역에 할당되어 있다. 분명한 건 소설이 바로 그와 같은 새로운 테크놀로지의 활발한 실험장이라는 사실이다. 그리하여 '욕망의 갈라짐'은 기존의 세속적 욕망을 지탱하던 구조의 균열을 지시함과 동시에 다른 욕망의 분기점을 표상한다. 앞서 언급한 주체의 능동적인 실천은 우리가 살아온 방식과 구별되는 다른 삶의 형태를 소망하게 하는바, 그것은 우리가 과거와는 다른 욕망을 갖는 존재로 변화해야 한다는 명령을 내포하기 때문이다.

지나간 세계가 주조해온 욕망은 점점 지속 불가능하거나 달성 불가능한 것으로 판명되고 있다. 그러나 이를 대체할 새로운 욕망의 성격은 불분명하다는 점에서 현시대는 일종의 전환기이자 위기의 시대이다. 물질적 부와 정신적 허세를 향한 낡은 산업사회의 욕망이 모습만 달리한 채 강화될 위험은 여전히 커다란 가능성으로 현존하고 있다. 새롭게 피어난 빛이 예정된 파국으로 달려갈 연료가 될지 아니면 근대의 모순과 위기를 극복할 희망의 단초가 될지 아직은 알 수 없지만 잊지 말아야 할 것은 여기서도 적응과 극복의 동시성이 중요하다는 사실이다. 기존의 욕망을 체념적으로 수락하는 적응의 논리만큼이나 우리 이웃의 삶에 깃들어 있는 세속적 욕망을 근본주의적으로 단죄하는 논리도 우리가 맞닥뜨린 문제를 해결해나가는 데 걸림돌이 될 뿐이다. 극복을 염두에 두지 않은 적응이 손쉬운 투항에 불과하다면 적응을 염두에 두지 않는 극복은 주체를 환멸과 원한의 사슬에 깊이 묶어두기 쉬운 까닭이다. 옳음을 정당하게 지향하면서 어떻게 환멸과 원한에 빠지지 않을 것인가? 나에게는 이 물음이 가장 어렵고 또 중요하게 다가온다.

제2부에는 문학과 윤리의 관계를 검토한 글들을 배치했다. 비평이 문학의 윤리를 본격적으로 묻기 시작하면서부터 윤리는 동시대 작품의 성취와 한계를 가늠하는 규준이 되었다. 하지만 문학에서 윤리가 내포하는 의미 지평은 시대에 따라 조금씩 달라져왔다. 알다시피 윤리는 1990년대에 타락한 세계에 맞선 개인의 투쟁을 상상적으로 승인하기 위해 적극적으로 도입되었다. 하지만 단독자로서의 개인이 세계의 폭력에 맞선 낭만적 저항의 최종심급이 아니라 일상의 폭력을 무반성적으로 (재)생산하는 미시적 장치일 수 있다는 섬뜩한 깨달음 이후 윤리는 보다 세심하고 관계지향적인 것으로 변모했다. 모든 시대의 문학은 그 시대 고유의 윤리와 대결한다. 그렇다면 오늘날 한국문학은 어떤 윤리적 전장 위에서 고투하고 있으며 그 전투가 누락하고 있는 것은 무엇인가? 여기 묶인 글들을 통해서 나는 문학이 감당해야 하는 새로운 윤리적 지침을 내세우기보다 그 지침의 완성을 위해서라도 마주하지 않을 수 없는 물음의 목록을 제출하려 했다.

제3부에 실린 글들은 제도로서의 비평을 고민한 흔적을 담고 있다. 앞서 언급했듯 비평은 추상적인 글쓰기 형식인 동시에 매우 물질적인 제도이기도 하다. 비평가가 되어 그 제도에 연루되기 전까지는 그 제도의 독특한 동학에 대해 알기 어렵다. 나 역시 마찬가지였고 그 과정에서 여러 의문과 고민에 사로잡히곤 했다. 제도를 일종의 하부구조처럼 간주하며 조악한 토대결정론을 펴는 사람들을 바라보며 느낀 답답함과 실제로 내

가 쓰는 글의 방향에 구체적인 영향을 미치는 제도의 힘 앞에서 느꼈던 당혹감과 무력감이 이 글들의 행간에 기입되어 있다. 내가 느낀 답답함과 당혹감, 무력감이 컸던 탓인지 설익고 감정적인 대목이 여러 군데 눈에 띄어 민망하기도 하지만 그만큼 내 감정에 직핍한 글들이기도 하다.

마지막 제4부에는 작품론을 배치했다. 다양한 작품을 읽고 그와 대결하는 시간을 얻게 된 것은 비평가로서 행운이자 축복이기에 앞서 무엇보다 쉽지 않은 훈련의 시간이었다. 여기 실린 글들이 해당 작품의 진면목을 가장 잘 드러내는 단 한편의 글은 아닐 것이다. 하지만 훗날 누군가가 그 작품을 다시 찬찬히 살펴보려 할 때 결코 지나칠 수 없는 하나의 이정표를 마련하겠노라는 포부를 품었음은 밝혀둔다.

그간 쓴 글을 모아놓으니 정치적으로 예리하고 윤리적으로 급진적이며 사상적으로 풍요로운 동시에 예술적으로 아름다워야 한다는 비평의 본령으로부터 내가 얼마나 멀리 떨어져 있었는지 알겠다. 그럼에도 9년 동안의 비평가 생활을 통해 좋은 비평에 대한 내 나름의 기준을 세우게 된 것만으로도 내게는 적지 않은 수확이다. 물론 이 수확을 나 혼자 거뒀을 리없다. 물정 모르는 청년을 때론 날카롭고 때론 따뜻하게 지도하고 격려해주신『창작과비평』의 동료 편집위원들이 아니었다면 나는 지금도 엉뚱한 곳을 부유하고 있을 것이다.

창비 편집위원으로 일하게 된 이후 나는 편집부의 탁월한 역량에 자주 감탄했다. 그곳에서 처음 만난 진혁은 문학출판부로 자리를 옮겨 이 책을 꼼꼼하게 손봐주었으니 귀한 인연의 이어짐에 감사할 따름이다. 어디 창비뿐일까. 쉽지 않은 환경에서 오늘도 작품을 읽고 쓰며 자신의 생각을 아낌없이 나누어주는 동료 비평가들로부터의 배움과 소통이 없었다면 여기 실린 글들은 한심한 독백에 지나지 않았을 것이다. 이 자리를 빌려 함께 비평을 쓰는 동료들께 감사한 마음을 전한다. 특히 이 책에 담긴 명백한 결점에 기꺼이 눈을 감고 온기 넘치는 격려의 말로 부족한 책의 마지막을 채워주신 김나영 평론가께 고마운 마음을 전하고 싶다.

전업 평론가로 9년을 버틸 수 있었던 것은 아내 정지민 덕분이다. 속 깊고 현명한 그녀가 내 곁에 있어주지 않았다면 여기 이 글도 없었을 것이다. 부족한 사위를 언제나 유쾌하게 감싸주시는 장인어른과 장모님, 그리고 아래층에 살면서 언제나 아들 내외를 염려와 사랑으로 지켜봐주시는 아버지와 어머니의 마음도 이 자리에 각별히 기록하지 않을 수 없다.

2024년 5월, 귀덕리 다락방에서
한영인 씀

차례 책머리에 004

제1부 | 전환 시대의
비평 논리

'뉴노멀' 시대의 소설

◆

김세희와 김봉곤의 소설[1]

1. '소확행': 뉴노멀 시대의 테크놀로지?

에리히 프롬(Erich Fromm)은 『소유냐 존재냐』에서 근대 산업사회가 내걸었던 '위대한 약속'의 핵심으로 "만인에게 해당되는 부르주아적 삶이라는 이상"을 꼽은 바 있다. "무제한의 생산, 절대적 자유, 무한한 행복이라는 삼위일체"는 근대 산업사회가 고안해낸 새로운 정치적 복음의 핵심 교리였으니 이는 누구든지 자본의 번영을 믿는 자로 하여금 지상에서 미증유의 행복을 누리게 해주리라는 달콤한 언약이었다. 하지만 오늘날 그 약속을 곧이 믿는 사람은 거의 없다. "보편적 부르주아라는 이상"[2]은 계층적 양극 분해 속에서 용해되어버렸으며 우리의 삶은 만성화된 불황과 경제위기에 무방비로 노출되어 있는 형국이다.

---

1 이 글은 김세희 소설집 『가만한 나날』(민음사 2019), 김봉곤 소설집 『여름, 스피드』(문학동네 2018)와 그의 단편 「그런 생활」(『문학과사회』 2019년 여름호)을 다룬다. 이하 이들 작품 인용 시 본문에 작품명과 면수만 표기.

2 에리히 프롬 『소유냐 존재냐』, 차경아 옮김, 까치 1996, 12면.

'뉴노멀'(new normal)은 이와 같이 일상화된 경제적 위기 상황을 지칭하는 개념이다. 주로 "2008년 세계 금융위기 이후 선진국이 직면한 침체 상태를 지칭하는" 뉴노멀은 단순히 거시경제적 성과의 부진을 말하는 데 그치는 것이 아니라 기존의 발전모델이 제대로 작동하지 않게 되는 구조적 위기 요인을 의미한다.[3] 그런데 흥미로운 건 저성장과 불평등으로 대변되는 한국의 뉴노멀이 고도성장의 혜택을 누려보지 못한 청년 세대들에게 커다란 좌절과 불만을 안겨주는 동시에 작지만 결코 간과할 수 없는 삶의 여러 중요한 변화들을 초래하는 동인으로도 작용하고 있다는 점이다. 한국사회의 경우 현재의 희생을 바탕으로 한 축적이 미래의 개인적 번영을 낳으리라는 믿음이 흔들리면서 비로소 있는 그대로의 현재를 감각하는 일의 중요성에 눈을 떠가는 모양새다.

'소확행'은 뉴노멀 시대에 변화한 사회의 일면을 드러내는 유행어라는 점에서 주목을 끈다. '작지만 확실한 행복'을 의미하는 '소확행(小確幸)'은 무라카미 하루키(村上春樹)의 수필집 『랑겔한스섬의 오후』(김난주 옮김, 백암 1994)에서 처음 사용된 용어로 알려져 있지만 김난도 서울대 교수팀이 『트렌드 코리아 2018』(미래의창 2017)에서 한국사회의 새로운 트렌드로 지목하면서 일약 오늘날 시대정신을 반영하는 유행어로 떠올랐다. 하지만 현재 소확행에 대한 사람들의 평가는 박한 편이다. 소확행이 "정치가 퇴보하거나 정체됐을 때 되풀이해 등장하는 징후"이며 인간을 "배불리 먹여주고 소소한 취미활동에 몰두하게 해주면 정치고 자유고 관심 없는 존재"로 격하시키는 통치술의 일환이라거나[4] 애초에 소확행의 정신이 무엇이었든 그것은 현재 소비주의적 마케팅 용어에 불과하다는 냉소적 반응이 대표적이다. 이런 비판의 근저에는 소확행이 부르주아-중산층이 될

---

3 이와 관련해 구체적인 설명은 이일영 「뉴노멀 경제와 한국형 뉴딜」, 『뉴노멀 시대의 한반도경제』, 창비 2019 참조.

4 「'소확행'의 시대는 불온하다」, 『주간동아』 1174호, 2019.1.25., 6~7면.

수 있으리라는 희망이 꺾여버린 주체가 현실에서 취하는 체념적이고 수동적인 대응에 불과하다는 판단이 자리 잡은 듯하다. 자조적인 맥락에서 소확행을 입에 올리는 경우 역시 마찬가지다. 거기에는 주어진 작은 것에 만족하며 살아갈 수밖에 없는 현실에 대한 푸념과 원망의 정서가 강하게 묻어 있다. 이렇듯 소확행이라는 단어가 유통되는 사회적 맥락을 감안해보면 그 단어에서 모종의 긍정적인 가능성을 추출해내기란 거의 불가능에 가까워 보인다.

하지만 소확행이 단지 저성장과 불평등의 뉴노멀 시대를 살아가는 사람들로 하여금 적당히 현실에 만족하고 살라는 세뇌에 불과한 걸까. 소확행에는 변화한 사회경제적 조건에 능동적으로 대응하고자 하는 주체의 실천이 자리할 여지가 전혀 없는 것일까. 소확행의 기본정신이 욕망의 통제를 통해 삶의 만족을 획득하려는 데 있다면 거기에는 자신의 욕망을 반성하고 적정한 삶의 형식을 스스로 정립하려는 능동적인 움직임이 필연적으로 요구되지 않는가. 이런 질문들을 따라가다보면 의외로 근대 산업사회가 제시한 '위대한 약속'이 (거짓으로 탄로 났음에도) 아직 우리에게 뿌리 깊게 남아 있지 않은가 하는 생각도 든다. 어쩌면 프롬이 말한 보편적 부르주아에의 이상은 그 불가능성이 폭로된 지금에도 여전히 모두가 도달해야 할 사회적 욕망으로 기능하고 있는 건 아닐까.

오해와는 달리 소확행은 보편적 부르주아-중산층을 꿈꾸는 평범한 사람들의 욕망이 포기되어야 한다고 주장하지 않는다. 그런 생각만큼 소확행과 거리가 먼 것은 없다. 소확행에서 중요한 건 주체의 욕망을 '통제'하는 것이지 '포기'시키는 것이 아니다. 소확행은 그 점에 있어 '욕망의 포기'가 아니라 '욕망의 통제'를 역설하는 고대 그리스의 '엔크라테이아'(enkrateia) 정신과 통하는 면이 있다. 미셸 푸코(Michel Foucault)에 따르면 엔크라테이아는 "욕망과 쾌락의 영역에서 저항하거나 싸울 수 있게 해주는, 그래서 그것들을 확실히 지배할 수 있도록 해주는 자기지배의 능동적 형태"[5]이며 이는"단순히 욕망을 가지지 않는 것을 의미하는 것이 아니라 자기 자신에 맞게 욕망하는 것을 의미"[6]한다. 물론 이제까지 소확행이 한국사회에서 자기지배의 능동적 테크놀로지로 기능해왔다고 말하기는 어렵다. 하지만 우리는'작고 확실한 행복'을 추구하는 것에 내재된 자기지배의 능동적 가능성을 새롭게 창안하고 전유함으로써 이제까지와는 다른 소확행의 정치적 가능성을 탐문해볼 수도 있을 것이다.

'작고 확실한 행복'을 추구한다는 건 즉물적인 만족을 주는 쾌락에 탐닉한다는 것이 아니다. 진정한 소확행을 위해서는 자신을 만족시켜줄 '작고 확실한 대상'이 어떤 것인지를 스스로 찾아가는 과정에서 자신의 욕망의 움직임을 관찰하며 과연 내 삶에 있어 '적절한 욕망'의 크기와 형태가 무엇인지를 거듭 묻는 일이 요구되기 때문이다. 이 점에서 소확행은 에리히 프롬이 제시한 이분법을 아슬아슬하게 비껴간다. 가령 프롬이 비판하는 소유적 실존양식에서 행복은 최대치의 쾌락으로 정의되며 이때의 행복＝쾌락은 무한히 증식하는 것을 본령으로 삼는 자본처럼 결코 만족을 모르는 것으로 상정된다. 하지만 소확행은 행복＝쾌락의 자기증식 운동이 결코 영원할 수 없으며 그것이 약속하는 미래의 행복이란 반드시 현재의 희생을 요구한다는 사실을 반성적으로 인식해야 한다는 점에서 근대 자본주의가 내세우는 축적과 재생산의 논리에 일정한 거리를 둔다.

축적의 논리가 지배적이던 한국사회에서 현재는 미래를 위한 예비적 자산의 성격이 강했다. 하지만 지금과 같은 구조화된 저성장 국면에서는 시점 간 선택(intertemporal choice)에 있어 현재에 대한 시간 선호(time preference)가 더욱 커질 수밖에 없다. 이렇듯 미래에 대한 원근법적 구상력이 파괴되면 현재는 커다란 의미의 공백으로 떠오르게 된다. 소확행

---

5 미셸 푸코『성의 역사 2: 쾌락의 활용』, 문경자·신은영 옮김, 나남 1990, 83면.
6 안현수「푸코의 주체화와 자기 생성의 문제」,『문화와 융합』제41권 제2호, 2019, 1060면.

은 그 결핍을 '작고 확실한 무언가'로 채우려는 시도이며 이는 개별적 주체만큼이나 다양한 '자아의 테크놀로지'를 요구한다. 이때 글쓰기가 '자아의 테크놀로지'와 맺어왔던 밀접한 관련을 염두에 둔다면 소확행 시대의 소설 쓰기가 이전과는 다른 결을 지니리라는 예측도 충분히 가능하다.[7] 현재에 대한 새로운 인식은 필연적으로 지금 이 순간을 살고 있는 자기 자신에 대한 강조로 나타나게 마련이므로, 최근 한국 소설에 "무시무시한 '돌파력'을 갖는'" "'나'에 관한" 이야기와 "철저한 단독자적 자기 긍정"[8] 이 범람하는 이유의 일단을 여기서 찾을 수 있겠다. 관련해 오늘날의 "문학은 표면적이고 얄팍한 세계로, 허영심과 속물들 주변의 현실로, 그리고 '이생망(이번 생은 망했다)'과 '소확행' 사이에서 방황하는 너무나도 주관적이지만 보편적인 삶들에게로 향해 가는 중"[9]이라는 견해도 있거니와 아닌 게 아니라 오늘날 뉴노멀 시대의 소설들은 프롬의 이분법을 비웃기라도 하듯 소유와 존재를 둘러싼 삶의 양태를 공히 변경하면서 현실을 살아내기 위해 분투하고 있다.

2. '소확행'의 (불)가능성: 김세희의 소설

김세희(金世喜)의 소설에는 소확행 시대를 통과하는 인물이 마주하는 공포와 슬픔을 민감하게 다루는 장면이 여럿 등장한다. 「그건 정말로 슬

---

7 글쓰기와 '자아의 테크놀로지' 사이의 관계에 대해서는 미셸 푸코 『주체의 해석학』, 심세광 옮김, 동문선 2007, 381~96면 참조.
8 노태훈 「'나'로부터 다시 시작하는 문학사」, 『문학들』 2018년 가을호, 44~45면.
9 박인성 「얄팍하고 한갓된 세계로의 귀환」, 『문학과사회 하이픈』 2018년 겨울호, 43~44면. 물론 여기서 박인성이 말하는 '소확행'은 "표면적이고 얄팍한 세계"에 거하는 주체의 피상적인 반응이라는 점에서 내가 새로운 정치적 가능성으로 전유하고자 하는 '소확행'과는 다르다.

폰 일일 거야」가 대표적인데, 이 소설은 오랜 연인인 진아와 연승이 연승의 학과 선배인 소중한의 집에 방문하는 장면으로 시작한다. 연승보다 앞서 학교를 졸업하고 사회에 진출한 진아는 스스로를 "현실적이고 앞가림을 잘하"며 "먼저 사회생활을 시작해 실제적인 조언을 해줄 수 있"는 (11~12면) 존재로 여기지만 두살 연하의 남자친구 연승은 어렵게 들어간 회사에 그녀와 상의도 없이 사표를 내놓은 상태다.

자신이 하고 싶은 일을 "마음속으로만 품고 한없이 지연시키"지 않고 "더 늦기 전에 원하는 일을 하고 싶다"(12면)며 직장을 그만두고 영화감독에 도전하는 연승은 미래를 위해 현재를 희생시키기를 거부하는 소확행적 가치관을 보여주는 인물이다. 연승이 "자기 일을 하는 선배"(16면)라며 존경심을 표하는 독립 다큐멘터리 감독 소중한이나 환경단체에서 일하는 소중한의 아내 역시 현재 자신이 느끼는 만족을 삶의 우선순위에 놓고 살아간다는 점에서 소확행 시대의 주체와 부합하는 면이 있다. 그러나 이들을 바라보는 진아의 시선은 그리 탐탁지 않다. 진아가 소중한 내외의 삶에서 느끼는 당혹과 공포의 출처는 다분히 물질적이다. 소중한이 몰고 다니는 "낡은 회색 봉고"(19면)나 "거실이라고 할 만한 공간이 없"(24면)고 "적나라한 살림살이"(27면)를 숨길 수 없을 만큼 비좁으며 "추운 날 세탁기를 돌리면 왜 아랫집에 물이 새는지 이해"(41면)할 수 없는 소중한 내외의 남루한 거처는 진아로 하여금 연승이 소중한과 같은 길을 걸어간다면 그녀의 미래 역시 이 변두리 동네의 낡은 집에 갇히게 되리라는 지극히 현실적인 비감에 사로잡히게 만든다.

이렇듯 이 소설은 계층적 하강의 위기와 상승에의 욕망이 강하게 부딪히면서 서사적 긴장감을 생성해낸다. 중산층의 삶에 편입될 것이냐 아니면 소중한 내외처럼 소확행을 실천하며 도시 변두리 거주민의 삶을 살 것이냐. 현실적이고 자기 앞가림 잘하는 진아가 어떤 선택을 할지는 명확해 보인다. 그녀가 연승과의 관계를 계속 유지할 것인가와 관계없이 그녀는 결코 변두리 주변부의 삶을 받아들이지 않을 것이다. 그녀에게 소확행은 '경제적 하류지향(下流志向)'에 불과하기 때문이다. 진아가 느끼는 불안과 우울은 「현기증」의 주인공 원희도 공유한다.

「현기증」의 원희와 상률은 부모 몰래 원룸에서 함께 사는 중이다. 다니던 은행을 그만둔 원희는 반영구 화장을 배우기 위해 학원에 다니며 상률에게 경제적으로 의지하고 있는 형편이다. 상률은 지금 사는 원룸은 둘이 살기엔 너무 비좁다며 이사를 추진하고 결국 둘은 "작은방과 주방, 그리고 큰방이 기차처럼 일렬로 배치된"(60면) 낡고 오래된 집 하나를 구하게 된다. 그 집엔 아무런 가구와 가전이 딸려 있지 않아서 원희는 상률의 강권에 못 이겨 중고 가전제품을 취급하는 곳에 가게 된다. 그곳에서 그녀는 자신이 "신혼부부인데 혼수를 장만할 돈도 없어서 이런 캄캄한 지하에서 중고 가전제품을 둘러보고 있는 처지"(76~77면)로 비칠 거란 사실에 급속도로 우울해지고 만다.

> 그녀의 머릿속에서 결혼은 이런 게 아니었다. 언젠가 결혼이란 걸 하게 된다면 설레는 마음으로 집을 보러 다니고, 성가시지만 행복한 고심 끝에 가구를 결정하리라고 생각했다. 텔레비전에서 봤던 장면들이 떠올랐다. (…) 이런 식은 아니었다. 돈도 없고 소속된 직장도 없는 처지에서 이런 일을 치를 거라고는, 이렇게 참담한 심정이리라고는 생각하지 못했다. (81면)

어릴 적 텔레비전을 통해 결혼과 신혼생활에 대한 막연한 환상을 키워왔으며 타인의 시선을 경유해 스스로의 비참함을 증폭시키는 원희는 소확행 시대의 에마 보바리(귀스타브 플로베르의 소설 『보바리 부인』의 주인공)이다. 하지만 보바리가 화려한 파리의 부르주아적 삶을 동경했던 것에 비해 소확행 시대의 보바리가 꿈꾸는 건 기껏해야 아름다운 결혼식, 반듯한 집, 깔끔하고 새것인 가전제품 정도로 그 욕망의 크기가 볼품없이 쪼그라들어 있다. 그렇지만 보바리가 지금까지 허영과 사치의 상징으로 회자되듯 원희 역시 상률에게 "사람이 분수에 맞게 살아야지"(82면) 따위의 힐난을 듣게 되고 마침내 참아왔던 설움이 터져버리고 만다.

난 대단한 걸 꿈꾼 게 아닌데. 대단한 것들은 언감생심 꿈꿔본 적도 없는데. 내가 바란 건, 아주 작은 것이야. 그게 그렇게 허황된 바람인가? 내가 이정도도 바라지 못해? 이걸 바란다고 이렇게 분수도 모르는 사람 취급을 당해야 해? (83면)

소확행이 빠른 시간 안에 우리 사회를 대표하는 유행어가 될 수 있었던 건 "아주 작은 것"에 대한 욕망조차 청년들에게는 거대하고 충족 불가능한 것으로 체감되기 때문이다. 그런데 문제는 그 '작고 평범한 것'에 대한 욕망에 통제를 가하는 힘이 주체의 내면이 아니라 외부로부터의 강제로 인식될 때 주체가 그것을 일종의 폭력으로 경험하게 된다는 데 있다. 타인의 욕망을 — 특히 여성의 욕망을 — 손쉽게 사치나 허영으로 규정하는 순간 소확행은 내적인 충만함을 표방하는 '자기의 테크놀로지'에서 타인의 욕망을 함부로 규제하려는 폭력으로 전환되고 만다. 그런 점에서 「현기증」은 욕망을 통제함으로써 스스로를 통치하는 자아의 주인이 될 것을 주문하는 소확행이 타인의 정당한 사회적 욕구에 대한 '가스라이팅'으로 변질될 우려가 있으며 청년 세대에게 더 나은 미래를 제시하는 데 실패한 기성질서가 기만적으로 취하는 이데올로기로 활용될 위험이 있음을 경고해준다.

처음부터 소확행에 대해 냉담한 거리를 유지하는 진아와 달리 원희는 경제적 궁핍을 대면하면서 자신의 선택이 얼마나 안이하고 낭만적인 것이었는지를 뼈저리게 깨닫게 된다. 행복의 대상이 될 작고 확실한 무언가를 얻기 위해서는 돈이 필요하며 그 돈을 안정적으로 확보하기 위해서는 역설적으로 작고 확실한 것에 만족하는 삶만으로는 안 된다는 것이 그 깨달음의 골자다. 진아와 원희 모두에게 세상은 잠시라도 멈추면 굴러떨어지고마는 컨베이어 같은 곳이며 그 세계에서는 벨트 위에서 부지런히 달리는 것만이 생존을 위한 유일한 정언명령으로 작동한다. 그 세계는 또한 커다란 비율의 감가상각이 적용되는 곳이어서 현재에 만족하다간 결국 그 현재조차 지킬 수 없게 된다.

「가만한 나날」「드림팀」「감정 연습」 등에서 사무실이 주된 공간적 배경으로 등장하는 것도 이러한 세계 인식과 무관치 않다. 사무실은 자본주의의 최전선에 위치한 유닛(unit)이며 그 유닛의 일차적인 목표는 그 자신의 생존이다. 「가만한 나날」에서는 포털 사이트의 정책에 따라 블로그 홍보 대행업체가 하루아침에 통째로 사라짐으로써 자신이 발 디딘 근거지가 얼마나 취약한지가 폭로되며, 두 명의 인턴 중 한 명만 살아남아 정직원이 되는 「감정 연습」의 세계는 생존하지 못하는 존재에게는 삶의 무대가 애초부터 할당되지 않는다는 사실을 일깨운다. 이렇게 존재가 순식간에 삭제되거나 애초에 기입조차 될 수 없으리란 공포가 압도적인 삶의 규정력으로 군림하는 곳에서 '작지만 확실한 행복'이 설 자리는 없다.

김세희의 소설에서 소확행이 불가능한 이상이자 철없는 소리로 그려지는 건 단지 경제적인 이유 때문만이 아니다. 그녀가 제기하는 물음은 좀 더 근본적이다. '소유적 실존양식'에 흠뻑 젖어 살던 우리가 갑자기 소확행을 통해 충분한 정신적 만족을 느끼는 게 가능할까. 어쩌면 그건 현실과 정면으로 부딪치지 않으려는 사람이 내세우는 자기기만적 술책은 아닐까. 기존 세계의 욕망을 내면화하고 있는 우리가 소확행이라는 단어 하나로 거기서 빠져나올 수 있을까.

연승은 가끔 자기 과 선배들, 동기들과 후배들에 대해 말했다. 선배들 중에 제일 높은 자리까지 올라간 사람이 누구인지, 누가 제일 유명하다든지 또는 누가 제일 돈을 많이 번다든지. 그러고는 장학금 때문에 우리 학교에 입학한 것이 자기 인생에서 가장 큰 실수라고 했다. 시골에서 내가 뭘 알았어야지. (…) 내가 수리 영역만 빼고 수능 성적이 전부 1등급이었어. 말했나? 나중에 보여줄게, 고향 집에 아직도 수능 성적표 안 버리고 있어. (38~39면)

성적, 학벌, 직위, 연봉 같은 지위재의 소유 여부로 사람을 판단하는 연승의 태도는 기성사회가 설계해놓은 욕망의 틀을 반성적으로 성찰하고 스스로의 내적 만족을 추구하는 소확행의 이념과 배치된다. 푸코식으로 말하자면 거기에는 예속화에서 벗어나 자기 스스로를 구축해가는 주체의 능동적인 실천이 결여되어 있는 것이다. 연승은 자신이 내린 소확행적 선택과 자신의 실제 욕망 사이에 내재한 모순을 극복해내는 데 있어 진정성 있는 실천의 노력을 보여주지 못한다. 극복은커녕 그 간극을 정직하게 응시하고 있는지조차 의문이다. 그렇다면 진아가 연승이 "세상에 원한을 품"고 "일그러져가는 모습"(52면)을 떠올리며 불안한 예감에 사로잡히게 되는 건 단지 경제적 하강의 위험 때문이 아니라 자신이 어떤 사람인지 진솔하게 대면하지 않으면서 자기가 원하는 걸 좇으려 하는 연승의 모순에서 비롯한다고 볼 수 있을 것이다.

이 인상적인 장면을 통해 김세희는 소확행의 가능성과 불가능성의 조건을 동시에 타진한다. 앞서 강조했듯 소확행은 기존의 가치관과 규범, 혹은 지배적인 생산양식과의 급격한 단절을 선언하는 혁명의 언술이 아니라 일상에서 자아를 돌보고 배려하는 스스로의 힘을 조금씩 키워가는 점진적인 살림의 기법(art)에 가깝다. 주체를 급격하게 기존의 체계로부터 탈주체화하는 단절의 도입이 아니라 이상과 현실 사이의 모순을 자기 내부에서 조금씩 화해시키는 힘을 기르게 만드는 실천이라고 할 수도 있겠다. 그렇기에 여전히 기성사회가 제시하는 우승열패의 도식을 반성하지 않고 살아가는 연승 같은 인물은 소확행의 포즈를 취할 뿐 진정한 소확행적 주체가 되기는 난망하다. 거기에는 주체의 실존을 변화시켜 지금과는 다른 존재가 되고자 하는 부단한 실천적 노력이 부재하기 때문이다.

하지만 이른바 소확행 시대를 통과하고 있는 우리 자신은 과연 연승과 얼마나 다른가. 소확행이라 해도 좋고 '욜로'라고 해도 상관없을 그 유행 속에서 우리는 스스로가 어떤 욕망을 가진 존재이며 어떤 욕망을 포기할 수 있고 어떤 욕망을 끝내 놓을 수 없는지에 대해 얼마나 근본적으로 되물으며 살아가는가? 일견 소확행과 무관하거나 그에 냉소하는 것처럼 보이는 김세희의 소설이 역설적으로 소확행 시대의 탁월한 소설적 성취일 수 있다면 그건 바로 우리를 이와 같은 정직한 물음 앞에 거듭 닦아세우기 때문이다.

3. '탕진의 에티카': 김봉곤의 소설

푸코는 그의 이력 후반기에 주체의 실존양식과 관련해 에리히 프롬의 이분법(소유냐 존재냐)에 비견될 만한 인상적인 이분법을 제시한다. 그건 주체가 진리와 관계 맺는 방식에 관한 것으로, 거칠게 요약하면 고대 그리스 헬레니즘-로마 문화 전반을 지배하던 '자기배려'와 '데카르트의 순간' 이후 나타난 근대적 태도인 '자기인식' 사이의 구분이다.[10] 자기인식은 진실에 접근하기 위해서는 머리로 아는 게 중요하다고 생각하는 태도로 거기서는 앎 자체가, 즉 인식이 특권화된다. 그에 반해 자기배려는 "진실에 도달할 권리를 갖기 위해서는 주체가 자기 자신을 변화시키고 변형하며 이동하고 어느 정도와 한도까지는 현재의 자기 자신과는 다르게 될 필요가 있다는 점을 전제"[11]한다는 점에서 자기인식에 비해 실천적이

---

10 미셸 푸코 『주체의 해석학』 39~63면 참조.
11 같은 책 59면.

며 관계적이다.

이와 같은 자기배려의 전통을 따라 진실이 "주체의 존재 자체를 내기에 거는 대가로만 주체에게 부여"[12]되는 것으로 볼 수 있다면 김봉곤(金蓬坤)의 소설 속에 빈번하게 나타나는 '사랑에 빠지는 남자들'이야말로 자신의 존재를 사랑이라는 불확실한 내기에 아낌없이 겂으로써 주체의 진실에 다가가고자 하는 인물들이라 할 수 있을 것이다. 김봉곤 소설의 인물들에게 사랑은 삶을 구성하는 여러 요소들 중 하나가 아니라 삶을 추동하는 근원적 에너지(리비도)여서 사랑하지 않는 인물은 삶의 생기를 잃고 잔뜩 시든 모습으로 등장한다("나는 더이상 사랑하는 사람이 아니다. 그 사실은 나를 자격 없는 사람으로 만든다. 힘이 없다", 「컬리지 포크」 13면). 김봉곤의 소설은 흡사 리비도의 왕성한 활동을 서사의 추동력으로 삼아 사랑의 생로병사를 종횡무진 탐구하는 기계와 같다.

『여름, 스피드』에 등장하는 김봉곤의 사랑은 너무 빨리 태어나 금방 늙고 항상 아프다가 끝내 죽는다. 먼저 너무 빨리 사랑이 탄생하는 장면들, 가령 낡은 포니 픽업트럭에 앉아 상대의 얼굴을 보자마자 사랑에 빠져버리거나(「디스코 멜랑콜리아」) 스치듯 만난 이후 평소에 생각조차 하지 않았던 사람을 다시 만나자마자 사랑에 빠져버리거나(「라스트 러브 송」) 상대를 처음 보자마자 홀딱 빠져버렸다고 고백하는(「Auto」) 인물들의 과도함은 어떤가? 사랑의 대상보다 사랑하고야 말겠다는 '대상 없는 의지'가 선행하는 것 같은 이 인물들을 어떻게 이해해야 할 것인가? 푸코의 '자기배려'가 "과도함을 방지하는 데 주력함으로써 쾌락을 활용하고 조율하는 것을 목적"[13]으로 하는 것이라면 이렇게 '무절제하게' 사랑에 빠져버리는 김봉곤 소설의 인물들은 자기배려와는 딴판으로 거리가 먼 것 아닐까?

---

12 같은 곳.
13 도승연 「철학의 역할, 진실의 모습: 푸코의 자기-배려 논의를 중심으로」, 『한국여성철학』 제18권, 2012, 157면.

이쯤에서 소확행 시대를 대표하는 또 하나의 유행어인 '탕진잼'을 소환해야겠다. '탕진잼'은 재물 따위를 흥청망청 다 써서 없앤다는 뜻의 '탕진'과 재미를 뜻하는 '잼'을 합친 신조어인데 소확행 시대의 청년들에게 '탕진'씩이나 할 가산(家産)이 있을 리 만무하다는 점에서 이 유행어는 전형적인 반어이다. 실제로 그들은 문구점에서 천원짜리 볼펜을 마구 사재끼거나 인형뽑기 기계에 아낌없이 오백원짜리 주화를 넣으면서 탕진의 카타르시스를 만끽한다. 김봉곤의 소설에도 이러한 탕진의 기운이 넘실거린다. 그의 소설에서는 무엇이 탕진되는가? 그건 주체가 지닌 사랑하는 능력이다. 김봉곤 소설의 인물들은 마치 텅 비워버려야 비로소 다시 채워질 수 있을 것처럼 자신의 사랑(하는 마음)을 강박적으로 탕진한다("세상을 여태까지와 다르게 바라보아야 한다는 강박, 눈으로 주워 담은 새 세계의 에너지를 모–든–것에 대한 사랑으로 옮겨가기, 그걸 다시 남자에게 집중시키기", 「라스트 러브송」 132면). 그렇지만 이 탕진은 과도할지언정 방만하지 않다. 오히려 거기에는 어떤 대상에 존재의 모든 것을 걸어본 사람에게서만 발견할 수 있는, 이를테면 '탕진의 에티카'라 할 만한 것이 담겨 있다.

김봉곤이 구축하는 '탕진의 에티카'는 마음을 아낌없이 비워내는 탕진의 실천을 통해 사랑의 진실에 가닿으려는 의지에서 비롯하는 것이며 그의 소설에서 글쓰기는 그 의지를 현실화하는 데 있어 핵심적인 '자아의 테크놀로지'로 등장한다. 김봉곤에게 글쓰기는 지나간 사랑의 끝에서 과거를 최대한 진실되게 기억하려는 윤리적 행위와 다름없다. 기억이 다른 무엇보다 중요한 서사적 능력이며 기억을 통해 "사물을 소멸시키는 죽음의 폭력과 화해"[14]할 수 있다는 벤야민(Walter Benjamin)의 말을 빌리자면 김봉곤에게 글쓰기는 자신의 온 마음을 탕진시키며 수행해온 사랑을

---

14 발터 벤야민 「이야기꾼: 니콜라이 레스코프의 작품에 대한 고찰」, 비평동인회 크리티카 엮음 『소설을 생각한다』, 문예출판사 2018, 162면.

무화시키는 시간의 풍화작용에 맞서 자신이 투신했던 사랑의 실천을 최대한 진실에 가깝게 기억하려는 행위로 볼 수 있을 것이다. "글을 쓰는 행위가 이제는 삶을 살아가는 한 수행 방식"(「Auto」 208면)이 되었다는 소설 속 인물의 말은 그래서 단순히 흘려들을 수 없다. 김봉곤에게 사랑과 글쓰기는 주체의 진실에 접근하는 동일한 차원의 통로임을 드러내는 대목이기 때문이다. 그런데 김봉곤의 '탕진의 에티카'에는 (당연하게도) 경제적 합리성에 대한 관심이 결여되어 있다. 마치 세속의 타산이 사랑의 순수성을 부패시키기라도 하는 것처럼, 오로지 순수한 탕진만이 사랑의 윤리를 담보할 수 있는 것처럼, 김봉곤 소설의 인물들은 앞뒤 재지 않고 사랑의 심연으로 갈급하게 투신한다.

주인만을 바라보는 강아지처럼, 개가 주인을 따지지 않듯 별 볼일 없는 남자에서부터 꼴값하는 남자에 이르기까지 좋아할 구석을 어떻게든 찾아내 듬뿍 사랑했다. 그렇다고 내게 돌아오는 사랑이 있었느냐? 하나도 없었다면 거짓이겠지만 수지가 터무니없이 맞지 않은 것은 사실이었다. (「라스트 러브 송」 132~33면)

글쓰기에 있어 거리감의 상실이 언젠가 나를 완전히 소진시키고 말 것이란 두려움 속에서도 그것을 멈출 수 없었다. 정념에 휩싸이지 않고서는 글을 썼다는 기분이 들지 않았고, 정염 없이는 시작할 수조차 없었다. 헤퍼지지 않고서는 도무지 버티질 못했다.

나는 하나도 미니멀하지 못한 인간이었다. 나는 경제적 인물이 아니며, 아무런 재화를 창출하지 못한다. 사치와 낭비를 억제하지 못하고, 내 감정도 절제하지 못한다. 이 글을 쓰며 내가 한 일이라고는 그에 대해 생각하고, 기억하고, 떠올리고 그것을 잇는 것이 거의 다였다. 그리고 그것이 나에게는 진짜였다. (「Auto」 217면)

터무니없이 믿지는 사랑만 하는 사람. 마구 헤퍼짐으로써 스스로의 몸과 마음을 탕진하지 않고서는 견딜 수 없는 사람. 우리는 이 인물들의 '무절제함'에서 조르주 바타유(Georges Bataille)를 떠올리게 된다. 바타유는 『저주의 몫』(조한경 옮김, 문학동네 2000)에서 인간의 소비를 크게 두가지로 나눈다. 하나는 개인들이 생명을 보존하고 생산활동을 지속시키는 데 필요한 최소한의 비용으로 표시되는 소비이며 다른 하나는 원시사회에서 나타났던 것으로 생산과 관련없는 사치, 장례, 전쟁, 도박, 예술 등에 관련된 소비이다. 바타유는 후자의 소비를 '소모'라고 부르는데 그는 소모야말로 인간의 '자기의식'을 진정으로 드러내주는 것이라 주장한다.

제한 없는 소모는 다른 사람들에게 나의 내밀한 부분을 드러내 보여준다. 그래서 소모는 고립된 존재들을 소통하게 해주는 길이라고 할 수 있다. 격렬하게 소모하는 사람들끼리는 모든 것이 투명하고, 모든 것이 열려 있고, 그리고 모든 것이 가능하다.[15]

바타유가 말한 투명함은 김봉곤 소설의 인물들이 사랑할 때 가닿고자 하는 궁극의 지향이기도 하다("좀더 과격해지라고, 드러내어달라고, 천박해지라고, 있는 그대로를 보여달라고도 말하고 싶었다", 「컬리지 포크」 33면). 그의 인물들이 품는 알고 싶다는 욕망("나는 모르겠다" "나는 알고 싶다", 「컬리지 포크」 50면)은 단지 상대방의 속마음만이 아니라 자기 자신과 자신을 둘러싼 세계의 모든 것으로, 존재 자체를 격렬하게 소모하는 탕진의 행위를 통해 획득되는 투명함을 요구한다. 하지만 그 투명함을 위

---

15 이영석 「바타유의 『저주의 몫』에 나타난 증여와 존재의식」, 『프랑스문화예술연구』 제28집, 2009, 324~25면에서 재인용.

한 격렬한 소모는 항상 '나'만의 것이기에, 상대는 결코 그 격렬한 소모의 윤리적 탕진에 동참하지 않기에, 김봉곤의 사랑은 때로 일방적이고 자주 아프다. 「여름, 스피드」의 '나'는 결국 영우로부터 자신에게 친구가 되어달라는 말을 하는 진짜 이유에 대해 듣지 못하며, 「그런 생활」의 연인은 '나'를 속인 채 "불특정 다수와 섹스 약속을 잡"(192면)는 등 바람을 피운다. 하지만 김봉곤은 격렬하게 소모함으로써 투명해지고자 하는 '나'와 자신을 속임으로써 상대까지 속이고 마는 불투명한 타자 사이에 놓인 심연에 가까운 불일치를 이제 단순한 분노나 사랑에 대한 환멸로 봉합하지 않으려 한다. 더 정확히 말하면 분노와 환멸의 감정을 통과하는 동안 그 감정들을 투명하게 들여다보고 끝내 거기에서 빠져나온다. 「그런 생활」에서 '나'가 바람을 피운 연인을 (혼신의 힘을 다해) 용서한 끝에 남기는 이런 편지에서 이 점이 역력하게 드러난다.

먼저 형이 한 잘못의 원인을 정확하게 파악하고, 분석할 필요가 있을 것 같아. (…) 우리의 관계를 중점으로 두되, 자신의 욕망이 무엇인지 정확하게 분석할 필요도 있는 것 같아. (…)

그러니까 정말정말 무엇이 문제였던 것인지 더 생각해볼 필요가 있어. 그리고 그 문제는 하나가 아닐 수도 있는 거고. 보는 눈이 없다면 괜찮을 거라는 안일함, 나약함, 자신감 없음, 외로움, 친구 없음 등등등. 이런 것들이 모두 진짜 문제이자 이유이기도 할 테고, 그저 표면적인 이유일 수도 있다고 생각해.

형, 그리고 내가 계속해서 더 말해줄 것이 없느냐고 물어보는 것은 그런 형의 밑바닥까지 확인하고 그것까지 감당하겠다는 것이 아니라, 앞으로 내게 진실하겠다는 의지를 확인하겠다는 거야. 그런 것이 있다면 꼭 말해줬으면 좋겠어. (…)

형이 그렇게 하게 된 이유, 그것을 떠나서 원래 본인이 가지고 있는 단점이나 나약함을 하나하나 적고 분석하고 생각하는 시간을 가졌으면 좋겠어. 또 그것을 공유하고 함께 이야기하면 좋을 것 같아. (…) 언젠가는 우리도 정말 사랑하는 기운이 쇠해서 헤어질 수도 있다고 생각해. 하지만 동시에 평생 사랑하고 함께할 사람이라고도 생각해야 하고. 우리 좋은 답을 찾고, 함께 잘 이겨내보자 형. (196~99면)

이 편지에서 '나'가 연인에게 주문하는 내용은 크게 두가지이다. 첫째, 자신의 욕망과 그 욕망의 움직임을 관찰하고 분석함으로써 스스로 어떤 사람인지 인식할 것. 둘째, 자기 자신에 대한 철저한 인식을 바탕으로 상대에게 언제나 진실하겠다는 의지를 가질 것. 여기서 김봉곤은 "형은 그런 사람이야"(193면)라는 말로 자기 자신의 어쩔 수 없음을 정당화하는 바람피운 연인의 회피적 태도에 맞서 "그런 사람"이라는 고정된 주체성의 형태란 존재하지 않으며 자신이 어떤 사람인지 알기 위해서는 고통스러울 만큼 자기 스스로를 정직하게 대면하는 시간이 필요함을 역설한다.[16]

연인의 외도로 인한 마음의 부서짐과 지난한 용서의 과정을 통해 김봉곤이 다다른 지점이 사랑에 대한 냉소나 부정이 아니라 "사랑 역시 수면 위로 떠오르고 가라앉기를 반복하는 모습일 수 있지 않겠느냐"(214면)는 담담한 깨달음이라는 사실은 이제까지 그의 소설을 조금은 아슬아슬한 마음으로 읽어왔을 독자들에게 안도 섞인 울림을 안겨준다. 어쩌면 김봉곤의 사랑 이야기에서 일종의 변곡점으로 삼을 수 있을 법한 이 사려 깊음은 그러나 그가 전작들에서 보여주었던 소모와 탕진의 리비도와 결코

16 '나'의 편지는 푸코가 대항품행(counter-conduct)의 방편으로 언급했던 '파레시아'(parrhesia)라는 개념과도 맞닿는다. 파레시아란 '자기배려'와 관련해 고대 그리스 문학 전반에서 사용되었던 용어로 타자에게 숨김없이 모든 것을 진실되게 말하는 것을 의미하는데 여기에는 진솔함이라는 덕목 이외에 진실을 발설함으로써 자신에게 닥칠 불리함을 감수하는 용기가 요구된다. 미셸 푸코 『주체의 해석학』 398면.

무관한 것이 아니다. 오히려 그건 자신의 마음을 탕진함으로써 도달하는 투명함과 그 투명함을 근거로 사랑의 진실에 부단히 접근해온 그의 용기가 이제 막 이뤄낸 작은 결실인지도 모른다.

4. '확실한 행복'은 없다

김세희와 김봉곤의 소설을 경유해 소확행의 새로운 가능성을 타진해보려는 짧은 여정을 마무리하는 자리에서 우리는 두가지를 확인하게 된다. 먼저 김세희의 소설이 보여주듯 "세상의 이치"를 충분히 통과하지 않은 소확행은 낭만적 댄디즘이나 기만적인 자기만족으로 전락하기 십상이라는 것. 그렇지만 김세희의 소설에서 충분히 개진되지 않은 것은 "세상의 이치"와 맞서는 가운데 '자기배려'의 양식을 정립하기 위해 애쓰는 주체의 선택과 실천의 가능성이다. 김세희의 세계에서 인물들은 자주 수레 앞에 선 사마귀나 바위로 돌진하는 계란 같은 것이어서 그 세계에 맞서 대안적인 삶을 구축하려는 가능성은 꺼져가는 불빛처럼 희미하게만 존재한다. 이는 압도적인 현실의 힘에 짓눌려 있는 우리의 처지를 핍진하게 제시하는 미덕을 갖지만 동시에 현실을 주체의 힘으로는 어찌할 수 없는 자명하고 견고한 것으로 고정시키는 측면도 있다. 하지만 김세희의 소설이 계속해서 현실에 짓눌린 인물들이 짓는 미간의 주름에 갇혀 있지 않을 거란 예감은 그런 고정조차도 유동적인 것으로 만든다. 가령 『가만한 나날』에 실린 소설들의 결말은 대부분 작중 인물이 어느 순간 사로잡히는 감정이나 생각, 상태 등으로 맺어지는데 이는 우리로 하여금 자연스럽게 그 순간 이후 펼쳐질 다른 세계를 상상하게끔 한다. 물론 그 이후의 세계가 어떤 모습일지 단정할 수는 없지만 이후의 인물들은 "세상의 이치"를 이미 온몸으로 통과한 이들이기에 현실 앞에서 단지 "경이로움과 체념"(「가

만한 나날」107면)의 태도만을 취하지는 않을 것이다.

　경제적 타산이 제거된 순수한 사랑에의 몰입에 바탕하고 있는 김봉곤의 세계는 소확행 시대의 주체에게 요구되는 '자기배려'의 면모를 탐색하는 데 맞춤한 무대를 제공한다. 그는 「Auto」에서 스스로를 "아주 저렴한 비용에 행복해질 방법을 아는 사람"(208면)이라고 말한 적이 있지만 「그런 생활」에서 보여주었듯 사랑–행복은 자기 자신 전부를 사랑이라는 내기에 걸고서도 확보할 수 있을지 여부가 불확실한 것이다. 따라서 우리는 언제나 소확행을 모종의 반어적 실천으로 이해해야만 한다. 소확행이 즉물적이고 감각적인 쾌락을 얼마나 즉각적으로 확보하느냐에 달린 것처럼 여겨지는 지금, 주체를 비워냄으로써 투명한 사랑의 진실에 다가가려 하는 김봉곤의 실존적 모험은 우리로 하여금 '작고 확실한 행복'을 누리기 위해서는 역설적으로 우리의 모든 것을 걸어야 한다는 사실을 일깨워준다. 하지만 그가 썼듯 그러고도 행복은 '수면 위로 떠오르고 가라앉기를 반복하는 모습'으로만 순간순간 우리 곁에 선물처럼 찾아오며 자신의 모든 것을 걸고 스스로의 심연과 마주하는 고통의 시간 없이는 결코 어떤 행복도 확실한 것으로 그냥 거기에 있지 않을 것이다. 소확행은 언제나 이 힘겨운 진실에서부터 출발해야 한다.

우리 이웃의 문학

◆

장류진, 이주란, 윤이형의 소설을 통해 본 한국 소설의 인간학[1]

1. 내 '시민'인 이웃들?

이웃은 누구인가? 한때 비평 담론을 주도했던 '타자의 윤리'를 떠올리게 하는 이 물음은 사실 많은 종교들이 초창기부터 붙잡고 씨름하던 화두이기도 했다. 사랑의 종교로 일컬어지는 기독교에서 사랑의 소여 대상으로 다름 아닌 이웃을 지목한 것이나 불교에서 말하는 중생(衆生) 역시 희로애락에 긴박된 우리 주위의 평범한 이웃을 가리킨다는 점은 특기할 만하다. 이 종교들이 지녔던 시대적 혁명성은 정복전쟁 과정에서 제거와 종속의 대상이었던 타자를 자신의 것을 모두 내어주어 끌어안아 마땅한 '이웃'이라는 범주로 도약시킬 것을 요청한 데서 비롯한다. 그렇다면 타인은 지옥이라는 말도 쉽게 내뱉고 그칠 일이 아니다. 이웃은 그 지옥 같은 타인을 '목숨을 건 도약' 끝에 끌어올려 자신의 옆에 나란히 세울 때 간신히

---

1 이 글은 장류진 소설집 『일의 기쁨과 슬픔』(창비 2019), 이주란 소설집 『한 사람을 위한 마음』(문학동네 2019), 윤이형 소설 「작은마음동호회」(『작은마음동호회』 문학동네 2019)를 다룬다. 이하 이들 작품 인용 시 본문에 작품명과 면수만 표기.

탄생하는 존재이기 때문이다. 종교와 문학은 (그리고 이따금 철학은) 그 도약의 과정에 어떤 시적인 순간이 내재해 있음을 안다.

캐런 암스트롱(Karen Armstrong)이 카를 야스퍼스의 말을 빌려 '축의 시대'(Axial Age)라고 명명한 고대 종교의 창세기에 나타났던 평등주의적이고 박애주의적인 지향은 전쟁과 폭력에 맞서 인류가 이루어낸 담대한 도약임에 틀림없지만 이내 차갑고 형식적인 교리로 물화되어갔다. 알다시피 이후의 역사는 실정화된 종교의 허위성을 극복하고 본래의 가르침에 깃든 해방의 역량을 회복하려는 투쟁의 역사였다. 멀게는 루터로 상징되는 종교개혁의 족적이 뚜렷하고 비근하게는 1980년대 남한 민중운동의 한 축을 담당했던 해방신학의 꿈이 선연하다.

현실사회주의가 붕괴하고 신자유주의가 우리 사회를 휩쓴 뒤에도 '이웃을 향한 열망'은 잔존했다. 그 잔존한 정신을 이어받은 것은 사르트르(Jean-Paul Sartre)가 "본질상 영구혁명 중에 있는 사회의 주관성"이라 칭했던 문학이었다.[2] 이렇게 말하면 고개를 갸웃거릴 사람이 있을지 모르겠다. 가라타니 고진(柄谷行人)이 '근대문학의 종언'을 선언하면서 근거로 삼은 것 역시 사르트르의 저 문장이기 때문이다. 고진은 문학이 모든 굳어진 사회질서를 해체하는 부정성의 힘을 담지하며 그 부정성의 동력을 통해 영원한 혁명성을 담보한다는 사르트르의 말을 인용한 뒤, 작금의 문학에는 부정성과 혁명성 대신 단지 오락성만 남게 되었기 때문에 근대문학은 끝난 것이나 다름없다고 선언했다. 하지만 타자에 대한 혐오가 점증해가는 현실 속에서 타자의 이웃됨의 (불)가능성을 서사와 재현의 윤리를 경유해 치열하게 사유해온 우리 문학을 부정성(혁명성)과 오락성이라는 부당 전제된 이분법 아래서 오락성의 손을 들어주는 방식으로 정리해내기란 고의적인 과소진술을 경유하지 않고서는 불가능해 보인다.

---

2 장 폴 사르트르『문학이란 무엇인가』, 정명환 옮김, 민음사 1998, 213면.

오늘날 한국문학이 얼마나 대단한 부정성과 혁명성의 에너지로 가득 차 있는지를 보여주는 것이 이 글의 목적은 아니다. 문학의 부정성과 혁명성은 그런 부류의 자화자찬마저도 영구혁명의 대상으로 삼아 다시 부정하고 혁명하는 영속적 운동에서 발생하는 것이기도 하거니와 오늘날 우리 이웃의 존재론을 한국 소설이 어떻게 그려나가고 있는지를 탐색하는 데 이 글의 진짜 목적이 있기 때문이다. 내가 새삼스럽게 이 물음에 천착하게 된 것은 '조국 사태' 때문이다. 조국 사태는 (더 정확히 말하자면 조국 사태에 임전하는 사람들의 태도는) 내게 촛불혁명이 실정화되는 불길한 국면으로 다가왔다. 촛불혁명이 여전히 진행 중인 혁명일 수 있다면 그것은 어떤 고정된 목적을 향해서 가는 단선적 운동이 아니라 차라리 그 본질이 문학과 같은 영구혁명의 과정이기 때문일 것이다.

　조국(曺國)을 수호하기 위해 모인 사람들은 스스로를 '시민'으로 정체화했다. 그들은 탄핵의 차가운 계절에 나와 같은 공간에서 같은 마음으로 서 있었던 이웃이었다. 하지만 서초동에 모여 백만이니 이백만이니 셈을 하는 그들은 어느새 내게 섬뜩함을 느끼게 하는 '언캐니'(uncanny)한 존재가 되어 있었다. 그날 이후 많은 사람들이 더이상 나의 이웃일 수 없었고 나 역시 더이상 어떤 사람의 이웃으로 안전하게 남아 있을 수 없다. 주말마다 모여 검찰 개혁과 조국 수호를 외쳤던 '시민'들의 목소리에는 분명 더 나은 사회에 대한 염원과 열망이 담겨 있었고 나는 그것을 감지할 수 있었지만 그와 별개로 나를 그들과 이웃한 '시민'으로 나란히 세울 수는 없었다. 고백컨대 그 과정에서 나는 적지 않은 무력감과 우울감을 경험해야 했다. 그 감정의 결은 여러가지였다. 촛불의 에너지를 고작 제 가족의 영달을 위해 각종 편법을 무람없이 구가해온 조국 일가를 옹위하는 데 소모하게 만든 정권에 대해 느끼는 참담함의 반대편에 검찰의 몰상식한 발악에 대한 분노가 자리했다. 양극 분열된 감정들을 왕복하는 동안 나는 수시로 내가 부적절한 논문 저자 자격이나 표창장 위조 같은 '사소한' 문제를 꼬투리 잡아 검찰 개혁이라는 엄정한 대의를 거스르고 있는 건 아닌지, 김수영(金洙暎)이 노래했듯 "붙잡혀간 소설가를 위해서/언론의 자유를 요구하고 월남 파병에 반대하는/자유를 이행하지 못하고/20원을 받으러 세번씩 네번씩/찾아오는 야경꾼들만 증오하고 있는"(「어느 날 고궁을 나오면서」) 것은 아닌지 되물어야 했다.

내 '시민'인 이웃들과 그 '시민'을 조롱하는 이웃들과 그 '시민'을 조롱하는 이웃들을 경멸하는 이웃들이 빚어내는 불협화음의 시간을 통과하면서 나는 백낙청(白樂晴)의 「시민문학론」(1969)을 다시 읽었다.[3] 프랑스와 독일, 영국을 비롯한 서구 시민사회의 발전과 그에 조응하여 전개된 서구 문학의 성취와 한계를 냉철하게 짚고 한국이라는 '후진' 개발도상국에서 서구 시민의식의 한계를 넘어서는 새로운 시민의 가능성을 타진하는 이 웅숭깊은 글을 제한된 지면에서 요령 있게 요약하기란 쉽지 않다. 하지만 예전에는 그다지 눈에 들어오지 않았던 한 대목 앞에 유독 오래 멈춰 섰다는 사실만큼은 적어두고 싶다.

그러나 소시민은 다 죽어야 된다는 생각이야말로 참다운 시민의식과 가장 거리가 먼 생각이다. 우선 자신이 소시민인 경우에 그것은 부질없는 자기혐오일 따름이요, 자기가 소시민이 아닌 경우라도 그런 생각을 하는 것은 동료시민과의 유대를 상실한 사이비 시민의 거만한 태도이며, 오늘의 소시민이 결국 어제의 시민의 후예이고 어제의 시민은 또 아득한 옛적부터의 무수한 원시인과 야만인과 귀족과 농민과 천민의 자손이고 내일의 새로운 세계시민의 씨가 바로 오늘의 소시민의 피와 살을 받아서 나올 수도 있을 것이라는, 인류 자체에 대한 외경심과 희망과 동물학적 상식을 스스로 버리는 것을 뜻하기 때문이다. 시민다운 시민은 무엇보다도 소시민의 존재

---

3 백낙청 「시민문학론」, 『민족문학과 세계문학 1/인간해방의 논리를 찾아서』, 창비 2011.

와 의식이 그것 나름으로 역사의 산물이며 역사는 돌이킬 수 없는 것임을 알지 않으면 안 된다.[4]

백낙청의 진의는 당대 유행처럼 퍼지던 '소시민(의식)'을 추인하는 데 있지 않다. 「시민문학론」을 대표하는 문장이 바로 이 대목에 뒤이은 "우리의 미래를 위한 이상으로 내걸려는 '시민'이란, (…) 우리가 쟁취하고 창조하여야 할 미지(未知)·미완(未完)의 인간상(人間像)인 것이다"인 데에서도 알 수 있듯 그의 시야는 '소시민'은 물론이고 기존 서구 시민사회의 '시민'조차 뛰어넘는 새로운 주체에 가닿고 있다. 하지만 그 새로운 주체가 니체(Friedrich Nietzsche)의 '초인'처럼 세인(世人)들에 대한 전면적인 조롱, 경멸, 비난을 수반하는 존재가 아니라는 점은 거듭 강조될 필요가 있어 보인다. '도래할 시민들'은 "오늘의 소시민의 피와 살을 받아서 나올 수도 있"는, 지나간 역사와 오늘의 현실과 잇닿은 한에서 출현하는 지극히 현실적인 존재이며 세인을 나의 이웃으로 받아들이는 너그러운 희망의 산물에 가깝다.

문학작품을 경유해 우리 이웃의 존재론을 묻는 일은 여기서 중요한 사려 깊음의 덕목을 체현한다. 그것은 지금 우리 곁에 서 있는 "동료시민"들의 존재와 의식을 살피는 작업인 동시에 그 존재와 의식을 함부로 비난하고 기각하지 않는 신중함을 요하는 일이기 때문이다. 가령 여기서 살펴보려는 장류진과 이주란, 윤이형의 작품에 등장하는 인물들은 시민성은커녕 인간성조차 위협받는 존재들이거나 시민성의 덕목에 무감하고 때로는 거기에 몹시 회의적이다. 하지만 '시민다운 시민'이 단지 광장에 서서 정치적인 구호를 주워섬긴다고 저절로 되는 것이 아니듯 일견 정치적 주체와 무관하거나 미달하는 것처럼 보이는 인물들이 도래할 미래의 시민

---

4 같은 글 23면.

들과 무관하다고 말할 수는 없다. 어쩌면 냉혹하고 모순된 오늘의 현실을 자신의 몸과 마음을 통해 힘겹고 치열하게 통과하고 있는 이 인물들이야말로 우리가 "동료시민"으로서 "유대"를 건네야 할 '이웃'의 형상이며 앞으로 도래할 시민의 현실적 근거인지도 모른다.

2. 자아 연출의 서사학: 장류진 소설의 인물들

박인성(朴仁成)은 김봉곤과 박상영, 장류진의 소설을 분석하는 (동시에 재현과 반재현을 둘러싼 오랜 대립과 갈등을 생산적으로 사유하는 데도 적지 않은 참조를 제공하는) 글을 마무리하며 다음과 같은 진단을 내놓은 바 있다.

문학인들은 철저하게 이방인이라는 생각과 달리, 이제 공통의 지평을 스스로 소외시키고서 얻어낼 수 있는 문학적 영토란 없다는 사실만이 우리가 요 근래 명확하게 알게 된 사실이다. 문학이 그토록 경원시하던 '얄팍하고 한갓된 것들'의 가치를 아는 사람들이야말로 이제는 좀더 넓은 공통 감각 속에서 사람들과 소통하며 어떤 현실적 자율성을 획득하는 셈이다. 다시 문학은 표면적이고 얄팍한 세계로, 허영심과 속물들 주변의 현실로, 그리고 '이생망(이번 생은 망했다)'과 '소확행' 사이에서 방황하는 너무나도 주관적이지만 보편적인 삶들에게로 향해가는 중이다.[5]

나는 어느 글에서 '소확행'이 단지 얄팍하고 한갓된 세계의 자조적 레토릭을 넘어 대안적 삶의 가능성과 연결되는 지점이 있음을 강조하기도

---

5 박인성 「얄팍하고 한갓된 세계로의 귀환」, 『문학과사회 하이픈』 2018년 겨울호, 43~44면.

했고[6] '후장(後腸)사실주의'가 자기과시적 엘리트주의라는 평가에도 절반 정도만 동의하는 편이지만 "공통의 지평"과 "좀더 넓은 공통 감각"이라는 개념으로 거론한 작가들이 체현한 리얼리티의 성질을 포착한 것은 탁견이라 생각된다. 박인성의 주장대로 지금 한국문학에 나타나는 인물들의 개별성과 고유성은 보다 넓고 보편적인 공통 감각의 지반 위에서 감각되고 있으며 그렇기에 인물을 포함한 재현의 양상은 더욱 폭넓고 치밀하게 탐구될 필요가 있다.

그런데 장류진(張琉珍) 소설에 대해서라면 공통성 혹은 공통 감각은 분석의 온당한 시작점에 해당할 뿐 최종적인 결론이 될 수는 없을 것 같다. 그것은 다음과 같은 물음을 필연적으로 제기하기 때문이다. 그것은 대관절 어떤 공통 감각이란 말인가? 장류진의 소설이 독자들과의 관계에서 구축하는 공통 감각은 어떤 요소의 배합을 통해 만들어지는 것인가? 관련해 비교적 일상에 가까운 소재의 선택과 가독성 있는 문장이 거론되기도 하지만 일상적 소재의 채택은 장류진 고유의 것이라고 보기 어렵고 가독성 역시 공통성과 분리된 것이 아니라는 점에서 동어반복에 가깝다. (가독성을 문장의 세공 여하에 달린 것으로 보는 것은 단견이다. 가독성은 문장의 매끄러운 정도가 아니라 그 문장이 지시하고 구축하는 세계가 독자에게 얼마나 친숙한 것으로 감지되느냐에 달려 있기 때문이다.)

나는 장류진의 소설이 지니는 대중적 소구력의 핵심은 소재와 문장이 아닌 인물에, 더 정확히는 그 인물이 대면적 상호작용 속에서 스스로를 연출하는 '연극적 자아'로 실감되는 데 있다고 생각한다. 이는 일견 위선적이고 형식적으로 보이는 '연극적 자아'가 어떻게 독자들과의 공통 감각을 형성하는 주요 기제로 작동하는가 하는 까다로운 물음을 제기한다. 이 까다로운 물음을 풀어나가는 과정에서 '자아 연출'과 '상호작용'이라는

---

6 졸고 「'뉴노멀' 시대의 소설」, 『창작과비평』 2019년 가을호(이 책 제1부에 수록).

개념으로 평범한 사람들의 일상적인 삶에 작용하는 관계의 동역학을 세밀하게 묘파해낸 어빙 고프먼(Erving Goffman)의 작업은 요긴한 참조가 되어준다. 어빙 고프먼은 인간을 거의 모든 사회적 시공간에서 ── 그러니까 "벌어지는 사건에 대한 개인의 입장을 보여주는 순간적인 표정과 같은 가장 작은 단위부터 한주간 남짓 계속되는 큰 회의처럼 사회적 행사라 불릴 상호작용 단위까지" 포함하는[7] ── 스스로를 연극 무대에 선 배우처럼 연출하는 존재로 바라본다. 고프먼에게 개인은 '공연자'(performer)이며 늘 어떤 '배역'(part)을 맡아 '배역 연기'(routine)을 수행하는 존재이다. 이 연출은 개인은 물론이고 가족과 직장의 차원에서도 이루어진다.[8]

세계는 무대이며 개인은 배역을 연기하는 공연자라는 고프먼의 관점은 장류진의 등단작 「일의 기쁨과 슬픔」의 도입부에서부터 도드라지게 나타난다. 아마 고프먼이라면 소설의 첫머리에 등장하는 '애자일'(Agile)과 영어 이름 사용을 스타트업 회사가 혁신적이고 자유분방한 이미지를 풍기기 위해 스스로를 연출하는 대표적인 기법의 예로 꼽는 데 주저함이 없을 것이다. 작품에서 "견고한 인스타 자아"(49면)를 유감없이 뽐내고 있는 회장의 경우 또한 마찬가지다. 인스타그램을 비롯한 SNS는 이미 대표적인 자아 연출의 뉴미디어로 자리 잡지 않았던가. 이렇게 이 작품은 도입부에서부터 자아 연출이 일상화된 사회적 삶의 무대를 우리 앞에 세워 보인다. 그리고 안나라는 인물의 시선을 통해 그와 같은 자아 연출에 어린 우스꽝스러운 피로를 냉소적으로 조감한다. 안나는 일종의 배역명인 영어 이름(Anna)과 실제 이름(김안나)이 중층적으로 겹쳐 있는 인물인 데에서 드러나듯 'Anna'로써 그 연출에 참여하는 동시에 '안나'로서 무대 위의 부조리를 관람하는, 공연자이자 관객인 이중적 존재이다.

---

7 어빙 고프먼 『상호작용 의례』, 진수미 옮김, 아카넷 2013, 14면.
8 어빙 고프먼 『자아 연출의 사회학』, 진수미 옮김, 현암사 2016, 27면.

이 경계에 선 이중적 시선이 포착하는 것은, 말하자면 '데이빗'과 '박대식' 사이에 놓인 간극이며 연출하려는 이상과 실재 사이에 존재하는 낙차이다. 이 간극과 낙차는 주체로 하여금 다양한 분열을 맛보게 한다. 가령 '거북이알'이 재벌 회장의 노여움을 사 포인트로 월급을 받고 다시 그것을 애플리케이션을 통해 화폐로 교환하는 장면은 첨단 테크놀로지와 봉건적 위계질서가 기괴하게 혼종된 한국의 현실을 '웃프게' 재현하지만 이 기이한 현실에서 노동자들이 감당해야 하는 분열의 강도는 결코 가볍지 않다. 이 지점에서 독자들은 장류진 소설의 인물들과 그 분열을 나누어 갖는다. 자기가 맡은 배역에 지나치게 동화되어 스스로의 행동이 연출된 것이 아니라 자연 그대로의 것이라고 믿어버리는 소수의 사람을 제외한다면 우리 또한 '데이빗'과 '박대식' 사이에 놓인 간극을 날마다 힘겹게 마주해야 하는 존재들이기 때문이다.

안나가 케빈에게 "자기가 짠 코드랑 자기 자신을 동일시하지 않았으면 좋겠어요"(60면)라고 말하는 장면은 그래서 많은 독자들의 마음을 건드린다. 여기서 '코드'(code)는 일단 프로그램 언어의 조합을 의미하지만 우리는 그것을 기존 사회에서 통용되는 규범이자 연출된 자아가 따라야 하는 사회적 행위의 관습으로 확장시켜볼 수도 있을 것이다. 이제까지 사회생활의 성패가 '코드'를 얼마나 잘 인지하고 맞춰가는지에 달려 있었다면 장류진은 그 '코드'로 환원되지 않는 개인의 고유성이 있으며 그걸 확보하기 위해서라도 한걸음 뒤에서 자신의 일을 바라볼 것을 제안한다. 일과 삶이 분열된 일상에서 늘 좌절과 낙담, 그리고 작은 성취에 따르는 기쁨을 교차적으로 왕복하는 오늘의 젊은 독자들이 연출된 무대의 세계에 맞서 자신의 고유한 세계를 마련해내고자 하는 이 소설에 열광하는 것은 충분히 이해할 만한 일이다.

장류진이 단지 '연출된 자아'와 '고유한 자아'를 구분 짓고 '고유한 자아'의 손을 들어주는 것에 그쳤다면 낡은 개인주의적 진정성의 가치를 반복하는 데 불과하다는 평가를 피하기 어려웠을 것이다. 그렇지만 장류진은 「잘 살겠습니다」와 「나의 후쿠오카 가이드」 「도움의 손길」 같은 작품들을 통해 자아 연출을 근본적인 삶의 조건으로 수락한 상황에서 발생하는 타인과의 갈등을 흥미롭게 그려냄으로써 독자들로 하여금 또다른 층위의 공감대를 형성해내는 데 성공한다.

언급한 세 작품은 서로 다른 소재와 주제의식을 담고 있지만 미시적 측면에서 보면 모두 대면적 상호작용의 실패가 서사의 긴장을 주조해낸다는 공통점을 지닌다. 먼저 「잘 살겠습니다」의 빛나 언니에게 '나'가 느끼는 당혹스러움의 일차적인 원인은 빛나 언니가 도무지 사회적으로 필요한 자아 연출에 무능력하다는 데 있다. "나는 언니의 프로필 사진을 볼 때마다 대체 왜 저렇게 하지, 하고 생각했다. 정말 왜 저렇게 할까. 나라면 그러지 않을 텐데. 하루에도 몇번씩 회사 사람들과 메신저로 업무를 주고받는데. 거기에 남자친구와 얼굴을 맞대고 있는 사진이 떠 있으면 얼마나 프로답지 못해 보일지, 한번쯤 생각을 해볼 텐데."(25면) 자아 연출의 목적이 타인에게 이상화된 인상을 보여주는 데 있다는 고프먼의 말을 떠올려보면 빛나 언니는 그와 같은 이상적인 자아 연출에 명백히 미숙한 사람이다.

자아 연출에 미숙한 사람은 그 사람과 상호작용하는 상대방에게 말할 수 없는 불편을 안겨준다. 그건 자아 연출이 단지 위선적인 가면에 불과한 게 아니라 적절한 사회적 상호작용을 가능케 하는 필수적인 요소이기 때문이다. 그러니 자아 연출에 무능력한 사람이 사회적 상호작용에 능숙할 리 없다. "'이 사람이 결혼한다면 내가 기꺼이 결혼식에 갈 것인가?'"의 기준으로 청첩장을 나눠줄 만큼 철저한 상호성에 입각해 있는 '나'의 관점에서 빛나 언니는 도무지 신호수용 성향을 파악할 수 없는 형편없는 공연자다. 형편없는 공연자는 사회적 상호작용을 지탱하는 신호를 교란시킴으로써 다른 사람이 행하려는 일관된 자아 연출마저 방해한다는 점에서 터부의 대상이 된다. 말하자면 그들은 도로 위에서 신호등을 제대로 읽지 못하거나 방향지시등을 켜지 않고 차선을 변경하는 미숙한 초보 운전자와 같다.

그렇지만 우리 모두는 언제나 새롭게 마주하는 삶의 무대에 처음 서야 하는 초연자(初演者)이며 완벽한 자아 이상을 구축하는 과정에는 언제나 실패의 위험이 도사리고 있다. 빛나 언니 대신 '나'가 전체회신녀로 등극할 수도 있었던 것처럼 말이다. 그러고 보면 자아 연출의 능력은 개인이 얼마나 눈치가 빠르고 똑부러진지 여부에 달린 것이라기보다 통제할 수 없는 운에 달린 것처럼 보이기도 한다. 이 작품에서 '나'와 빛나 언니의 공통점은 남성중심적 기업 조직에서 주변부에 할당된 여성 노동자라는 데 있지만 독자들은 그와 같은 사회적 조건뿐만 아니라 그 실패와 취약점에 대해 인식하게 됨으로써 빛나 언니를 향했던 대상화된 시선이 거울에 반사된 듯 자신에게로 되돌아오는 것을 느끼게 된다.

「나의 후쿠오카 가이드」는 여성을 성적으로 대상화하는 남성의 시선이 어떻게 여성의 신호를 그릇된 방식으로 오인하게 만드는지를 흥미롭게 보여주는 작품이다. 가끔 명시적이고 대부분 암시적인 타인의 신호를 해석하는 문제는 대면 상호작용에 있어 핵심적인 사안이다. 고프먼은 이와 관련해 인간은 타인의 신호를 민감하게 수용하려는 성향을 지니고 있기 때문에 타인이 전달하는 암시의 의미를 오해하거나 의도하지 않은 무의미한 몸짓에 엉뚱한 의미를 부여할 위험이 있음을 지적한 바 있다.[9] 이러한 지적은 상식적이고 일반적이다. 흥미로운 것은 이와 같은 오해가 철저하게 젠더적 양상을 띤다는 데 있다. 고프먼은 많은 여자들이 남자보다 낮은 지위에 함축된 이상적 가치를 연기한다고 말하면서 "여학생들은 자기가 이미 알고 있는 내용을 남자친구가 지루하게 설명해도 참고 들어주며, 수학에 젬병인 상대 앞에서는 자기의 수학적 재능을 감추고, 탁구 게

---

9 어빙 고프먼 『자아 연출의 사회학』 71면.

임에서는 마지막 순간에 상대에게 져준다"는 관찰을 제시한다.[10] 남녀 관계에서 여성들은 남성의 기분을 맞춰주기 위해 그녀들에게 요구되는 사회적 면모를 연기한다는 것이다.

그럼에도 '나'는 송지유와 대화가 잘 통한 이유가 송지유의 사회적 연기 덕분일 수 있다는 생각은 전혀 하지 못한다("우리, 대화가 잘 통한다고 생각했어요?" "네." "음…… 제가 말을 잘하는 게 아닐까요?", 96면). 그건 '나'가 남들보다 유난히 무딘 사람이어서가 아니라 대개의 남자들처럼 여성이 발신하는 신호의 기저에 다양한 사회적 위계가 자리 잡고 있음을 고려할 필요가 없는 위치에 서 있기 때문이다. 물론 여기 등장하는 '나'를 자신의 성욕을 채우기 위해 물불 가리지 않는 짐승 같은 존재라고 볼 수는 없다. 분명 그의 마음에는 송지유를 향한 애정과 진심이 녹아 있었을 것이다. 그럼에도 많은 (여성) 독자들이 그의 실패에 통쾌한 공감을 보내는 건 '남자의 진심' 같은 것을 부인하기 때문이 아니라 이제까지 남자들이 여성과의 상호작용 과정에서 자신의 진심을 구성하고 드러내는 과정에 얽혀 있는 젠더적 위계의 양상을 반성적으로 돌아본 경험이 거의 없음을 누구보다 잘 알고 있기 때문일 것이다.

「도움의 손길」에서는 재생산 노동을 시장화하는 자본주의의 메커니즘과 스스로를 민주주의자로 정립하고자 하는 욕망 사이에 놓인 간극이 문제가 된다.[11] 여기 등장하는 주인공 '나'는 가사도우미 서비스와 그 서비

---

10 같은 책 56면. 물론 우리는 고프먼의 관찰이 1950년대에 이루어진 것이라는 사실을 염두에 둘 필요가 있다. '맨스플레인'이라는 단어가 널리 유통되는 지금, 여성들은 그저 그와 같은 방식으로 남자들 앞에서 연기하지만은 않는다. 그럼에도 여전히 일상적인 사회생활에서 여성에게 기대되는 규범이 있으며 많은 여성들이 그로부터 자유롭지 못한 것 역시 엄연한 사실이다.

11 이 소설을 자본주의 재생산 노동을 키워드로 독해한 최근의 논의로는 이지은 「재생산 노동력의 상품화와 여성 연대의 곤경: 장류진 「도움의 손길」에 부치는 주석」, 『문학동네』 2019년 겨울호 참조.

스를 수행하는 사람을 구분하고자 한다("우리 그러지 말자. 식기세척기를 사는 게 아니잖아. 사람이 오는 거라고", 132면). 이와 같은 구분은 일견 자연스러운 도덕관념에 따른 것처럼 보이지만 실은 민주주의적 평등의 산물에 가깝다. 그러니 우리는 이 소설을 자본주의적 교환 논리와 민주주의적 평등 논리 사이의 갈등이 '나'의 새 아파트라는 무대 위에서 미묘하게 펼쳐지는 이야기로 바라볼 수 있으며 자본주의와 민주주의라는 화해할 수 없는 현실의 두 무대 사이를 왕복하는 과정에서 발생하는 '나'의 실패담으로도 읽을 수 있다.

도우미 아주머니를 '사용'하는 일에 있어 인간적 송구함과 소비자적 합리성 사이를 혼란스럽게 오가는 '나'에 비해 도우미 아주머니는 철저하게 서비스 제공자로서의 페르소나에 충실하다. 이때 서비스 직종에서 일하는 사람들의 업무 능력은 서비스 거래 관계에서 주도권을 잡고 유지하는 능력에 달려 있기 때문에 고객보다 사회경제적 지위가 낮은 서비스 제공자는 자기 입장을 교묘하게 이용하는 공격성을 띠곤 한다는 고프먼의 관찰은 작품 속 아주머니의 행동을 이해하는 데 도움을 준다.[12] 대뜸 요즘은 다 아기 옷 코스로 세탁을 한다거나 아직 애는 없느냐는 무례한 질문을 던지는 도우미 아주머니는 그러므로 단지 눈치가 없거나 기억력이 나쁜 것이 아니다. 아주머니의 무례함은 외려 신중하게 계산된 것이며 —아마도 그녀는 다년간의 도우미 경험을 통해 일을 자신에게 유리하게 세팅하기 위해서는 그와 같은 뻔뻔하고 공격적인 태도가 필요하다는 사실을 체득했을 것이다— 소설 속에 나오는 '프로'라는 말은 공격적인 무례함을 사용할 수 있는 능력의 다른 이름이다.

'나'는 소비자로서 응당 받아야 한다고 생각하는 서비스를 받지 못함으로 인해 발생하는 불만과 그 서비스를 제공하는 사람을 한명의 인격으로

---

12 어빙 고프먼 『자아 연출의 사회학』 22면.

평등하게 대해야 한다는 내적 명령 사이에서 우왕좌왕한다. 그것은 '사용자'라는 배역을 한번도 맡아보지 않은 초연 배우가 범할 수밖에 없는 실수이기도 하다. 최근 들어 자본주의적 교환의 영역이 확대되면서 기존에 상품으로 거래되지 않았던 다양한 부문들이 상품 거래의 대상으로 떠오르고 있다. 한국사회 역시 다양한 서비스 분야가 새롭게 등장하고 있으며 과거에 스스로 처리해야 했던 일들이 돈만 건네면 외주화할 수 있는 시대로 변모하고 있다. 그 과정에서 노동자로만 살아도 충분했던 예전과 달리 우리 모두는 타인의 노동력을 구매하는 사용자로서 갖추어야 하는 '모럴'과 '테크놀로지'를 새롭게 익혀야 하는 과제를 부여받는다. 우리의 삶의 무대는 목하 새롭게 재편성되는 중이며 이는 우리가 맡아야 할 새로운 배역이 계속해서 늘어간다는 사실을 의미한다. 우리가 삶에 서투른 것은 단지 '초년생'이기 때문만은 아니다. 맥도널드 키오스크 앞에서 당황하는 노인의 모습을 떠올려보라. 급격하게 변화하는 세계는 우리 모두를 점점 무대 위의 초연자처럼 만들어버린다.

이렇듯 장류진의 소설에 독자들이 보내는 공감은 개별적 인물의 내면에 대한 공감에서 발생하는 것이 아니라 그 내면과 사회적 상호작용 과정에서 주체가 착용하는 가면(페르소나) 사이에 놓인 간극에서 비롯하며 장류진은 이러한 페르소나적 자아에 내재한 비극과 희극은 물론이고 나아가 활력까지도 탁월하게 포착해낸다. 우리는 상황과 배역에 맞춰 다양한 가면을 쓰고 살아가지만 거기에는 언제든 오해되고 미끄러져 당혹스러운 실패의 막다른 국면으로 우리를 몰고 가는 함정이 도사리고 있다. 아마도 그 실패는 "너무나도 인간적인 우리의 자아와 사회화된 우리의 자아 사이"에 존재하는 "결정적 불일치"[13] 때문일 텐데, 이러한 분열을 장류진만큼 집요하게 파고드는 작가는 분명 흔치 않다.

---

[13] 같은 책 77면.

3. 인간의 영도(零度), 자연인의 이념: 이주란 소설의 인물들

엄마는 우리에게 예고되어 있는 상황을 뻔히 알면서 마치 대본에 따라 실생활과는 너무 다른 연기를 하는 배우처럼 굴었다. (「멀리 떨어진 곳의 이야기」 96면)

나는 일을 해야 했기 때문에 일종의 연기를 할 수밖에 없었고 연기력은 날로 향상되어 겉으로는 아무 문제가 없어 보였다. (「일상생활」 127면)

힘들 때 잠깐씩 나는 배우고, 지금 연기를 하고 있어, 라고 생각하면 마음이 편해지곤 했는데요, 이제는 진절머리가 납니다. 연기였다면 저는 아마 최선을 다했을 거예요. 배우들은 자신이 맡은 배역을 사랑하니까요. 하지만 저는 그러기가 싫었습니다. 제가 저같이 살아온 삶을 연기하는 배우가 아니라…… 그게 진짜 제 삶이었으니까요. (「H에게」 275면)

이주란(李珠蘭)의 소설에도 연기하는 인물들이 등장한다. 하지만 그 인물들은 장류진의 소설에서와 달리 스스로를 타인에게 이상적인 존재로 내보이고자 하는 적극적인 욕망에 의해 움직이지 않는다. 거기서 수행되는 연기는 자아의 이상화와 무관하며 단지 객관적인 현실을 직시하지 않기 위해 벌이는 도피극에 가깝다. 비교적 안정적인 사회경제적 기반 위에 서 있는 장류진 소설의 인물과 달리 빈곤에 허덕이는 이주란 소설의 인물들은 사회적으로도 매우 불안하고 희미한 관계만을 허락받고 있으며 이러한 계급적 차이는 인물들이 수행하는 자아 연출의 성격 또한 상이하게 만든다.

이주란 소설의 무대가 "문명과 편리에 뒤처질 뿐만 아니라 주민의 안전도 보장되지 않는 낙후된 지역"으로 "대도시의 변두리 동네나 서울 인근 지역 중 군 단위 정도의 작고 오래된 동네"라는 점은 첫 소설집에서부터 지적되었거니와[14] 낙후하고 빈곤한 무대는 개인의 행동을 그 무대의 초라함에 걸맞게 제한하는 힘을 발휘한다. 이주란의 낙후하고 빈곤한 세계에서 자아의 과시적 연출은 불가능한 기획일 뿐이다. 그래서일까. 젊은 화자의 일인칭 독백으로 이루어진 그녀의 소설에서 SNS를 하는 사람은 아무도 없다. 아마도 "필요한 것만 사고 갖고 싶은 걸 살 수는 없는 사람"(「멀리 떨어진 곳의 이야기」 90면)이 타인에게 자신의 삶을 그럴듯한 것으로 꾸며 제시하기란 불가능한 일이기 때문이리라.

이주란 소설의 인물들은 첫 소설집의 「선물」에 등장하는 자매처럼 사회적으로 고립되어 있거나 그 존재가 바람 앞에 흔들리는 촛불처럼 위태로운 경우가 많다. 아버지는 부재하며 어머니는 집에 불을 지르고 스스로 목숨을 끊는다. 언니는 불붙은 집에서 탈출하는 과정에서 한쪽 다리를 잃고 알코올중독자가 되었으며 화자 역시 집에 처박힌 채 유의미한 사회적 교류 없이 술을 마시며 시간을 흘려보낸다.

우리는 점점 말라가서 지금은 둘 다 몸무게가 40킬로그램도 나가지 않는다. 휴대폰도 없고, 컴퓨터도 없다. 텔레비전이 있어 가끔 보기도 했는데, 지금은 전원을 마지막으로 켰던 것이 언제인지조차 잘 기억나지 않는다. 예능 프로를 보면서 웃는다거나 뉴스를 보면서 대통령과 집권당을 저주하는 것은 일반인들이 하는 일 아닌가?[15]

---

14 백지은 「차갑고 치열한 심정으로」, 이주란 『모두 다른 아버지』 해설, 민음사 2017, 263 ~64면.

15 이주란 「선물」, 같은 책 147면. 이하에서 언급한 「우리가 이렇게 함께」 「누나에 따르면」 「윤희의 휴일」 등의 작품도 『모두 다른 아버지』에 수록된 것이다.

이주란 소설의 인물들이 희미하게 존재한다는 건 단순한 은유가 아니다. 자매는 실제 세계에서 그 자신이 점유하는 비중을 계속해서 줄여나가고 있으며 타인과의 접촉을 끊고 스스로를 유폐한다. 스스로를 고립시키는 것은 이주란 소설의 인물들이 삶에 위기가 찾아올 때마다 내리는 처방이기도 하다. 억울한 누명을 쓰고 경찰에서 해직된 뒤 외딴 시골의 컨테이너에 칩거하는 아버지가 등장하는 「우리가 이렇게 함께」도 그렇거니와 「누나에 따르면」의 경우엔 아예 육지로부터 고립된 외딴섬이 소설의 무대로 등장한다. 그 고립된 삶의 무대에서 인물들은 자주 죽고 싶다고 독백하거나 실제로 자살을 기도한다(「윤희의 휴일」 「선물」 등). 그 처연한 죽음은 이주란 소설의 인물들이 항상 삶과 죽음의 경계에 서 있으며 자주 인간의 영도(零度)까지 내려앉는다는 사실을 보여준다.

이주란 소설의 인물들이 경제적으로 빈곤하고 사회적으로 희미한 것은 그들이 유달리 삶에 대한 애착이 적거나 태생적으로 비관적인 성격을 타고났기 때문은 아니다. 오히려 그들은 원장으로부터 "씨발년아 당장 나가" 같은 소리를 들으면서 학원에서 아이들을 가르치기도 하고(「한 사람을 위한 마음」 13면) "미안해. 시간이 없어" 같은 말을 달고 살 정도로 과도한 노동에 시달리기도 한다(「넌 쉽게 말했지만」 48면). 하지만 그런 모멸을 감당하고 일상을 모조리 잠식당할 만큼 과도한 노동에 시달려도 돌아오는 것은 게으르다는 편견 섞인 힐난뿐이다. "그러면서 대출을 끼고 샀던 집이 전세가 되고 월세가 되는 동안 주변으로부터 게으르다는 평을 받았다. 우리가 회사에서 어떤 일을 겪고 쫓겨났는지 어디가 아파서 얼마를 썼는지 대학을 졸업하기 위해 얼마의 빚을 졌는지는 몰랐지만 회사에서 겪었을 일은 참아야 했고 아프기 전에 조심했어야 했고 대학 같은 것은 포기했어야 했다고 말했다."(「멀리 떨어진 곳의 이야기」 105~106면)

더 나은 삶을 위해 몸부림칠수록 빈곤의 수렁에 빠지게 되는 차갑고 모순된 도시에 맞서 어떤 인물들은 자신을 격리시켜 보호하려는 '자아의 테크놀로지'를 구가하기도 한다.「한 사람을 위한 마음」의 화자 '나'는 서울에서 받은 모종의 상처로 인해 고향으로 되돌아온 뒤 "아무 생각이 없"이 "낮에는 보통 집안일을 하고 해가 지면 책을 읽거나 집 근처를" 걸으며 시간을 보내는데,「넌 쉽게 말했지만」의 화자 역시 마찬가지다.

조금 자고 일어나 일기를 몇줄 쓰다가 서울에 살 때를 떠올려본다. 아침에 일어나서 출근 준비를 하고 일을 한 뒤 돌아와 씻고 밥을 먹고 나면 하루가 지나 있었고 말하자면 일기에 쓸 일도 일기에 쓸 말도 일기를 쓸 필요도 없었다. 기껏해야 남의 욕이라든가 나 자신이 싫다는 그런 말들이나 썼다. 정말 싫다, 정말정말 싫다, 그렇게 생각한 다음부턴 막무가내로 싫어하기만 했다. 일과 하루와 다른 방법을 모르는 나를. 나는 다 싫다는 생각 말고 다른 생각은 할 수 없었다. (62~63면)

고향을 내려오기 전의 '나'는 과도한 노동과 떨쳐낼 수 없는 지독한 자아혐오로 점철된 삶을 살고 있던 인물이다. 여기서 반복되는 자아혐오의 원인은 '나'를 온전한 '나'로 존재할 수 없게 만드는, "죽어도 알 수 없는 타인의 마음 같은 것을 신경 쓰면서 초조해"(53면)하며 살아야 하는 타인 지향적 관계로부터 비롯한다. '나'가 살던 서울은 타인의 알 수 없는 마음처럼 그 진의를 알 수 없는 불투명한 공간인 동시에 아무리 열심히 일해도 빈곤으로부터 쉽사리 벗어날 수 없는 악몽의 공간으로 제시되며 '나'는 만신창이가 된 몸과 마음이 더이상 버틸 수 없는 지경이 되었을 때 체념하듯 고향으로 내려온다. ('안전이 보장되지 않는 낙후된 지역'이었던 '변두리'는 이제 서울에서 받은 상처를 피해 숨어드는 안식처로 기능한다.)

거기서 '나'는 도시의 인공성과 대비되는 자연(스러움)에 매혹된다. 가령 흐미에 대한 다큐멘터리를 보면서 "제 몸의 움직임에서 나오는 몸의 소리, 자유로운 새들의 지저귐, 멀리서 들리는 염소 울음소리, 동물의 젖을 짜는 소리, 아직 변성기가 오지 않은 남자아이의 휘파람 소리, 그리고 공기 소리" 같은 것들에 오래 귀를 기울이는 식이다(60면). 여기서 몽골과 흐미로 대변되는 자연은 잠시 멈춰 스스로를 돌(아)볼 작은 여유조차 허락하지 않았던 서울에서의 삶과 달리 자유로움 그 자체로 체험된다. 앞서 영도(零度)의 경계에 내몰렸던 인간은 이제 무위의 실천 속에서 비로소 회복의 기미를 보인다.

고향에서 펼쳐지는 '나'의 무료한 일상을 영화 「리틀 포레스트」에 비유하는 건 어쩐지 계급적 실감을 거스른다. 그건 차라리 한 종편(종합편성채널) 방송사에서 히트를 친 〈나는 자연인이다〉와 어울리는 것 같다. 그래서일까. 「한 사람을 위한 마음」의 인물은 "〈나는 자연인이다〉 세편을 연이어 보다가 평소보다 일찍 잠이 들었다"(10면)고 말할 정도로 그 프로그램을 좋아하며 그래서 조카로부터 "자연인 이모"(11면)라고 불린다. 그 인물은 "매출로만 보면 없어지는 게 맞을지도 모를 곳"에서 "매일 똑같은 일상을 보"(12면)내며 "내가 남들처럼 괴롭지 않은 이유가 어쩌면 가진 것이 아무것도 없기 때문은 아닌가"(25면) 생각할 정도로 가난하지만 그 빈곤이 곧바로 실존을 위협하지는 않는다. 「넌 쉽게 말했지만」의 화자 역시 마찬가지다. 별다른 일을 하지 않는 그녀는 고향에서 고작 천원짜리 행운에 기뻐하고 엄마와 미나리를 뜯으며 소소한 삶이 주는 만족을 천천히 음미한다.

자연인은 속세에서 사람들과 부대끼며 만신창이가 된 심신을 자연에 고립시킴으로써 회복을 도모하는 사람이다. 자연인이 행하는 자발적인 고립에는 속세로부터 받은 상처와 환멸, 피로 등이 진하게 배어 있으며 자연인의 이념은 사회적 상호작용을 가능한 한 최저의 수준으로 유지하며 소유에 대한 강박에서 벗어남으로써 물질문명이 강제하는 더 많은 축적에의 명령에서 탈출하는 것이다. 물론 이주란 소설의 인물들을 그대로 자연인이라고 말할 수는 없다. 그 삶이 정말 TV 프로그램에서처럼 모든 걸 홀홀 털고 산속에 들어가 자급자족 생활을 영위하는 것이라면 더욱 그렇다. 그럼에도 거기엔 분명 '자연인의 이념'이라고 할 만한 것에 대한 인정과 끌림이 존재한다. 그리고 우리가 자연인의 이념을 동경하는 듯 보이는 이주란 소설의 인물들에 공감할 수 있는 것은 아마도 우리 역시 도무지 속마음을 알 수 없는 타인들과 주체를 소외시키는 노동으로부터 벗어나 자기 자신을 온전하게 회복시키는 과정을 필요로 하는 사람들이기 때문일 것이다. 우리는 갖은 모욕과 모멸을 겪으면서 겨우 한달에 200만원쯤을 벌고 또 겨우 200만원 정도밖에 벌지 못한다며 '이백충'이라는 모욕과 모멸에 시달린다. 유의미하고 진실된 관계를 맺는 데엔 자꾸 실패하기만 할 뿐이며 차가운 도시가 우리에게 제공한다고 약속하는 풍요로운 삶의 미래는 좀처럼 체감되지 않는다.

자연인에 대한 동경에는 엄연한 도피의 심리가 내재해 있지 않나 하는 반문도 제기될 법하다. 그럼에도 고향에 내려앉아 조용히 자신의 마음과 주변의 일상을 다독이는 그 인물들의 생활에 자꾸 마음이 가는 건 그들이 영도(零度)의 지점까지 내려앉았던 스스로를 추슬러 조금은 삶 쪽으로 기울어진 오늘을 살기 위해 애쓰는 마음에 우리의 눈길이 기꺼이 가닿기 때문일 것이다. 그 작고 희미한 긍정의 힘이 앞으로 어떻게 다른 일상을 조직해낼 수 있을지 아직은 확실치 않다. 독자들은 그녀들이 마주할 이후의 삶이 보다 행복하고 따뜻한 것이길 바라겠지만 그 가능성은 여전히 우리의 미래처럼 희미하고 불확실할 뿐이다. 하지만 그렇게 불투명한 삶의 가능성을 조금씩 또렷하게 만들어가는 것이 우리의 세계를 좀더 나은 곳으로 만드는 일과 연결되어 있음은 물론이다.

4. 소심인(小心人) 문학론: 윤이형 소설의 인물들

우리는 소심하다는 말을 일상적으로 듣고 쓰지만 그 단어가 의미하는 구체적인 상황은 제각기 다르다. 남이 별생각 없이 한 말에 오래 상처받는 사람을 소심하다 하기도 하고 낯을 많이 가려서 여럿이 있는 모임에 잘 어울리지 못하는 성격을 소심하다 이르기도 하며 때로는 그냥 타인을 잘 견디지 못하는 예민함을 소심함으로 퉁치기도 한다. 그러고 보면 서로 다른 듯 보여도 여기에는 소심함을 사회적 관계를 맺는 데 부정적인 요소로 작용하는 개인의 심리적 특성으로 치부한다는 공통점이 존재한다. 하지만 소심함을 그냥 이런 식으로, 그러니까 단지 개인의 심리적 결점 정도로 이해해도 좋은 것일까?

윤이형(尹異形)의 「작은마음동호회」는 '소심함'이라는 단어를 개인적 차원을 넘어 사회적 맥락에 접합시키려는 독특한 시도이다. 여기서 소심함은 개인이 어쩔 수 없이 가지는 심리적 결점이 아니라 모종의 사회적 관계가 개인을 심리적으로 위축시킨 결과로 제시된다. 아닌 게 아니라 이 작품에서 '작은마음동호회'를 결성하는 사람들은 유달리 소심한 사람들이 아니다. (정말 소심한 사람이었다면 그런 모임을 만들거나 그런 모임에 가입하지도 못했을 것이다.) 거기에는 "동화를 쓰는 사람도 있고, 번역을 하는 사람도, 외주 편집자도, 프리랜스 웹 디자이너도, 패션지 자유기고가도 있"으며 비록 "유명인은 없지만 다들 쓰는 일에선 한가락씩" 하는 사람들이며 때로는 "독설 넘치는 비평가들"이다(9~10면).

맑스(Karl Marx)는 어디선가 '흑인은 흑인이다. 특정한 관계 속에서만 그는 노예가 된다'라고 말한 적이 있다. 존재에 선행하는 형이상학적 본질을 상정하는 것을 비판하며 형이상학적 본질보다 존재에 관여하는 사회적 관계의 힘의 우선성을 강조한 이 말을 여기에 대입해보면 어떨까.

'우리는 모두 자신의 분야에서 한가락씩 하는 사람들이다. 하지만 엄마라는 이름으로 가정 내에 묶일 때 우리는 소심한 사람이 된다'쯤이 되지 않을까. 문제는 그 재능 있고 자기주장 활발했던 여성들이 지금은 '어머니'로서 가정에 묶인 존재로 살아갈 뿐 공화국의 적극적인 시민으로 존재할 수 없는 상황에서 발생한다. 그녀들은 이러한 분열을 마주하면서 공화국의 시민됨 자체를 의문에 부친다.

> 우리는 부당한 권력에 대항하는 대규모 집회가 열리는 토요일마다 빈집에서 아이와 마주앉아 있는 사람들이다. (…) 그렇게 나가고 싶으면 유아차라도 끌고 아이를 데리고 나가면 되지 않느냐는 질문에 그러면 '맘충' 취급을 받지 않겠느냐고 볼멘소리로 대답하면서도, 인파 속에서 밀리고 밟히다 아이가 혹시 다칠까 겁내는 마음이, 차가운 초겨울 바람이 아이의 볼을 꽁꽁 얼리지 않을까 걱정하는 마음이, 실은 우리 자신이 만들어낸 나약한 핑계이고 열등감이 아닐까, 나는 실은 전혀 정치적 존재가 못 되는 게 아닐까, 자기검열을 하다 마음을 다친 채 새벽 두시에 책상 앞에서 맥주 캔을 따는 사람들이다. (10~11면)

작품의 배경은 박근혜(朴槿惠) 대통령 탄핵 집회이며 여기서 '나'를 비롯해 아이를 가진 엄마들은 광장에 나가지 못하고 아이와 함께 집에 남는다. 해방의 기운이 넘실거리는 광장에서 그녀들은 소외되어 있다. 물론 이 소외는 전적으로 강제된 것만은 아니다. 그리고 그 사실이 그녀들을 더욱 초라하게 만든다. 어린아이를 데리고 추운 겨울밤 도심의 광장에 나가는 일은 여러모로 위험한 일이지만 문제는 그걸 핑계 삼는 나의 안일한 소시민성에 있는 건 아닐까 하는 생각에서 자유롭지 못한 것이다. "나는 실은 전혀 정치적 존재가 못 되는 게 아닐까" 하는 열등감은 그래서 찾아든다. 그녀들은 '폴리스'로부터 소외되어 '오이코스'에 머무르길 강요받은 존재들이며 시민으로 우뚝 서지 못한 자신의 소시민성을 부끄러워하며 속수무책으로 자기혐오의 감정에 빠져든다.

이 목소리는 동시에 충분히 정치적이지 않다는 이유로 비판받아온 어떤 문학(인)의 내밀한 고백처럼 느껴지기도 한다. 문학과 정치의 관계에 있어 쉽게 선명한 정치의 편에 서지 못하는 문학(인)이 느끼는 복잡한 심경 같은 것 말이다. 주지하듯 '문학과 정치'의 관계는 근대문학의 오랜 난제에 속하며 최근 '시와 정치' 논의도 그렇듯이 한국문학은 오랫동안 정치와 문학의 관계를 둘러싸고 치열한 논쟁을 벌여왔다. 거기서 커다랗고 선명한 목소리를 냈던 건 대개 정치적 참여의 중요성을 강조하는 논자들이었다. 그들은 역사, 이념, 정의, 당위 등으로 무장했고 그 어휘들이 공허하게 느껴졌던 반대편 사람들은 조용히 개인주의의 미덕이나 문학의 자율성을 벽돌 삼아 고답적인 성을 쌓곤 했다. 하지만 문학의 세계엔 언제나 이렇듯 선명한 목소리들만이 존재했던 것은 아니며 거기에는 누구보다 정치적 존재로 우뚝 서고 싶지만 도저히 그럴 수 없는 사람들의 불안과 자기혐오 또한 아로새겨져 있다. 하지만 극단의 목소리가 과잉 대표되는 건 문학의 세계 역시 마찬가지여서 뚜렷한 지향과 선명한 목소리에 가려져 있던 수많은 소심한 갈등은 거의 시야에 포착되지 못하거나 혹 드러난다 해도 곧잘 쓸데없는 감상성으로 폄훼되곤 했다. 그러니 이 작품에 나타나는 '나'의 부끄러움과 자기혐오가 우리 문학에서 상당히 희귀한 것이란 사실을 짚어두지 않을 수 없다.

『작은마음』vol.1은 거국적인 항쟁의 국면에서 집에만 있을 수 없었던 '작은마음동호회' 회원들이 자신들의 목소리를 담아 탄핵 집회에 참석한 사람들에게 나눠주기 위해 만들어졌다. 거기에는 아마도 '오이코스'에 할당된 여성의 삶이 어떻게 '시민'들에 의해 체계적으로 소외되는지를 고발하는 목소리들이 담겨 있었을 것이다. 여성으로서, 특히 아이를 가진 엄마로서, 가사노동의 주 담당자이자 아이의 주 양육자로서 그녀들이 느끼는 고통과 절망의 순간 역시 담겨 있었을 것이다. 무엇보다 이 책자는 '나'와 서빈의 재회를 이어주는 매개가 되어준다.

이 작품은 광장-폴리스의 시민성과 가정-오이코스의 소시민성을 대립시키는 듯 보이지만 둘 중 하나의 손을 들어주는 것은 아니다. 물론 독자에 따라 명백히 소시민성에 기울어져 있다고 볼 여지도 없지는 않다. 가령 '나'는 『작은마음』vol.1을 들고 광장에 서지만 그건 단지 다른 사람들이 외치는 구호를 똑같이 따라 외치기 위함이 아니다. '나'는 사람들이 이리저리 뛰어다니는 광장에 서서 "정말로 대통령을 퇴진시키러 이 자리에 나온 것일까" 의심하고서 곧바로 "나는 이제 내가 다시 만날 수 없게 된 한 사람과 길 위에서 우연히 마주치고 싶다는 생각 때문에 거기 있는 것만 같았다"고 말한다(「작은마음동호회」 22면). 자신의 삶에 소중했던 한 사람이, 그렇지만 서로 다른 삶의 길을 걷게 되었기에 멀어졌다가 이제 다시 만나게 된 그 한 사람이 광장에 울려 퍼지는 '대의'보다 소중하게 여겨지는 것이다.

하지만 광장의 대의보다 친밀했던 관계의 회복에 더 많은 마음을 쓰는 '나'의 태도를 소시민적이라고 비난하는 것은 시민의식과 소시민성을 매우 도식적으로 이해하는 한에서만 가능한 것일 테다. 윤이형이 이 작품에서 정립하려는 것은 차라리 그런 도식적인 시민성/소시민성을 넘어 새롭게 요청되는 '소심인(小心人)'의 윤리가 아닐까. '소심인'의 윤리는 광장-폴리스는 언제나 여성에 대한 체계적인 배제를 포함하는 것은 아니었는지, 그리고 여성들 사이에서 맺어지는 우애와 연대의 가치를 공적인 것이 아닌 그저 사적이고 부수적인 것으로 여기게 하지는 않았는지 의심하며 남성화된 광장-폴리스에 당당하게 기입될 수 없었던 망설임과 머뭇거림에 우리의 눈길을 닿게 한다. 그 점에서 '소심인'은 비록 부끄러움과 자기혐오에 빠질 때에도 "극도로 무책임한 개인주의와 극도로 감정적인 집단주의 사이를 무정견하게 방황하면서 해소할 길 없는 원한과 허무감과 피해망상증에 시달리고 있는"[16] '소시민'과 다르다. '소심인'은 자신에 대한 부정적인 감정에 막연히 침윤되어 있지 않으며 자신을 거듭 부정적으로 인식하게 하는 세계의 구조를 날카롭게 인식하고 그 구조를 미약하게나마 바꿔가기 위해 투쟁하기 때문이다. 그 투쟁은 광장에 서서 많은 사람들이 동의하는 정치적 구호를 외치는 것보다 훨씬 외롭고 어렵고 힘든 싸움이다.

이렇듯 '소심인'은 자주 자기부정과 자기혐오에 시달리지만 그 부정과 혐오의 메커니즘은 오로지 자아에게 귀속된 것이 아님을, 어떤 자기부정과 자기혐오는 그것을 체계적으로 재생산하는 사회적 기제에 의해 발생하기도 한다는 것을 우리는 윤이형의 소설을 통해 배울 수 있다. 우리는 언제나 당당한 시민으로 존재한다기보다 때론 비겁하고 자주 나약하고 늘 소심한 주체로 살아간다. 하지만 앞으로 우리의 삶을 조금씩 나은 것으로 바꿔가는 힘은 '소심인'들의 섬세하고 예민한 의식과 실천으로부터 더욱 많은 빚을 지게 될 것이다. 중화권에서 '소심(小心)'은 조심하고 유의하라는 경계의 의미로 사용된다고 한다. 더 나은 삶을 위한 우리의 투쟁은 이제 더 많이 조심하고 더 세심하게 유의하려는 마음 없이 전진하지 못할 것이다.

---

16 백낙청, 앞의 글 23면.

아폴로 프로젝트, AGAIN!

◆

장류진의 『달까지 가자』

1. 풍속의 해부학

장류진은 오늘날 한국사회의 세태를 포착하는 시선이 누구보다 날렵하며 그렇게 포착된 사회의 풍속도를 유머러스하고 속도감 있는 문체로 서술하는 데 탁월한 재능이 있는 작가다. 어떤 사람들은 '세태'라는 용어에 눈살을 찌푸릴지도 모르겠다. '세태소설'을 사상성이 결여된 자연주의의 아류로 규정한 임화(林和) 이후 세태는 주로 세계의 본질을 파악하지 못한 채 현상의 단순한 관찰에 머무른다는 식의 부정적 평가를 동반해온 탓이다. 임화의 입론은 지금으로부터 백여년 전에 제출된 것이지만, 세태를 개인의 눈에 비친 쇄말적인 현실을 무기력하게 모사한 것쯤으로 치부하는 태도는 여전히 강고하다.

그런 태도는 세태를 누구나 지각 가능한 객관적인 것으로, 독서의 체험에 앞서 이미 우리 앞에 주어져 있는 자명한 현실의 덩어리로 오인한다는 점에서 문제적이다. 하지만 세태는 어디까지나 작가에 의해 사후적으로 구성되어 제시된 것이면서도 일단 성공적으로 제시된 후에는 현실의 자연스러운 일부처럼 간주되는 '인공적 구성물'에 가깝다. 거기에는 모종의 전도가 내재해 있는 셈인데 이런 전도는 작가의 솜씨가 빼어날수록 교묘해져서 더욱 눈치채기 힘들어진다. 작가가 지닌 개성적 시각과 구사하는 문체의 공력이 뛰어날수록 독자는 작가에 의해 새롭게 창조된 현실을 보면서도 이미 존재하는 현실에 관한 핍진한 재현을 마주하고 있다는 달콤한 착각에 빠져들게 되는 것이다. 그렇다. 이는 정확히 우리가 장류진의 소설을 읽을 때 경험하게 되는 일이다.

장류진은 오늘날 한국인들이 지닌 몸과 마음의 생리를 문학적 풍속으로 육화시킴으로써 빼어난 현실성을 확보해낸다. 풍속이 사회 구조와 길항하는 개인적 욕망에서 시작하는 것이라면 사회적 환경에 조응하는 생동감 있는 인물의 형상은 '풍속의 해부학'의 성패를 가늠하는 중요한 잣대라고 할 수 있다. 장류진은 그 점에서 현재 독보적인 영역을 개척해나가고 있다. 장류진 소설의 인물들은 사사로운 개인으로 존재하는 듯 보이는 순간에도 자신이 서 있는 위치에 작용하는 사회와 환경의 힘을 본능적으로 감각하며 사회의 규정적인 힘에 그 나름의 비책으로 맞서고자 분투한다. '흙수저 여성 청년 3인의 코인열차 탑승기'로 요약할 수 있는 『달까지 가자』(창비 2021)에서 무엇보다 우리의 눈길을 사로잡는 것도 그와 같은 입체적이고 개성적인 인물의 뚜렷한 존재감이다.

'흙수저 여성 청년 3인의 코인열차 탑승기'라고 요약했지만 이 문장을 구성하고 있는 개념 하나하나가 오늘날 한국의 현실을 설명할 때 피해갈 수 없는 무게를 지닌다. '흙수저'는 만성화된 저성장 국면과 맞물린 세습 자본주의화의 경향을 관통하는 키워드이며 '여성 청년' 역시 오늘날 한국사회의 문제적 현실과 문학적 재현의 양상을 살피는 데 빼놓을 수 없는 주체의 형상이다. '코인 열풍'은 오늘날 평범한 청년들이 겪는 사회경제적 폐소감(閉所感)을 반영하는 동시에 서정 시인조차 금광으로 달려가게 만드는 '황금광 시대'(박태원 『소설가 구보씨의 일일』)를 우울하게 관조했던 구보의 시대로 소급해 들어가는 '한탕주의'의 장구한 내력을 떠올리게 만든다.

2. 도약 상실의 시대

『달까지 가자』의 화자인 다해와 은상 언니, 그리고 지송은 각자 다른 성격을 지닌 인물이지만 "여러가지 이유들로 집안에 빚이 있고, 아직 다 못 갚았으며, 집값이 싸고 인기 없는 동네에 살고, 주거 형태가 월세고 5평, 6평, 9평 원룸에 살고 있다는"(105면) 점에서 비슷한 사회경제적 위상을 공유하고 있다. 곤궁한 '가계의 내력'에도 불구하고 이름만 들으면 아는 대기업에 들어가는 데 성공한 이들의 삶은 겉보기에 그리 나빠 보이지 않을지 모른다. 하지만 "보수적인 조직, 멍청한 리더, 짜디짠 박봉, 밀어주고 끌어주는 인맥의 부재, 배움 없이 발전 없이 개인기로 그때그때 업무 쳐내기, 별다른 혁신도 자극도 없이 평생 이 상태로 근근이 유지만 할 것 같은 정체된 업계"(123면)에서 소진될 대로 소진된 그녀들은 자신이 누리고 있는 안정이 "누군가의 콧김 같은 것에도 쉽게 부스러져 내릴 수 있"(95면)을 정도로 허약하다는 불안에서 자유롭지 못하다. 그녀들은 스스로를 "앞으로 전진하는 방향 키를 아무리 눌러도 발에 모래주머니 단 것처럼 무겁고 천천히 나가는"(57면) 게임 캐릭터처럼 세상에 발목 잡힌 존재로 여기며 "자기 발목에 매달린 쇠사슬 같은 걸 눈앞에서 툭 끊어내고"(106면) 자유롭게 훨훨 날아가고 싶어 한다.

그녀들을 옭아매고 있는 발목의 쇠사슬에 관해서라면, 물론 조금 다른 브랜드의 쇠사슬이지만, 맑스의 유명한 선언이 오래전에 제출되어 있다("프롤레타리아들이 잃을 것은 쇠사슬이요, 얻을 것은 전세계다!"). 하지만 법은 멀고 주먹은 가깝다는 말처럼 그녀들에게 '노동해방'은 멀고 가상화폐가 눈앞에 열어준 '포털'은 손에 잡힐 듯 가깝다. 불가사의하게 열린 상승의 기회를 만화영화 「시간탐험대」(1989)에 등장하는 '돈데크만'의 '포털'에 비유한 작가의 재치는 감탄을 자아내지만 그 '포털'이 최근 들어 새롭게 발견된 건 아니다. 요새는 자본주의의 투기적 성격을 특별히 부각시켜 '카지노 자본주의'라고 부르기도 하지만 자본주의는 태생에서부터 조금이라도 판돈을 쥐고 있는 모든 사람을 잠재적인 '투자자'로 대접해왔다. 박태원(朴泰遠)의 황금광(『소설가 구보씨의 일일』, 1934), 채만식(蔡萬植)의 미두(米豆, 『탁류』, 1939)를 거쳐 박완서(朴婉緒)의 부동산(「낙토의 아이들」, 1978)으로 이어지는 한국문학사의 면면한 계보를 보라. 이제 우리는 여기에 장류진의 '이더리움'을 추가할 수 있게 되었다.

흥미로운 것은 앞선 '투기의 계보'와 달리 여기서 가상화폐 '투자'(혹은 '투기')가 무구할 정도로 무해함의 외양을 띠고 있다는 점이다. 이 무해함과 무구함은 작가가 의도적으로 채택한 서사적 전략으로 보인다. 그로 인해 얻을 수 있는 것과 잃게 되는 것들의 목록 역시 작가의 대차대조표 안에 요연하게 정리되어 있겠지만 저널리즘적 양비론에서 벗어날 수 있다는 게 무엇보다 큰 수확이 아닐까 싶다. 가상화폐 열풍이 거느린 빛과 어둠을 추적하는 르포 기사라면 최대한 풍부하고 균형감 있게 그 명과 암을 고루 살펴야 옳겠지만 좋은 르포 기사의 덕목이 반드시 좋은 소설의 덕목과 일치하는 것은 아니다.

좋은 소설은 선택한다. 그리고 그 선택이 옳았음을 끝내 납득시킨다. 장류진은 이 작품을 모든 역에 고루 정차하는 완행열차가 아니라 어지럽게 등락을 거듭하는 롤러코스터로 설계했다. 그렇다면 우리는 두가지를 물을 수 있을 것이다. 첫째, 롤러코스터가 그 소재를 서사화하는 데 적절한 양식인가? 둘째, 그렇게 설계된 롤러코스터는 탑승객에게 충분히 짜릿한 스릴감을 선사하는가? 내 대답은 모두 '그렇다'이다. '떡락'과 '떡상'을 거듭하는 가상화폐 그래프는 롤러코스터라는 형식과 더할 나위 없는 상동성을 이루며 가상화폐에 냉소적인 (나 같은) 독자들조차 어느 순간 조마조마한 마음으로 손에 땀을 쥐며 그녀들의 더없이 속된 욕망의 성취를 응원하게 된다.

그 응원과 공감의 마음은 우리 역시 소설 속 그녀들처럼 나아질 희망 없는 지지부진한 현실에 짓눌려 있다는 실감을 공유하는 데서 비롯한다. 제자리걸음을 겨우 면하고 있을 뿐 훌쩍 날아오르는 상승과 도약을 꿈꿀 수 없는 청년들은 자신의 좌절된 상승욕구를 장류진의 롤러코스터를 통해 기꺼이 대리 충족한다. 얼핏 그 충족감은 가상화폐의 가상성(virtuality)을 닮아 있지만 그와 같은 가상성에 자신의 미래를 의탁하게 만드는 오늘의 현실은 결코 가상적이지 않다.

이런 식의 박음질이 더는 지겨웠다. 나는 그냥 부스터 같은 걸 달아서 한번에 치솟고 싶었다. 점프하고 싶었다. 뛰어오르고 싶었다. 그야말로 고공 행진이라는 걸 해보고 싶었다. 내 인생에서 한번도 없던 일이었고, 상상 속에서도 존재하지 않았고, 그렇기 때문에 당연히 기대조차 염원조차 해본 적 없는 일이었다. (98면)

케네디 정권에서 국무성 정책기획위원회 의장을 역임했던 월트 로스토(Walt Rostow)는 사회의 발전단계를 전통사회, 과도기적 사회, 도약단계의 사회, 성숙단계의 사회, 고도의 대량소비사회의 다섯 단계로 나눈 것으로 유명하다. 그런 로스토가 1965년 방한해 박정희(朴正熙) 대통령을 만나 "한국은 지금 도약단계에 있다"고 선언한 일화는 상대적으로 덜 유명하지만 당시 로스토의 격려에 크게 고무되었던 박정희 대통령은 이후 강력한 근대화를 추진했고 심각한 문제를 동반하긴 했으나 한국경제는 급속도로 성장했다. 당시의 근대화 프로젝트는 한국인들에게 도약과 상승의 경험을 집단적으로 각인시킨 계기가 되었지만 오늘날 청년들에게 그런 도약과 상승은 "내 인생에서 한번도 없었던 일이었고, 상상 속에서도 존재하지 않"는, 빛 바랜 신화에 불과할 뿐이다. 마침 미국이 '아폴로 프로젝트'를 통해 달에 인간을 올려보내는 데 성공했던 때도 1969년, 한국경제가 막 도약의 날개를 펼치기 시작하던 때였다.

글로벌 경제위기 이후 저성장 국면이 고착화되면서 세습 자본주의의 경향이 심화되고 있지만 도약과 상승을 향한 개인의 욕망마저 사라진 것은 아니다. 욕망은 사라지지 않았으되 기존의 방식으로는 자신의 욕망을 충족할 수 없는 상황에 맞서 오늘날 주체들이 취하는 태도는 단일하지 않다. 어떤 사람들은 세속적 욕망을 통제하면서 적정한 삶의 양식을 스스로 정립해나가는 '자아의 테크놀로지'를 계발해나가기도 하고[1] 어떤 사람들은 이 작품의 인물들처럼 자신의 욕망을 실현시키기 위해 기꺼이 투기의 장으로 진입하는 모험을 택하기도 한다. 그 욕망은 "1말고 1.2를" "그 추가적인 0.2"를 간절하게 염원하는 다해처럼 소박하기도 하고 "나를 좋아하는 사람이 아니라 내가 좋아하는 사람을 만나고 싶"어 하는 지송처럼 때론 열렬하기도 하며 "너한테는 그 정도면 충분하다는 말"에 화르르 불타오르는 은상처럼 공격적이기도 하다.

서로 다른 열도(熱度)를 지니고 있지만 모든 욕망은 주체로 하여금 그 실현을 향한 모험을 추동하게 한다. 실제로 이 작품의 커다란 매력 중 하나는 모험담의 형식을 취한 데 있다. 거기에는 낯선 땅을 향해 용감하게 닻을 올린 리더가 있고("뭔지 알려주면, 너희도 같이할래?", 42면) 그 리더를 따르는 충실한 협력자가 있으며("강장군님! 장군님만 믿습니다!", 116면) 처음에는 사사건건 발목을 잡다가 모종의 계기로 회심한 뒤 누구보다 열심히 모험에 빠져드는 캐릭터가 있다("있잖아…… 사실 나 아직

---

1 저성장 시대의 주체들이 채택하는 '자아의 테크놀로지'에 주목한 글로는 졸고 「'뉴노멀' 시대의 소설」, 『창작과비평』 2019년 가을호(이 책 제1부에 수록) 참조.

안 팔았어", 297면). 『로빈슨 크루소』나 『보물섬』처럼 우리가 어렸을 때 즐긴 대표적인 모험담들이 제국주의적 팽창으로 대표되는 당대의 욕망을 은밀하게 반영하고 있었던 것처럼 이 작품 역시 오늘날 청년들의 포기되지 않은 욕망에 의해 전개되는 한편의 모험담이다.

3. '해피엔드' 이후의 삶

그녀들의 모험은 성공했다. "우리 같은 애들한테 아주 잠깐 우연히 열린, 유일한 기회"(102면)는 은상 언니를 33억 자산가로 만들어주었으며 지송이 이더리움으로 번 돈을 종잣돈 삼아 벌일 대만 흑당 수입 사업은 곧 불어닥칠 '흑당 열풍'을 타고 그녀에게 큰 성공을 안겨줄 예정이다. 그런데 다해는 조금 다르다. 그녀는 1.2룸에서 벗어나 거실과 부엌이 분리된 베란다가 있는 아파트로 거처를 옮길지언정 그토록 간절하게 바라왔던 퇴사를 결행하진 않는다. 그건 지송처럼 당장 뛰어들 사업 아이템이 없는 탓이기도 하고 3억 2천이라는 돈이 당장 회사를 그만두고 평생 먹고살 수 있을 만큼 충분하지 않아서이기도 하지만 무엇보다 "우리 딸이 이렇게나 사회에서 필요로 하는 존재구나"(345면) 하는 엄마의 오해 섞인 뿌듯함으로부터 그녀 역시 그리 멀리 있지 않기 때문이다.

"이상할 것 같아도 막상 먹어보면 생각보다 맛은 있"(345~46면)는 '사감칩'처럼 회사는 "자신에게 원래 있는지도 몰랐던, 알 수 없는 무언가"(162면)를 갉아먹고 때론 냉동실 얼음틀 갖고 쩨쩨하게 굴게 만드는 곳이지만 그럼에도 회사를 그만두지 않는 다해의 선택은 '해피엔드' 이후에도 끝나지 않은 삶이 여전히 우리 앞에 놓여 있다는 사실을 일러준다. 그건 앞서 이 작품의 구조가 롤러코스터와 제유적(提喩的) 관계를 띠고 있다고 지적한 것과도 무관하지 않다. 우리는 롤러코스터에 탑승해 있는 동안 현실을 잊고 무한한 속도감을 만끽하며 질주할 수 있지만 약속된 짧은 시간이 끝나고 나면 다시 산문적인 일상의 삶으로 복귀해야 한다. 물론 다해의 경우에도 롤러코스터 탑승 전과 후의 삶이 똑같기만 한 건 아니다. 그동안의 월급 생활이 "밑 빠진 독에 물을 붓고 있다는 느낌"이었다면 이제는 "내 떡두꺼비 같은 3억 2천이 그걸 막아"(347면)주고 있다는 사실에 조금은 안도할 수 있게 된 것처럼 말이다.

하지만 그녀가 누리는 행운을 오늘날 대다수의 청년들이 일반적으로 기대하기는 어렵다. 그러니 그녀의 삶에 든든한 버팀목이 되어줄 이 "떡두꺼비"를, 어떻게 보다 많은 사람들이 평등한 사회적 삶의 조건으로 누릴 수 있게 할 것인지에 대한 질문은 '해피엔드' 뒤에 남아 있는 삶의 시간 속에서 필연적으로 제기될 수밖에 없다. 물론 이 작품은 그와 같은 질문을 정면으로 제기하지는 않는다. 어쩌면 그 질문과 해답을 궁리하는 일은 언제나 작품으로부터 한걸음 더 나아가기 마련인 독자들의 몫인지 모른다. 그렇지만 앞으로 펼쳐질 장류진의 작품세계가 이 책의 마지막 페이지를 덮는 순간 시작될 독자들의 궁리로부터 멀리 떨어져 있을 것 같지는 않다. 그녀가 작품의 결말에 펼쳐놓은 '해피엔드' 이후의 시간은 이후의 삶을 채워나갈 또다른 이야기를 숙제처럼 남겨놓은 듯 보이기 때문이다. 장류진은 이 경쾌한 모험담을 통해 앞으로 그녀가 써내려갈 이후의 이야기에 대한 관심이 결코 헛되지 않으리란 기대를 품게 만드는 데 성공했다. 이후의 이야기들이 벌써부터 궁금해진다.

우리 시대의 노동 이야기

◆

장강명, 김혜진, 김세희의 소설

1. 신화 없이

인간은 왜 일을 해야 할까? 성경에 따르면 최초의 인간이 신의 명령을 어기고 선악과를 먹었기 때문이다. 격노한 신은 '선악과 무단취식 사건'을 인간의 원죄로 규정하고, 살아서는 벗어날 가망 없는 노동의 수고를 인류에게 부과했다. 비록 그만큼 유명하지는 않지만 '이교(異敎)'의 창세기는 보다 노골적이다. 수메르 신화에 의하면 인간은 처음부터 신의 노동을 대리하기 위해 창조되었다. 지상에 내려와 문명을 건설하던 신들이 과도한 노동과 형편없는 처우에 불만을 품고 항의하자 신들의 신인 엔키(Enki)는 인간을 창조해 신들을 고된 노역에서 해방시켜줌으로써 역사에 기록된 최초의 '노동쟁의'를 '훈훈하게' 마무리 짓는다.

오랜 시간 대립하던 노동과 신성의 관계는 '프로테스탄티즘 정신과 자본주의의 윤리'가 결합하면서 새로운 국면을 맞게 된다. 막스 베버(Max Weber)가 창안한 이념형에 이르러 노동은 신성의 결여가 아니라 반대로 신의 은총을 드러내는 적극적인 징표로 여겨지게 된 것이다. 세속적인 직업을 갖고 노동의 의무를 다하는 것을 신의 영광을 증대시키는 거룩한 소명으로 인식하는 정신의 변혁이 자본주의의 발흥을 이끌었다는 베버의 논의는, 근대 산업노동자가 아니라 '부르주아'라는 세속세계 신의 탄생을 소묘하는 데 더욱 적합해 보인다. 그러나 부르주아가 새로운 역사의 무대를 독차지할 수 있었던 건 아니다. 근대 자본주의는 태내에 자신의 '적대자'(antagonist)인 프롤레타리아를 배태하고 있었으니 프롤레타리아를 주인공으로 하는 '스핀오프'(spin-off)의 상연은 피할 수 없는 것이었다.

노동자계급이 주인공이 되어 펼치는 해방의 드라마는 근대를 대표하는 또 하나의 신화였다. 하지만 현실사회주의가 몰락한 지 오래인 지금, '노동해방'의 신화는 개인의 근면성실한 노동이 부의 원천이라는 베버의 신화만큼이나 낡은 듯 보인다. "노동자계급의 입장에 선다는 것은 곧 전체를 볼 수 있는 전망을 획득함을 의미한다"거나 "전진하는 역사를 총체적으로 보여줄 수 있는 새로운 문학적 전형의 창조에 한걸음 더 다가가" "전체 운동의 발전 속에서 자신의 운명의 개척자로 깨어나는 노동자와 민중의 모습을 반영"해야 한다는 주장[1]은 이제 거의 찾아보기 어렵다.[2]

---

1 정남영 「민족문학과 노동자계급문학」, 『창작과비평』 1989년 가을호, 81~89면.
2 물론 1980년대 노동문학을 둘러싼 논쟁은 치열했으며 모든 논자들이 '노동자계급 당파성'을 일률적으로 추인했던 건 아니다. 1980년대 노동문학론에 내재한 관념성을 비판하며 문학과 삶에 있어서의 창조성을 강조한 백낙청의 논의가 대표적이다. 백낙청은 "자본제 아래 노동자계급의 소외된 노동의 경우에조차 그것이 짐승이나 기계의 움직임이 아닌 인간의 노동이라는 점에서, 소외되지 않은 인간 본연의 실천으로서의 노동을 이미 부분적으로 구현하고 있"으며 "민중소외의 극복도 바로 이처럼 이미 구현되고 있는 창조성을 바탕으로만 가능한 것이며, 소외극복을 위해 반드시 필요한 소외의 실상에 대한 정확한 인식도 실은 그러한 창조성의 실감을 전제하는 것"임을 강조한 바 있다(백낙청 「작품·실천·진리: 민족문학론의 과학성과 실천력을 높이기 위해」, 『민족문학의 새 단계』, 창작과비평사 1990, 379면). 한편 1980년대 노동해방문학을 주창하면서 가장 강경한 노동자계급 당파성을 주장했던 조정환은 이후 "계급으로서의 노동자의 승리란 사회주의의 신화"일 뿐이며 그같은 신화에 기댔던 1980년대 "노동문학은 어느새 '고귀한 출생-고난-투쟁-종국적 승리'라는 구전설화의 구도를 닮아"갔다는

자신을 지탱해온 근대의 신화들이 스러진 지금, 노동은 위태롭고 곤궁하다. 근면성실한 노동에도 '벼락거지'가 된 스스로를 책망하며 다급하게 '영혼까지 끌어모아' 부동산과 주식, 가상화폐 시장으로 발길을 돌리는 사람들의 뒷모습에서 오늘날 노동의 곤궁함은 더욱 도드라진다. 하지만 그 과정에서 고릿적의 숙명론이 다시 힘을 얻는 현실은 노동에 관한 새로운 자기증명의 서사가 필요하다는 점을 역설적으로 일깨워준다. 노동이 고통과 징벌일 뿐이라는 신화적 숙명론은 익숙한 '노동혐오'를 반복하게 할 뿐이며 미래의 노동을 구성하기 위한 새로운 인식과 실천을 생성해내기도 어렵기 때문이다.

노동은 인간의 사회적 정체성은 물론이고 생명 보전과도 밀접하기에 인간 존재와 삶의 문제를 진지하게 대면하고자 하는 작가일수록 이 과제를 피해가기 어렵다. 그런데 노동에 대한 관습적인 가치평가를 반복하는 것으로는 결코 충분한 답이 될 수 없다는 데 오늘날 작가들이 마주한 난점이 있다. 오늘날 작가들은 기존의 신화들이 몰락한 자리에서 과거의 잔해를 헤집으며 미래의 희망을 발견해야 하는 곤경을 맞닥뜨리고 있는 셈이다. 여기서는 장강명과 김혜진, 김세희의 작품을 통해 변화한 현실의 노동을 새롭게 포착하기 위한 조건을 탐문해보고자 한다.

2. '공정'한 재현에의 욕망과 능력주의의 덫: 장강명의 「공장 밖에서」

장강명(張康明)의 「공장 밖에서」[3](『산 자들』, 민음사 2019)는 2009년 쌍용차

뒤늦은 자기반성을 내놓은 바 있다(조정환 「사회주의 리얼리즘의 종말 이후의 노동문학」, 『실천문학』 2000년 봄호, 256, 264면).

3 발표 당시(『실천문학』 2015년 봄호) 제목은 '산 자들'이다.

사태를 모티프로 하고 있다. 회사의 위기에서 출발해 정리해고를 요건으로 하는 법원의 회생계획 발표를 거쳐 노동자들의 공장 점거투쟁으로 이어지는 서사의 흐름은 이미 알려진 사태의 전개 과정과 큰 틀에서 합치한다. 하지만 이 작품은 정리해고에 맞서 파업에 나선 노동자의 투쟁을 서사의 중심에 배치하지 않음으로써 전통적인 '노동소설'이 요구하는 재현 방식에 대한 거부 의사를 분명히 한다. 여기서 장강명의 시선은 노동자와 자본가 간의 계급적 대립이 아니라 변화하는 현실에 의해 불확실한 미래를 할당받는 노동과 자본의 공통적인 존재 불안을 향한다.

> 사장은 노조가 비겁한 소리를 한다고 여겼다. (⋯) '당신들이 정말 죽지 않을 각오로 여태까지 일을 해왔나. 이미 회사를 떠난 사람들에 대해서는 뭐라고 할 텐가. 당신들은 진짜로 죽는 게 어떤 건지 몰라. 해고를 당한다고 해서 죽지는 않는다. 더 낮은 임금을 주는 일자리로 옮겨간다고 죽지는 않아. 인정하기 싫겠지만. 진짜로 죽을 수 있는 건 회사뿐이다.' (91~92면)

'해고는 살인이다'라는 노조의 구호를 접한 사장은 결연한 표정으로 이렇게 되뇐다. 작가가 노동자의 편에 서서 이 사태를 다룰 거라 기대했던 사람이라면 당황할 법도 한데, 저와 같은 사장의 속마음이 결코 풍자나 비판을 위한 것이 아니기 때문이다. 이제까지 파업을 소재로 한 작품의 대부분은 투쟁하는 노동자의 입장에 서 있었다. 노동과 자본 사이에 내재한 힘의 불균형을 고려했을 때 사회적 약자인 노동자의 편에 서는 것이 정치적으로 합당한 동시에 윤리적으로도 올바르다고 생각했기 때문일 것이다. 이따금 경영자와 자본가가 등장하지 않은 건 아니지만 그럴 때조차 그들은 탐욕적이거나 비열한 술수를 써서 노동자를 탄압하는 평면적인 악인으로 그려지곤 했다. 하지만 장강명에게 그와 같은 재현 방식은 "소재의 선택이나 서술방식, 주제의식에 있어서 편향이나 왜곡"을 야기함으로써 "한국사회의 현실을 성공적으로 재현하는" 걸 방해하는 걸림돌이 될 뿐이다.[4] "갈등 주체 중 한쪽의 사연이 생략되면 주제에 힘이 실리지 않으며, 윤리적으로도 위태롭다"[5]라는 장강명의 '서사 윤리학'은 파업과 쟁의가 노동자 '만'의 시각이 아니라 사태에 연루된 다양한 주체들의 시각을 통해 '공정하게' 재구성되어야 함을 요구한다.

> "대기업 자동차 회사 직원이라고 호의호식할 때에는 우리 중소기업 직원들이 얼마나 울분 삼키고 서러움 참으면서 일하는지 몰랐지이! 그렇게 말로만 상생 협력 상생 협력 외치다 이제 자기들만 살겠다고 공장 문 걸어 잠그고 들어앉아 있느냐, 이 비겁한 놈들아아!
> 너희들 900명 살리자고 우리 20만 협력업체 직원 가족 다 죽어야 되느냐아! 너희들이 무슨 원천 기술이 있어어! 자동차에 대해 아는 게 뭐 있어어! 다 우리 중소기업 고혈을 짜서 이윤 내고 떵떵거렸던 거 아니냐아!" (99면)

이 소설은 제목에서부터 기존 노동소설의 서사문법으로부터 훌쩍 이탈해 있음을 예고해주거니와[6] 작품의 핵심적인 대립을 구성하고 있는 '안'과 '밖'의 분할은 단지 공장을 둘러싼 물리적 경계를 따라 구성되지 않는다. 여기서 '안'과 '밖'은 이중구조화된 한국 노동시장의 '내부자/외부자'를 지시하는 은유이기도 하다.[7] 그런데 이중구조화된 노동의 현실은 여태

---

4 장강명 「재현의 구조, 재현하려는 구조」, 『문학과사회 하이픈』 2018년 겨울호, 173면.
5 같은 글 174면.
6 기존의 노동소설은 "작업장을 의미하는 것으로서의 현장성을, 자본가와의 투쟁을 의미하는 것으로서의 투쟁성을, 민중연대성과 계급성을 갖추도록, 그리고 전형을 창조하도록 요구받았다."(조정환, 앞의 글 255면)
7 노동시장이 고임금과 높은 직장안정성과 양호한 근로조건으로 대표되는 1차 부문, 저임금과 낮은 직장안정성과 열악한 근로조건으로 대표되는 2차 부문으로 분단되어 있으며, 후자에서 전자로의 진입 내지 이동성에 제약이 있을 경우 이를 노동시장의 이중구조로 파악한다(김훈 「노동시장 이중구조 해소를 위한 고용법제 개선 방향」, 『노동리

까지 한국문학에서 거의 재현되지 않아왔다. 고용안정성과 급여를 비롯한 처우에 있어 커다란 격차를 감내해야 하는 사내 비정규직과 하청업체 노동자들의 실상을 거론하며 대기업 노조를 비판하는 건 '노-노 갈등 프레임'에 말려드는 일일 뿐이라며 극도로 경계해왔던 저간의 사정에서 자유롭지 못했던 탓이겠다. 물론 노동운동을 분쇄하기 위한 악의적인 공격과 분열의 프로파간다는 여전히 존재한다. 그렇지만 문재인(文在寅) 정부가 추진하는 공공부문 비정규직의 정규직화를 둘러싼 사회적 갈등에서 나타나듯 엄연한 현실을 외면하고 회피하는 사이 이중 노동시장이 야기하는 신종 '신분제'를 둘러싼 대중의 분노는 임계에 달한 듯 보인다.

현실에서 일어나는 극단적인 대립과 갈등을 정확하게 재현하기 위해서는 사태에 연루된 여러 주체들의 목소리를 최대한 '공정'하게 반영해야 한다는 장강명의 입론은 때로 독자들을 불편하게 만든다. 그렇게 '공정하게' 재현된 현실은 언제나 '생각보다' 복잡하며 가해자와 피해자가 간단하게 나뉘지 않기 때문이다. 이와 관련해 그는 자신의 작품이 "소설이라기보다는 저널리즘에 가깝다거나, 기계적 균형을 맞추려는 듯해 불편하다거나, 피해자의 고통을 싸늘하게 바라본다는 등의 지적"[8]을 여러차례 받았음을 털어놓은 바 있다.

하지만 "피해자의 고통"을 싸늘하지 않고 뜨겁게 바라보는 게 보다 윤리적인 태도라 하더라도 그것이 현실에 대한 "부정확할뿐더러 불성실"[9]한 재현을 경유해서 입증되거나 증폭된다면 거기에 의문을 제기하는 건 창작자의 의무이자 윤리이기도 하다는 점에서 이를 이유로 창작자를 비

뷰』 2015년 1월호). 일반적으로 1차 부문에 속하며 상대적 고임금과 고용안정성을 누리는 노동자를 '내부자'로, 주로 2차 부문에 속하며 저임금과 고용불안정에 시달리는 노동자를 '외부자'로 지칭한다.
8 장강명, 앞의 글 178면.
9 같은 곳.

난하는 건 타당하지 않다. 장강명의 소설을 두고 저널리즘에 가깝다고 비판하는 것도 작가의 이력을 작품비평의 근거로 편리하게 소급하는 건 아닌지 생각해볼 필요가 있다. 이는 장강명 소설에 아무런 문제가 없다는 게 아니라 앞서 언급된 비판들을 낳는 원인을 서사의 내적 구조 차원에서 찾을 필요가 있다는 뜻이다. 관련해 장강명식 '서사 윤리학'의 동력이라고 할 수 있는 '공정한 재현에의 욕망'은 주목을 요한다. 장강명이 기계적 균형을 추구한다거나 피해자의 입장에 전적으로 서 있지 않은 듯 보인다면 그건 그가 '객관적이고 중립적인 관찰자'로 머물러야 한다는 저널리스트의 모럴을 소설가의 모럴과 혼동하기 때문만이 아니라 그가 지닌 소설가로서의 모럴과 최근 한국사회를 뜨겁게 달구고 있는 '공정' 담론과 공명하는 지점이 있기 때문이다.

최근의 공정 담론은 "세대와 계층과 젠더를 가로질러 오랫동안 누적되어온 불평등의 기제들이 신자유주의적 개인화의 과정 속에서 새로운 배치와 효과들을 갖게 되면서 만들어"[10]진 측면이 있다. 이와 같은 개인화는 세계를 불평등이 소거된 매끈하고 평평한 곳으로 간주하고, 그 평평한 세계 위에서 수행되는 공정한 경쟁만이 결과의 정의를 보장해준다는 관념으로 연결된다. 그 세계에는 마거릿 대처(Margaret Thatcher)의 유명한 선언처럼 "사회라는 건 없다. 다만 개인적인 남녀가 있고 가족들이 있을 뿐이다." 사회적 연대를 가능케 하는 상상적 토대가 해체된 세계는 파편화된 개인들이 저마다의 이해관계를 좇아 경주를 벌이는 각축장으로 전락하고, 출발점에서부터 불평등을 할당받은 약자의 핸디캡은 안타깝지만 어쩔 수 없는 개인적 자원의 결여로 간주된다. 이같은 공정 담론은 능력주의와 커다란 친연성을 지니거니와 '공정한 서사'를 추구하는 장강명의

---

10 김보명 「페미니즘, '사회적인 것'의 위기를 향한 응답」, 『문학과사회 하이픈』 2020년 봄호, 12면.

세계 역시 능력주의의 덫으로부터 자유롭지 않다.

이 작품은 다음과 같은 문장으로 시작한다. "그들의 자동차는 대단한 장점이 없어서, 잘 팔리지 않았다." 이어지는 문장은 이렇다. "그것이 가장 근본 원인이었다."(80면) 이 문장은 발표 당시에는 없었던 것으로 추후 작품집을 묶으면서 추가된 것이다. 추가된 문장을 통해 시장에서의 경쟁력 상실이 모든 극한적인 대립을 야기한 "근본 원인"이라는 능력주의적 시각이 또렷해진다. 얼핏 명쾌해 보이지만 작품에 전제된 이와 같은 능력주의적 관점의 한계는 자명하다. 수요와 공급의 법칙에 따른 경쟁력 상실은 회사가 위기를 맞이한 원인으로는 적절할지 몰라도 이후 진행된 극단적인 대립의 원인으로 기능하기엔 지나치게 단순하고 허약하기 때문이다. 단적으로 우리는 다음과 같은 물음을 던져볼 수 있다. 경쟁력을 상실한 회사에 종사하는 다른 나라의 노동자들도(혹은 경영자나 정부 관료들도) 그러한 극단적인 상호대립을 감내해야 했을까?

한국GM 군산 공장 폐쇄로 실직한 노동자와 호주 애들레이드의 GM 및 그 하청업체 실직 노동자, 그리고 스웨덴 말뫼의 조선업 쇠락으로 1980년대 말 실직을 경험한 노동자를 심층 인터뷰한 황세원은 똑같이 경쟁력을 상실한 업종에 몸담고 있었으나 세 나라의 노동자들 사이에는 커다란 차이가 있다고 말한다.[11] 경쟁력 상실이라는 사태의 원인은 동일하지만 사회적 갈등의 양상과 갈등을 풀어가는 과정은 나라마다 모두 달랐다는 것이다. 이는 수요와 공급의 법칙이 시공간을 초월한 보편적 법칙이 아니며 이후 사태 전개는 각기 다른 사회적 제도와 힘의 배치에 따라 결정되는 측면이 있음을 보여준다. 이 사회적 차이를 소설 외적인 것이라고 치부해서는 곤란하다. 장강명이 추구하는 '한국 현실에 대한 성공적인 재현'을 위해서라도 한국 자본주의의 역사적 특수성과 그 경로 의존성이 만

---

11 황세원 『말랑말랑한 노동을 위하여』, 산지니 2020, 157~65면.

들어낸 사회의 구조는 더 깊고 폭넓게 서사 안으로 들어올 필요가 있다.

노동쟁의를 비롯한 사회적 갈등을 과감하게 소설화할 때조차 장강명의 세계에는 '사회적인 것'의 영역이 소거되어 있다. 그래서 그의 소설이 기존의 문학적 재현 과정에서 제대로 주목받을 수 없었던 지점을 포착한다 해도 그렇게 포착된 현실의 단면은 끝까지 절단된 파편으로 남을 뿐 현실에 대한 종합적 인식으로 확장되지 않는다. 그 파편을 종합할 '사회'라는 누빔점이 장강명의 세계에서는 존재하지 않기 때문이다. 그 누빔점을 대신하는 것은 '공정'과 '능력주의'가 착종된 현실인식이다. 장강명은 평평한 세계 위에서 갈등을 빚는 다양한 주체들의 입장을 수평적으로 나열함으로써 서사의 '공정'을 꾀하려 하지만 그 갈등을 함께 풀어갈 '사회'라는 무대는 존재하지 않기에 결국 각자도생과 적자생존의 논리 앞에 무기력하다. 사회적으로 첨예한 주제들을 다루는 그의 소설에 정작 '사회적인 것'의 영역이 매우 협소하다는 건 흥미로운 역설이다. 노동문제를 다루는 그의 소설이 노동자와 자본가 사이의 힘의 불균형은 구조적으로 소여된 것이며 그 자연화된 무대 위에서 일어나는 개별 행위자의 전략적 실천만이 사회의 수행성을 구성한다는 '자연주의적' 인식론에 머무르는 것처럼 느껴지는 것도 이와 같은 '사회적 배태성'에 대한 의도적인 눈감기와 무관하지 않을 것이다.

3. 원한 감정화하는 노동: 김혜진의 『9번의 일』

김혜진(金惠珍)의 『9번의 일』(한겨레출판 2019)은 통신회사에서 26년 동안 수리와 설치, 보수 업무를 담당하던 주인공이 회사로부터 퇴직 압박을 받는 장면으로 시작한다. 회사의 방침은 체계적이다. 인력을 조사하고 그중 저성과자를 분류해 재교육한 뒤 개선의 효과가 없으면 좋은 조건의 퇴직금을 주면서 퇴직을 유도한다. 하지만 낡은 다세대 건물을 매입하면서 발생한 빚과 대학 진학을 앞둔 아들의 교육비, 팔순 넘은 양가 부모님의 병원비에 허덕이는 주인공으로서는 쉽사리 퇴직을 결심할 수 없다. 물론 그가 당장의 돈 걱정 때문에 퇴사를 주저하는 건 아니다. 그에게 회사는 단지 일을 하고 월급을 받는 곳이 아니라 "어쨌든 모든 게 더 나아지고 계속 좋아질 거라"(48면)는 믿음을 지탱해주는 '신앙의 거처' 같은 곳이기 때문이다. 그런 그에게 이제 그만 이곳에서 나가라는 회사의 통보는 마치 에덴동산에서 인간을 내쫓는 신의 추방령과도 같다(그에게 통보를 내리는 '본사'는 작품 속에서 마치 범접할 수 없는 신처럼 신비화되어 있다).

장강명의 소설에서 파업이 중심 사건이 아니듯 이 소설 역시 회사 측의 부당 전보조치에 맞선 한 노동자의 '복직투쟁기'로 요약될 수 없다. 실제로 주인공이 노동조합에 가입해서 복직투쟁을 하는 장면은 한 문단 분량의 짧은 서술로 간단히 처리되어 있다. 그는 회사나 자본과 맞서 싸우는 주체적인 노동자가 아니라 자신을 극한으로 내몰아가는, 그 자신조차 알 수 없는 맹목적인 힘에 이끌려가는 수동적인 존재에 가깝다. 한 인간의 파괴된 삶에 초점을 맞춘다는 점에서 이 소설은 영화 「박하사탕」(1999)과 닮아 있다. 이 영화가 시간을 거슬러 괴물처럼 변해버린 영호의 과거를 추적하는 것처럼 이 소설은 한명의 건실한 노동자가 어떤 과정을 거쳐 인간적인 감정을 모조리 잃어버린 괴물이 되어가는지를 건조하게 그려낸다.

그는 소설 초반만 해도 분노의 이면에 연민과 이해라는 다양한 감정이 자리 잡고 있음을 섬세하게 감각할 줄 아는 사람이었지만 희망과 기대가 차례로 꺾여나가면서 점차 감정을 상실하게 된다("감정이라고 할 만한 건 느껴지지 않았다. 고요히 차오르고 일렁거리며 자신에게로 혹은 타인에게로 흐르던 마음의 움직임 같은 것을 더는 찾아볼 수 없었다. 그는 자신과 타인에 대한 연민과 동정을 그만두었다. 뭔가 바뀔 수 있다는 믿음이나 가능성마저 폐기하고 나자 내내 마음속에 들끓던 감정들도 잦아들었다", 175면). 복직에 성공한 뒤 철탑 건설현장에 투입되어 마을 주민들과 극심한 갈등을 빚게 된 그는 자신은 누구이며 왜 일을 하고 있는지에 대한 물음마저 없애버린다("그리고 그날 밤, 그는 자신이 어떤 사람인지에 대해 생각하는 것을 그만두었다. 더이상 그런 것들을 고민할 필요가 없다고 결론 내렸다. 그러자 더이상 중요한 것은 단 하나도 남아 있지 않은 것 같았다", 200면). 성찰과 반성을 수반하는 존재론적 물음은 그가 맡은 임무를 수행하는 데 방해가 될 뿐이기 때문이다.

그런데 감정과 이성을 텅 비워낸 듯 보일 때조차 그 빈자리는 무구한 공백으로만 남아 있지 않다. 그 공백은 보다 근원적이고 강렬한 단 하나의 정동에 의해 가득 채워진다. 그건 바로 원한 감정이다. 사실 이 작품에는 간단치 않은 결점이 있는데 그건 독자가 인물의 선택과 행동에 대한 합당한 근거를 좀처럼 찾아내기 어렵다는 것이다. 이미 예정된 결론을 향해 치달아가는 과정에서 인물의 생동성과 행위의 개연성은 크게 제약된다. 그는 회사에서 오랜 기간 일하면서 "타인이 결코 짐작할 수 없는 성취와 감동, 만족과 기쁨, 즐거움과 고마움의 순간들"(122면)을 누구 못지않게 느꼈던 인물이다. 그런 '베테랑 노동자'가 순식간에 감정과 생각을 비워내고 폭주하는 괴물처럼 변해버리는 건, 비록 그가 느낀 개인적인 배신감과 좌절, 고통을 고려한다 하더라도 서사적인 설득력을 갖기 어렵다.

게다가 26년 동안 근속한 통신 대기업에서는 좋은 조건의 퇴직금까지 책정해놓은 상태다(좋은 조건이라고 한다면 짐작건대 기본 퇴직금 외에 명예퇴직금, 특별가산금, 근속가산금, 경우에 따라 2년 치 급여 등을 합한 것이겠다). 그렇다면 그 퇴직금을 받고 이후 다른 직장에서 일할 수도 있으니 자신의 감정을 모두 비워내고 괴물 같은 존재로 변해가면서까지 회사에 붙어 있을 '합리적인' 이유는 없다. 그 돈이면 무리해서 구입한 다세대 주택을 깔끔하게 수리하거나 은행 대출을 갚을 수도 있고, 당장 손목이 아픈 아내를 몇달 쉬게 할 수도 있을 것이다. 하지만 그는 마치 그런 선택지는 고려조차 할 수 없다는 듯 '흑화'의 외길로 달려간다.

그의 폭주는 자신을 낙원에서 쫓아낸 보이지 않는 신에 대한 자해적인 저항이며 좌절과 절망, 분노와 복수가 어우러진 원한 감정은 자해의 동력이 된다. 그를 지배하는 원한 감정은 마땅히 자신이 누려야 할 것으로 기대되는 걸 누리지 못하게 된 현실에서 비롯한다("그러니까 그가 회사에 기대한 건 마땅히 자신에게 주어져야 하는 것들이었다", 168면). 기대와 현실 사이의 낙차에서 생기는 분노와 자신의 몫이어야 할 것을 앗아간 보이지 않는 힘에 대해 품는 원한의 감정을 이해하기란 어렵지 않지만, 동시에 그 원한감이 오늘날 보편적인 소구력을 지니는 것인지에 대해서는 별도의 검토가 필요해 보인다. 회사에 소속되어 열심히 일하면 노후에 안온한 중산층의 삶을 보장받을 수 있으리라는 낙관과 믿음은 특정한 시대나 세대의 소산이라기보다 특정한 일자리의, 정확히 말하면 노동시장의 내부자만이 가질 수 있는 성격의 것이기 때문이다.

이 소설이 오늘날 노동자들이 겪는 보편적인 인간성 상실의 문제를 한국 현실에 천착해서 바라보고 있다기보다 노동과 일을 벗어날 수 없는 징벌로 여겼던 오래된 신화를 현대적으로 각색한 것처럼 느껴지는 건 그 때문이다. 작품 후반으로 갈수록 그를 내몰던 힘은 추상화, 신비화되고 "일이라는 건 결국엔 사람을 이렇게 만듭니다"(206면)라는 식의 근본주의적 체념만이 팽배해지는 것도 노동에 관한 오랜 신화적 정조에 쉽게 기댄 탓이겠다. 그런데 이런 신화적 체념은 일의 속성을 징벌의 운명으로 과장함으로써 일과 삶을 둘러싼 다양한 감정과 욕망을 폭넓게 고찰하는 것을 봉쇄하는 면이 있다. 일이 인간 본연의 역능과 자유를 침식하는 지점이 없지는 않겠으나 인간은 그같은 억압을 조건으로 무언가를 생성해내는 존재이기도 하다. 억압과 생산을 둘러싼 이러한 양면성을 총체적으로 사유하지 못할 때 현실의 부분은 지나치게 과장되고 그것은 결국 노동에 대한 일면적인 인식으로 귀결되기 쉽다.

작품의 결말에서 그는 철탑에 올라 이제껏 자신이 쌓아올린 것들을 모조리 무너뜨린다. 26년간 일터에서 그가 수행한 노동도 철탑과 함께 무너져 내리지만 그 파괴는 현실에 대한 저항이나 비판이라기보다 차라리 자폭에 가깝다.[12] 인간이 신에게 할 수 있는 유일한 복수는 자폭뿐이라는 점에서 이는 어느 정도 예정된 결말이기도 하다. 그런데 그가 자멸적으로 조성한 폐허는 그의 뒤를 이어 파견될 다른 노동자의 손으로 금방 복구될 '가짜 폐허'일 뿐이지 않은가. 자본주의의 '인공낙원'이 현실의 비참을 은폐하는 허구에 불과하다면 그 낙원에서 쫓겨난 자의 원한 감정이 만들어낸 '가짜 폐허' 또한 오늘날 노동의 실감을 감당하기엔 역부족일 수밖에 없다.

4. '프리랜서의 자부심'은 가능한가: 김세희의 「프리랜서의 자부심」

장강명의 「공장 밖에서」와 김혜진의 『9번의 일』은 노동조합이 있는 대기업 정규직 노동자가 직장에서 밀려나는 상황을 배경으로 한다는 공통점이 있다. 두 작품 모두 '고용안정이 보장된 대기업 정규직'이라는 '좋은 일자리'에서 밀려날 경우 급격한 삶의 추락이 야기되리라는 공포가 서사의 (무)의식적 심급으로 작용하고 있다. 하지만 그 공포에 매몰되어서는 노동을 둘러싸고 새롭게 발생하고 있는 감각의 변화를 포착하기 어렵다는 점에서 시선을 잠시 다른 곳으로 돌려볼 필요도 있다.

오늘날 '고용안정성이 보장된 대기업 정규직'은 소수의 사람들에게만

---

12 결말의 작위성에 대한 비판으로는 오길영 「노동소설에서 사회소설로: 장류진 『일의 기쁨과 슬픔』과 김혜진 『9번의 일』」, 『황해문화』 2020년 여름호 참조.

진입이 허락된 '좁은 문'이고 그 문을 뚫기 위한 청년층의 '노오력'과 좌절은 신문기사의 단골 소재가 된 지 오래다. 이러한 현실은 양가적인 면모를 지닌다. 안정성에 대한 선망이 강해지는 동시에 규범적인 고용 형태와는 다른 삶의 방식을 기획하는 사람들이 늘어가기 때문이다. 이들의 기획을 주체적인 선택이 아니라 취업난으로 인한 어쩔 수 없는 선택쯤으로 치부하는 시각이 지배적이지만 노동과 삶에 대한 새로운 욕망을 포착하는 데 있어 그같은 고정관념이 지니는 한계 역시 만만치 않다. 사람들이 선망하는 '좋은 일자리'를 어떻게 만들 것인가에 대한 논의에 비해 어떻게 하면 '좋은 일자리'가 아닌 일에 종사하는 사람들 역시 좋은 삶을 영위할 수 있을지에 대한 고민이 상대적으로 적은 이유 또한 '고용안정성이 보장된 대기업 정규직'을 고용 형태의 규범으로 보는 시각에서 자유롭지 않은 탓인지 모른다.[13]

　그러한 고정관념은 "자율적으로 선택할 수 있다는 전제하에서는 전형적이지 않은 다양한 일의 형태"[14]를 선호하는 오늘날 청년들의 변화한 욕망을 제대로 읽어내기 어렵다는 점에서 문제적이다. 오늘날의 청년들은 안정되고(이는 경직성 또한 크다는 말이다) 큰 규모의(이는 자율성이 적다는 뜻이다) 회사에 어떻게든 오래 붙어 있는 걸 무조건적인 목표로 삼기보다는 더 유연하고 자율적인 '단기 근속자'의 삶 또한 욕망한다.[15] 물론 이런 욕망은 아직까지 사회적으로 승인받지 못하고 있다. 1차 노동시장

13　황세원은 "한국의 일자리 관련 제도들은 대부분 단기근속자들에게 지극히 불리"하며 '워라밸' 증진, 주 52시간 근로제, 탄력적 근로시간제처럼 최근 한국사회에서 고용 및 노동과 관련해 중요하게 다뤄지는 정책들은 거의 모두 대기업 체제를 위한 해법이라고 비판한다(황세원, 앞의 책 172~78면). 실례로 프리랜서들이 건강보험공단에서 요구하는 해촉증명서를 일일이 발급받지 못해 건강보험료 폭탄을 맞는 건 어제오늘의 일이 아니지만 사회적으로 전혀 주목받지 못하다가 최근에서야 때늦은 공론화가 시작되고 있다. 관련한 글로는 공선옥 「오후 세시의 대치」, 『민중의소리』 2020.12.1. 참조.

14　황세원, 앞의 책 148면.

15　「"안녕히 계세요 여러분"…퇴사하는 '밀레니얼들' 왜?」, JTBC 뉴스 2021.1.26.

에의 진입을 시도하지 않거나 거기서 빠져나와 다른 일을 하는 사람에게 "혹시 무슨 문제가 있는 게 아닌지, 말하자면 능력이 부족한 게 아닌지 의심"(김세희「프리랜서의 자부심」)하는 세간의 편견은 여전히 강력하다.

김세희의 「프리랜서의 자부심」(『창작과비평』 2020년 겨울호)은 대표적인 '비정규노동'인 프리랜서의 삶을 소재로 한 '독특한' 소설이다. 이 소설이 독특한 이유는 '불안정/비정규' 노동을 다루는 이야기에 으레 따라붙을 법한 불안, 궁핍, 열패감, 자조, 원한 감정 같은 것들 없이 자신의 일에 담긴 가치와 의미를 담백하게 바라보는 인물이 등장하기 때문이다. 소설의 주된 내용은 프리랜서 기자 겸 작가인 '나'가 결혼을 앞두고 맡았던 일에 대해 회고하는 것이지만 결혼을 앞둔 딸을 향한 엄마의 미묘한 감정이 '프리랜서'라는 '불안정노동'을 바라보는 시각의 차이를 경유해서 드러나는 장면은 각별한 주목이 필요하다.

언론사 기자로 출발해서 국내에서 가장 규모가 큰 시민단체 상근자로 일했던 민용은 두곳 모두에서 살인적인 업무량에 시달리다 결국 그만두고 프리랜서가 된다. 그가 일을 관둔 이유는 조직 안에서 인정받고 싶고 그러기 위해서는 일을 더 잘해야 한다는 욕심이 '번아웃'을 불러왔기 때문이다. 민용은 프리랜서가 된 후 주어진 일만 흠 없이 깔끔하게 처리하면 될 뿐 그 이상을 하려고 애쓰지 않아도 되는 삶에 만족하지만 그의 엄마는 안정적인 회사를 그만둔 그의 선택을 좀처럼 이해하지 못한다. "어차피 그렇게 살 거, 뭐 하러 서울까지 갔어." "그렇게 높은 학교까지 나와서, 왜 제대로 된 일을 안 해? 아깝지도 않아?"(169면) 엄마는 "사람들 앞에서 내 자식은 프리랜서라고 말해야 할 때면 마치 내 자식은 전과자거나 불효자라고 말하는 것처럼 부끄러워"(154면)하지만 정작 민용은 그런 엄마의 반응에 크게 개의치 않는다.

프리랜서가 "제대로 된 일"이 아니라는 생각은 여전히 우리 사회에 뿌리 깊거니와 프리랜서의 삶을 주요하게 조명하는 작품조차 은연중에 그와 같은 관념을 전제하고 있는 경우가 많다. 그건 프리랜서가 업무 과정에서 겪어야 하는 부조리와 악습이 큰 데다 최근 코로나19 사태로 인한 프리랜서들의 어려움에서 드러나듯 경제적 안정과는 거리가 멀기 때문일 것이다. 하지만 다양한 형태의 노동을 지속적으로 수행하는 데 필요한 사회적 보장을 요구하는 목소리가 '프리랜서의 자부심'과 결합되지 못할 경우 프리랜서는 "제대로 된 일"이 아니라는 사회적 편견을 더욱 강화하는 의도치 않은 결과를 낳을 수 있다는 점에서 '프리랜서의 자부심'은 '능력주의'가 횡행하는 오늘날 현실에서 무엇보다 요구되는 자기통치의 덕목일 수 있다.

결혼을 앞두고 민용은 한 교육대학의 개교 70주년 기념 전시회를 맞아 1960년대 창간된 학교 신문을 편집해 전시하는 일을 맡게 된다. 민주화운동사가 꼭 들어갔으면 한다는 학교 측의 요구에 따라 관련 기사를 일별해 가던 민용은 우연히 1987년 최영희라는 이름의 여학생이 투신자살한 사건을 다룬 기사와 거기 나란히 실린 그의 일기를 읽게 되고 호기심에 민주화운동기념사업회 홈페이지에 들어가 더 많은 일기를 찾아보게 된다. 예비교육자의 양심에 비추어 투쟁에 소극적인 자신을 탓하는 최영희의 일기를 읽어가는 동안 민용은 자기도 모르게 그의 마음을 가깝게 느끼게 된다.

얼핏 민주화운동 과정에서 투신자살한 최영희의 삶과 오늘날 프리랜서로 생활을 꾸려나가는 민용 사이의 접점은 또렷하지 않아 보인다. 그렇지만 민용과 최영희는 "연약하고, 번민으로 가득"(177면)한 자신의 삶을 기만적으로 회피하지 않고 삶의 의미를 끊임없이 진솔하게 되묻는 존재라는 점에서 통하는 면이 있다. 스스로 목숨을 던진 최영희와 안정적인 직장을 그만둔 민용을 같은 선에 놓고 비교하긴 어렵지만 민용 역시 주체적으로 다른 삶의 형태를 선택했다는 점에서 '가치지향적' 인물로 볼 수 있다. 최영희의 '가치'가 독재정권에 저항하고 학내 민주화를 위해 투쟁하는 삶으로 대표되는 정치적 진정성을 의미한다면 민용에게 그것은 큰 회사에서 나와 아무도 알아주지 않는 일을 하고 불안정한 수입에 허덕일지라도 자신이 선택한 일과 삶을 긍정할 수 있는 힘의 근거에 가깝다.

비록 전시를 관람하는 누구도 그 노고를 알아주지 않지만 민용은 다른 이들이 최영희를 기억하고 기리길 바라는 마음으로 자신의 작업에 최선을 다한다. 작업이 끝난 뒤 홀로 전시장에 찾아가 아무도 알아주지 않는 자신의 작업을 관람한 민용은 "이 작업이 오랫동안 나의 자부가 되리라는 걸"(178면) 예감한다. 누군가는 혼신의 힘을 다했음에도 결과물에 자신의 이름 한줄 올릴 수 없는 이같은 상황이 프리랜서가 감내해야 하는 소외된 노동의 성격을 보여준다고 비판할 수도 있겠으나 민용은 그러한 비판의 타당성과 별개로 이 경험을 통해 비로소 자신이 타인과 세상의 인정으로부터 한발 떨어져 자신의 일에 긍지를 가질 수 있는 사람이 되었음을 깨닫는다. 작품의 마지막에 민용이 "마침내, 결혼할 준비가 되었다는 생각"(같은 면)에 닿는 장면 역시 그녀가 단단한 개인으로 서게 되었음을 보여준다. 독립한 개인만이 타인과의 대등한 결합에 두려움 없이 나설 수 있기 때문이다.

소설을 시작하는 자리에서 민용은 "지금 하려는 이야기는 아직 어디에서도 해본 적이 없다. 이런 이야기에 어울리는 자리는, 지금껏 만난 적이 없다"(154면)라고 고백한다. 이 고백에 깃든 감정은 여러 갈래지만 '프리랜서의 자부심'을 공개적으로 말하는 일에 관한 현실적 어려움도 한 갈래쯤은 차지하고 있는 것 같다. '능력주의'가 지배하는 사회에서 '프리랜서의 자부심'은 흔한 자기기만이나 철모르는 행동처럼 치부되기 쉽기 때문이다. 하지만 민용이 끝내 가닿게 된 작지만 당당한 긍지와 자부심은 오늘날 '단기 비정규노동'이 자기 삶에 대한 진지한 성찰 끝에 내린 주체적인 선택의 결과이며 그 과정에서 수행되는 노동 역시 우리의 사회적 일상을 구성하는 소중한 행위일 수 있음을 정당하게 고려하게 만든다.

수많은 청년들이 공무원 시험에 도전하고 대기업의 공채 시험에 목을 매는 현실은 오늘날 노동시장의 이중구조가 더욱 강하게 고착되고 있음을 가리키는 듯 보인다. 하지만 그 과정에서 삶과 일의 관계를 근본적으로 고민하면서 다른 형태의 삶-노동의 가능성을 탐색해가는 모험이 동시다발적으로 일어나고 있다는 점에 주목한다면 오히려 오늘날의 현실을 '흔들리는 이중구조 체제'로 보는 것도 가능할 것 같다. 1차 노동시장과 2차 노동시장 사이를 분할하는 거대한 장벽이 흔들린다는 게 아니라 그와 같은 분할에 으레 따라붙는 사회적 평가의 척도 자체를 의문에 붙이면서 그 분할에 의해 수동적으로 규정되지 않는 새로운 노동과 삶의 감각을 조금씩 만들어나가는 누군가가 있다는 것이다.

　새롭게 표출되고 있는 다양한 노동 형태를 안정적으로 뒷받침해줄 사회적 제도를 어떻게 마련할지는 매우 중요한 문제다. 동시에 우리는 그 제도적 노력을 사회적 의제로 밀어 올리기 위해서라도 다른 형태의 노동을 정상적인 삶에 미달하거나 무언가 결여된 것으로 표상하는 관점을 상대화할 필요가 있다. 교육대학 학보를 면밀하게 관찰하던 민용은 "세상이 달라지는 게, 그 변화가 확연히 눈에 보였다"(174면)라고 말한다. 그 변화는 더이상 어떤 일에 내재한 '가치'에 대해 말하지 않고 고용 형태에 따라 사람을 판가름하는 '능력주의'가 강화된 현실을 의미하지만 세상은 지금도 그로부터 조금씩 달라지고 있으며 우리는 그 변화의 과도기에 서 있다. 과연 '프리랜서의 자부심'은 훗날 그 과도기를 통과해온 사람들에게 작지만 소중했던 내면의 무기로 추억될 수 있을까. 답은 우리에게도 달려 있다.

세계의 불안을 견디는 두가지 방식

◆

조해진의 「산책자의 행복」과 윤고은의 『알로하』

1. 들어가며

삶을 견디게 하는 것은 희망일까. 어쩌면 그럴지도 모른다. 에른스트 블로흐(Ernst Bloch)의 유명한 책 제목처럼 '더 나은 삶에 관한 꿈'이 없다면 우리가 삶을 이어가야 할 필연적인 이유를 도대체 어디서 찾을 수 있단 말인가. 하지만 주체가 꽉 막힌 현실을 돌파하여 희망을 자신의 수중에 거머쥘 수 없는 형편이라면 얘기는 사뭇 달라진다. 이때 희망은 생(生)을 위한 자산으로 기능하는 것이 아니라 손쉽게 부패되어 이내 절망으로 변질되고 마는 치명적인 위험을 자신의 속성으로 갖게 되기 때문이다.

최근 한국사회에서 절망의 위험을 감지하기란 그리 어려운 일이 아니다. N포세대, 헬조선, 흙수저 따위의 유행어들은 어느새 우리가 냉소와 체념, 자조의 감각으로 충만해졌음을 보여준다. 문학 역시 이러한 사회적 분위기로부터 마냥 자유로울 수는 없다. 문학이 사회를 투명하게 되비추는 거울은 아니지만, 작가는 엄연히 사회 속에 존재하기에 작가들이 호흡하는 사회의 공기는 작품 속에 그 흔적을 남기게 마련이다. 만약 우리가 근래의 문학에서 희망의 전언보다 묵시론적 파국을 쉽게 감지한다면, 그리고 폐쇄적인 골방에서 자신만의 유희에 골몰하는 인물에 좀더 익숙해졌다면, 그것은 작가가 (무)의식적으로 남긴 흔적들을 거듭 들이마신 탓일 것이다.

그러나 문학은 한 사회의 정치적·정신적 한계에 고여 있지 않으며 그 한계를 자신의 과제로 삼고 돌파해내려 고투한다. 우리가 알고 있는 많은 미학적 충격과 감동의 출처가 바로 이러한 성공적인 돌파의 산물임은 말할 것도 없다. 성급한 절망이 습관적으로 발설되고 비루한 자조와 체념이 지루할 만큼 넘쳐나는 암울한 현실에서 절망을 과장하지 않고 의연하고 깊은 호흡으로 희망의 싹을 돋우어내는 작업의 소중함은 더욱 절실해지며 그러한 작업을 날카로운 감식안으로 응원해주는 비평 역시 긴요해지기 마련이다. 그렇지만 현실을 적극적으로 돌파하려는 실천적 의지나 희망의 분위기로 채색된 미래에의 전망이 서사의 표면에 두드러지게 드러나지 않는다고 해서 그 작품이 그저 현실을 체념적으로 수락했다거나 절망적인 현실에 짓눌려 있다고 치부해서는 곤란하다. 삶이 때론 희망도 절망도 상관할 수 없는 자리에서 제 몫의 시간을 견뎌내는 것처럼, 문학 역시 희망이나 절망이라는 개념으로 포착되지 않는 비결정의 시간 속에서 삶의 의미를 다시 묻는다는 점을 떠올려보면 더욱 그렇다. 그러니 우리는 의연하고 깊은 호흡으로 희망의 싹을 돋우어내는 작업의 소중함을 인식하는 것과 동시에 어떠한 종류의 희망(의 생산)과도 무관한 자리에서 삶을 견딘다는 것의 의미를 다시 생각하게 하는 소설적 작업 또한 찬찬히 들여다볼 필요가 있다. 비록 겉으로는 희망과 무관한 듯 보이는 그 작업들 역시 세계와의 치열한 대면을 통해 생성된, 현재를 감당하는 문학적 작업의 일환일 수 있기 때문이다.

이를 위해서는 현실을 감당하고 견딘다는 것의 의미를 새롭게 고쳐 생각할 필요가 있다. 흔히 감당한다는 것은 능히 견디어냄을 뜻하며, 견딘다는 것은 올바른 방향성을 지향하는 주체가 그것을 왜곡시키려는 외부의 압력에 맞서 싸우며 자신의 신념을 잃지 않고 지켜냄을 의미한다. 그렇기에 오랫동안 주체의 진정성은 견딤의 형식을 구성하는 내용일 수 있었다. 그 과정에서 본래의 모습을 잃어가는 것은 참담한 부끄러움을 수반하는 일이었다. 변질(變質)이나 변절(變節)이란 단어가 모두 품고 있듯이 견딘다는 것은 '변(變)'함과의 투쟁에 다름 아니었던 것이다. 하지만 과연 이렇게 자신의 신념을 곧고 염결하게 지켜내는 것만을 진정한 견딤이라 할 수 있을까. 굳게 견디는 과정에서 발생한 온갖 변형(變形)들은 그저 부끄러운 흔적에 불과한 것일까. 그렇지는 않을 것이다. 견딘다는 것은 뒤틀림의 반의어라기보다는 그것조차 포함하는 생존의 형식일 수 있기 때문이다. 그것은 강한 의지와 굳은 마음으로 미래의 희망을 차분히 직시하며 전진하는 것이라기보다 온갖 기형(畸形)으로 점철된 마음과 육체를 끌어안고 자신의 생을 겨우 밀고 가는 일에 더욱 가까운지도 모른다.

2. '쓰레기'는 어떻게 단련되는가: 조해진의 「산책자의 행복」

여기 평범한 일상으로부터 돌연 뿌리 뽑힌 후 밑바닥 삶으로 내처진 한 여자가 있다. 한때 대학 강사였던 그녀는 ── 작품 속에서는 '라오슈'(老師, 중국어로 '선생님'을 뜻함)라는 이름으로 등장한다 ── "철학과가 다른 비인기 학과와 묶여 인문학부로 통합되고 철학과 관련된 교양수업이 폐강되면서 (…) 대학이라는 울타리 밖으로 밀려나게"(254면) 되었으며 결국 어머니의 병원비를 감당하지 못해 파산에 이르고 만다. 그녀는 "어디

---

1 조해진 「산책자의 행복」, 『창작과비평』 2016년 봄호. 이하 이 작품 인용 시 본문에 면수만 표기.

로든 발을 뻗어야 하지만 내딛는 곳이 곧 나락이 될 수도 있다는 걸 분명하게 의식해야 하는 불안한 피곤"(253면)에 휩싸인 채 하루를 버텨가는데, 20년 가까이 대학에서 강의해왔지만 현재는 기초생활수급자가 되어 편의점 아르바이트로 생계를 이어가야 하는 그녀에게 이러한 불안의 근거는 너무나 명확한 것일 수밖에 없다.

이러한 불안은 비단 그녀만의 것이 아니다. 그녀에게 끊임없이 편지를 보내는, 한때 그녀의 학생이었으며 현재는 독일에서 유학 중인 중국인 메이린 역시 비슷한 종류의 불안을 공유하고 있다. 물론 "부모님이 보내주는 돈"으로 "생산성과는 완전하게 무관한 산책"(252면)으로 하루를 소요하는 메이린의 처지는 라오슈의 그것에 비해 낫다. 그러나 라오슈가 편의점과 임대아파트로 상징되는 '속된 세계'의 이방인인 것처럼 메이린 역시 독일이라는 낯선 세계에서 철저히 이방인으로서의 소외감을 느낀다. 물론 이것은 (라오슈의 경우와는 다르게) 메이린 스스로가 선택한 삶이지만 그렇다고 진정한 유대관계의 부재에서 오는 고독과 불안의 감각이 그녀의 삶에 깊이 스미는 것을 막을 수는 없다. 메이린은 자신의 삶이 마치 "해변에 버려진 종이상자처럼 파도가 밀려올 때마다 조금씩 무너지고 있"(같은 면)다고 말하는데 물에 젖은 종이상자의 흐물흐물한 질감은 그녀의 삶이 뿌리내리는 데 필요한 단단한 지반과 대비되면서 존재의 필연성을 상실하고 우연과 임의성으로 점철된 세계의 불안을 온몸으로 마주하는 현대인의 처지를 떠올리게 한다.[2]

---

2 하지만 메이린의 불안이 이방인이라는 그녀의 존재조건에서 오롯이 유래하는 것은 아니다. 메이린은 친구 이선의 갑작스러운 죽음을 계기로 죽음에 관한 트라우마에 시달리게 되는데 그녀가 느끼는 삶의 불안은 상당 부분 이러한 트라우마로부터 유래한다. 맹정현은 "이 세상의 무대에서 누군가가 그냥 퇴장해버리는 것만큼 남아 있는 자들을 불편하게 하는 것도 없다. 살아남은 사람으로서 살아 있는 것에 죄의식을 느낄 뿐만 아니라 살아 있음, 살아남아 있음의 의미를 납득하지 못하기도 한다"라고 적고 있는데, 친구 이선의 갑작스러운 자살 이후 삶의 의미를 상실하고 "무력한 절망"에 휩싸이는

중국에서 한국으로, 그리고 한국을 거쳐 독일로 이어지는 메이린의 궤적은 국경 간 장벽을 허물고 자유로운 인구의 이동을 가능하게 한 세계화의 효과이다. 하지만 메이린이 산책 중에 만난 청년 노숙자 루카스는 세계화가 자본의 세계화인 동시에 사회적 위험의 세계화이며 존재론적 불안의 세계화이기도 함을 적나라하게 보여준다. 이민자 출신의 루카스는 독일에서 합법적으로 체류하고 노동할 수 있는 권리를 가진 시민으로서 한때 독일 회사에 고용되어 일하기도 했지만 이러한 "모든 것이 일시적"(263면)일 뿐이었다고 말한다. 루카스의 모습은 일상이 단지 일시적인 것으로밖에 허락되지 않는 세계적 현실을 잘 보여주거니와 작품을 지배하는 전반적인 불안의 공포가 비단 한국사회에 국한되는 것이 아님을 일러준다.

이렇게 등장인물들이 직면한 불안에 초점을 맞출 때 조해진(趙海珍)의 「산책자의 행복」은 무엇보다도 먼저 개인의 평범한 일상을 유지 불가능한 기획으로 만드는 동시에 삶의 확실성에 관한 일체의 소망을 한낱 미망에 지나지 않는 것으로 치부해버리는 '유동적인 현대성'(liquid modernity)에 대한 비판으로 읽힌다. 그러한 독법하에서 라오슈와 루카스는 지그문트 바우만(Zygmunt Bauman)이 말한 배제와 폐기의 운명에 놓인 자, 즉 '쓰레기'의 대표적인 형상이 된다.[3] 하지만 이 작품은 라오슈나 루카스와 같은 이들을 끊임없이 쓰레기로 생산해내며 "궁극적 조화와 영원한 지속성을 추구하는 것"을 "단지 분별없는 관심사로 치부"[4]하게 만드는 전지구적 시스템에 대한 고발이 아니며 바로 여기에 이 작품의 독특성이 있다. 「산책자의 행복」은 시스템을 정면으로 겨냥하고 있지 않으며 주인공인 라오슈를 시스템의 수동적인 피해자로 그리지도 않는다. 따라서 그녀

메이린의 모습은 그녀의 불안이 친구의 갑작스러운 죽음으로 인해 생긴 트라우마의 증상임을 알려준다. 맹정현 『트라우마 이후의 삶』, 책담 2015, 19면, 146~47면.

3 지그문트 바우만 『쓰레기가 되는 삶들』, 정일준 옮김, 새물결 2008, 32면.

4 같은 책 223면.

가 마주한 비극적 현실로부터 평온한 일상을 보증하는 직업의 소중함을 읽어내고 그것을 일시에 파괴하는 해고의 잔악성을 비난하는 것은, 혹은 '사회국가'의 쇠퇴를 한탄하며 배제되고 폐기되는 인간들에 대한 국가와 사회의 책임을 강조하는 것은, 그 독법이 가진 일말의 타당성에도 불구하고 일면적일 수밖에 없다. 외려 이 작품은 구조의 폭력과 그것에 의해 수난을 겪는 개인을 다룰 때 흔히 빠지기 쉬운 이같은 도식을 벗어났다는 데 그 매력이 있다. 라오슈는 객관적으로 보아 명백히 시스템의 희생양이지만 일이 이렇게 된 데 그녀의 책임이 전무하다고 보기 어렵다는 느낌을 준다. 오히려 작품에서 도드라지는 것은 그녀가 지닌 인식론적 한계이며 그 한계에 직면한 채 삶을 견뎌나가야 하는 존재의 처연함이다.

라오슈의 한계는 그녀가 삶과 죽음을 포함한 일체의 세계를 그저 관념적으로 사유할 뿐이라는 데 있다. 삶에 대한 그녀의 관념성은 그녀가 인간의 실존과 자유에 대해 사유하면서도 노동자라는 자신의 사회적 존재 조건에 대해서는 고민해본 적이 없다는 데서 잘 드러난다. 비정규 교수인 그녀야말로 "국가-자본-테크놀로지"라는 트라이앵글을 재생산하는 장치가 되어버린 대학의 모순을 체화하고 있는 존재지만,[5] 이 모순은 그녀가 자본의 논리에 의해 대학 밖으로 쫓겨나기 전까지 그녀 안에서 철저하게 은폐된다. 그녀는 마치 자신은 노동자가 아니며 대학 역시 단순한 '직장'이 아니라는 듯이 대학 측의 처분에 대해 노동자로서 응당 가질 법한 어떤 억울함이나 부당함도 토로하지 않는다. 따라서 작품 속 그녀의 고통은 결코 '실업'으로부터만 유래한 것일 수 없다. 그녀가 잃은 것은 그저 직업이 아니라 추상과 관념만으로 안온함과 충만함을 보증받을 수 있던 세계이며 그녀의 고통은 바로 이 세계를 상실한 데서 기인한다. 그런 점에서 이 작품은 매우 극적인 구도를 갖고 있다. 대학으로 상징되는 고귀

---

5 강명관 『침묵의 공장』, 천년의 상상 2013, 12~13면.

한 천상의 세계와 편의점으로 상징되는 속된 지상의 세계가 극명하게 대비되며 주인공은 천상의 세계에서 지상의 세계로 급작스럽게 추락한 뒤 고통스럽게 방황한다.

대학이라는 성(聖 혹은 城)의 세계로부터 뿌리 뽑혀 내쳐진 뒤 그녀가 당도한 곳은 "수치심은 사치가 되고 무엇이든 표현할 수 있는 인간으로서의 자유는 최후의 보루조차 될 수 없는"(253면), 그녀가 예전이라면 "관성과 습관에 복종하며 (…) 심연을 모른 채 표면만을 훑는 가짜의 방식"(265면)이 지배한다고 생각했을 속(俗)된 세계다. '쓰레기'가 되어 속된 세계로 전락한 자는 자신의 존엄을 더는 유지할 수 없기에, 과거 자신이 했던 말들은 그저 부끄러움과 모멸로 그녀 자신에게 되돌아올 뿐이다.

생존은 스스로 해결하되 세상이 인정하고 우대해주는 직업에 연연하지 말라고, 눈 가린 말들처럼 정해진 트랙을 달릴 필요 없다고, 종강 즈음이면 한 학기를 정리하며 그녀는 학생들에게 말하곤 했다. 속된 세계로의 편입을 선택하지 않는 자유를 지키는 한 어떤 형태의 가난 속에서도 인간으로서의 품위를 지킬 수 있다고도 했다. 그렇게 말할 때 그녀는 늘 확신에 차 있었고 그 말의 무게를 책임질 준비도 되어 있었다. 그러나 이제 그녀에게 남은 선생으로서의 마지막 말은 존재와 신념을 모두 부인하는 배교자의 언어였다. (256면)

'배교자'라는 단어에서 드러나듯 지금 그녀가 마주하는 고통은 단순히 경제적 곤란이라기보다는 예전의 그녀를 현재의 자신이 배반할 수밖에 없는 상황에서 유래한다. 그녀가 과거에 자신이 지녔던 철인적 신념을 너무나 쉽게 배반한 것은 앞서도 지적한 것처럼 인간의 실존이나 자유의지 등을 지나치게 관념적이고 허술하게 파악한 탓이다. 인간의 자유는 관념이나 추상으로만 존재하는 것이 아니라 사회적 관계와 체제의 동학에 밀접하게 연관되어 있다는 것을, 그녀는 자본의 논리에 의해 아무런 선택의 여지없이 사회의 밑바닥으로 떨어지게 된 후에야 깨닫는다. 그러므로 그녀의 배반은 스스로의 존엄성을 지킬 수 없는 환경이 강제한 결과인 동시에 삶에 대한 새로운 인식의 출발점이기도 하다. 라오슈는 마침내 시스템에 의해 '쓰레기'로 내몰리고 나서야 나약한 관념에서 벗어나 비로소 동시대인들이 감당하는 생의 무게를 핍진하게 인식하게 된 것이다.

하지만 이를 라오슈라는 인물의 내면적 성장서사로 읽기는 어렵다. 모험담과 성장담의 플롯과는 달리 작품 속에서 그녀가 경험하는 추락은 성장을 위해 예비된 고난이 아니다. 이는 그녀의 깨달음이 철저한 배반과 변절, 그리고 부정직한 욕망들이 혼란스럽게 중첩되어 진행되었기 때문이 아니라, 전통적인 의미의 성장서사(growth-narrative)란 세계의 확실성과 영속성을 보증받을 수 있던 시기에 비로소 그 유의미성을 획득할 수 있는 양식이기 때문이다.

모험담은 되돌아올 고향을 전제하고 성장담은 도달할 미래를 상정한다. 그렇기에 종종 성장은 강철의 단련 과정에 비유되기도 했다. 하지만 현재 우리가 대면하고 있는 것은 우리를 강철로 단련시키는 시련이 아니라 쓰레기로 폐기시키려는 노골적인 폭력이며 따라서 우리의 과제는 어떻게 강철처럼 단련될 것인가가 아니라 우리의 삶을 '쓰레기'로 만드는 세계의 폭력 속에서 어떻게 생을 견뎌나갈 것인가에 가깝다. 단단한 모든 것을 녹여버리는 자본의 가공할 열기 속에 강철은 이미 형해화된 지 오래다. 오직 쓰레기로 전락할 위험과 공포에 떨고 있는 인구들이 있을 뿐이다. 이 쓰레기들은 과연 어떻게 단련되는가? 강철은 뜨거운 망치질에 의해 단련되지만 쓰레기는 그저 폐기의 운명밖에 남은 것이 없는바, 거기에는 단련이라는 말이 어울리지 않는다. 그럼에도 이러한 모순적인 질문의 형식을 취해본 것은 현재의 시스템에서 "'쓰레기'로 지정되는 것은 이제 더이상 과거처럼 일부 분리된 인구만의 문제가 아니며 모든 사람의 잠재

적 전망이"될 만큼 보편적인 삶의 조건이기 때문이다.[6]

처지가 이러하다면 우리에게 더없이 적대적인 세계 속에서 삶을 견딘다는 것은, 어쨌거나 스스로 생을 포기하지 않고 이어간다는 것은 그 자체로 '단련'의 과정이 아닐 수 없다. 우리가 통과해야 하는 이 단련의 과정은 무엇보다도 생 그 자체를 놓지 않으려는 절박한 동기에 의해 추동되는 것처럼 보인다. 생을 향한 이러한 절박함이야말로 뿌리 뽑힌 삶 이후에도 우리가 미래의 시간 속에 기거할 수 있도록 만들어주는 유일한 끈이며 어떻게든 그 끈을 부여잡고 끝내 놓지 않는 한에서만 우리의 삶은 그저 배제되고 폐기되어야 하는 무기력하고 수동적인 주체성을 탈피해 새로운 미래에 대한 조그마한 희망에 접속할 근거를 확보할 수 있을 것이기 때문이다.

그런 점에서 라오슈가 삶의 밑바닥에서 외려 유례없이 정직하고 강렬한 생의 의지를 보여주는 장면은 눈여겨볼 필요가 있다. 그녀는 수치와 모멸에 직면하여 "사는 게 원래 이토록 무서운 거니"(256면)라고 묻지만 그 두려움 앞에 그저 주저앉지 않는다. 죽음을 "구체적인 단절이 아니라 존재를 완성하고 성숙의 의미를 되새기게 하는 추상적인 과정"(260면)으로 인식했던 예전의 관념성과도 단절한다. 과거의 관념성이 소거된 빈 공간을 새롭게 채운 것은 목숨에 대한 강렬한 집착이다("미치도록……/미치도록 살고 싶어", 268면). 집착이라 했지만 여기에는 현실을 피상적으로 거부하거나 운명처럼 체념하는 주체에게서는 결코 나올 수 없는 정직함과 투명함이 깃들어 있다.

물론 그것은 비명과도 같은 절규이며 그곳에서 어떤 긍정적인 삶의 방향성을 감각하기는 어려운 일이다. 하지만 앞서 말했듯 생을 향한 이같은 절박한 절규는 '쓰레기가 되는 삶'에 허락된 유일한 견딤의 형식일지도 모른다. 생을 견딘다는 것이 그 자신의 온전함을 유지하며 자신에게 고통

---

6 지그문트 바우만, 앞의 책 133면.

을 가하는 세계마저 품어내는 승리의 도정이라기보다는 차라리 온갖 뒤틀림에도 생을 향한 의지를 이어가는 처절하고 지난한 과정이라고 할 때, 라오슈의 뒤틀린 절규는 또한 현시대를 살아가는 뭇 존재들의 견딤의 형식을 핍진하게 환기시키는 바가 있다. 생을 향한 이 투명하고도 원초적인 열망이야말로 '쓰레기'로 밀려난 존재들이 새롭게 삶을 이어갈 수 있게 하는 시작점일지도 모른다.

3. 목숨을 건 상품들의 존재론: 윤고은의 소설들

하지만 과연 그 투명한 절규로 충분할까. 그렇지는 않을 것이다. 생의 의지를 절박하게 포지(抱持)하는 것만이 우리에게 허락된 유일한 견딤의 자원일 수는 없기 때문이다. 우리는 우리의 삶이 알 수 없는 곤경에 빠진 것처럼 보이는 순간에도 그러한 일이 벌어진 원인을 찾고자 애쓴다. 그저 불어오는 바람을 막막하게 맞아야 하는 나무와는 달리, 인간은 자신을 둘러싼 세계를 해석하고 자신의 삶을 통어하는 요인들을 규명하고자 한다. 물론 이러한 시도가 언제나 성공적인 것은 아니다. 삶은 명확한 인과관계의 사슬로 연결된 것이라기보다는 온갖 우연과 불확실성이 지배하는 공간이기 때문이다. 하지만 그 우연과 불확실성에 짓눌려버리면 삶은 우리에게 그저 신비한 힘으로 나타날 뿐이며 불가해한 외부의 폭력을 체념적으로 수락할 수밖에 없게 된다. 따라서 필요한 것은 우리를 불안정한 조건 속으로 내모는 외부의 힘에 대한 분석이라 할 것인데, 조해진의 「산책자의 행복」에는 인물들이 자신을 둘러싼 세계를 구조적으로 이해하고자 하는 의지가 보이지 않아 아쉬움을 남긴다.[7] 세계를 이해하는 일은 세계

---

7 물론 '쓰레기'로 내몰린 사람들은 "자신이 설계 때문에 고통받는 것인지 아니면 태만

를 견디기 위해 인간이 발전시킨 하나의 방편이기에 세계에 대한 이해를 도모하는 작업과 세계를 견디는 일은 별개의 과정일 수 없다. 절박하고 투명한 절규만큼이나 세계의 원리를 인식하려는 작업이 중요한 이유다. 제대로 견디기 위해서라도 우리는 우리를 둘러싼 불안을 생산해내는 시스템의 정체를 탐문할 필요가 있다.

윤고은의 소설은 현재 우리의 삶을 규정하는 시스템의 성격과 동학을 검출하는 작업의 문학적 실례(實例)를 제공한다는 점에서 주목을 요한다. 그녀는 재기발랄한 상상력의 작가로 알려져 있지만 그 상상력은 현실을 지배하는 자본의 논리를 정확히 겨냥하고 있다. 탈현실적 상상력을 보여주는 그녀의 작품이 종종 강한 현실성을 갖는 것은 바로 이 때문이다. 그녀는 자주 사실주의적 기율을 훌쩍 뛰어넘어버리지만, 그럴 때조차 그녀의 소설은 우리가 감당해야 하는 것이 자본주의라는 "컴컴한 터널"(진은영)의 세계임을 '리얼'하게 환기시킨다. 그런 점에서 불안은 윤고은의 소설에서도 핵심적인 화두다. 하지만 그녀의 소설에서 불안의 담지자는 인간이 아니라 차라리 인간마저 포함하는 일군의 상품들이다. 거기서 인간은 상품들이 시장 한가운데서 화폐와의 교환 (불)가능성에 직면한 채 놓여 있듯 불안 속에 떨고 있다.

맑스는 어떤 생산물이 상품이 되기 위해서는 그 생산물을 필요로 하는 사람에게 교환을 통해 이전되어야 함을 강조한 바 있다.[8] 상품경제에서 화폐와 교환되기 이전의 상품은 그것이 가진 고유한 사용가치와 관계없

때문에 비참해진 것인지 사이의 미묘한 차이를 구별하기 위해 깊이 생각하고 음미할 이유가" 없다는 지그문트 바우만의 말을 떠올려보면, 거론한 작품의 한계는 쓰레기로 내몰린 사람들이 보편적으로 지니는 어떤 특징을 핍진하게 형상화한 데 따르는 대가라고 할 수도 있을 것이다. 하지만 바우만은 "내가 부족하기 때문이라는 판결에 굴복한다면 (…) 효과적인 행동으로 재창조할 수 있는 길을 찾기는 너무나 어렵다"는 말을 덧붙이는 것을 잊지 않았다. 지그문트 바우만, 앞의 책 81~82면.

8 칼 마르크스 『자본론 I (상)』, 김수행 옮김, 비봉출판사 2003, 51면.

이 가치를 지니지 못한다. 또한 자본가는 화폐 축장자일 수는 있어도 결코 상품 축장자일 수는 없기에 화폐로 교환되지 못한 상품은 폐기될 운명을 맞을 수밖에 없다. '쓰레기'로 내몰린 인간들이 배제와 폐기의 운명을 피치 못하는 것처럼 상품 역시 '목숨을 건 도약'에 성공하지 못하면 미래를 담보할 수 없는 것이다. 하지만 자본주의 사회는 노예제 사회와 달리 인간 자체를 상품으로 취급하지는 않는다. 다만 인간의 노동력이 특수한 종류의 상품으로 거래될 뿐이다. 그러나 윤고은은 마치 이러한 구별이 추상적인 차원의 것이며 자본은 인간을 완벽한 하나의 상품으로 탈바꿈시키고 있다고 보는 듯하다.[9] 그녀의 소설에서 상품으로의 존재이전을 강요받는 인물들이 등장하는 이유가 여기에 있다.

「월리를 찾아라」[10]에서 유명 그림책 캐릭터 월리로 변신한 아르바이트생 제이가 대표적이다. 제이는 소장에 의해 단순히 월리로 분(扮)하는 것을 넘어 월리로 변(變)할 것을 요구받는다("누가 봐도 감쪽같이 월리여야 해", 77면; "이번에는 최대한 진짜처럼 준비해야 했다", 78면). 월리로 변한 제이가 할 일은 그를 찾은 사람들이 붙여주는 '좋아요' 스티커 백장을 모으는 일이다. 제이는 처음에 그 일을 별로 어렵지 않게 생각하지만 곧 사

---

9 물론 인간(노동자)을 상품화하는 것에 대한 비판은 산업화의 역사만큼이나 오래된 것이다. 가령 박노해는 일찍이 「바겐세일」에서 "에라 씨팔,/나도 바겐세일이다/3,500원도 좋고 3,000원도 좋으니 팔려가라/바겐세일로 바겐세일로/다만,/내 이 슬픔도 절망도 분노까지 함께 사야 돼!"라며 상품화되어 팔려나가는 노동자의 슬픔과 분노를 표출한 바 있다(『노동의 새벽』 풀빛 1984). 그런데 윤고은의 소설에서 주목할 것은 거기에는 이러한 '슬픔' '절망' '분노'가 거의 드러나지 않는다는 점이다. 박노해의 시에서 노동자는 상품으로 취급되는 자신의 상황을 반성적으로 인식하고 그에 대해 절망하고 슬퍼하고 분노하는 감정을 드러내고 있지만 윤고은의 경우에 인간은 거의 완벽한 상품으로 변했기에 더는 그러한 인간적인 감정을 표출하지 않는다. 이는 박노해의 시간보다 현재 우리의 시간이 더 자본에 의해 강하게 침윤되어 있음을 드러내는 징후라고 볼 수 있다.

10 윤고은 「월리를 찾아라」, 『알로하』, 창비 2014. 이하 이 책에 실린 작품 인용 시 본문에 면수만 표기.

정이 여의치 않음을 깨닫게 된다. 그곳에는 메텔, 뽀로로, 해리포터 등 수많은 '경쟁상품'들이 우글거리고 있으며 육십명밖에 없다던 월리들도 곳곳에서 떼로 출몰하기 때문이다. "저 앞에서 사백명의 군중이, 아니 그 이상일지도 모르는 어마어마한 사람들이 몰려오고 있었다. 그들 모두가 월리였다."(95면) 이 '월리들의 무한증식'은 "그 안에서는 아무것도 판매하지 않"(78면)는 곳으로 설정된 '리버씨티'가 실은 시장의 은유적 공간임을 지시한다. 물론 거기에 우리가 생각하는 상품은 없다. 다만 상품으로 전신(metamorphosis)한 인간들이 벌이는 악다구니의 무한 투쟁이 있을 뿐이다. 윤고은의 소설에서 인간은 인격의 담지자가 아니라 의인화된 상품의 형상으로 자주 출몰한다는 점을 떠올린다면 '리버씨티'는 문면과는 달리 아무것도 판매하지 않는 곳이 아니라 '인간-상품'으로 가득 찬 거대한 시장에 다름 아님을 어렵지 않게 간파할 수 있다. 제이는 과연 이 '인간 시장'에서 '목숨을 건 도약'에 성공할 수 있을까?

시장이라고 했거니와 우리는 학교에서 시장을 일러 자유로운 교환과 경쟁의 원리가 지배하는 곳이라고 배운다. 하지만 실제의 경험을 통해 구축한 우리의 암묵지(tacit knowledge)는 이와 조금 다르다. 우리는 그 공간을 지배하는 원리가 차라리 사기와 협잡 그리고 폭력이 아닌가 의심한다. 「월리를 찾아라」는 그런 점에서 명료하게 공식화되거나 언어로 표현할 수 없는 시장에 관한 우리의 암묵지를 명쾌한 필치로 그려낸다. 작품속에서 월리들끼리 벌이는 악다구니에 가득 찬 싸움을 보라. 제이는 자신을 걱정해주는 척 친절하게 다가온 월리에게 뒤통수를 맞고 교활한 늙은 월리에게 심한 구타를 당한 뒤 스티커를 몽땅 갈취당하고 만다. 이 유치한 싸움은 얼핏 실소를 자아내지만 목하 하나의 상품처럼 놓여 시장에서 교환되길 고대하며 불안에 떨고 있는 우리로서는 우리가 살고 있는 곳이 월리가 득시글대는 '리버씨티'와 무엇이 다른지 알지 못한다.

끝내 처참한 몰골로 도망쳐 나온 제이처럼 윤고은의 소설에는 유난히

'목숨을 건 도약'에 실패한 '인간-상품'들이 자주 등장한다. "어떤 물건도 사용대상이 아니고서는 가치일 수 없다"[11]는 맑스의 말은 정확히 인간을 겨냥한 것은 아니었지만 그녀의 작품 속에서 인간은 이미 사물화되어 자본의 유용한 사용대상이 되는 것 이외에 자신의 가치를 인정받을 길이 막혀버린 존재들이다. 예순일곱번 면접에 떨어진 「해마, 날다」의 주인공 '나'와 같이 말이다. '나'는 대학을 졸업한 지 일년이 지났지만 번번이 면접에서 떨어지면서 백수 상태로 지내고 있다. 그러자 그녀의 존재가치 전반이 의문시된다. "내가 다음 소속을 정하지 못한 채로 대학을 졸업하자 아버지는 이력서의 규격에 맞춰 나를 의심하기 시작했다."(140면) 그러던 그녀는 예순여덟번째 면접을 본 회사에 덜컥 합격해 일을 시작하게 되는데, '해마005'라는 이름의 그 회사에서 하는 일이란 술 취한 이의 전화를 전문적으로 받아주는 것이다. 이 작품에서 흥미로운 부분은 연애와 결혼 이야기를 취업과정에 빗대어 이야기하는 한 여성 고객과의 대화 장면이다. 그녀는 만나는 사람은 거래처, 결혼은 정규직, 이별은 사표라는 식으로 이야기하는데 물론 '취집'이라는 말이 널리 유행하는 요즘 이러한 재치는 그리 새로운 것이라 할 수 없다. 그럼에도 구직과 노동 과정을 서술하는 용어가 자연스럽게 삶을 소모하는 용어로 활용되는 장면은 우리의 주목을 끈다. 사회에서 일상적으로 통용되는 군사용어들이 군사 파시즘이 남긴 깊은 외상의 증거이듯 이는 현재 우리 사회가 자본(기업)에 의해 이미 돌이킬 수 없을 만큼 식민화된 공간임을 지시하는 것이기 때문이다. 자본에 의해 식민화된 이와 같은 사회를 우리는 '기업사회'라고 부른다.[12]

윤고은은 「P」에서 기업사회에 관한 흥미로운 알레고리를 제시한다. 이 소설의 배경이 되는 P사는 "P시 면적의 삼분의 이를 차지"하는 곳으로,

---

11 칼 마르크스, 앞의 책 51면.

12 기업사회에 관해서는 김동춘 『1997년 이후 한국사회의 성찰: 기업사회로의 변환과 과제』, 도서출판 길 2006 참조.

타이어 모양을 본뜬 거대한 회사 부지 내에는 "은행이나 우체국, 종교시설과 시청"까지 들어서 있다(172면). 금융, 행정, 종교 기능까지 한데 아우르고 있는 P사는 그 자체로 하나의 거대한 도시이며 주인공 장이 3년 전에 입사한 이래 한번도 회사를 벗어날 필요가 없었을 만큼 완전히 자족적인 '사회'다. P사와 P시가 같은 이름을 공유하는 것은 우연이 아니다. 여기서 기업은 단순히 사회의 경제적 부분을 의미하는 것을 넘어 그 자체로 이상적인 사회의 모습을 체현하고 있다. 하지만 장은 그러한 완벽함에서 어딘지 모를 "찜찜함"(172면)을 느끼는데, 이러한 미심쩍은 불안은 장의 몸에 예상치 못한 문제가 발생하면서 서사의 표면 위로 떠오르게 된다. 장은 P사에 위치한 한 병원으로부터 별로 내키지 않는 캡슐 내시경 검사를 받게 되는데, 24시간이 지나면 자동적으로 배출되게끔 설계된 내시경 해파리가 장의 소장 점막에 붙은 채 그대로 남아 있게 된 것이다. 장은 의료사고임을 주장해보지만 병원은 "이만명 중에 딱 한분 문제가 생긴"(174면) 거라며 장의 항의를 일축해버린다. 기대했던 회사도 별 도움이 되지 않기는 마찬가지다. 회사 입장에서 중요한 것은 "P와 P 사이의 유기적인 관계"(같은 면)이기 때문이다.

'유기적인 관계'라는 중립적이고 부드러운 표현이 사용되었지만 이미 P시는 자본의 전횡에 반발하며 스스로를 보호하고자 운동하는 '사회'의 기능이 완전히 소거된 자본의 식민지에 불과하다. 따라서 "위험한 이물질을 품은"(178면) 장은 P사로부터 추방당하는 동시에 P시로부터도 배제당할 위험에 처한다. 기업사회에서 실직은 시민권의 상실과 직결된다. 그런데 사실 장이 지닌 위험은 어딘가 모호해서 과장된 것처럼 느껴지기도 한다. 독자들은 몸속에 달라붙어 있는 해파리가 어떻게 "공해 유발 가능성 80퍼센트, 소음 유발 가능성 45퍼센트, 수질오염 가능성 20퍼센트, 토양오염 가능성 21.5퍼센트"(179면)를 높이는지 그 근거를 작품 속에서 찾을 수 없다. 하지만 여기서 중요한 건 장의 몸속에 자리잡은 해파리가 끼치는 실질적인 위험이 아니라 일단 장이 다른 사람과 달라졌다는 점이다. 입만 열면 차이를 강조하고 거침없는 도전을 이야기하지만 실은 기업만큼 차이와 불확실성에 적대적인 공간도 없다. 장은 어느 날 갑자기 발생한 순수한 차이, 시스템의 안정을 위협하는 불확실성으로 변화했기에 마땅히 제거당해야 하는 존재가 된다. 장의 업무가 "표준규격에 어긋나는 것들을 베어"(168~69면)내는 일이었음을 떠올리면 이는 자못 아이러니하기까지 하다.

자신을 추방시키려는 '음모'에 맞서 장은 P사로 복귀하기 위해 필사적으로 노력한다. 이때 우리는 소설의 도입부에 장이 P사를 가리켜 "거대한 시장"(166면)이라고 말한 것을 기억할 필요가 있다. P사가 거대한 시장인 한 그곳 역시 윤고은이 '윌리'를 통해 드러냈던 시장의 진짜 '원리'가 지배하는 공간일 것이기 때문이다. 아니나 다를까 결국 장은 같은 처지에 놓인 송이 회사를 고소하려 한다는 사실을 밀고함으로써 복직에 성공한다. 시장은 여기서도 배신과 사기, 협잡이 난무하는 곳이지만 「윌리를 찾아라」의 제이가 그 시장의 폭력에 속수무책으로 당하는 어리숙한 존재였다면 장은 영악하게 그 시장의 논리에 충실히 복속되는 편을 택한다. 장의 배신은 '시장 원리'를 삶의 규칙으로 내면화하겠다는 의지의 표명인 동시에 기업사회가 요구하는 규격화된 틀에 자신을 맞추겠다는 맹세의 서약이다. 결국 그는 스페어타이어를 트리밍(trimming)하는 것과 똑같은 장치에 자신의 몸을 욱여넣은 후 "Y 자 모양의 칼"(192면)에 의해 표준화된 상품으로 탈바꿈된다. 이렇듯 윤고은의 소설은 자본이 써내려가는 '변신 이야기'(metamorphosis)의 연쇄로 구성되어 있다.

윤고은의 '변신 이야기'는 상품화에 대한 맑스의 부연설명을 뒤집은 채 진행된다. 맑스는 "어떤 생산물은 상품이 아니면서 유용할 수 있다"[13]고

---

13 칼 마르크스, 앞의 책 51면.

말했지만 윤고은은 현실을 가리키며 '유용한 것은 무엇이든 상품으로 전화될 것이며 심지어 어떤 생산물은 유용하지 않아도 상품이 될 수 있다'고 주장한다. 그녀의 소설적 특징으로 공인받는 이색적이고 기발한 직업들은 그 주장을 뒷받침하기 좋은 예이다. 술 취한 사람의 전화를 받아주는 회사(「해마, 날다」)에서 혼자 밥 먹는 법을 알려주는 학원(「1인용 식탁」,『1인용 식탁』, 문학과지성사 2010)과 재난을 관광 상품으로 만들어 파는 여행사(『밤의 여행자들』, 민음사 2013)를 거쳐 지하철에서 책을 읽으며 그 책을 광고하는 인간 입간판(「요리사의 손톱」)에 이르기까지, 윤고은 소설의 인물들은 이토록 화려한 '창조경제'의 향연 속에 살아간다. 이러한 직업들은 기존에는 "사회적 사용가치"를 지니지 않았던 대상조차 유용한 상품으로 만들어버리는 자본의 포식력이 낳은 새로운 사회관계의 표현이다.

「프레디의 사생아」에서도 예외는 아니다. 거기에도 기발한 '창조경제 컨설턴트'가 등장하는데 바로 유명인들이 살던 집에 거주하는 세입자로 하여금 그 집을 활용하게 할 수 있도록 도와주는 전문가 블랑이다. 그녀는 향수 사업을 위해 파리로 거처를 옮긴 '나'의 집에 파편처럼 존재하는, 퀸의 보컬 프레디 머큐리의 흔적(처럼 보이는 것)을 엮어 하나의 매끈한 서사로 탄생시킨다. 프레디의 노랫소리와 머리카락, 프레디의 연인 메리가 보낸 걸로 추정되는 메모는 그 자체로는 진위 여부조차 불확실한 '더미'의 일부일 뿐이지만 블랑의 작업을 통해 공신력 있는 상징자본의 지위를 획득한다. 그런 점에서 그녀의 작업은 「Q」에서 소설가가 행하는 소설쓰기와 다르지 않다. 이제 상품의 사용가치는 중요치 않은 시대다. 중요한 것은 상품을 둘러싼 스토리(story)이며 이는 얼마나 그럴싸한 허구(fiction)를 구축해내느냐에 달려 있다. "향수 자체보다도 하나의 향수를 설명하기 위해 동원되는 이미지와 표현들을 읽는 게 더 중요한 시대였다." (20면) 상품은 온갖 기호의 그물망에 포획된 물신적 환상으로 떠오른다.

이렇게 신비한 대상으로 떠오른 상품이야말로 이 소설의 주인공이다.

'나'는 마치 자본가가 자본의 담지자인 것처럼 상품의 담지자일 뿐이며 혹여 향수가 팔리지 않을까 전전긍긍하는 '나'의 불안은 단지 '향수'의 불안이 의인화된 것에 불과하다. '나'가 수동적인 조연에 불과하다는 점은 자신도 모르는 사이에 점점 프레디의 삶을 연기(혹은 모방)하게 되는 상황에서 극명하게 드러난다. '나'는 그것이 비록 '쇼'인 걸 알지만 그 '쇼'를 멈출 수는 없다. 이 소설의 주인공은 '향수'라는 상품이고 그 주인공을 움직이는 힘은 결코 정지를 모르는 자본의 운동이기 때문이다. 따라서 그 운동은 빨간구두소녀의 괴로운 춤처럼 결코 멈출 수 없으며 '나'의 '쇼'도 어쩔 수 없이 계속 되어야 한다("Show must go on", 38면).

윤고은의 소설은 이처럼 자본의 논리가 지배하는 현실에서 각종의 상품들이 직면하는 존재론적 불안을 재치있게 소묘해낸다. 상품으로 변신하길 강요받는 인간들은 그 안에서 저항하기도 하고, 조용히 동참하기도 하며 적극적으로 투항하기도 한다. 작품 속에서 인간은 구조로부터 자유로운 행위자나 그 구조에 맞서 투쟁하는 주체라기보다 차라리 끊임없이 물화되는 하나의 상품으로 등장한다. 이를 통해 그녀는 인격적 차이를 지워버리며 오로지 교환가치만을 셈하는 자본의 폭력적인 성격을 그 누구보다 예리하게 드러내지만, 독자들은 그 세계에 기거하는 인물들에게 여하한 종류의 감동도 받기 어려운 것이 사실이다. 앞서 말했듯 인물들은 대개 상품의 의인화된 형태에 불과하기 때문이다. 따라서 윤고은의 소설을 읽을 때 '인물'에 초점을 맞추어서는 곤란하며 차라리 상품들을 생산해내고 유통시키는 자본의 운동을 읽어내야 한다. 그녀는 이 운동이 빚어내는 파동을 섬세하게 포착함으로써 우리가 견뎌야 하는 세계의 모순을 지성적으로 전달한다.

물론 자본의 폭력이 현재 우리가 당면한 세계의 폭력을 야기하는 유일한 원천은 아니며 우리는 "자본주의적 생산양식의 토대에 대한 분석만으로 자본주의 사회의 결정적인 모든 것에 대해 다 말했다는 환상에 굴복"

해서도 안 될 것이다.[14] 그렇지만 많은 사람들이 불가해한 세계의 운명적 원리인 양 자본주의를 받아들이고 있는 작금의 현실에서, 우리가 마주하고 견뎌야 하는 세계의 기본적인 면모를 파악하려는 데 있어 자본주의는 결코 피해갈 수 없는 아포리아임은 말할 것도 없다.

4. 나가며

이 글을 시작하면서 의연하고 깊은 호흡으로 희망의 싹을 돋우어내는 작업의 소중함을 인식하는 것과 동시에 어떠한 종류의 희망(의 생산)과도 무관한 자리에서 삶을 견딘다는 것의 의미를 다시 생각하게 하는 소설적 작업에도 주목할 필요성을 강조했다. 그렇지만 여기서 다룬 것은 그것의 극히 일부에 해당하는 예일 뿐이다. 앞에서 살펴본 작품들은 어떤 희망의 말을 전달하기보다 우리를 둘러싼 절망감의 출처를 핍진하게 심문한다. 그것은 한순간에 나락으로 떨어질지 모르는 불안정한 삶의 지반에 대한 절망이며, 폭력적인 세계 속에서 인간으로서의 존엄성을 구축하려 했던 주체의 기획이 그저 기만에 지나지 않을지 모른다는 사실에 대한 절망인 동시에 삶의 영토가 자본에 의해 식민화되어 인간이 그저 상품처럼 존재할 수밖에 없다는 깨달음이 가져온 절망이다. 하지만 이 소설들을 통해 우리가 얻게 되는 절망에 대한 인식이 세계를 더 나은 곳으로 변화시키고자 하는 의지를 가로막는 것으로만 기능한다면 그 절망을 핍진하게 그려내는 작업이 성공을 거듭할수록 우리에게는 실패의 경험만이 축적될 것이다.

그렇지만 이제까지 살펴본 소설들은 그 절망이 희망의 "아주 없음"의

---

14 미하엘 하인리히 『새로운 자본 읽기』, 김강기명 옮김, 꾸리에 2015, 21면.

상태를 뜻하는 것이라기보다는 "있지 않음"의 상태를 뜻하는 것일 수도 있다.[15] '아주 없음'이 완료형이라면 '있지 않음'은 진행형이다. '아주 없음'이 텅 비어버려 어떠한 희망의 기미도 찾아볼 수 없는 닫힌 상태에 대한 진술이라면 '있지 않음'은 비록 지금은 존재하지 않지만 그것은 말 그대로 지금 있지 않을 뿐이며 가까운 미래에 다시 희망으로 채워질 수 있으리란 잠재성을 내포한다. 가령 「산책자의 행복」에서 라오슈가 처한 절망적 상황은 그 자체로 희망의 '아주 없음'을 의미하는 것처럼 보이지만 동시에 정직한 절망이야말로 기만적인 희망에 의해 덧입혀진 허위의 당의(糖衣)를 깨부수어버림으로써 삶을 살아간다는 것의 의미를 새롭게 생성시킬 수 있음을 우리에게 보여준다. 라오슈의 처절한 절규는 희망의 '아주 없음'에서 비롯된 것이지만 동시에 자신의 삶을 미래로 열어놓는 것이기도 하다.

하나의 상품으로 변해 시장 한복판에 던져진 인간의 모습을 알레고리적으로 그려낸 윤고은의 작업 역시 자본주의의 힘을 절대적인 것으로 과장함으로써 인간의 저항 가능성과 체제의 변화 가능성을 원천적으로 차단시켰다는 한계로부터 자유롭지 않다. 비록 작가가 적극적으로 의도한 것은 아니겠지만 자본의 논리가 전일적으로 지배하는 양상을 세밀하게 그리면 그릴수록 자본주의는 더욱 완벽하고 거대한 체계로 나타나며 그 안에서 인간은 극단적인 수동성에 처하게 된다. 따라서 이는 자본주의를

---

15 한기욱은 「문학의 열린 길」(『창작과비평』 2016년 봄호)에서 김금희의 「너무 한낮의 연애」의 한 부분을 인용하면서 "문학뿐 아니라 사랑을 포함해서 삶의 가장 소중한 것들은 '아주 없음이 되는 게 아니라 있지 않음의 상태로 잠겨 있을 뿐'인 일종의 아토포스의 상태에서 이루어진다"(77면)라고 적은 바 있다. 이는 소설에 등장한 "아주 없음"과 "있지 않음"의 구분이 지닌 묘미를 적실하게 포착한 진술이다. 그런데 이러한 구분을 앞에서 살펴본 소설들에 대해서도 적용할 수 있지 않을까. 비록 그 소설들이 문면에서는 희망과 더 나은 세계를 도래하게 할 의지가 '아주 없는' 것처럼 보이지만 어쩌면 그것은 "있지 않음"의 상태로 잠겨 있는 것일 수도 있다.

대체할 새로운 사회는 '아주 없다'는 식의 절망과 연결되기 쉽다.

그럼에도 자본의 논리가 지배하는 사회에 대한 비판적 형상화를 끊임없이 시도하는 윤고은의 작업이 새로운 세계가 '아주 없는' 게 아니라 아직 '있지 않은' 것일 수 있다는 인식에 적대적인 것만은 아니다. 자본은 지금 이 순간에도 우리에게 무한한 선택지를 제시하며 각종 휘황찬란한 상품들로 풍요의 환상을 고취시킨다. 윤고은은 그러한 선택과 풍요의 대가가 무엇인지 그려냄으로써 자칫 기만적으로 체제에 만족해버리기 쉬운 우리의 의표를 날카롭게 찌른다. 이는 독자들을 자본의 전일성에 대한 절망으로 이끌기보다 자본에 의해 식민화된 사회에 대한 비판적 의식을 환기시키는 데 기여한다.

'한류'와 협동적 창조의 가능성

◆

「오징어 게임」과 「지옥」을 통해 본 'K-콘텐츠'의 문명 비판

1. '한류'의 문명적 가능성

2019년 6월 1일, BTS는 한국 가수 최초로 '팝의 성지' 웸블리 스타디움에 입성했다. 당시의 풍경을 전한 기사에 따르면 런던은 공연 시작 전부터 뜨거운 몸살을 앓았다고 한다. 영국뿐 아니라 스페인, 아일랜드, 독일, 프랑스, 이탈리아 등 인근 유럽 국가의 팬들이 BTS가 출연한 광고를 보기 위해 피커딜리서커스 광장에 몰려들어 일대가 마비되었다는 것이다. 불과 10년 전까지만 해도 변방의 낯선 음악에 불과했던 '케이팝'(K-POP)은 어떻게 전세계인의 마음을 사로잡는 아이콘이 될 수 있었을까? BTS의 성공이 반복되기 쉽지 않은 사례라는 걸 인정하더라도 그 성공의 밑바탕에 '한류'라는 거대한 흐름이 자리 잡고 있음은 분명하다. 아시아에서 시작된 한류는 오늘날 유럽과 북미는 물론 남미 대륙과 중동에까지 확산됨으로써 전지구적 문화를 형성하는 중요한 인자로 떠오르고 있다.

국내에서 한류를 바라보는 시선은 엇갈린다. 일각에서는 한국의 우수성을 세계만방에 떨친 '국위선양'의 사례로 숭앙하는 반면, 국가의 정책

적 지원과 대형 엔터테인먼트 회사의 기획력이 결합해 만들어낸 일시적 유행으로 치부하는 사람도 적지 않다. 대립하는 듯 보이지만 둘 다 '수출 주도 산업화'의 관점에서 한류를 바라본다는 공통점이 있다. 한쪽에서는 자동차와 반도체를 넘어 문화 콘텐츠까지 수출하게 되었으니 금상첨화라는 것이고 다른 한쪽에서는 '수출 금자탑'이 내뿜는 화려한 광채가 한국 사회의 모순을 은폐하진 않을까 우려하는 것이다. 하지만 한류를 산업적 차원에서 파악하는 '경제주의적 편향'은 대중문화 콘텐츠를 향유하는 경험이 자동차나 휴대폰 같은 공산품의 소비경험과 동일하지 않다는 사실을 간과하기 쉽다.

한류 콘텐츠를 "여러 지역의 문명적 힘들이 서로 교차하고 경쟁하며 만들어진 산물"[1]로 바라볼 것을 주문하는 정호재의 논의는 '경제주의적 편향'을 넘어 한류의 문명적 가능성을 더욱 적극적으로 사유할 계기를 마련해준다는 점에서 눈길을 끈다. 그에 따르면 오늘날 한류 열풍의 핵심 의미는 한국이 서구 문물의 수동적인 수용자에서 벗어나 세계를 향해 새로운 가치와 비전을 발신하는 위치에 서게 되었다는 데 있다.[2] '문화산업의 논리에 매몰된 기획상품에 가당찮은 기대를 건다'는 식의 냉소를 비롯해, 한국은 세계적 차원의 비전을 발신하는 장면을 감히 꿈도 꾸지 못한다는 주변부적 자기비하, 한류의 인기를 자족적으로 탐하는 데 급급한 '국뽕' 등 모두와 거리를 두고 한류의 문명적 가능성을 차분하게 검토하는 작업이 요구되는 이유다.

문명이라는 말이 조금 거창해 보이지만 현실을 비판적으로 성찰하고 더 나은 미래를 만들어가는 데 영감을 줄 수 있는 대안적인 사유의 발신 여부가 관건이다. 백낙청은 일찍이 "오늘의 자본주의 문명이 자본주의로

---

1 정호재 『다시, K-를 보다』, 메디치미디어 2021, 10면.
2 같은 책 256면 참조.

서의 자기완성 겸 문명으로서의 자기부정에까지 가기 전에 아직 남아 있는 문명적 유산들을 총동원하여 새로운 지구문명을 건설할 필요성"을 강조하며 현존하는 다양한 문명적 유산들이 "자신을 낳은 과거 문명들과 현존 자본주의 문명의 온갖 부당한 차별을 철폐할 새로운 전지구적 질서에 맞도록 갱신되어야" 함을 역설한 바 있다. 당시에는 '한류'라는 용어가 존재하지 않았기에 기존 문명에 대한 창조적 갱신을 강조하는 데 그치고 있지만 "문명유산 및 문화적 연속성의 유지는 그 창조적 활용을 통해서만 가능"하며 "그 창조적 보존이 바로 우리 자신의 일이라는 '세계화된' 시각"을 갖출 필요가 있다[3]는 주문은 한류의 문명적 가능성을 타진하는 관점을 선취하는 면이 있다.

한류는 "과거 미국과 유럽이 한번쯤은 거쳐갔지만 감히 풀어내지 못했던" "'인간성의 회복'과 '해방'에 대한 숙제"[4]를 풀어낼 문명적 잠재력을 보여줄 수 있을까? 이를 측정하는 기준은 다양하겠지만 오늘날 자본주의 문명이 드러내고 있는 말기적 증후를 비판적으로 성찰하고 더 나은 세계를 만들어가기 위한 영감을 얼마나 풍부하게 제공할 수 있는지 여부를 빼놓을 수 없을 것이다. 이 글에서는 2021년 넷플릭스(Netflix)에 공개된 이후 전세계적으로 큰 반향을 이끌어낸 드라마 「오징어 게임」과 「지옥」을 통해 오늘날 한류 콘텐츠가 드러내고 있는 자본주의 문명 비판의 양상을 검토해보고자 한다.[5]

---

3 백낙청 「새로운 전지구적 문명을 향하여: 한국 민중운동의 역할」, 『창작과비평』 1996년 여름호, 11~13면.

4 정호재, 앞의 책 279면.

5 두 작품이 얻은 세계적인 인기는 넷플릭스라는 새로운 플랫폼이 없었다면 불가능했을 것이다. 넷플릭스는 맑스가 『공산당 선언』에서 예측했던 세계문학의 형성 가능성을 영상 콘텐츠 분야에서 실현하고 있는 듯 보인다. 하지만 「오징어 게임」을 둘러싼 수익 배분 논란에서 엿볼 수 있듯 새로운 플랫폼 경제 특유의 착취적 성격은 새로운 논쟁거리다. 넷플릭스를 비롯한 플랫폼 경제가 "대량실업, 생산과 노동의 외주화, 전지구적 착취라는 기존 경향에 기대어 성장"했다는 비판에 관해서는 닉 서르닉 『플랫폼 자본주

2. '부채 자본주의'의 죽음 정치와 '참(慚)의 수치심': 「오징어 게임」

「오징어 게임」이 잔혹한 생존경쟁을 강요하는 신자유주의에 대한 비판의 메시지를 담고 있다는 분석은 흥행 직후부터 꾸준히 제기되어왔다. 하지만 이 작품이 그 비판의 초점을 '부채'에 맞추고 있다는 사실은 비교적 덜 조명되었다. 「오징어 게임」은 대리운전을 해서 벌어다준 돈이 있지 않느냐면서 용돈을 더 달라고 떼를 쓰는 기훈에게 엄마가 "그깟 놈의 돈, 너 대출받은 한달 이자도 안 된다"라고 쏘아붙이는 장면으로 시작한다. 주인공 기훈은 자동차회사에서 구조조정을 당한 뒤 분식집과 치킨집을 열었지만 모두 실패하고 현재 수억원에 달하는 빚을 지고 있는 '부채인간'이다.

어디 기훈뿐일까. '오징어 게임'의 참가자들이 의식을 잃은 채 끌려온 것에 항의하자 진행요원은 모니터에 영상을 띄워 사람들이 지고 있는 채무의 액수를 공개함으로써 소요를 잠재운다. 참가자 모두가 막대한 빚을 지고 있는 '부채인간'들인 것이다. 그렇다면 '오징어 게임'은 채권자가 빚을 갚지 못한 채무자를 응징하기 위해 설계한 것일까? 그렇게 생각할 수밖에 없는 참가자들은 첫번째 게임이 끝난 뒤 어떻게 해서든 빚을 꼭 갚겠다고 사정하거나 "우리가 빚을 졌지 죽을죄를 지은 건 아니잖아요!"라며 울부짖는다.

이때 진행요원은 당황한 목소리로 자신들은 돈을 받아내려는 게 아니라 단지 기회를 제공하려는 것이라고 해명한다. 진행요원이 내비치는 당혹감은 이 게임을 설계한 오일남이 참가자들의 직접적인 채권자가 아니

의』, 심성보 옮김, 킹콩북 2020 참조.

라는 사실에서 비롯하지만, 이들이 갚을 수 없는 막대한 부채에 짓눌리지 않았더라면 게임에도 참여할 이유가 없었다는 점에서 그 당혹감은 기만에 불과하다. 진실은 차라리 "우리가 빚을 졌지 죽을죄를 지은 건 아니잖아요!"라는 항변에 담겨 있는데, 여기에서 오늘날 자본주의는 모든 인간을 "자본 앞에서는 죄인이자 책임이 있는 자, 즉 '채무자'"[6]로 만든다는 사실이 적나라하게 드러나기 때문이다.[7]

이 작품은 기훈과 상우, 덕수와 새벽의 경우를 제외하면 참가자들이 거액의 빚을 지게 된 사연을 구체적으로 보여주지는 않는다. 이는 분량의 제약 때문이겠지만 결과적으로 저마다의 기구한 사연이 지니는 불행의 개별성에 매몰되지 않음으로써 '부채'의 구조적 성격을 드러낸다. 부채의 내력을 개별적으로 파헤치다보면 고객의 돈을 무단으로 빼돌려 주식과 파생상품에 투자한 상우의 경우처럼 그릇된 욕심과 잘못된 판단, 혹은 성격의 결함을 원인으로 지목하게 되기 마련이다. 이렇게 소급된 결함은 부채의 원인을 개인의 탓으로 돌림으로써 부채가 인간의 품행을 통제하기 위해 신자유주의가 고안한 전략적 장치라는 사실을 은폐하기 쉽다. 부채를 개별적이고 도덕적인 차원에서 해명하려는 시도에 맞서 라자라토 (Maurizio Lazzarato)는 "부채의 생산, 즉 채권자와 채무자 사이의 힘 관계를 구성하고 발전시키는 일은 신자유주의 경제정책의 전략적 핵심"이며 채권자-채무자 관계는 "현대 자본주의의 가장 중요하고도 보편적인 권력

---

6 마우리치오 라자라토 『부채인간』, 허경·양진성 옮김, 메디치미디어 2012, 26면. 라자라토는 신자유주의 사회에서 자본은 '거대한 채권자'이자 '포괄적 채권자'로 나타나게 된다고 말한다.

7 이 작품에서 오일남은 바로 라자라토가 말한 '포괄적 채권자'(각주6 참조)의 의인화된 형상이다. 니체는 죄책감이 부채에서 비롯되었음을 논증하면서 "채권자인 공동체"는 "전체에 맞서 계약을 어기고 약속을 지키지 않은" 채무자를 "법의 보호 밖에 놓인 야만적인 상태"로 몰아낸다고 말한 바 있는데 「오징어 게임」의 세트장은 정확히 니체가 말했던 '야만적 치외법권' 지대라고 할 수 있다. 프리드리히 니체 『도덕의 계보학』, 홍성광 옮김, 연암서가 2011, 84~94면 참조.

관계"임을 강조한다.[8]

이 권력관계 안에서 "책임감과 죄책감을 동시에 불러일으키는 하나의 도덕성, 의식, 기억을 갖춘"[9] 주체가 탄생한다. 성실하게 빚을 갚는 모범적인 사람은 도덕적인 이웃으로 여겨지는 반면 그렇지 못한 사람은 공동체로부터 손가락질을 받는 타락한 주체로 간주된다. '오징어 게임'에 끌려온 참가자들은 그 '타락한'(혹은 '탈락한') 주체의 형상을 대표한다. 그들은 왜 말도 안 되는 잔혹한 게임 속 '말'로 끌려오게 되는가? 그건 "채권자는 채무자의 육체에 온갖 종류의 능욕과 고문을 가할 수 있"기 때문이다.[10] 그런데 살아서 빚을 갚지 못한 '타락한' 주체는 죽음을 통해서도 부채의 덫에서 벗어날 수 없다. 채권자는 채무자의 "사지 하나하나와 신체의 각 부분을 정확하게, 부분적으로는 무서울 정도로 세세하게, 합법적으로 가격을 산정"[11]하기에 그들은 자신의 사체 조각들을 통해 남은 빚을 갚아야 한다. 부채는 오늘날 인간의 삶뿐 아니라 죽음마저 포획하는 '죽음 정치'의 첨병이다.

부채 자본주의가 추동하는 '죽음의 정치학'은 개별적인 주체를 넘어 국민국가 차원에서도 가동된다. 그리스와 포르투갈, 페루, 칠레, 아르헨티나 등 많은 국가가 자본주의 순환 위기의 희생양이 되어 IMF와 유럽중앙은행을 비롯한 국제 금융자본이 실시하는 가혹한 구조조정 프로그램을 실행한 바 있다. 그 과정에서 유발된 막대한 실업이 수많은 사람의 목숨을

---

8 마우리치오 라자라토, 앞의 책 50~57면.

9 같은 책 80면.

10 같은 책 73면. 채권자가 채무자를 고통스럽게 만드는 형벌 속에는 잔인한 광경을 보면서 함께 즐기는 축제의 요소가 포함되고 있다는 니체의 지적을 염두에 둔다면(프리드리히 니체, 앞의 책 85면 참조) 채무자를 잔혹하게 죽이는 '오징어 게임'이 어째서 유희적 스펙터클로 상연되는지 이해할 수 있다. '오징어 게임'은 부채상환의 의무를 다하지 못한 '부도덕한' 채무자들에게 자본이라는 채권자가 가하는 형벌의 축제인 것이다.

11 같은 책 73면.

앗아가는 동안에도 그 모든 조치는 '도덕적 해이'에 대한 마땅한 응징으로 선전되었다. 한국 역시 비슷한 경험이 있음을 염두에 둔다면 「오징어게임」의 후반부에 등장하는 VIP들의 대화 ── "내 생각엔 이번 한국 대회가 이제까지 중에 베스트야" ── 에 눈길이 가지 않을 수 없다. 비슷한 게임이 다른 나라에서도 진행되고 있음을 암시하는 대목이거니와 그 잔혹한 게임은 마치 IMF를 비롯한 국제 금융자본이 주도했던 신자유주의 구조조정에 대한 은유처럼 느껴지기 때문이다. 실제로 한국은 'IMF 모범생'이라는 칭찬을 들을 정도로 신자유주의적 개편 요구를 착실하게 수용한 나라이며 그 과정에서 발생한 고통은 기훈과 같은 노동자들에게 고스란히 전가되었다.[12]

「오징어 게임」이 전세계 사람들에게 커다란 공감을 불러일으킨 이유의 일단을 적지 않은 사람들이 "부채의 협박"을 "피할 수 없는 운명"[13]으로 맞닥뜨리고 있다는 현실에서 찾을 수 있지 않을까? 이와 같은 '동일시'의 측면을 염두에 둔다면 이 작품을 시청하며 때론 그 잔혹함에 눈을 감고 때론 감동을 받아 눈물을 흘렸다는 해외 시청자들의 반응에서 노스럽 프라이(Northrop Frye)가 '하위모방' 양식의 비극을 고찰하며 언급했던 "선정적인 눈물의 반응"을 떠올리는 것도 무리는 아닐 것이다. 시청자들은 이 작품에 등장하는 참가자들의 모습에서 자신의 형상을 발견하고 "연민과 공포의 감정"에 빠지지만 이 감정은 끝내 "정화되지도, 또한 쾌락으

---

12 라자라토는 펠릭스 가타리(Félix Guattari)의 말을 인용하며 『부채인간』의 결론을 맺는다. "그리스는 유럽의 열등생이다. 그리고 그것이야말로 그리스의 장점이다. 다행히도, 복합성을 갖고 있는 그리스와 같은 열등생들이 존재한다. 이 열등생들은 독일과 프랑스의 이른바 '정상화' 계획을 거부한다. 그리스가 계속해서 불량 학생으로 남아 있기를, 그리고 우리가 좋은 친구들로 남아 있기를……"(같은 책 225면) 부채상환 능력 및 이행 정도에 따라 개인의 모방성·도덕성을 가르는 부채 자본주의의 양상은 국가 차원에서도 동일한 구획 짓기로 반복된다.

13 같은 책 224면.

로 동화되지도" 않는다.[14] 데스매치 서바이벌 게임이 선사하는 말초적이고 선정적인 흥분을 맛볼 때조차 사람들은 그 쾌락에 온전히 동화되지 않으며 잔혹한 죽음이 야기하는 연민과 공포 역시 기훈의 승리로 인해 승화되지 않고 끝내 마음에 진한 얼룩을 남기게 되는 것이다.

「오징어 게임」이 흥행하자 외신에서는 이 작품이 사회안전망 부재로 인해 낙오의 공포가 깊이 드리워진 한국사회의 현실을 반영하고 있다는 분석을 내놓은 바 있지만 이는 한국적 특수성이라기보다 전세계가 공통적으로 맞닥뜨린 자본주의 문명의 위기를 반영하는 것에 가깝다. 더군다나 말기적 증후를 보이고 있는 현 자본주의는 낙오의 공포를 더욱 짙게 채색하는 동시에 죄의식이나 수치심 같은 인간성의 단초들을 노골적으로 제거하려는 특징을 띤다. 「오징어 게임」의 시청자들이 '스너프 필름'을 관람하며 즐거워하는 VIP의 시선에 동화되지 않고 슬픔, 연민, 분노, 우정, 믿음 그리고 살아남은 자의 죄의식 같은 보다 인간적인 감정에 기꺼이 사로잡힌다는 사실은 거듭 강조될 필요가 있다. 이 죄의식은 "자유경쟁과 등가교환의 원리가 제2의 자연이 되어 있는 근대성의 내부자"[15]인 우리가 날로 상실해가고 있는, 장정일(蔣正一)의 시를 빌려 말하자면 '참(懺)의 수치심'이라고 부를 만한 것이다.[16]

---

14 노스럽 프라이 『비평의 해부』, 임철규 옮김, 한길사 2000, 97~107면.

15 서영채 『죄의식과 부끄러움』, 나무나무 2017, 36면.

16 장정일의 시 「참(懺)」은 동료를 죽이고 살아남은 자의 죄의식을 정면으로 다룬다는 점에서 「오징어 게임」과 통하는 면이 있다. 시베리아에서 조난자를 구해주는 동물 '참'에 대한 전설을 전하는 이 시는 다음과 같은 문장으로 마무리된다. "시베리아에서 길을 잃고 사경을 헤매다가 구조된 조난자들은 거개가 참의 희생으로 목숨을 부지했다는데, 참이 이렇듯 잘 알려지지 않고 이 변변치 않은 사람의 글에 의해서 널리 알려지는 까닭은, 인간에게 수치심이 있기 때문이다. 목숨을 부지한 조난자는 차마 동료를 죽이고 그 덕분에 살게 되었다는 것을 밝히기를 꺼린다. 칼로 배가 쭉 갈라진 동료가 오랫동안 죽지 않고 눈을 끔벅이며 '살려줘, 살려줘, 나는 너의 친구잖니?'라고 호소했다는 것, 그런데도 혼자 살기 위해 동료의 피와 살을 먹고 마신 것을 수치로 여겨 말할 수

물론 작품을 향한 비판도 적지 않다. 등장인물의 캐릭터가 평면적이고 선악의 구도가 이분법적이어서 플롯이 단순하다는 지적과, 여성 및 외국인 노동자 등 소수자에 대한 재현이 시대에 뒤처져 있거나 비윤리적이라는 비판이 대표적이다. 이런 타당한 비판과 더불어 「오징어 게임」이 인간을 "고작 자본주의의 부속품에 불과"한 존재로 그려냄으로써 현존하는 자본주의의 전체화하는 억압을 넘어설 수 없다는 무력감을 고착시키며 결과적으로 "구조적 모순의 실체를 비판적으로 응시하는 것"을 가로막는다는 비판도 제기된 바 있다.[17]

「오징어 게임」은 확실히 오늘날 자본주의 문명의 말기적 증상을 극복할 대안적인 주체의 형상을 정교하고 윤리적인 방식으로 모색하는 작품은 아니다.[18] 그럼에도 이 작품이 자본주의의 모순을 비판적으로 응시하는 것을 불가능하게 만든다는 평가에는 모종의 유보가 필요해 보인다. 이제까지 살펴보았듯 「오징어 게임」은 부채 자본주의의 동학을 데스매치라는 가학적 스펙터클을 통해 생생하게 재현하면서도 인간적인 죄의식과 수치심을 끝내 환기해내기 때문이다. 그 과정에서 시청자들이 맞닥뜨리

없었기 때문이다." 장정일 「참(懺)」, 『눈 속의 구조대』, 민음사 2019, 14면.

17 강지희 「당신은 빚지고 있습니까: 〈오징어 게임〉과 〈더 체어〉를 겹쳐 읽으며」, 『문학동네』 2021년 겨울호, 6면.

18 물론 부채 자본주의에 맞서기 위해서는 "모든 죄책감과 의무, 양심의 가책으로부터 벗어나" "단 한푼도 상환해서는 안 된다"(마우리치오 라자라토, 앞의 책 223면)고 주장한 라자라토라면 기훈을 부채 자본주의에 맞서는 대안적인 주체로 볼 수 있다고 주장할 것이다. 그가 선량하고 따뜻한 마음을 지닌 인간적인 존재라서가 아니라 애초부터 빚을 갚을 생각이 전혀 없는 인물이기 때문이다. 작품의 첫 장면에서 기훈은 "그거 이렇게 갚아도 다 못 갚아! 그러니까 좀 쓰고 살자!"라고 뻔뻔하게 역정을 낸다. 기훈은 자신이 빚을 갚지 못한다는 사실에 아무런 죄책감과 괴로움도 느끼지 않는다. 당연하게도 456억원의 상금을 받은 이후에도 그는 빚을 갚지 않는다. 기훈은 동료의 죽음을 딛고 홀로 살아남았다는 사실에 대해서는 무한한 죄책감을 느끼지만 자신이 진 빚에 대해서는 아무런 부채감을 지니지 않는, 펠릭스 가타리가 말한 '열등생'의 계보에 위치하는 인물이다.

는 다양한 정동은 대안적인 사유 및 실천과 구분되는 사소한 감각처럼 보이지만 정동의 측면을 통합하지 않고서는 대안적인 실천과 사유를 마련하기 어렵다는 점에서 새로운 사유와 실천의 출발점일 수 있다.[19]

3. '신화적 폭력'과 무정치적 자연상태:「지옥」

「지옥」은 '신화적 폭력'이 도래한 현실을 배경으로 법과 폭력, 속죄와 정의의 관계 같은 일견 신학적이고 한편으론 법철학적인 쟁점을 제기하는 작품이다. 이 작품은 느닷없이 지옥의 사자들이 나타나 죽음을 고지받은 사람을 불태워 살해하는 장면으로 시작한다(작품에서는 이를 지옥의 '시연試演'이라고 부른다). 납득할 수 없는 초자연적 현상 앞에서 기존의 세속적 법률과 지식 체계는 급격히 흔들리게 되고, 지옥의 시연이 정의롭지 않은 인간을 심판하려는 신의 의도라고 주장하는 정진수 의장의 '새진

---

19 한기욱은 정동과 사유가 대립적이거나 이율배반적인 것이 아니며 최근 주체들이 더욱 정동적이 되어가고 있는 현실에서 '정동을 통합한 사유'의 중요성을 강조한 바 있다(「사유·정동·리얼리즘」,『문학의 열린 길』, 창비 2021 참조). 정동의 측면에서 본다면「오징어 게임」을 둘러싼 해외의 정서적 반응이 국내와 확연히 갈리고 있다는 점이 눈에 띈다. 예컨대 지영이 새벽을 위해 구슬게임을 포기하는 장면이나 깐부 에피소드에서 해외의 시청자들은 큰 슬픔과 감동을 느꼈다고 고백하는 반면 국내 시청자들은 이를 'K-신파'라고 칭하며 그 슬픔의 정동으로부터 일정한 거리를 두는 경향을 보였다. 그 차이의 원인과 의미를 여기서 구체적으로 규명하기는 어렵지만 오늘날 한국사회에서 슬픔의 정동이 유난히 금기시되고 있다는 사실은 섬세히 볼 필요가 있을 것 같다. 물론 1910년대에 들어 확정된 "신파조의 승리" 이후 반복적으로 접해온 신파적 요소에 한국인들이 어느 정도 질리게 된 측면이 있음은 부정하기 어렵다(최원식「두 얼굴의 계몽주의」,『기억의 연금술』, 창비 2021, 33면). 하지만 이 슬픔에 대한 피로와 멸시는 세월호 참사를 겪고 난 뒤 우파세력들이 사회적 참사에 애도를 표하는 사람들에게 '감성팔이'라는 냉소적 프레임을 씌운 이후 급격하게 강해졌다는 현실정치적 맥락을 지니기도 한다.

리회'가 급격히 세력을 확장해간다. 새진리회는 외견상 기독교 신흥종교와 유사해 보임에도 그들이 말하는 신은 성경 속 야훼보다는 여러 신화에 등장하는 신에 더 가까워 보인다. 벤야민은 일상적 삶에서 순수하게 발현하는 폭력을 설명하면서 '신화적 폭력'을 이렇게 정의한 바 있다. "신화적 폭력은 그것이 갖는 원초적 이미지의 형태를 두고 볼 때 신들의 단순한 발현이다. 그것은 신들의 목적을 위한 수단도 아니고 신들의 의지의 발현도 아니며 무엇보다도 우선 신들의 존재의 발현이다."[20]

「지옥」에 등장하는 시연은 벤야민이 신의 존재 발현이라고 일컬었던 '신화적 폭력'의 대표적인 예이다. 어떠한 목적도 제시하지 않고 어떤 의도도 표출하지 않으며 그저 누군가를 지목해 태워 죽임으로써 순수한 힘의 발현만을 내보이기 때문이다. 그런데 이같은 '신화적 폭력'은 그 목적과 의지를 불안한 공백으로 남겨둠으로써 그 공백을 주관적 해석으로 메우고자 하는 인간적 충동을 자극한다. 정진수는 지옥의 시연이 "수치심, 죄의식, 참회, 속죄를 잃어버린" 인간을 심판하기 위한 신의 형벌이라고 주장한다. 초자연적인 폭력 앞에서 그것이 인간의 죄에 대한 신의 징벌이며 따라서 더 정의로워져야 한다고 주문하는 것 자체는, 지진이나 해일이 타락한 인간에 대한 신의 응징이라고 설교하는 종교인들을 심심찮게 마주하는 우리 현실에서 그다지 새롭지 않다. 이 작품의 새로움은 그런 헛소리를 진지하게 여길 수밖에 없는 상황을 도입하고 실제로 일어날 법한 사회적 혼란을 현재적인 상상력으로 포착하려는 데 있다.

「오징어 게임」과 마찬가지로 「지옥」에서도 '부채/죄'(schuld)라는 개념이 서사의 핵심에 가로놓여 있다. 「오징어 게임」에서 '부채'가 부채 자본주의의 '죽음 정치'를 가동하는 연료라면 「지옥」에서 '죄'는 끊임없이 죄

---

20 발터 벤야민 「폭력비판을 위하여」, 『역사의 개념에 대하여/폭력비판을 위하여/초현실주의 외』, 최성만 옮김, 길 2008, 107면.

책감을 발명하여 자신의 내면을 감시하고 고발하게 함으로써 주체를 길들이는 통치의 기제로 나타난다. 하지만 「오징어 게임」에 등장하는 공정이 기만적인 것처럼 정진수가 설파하는 정의 역시 공허하다. 니체가 간파했듯 "형벌이란 대체로 공포를 증가시키고 현명함을 높이며 욕망을 제어하게" 해주지만 "인간을 '더 나은' 존재로 만들지는" 못하기 때문이다.[21] 그 형벌을 집행하는 주체가 신이라고 해서 달라지는 것은 없다. 정진수는 시연당한 사람들이 폭행, 사기, 강간, 살인 같은 죄를 저질렀기 때문에 처벌받았다고 주장하지만 태어난 지 며칠 되지 않은 신생아가 지옥 시연의 고지를 받는 장면에서 드러나듯 죄는 신의 징벌을 야기하는 직접적인 원인이 아니다. 정진수는 이 사실을 처음부터 알고 있었지만 응징에 대한 공포만이 세상에 정의를 가져올 수 있기에 자신은 '선한 거짓말'을 했을 뿐이라고 강변한다.

공포에 짓눌려 자신의 죄를 끊임없이 고백하는 행위가 정의로운 세계를 가져오지 않는다는 사실은 정진수에 이어 새진리회 2대 교주가 된 김정칠에 이르러 명확히 드러난다. 정진수와 다르게 김정칠은 고백을 매개로 한 지배와 통치의 욕망을 노골적으로 드러내는 인물이다. 김정칠은 새진리회 홍보영상에서 두려움과 수치심을 떨치고 공개적으로 죄를 고백할 것을 강권한 뒤 어린 소녀가 눈물을 흘리며 아버지의 죄를 고백하는 장면을 보여준다. 하지만 아버지의 죄를 고발하는 소녀의 행동에서 '더 나은 인간'의 모습을 읽어내는 사람은 없을 것이다. 소녀의 아버지가 티끌만한 죄도 없는 무결한 존재여서가 아니라 대타자를 향해 자신의 죄를 낱낱이 고백하는 행위는 신을 향한 신실성의 증거일 순 있으나 새로운 윤리를 창안하는 일과는 무관하기 때문이다. 공포는 인간의 품행을 통제하는 강력한 힘으로 작용하지만 공포에 짓눌린 주체에게 윤리적 행위를 기대할

---

21 프리드리히 니체, 앞의 책 110면.

수는 없다.

강요된 속죄에 짓눌린 주체는 더 나은 인간이 되기보다 오히려 분노의 원한 감정에 휩싸인 존재로 '흑화'하기 쉽다. 자신은 언제나 신 앞에 모든 죄를 고백하며 벌벌 떠는데 옆 사람이 신의 존재를 부정하면서 아무런 죄도 고백하지 않는다면 어떨까? 아마 그 사람은 상대방의 '도덕적 해이'에 억울함을 넘어 참을 수 없는 분노를 느낄 것이다. 새진리회의 교리를 따르는 급진주의적 분파 '화살촉'처럼 말이다. 화살촉은 교수, 작가, 법률가를 비롯한 지식인을 신의 의도를 무시하는 적으로 지목하고 이들에게 강력한 원한 감정을 드러낸다. 지식인들이 신과 인간 사이에 사회라는 세속적 매개를 설정함으로써 신과의 직접적인 소통을 부정하고, 빚을 갚을 생각이 없는 게으른 채무자처럼 신을 향한 참회의 부담을 내던진다는 것이 그 이유다. 이들을 향한 화살촉의 테러는 최근 전세계를 휩쓸고 있는 반지성주의적 포퓰리즘을 자연스럽게 떠올리게 한다. 엘리트주의에 반대하는 반지성주의는 강력한 대중동원력을 바탕으로 한때 낡고 보수적인 정치지형을 해체하는 역동성을 발휘하기도 했지만, 오늘날에는 우파적 포퓰리즘과 결합함으로써 공론장의 합리적인 작동을 저해하고 탈진실 시대를 떠받치는 이념으로 기능하고 있다.

「지옥」에 깔려 있는 강력한 원한 감정은 근대 문명이 발전시켜온 인권의 가치에 대한 불만에서도 싹튼다. 가령 고지받은 사람의 죄를 즉각 공개하고 이를 가로막는 사람은 직접행동을 통해 응징해야 한다는 화살촉의 테러리즘과 심신미약 판정을 받고 조기 출소한 엄마의 살인범을 불태워 죽이는 희정의 복수는 동일한 '문명 속의 불만'을 공유한다. 그 불만은 근대 문명이 발전시켜온 인권의 가치가 선하고 정의로운 사람 대신 범죄자와 같은 악인을 보호해주는 것으로 변질되었다는 분노에서 비롯된다. 인간의 죄를 낱낱이 고백하게 하고 심지어 그 죄인을 직접 태워 죽임으로써 응징하는 신의 정의와 비교한다면 인간의 법체계와 법 집행은 너무 느리고 빈틈 또한 커 보일 수밖에 없다.

죄인을 신속하게 응징하지 않고 법체계를 통해 처리하는 '문명화' 과정이 평범한 사람들을 원한 감정에 사로잡히게 만든다는 사실을 지적한 사람 또한 니체였다. 니체는 문명이 발전함에 따라 사회 전체가 "직접 피해를 입은 사람의 분노로부터 범죄자를 용의주도하게 지켜주"며 "범죄자와 그가 저지른 행위를 따로 떼어서 보려는 의지가 점점 더 확연하게" 드러난다고 말한다.[22] 니체는 공동체의 힘이 크고 단단할수록 형법은 완화되며, 반대로 공동체의 힘과 자신감이 결여되면 형법이 가혹해진다고 덧붙인다. 니체의 통찰은 「지옥」에서 시연 과정이 왜 그토록 잔학하게 묘사되어야 하는지를 이해하게 해주는 단서다. 시연 과정에서 나타난 잔학한 폭력은 현대사회가 정의를 수립하고 집행하는 과정에서 대중들이 집합적으로 맞닥뜨린 내적 무력감의 반영인 것이다. 오늘날 사람들은 공정의 가치가 무너졌으며 세계는 더이상 정의롭지 않다고 생각한다. 하지만 무너진 공정과 정의의 가치를 어떻게 다시 세울 수 있을지에 대해서는 냉소적인 태도를 취하는 경우가 많다. 진경훈의 동료 경찰 홍은표는 범죄자를 기껏 잡아봤자 증거불충분, 심신미약 등으로 다 빼주지 않느냐면서 차라리 새진리회의 주장이 사실이었으면 좋겠다고 한탄하듯 말하는데, 이 장면은 그가 왜 화살촉에 빠지게 되는지를 보여준다. 정의의 수립이 거듭 좌절된 현실에 대한 냉소가 극단적인 행동주의에 대한 매혹으로 귀착된 셈이다.

그런데 「지옥」을 보다보면 하나의 의문에 사로잡히게 된다. 신의 사자라는 정체불명의 괴생명체가 사람을 불태워 죽이는 현실을 맞닥뜨린 뒤 평범한 사람들은 어떤 삶을 살아가고 있는 걸까 하는 궁금증이 바로 그것이다. 새진리회 홍보영상을 두고 벌어지는 방송국 내에서의 갈등과 거리를 지나는 사람들의 옷차림으로 유추하건대 이들은 여전히 정해진 시간

---

22 같은 책 99면.

에 출근을 하고 텔레비전도 보며 예전과 다름없는 일상을 영위하는 것처럼 보인다. 물론 이런 판단도 어디까지나 잠정적인 것에 불과하다. 이 작품에서는 평범한 이들의 삶과 생각이 거의 재현되지 않기에 사람들이 어느 정도로 일상을 회복하고 살아가는지 정확히 파악할 수 없기 때문이다. 평범한 사람들이 상호작용하며 살아가는 생활의 영역을 사회라고 한다면 이 작품에는 아노미적 사태를 수습하고 집합적인 의미화 작업을 수행하는 사회라는 바탕이 소거된 듯 보인다.

「지옥」은 그 사회적인 것의 빈자리를 새진리회와 '소도' 사이에 펼쳐지는 활극으로 채운다. 흥미로운 것은 이때 사회뿐만 아니라 정치의 자리 역시 존재하지 않는다는 사실이다. 이 작품에는 새진리회와 화살촉을 제외한 다른 사회적 결사체는 물론 어떤 정치인도 등장하지 않으며 혼돈의 상황을 수습해야 할 정부와 내각 역시 존재감이 전무하다. '신화적 폭력'에 내몰려 사회도 정치도 사라져버린 자연상태. 그것이 「지옥」의 알레고리가 재현하는 현실의 모습이다.[23] 「지옥」이 문제를 스스로 해결해나가는 인간의 주체성과 자율성을 정답처럼 제시하면서도 정작 가장 인간다운 실천의 영역이라 할 수 있는 정치를 서사의 전면에서 제거해버린 점은 역설적이다. 물론 이는 인간이 스스로 만들어가야 할 사회가 새진리회와 같은 비이성적이고 반지성주의적인 집단에 의해 점령당했기 때문이라고 볼 수도 있다. 하지만 소도를 잡기 위해 경찰력이 아닌 화살촉을 은밀하게 동원하는 장면에서 드러나듯 새진리회는 일원적인 신정(神政) 정치를 구

---

23 지구를 파멸시킬 거대한 운석이 지구를 향해 다가오는 상황을 가정한 영화 「돈 룩 업」(2021)과 비교해보면 「지옥」의 무정치성이 도드라진다. 「돈 룩 업」은 '비상사태'를 맞아 좌충우돌하는 정치권과 언론은 물론이고 그 와중에도 편을 갈라 싸우는 '정치적 부족주의'의 세태를 코믹하게 풍자한 영화이다. 거기서 대통령은 지구 종말의 위기조차 정파적 이익을 위해 활용하고 막대한 돈을 후원하는 후원자의 입김에 지구의 운명을 맡기는 어처구니없고 한심한 인물로 그려지지만, 그런 조롱과 풍자가 두시간이 넘도록 이어질 만큼 이 작품에서 정치는 뚜렷한 존재감을 얻고 있다.

가할 만큼 힘을 가진 조직은 아니다. 즉, 분명 잔존하고 있을 정치와 사회의 영역은 「지옥」의 서사의 표면으로 올라오는 것을 억압당하고 있으며, 그같은 억압은 작품의 결말에 이르러 납작한 휴머니즘적 교설로 귀환하게 된다.

「지옥」은 시연에서 살아남은 아기와 함께 택시를 타고 도망치는 민혜진에게 택시기사가 자신은 신에 전혀 관심이 없으며 여기는 인간들의 세상이고 인간들 세상은 인간들이 알아서 해야 한다는 말을 건네는 것으로 끝을 맺는다. 인간의 자율성과 실천성에 대한 신뢰를 보여주려는 장면이지만 작품이 끌고 온 현실을 감당하기엔 지나치게 범속하다. 만약 시연이 부인할 수 없는 신의 현현이라면 그 앞에서 인본주의 및 세속화의 이념은 당연히 흔들릴 수밖에 없고, 반대로 그것이 신의 현현이 아니라 단지 설명할 수 없는 초자연적 현상에 불과하다면 거기에 신의 의도를 덧씌움으로써 세계를 '지옥'으로 만든 것은 다름 아닌 인간이기 때문이다. 「지옥」은 결말의 전언을 통해 이곳이 인간의 세상임을 천명했지만 우리가 진정 물어야 할 것은 지옥 같은 세상을 만든 '그런 인간'과 우리는 과연 얼마나 '다른 인간'인가, 더 나은 세상을 위한 희망의 근거가 되기 위해 우리는 '어떤 인간'이어야 하는가 같은 물음일 것이다. 「지옥」은 이 질문을 던지기 직전에 멈췄지만 우리는 그곳에서부터 새롭게 출발해야 한다.

4. 협동적 창조물로서의 '한류'

이제까지 영상 콘텐츠 분야에서 한류를 이끈 것은 「대장금」(2003)이나 「주몽」(2006)처럼 한국 고유의 내셔널리티를 강하게 드러내는 역사물이나 「겨울연가」(2002), 「도깨비」(2016), 「사랑의 불시착」(2019)처럼 특유의 서정에 기반을 둔 로맨스물이었다. 「오징어 게임」과 「지옥」의 전세계적 흥행은 오리엔탈리즘적 이국성에 대한 흥미와 로맨스를 넘어 세계자본주의의 무참한 폭력은 물론이고 죄와 형벌, 정의의 관계를 둘러싼 형이상학적인 물음까지 흥미롭게 연출해낼 수 있을 만큼 한국 드라마가 주제와 기법의 차원에서 다양하고 깊어졌음을 보여주는 사례라는 점에서 눈길을 끈다.

이 글의 분석을 통해 새로운 문명으로서 한류가 지닌 가능성의 면모가 온전하게 입증되었다고 생각하지는 않는다. 그건 비판마저 새로움이라는 유행의 형식을 통해 양분으로 취하는 근대 자본주의체제에 문화상품으로서의 한류가 언제든 흡수될 위험에서 비롯하는 것이기도 하지만 전지구적 위기의 실체를 정확히 파악하고 이에 대한 대안을 발신하기 위해서는 오늘날 한국사회를 살아나가는 우리 모두의 응전이 요구되기 때문이기도 하다. 정호재는 한류의 세가지 분기점을 각각 1987년 6월항쟁과 1997년 외환위기, 그리고 2016년 말의 '촛불과 탄핵심판'에서 찾은 바 있다.[24] 정치사회적 영역에서 일어나는 변화를 위한 투쟁이 세계를 다른 방식으로 바라보는 시야를 열어줌으로써 문화적 혁신으로 이어진다는 것이다. 그렇다면 새로운 문명으로서 한류의 가능성 또한 어떤 특정한 콘텐츠의 성취를 통해 실현되는 것이 아니라 더 나은 세계를 만들어나가는 과정에서 한국사회가 집합적으로 이룩하는 협동적 창조의 양상에 그 실현 여부가 달려 있다고 볼 수 있다.

앞서 「지옥」에 대한 분석을 마무리하면서 요청했던, 더 나은 세상을 만들기 위해 우리가 '어떤 인간'이어야 하는지를 묻는 일 역시 그같은 협동적 창조의 일부다. "기존의 낡은 관계와 관행, 가치관에 맞춤하게 체질화된 자신은 바꾸지 않은 채 주어진 세상을 확 바꾸겠다는 것은 망상에 불과하"[25]다면 우리 자신을 어떻게 바꿀 것인지에 대한 실천적인 고민 없이 좀처럼

---

24 정호재, 앞의 책 67~68면.
25 한기욱 「주체의 변화와 촛불혁명」, 『문학의 열린 길』 17면.

바뀌지 않는 세상에 대한 원망만 늘어놓는 일의 무망함이 더욱 크게 다가온다. 한기욱(韓基煜)은 정동과 사유의 관계를 따져 물으며 "자산·소득 불평등과 더불어 극단적으로 치닫는 자본의 수탈방식이 대다수 시민들을 정동적으로 만드는 근본적인 원인"[26]이라고 말한 바 있는데「지옥」은 거기에 더해 정의의 실현이 좌절됨으로써 발생하는 냉소와 무력감, 원한의 정동이 타인에 대한 혐오와 결합하여 정치적 퇴행을 야기한 주요 원인이라는 점을 암시한다.

우리는 오늘날 우리를 에워싼 냉소와 냉담, 원한의 정동에서 벗어나 다른 존재로 거듭날 수 있을까? 그 존재가 갖추어야 할 덕목은 무엇이며 그런 존재로 이행할 방도는 무엇일까? 이 간단치 않은 물음을 일거에 해결해줄 정답은 존재하지 않지만 여기서는「지옥」에서 펼쳐진 세상이 정의와 올바름에 대한 희구가 부족해서 나타난 것이 아니라는 점을 강조하고 싶다. 이 작품은 새진리회의 폭정에 휩쓸린 사람들에게 결핍되어 있는 것은 올바르지 않은 것을 단죄하고자 하는 정의가 아니라, 올바르지 않은 것과 함께 살아가면서도 절망과 냉소로 빠지지 않는 견결성이라는 사실을 보여준다. 올바름을 향한 윤리적 열정이 더 나은 세계를 만들어가는 데 필요한 덕목임은 분명하지만 "어떤 올바름 혹은 어떤 공감도 우리를 정말 사는 듯이 살아 있게 하는가라는 물음을 대체하지"[27] 못한다는 점을 떠올려보면 '사는 것처럼 사는 삶'의 실감과 '사는 것처럼 살 수 있는 세상'의 모습을 궁리하는 일의 중요성을 거듭 깨닫게 된다.

많은 사람들이 한국사회의 야만적인 현실이「오징어 게임」을 탄생시킨 배경이라고 말해왔지만 이런 해석은 '사는 것 같지 않은 세상' 쪽으로 자꾸만 가라앉고 있는 한국사회를 다시 '사는 것처럼 사는 세상'으로 만들

26 한기욱「사유, 정동, 리얼리즘」, 같은 책 40면.
27 황정아「문학성과 커먼즈」, 『창작과비평』 2018년 여름호, 29~30면.

기 위해 촛불을 들고 광장으로 쏟아져나온 수많은 사람의 목소리가 창작자의 눈을 새롭게 벼린 측면을 포착하지는 못한다. 언뜻 '한류'와 무관해 보이는 이런 물음이 중요한 이유도, 촛불의 경험이 보여주듯 더 나은 세계를 만들어내기 위한 집합적 창조의 실천이 현실에 대한 날카로운 안목과 새로운 삶의 가능성을 콘텐츠에 각인시키게 마련이기 때문이다. 그렇다면 '한류'의 문명적 가능성 또한 우리가 함께 만들어갈 이야기에 달려 있는 셈이다.

제2부 | '문학의 윤리'가
말한 것과
말하지 않은 것

윤리의 행방

◆

윤리비평 비판을 위한 예비적 검토

1. 들어가며: 두 파산

나는 이제까지 한국문학에서 기억할 만한 두번의 파산선고가 있었다고 생각한다. 하나는 2004년 소개된 이후 뜨거운 논쟁을 불러일으킨 가라타니 고진의 근대문학종언론이고 다른 하나는 2016년 터져나온 문단 내 성폭력 사태에 대한 고발이다. 두 사건은 이전까지 문학-공동체를 구성하고 유지해왔던 공통감각을 근본에서부터 돌아보게 만들었으며 이후의 회생 절차에 대해 치열한 고투를 요구했다는 점에서 유사한 파급력을 지닌 사건이었다. 물론 두 사건은 엄밀히 말해 다른 층위에 놓여 있는 게 아닌가 하는 반문도 제기될 법하다. 근대문학종언론이 네이션의 창안에 관계했던 근대문학이 이제 그 정치적 효용을 다했다는 결연한 선언이었다는 점에서 역사적 이념과 관계하는 것이었다면, 문단 내 성폭력에 대한 고발은 개별적인 문인의 일탈 행위와 문단 내부에 미만한 가부장성을 문제 삼는다는 점에서 좀더 미시적인 습속의 문제로 보이기 때문이다. 하지만 심층으로 들어가보면 우리는 의외로 두 사안 사이에 강고한 연결고리가 있음을 발견할 수 있다.

가라타니 고진이 근대문학은 한 사회의 지적·도덕적 과제를 짊어짐으로써 특권적인 것이 되었다고 지적할 때, 비록 거기서 내셔널리즘과 낭만주의의 공모 관계에 대해 깊이 있는 분석이 제시되지는 않았더라도 이미 "독자를 언제든 매혹당할 태세를 갖춘 대상으로 착각하며 자신의 존재를 낭만적으로 신비화하는"[1] 근대문학 특유의 낭만주의적 성향에 대한 비판이 함축되어 있다고 보아야 옳다. 근대문학은 그와 같은 특권화를 거부하는 포즈를 '문학의 자율성'이라는 이름으로 취할 가능성을 이미 배태하고 있었기 때문이다. 근대문학의 양 축이라 할 수 있는 미학적 낭만주의와 정치주의는 언뜻 불화하는 듯 보이지만 실은 서로의 동일성을 강화해주는 짝패였던 셈이다. 그렇다면 문단 내 성폭력 사태에 대한 고발은 내셔널리즘에 기대어 정치적 후광을 구축했던 근대문학의 주류와 그것의 정치적 권능을 거부하는 자리에서 문학을 신비화하고 낭만화하려 했던 무리들에 대해 동시적인 파산선고를 내렸다는 점에서 보다 발본적인 면이 있다.

문학비평에서 펼쳐졌던 윤리 담론의 행방을 탐문하는 과제를 앞에 두고 굳이 '두 파산'을 언급하는 이유는 이러한 '두 파산'에 대한 실천적 응답으로 제출되었던 것이 다름 아닌 윤리였기 때문이다. 신형철(申亨澈)의 '몰락의 윤리학'은 가라타니 고진의 근대문학종언론에 대한 응답이었고 문단 내 성폭력 고발에 뒤이은 페미니즘 열풍은 문학(인)이 취해야 할 윤리에 대한 고민을 새롭게 벼릴 것을 강력하게 주문하는 것이었다.

신형철의 '몰락의 윤리학'은 한국문학이 근대문학종언론이라는 파산선고를 받아들고 우왕좌왕하던 시기에 결연한 태도와 단호한 목소리로 문학이 지닐 수 있는 새로운 윤리적 가능성을 타진하려 했던 실천적 고

---

1 조연정 「겨울호를 펴내며: "예술은 유혹이지 강간이 아니다"」, 『문학과사회』 2016년 겨울호, 28면.

투의 산물이었다. 그의 비평이 단숨에 문단 내의 사람들은 물론이고 문단 밖의 독자들까지 사로잡은 것은 냉소적인 방관자들의 파산선고에 정면으로 맞서 문학의 가치를 새롭게 정립하고자 나선 '진정성'이 널리 감지되었기 때문이다. '윤리'라는 말은 그 이전에도 심심찮게 쓰였지만 한국문학 비평 담론에서 지배적이고 문제(해결)적인 개념으로 떠오르게 된 것은 신형철의 작업에 힘입은 것이다. 따라서 최근 비평 담론을 무대로 삼아 윤리의 행방을 탐문하기 위해서는 신형철의 '몰락의 윤리학'과 그 전후에 해당하는 '진정성의 윤리' 및 '타자의 윤리' 등과 교차하여 재독하는 일은 필수적이다.

문단 내 성폭력 고발과 뒤이은 페미니즘 열풍 이후 많은 독자들은 '정치적 올바름'의 측면에서 한국문학을 비판 및 재독해하고 있으며 그것은 '이론'의 영역을 넘어 '실천'의 태도로서 한국문학에 커다란 영향을 끼치고 있다. 신형철의 '몰락의 윤리학'과 작금의 '정치적 올바름' 사이에는 아득한 거리가 놓여 있어서 그 거리를 생성해낸 변화의 흐름에 대해 잠시 멈춰 생각하지 않을 수 없게 된다. 어쩌면 우리는 그 둘 사이에 가로놓인 거리를 잼으로써 한국문학 수용에 대한 변화 양상을 추적할 수 있지 않을까. 물론 그 둘 사이에는 여러 징검다리들이 놓여 있다. 거칠게 그 흐름을 정리해보자면 대략 다음과 같을 것이다. 1990년대에 개인주의적 진정성의 윤리가 주창되었고 그것은 개인의 자아중심주의를 비판하며 정신분석학적 주체의 관점에서 실재의 윤리를 정립하려는 시도로 이어졌다. 비슷한 시기에 데리다(Jacques Derrida)와 레비나스(Emmanuel Levinas) 등을 경유한 환대의 윤리 혹은 타자의 윤리 담론이 문학비평을 이끌었고 그것은 문학과 정치의 관계를 묻는 질문으로 번져나갔다. 타자의 윤리학은 2014년 세월호 참사를 겪으면서 애도의 윤리학과 연결되었으며 2016년 문단 내 성폭력 사태에 대한 고발에 뒤이은 페미니즘 열풍은 '정치적 올바름'이라는 새로운 윤리를 논쟁적으로 떠오르게 만들었다.

2. 1990년대: 개인주체의 진정성의 윤리

신형철은 한국문학이 "우리에게 자유, 선택, 책임의 세계를 열어놓는",[2] 도덕과 구분되는 의미에서의 윤리를 본격적으로 사유한 시점으로 1990년대 초반을 꼽은 바 있다. 사회주의를 비롯한 변혁 이념이 더는 개인의 선택과 행위의 준거가 되지 못하게 되면서 개인들은 이제 '자기 입법'의 자유와 책임을 떠맡아야 했던바, 이를 통해 비로소 윤리라는 문제를 본격적으로 사유하게 되었다는 것이다. 1980년대 사회주의 이념을 도덕(초자아)으로, 1990년대 이후 나타난 개인주의를 윤리로 치환하는 이러한 구분은 다분히 자유주의 이데올로기에 입각한 이분법이지만 그러한 이분법이 커다란 현실정합성을 지니는 것으로, 다시 말해 실정적인 힘을 지닌 인식론으로 널리 받아들여졌다는 사실까지 부인하기는 어렵다.

1990년대 윤리 담론을 대표하는 논자는 황종연(黃鍾淵)이다. 2001년 발간된 황종연의 평론집 『비루한 것의 카니발』에 수록된 글의 다수는 1990년대에 발표된 것들인데 이 두꺼운 책의 핵심어를 고르라면 '개인주체'와 '진정성'을 꼽을 수 있다. 여기서 개인주체는 민족주의와 민중주의에 맞서 황종연이 정립하려고 하는 새로운 문학의 주체의 형상이다. 민족주의의 윤리가 민족의 정치적 자율성과 번영에 관계하는 것이고 민중주의의 윤리가 민중 권력의 쟁취와 해방의 꿈에 연결되는 것이라면 황종연식 개인주체의 윤리의 특징은 어디까지나 개인의 한계(boundary)를 쉽사리 넘어서지 않으려 하는 데 있다. 개인주체의 윤리의 다른 표현인 진정성은 어디까지나 개인의 진실에 대한 자기충실성을 의미하며 이때 개인주체는 외부 세계-이념과 독립된 내면을 지니는 무구한 존재로 설정된

---

2 신형철 「당신의 X, 그것은 에티카」, 『몰락의 에티카』, 문학동네 2008, 142면.

다. "이념을 내면화함으로써 사람은 자신이 처한 삶의 현실이 무엇인가를 알게 되고 그 현실을 사는 방법을 터득하게 된다."[3]

황종연이 설정하는 개인주체는 (후기)구조주의적 이론에서 보는 것처럼 이데올로기의 호명에 의해 비로소 주체로 탄생하는 존재가 아니라 외부 이념과 독립적으로 존재하며 자신의 외부에 놓인 이념을 선택적으로 받아들이는 자율적인 내면을 지닌 존재이다. 이와 같은 개인의 자율성에 대한 황종연의 존중을 개인-주체가 이데올로기적 호명에 의해 구성된다는 알튀세르식의 논의에 무지함을 의미하는 것으로 읽어서는 곤란하다 (그는 그러한 구조주의적 논의를 모르는 것이 아니라 동의하지 않을 뿐이다). 가령 그가 "근대적 개인의 자유는 그의 자아에 대한 성찰만이 아니라 상상도 요구한다. 어떠한 외부적인 모형에도 의지하지 않고 자기 내부로부터 자기의 정체성을 정의하려면 자기의 모든 경험을 어떤 통일된 전체로 조직하는 상상적 능력이 따라야 한다"[4]고 말했을 때 그것은 '인간은 어떠한 외부적인 모형에도 의지하지 않을 수 있다'고 주장하는 것이 아니라 마치 그런 것'처럼' 스스로를 상상할 때 발생하는 수행적 효과에 주목하고 있음을 의미한다.

"자기 내부로부터 자기의 정체성을 정의"한다는 것은 외부의 이념에 의지하지 않고 오로지 자신의 내면에 의지해 세계와 교섭한다는 것을 의미하며 이는 사회주의 이념에 의해 주체화되었던 1980년대적 주체와는 다른, 순수하고 통일적인 '개인주체'의 탄생을 보여준다. 이 개인주체는 확실히 그 전 시대와 구분되는 것이지만 여전히 1980년대의 그늘이 드리워져 있다. 예컨대 그가 "모든 경험을 어떤 통일된 전체로 조직하는 상상적 능력"을 도입할 때, 그것은 어딘지 1980년대를 지배했던 총체성에 대

---

3 황종연「'바깥'을 향한 글쓰기」,『비루한 것의 카니발』, 문학동네 2001, 177면.
4 황종연「내향적 인간의 진실」, 같은 책 121면.

한 익숙한 설명을 떠올리게 한다. 차이가 있다면 황종연은 그 통일적 능력을 세계가 아니라 개인의 내면에 국한시키고 있다는 점이다. 이제 세계에 대한 통일적 인식은 불가능하다. 가능한 것은 오로지 자기 자신에 대한 통일적 인식뿐이다.

개인주체의 윤리성은 이 지점에서 도출된다. 이전 시대에 개인에게 통일성을 보장해주었던 것이 진리를 참칭했던 외부의 이념이라면 이제 개인은 방법론적 회의를 통해 일체의 이념에 대한 진리성을 부정한다. 하지만 끝내 부정할 수 없는 것은 바로 그 모든 것을 회의하는 자신이다. 개인의 외부에 놓인 도덕, 관습, 이념, 명령을 회의하고 오로지 개인의 내부에서 정립된 정체성에 따라 사고하고 행위하는 것이 이제 1990년대적 인물이 따라야 할 새로운 정언명령이 된다.

개인주체의 진정성을 이전 시대의 이념과 구별되는 새로운 윤리의 거점으로 삼으려는 태도는 황종연에게 일관되고 뚜렷한 것이다. 그런데 그 개인은 새로운 시대가 낳은 "몰개성적인 대중소비문화"[5]에 의해 삼켜질 위험에 노출되어 있는 위태로운 존재이기도 하다. 황종연에 따르면 어느 개인이 "몰개성적인 대중소비문화"에 정복될 것인가 아닌가는 "자아에 잠재된 창조적·초월적 충동"[6]을 얼마만큼 진실되게 추구하는지 여부에 달려 있다. 그가 소설을 새로운 윤리의 처소로 주목하는 이유는 소설이 바로 그 창조적이고 초월적인 충동을 다루는 언설의 영역이기 때문이다. "소설은 다른 어떤 문학, 예술 형식보다도 진정성 추구를 다루는 데 적합하다. 우선 진정한 자아가 욕망되고 생성되는 장소인 개인의 내면을 소설보다 효과적으로 그려낼 수 있는 매체는 없다. (…) 소설의 허구는 진정성이 요구하는 개인적 진실과의 계약을 성실히 이행하게 해준다."[7]

5 황종연 「문제적 개인의 행방」, 같은 책 238면.
6 황종연 「진정성, 개인주의, 소설」, 같은 책 261면.
7 같은 글 261~62면.

소설이 개인의 내면과 관계하며 그렇기에 진정성을 담보할 수 있다는 주장은 당시로서도 그다지 새로운 것이 아니었다. 황종연의 논의가 지닌 독특함은 이러한 개인주체의 진정성과 반(反)사회적 일탈에 대한 문학적 승인을 과감하게 매개했다는 점에 있다. 1990년대 문학은 황종연의 의해 그 자신이 그려낸 폭력, 살인, 일탈 등의 반도덕적 순간들을 '윤리'로 승격시킬 수 있는 하나의 계기를 마련하게 된 것이다. 반도덕적 일탈 행위는 어떻게 윤리와 연관을 맺게 되는가? 그건 개인주체의 진정성이 "금기나 규범을 위반하는 일탈적 행동에 대한 열광적인 관심, 억압된 욕망과 금지된 정열에 매혹"[8]되는 것과 관련되는바, "기성 윤리가 허위를 강요하거나 자아를 왜곡하는 압제적 기율이라고 판단되는 상황에서는 진정성의 이름으로 그것에 거역하는 각종 일탈과 범죄가 찬양"[9]될 수 있기 때문이다. 황종연은 이러한 "진정성의 관념"에 "반사회적·반윤리적 전환의 가능성"이 있다는 것을 인정하지만 결국에는 "현대사회를 지배하는 억압의 기제들을 발견하고 그것들에 대항할 능력의 도덕적 원천은 진정성의 관념 바로 거기에 있"다고 선언한다.[10]

이런 선언의 기저에는 개인과 사회에 대한 의외로 앙상한 이분법이 가로놓여 있다. 여기서 사회는 무구하고 통일적인 내면을 가진 개인주체 외부에서 개인주체에 대해 관습, 습속, 법, 도덕 등의 규율을 부과하는 강제

---

8 황종연 「비루한 것의 카니발: 90년대 소설의 한 단면」, 같은 책 13면.

9 같은 글 32면.

10 "일탈자, 패덕자, 범죄자에 대한 90년대 젊은 작가들의 열광 속에는 인간사회의 윤리적 통합에 대한 어떤 종류의 믿음보다 오히려 건전한 도덕적 감각이 있다. 그 도덕적 감각의 핵심은 앞에서 장정일과 최인석의 소설을 검토하는 가운데 언급한 진정성의 이상이다. (…) 진정성을 추구한다는 것은 달리 말하면 개인의 자기 창조적 자유를 실현하는 것이다."(같은 글 31면) 여기서 '개인의 자기 창조적 자유'는 진정성의 핵심적인 개념임이 드러난다. 황종연은 개인주체가 기성 사회와 관습의 제약에서 벗어나 마음껏 자유롭게 창조하려는 충동에서 문학의 윤리를 도출해내고 있는데 이는 비단 문학의 윤리일 뿐만 아니라 당시 대중소비문화의 윤리이기도 했다.

적인 힘으로 여겨지며 그렇기 때문에 그러한 사회의 도덕에 반발하는 것은 사회의 기능적인 부속품으로 전락하지 않고 개인주체의 고유성을 지켜내는 분투일 수 있게 된다. "기성 윤리"가 허위를 강요하거나 자아를 왜곡하는 압제적 기율이라면 사회의 윤리를 거부하는 일탈과 범죄는 진정성을 입증하는 알리바이로 충분히 기능할 수 있다. 일탈과 범죄가 "도덕적 원천"과 연결되는 이러한 과감한 전도는 지금의 관점에서 보면 쉽게 이해하기 어렵지만 당시로서는 획기적인 논의였음이 분명하다.

물론 과거의 운동을 '미망'이라 불렀다는 이유로 죽은 동생의 옛 애인을 강간하러 가는 내용의 소설을 "예술가는 범죄자와 미치광이의 형제다"라는 명제 위에 겹쳐놓는 논의는 지금 시점에서 통용되기 어렵다. 지금의 독자들은 기성 사회의 경직된 도덕관을 거부하는 동시에 그에 대한 반발로 제출된 '카니발리즘' 역시 거부하기 때문이다. 그들은 문학에 대해 가해졌던 "전체성의 폭정"과 문학 텍스트 안팎을 가로질러 아로새겨진 '강간 문화'를 동시에 비판하는 지점에서 새로운 문학의 윤리가 정초되어야 한다고 생각한다. 이러한 관점에 서면 "소설의 창조적 주권"[11]을 어떻게 확보할 것인가가 아니라 그동안 문학의 창조적 주권이라는 명분으로 분식해온 폭력의 역사를 어떻게 극복할 것이냐가 더욱 시급한 문제로 떠오르게 된다.

앞서 거론한 최인석의 소설이나 그걸 진정성의 이름으로 승인한 황종연의 평론이 '강간 문화'의 일부였다는 것이 아니다. 다만 1990년대 한국문학이 개인주체의 윤리를 옹립하려 했을 때 그것은 반사회적 충동을 진정한 위반으로 승인하는 과정을 경유했으며 그 결과 '도덕적인 사회 대일탈적인(윤리적인) 개인'의 구도 속에서 진정성과 위반성의 모범사례를 추출하려 했다는 점을 짚을 필요가 있을 뿐이다. 앞서 언급했듯 이러한

11 같은 글 218면.

진정성의 윤리는 사회적 규범 일체를 체제에 의해 강제로 부과된 '도덕'으로 치부하고 그에 대한 요란한 위반에서 전복의 정치적·미학적 가능성을 발견하려는 이분법의 소산이었다.[12]

막스 베버의 구분을 빌리자면 개인주체의 진정성은 '심정 윤리'에 가까운 것이다. 그래서 인물들의 내면에 자리 잡은 '윤리적 충동'을 섬세하게 헤아리려는 황종연의 해석은 곧바로 그 시대 문학의 가장 급진적인 충동에 대한 곡진한 이해로 다가올 수 있었다. 하지만 지금 독자들—여기에 작가가 들어가지 않는다고 생각하는 사람은 없을 것인데 왜냐하면 작가야말로 가장 열렬한 독자이기 때문이다—은 그동안 한국문학에 범람했던 개인주체의 진정성에 다소 짜증 섞인 냉소를 보내고 있다. 이는 비단 진정성이란 것이 원래 타인에게 전해지기 어려운 것이기 때문만은 아닐 것이다. 그보다는 차라리 너 나 할 것 없는 일탈과 파국을 향한 질주를 개인주체의 진정성이라는 말로 승인하는 것으로는 말끔하게 사라지지 않는 어떤 불쾌한 잔여를 계속 의식하기 때문일 것이다. 그와 같은 잔독감(殘讀感)을 '문학의 윤리'라는 이름으로 기각할 수 있었던 시대는 확실히 '문학의 창조적 주권'이 널리 승인되고 보호받던 시대일 수 있었다. 그 시대는 2000년대까지 지속된다.

---

12 2010년대 랑시에르(Jacques Rancière)의 이론을 통해 유행했던 정치와 치안의 이분법도 비슷한 한계를 노정한다. 그리고 보면 한국문학은 너무나 손쉽게 기성의 제도를 악으로 치부하고 그에 대한 반발은—그것의 구체적인 형식과 효과는 고려하지 않은 채—너무 쉽게 윤리적인 행위로 상찬하는 경향이 있는 듯하다. 관련하여 복도훈은 이렇게 말한 바 있다. "이러한 안도감은 상당수의 '문학의 정치' 논의에서 (나를 포함해) 비평가들이 '치안'을 곧바로 정치의 대당(對當)에 위치시키고 '치안'의 실체와 면면이 무엇인지, 그 것은 어떻게 작동하는지에 대한 질문과 탐구가 별반 없었다는 사실에서도 엿보인다. 랑시에르의 '치안'은 단순히 문학의 '정치'에 반하는 마니교적인 '악'으로 위치 지어졌다." (복도훈 「유머로서의 비평: 축제, 진혼, 상처를 무대화한 비평의 10년을 되돌아보기」, 『문학과지성 하이픈』 2018년 봄호, 106면) 복도훈이 말하는 치안을 사회(기성 윤리)로, 정치를 개인주체의 진정성으로 바꿔 읽으면 이는 그대로 황종연에게 적용되는 비판이 된다.

3. 2000년대: 자아의 윤리에서 주체의 윤리로

흐름을 이어받은 사람은 신형철이었다. 하지만 신형철이 마주했던 시대적 상황은 황종연의 그것과는 사뭇 달랐다. 황종연이 1980년대의 잔재(?)를 청산하고 새로운 시대에 걸맞은 문학의 윤리를 창안해야 하는 과제를 앞에 두고 있었다면 신형철은 근대문학의 종언이라는 냉소적 진단에 맞서 문학 고유의 가치와 가능성을 다시 정립해야 한다는 어려운 숙제를 받아 안고 있었다. 이러한 과제를 앞에 두고 신형철이 선택했던 길은 문학의 윤리성을 새롭게 정의하는 것이었다.

신형철은 문학이 윤리와는 무관한 오락이 되었다는 가라타니 고진의 말이 "윤리가 정치의 하위 범주"일 때만 가능한 것이며 "미시 층위에서 문학이 윤리와 무관했던 적"은 없었다고 반박한다.[13] 과거의 문학이 내셔널리즘과의 관계 설정 속에서 정치성과 도덕성을 획득했다면 지금의 문학은 "대문자 정치에 복속된 윤리"가 아니라 "정치를 창안하는 윤리"의 거처일 수 있다는 것이다.[14] 그는 "'마이너리티의 욕망'과 암약하는 문학은 여전히 윤리적일 수 있지 않을까"라고 반문하면서 자신이 옹립하려는 새로운 문학의 윤리가 '마이너리티'의 '욕망'과 관계하는 것임을 명확히 드러낸다.

신형철이 문학작품 속에 나타난 '마이너리티의 욕망'을 검출하기 위해 채택한 것은 라캉(Jacques Lacan)의 정신분석 이론이다. 신형철은 라캉을 원용해 '선의 윤리학'과 '진실의 윤리학'이라는 이분화된 구도를 제시한다. '선의 윤리학'은 "치명적인 진실의 바이러스를 선의 이름으로 퇴치"

---

13 신형철 「프롤로그: 몰락의 에티카」, 『몰락의 에티카』, 문학동네 2008, 17~18면.
14 같은 글 17~18면.

하는 "시스템을 유지하기 위해 필요한 방호벽"인 데 반해 '진실의 윤리학'은 "시스템을 다시 부팅하는 리셋 버튼"이다.[15] 다시 말해 '선의 윤리학'은 기성 사회제도를 유지하는 데 필요한 도덕, 관습, 법 등을 얼마나 올바르게 지키는지와 관계된다면 '진실의 윤리학'은 그러한 것들을 초과하는 지점에서 개인의 진실에 얼마나 충실한지와 관계된다. 그런데 이것은 황종연이 취했던 개인주체와 외부 이념 사이의 이분법을 반복하고 있는 것처럼 보이기도 한다. 신형철의 '선의 윤리학'은 황종연이 말한 "현대사회를 지배하는 억압의 기제"에 대응하고 '진실의 윤리학'은 '개인주체의 진정성'에 대응하는 것처럼 보이는 것이다. 하지만 그것은 동일한 위치에서의 반복이라기보다는 차라리 정반대의 입지에서 같은 결론을 반복하고 마는 것에 가깝다. 황종연의 진정성의 윤리와 신형철의 진실의 윤리 사이에는 개인에 대한 완전히 상이한 관점이 놓여 있지만 그 개인(황종연에게는 '자아'이고 신형철에게는 '주체'인)의 욕망과 충동을 승인하는 지점에서 윤리가 발생한다는 점에서 같은 결론에 도달하고 있기 때문이다.

　서로 완벽히 다른 이론적 입지에서 시작했으나 결국 동일한 결론에 도달하고 마는 이러한 사태를 우리는 어떻게 이해해야 할 것인가? 본격적으로 이에 대해 묻기 전에 황종연과 신형철 사이에 놓인 거리에 대해 먼저 살펴보기로 하자. 앞서 언급했듯 황종연의 진정성의 윤리는 "자아의 존재론"을 탐문함으로써 발생하는 덕목이었다. 황종연에게 '개인＝자아'이며 그것은 "언어행위의 미로를 통과하여 구성되고 언어행위의 주체로서 존재"한다. 이때 언어와 담론은 "동일하고 통일된 자아(혹은 그러한 자아의 관념)가 가능한 원천"으로 기능하는데 이를 통해 문학과 자아의 윤리에 관해 사고할 지평이 생성된다.[16]

---

15 같은 글 18면.
16 황종연 「내향적 인간의 진실」, 앞의 책 126면.

개인이 숱한 체험을 거치면서도 자신을 동일한 자아로 인식한다면 그것은 일인칭의 말하기나 이야기하기를 통해 그 체험을 통일적으로 조직하고 소유하는 능력을 갖고 있기 때문이다. 자아는 언제나 이미 그의 말, 그의 이야기 속에서 스스로를 이해하고 있는, 그리고 스스로를 변화시킬 능력을 갖고 있는 말하는 자아, 이야기하는 자아이다. 이러한 자아와 언어의 밀접한 관계는 신경숙 소설 자체가 우아하게 입증하는 것이기도 하다.[17]

신형철은 이와 같은 황종연식의 자아를 거부한다. 신형철에 따르면 자아는 "대상을 자기화하는 괴력의 나르시시즘"에 다름 아니며 그것은 "타인의 타자성과 자연의 타자성까지 동일화하려는 관성을 갖"기 때문이다.[18] 신형철에게 자아는 분열된 공간인 주체와 달리 세계를 모두 자신의 주관하에 결집시키고 동일화하는 거대한 힘이다. "자아가 설사 적극적으로 존재의 균열과 불행을 노래한다 하더라도 그 균열과 불행은 상상적인 수준에서 멈추게 될 것이다. 자아의 상상적 피학은 특별하고 은밀한 쾌락을 창출할 것이고 자아는 그 쾌락을 흡수하여 다시 비대해질 것이다."[19] 신형철에게 '이야기하는 자아'는 자신의 이야기에 스스로 도취되는 나르시시즘적 자아일 뿐이다.

신형철에게 자아는 개인의 진정성이 발원하는 고유한 영토가 아니라 "시스템을 더 완강하게 고착시키는 악무한"[20]이 발생하는 문제의 거처이다. 하여 그는 자아가 아닌 주체를 새로운 윤리의 발생 장소로 지목한다. 자아와 주체는 무엇이 다른가? 신형철은 (지젝을 경유한) 라캉의 논의를

---

17 같은 글 같은 면.
18 신형철 「문제는 서정이 아니다」, 앞의 책 185면.
19 같은 글 185~86면.
20 신형철 「전복을 전복하는 문학」, 앞의 책 275면.

변주하여 다음과 같이 말한다. "저는 자아(ego)와 주체(subject)를 구별하는 일이 아주 중요하다고 생각합니다. (…) 자아는 아버지, 동료들, 국가, 민족, 이데올로기 등등의 타자에 의해 사후적으로 구성되는 것입니다. (…) 이 악무한을 끊고자 하는 부류들이 뉴웨이브들입니다. 그들은 문장의 주어인 '나'와 그 문장을 쓰는 '나' 사이의 간극을 인식하고 그 틈을 힘껏 벌려놓습니다. (…) '자아'라는 화사한 인공정원이 아니라 '주체'라는 끔찍한 폐허입니다."[21]

이제 '자아'의 통일성이 아닌 '주체'들의 도착증과 분열증이 새로운 시대 문학의 윤리를 구성하게 된다. 주체가 통합되어 있는 단일한 중심이 아니라 "그 말과 행동이 형편없는 불량품"[22]에 불과한 분열된 존재라는 것이 신형철이 새롭게 정립한 진실의 윤리(학), 실재의 윤리(학), 욕망의 윤리(학)의 출발점이다. 신형철의 진실/실재/욕망의 윤리(학)는 쾌락원칙을 넘어 죽음충동에 적극적으로 대면하는 것을 윤리적인 것으로 바라본다.[23] 동시에 그는 "실재와의 조우에 의해 우리에게 강제된 물음 속에서 윤리가 작동하기 시작한다"[24]는 오톤 주판치치(Oton Župančič)의 말을 인용하며 진실/실재/욕망의 윤리학이 문학을 통해 오작동하는 인간의 진실과 대면할 수 있는 가능성을 열어줄 수 있음을 강조한다.

이것은 라캉의 논의를 거부했던 황종연의 태도와는 극명하게 대비되는

---

21 같은 글 274~75면.

22 신형철 「프롤로그: 몰락의 에티카」, 앞의 책 13면.

23 "본래 진정한 행위의 섬뜩함은 저 양자택일을 무력화시키는 곳에서, 그래서 우리가 손쉽게 상징화하기 어려운 '한걸음'을 내디디는 데서 생겨난다. 가희의 행위는 '선악을 넘어서'(니체 『선악을 넘어서』) 있을 뿐만 아니라 '쾌락원칙을 넘어서'(프로이트 『쾌락원칙을 넘어서』) 있다'는 말이다. 이런 행위는 '윤리적 행위'라 불려 마땅하다. 내 안의 진실과 대면하기 위해 어떤 것도 포기하지 않았고 그 무엇과도 타협하지 않았기 때문이다." 신형철 「당신의 X, 그것은 에티카」, 앞의 책 147면.

24 신형철 「보유: 우리가 '소설의 윤리'를 말할 때 너무 많이 한 말과 거의 안 한 말」, 앞의 책 165면.

것이다. 가령 황종연은 "진정한 혹은 통일된 자아를 상정하는 철학적 사고에 어떤 허위나 억압이 잠복되어 있음을 가르쳤"던 "후구조주의 계열의 프랑스 사상가들의 영향력"에 대해 "휴머니즘적 자아 개념에 대한 후구조주의적 회의와 비판은 교훈적임에 틀림없지만 반드시 그렇게 생산적이지는 않다"[25]면서 단호하게 거리를 둔다. 특히 라캉에 대해서는 "구조주의의 언어 개념에 기초한 라캉의 자아론은 그것이 담고 있는 자아와 언어, 자아와 타자관계에 대한 많은 계시에도 불구하고 선선히 수긍하기 어렵다"[26]고 선을 긋는다.

자아가 허구라면 인간 문화 자체가 허구일 뿐이라는 황종연의 주장과 자아와 주체의 구분을 강박적으로 강조하는 신형철의 주장은 '개인'을 바라보는 정반대의 관점에 서 있는 것이다. 신형철의 관점을 따르면 황종연의 진정성의 윤리는 자아의 나르시시즘으로 귀결될 위험을 피할 수 없으며 황종연의 입장에서 신형철이 말하는 주체의 윤리학은 허구에서 추출된 '기만의 윤리학'일 뿐이다. 황종연의 '진정성의 윤리학'과 신형철의 '진실/실재/욕망의 윤리학' 사이에는 이처럼 인간-개인에 대한 대극적인 관점이 놓여 있다. 그렇지만 현실을 억압적인 것으로 상정하고 그것을 위반하고 전복하는 행위를 문학이 가닿을 수 있는 윤리의 최고선으로 바라본다는 점에서는 동일하다.

개인(자아/주체)은 황종연과 신형철 모두에게 윤리가 발생하는 결정적인 거점이지만 황종연의 자아는 통일된 내면을 지니는 데 반해 신형철의 주체는 텅 비어 있거나 분열되어 있다. 하지만 두 사람 모두 개인(자아/주체)의 외부에 사회(혹은 세계)가 있고 그것은 개인(자아/주체)에게 어디까지나 억압으로 작용한다는 구도를 동일하게 취하고 있다. 황종연의 자

---

25 황종연 「내향적 인간의 진실」, 앞의 책 135면.
26 같은 글 136면.

아는 외부 세계의 이념을 의심하고 신형철의 주체는 거기에 더해 '자아'라고 하는 것이 한낱 동일성의 메커니즘은 아닌지 의심하지만 이때 의심받지 않는 것은 개인(자아/주체)에 대한 세계의 절대적인 외부성이다. 이때 세계에 대해 개인(자아/주체)이 외부성을 지닌다는 것은 단지 개인이 상징계에 거주할 뿐 실재에 도달할 수 없다는 의미에 국한되지 않는다. 그것은 우리가 날마다 대면하는 일상 현실 자체에 대해서도 철저한 외부성을 갖는 것으로 나타난다.[27] 현실은 개인(자아/주체)과 대립하는 위치에서 억압하는 법이거나 '실재의 진실'에 미달하는 층위로 존재할 뿐이다.

신형철의 진실/실재/욕망의 윤리학은 그런 점에서 텍스트 내부에 국한된 것이거나 혹은 현실마저 텍스트로 읽을 수 있다는 텍스트주의의 산물이라 할 수 있다. 하지만 문단 내 성폭력 사태에 대한 고발이 우리에게 확인시켜주는 것은 텍스트와 현실 사이에는 신비화된 낭만주의로 넘어설 수 없는 엄연한 경계가 있다는 사실이 아닐까(그런 점에서 문단 내 성폭력 사태는 한국 문단이 비로소 '실재'와 대면하게 된 순간이었을 수도 있다). 신형철의 진실/실재/욕망의 윤리학에 내재한 약점은 현실원칙과 쾌락원칙마저 넘어서는 죽음충동과 대면하는 것을 인간이 가닿을 수 있는 가장 윤리적인 순간으로 지목하지만 그 각기 다른 죽음충동의 대상과 결과에 대해서는 무차별하다. 가령 살인, 방화, 강간, 폭력, 도착 등은 모두 제어할 수 없는 충동이 분열된 주체를 극한으로 몰고 간 결과일 수 있다.

---

27 지젝/라캉 식 실재의 윤리를 비판한 글로는 황정아의 「실재와 현실, 그리고 '실재주의' 비평」, 『개념비평의 인문학』, 창비 2015 참조. 황정아는 지젝/라캉의 정신분석을 원용한 비평이 "강력한 현실비판을 표방하고는 있지만 이미 폭로된 한계나 구조에 대한 일반론을 되풀이하는 우가 많"으며 "현실의 면밀한 탐구와 폭넓은 이해로 이어지는 대신, 현실을 대하는 태도를 특정한 방향으로 고착시키는 경향"이 있음을 지적한다. 황정아는 "제아무리 섬뜩한 심연과 파국적 재앙의 이미지도 '실재'의 기입이 되기 위해서는 현실을 그 경계까지 면밀히 사유하는 작업과 결합"해야 하며 그렇기 때문에 "심연과 재앙의 흔적, 불안과 분열의 징표에 너무 안이하게, 또 너무 오래 머물 일이 아니"라고 말한다.

이때 주체가 이러한 것들을 해서는 안 된다는 사회/규범/도덕의 목소리에 굴복한다면 윤리는 발생하지 않는다. 대신 그 사회/규범/도덕의 명령에도 불구하고, 비록 자기파멸의 운명이 예정되어 있다는 것을 잘 알면서도 어쩔 수 없이 살인, 방화, 강간, 폭력 등을 행사한다면 그는 비로소 윤리적인 행위자로서의 문턱을 넘어선다. 이러한 도착적 국면은 확실히 일상에서는 납득하기 힘든, 오직 문학에서만 가능한 윤리적 국면일지 모른다. 하지만 욕망과 충동의 '제어'보다 그것의 '실현'을 궁극적으로 윤리적인 것으로 보는 관점에 내재한 실천적 난점도 만만치 않다.

신형철의 윤리학은 '마이너리티의 욕망'을 통해 쾌락원칙을 무릅쓴 충동의 고귀한 윤리성을 드러내는 데 성공하고 있지만 역설적으로 그것이 방기하는 것은 현실원칙의 차원이다. 물론 현실원칙에 순응적인 주체를 생산하는 것이 문학의 궁극적인 목적일 리는 없다. 하지만 '쾌락'이나 '충동'이 현실원칙이 근거하고 있는 '현실'을 평생 동안 마주할 수밖에 없는 치명적인 한계가 아니라 그저 가볍게 뛰어넘어도 무방한 대상으로 전락시킬 때 그 '충동'의 급진성이나 윤리성의 현실적인 근거 역시 몰락하고 만다. 이러한 난점은 '현실'이 아니라 '실재'를 윤리가 발생하는 장소로 삼는 '실재주의 비평'이 피할 수 없는 난경인지도 모른다. 현실의 변화 가능성을 설득력 있는 것으로 받아 안지 못할 때 개인의 분열과 도착에 주목하게 되는 것은 자연스러운 일이기 때문이다. 더 나은 세계에 대한 전망이 없다면, 혹은 그런 전망을 갖는 것이 철지난 억압을 반복하는 것일 뿐이라고 치부한다면 주어진 현실에서 어떻게든 벗어나려는 충동에 가까운 몸부림만이 그럴듯한 위반과 전복으로 보이기 십상이기도 하다.

그래서 황종연이 "억압된 욕망을 발견하고 표출하는" 카니발적 언어에서 진정성을 본 것처럼 신형철은 "부르주아적 일반성이 아니라 언더그라운드적 이반성 (…) 시민적 정상성이 아니라 예술가적 비정상성"에서 새로운 문학의 윤리를 강구했던 것인지도 모른다. 하지만 "예술가는 범죄자와 미치광이의 형제다" 같은 명제나 "시민적 정상성"을 "부르주아적"인 것으로, 즉 타기해야 할 규범으로 보고 그에 맞서 "예술가적 비정상성"을 새롭게 창출해야 할 '윤리'의 이름으로 내세우는 것은 모종의 낭만주의적 혐의가 있다.

물론 이 낭만성은 신형철의 진정성과 공명하며 문학의 새로운 윤리의 핵심을 차지하는 것이기도 하다. 물론 문학이 시민적 정상성을 함양하는 데 소용되는 도구가 아니라는 것쯤은 우리 모두 손쉽게 합의할 수 있는 것이었다. 문제는 이제 그런 손쉬운 합의가 도전받고 있다는 데 있다. "예술가적 정상성"은 이제 동경이나 존중의 대상이 아닌 냉소와 조롱의 대상일 뿐이다. 우리는 이러한 시대에 새로운 문학의 윤리를 정립해야 하는 어려운 과제를 안고 있다.

4. 나가며

이 글의 목적은 최근 한국 비평에 나타난 윤리 담론의 변천을 추적하는 예비적 작업의 일환으로 1990년대 이래 한국 비평 담론에서 윤리가 문제(해결)적인 개념으로 도입되고 승인되는 과정에 대해 통시적으로 고찰하려는 데 있다. 관련해 황종연과 신형철의 논의가 가진 한계를 짚긴 했지만 두 사람의 작업은 오늘날 문학의 윤리를 사유할 때 여전히 깊은 통찰을 제공한다. 특히 신형철의 진실/실재/욕망의 윤리학은 그 뚜렷한 한계에도 불구하고 쉽게 기각해서는 안 된다. 비록 문단 내 성폭력 사태에 대한 고발로 인해 한국 문단의 수준이 "시민적 정상성"에 현격하게 미달한다는 사실이 널리 알려지고 지탄받긴 했지만 원론적으로 '시민의 윤리'가 '문학의 윤리'을 대체할 수는 없기 때문이다. 시민의 윤리는 문학의 윤리의 필요조건일 뿐 충분조건은 아니다.

우리가 새로운 문학의 윤리를 충분하게 고민할 때―단지 필요조건만을 소극적으로 제출하는 것이 아니라―신형철이 제시했던 진실/실재/욕망의 윤리학은 섬세하게 참조되어야 할 중요한 담론적 자원 중 하나이다. 그것은 우리가 인간은 오작동하는 존재임을 자신만만하게 망각할 때 치러야 하는 대가가 몹시 크기 때문이다. 제거할 수 없는 충동적 숙명, 혹은 '시민적 정상성'의 이면에 자리 잡은 인간의 충동과 분열, 도착이 우리 안이나 곁에 존재한다는 것을 인정하는 것과 그 오작동을 낭만화하고 미화하는 일은 무관하다. 그 다기한 충동과 분열, 도착과 오작동을 '올바르지 않은 것'으로 몰아 추방해버리고자 하는 일련의 움직임이 적지 않은 지지를 받는 오늘날의 세태에 비추어보면 더욱 그렇다.

머지않아 그러한 충동과 분열, 도착은 억압된 것들이 귀환하듯 다시 한국문학에 출현할 것이고―물론 그것은 과거와 동일한 형태로 귀환하지는 않을 것이다. 어쩌면 그것은 자신의 억눌린 욕망에 대한 르상티망(ressentiment)적 분노를 동반하는, 더욱 괴물화된 모습을 띨지도 모른다―그 '억압된 것'들은 우리에게 또다른 해석의 지평을 요구할 것이다. 그 과정에서 진실/실재/욕망의 윤리학은 그 한계에 대한 대타의식을 장착한, 한결 업그레이드된 버전으로 우리 앞에 나타나게 되리라고 믿는다. 새로운 윤리 담론의 창안을 위해서라도 진실/실재/욕망의 윤리학은 더욱 벼려질 필요가 있다.

신은 주사위 놀이를 하지 않지만

◆

임현론

1. 윤리/물리

한 좌담에서 소설가 김성중(金成重)은 임현(林賢) 소설에 대해 "윤리실험실"이라는 비유를 쓴 적이 있다.[1] 마치 화학자가 실험실에서 갖가지 시료를 활용해 화학반응을 일으키는 것처럼 임현은 인간의 미묘한 감정이나 정동들을 재료로 그와 같은 실험을 하고 있다는 뜻이었다. 임현 소설의 인물들은 보통 사람이라면 그냥 넘기고 말 사소하고 소소한 장면 앞에 우두커니 멈춰서 오래 앓는다. 세계에 대한 관성적이고 무비판적인 태도가 타인에 대한 폭력을 생산하는 하나의 기제일 수 있다면 무의식적인 생각과 사소한 행동마저 그냥 넘기지 않는 임현 소설의 인물들에 대해 윤리적이라고 칭하는 것도 큰 무리는 아닐 것이다.

비평이 문학의 윤리를 본격적으로 묻기 시작하면서부터 윤리는 동시대에 제출되는 작품의 성취와 한계를 가늠하는 일종의 규준이 되고 있다.

---

1 김성중·박소란·한영인 좌담 「문학초점」, 『창작과비평』 2017년 겨울호, 414면.

이는 최근에 발생한 현상처럼 보이지만 실은 꼭 그렇지도 않다. 비평적 규준으로서의 '윤리'가 내포하는 의미의 지평은 한결같지 않았으며 차라리 그것은 긴 시간대에 걸쳐 꽤 드라마틱한 변모를 보였다고 해야 옳다. 가령 한국문학에 윤리가 처음 유행처럼 등장했을 때 그것은 타락한 세계에 맞선 개인의 투쟁을 상상적으로 승인하기 위한 것이었다. 발터 벤야민이 말했듯 소설 쓰기가 "타인과 공유할 수 없는 고유한 것을 극단적으로 끌고"[2] 가는 일이라면 소설의 윤리가 개인의 단독성과 고유성, 그리고 극단성 위에 정초되는 것은 자연스러운 일이었다. 그곳에서 아름다운 것은 위대한 패배자의 헐떡거리는 뒷모습이었고 자신의 주관성을 비타협적으로 몰고 가는 과정에서 발생하는 위태로움은 숭고함과 곧잘 등치되곤 했다.

이후 윤리는 보다 세심하고 관계지향적인 것이 되었다. 그건 아마 한때 힘주어 옹립하려 했던 단독자로서의 '개인'이 폭력적인 세계에 맞선 낭만적 저항의 최종 심급이 아니라 일상의 폭력을 무반성적으로 (재)생산하는 미시적 장치일 수 있다는 섬뜩한 깨달음 때문일 것이다. 사정이 그와 같다면 타락한 세계와 부대끼는 개인의 (극단적) 주관성으로부터 윤리를 길어내는 일은 자족적이라는 비판을 피할 수 없을 터, 이후 윤리는 사회-내-존재로서의 주체가 주변의 다른 존재와 관계 맺는 올바른 방식에 대한 탐구의 방편으로 기능의 중심을 옮아갔다. 이때의 '올바름'에는 자신을 둘러싸고 있는 세계와 타자로부터 촉발되는 생각, 태도, 언설 등이 포함되었는데 소수자에 대한 혐오의 정동이 한국사회를 배회하면서 이와 같은 폭력에 대해 주체가 취해야 할 적절한 태도에 대한 고민 역시 윤리가 그 자신의 이름하에 포괄해야 할 중요한 과제의 일부가 되었다.

---

2 발터 벤야민 「이야기꾼: 니콜라이 레스코프의 작품에 대한 고찰」, 『서사 (敍事)·기억·비평의 자리』, 최성만 옮김, 도서출판 길 2012, 423면.

임현 소설의 가장 적극적인 판매자를 자처하고 있는 황현경은 "그간 임현 소설의 불친절, 수많은 질문들을 발생시키고 답은 주지 않았던 그 불친절은 읽는 이가 제 윤리를 스스로 점검하도록 유도하려던 것"이었으며 "그것이 곧 임현 소설의 미학이자 정치이자 윤리였던 셈"이라고 말한 바 있다.[3] 임현의 소설이 지닌 윤리성은 읽는 이로 하여금 스스로를 심문하게 만드는 데 있다는 말인데, 앞서 말했듯 이는 어느 정도 수긍할 수 있다. 실제로 임현의 소설을 읽으면서 별생각 없이 내뱉은 말이나 행동에 대해 가만 멈추고 돌아보게 되는 순간을 나 역시 심심찮게 만나보았기 때문이다. 스스로를 돌아보고 성찰하는 것은 좋은 일이다. 그런데 그것이 윤리와 곧바로 등치될 수 있을까. 가령 독자로 하여금 스스로를 돌아보게끔 하는 것은 굳이 '윤리적인 소설'이 아니더라도 '좋은 소설'이라면 으레 지닐 법한 덕목이 아닌가. 하여 그로부터 임현 소설의 윤리성을 도출하는 것은 "'윤리적'인 것은 무조건 '좋은' 것"이라는, 황현경 자신이 비판하고자 했던 테제를 반복하는 일은 아닌가.[4]

나는 앞서 언급한 좌담에서 임현의 소설을 윤리라는 말로 추어올려야 할지에 대해서는 유보적이라는 입장을 밝힌 바 있다. 그것은 황현경이 분개하듯 임현의 소설이 여성혐오적이라거나 그의 작품에 여고생과 섹스한 교사가 등장하는 것을 문제라고 생각해서가 아니다. 멜랑콜리적 죄의식을 곧바로 윤리로 치환하는 것은 무언가 불충분하다는 생각 때문이었다. 물론 멜랑콜리적 주체가 지니는 죄의식은 윤리적 행위를 추동하는 계기로 충분히 작용할 수도 있다. 하지만 임현의 소설에서 그 죄의식이 그와 같은 윤리적 행위로 나아갈 계기를 배태하고 있느냐는 것은 별개로 따져봐야 한다.

---

3 황현경 「윤리냐 도덕이냐」, 『문학과사회』 2017년 겨울호, 408~409면.
4 같은 글 406면.

임현 소설의 윤리성을 따지기 위해서는 먼저 그의 소설이 근거하고 있는 특유한 물리적 바탕에 주목할 필요가 있다. 그 '물리성'은 임현의 소설이 지닌 독특한 세계 인식의 근거이자 다른 층위에서 그의 '윤리성'마저 규정하기 때문이다. 임현의 첫 소설집 『그 개와 같은 말』(현대문학 2017)의 첫 작품은 「가능한 세계」이다. 양자역학의 불확정성의 원리에 기대고 있는 이 작품을 읽기 전에 먼저 2017년 '젊은작가상'을 수상한 「고두(叩頭)」의 「작가노트」 일부를 살펴보도록 하자.

만약 이 세계가 그토록 분명하고 확정적인 것으로만 이루어져 있다면, 그래서 무엇도 의심할 필요 없이 믿는 것을 그대로 믿을 수 있다면, 소설은 세간의 떠도는 말처럼 무용한 것이라고 생각한다.[5]

임현에게 세계는 닫혀 있는 자명성의 공간이 아니라 열려 있는 가능성의 공간이다. 하지만 이때의 가능성은 우리가 범박하게 사용하듯 미래에 대한 무한한 희망을 내포하고 있는 것이 아니다. 「가능한 세계」의 경우 주인공인 소년이 지닌 미래의 가능성은 그 자신이 테러리스트가 될 확률을 비롯한 갖가지 비극의 가능성을 포함한다. (나처럼 양자역학에 별 조예가 없는 사람이라 할지라도) 이 작품이 물리학, 그중에서도 양자역학의 세계관에 기초하고 있다는 것은 어렵지 않게 파악할 수 있다. 닐스 보어(Niels Bohr)와 베르너 하이젠베르크(Werner Heisenberg)가 중심이 되어 제출한 '코펜하겐 해석'에 따르면 세계는 여러 확률이 중첩된 채 존재한다. 미래는 우리가 직접 확인하기 전까지 미결정, 불확정되어 있으며 따라서 상자 속에 담긴 미래는 수많은 가능성이 우글거리고 있는 공간이다.[6]

---

5 임현 「작가노트: 두고두고 애매한 것들과」, 『2017 제8회 젊은작가상 수상작품집』, 문학동네 2017, 39면.
6 양자역학에 관련된 내용은 김상욱 『김상욱의 양자 공부』, 사이언스북스 2017 참조.

양자역학에 문외한인 내가 이와 관련해 심도 깊은 이야기를 하기는 어렵지만 임현이 세계를 중첩된 가능성의 집합으로 보고 있으며 그것이 임현 소설 특유의 관점을 구성하고 있다는 점에 대해서는 아무리 강조해도 지나치지 않아 보인다. 임현의 윤리학은 이와 같은 물리학에 기반하고 있다고도 할 수 있을 텐데 이는 임현이 "누구에게나 일어날 수 있는 가장 평범한 재앙들"(「가능한 세계」 25면)이 세계와 무관한 어떤 지점에서 느닷없이 주체에게 부과되는 것이 아니라 우리가 지니고 있던 무한한 가능성 중의 하나가 발현된 것이라고 보는 것을 뜻한다. 이것이 왜 중요한가? 그럴 경우 내가 별생각 없이 하는 행동이 미래에 어떤 일이 발현될 확률에 영향을 끼치게 되기 때문이다. 따라서 나는 표면적으로는 나와 직접적으로 연루되지 않은 누군가의 사고에서조차 자유로울 수 없다. 앞서 언급했듯 확률은 양자역학이 세계를 이해하는 가장 기본적인 관점 중 하나이며 관측자가 개입할 경우 파동함수는 파괴되어 새로운 결과값이 나타나게 된다.

임현 소설의 인물들은 기본적으로 행위자가 아니라 관측자이다. 임현의 소설은 우리에게 이렇게 묻는다. 나는 그저 조금 떨어진 채 가만 보고만 있었는데, 그것도 과연 죄가 되는가? 대부분의 사람은 이러한 질문을 던지지 않는다. 나의 직접적인 행위의 결과로 일어나지 않은 일에 나의 책임을 물을 수 없다고 생각하기 때문이다. '방관자'는 이렇게 탄생한다. 하지만 '불확정성의 원리'가 지배하는 세계에서는 관측 행위가 미래의 결과를 확정 짓기 때문에 관측이 결정적인 행위가 된다. 그렇다면 절정에서 한발 비켜서 벌어지는 일을 지켜보거나 이미 벌어진 일에 대해 거리를 두고 지루한 후회를 반복하는 임현 소설 속 인물들이 조금 달리 보인다. 그들이 벌어진 사태 앞에서 민감하게 반응하는 이유는 그 무한한 미래의 가능성과 자신의 존재가 깊이 연루되어 있다고 믿기 때문이다. 이것은 타인의 고통을 나의 책임과 연결 짓는 윤리적 태도의 소산인가 아니면 나의 행위를 통해 미래의 다른 가능성이 발현될 수도 있다는 (망상적인) 믿음의 결과인가.

아마 슈뢰딩거(Erwin Schrödinger)나 아인슈타인(Albert Einstein)이라면 후자라고 말할 것이다. 그들은 미래가 다양한 확률의 중첩으로 존재한다는 '코펜하겐 해석'에 극렬한 반대를 표했다. 슈뢰딩거는 애꿎은 고양이를 방사성 핵과 독가스가 들어 있는 상자 속에 가둠으로써 '코펜하겐 해석'의 허점을 통렬하게 논박(하는 데 성공했다고 생각)했고 아인슈타인은 아무도 쳐다보지 않아도 달은 하늘에 걸려 있으며 "신은 주사위 놀이를 하지 않는다"고 말했다. 하지만 주사위 놀이를 하지 않는다는 아인슈타인의 신은 아무래도 임현의 세계에 거하는 신과 좀 다른 것 같다. 임현 소설의 인물들은 언제나 신이 던진 주사위에 짓눌린 자들이어서 어찌할 수 없는 불안과 죄의식 속에서 살아가기 때문이다. 아인슈타인의 말처럼 신은 주사위 놀이를 하지 않을지도 모르지만 아마 그런 세계라면 임현은 더이상 소설을 쓰지 않을 것이다.

2. 불안

그때 나는 영화라고는 나도 잘 몰라요, 대답할 수 있었을 텐데 그냥 그러시구나, 하고 말았다. 그게 당신이 모르는 걸 나는 알고 있다, 하는 뉘앙스로 들릴 것 같아서 신경 쓰였다. (「좋은 사람」 103면)

남자의 말을 듣다보면 이 사람은 나를 어떻게 생각할까, (…) 이것이 정말 대단한 일이라고 생각하는 걸까, 하는 걱정 때문에 불안해졌다. (같은 글 118면)

임현의 소설을 설명하기 위해 필요한 단 하나의 단어를 고르라면 나는

'불안'을 택하겠다. 그만큼 임현 소설에는 미세한 불안에 떨고 있는 인물들이 도처에 넘쳐난다. 사실 불안은 인간이라면 누구나 가지고 있는 본원적인 정동이지만 — 프로이트(Sigmund Freud)라면 이를 "자아는 불안의 실질적 소재지이다"라고 표현했을 것이다[7] — 임현의 경우 그것은 조금 특별한 형태를 띤다. 그의 소설 속 인물들이 겪는 불안은 일종의 '도덕적 불안'인데 이는 자아가 자신을 끊임없이 감시하고 처벌할지도 모른다는 초자아의 존재를 의식함으로써 생겨나는 불안이다.

이러한 불안은 죄의식의 결과이다. 프로이트는 한 논문에서 "초자아의 속성"이 "양심의 기능"에 있다면서 죄의식을 자아와 초자아 사이에 발생하는 긴장의 표현으로 인식해야 한다고 말한 뒤 이렇게 덧붙인다. "자아는 그것의 이상인, 초자아의 요구에 부응하지 못했다는 생각에 불안함(양심 불안)을 가지고 반응한다."[8] 앞서 「좋은 사람」에서 인용한 임현의 문장들은 이와 같은 "자아와 초자아 사이에 발생하는 긴장"의 면모를 역력히 보여준다. 인용문은 우재와 함께 영화를 찍다 알게 된 식당 주인 남자와 이야기를 나누는 과정에서 발생한 '나'의 염려와 불안에 관한 것인데 이는 그 남자가 자신이 상고 출신이라는 걸 아무렇지 않게 밝힘으로써 발생한다. 그 남자가 대학을 나오지 않은 상고 출신이라는 게 어째서 주체로 하여금 새로운 불안을 생성해내게 하는가? 그것은 한국 같은 학벌 사회에서 대학을 나오지 않은 고졸 출신은 '소수자'이기 때문에 그와 관계 맺을 때는 이러한 그의 소수자성을 늘 염두에 두어야 한다는 '윤리적 요구'를 그 주체가 이미 받아 안고 있기 때문이다. '나'의 초자아는 '나'에게 학벌 사회 속에서 소수자인 주인 남자를 배려해야 한다고 명령하고 '나'는 혹시 그 명령을 제대로 수행하지 못할까봐 전전긍긍한다.

---

7 지그문트 프로이트 「자아와 이드」, 『정신분석학의 근본 개념』(프로이트 전집 11), 윤희기·박찬부 옮김, 열린책들 2003, 404면.
8 지그문트 프로이트 「마조히즘의 경제적 문제」, 같은 책 427면.

'나'의 불안은 스스로를 글을 쓰는 사람으로 정체화(identify)하고 있다는 사실과도 긴밀하다. 글을 쓴다는 것은 일정 수준 이상의 '리터러시'(literacy)를 확보하고 있다는 뜻이고 그 리터러시는 리처드 호가트(Richard Hoggart)가『교양의 효용』에서 보여주었듯 사회적 계급을 구획하는 분할선으로 작용한다.[9] 가게 주인 남자는 '나'가 글을 쓴다는 이야기를 듣고 "내 이야기를, 그때의 감정 같은 걸 써보면 좋겠다, 싶은데 잘 안돼. 그래서 대단해 보여요. 당신처럼 그걸 쓸 수 있는 사람들이 나는 부러워요"(「좋은 사람」 104면)라고 말하는데, 앞의 인용문에서 남자가 "이것이 정말 대단한 일이라고 생각"할까봐 불안해하는 '나'의 태도는 이 맥락에서 나온 것이다. 그때 '나'가 지니는 불안은 스스로의 글쓰기를 대단하지 않다고 여겨서가 아니라 학력과 그에 따른 리터러시의 위계 안에서 '나'가 식당 주인 사내보다 우위에 서서는 안 된다는 초자아의 명령 때문에 발생한 것에 가깝다. 여기서 드러나듯 '나'의 초자아는 랑시에르적이라고 일컬을 만한 지적 평등의 이념에 기초한 매우 급진적인 민주주의자이다. 문제는 '나'가 그런 초자아의 '옳음'을 도저히 따라갈 수 없다는 데 있다. 그런데 이는 단지 올바른 '양심'(초자아의 명령)을 성실하게 수행하지 못하는 '나'의 인격적 결함 때문인 걸까? 사태의 양상은 조금 더 복잡하다.

지나치다, 라고 생각했다. 어딘가 부담스럽고 술 냄새도 나는 게 정숙하지 못한 여자라 여겼다. (「무언가의 끝」 142면)

그때 무슨 생각이 들었냐면, 그래 너의 나라는 중동 어디쯤이라고 했는데 중동은 경제 수준은 높지만 어쩐지 못사는 나라 이름 같아, 나도 모르게 이런 생각을 하고 있어서 얼굴이 붉어졌나, 들키면 안 되는데, 걱정했었다.

---

9 리처드 호가트『교양의 효용』, 이규탁 옮김, 오월의봄 2016.

(「그 개와 같은 말」 156면)

"그런 사람들을 보면요, 나는 그렇지 않아서 다행이라는 생각을 자꾸 하게 돼요. 그래서 그걸 들킬까봐, 그 사람들이 나를 보고 그런 마음을 읽어버릴까봐 두려워요." (「말하는 사람」 244면)

서로 다른 소설에서 각자 다른 화자의 입을 통해 나온 말이지만 기본 구조는 동일하다. 먼저 세계와 타인에 대한 주체의 (섣부른) 판단과 평가가 있다. 그것은 무의식의 차원에서 발생하는 것이며 세간의 편견과 혐오를 고스란히 체현하고 있다. 또한 각각의 화자는 그러한 자신의 생각(무의식)이 얼마나 잘못되었는지를 항상-이미 알고 있다. 그들의 초자아(윤리)가 각 주체들의 내면을 늘 감시하고 있기 때문이다. 임현 소설 속 인물들을 지배하는 초자아는 여성이 술을 마셨다고 정숙하지 않다고 말하거나 중동을 돈만 많고 문명적으로 뒤떨어진 곳으로 비하하는 것이 옳지 않다고 말하며 자아로 하여금 그런 생각을 하게 해서는 안 된다고 명령한다. 하지만 자아는 언제나 자아 이상에 미달하고 그런 자아는 초자아 앞에서 늘 걱정하고 두려워한다. 이와 같은 초자아와 자아의 분열, 그리고 거기서 발생하는 긴장이 임현 소설 특유의 불안의 정동을 생성해낸다.

그렇다면 임현 소설에 드러나는 불안은 그 주체가 윤리적이어서 발생하는 것이라기보다 (초자아의 요구만큼) 충분히 윤리적이지 못하기 때문에 발생하는 것이라 할 수 있지 않을까. 물론 자신이 충분히 윤리적이지 못하다는 것을 자각하는 것보다 더 윤리적인 태도가 어디 있느냐는 반문도 가능하다. 자신이 (윤리적) 대타자의 이상을 완전무결하게 수행하고 있다는 믿음에 빠지는 것보다 자기 안의 모순과 균열을 직시하는 것이 더 나은 태도인 건 분명하다. 전자는 스스로에 대한 성찰의 여지를 차단하는 방향으로 행동의 일관성을 밀어붙이며 그로 인해 독선적 폭력을 결과하기 쉬운 반면 후자는 그 모순과 균열에 괴로워하면서 그걸 극복하려는 자세를 벼려나갈 수 있기 때문이다.

그렇지만 초자아와 자아 사이의 간극에서 발생하는 불안 때문에 전전 긍긍하는 그 주체를 윤리적이라고 칭하기 위해서는 그 주체가 그 불안을 동력으로 삼아 다른 행위를 창발하는 데까지 나아가야 한다. 그렇지 않다면 그는 '아직' 불안과 죄의식에 짓눌려 신음하는 주체일 뿐이다. 우리가 윤리적인 사람이 되어야 한다고 했을 때 단지 더 많은 불안과 죄책감에 사로잡히는 주체가 되어야 한다고 주장하는 것은 아니다. 불안과 죄책감에 많이 사로잡히는 것이 윤리를 재는 척도라면 불안신경증 환자보다 더 윤리적인 사람은 없을 것이다. 하지만 새로운 윤리적 행위의 창발에 임현의 문학적 관심이 가 있는 것은 아닌 것 같다. 어쩌면 임현은 그러한 불안에 떨고 있는 인물들을 통해 인간의 보편적 심리 구조를 보여주고 싶어 하는지도 모르겠다. 그러니까 그는 윤리적 명령을 부과하는 초자아와 어쩔 수 없이 그 이상에 미달하는 자아 사이의 긴장이야말로 인간의 숙명이라고 말하고 싶은지도 모르겠다는 것이다.

그와 같은 결함을 가질 수밖에 없는 인간의 숙명에 대해 냉철하게 돌아보는 것 역시 문학이 제공할 수 있는 소중한 인식적 계기임은 분명하다. 하지만 문제는 그 인식이 패배주의적이고 자조적인 것으로 고착화될 경우 주체의 대안적인 행위 가능성은 봉쇄되고 세계가 더 나아지리라는 (가능한) 희망의 여지마저 설 곳이 없어진다는 데 있다. 어떤 주체가 외부의 윤리를 철저하게 내면화하려 할수록 초자아와 자아 사이의 간극이 벌어질 수밖에 없는 것이라면 우리는 결국 모든 인간은 스스로에 대해 위선적인 존재라는 사실을 승인하는 데서 멈출 수밖에 없다. 임현의 소설에서 그 위선을 껴안으면서도 동시에 넘어서려는 필사의 모험을 찾기 어려운 것은 어쩌면 그가 인간이라면 누구나 지닐 수밖에 없는 위선과 분열에 깊은 무력감을 느끼고 있기 때문은 아닐까. 그의 소설은 인간이 그 자신의 내부에 필연적으로 지닐 수밖에 없는 모순과 간극을 지시하는 데는 탁월하지만 우리가 알고 있는 수많은 (문학적) 감동의 출처는 '그럼에도 불구하고' 발생하는 것이다. 좋은 문학은 우리가 이렇게 비윤리적이고 모순적인 존재라는 걸 일깨워주는 동시에 그 깨달음을 바탕으로 새로운 출구를 열어젖히고자 하는 충동을 생성해내기 때문이다.

소설이 반드시 주체의 행동 변화를 이끌어내는 방향으로 구성되어야 하느냐고 묻는다면 그건 당연히 아니다. 반복하지만 문제는 초자아와 자아의 분리 및 적대 구조가 자연화되는 지점에서 소설이 멈춤으로써 '이것이 인간인가?' 혹은 '인간은 어떤 존재인가?'라는 질문에 대해 (일견 복잡해 보이지만 실은) 매우 일면적인 규정만을 도출하게 되는 데 있다. 임현은 한편의 소설을 "그게 나라고 뭐 달랐겠니"(「고두」 60면)라는 문장으로, 다른 한편의 소설을 "우리가 이렇게나 닮았다"(「좋은 사람」 121면)라는 문장으로 끝낸다. 물론 초자아와 자아의 간극으로 인해 고통받고 윤리적인 척하지만 실은 비루한 자기 정당화를 일삼는다는 점에서 우리 모두는 그리 다르지 않은지도 모른다. 그렇지만 인간에 대한 이러한 멜랑콜리적 (자기)혐오는 앞서 임현이 취한 물리적 세계관과 충돌하지 않는가. 그는 확정적 세계에서는 소설 쓰기가 무용하다고 말한 바 있다. 하지만 그는 인간이 언제나 스스로에게(또는 타인에 대해) 위선적 존재일 수밖에 없다는 확정적 사실을 발화하고 있는 것은 아닌가. 그 모순과 균열을 냉철하게 사고하고 괴로워하면서도 타인과 세계를 향해 결정적인 한발을 내디딜 수 있는 인간의 '가능성'은 그의 작품 속에서 과연 얼마만큼의 '확률'로 존재하고 있는 것일까?

3. 처벌/체벌

이러한 자아로의 유입과 더불어 발생하는 본능의 분열 덕분으로 그 가혹함이 증대된다는 것은 쉽게 생각할 수 있다. 그렇게 되면 초자아 ── 자아 속에서 활동하는 양심 ── 는 업무 수행 중인 자아에 대해서 혹독하고 잔인하며 무정한 존재가 되어버릴 수 있다. 그래서 칸트의 정언명령(der kategorische Imperativ)이 오이디푸스 콤플렉스의 직계 후예라고 말할 수 있을 것이다.[10]

앞서 임현의 소설을 설명하기 위해 필요한 단 하나의 단어를 고르라면 나는 불안을 택하겠다고 말했는데 하나 더 고르는 게 허용된다면 '처벌'을 택하겠다. 임현 소설은 초자아와 자아 사이에 이루어지는 '감시와 처벌'의 드라마라고 해도 좋다. 이때의 처벌은 초자아가 자아에게 일방적으로 가하는 것만이 아니다. 외려 불안과 죄의식에 떨고 있는 주체가 처벌을 갈구하기도 한다. 처벌은 자신이 저지른 죄에 대한 합당한 대가로 여겨지며 그로 인해 정화의 계기를 마련할 수 있기 때문이다. 이러한 자기 처벌의 망상을 프로이트는 애도와 구별되는 멜랑콜리의 핵심으로 꼽은 바 있으니 임현 소설의 인물들이야말로 다분히 멜랑콜리적 주체라고 할 수 있겠다.

무리하다 싶을 만큼 은우는 간호에 열심이었다. 의무감 같은 불순한 감정이 들 때마다 자신을 더욱 혹사시켰고 이것은 온전히 우리의 문제이며 마땅히 지켜져야 할 도리라고 마음 깊숙이 새김질했다. (「거기에 있어」 181면)

---

10 지그문트 프로이트 「마조히즘의 경제적 문제」, 앞의 책 427~28면.

이 작품은 우연한 사고로 한쪽 팔을 잃은 신혼부부의 이야기이다. 아내 은우는 팔을 잃은 남편 무영을 극진히 간호하는데 그러면서 그녀는 자기도 모르게 찾아드는 "의무감"이라는 "불순한 감정"에 맞서 무영에 대한 자신의 헌신이 '순수'해야 한다는 강박에 사로잡혀 있다. 앞서 인용한 프로이트의 말처럼 의무론적 윤리론은 오이디푸스 콤플렉스의 후예, 즉 "도덕의 원천"이다.[11] 은우는 자신의 도덕 감정이 불순한 것으로 오해받을 위기에 처할 때마다 "자신을 더욱 혹사"시키는데 이때 동원되는 자원은 "도리"라는 또다른 의무감이다. 의무감이 무화되는 지점에 다시 외부로부터 의무감을 불러들여 진압하는 은영은 초자아에 의해 혹독하게 추궁당하는 임현식 멜랑콜리적 주체를 대변한다.

무영이 한쪽 팔을 잃은 것은 은우와의 신혼여행에서 발생한 돌발사고 때문이다. 그날 한적한 시골로 여행을 떠난 무영은 늦은 밤 빗길에 경미한 교통사고를 내게 된다. 은우는 "혹시 나중에 뺑소니 신고라도 당한다면 복잡해질 문제"(「거기에 있어」 190면)라고 생각하면서 굳이 괜찮다는 남자와 노인을 차에 태워 그들의 집까지 데려다준다. 어딘가 음산한 분위기를 풍기는 그들의 집에서 서둘러 빠져나가려는 순간 차에 치인 사내가 무영에게 다가와 이렇게 묻는다. "아저씨, 그냥 도망치려고 했지?" 무영은 그런 게 아니라고 변명하고 자리를 뜨려 하지만 사내는 막무가내다. "또 도망가려고 하잖아. 잘못을 했으면 벌을 받아야지."(같은 글 193~94면)

사내가 문제 삼는 것은 무영의 행동이 아니라 잠시 스쳐 지나갔던, 거의 무의식에 가까운 생각이다. 실제로 무영은 도망가지도 않았고 그들을 안전하게 집까지 데려다주었다. 그럼에도 그 사내는 "말해봐. 그랬지? 그냥 도망가려고 했지? 솔직하게 말해보라니까"(같은 글 195면)라며 무영을

---

11 같은 글, 같은 면.

궁지에 내몬다. 무영을 심문하며 끝내 그의 한쪽 팔을 앗아간 그 사내는 누구인가? 소설의 말미에 무영이 그 남자를 데려다준 곳은 "폐쇄된 축사"이며 "근래 아무도 거주하지 않는 곳"으로 밝혀진다(같은 글 201면). 그 사내를 초자아의 알레고리로 읽는 것이 과연 지나친 독법일까? 하지만 행동이 아니라 양심을 추궁하고 끝내 가혹하게 벌을 내리는 그 사내가 자아에 대해 "혹독하고 잔인하며 무정한 존재"가 되어버린 초자아가 아니면 달리 무어란 말인가.

이렇듯 이 작품은 초자아와 자아 사이의 간극 때문에 불안과 죄책감에 시달리던 주체가 가혹한 초자아에게 처벌, 체벌받는 이야기이다. 이 처벌, 체벌은 다분히 멜랑콜리적이다. 프로이트가 말했듯 멜랑콜리 환자는 자신을 타인에게 쓸모없고, 무능력하고, 도덕적으로 타락한 자아로 내보임으로써 스스로 비난을 자초하며 처벌받기를 희망한다.[12] 맹정현에 따르면 "멜랑콜리에서 나타나는 자기비난의 망상은 양심이나 자아 이상, 혹은 초자아가 자아를 대상으로 꾸짖고 비난하는 것과 연관되어 있다."[13] 초자아가 자아 이상에 미달하는 자아를 혹독하게 비난할 경우 자아는 자기처벌의 망상에 시달리게 된다는 것이다. 「거기에 있어」는 이러한 멜랑콜리적 자기처벌의 망상이 소설적으로 외화된 결과물이다.

하지만 초자아와 자아 사이의 간극에서 발생하는 불안과 죄책감이 모두 임현식의 멜랑콜리적 주체가 은밀하게 소망하는 자기처벌의 망상으로 귀결되는 것은 아니다. 가령 서영채(徐榮彩)는 "죄의식과 부끄러움은, 보편적 사람됨의 '괴로운 보람'을 만들어내는 대표적인 기제"[14]가 될 수 있다고 말한다. 백여년에 걸쳐 산출된 한국 근대문학의 굽이굽이를 '죄의식

---

12 맹정현 『멜랑꼴리의 검은 마술』, 책담 2015, 64면.
13 같은 책 73면.
14 서영채 『죄의식과 부끄러움: 현대소설 백년, 한국인의 마음을 본다』, 나무나무출판사 2017, 43면.

과 부끄러움'이라는 키워드로 재구성한 이 역작(力作)에서 서영채는 "이 광수에게서 보이는 매우 기이한 형태의 죄의식"이 이후 "공동체에 대한 부채의식과 시민으로서의 책임감"으로 변해간 사정을 고찰한다.[15] 그러고 보면 자신의 잘못이 아닌 부분에서도 주체의 책임을 발견해내는 임현의 멜랑콜리는 어딘가 이광수(李光洙)의 그것과 닮아 있는 듯 보인다.

> 주체로서 한 사람이 지닌 고유성은, 궤도 이탈의 결과로 생긴 자기 자신과의 불일치를 어떻게 메우려 하느냐에 따라 만들어진다. 그래서 주체 형성 과정에서 중요한 것은 책임의 문제이다. 이 지점에서 죄의식과 부끄러움은 하나로 연결된다. 죄의식은 위반 과정에 대한 후회와 처벌에 대한 불안의 산물이고, 부끄러움은 간극을 채우지 못하고 있는 자신의 현재 상태에 대한 좌절감이다. 자기 안에서 불일치의 간극을 발견한 주체의 현재 시점에서 보자면, 죄의식은 과거 쪽에 그리고 부끄러움은 미래 쪽에 치우친 정념이다.[16]

서영채의 말처럼 중요한 건 "책임의 문제"다. 임현의 소설은 인간이 스스로의 내부에 지니는 모순에 대해 어떤 책임의 가능성을 타진하고 있는가? 어쩌면 이제까지 그의 소설은 '(책임) 윤리 없는 (과잉) 윤리'를 보여주고 있었던 것은 아닌가. 나는 앞서 초자아와 자아 사이의 간극에서 오는 불안과 죄책감이 윤리적 행위로 이어질 가능성이 임현 소설에 얼마나 풍부하게 내장되어 있느냐를 가지고 그의 소설의 윤리성을 평가해야 한다고 말한 바 있다. 하지만 「거기에 있어」에서 드러나듯 그 불안과 죄책감은 결국 자기처벌의 망상으로 귀결되고 말 뿐이며 자기처벌 이후에 오

---

15 같은 책 25면.
16 같은 책 45면.

는 신생(新生)의 삶에 대해 아직 그는 쓰지 않았다. 그것이 어떤 형식과 내용으로 우리에게 다가올지 아직 예측할 수 없지만 나는 앞으로 오랫동안 그의 소설 쓰기가 이 질곡을 뚫고 인간의 새로운 가능성을 보여줄 순간을 기다릴 것이다. 비록 신은 주사위 놀이를 하지 않을지라도 소설가는 세계의 미래를 다르게 만들어갈 글쓰기의 역능을 여전히 자신의 내부에 간직하고 있다고 믿기 때문이다.

자유주의, 캔슬컬처, 윤리

◆

기리노 나쓰오의 『일몰의 저편』

1. 익숙한 디스토피아?

"아니야! 고백을 받아내기 위해서도, 벌을 주기 위해서도 아니야. 왜 자네를 이리 데려왔는지 말해줄까? 그건 치료하기 위해서야! 자네를 온전한 정신을 지닌 사람으로 만들기 위해서라고! (…)"[1]

"나는 병에 걸린 게 아니에요."
나는 체념하면서도 항의했다.
"다들 그렇게 말하죠. 그것도 이 병의 특징이라고 봅니다. 그러니 자신이 병에 걸렸는지 아닌지 생각하지 말고 뇌를 좀 쉬게 하는 편이 좋겠습니다, 마스 씨."[2]

---

1 조지 오웰 『1984』, 정회성 옮김, 민음사 2003, 353면.
2 기리노 나쓰오 『일몰의 저편』, 이규원 옮김, 북스피어 2021, 266~67면. 이하 이 작품의
  인용 시 본문에 면수만 표기.

기리노 나쓰오(桐野夏生)의 『일몰의 저편』(2020)은 언뜻 조지 오웰(George Orwell)의 『1984』(1949)를 다시 쓴 것처럼 보인다. 그런데 전체주의적 국가권력이 개인의 생각과 표현을 통제하고 그에 순응하지 않는 사람을 교화시설에 감금하여 교정시킨다는 발상은 지난 세기의 악몽을 꾸준하게 학습해온 우리에게 그다지 낯선 것이 아니다. 그렇다면 『일몰의 저편』은 조지 오웰의 서늘한 디스토피아를 다시 한번 반복한 것에 불과한 걸까. 이 작품을 파시즘적 국가권력과 표현의 자유를 이분법적으로 맞세우는 이야기로 읽는다면 그런 결론에 닿을 공산이 크다. 문제는 그같은 독법이 생산하는 비판적 성찰의 요체가 의외로 앙상하다는 사실이다. 오늘날 전체주의적 국가권력을 비판하는 일은 이미 죽은 개를 한번 더 발로 차는 일과 다르지 않아서 여하한 사유의 모험도 거의 자극하지 않는다. 그러니 이 작품의 문제성을 보다 날카롭게 드러내기 위해서라면 조금 다른 방식의 독법이 요청되는 셈이다.

『일몰의 저편』이 자유주의 국가를 배경으로 삼고 있음을 확인하는 것에서 그 다른 독법을 시작해보면 어떨까. 물론 책을 읽은 독자는 이러한 판단에 동의하지 않을지도 모른다. 이 소설에 등장하는 국가는 겉으로는 자유주의적일지 몰라도 실은 한번 감금되면 결코 빠져나올 수 없는 수용소를 비밀리에 운용하는 전체주의 국가와 다를 바 없다는 것이다. 타당한 반론이지만 여기서는 바로 그 '겉'이 중요하다. 기만적인 껍데기에 불과해 보이는 그 '겉'이 자유주의적 통치의 속성을 드러내주기 때문이다.

이 작품의 주인공 마쓰 유메이는 『1984』의 주인공 윈스턴 스미스와 달리 비밀경찰의 밀고에 의해 남몰래 체포되어 구금되지 않는다. 그녀를 요양소까지 스스로 걸어오게 만드는 힘은 전체주의적 감시권력이 아니라 "모든 종류의 표현물에 등장하는 성차별, 인종차별 등"(66면)을 규제하기 위해 제정된 법률과 그 법률을 집행하기 위해 설립된 '문화문예윤리향상위원회'(이하 '문윤')가 지닌 제도적 합법성에서 기원한다. '문윤'은 고발이 접수된 작가들에 대하여 심의회에 출석할 것을 요구하는 청원서를 보내고 그에 불응할 경우 소환장을 발부하는 등 마련된 법적 절차를 엄수한다.[3] 이와 같은 절차적 합법성은 법률의 제정을 뒷받침한 시민사회의 도덕적 헤게모니와 결합하면서 자유주의적 통치의 정당성을 보증하는 핵심 요소가 된다.

그럼에도 이 작품에 등장하는 '요양소'는 자유민주주의 사회에 존재할 수 없는 수용소 아닌가 하는 의심은 여전히 남을 수 있다. 그 요양소가 자유주의 국가에서 상상하기 힘든 감금시설인 것은 분명하지만 임의로 개인의 인신을 구속하는 수용소를 사악한 전체주의 국가에서만 나타나는 돌출적인 것으로 치부하는 것도 사태의 진실에 온전히 부합하는 생각은 아니다. 어빙 고프먼이 보여주었듯 "기관의 공식적 목표들을 수행하도록 고안된 단일한 합리적 계획"을 "동일한 장소에서 단일한 권위 아래" 다수의 수용자에게 강제하는 "총체적 기관"(total institutions)은 자유주의 사회에서도 얼마든지 존재하기 때문이다.[4] 코로나19 사태 초기 청도 대남병원의 사례처럼 경우에 따라 그곳은 '자유주의의 영도(零度)'로 지목될 만한 곳이다. 『일몰의 저편』에 등장하는 요양소를 전체주의의 징표가 아니라 자유주의의 이념이 그 자신에 내재하는 역설에 의해 차갑게 얼어붙는 장소로 보는 것이 오늘날 자유주의 국가 안에서 발생하는 표현의 자유와 그 제한을 둘러싼 대립을 서사화하려는 작가의 의도에도 부합하는 듯싶다. 전체주의 디스토피아였다면 굳이 '문윤'은 요양소라는 기만적인 외피

---

3 물론 여기에 아무런 폭력이 개입되어 있지 않은 건 아니다. 발터 벤야민이 고찰했듯 법적 계약을 보증하는 권력 자체에 이미 폭력적 기원이 내재해 있기 때문이다(발터 벤야민 「폭력비판을 위하여」, 『역사의 개념에 대하여/폭력비판을 위하여/초현실주의 외』, 최성만 옮김, 도서출판 길 2008, 97면). 하지만 이 폭력은 정립적인 요소로서 구조 속에서 은폐되어 있기에 자유주의 국가에서 주체는 그와 같은 법의 집행을 거부할 수 없는 자연의 작용처럼 느낄 뿐이다.

4 어빙 고프먼 『수용소』, 심보선 옮김, 문학과지성사 2018, 18~19면.

를 두를 필요가 없었을 것이고 마쓰 유메이를 요양소에 입소시키기 위해 그토록 번잡한 행정 절차를 집행할 필요 또한 없었을 것이다.[5]

이 구분이 중요한 이유는 인간이 그 안에서 천부적인 인권과 자유를 보장받는다고 여겨지는 자유주의 국가의 경우 국가와 개인의 대립 양상이 전체주의 국가의 그것에 비해 한층 미묘해지기 때문이다.『일몰의 저편』은 개인의 자유가 강압적인 국가권력의 일방적 행사가 아니라 시민들의 자발적인 요구에 기초한 합법적인 조치로 인해 제약되는 상황을 설정함으로써 보다 현재적인 문제의식을 포착하는 데 성공한다. 그렇지만 오늘날 국가와 개인의 대립만으로 자유와 그 제한을 둘러싼 아포리아가 모두 환원될 수 없다는 점에서 이와 같은 설정은 모종의 빈틈을 지니는 것이기도 하다. 그 아포리아의 민감성을 보다 첨예하게 마주하기 위해서는 이 작품의 주된 대립축인 국가('문윤')와 개인(마쓰 유메이)의 구도를 넘어 개인/시민사회/국가가 서로 뒤얽히는 양상을 복합적으로 사유할 필요가 있다.[6]

---

5 소마 박사는 부당한 감금이라고 주장하는 마쓰 유메이의 항변에 동생에게 입원동의서를 받았기 때문에 이 입원조치는 정당한 것이라고 대꾸한다. 마쓰 유메이가 입소한 요양원은 그 외면적인 운영방식에 있어 전체주의 디스토피아의 강제수용소가 아니라 오늘날 자유민주주의 국가에서 운용되고 있는 대표적인 '총체적 기관'의 하나인 정신병원의 메커니즘을 뚜렷하게 상기시킨다.

6 정확히 말하자면 이 소설의 대립구도는 국가(문윤)-개인(마쓰 유메이)-정신의학(소마 박사)의 삼항으로 구성되어 있다. 소마 박사와 문윤은 한편처럼 보이지만 그 지향이 상이하며 때론 적대적이기도 하다. 소마 박사의 기획은 문윤이 표면적으로 내세우는 올바름의 재건과 무관하며 푸코가 말한 '정신의학의 권력'을 징후적으로 보여주는 사례라고 할 수 있다.

2. 국가와 개인의 이분법 너머

자유주의 국가에서 개인의 자유를 제한할 수 있는 근거는 오직 법률뿐이다. 하지만 우리가 일상생활에서 느끼는 '부자유스러움'은 단지 법률적 제약 때문에 발생하지 않는다. 법률에 저촉되지 않는다 하더라도 우리는 삶에서 여러가지 행위와 표현에 가해지는 제약을 수용하며 살아가지 않던가. '무엇에 얽매이지 않고 자기 마음대로 행동하는 일, 또는 그러한 상태'를 뜻하는 자유의 사전적 정의를 떠올려본다면, 법은 가장 강력한 제한의 근거이기는 하되 어느 시대에도 유일한 제한의 권력은 아니었던 셈이다. '누군가로 하여금 원치 않는 무언가를 하거나 하지 않을 수 있게 하는 힘'이 권력이라면 행위를 통솔하는 권력의 전선이 단지 주체와 법 사이에만 그어진 적은 없다. 국가와 시민사회의 구분을 내재적으로 받아들이고 있는 자유주의 사회에서 전선은 더욱 유동적이다. 법정 분쟁으로 비화된 필화 사건이 그 유동성을 살펴보는 데 도움을 줄지도 모르겠다.

검찰은 소설가 장정일이 『내게 거짓말을 해봐』(1996)를 출간하자 이를 음란물로 규정하고 음란물 제작 및 유포 혐의로 저자와 출판사를 기소했다. 수많은 예술가와 시민들이 반발했지만 대법원은 "이 소설은 성행위에 관한 묘사방법이 노골적이고 구체적인 점, 그런 묘사부분이 양적·질적으로 소설의 중추를 차지하고 있는 점을 감안하면 작가가 주장하는 주제와 오늘날 우리 사회의 보다 개방된 성관념에 비춰보더라도 음란하다고 보지 않을 수 없다"며 장정일에게 유죄 평결을 내렸다. 그런데 이런 사안에 대해서라면 국가권력의 남용을 비판하면서 표현의 자유를 옹호하는 것이 그리 어렵지 않을 수 있다. 현재 그보다 훨씬 노골적이고 구체적인 성행위를 묘사한 각종 작품과 콘텐츠들이 버젓이 통용되고 있다는 점을 떠올려보면 과거 법원의 엄숙주의를 오히려 비웃음의 대상으로 삼을 수도 있을 것이다.

하지만 "강간이나 폭력, 범죄를 긍정하는"(67면) 작품을 썼다는 이유로 일군의 독자들이 어떤 작가를 규탄하고 작가와 출판사에게 집단적인 압력을 가해 절필을 요구하는 경우는 어떨까. 『일몰의 저편』의 주인공이 독자로부터 "마쓰 유메이의 작품에는 심각한 문제가 있습니다. 강간을 장려하는 게 아닌가 싶은 내용도 싫고 어린이를 성적 대상으로 삼는 남자를 등장시키는 등 정말 용서할 수 없습니다"(68면)라는 내용으로 고발당한 것처럼 말이다.

이 장면은 오늘날 창작과 수용을 둘러싼 여러 민감한 문제들을 자연스럽게 떠올리게 만들지만 이를 작가 개인과 국가권력 사이의 대립으로 설정함으로써 오히려 사태의 민감성을 제약하는 측면이 있다. '이러저러한 잘못이 있더라도 한 개인의 표현에 대해 사법 권력이 직접 개입하는 것은 바람직하지 못하다'라는 식의 자유주의적 교리가 어지간히 내면화된 상황에서 창작에 개입하는 국가권력의 부당함을 지적하는 건 오히려 쉬운 일일 수 있다. (아무리 강직한 '정치적 올바름'의 전사라 할지라도 '문윤'의 행태에 공감하며 얼른 우리나라도 저렇게 되었으며 좋겠다고 생각하는 사람은 없을 테니 말이다.)

오늘날 진정 다루기 어려운 것은 억압하는 국가와 억압받는 개인 사이의 수직적인 대립이 아니라 시민사회 내에서 발생하는 개인과 개인 사이의 수평적인 충돌인지도 모른다.[7] 거기에는 주체의 행위를 인도하며 올바른 길에서 벗어났을 때 일탈한 주체를 규율하고 처벌하는 법의 존재가 희미해지는 공백지대가 나타난다. 자유주의적 주체는 그 공백 안에서 스스

---

7 이는 국가 폭력의 문제가 모두 해소되었다는 뜻이 아니라 자유주의적 전통 안에서 개인과 국가의 대립을 규명하는 언어가 풍부하게 계발되어온 것에 비해 시민사회 내에서 발생하는 수평적 대립에 관해서는 그 분석의 언어가 아직 빈곤함을 면치 못하고 있다는 뜻이다.

로 판단하고 실천해야 하는 모종의 윤리적 과제에 맞닥뜨린다. 따라서 이 소설에 잠재되어 있는 사태의 민감성을 끌어내기 위해서는 저 독자의 고발을 '문윤'이라는 국가 기관이 아니라 작가 개인 및 출판사를 상대로 제기된 것으로, 그리고 판결과 처분의 집행 주체 역시 정부가 아니라 시민 사회의 구성원들로 바꿔 생각해볼 필요가 있다.

자유주의 국가에서 살아가는 우리는 누군가의 표현을 국가가 직접 개입해 처벌하는 일이 몹시 신중하게 이루어져야 한다고 생각한다. 하지만 사적인 개인들이 다른 사람들의 발언과 표현, 혹은 삶의 방식에 개입하는 것에 대해서도 그래야 한다고 생각할까?

3. 폭력과 올바름

그렇게 생각하는 사람은 별로 없는 것 같다.

누군가의 인신을 구속하고 처벌할 수 있는 폭력을 독점한 국가와 국가에 사적 폭력을 양도한 개인이 지니는 권력은 대칭적이지 않기에 둘을 같은 선상에서 비교하는 건 적절하지 않다는 것도 그와 같은 견해를 지지하는 주요 근거 중 하나이다. 만인이 만인에게 폭력을 행사할 수 있는 자연상태의 혼란을 제어하고 공동체의 평화를 유지하기 위해 폭력의 사용권한을 국가에 반납했다는 사회계약론의 골자를 염두에 둔다면 충분히 일리 있는 주장이다. 하지만 우리가 폭력의 권한을 국가에 반납한 결과 평화로운 비폭력의 낙원에서 살아가는 것은 아니다. 오히려 우리가 도처에서 마주하는 폭력은 국가가 미처 회수하지 못한 힘의 역능이 여전히 우리 안에 남아 있음을 가리키는 듯 보인다.

그 힘은 한때 혁명을 촉발하는 잠재성으로 여겨지기도 했지만 오늘날 우리가 그 힘의 현현을 주로 마주하는 곳은 혁명적 정세 속에서가 아니라 동료 시민 사이의 수평적 관계에서다. 현실에서 우리는 국가에 폭력에 관한 모든 권한을 반납한 '벌거벗은 약자'이면서 여전히 다른 동료 시민에 대해 얼마든지 폭력을 행사할 수 있는 분열된 존재 아니던가. 하지만 이 분열은 반성적으로 인식되기보다 쉽게 망각되고 사람들은 스스로를 아무런 힘을 가지지 못한 순수한 약자이자 피해자로 연민하는 경향을 띠곤 한다. 태초의 사회계약에 의해 힘의 사용을 박탈당했다는 무력감이 그와 같은 원한과 피해의식을 꾸준하게 자극하는지도 모르겠다.

'캔슬컬처'(cancel culture)는 국가권력이 명시적으로 개입하지 않는 자율적인 시민사회를 전제한다는 점에서 자유주의적 현상이다. 시민불복종운동이나 반정부 활동이 부당한 정치권력에 맞선다면 캔슬컬처는 정치적·윤리적·문화적·역사적·풍속적으로 올바르지 못한 창작물이나 창작자 개인을 겨냥한다. 여기서 '캔슬'은 미리 잡아둔 식당 예약 같은 걸 '취소'한다는 소극적인 의미가 아니라 어떤 창작물이나 창작자의 흔적을 깨끗이 제거하고 말소하는 것을 목표로 한다는 적극적인 의미를 띤다. 이것이 컬처, 즉 문화라는 개념과 짝 짓는 이유는 그 제거와 말소를 실행하는 힘이 국가권력이 아니라 시민들의 수평적인 의지이기 때문이다. 캔슬컬처는 흔히 소비자 정체성에 기반한 불매운동과 겹치기도 하지만 여기서 핵심은 소비자 정체성이 아니라 윤리적 시민성이다. 소비자 정체성은 윤리적 시민성이 그 현실적 발현을 위해 잠시 빌려 입은 옷에 가깝다.

캔슬컬처는 워낙 다양한 사례들을 거느리기 때문에 일반화하기 어렵지만 그 발생의 초기를 살펴보면 언제나 '폭력'과 '올바름'이라는 두 개념과 닿아 있다. 폭력의 프레임은 사태를 폭력을 가한 가해자와 폭력을 당한 피해자의 이원적 구도로 재현한다. 그 과정에서 피해와 가해의 이분법으로 온전히 포착되지 않는 '회색지대'를 고려하는 것은 경우에 따라 2차 가해로 규정되기도 하며 폭력의 피해자를 보호하는 조치가 최우선적인 것으로 떠오르게 된다. 올바름은 주로 정치적 올바름과 관계하지만 그보다 훨씬 넓은 폭을 지닌다. 최근 역사 왜곡 논란으로 방영이 중단된 드라마(「조선구마사」)의 경우에는 '민족적 올바름'에 입각해 있었으며 불륜이나 도박에 대한 분노처럼 '도덕적 올바름'에 긴박된 경우도 드물지 않다. 여기서 핵심은 '올바름'을 수식하는 다양한 형용사들이 아니라 올바름을 향한 충동 그 자체이다. 그 충동은 법이 현실에 존재하는 모든 폭력을 포괄하지 못한다는 불신에 의해 강화되고 증폭된다. 법의 사각지대에서 발생하는 폭력을 자구적 조치를 통해 응징해야 한다는 생각이 캔슬컬처의 윤리학을 구성한다.

오늘날 캔슬컬처의 출현이 잦아지는 이유 중 하나는 폭력에 대한 이해가 새로워지면서 기존에는 폭력으로 여겨지지 않았던 것들이 새롭게 폭력으로 규정되기 때문이기도 하다. 세계가 문명화됨에 따라 폭력이 줄어드는 추세라고 주장하는 사람도 있지만 그와 병행하여 미시적인 폭력이 새롭게 발명되는 측면도 있다. 이 새로운 폭력은 윤리적 감수성이 약해져서 발생하는 것이 아니라 오히려 강해지면서 발생한다. 마쓰 유메이를 태우고 수용소로 향하던 니시모리가, 부당한 대우에 항의하는 그녀가 자신에게 폭력을 행사하고 있다며 "언어폭력도 폭력"(38면)이라고 힐난하는 장면은 시사적이다.

점증하는 폭력에 맞서 사람들은 이것 또한 폭력인지 아닌지를 두고 갑론을박한다. 하지만 중요한 것은 그 세세한 사안들이 어떤 이유로 폭력인지(혹은 아닌지)를 규명하는 섬세한 논리가 아니라 그 많은 사안들이 왜 하필 '폭력의 프레임' 안에서 사고되는지를 의심하는 일이 아닐까. 어쩌면 그것은 생명과 안전을 시스템의 최우선적 존재이유로 삼는 자유주의적 통치성이 도달한 한 극점일지도 모른다. 개인의 생명과 안전이 체제가 수호해야 할 최고의 목적이라면 그것을 침해하는 여하한 외부의 힘은 절멸해야 할 악으로 여겨지기 때문이다. 폭력은 오늘날 그 악의 형상을 대표하는 증거이며 새로운 정치의 역할은 그 악의 목록을 세밀하게 작성하고 그것을 추방하는 것이다. 이때 취약하고 부서지기 쉬운 개인의 형상은 그와 같은 개입의 긴급성을 지지하는 강력한 논거로 기능한다.

4. 가장 끝까지 듣고 가장 나중에 판단한다는 것

폭력에 노출된 타인을 진심으로 염려하고 그 폭력을 중지시키며 상처 입은 타인을 최대한 신속하게 구제하려는 선의는 오직 인간만이 지닌 윤리적 열정의 소산이라는 점에서 소중하다. 정치적 올바름 일체를 냉소하는 사람들은 이와 같은 윤리적 열정이 인간의 유적(類的) 특성을 구성하는 요소라는 점을 대수롭지 않게 생각하는 경향이 있다. 그 윤리적 열정은 자유주의 사회의 억압된 정치적 열정이 귀환한 다른 모습일 수 있음을 의심하는 것과 별개로, 앞으로 우리의 과제는 그 윤리적 열정 자체를 냉소하거나 부정하는 것이 아니라 그 열정을 보다 섬세한 판단 및 실천으로 이끄는 일이다.

캔슬컬처는 논란이 된 사안을 선정적인 스캔들로 소비하게 만든다는 점에서 문제적이다. 물론 세간의 관심이 환금성을 지니는 대중소비주의 사회에서 스캔들 자체를 없앨 수는 없다. 그렇다면 관건은 스캔들의 발생 자체가 아니라 스캔들과 별개로 혹은 그와 병행하여 관련된 논의를 차분하고 섬세하게 진행해나갈 담론의 영역을 스스로 마련할 수 있느냐에 달려 있다. 그 공간이 중요한 이유는 '올바르지 못한 것'을 다루는 시민사회의 내적 역량이 오직 그 공간 안에서만 증진될 수 있기 때문이다. 캔슬컬처는 부정적인 것과 함께 머무는 대신 그것들을 삭제한 이데올로기적 진공상태를 마치 현실 그 자체처럼 착각하게 만드는 측면이 있다. 이는 앞으로 더 많은 삭제를 무한히 반복할 뿐 사태를 내재적으로 다룰 수 있는 기술(art)의 수립과는 거리가 멀다.

『일몰의 저편』의 디스토피아가 시작되는 장면으로 돌아가보자. '문윤'이 탄생한 배경에는 어떤 문학이 "사회적으로 허용될 수 없는 것"(59면)인지를 시민사회 내부의 토론과 논쟁을 통해 도출하는 지루함을 견디지 않고 그 판단과 집행을 법률을 통해 국가 기구에 위임하고자 하는 태만함이 자리하고 있다. '캔슬'에 관해서라면 SNS에 이런저런 불평과 불만을 제기하는 것보다 신속하게 개입할 수 있는 법적 강제력을 지닌 국가가 확실히 유능하다. 이는 서로 충돌하는 주장을 합당한 절차와 토론을 통해 조율할 수 있는 공론장을 구축하는 데 실패한다면, 마치 대의제의 위기가 포퓰리즘의 부상을 가져오듯 국가와 법이 강력하고 세밀한 지배자로 등장하게 될 가능성이 농후함을 보여준다.

오늘날 캔슬컬처는 법에 대한 불신을 깔고 있지만 법에 의한 지배를 강화하는 빌미를 준다는 점에서 역설적이다. 사안에 대한 차분하고 사려깊은 논의가 아니라 속도전 끝에 완전히 삭제해버리는 풍토가 횡행하는 곳에 자신의 처분을 기꺼이 맡길 사람은 없기 때문이다. 법이 최소한의 도덕이라는 말은 법적 판결이 포괄할 수 없는 윤리의 고유한 영역이 존재한다는 뜻이지 마련된 법적 절차를 임의로 생략해도 무방하다는 뜻은 아니다. 하지만 캔슬컬처는 사법이 보장하는 절차에 미달하는 처분을 일방적으로 부과함으로써 오히려 사람들로 하여금 법정을 합당한 판단의 유일한 심급으로 여기도록 만들어버린다.

2021년 10월 5일 법원은 김봉곤 작가가 자신과의 사적 대화를 동의 없이 소설에 인용해 명예를 훼손했으므로 이에 대한 위자료 3,500만원을 지급하라는 손해배상청구소송에 대해 원고(최모씨) 패소 판결을 내렸다. 법원은 소송을 제기한 원고가 "자신이 등장인물로 등장하고, 자신과 피고 사이의 카카오톡 대화 내용을 인용하여 소설을 집필하고 출판하는 것에 대하여 동의해주었다"고 판단했으며 원고가 카카오톡 대화 내용을 삭제해달라고 김 작가에게 요청했으나 받아들여지지 않았다는 주장에 대해서도 "(최씨의 요청이) 소설의 내용 중 일부가 미흡하다고 표현한 것에 불과해 보일 뿐, 소설에 인용한 카카오톡 대화 내용을 삭제하거나 수정을 요구하는 의미로 보기 어렵다"고 판단했다.

당시 폭로자는 김봉곤 작가가 자신과의 사적인 대화를 허락 없이 소설에 가져다 썼으며, 추후에 이 사실을 알고 삭제를 요청했으나 받아들여지지 않았다고 주장했다. 이에 대해 김봉곤 작가는 대화 인용에 관해 사전에 허락을 구했으며 이후 그 대화에 대한 명시적인 삭제 요청을 받지 못했다고 해명했지만 폭로자의 일방적인 주장에 따라 그는 타인과의 대화를 허락 없이 훔쳐 써서 타인에게 성적 수치심을 가한 작가로 매도되었다. 결국 법원에서라도 진실이 규명되었으니 다행이라고 생각할 일이 아니다. 오히려 문학계 내에서 이런 사태를 자율적이고 내재적으로 다룰 수 있는 담론의 공간을 마련하지 못한 것에 심각한 문제의식을 느껴야 한다.

김봉곤 사태는 캔슬컬처의 시대를 통과하는 우리에게 필요한 것이 사안에 대한 입장 표명의 속도를 윤리성의 순도로 착각하지 않으며 사태를 손쉽게 피해와 가해의 이분법으로 환원하지 않는 것이란 사실을 일러준다. 논란이 된 사안을 다면적으로 이해하고 입체적으로 고려할 수 있는 충분한 시간을 능히 확보할 수 있는 공론의 장을 구축해야 하는 과제가 우리 앞에 시급한 것이다. 이를 위해서는 올바름을 향한 윤리적 열정을 간직하되 그 열정을 '올바름' 자체를 의심하고 상대화하는 데까지 밀어붙일 필요가 있다. 올바름은 언제나 올바르지 않은 상태를 짝패처럼 거느린다. 이와 같은 이분법은 행위의 선명성을 보증해주지만 회의되지 않은 도그마가 되었을 땐 판단의 수고를 덜어주는 알리바이로 작용하기도 한다.

캔슬컬처는 '개인의 자유로운 의사표현이 모두 정당한 것은 아니다'라는 합당한 생각에서 출발하지만 동시에 개인의 자유로운 의사표현은 보호받아야 한다는 자유주의적 이데올로기에 의해 뒷받침되는 것이기도 하다. 그러니 어떤 창작자나 창작물을 공론장에서 삭제해야 한다는 의사표시 역시 개인이 충분히 누려야 하는 자유이자 권리라는 항변은 그 자체로 타당한 것이기는 하되 사안에 내재된 문제를 깊이 들여다보는 태도라고 보기는 어렵다. 캔슬컬처로 인한 폐해가 크니 이를 법적으로 규제해야 한다는 발상 역시 적절한 해답이 될 수는 없다. 법이 법의 외부를 낳고 그 법의 외부가 다시 법의 도입을 요청하게 되는 악순환을 끊을 수 없기 때문이다. 그러니 우리의 과제는 지극히 개인적인 차원에서 자유주의의 회색지대 속에 머물며 그 안에서 판단과 실천에 관한 윤리적 태도를 벼려가는 일인지도 모른다. 물론 그것은 유일한 해법이 아니라 해법의 출발점이다. 문학은 이분법적 도그마의 분할 아래 자신의 진리를 기만적으로 은폐하지 않는다는 점에서 캔슬컬처에 맞서는 새로운 실천 윤리를 실험하는 공간으로 맞춤하다. 신형철이 말했듯 "문학이 귀한 것은 가장 끝까지 듣고 가장 나중에 판단하기 때문이다."[8] 문학은 자주 때를 놓치는 뒤처진 열등생처럼 보일 때조차 완전히 잊지 않으며 끝내 기억해낸다.

---

8 신형철 『슬픔을 공부하는 슬픔』, 한겨레출판사 2018, 93면.

컴플라이언스와 '선의 범속성'

1

　복도훈(卜道勳)은 '정치적 올바름'에 대한 예각적인 비판을 수행하는 어느 글에서 황종연의 「비루한 것의 카니발: 90년대 소설의 한 단면」(1999)을 소환한다. 복도훈에 따르면 황종연의 글은 "1990년대 한국 소설에서 반사회적인 범죄와 패륜, 일탈과 광기 등을 구현하는 문학적 사례인 장정일과 최인석의 소설을 주로 분석함으로써 (…) 문학의 새로운 가능성을 타진하는 유려한 글"인 동시에 "타락에의 정열과 도착, 패악, 파멸로 몸소 구현하고자 한 진정성의 이상이 21세기에도 전승 가능한 문학적 유산일 수 있음을 신중하게 피력"[1]하는 글이다. 그러나 이처럼 도발적인 주장을 유려하고 신중하게 풀어낸 글을 다시 읽는 복도훈의 표정은 어딘지 음울해 보인다. 가장 큰 이유는 황종연이 그 글을 통해 옹호하고자 했던 진정성과 자율성의 이념이 이제는 의심과 냉소, 조롱과 모멸의 대상으로 전

---

1 복도훈 「'도래할 책'을 기다리며」, 『유머의 비평』, 도서출판b 2024, 90면.

락해버렸기 때문일 것이다. 복도훈은 오늘날 진정성은 "예술가가 범죄자와 광인과 모반을 획책, 종용하거나 합리화하는 데 동원한 타락한 어휘"로, 문학의 자율성은 "문인이 음흉하게 휘두른 남근의 구차한 자기변명"[2]처럼 간주될 뿐이라고 착잡한 목소리로 말한다.

진정성과 자율성이 저와 같은 탄핵에 직면하게 된 데엔 '문단 내 성폭력' 사태에 대한 고발이 결정적이었다. 황종연이 글의 첫머리에 인용한 "예술가는 범죄자와 미치광이의 형제다"라는 문장 앞에서 복도훈이 특히 곤혹스러운 표정을 짓는 이유도 자칫하면 그 말이 문인들이 저지른 추잡스러운 성폭력에 대한 옹호처럼 비칠 우려가 있기 때문이다. 물론 황종연의 이 문장은 범죄와 패덕, 광기의 위태로움이 위선적인 도덕을 통치의 구실로 삼는 지배 질서의 허구성을 폭로하는 기제가 될 수 있다는 역설을 강조하기 위한 것이다. 하지만 "서로에 대해 도덕적으로 투명해질 것을 요구"[3]하는 시대일수록 역설의 존재는 위태롭다.

복도훈은 이 글에서 "범죄자와 미치광이가 동숙했던 문학의 진정성에 대해 비탄의 만가(輓歌)를 부르는 대신 진정성과 자율성의 가치가 오늘날에도 여전히 "유효한 관념"[4]일 수 있음을 입증하는 데 주력한다. 이를 위해 그는 먼저 "'예술가는 범죄자와 미치광이의 형제다'라는 진술문을 그 발생과 맥락에서 떼어 액자에 담아둔 채 수행문으로"[5] 활용하려는 이들을 비판함으로써 저 구절을 현실의 범죄 행각을 합리화하는 알리바이로 삼으려는 시도와 선을 긋는다. 그렇더라도 저 구절이 낡은 낭만주의적 예술관을 반복하는 것은 아닌가 하는 반문은 여전히 남는다. 이에 대해 복도훈은 손쉽게 낭만주의를 비난하고 기각하는 것과 별개로 여전히

---

2 같은 글 91면.
3 같은 글 101면.
4 같은 글 103면.
5 같은 글 94면.

우리가 "낭만주의의 어떤 관념들"[6]로부터 자유롭지 않음을 강조한다. 우리가 표출하는 "다른 삶과 문학에 대한 이유 있는 열망"이란, 사실 "진정성의 미학적 변주"의 한 예일 수 있다는 것이다. 그는 "제아무리 위태롭게 흔들린다고 하더라도 진정성은 유효한 관념"이며 "진정성이 역사 속에서 수행해온 미학적·윤리적 의의와 성취는 문화적 현대성의 엄연한 일부를 이룬다"[7]라고 말한다.

그의 비판은 "비루한 탕아가 퇴장한 문학의 무대"에 새롭게 올라선 "'아름다운 영혼'(schöne Seele)"[8]을 관찰하는 대목에서 보다 공세적인 활기를 띤다. 어떤 덕목이 시효를 다해 폐기되어야 한다면 그 덕목이 사라진 세계의 모습이 그 덕목이 힘을 발휘하던 세계의 모습보다 나아야 함은 물론이다. 하지만 복도훈에 따르면 비교 결과는 우려스럽다. 오늘날 진정성을 급속하게 대체한 정치적 올바름은 만인에게 도덕적으로 투명해질 것을 요구하면서 서로의 언행에 깃든 올바르지 않은 것을 적발해내려는 강박으로 가득 찬 세계를 만들어내고 말았기 때문이다. 복도훈은 그 강박적인 쾌락을 향유하는 과정에서 "원리주의"에 입각한 "게으른 읽기가 도처에 팽배하고 있"음을 경고하며 "읽기에 수반되는 현기증, 곤혹감, 망설임을 즐기자"[9]고 제안한다.

충분히 귀 기울여 들을 만한 제안이지만 과연 그것만으로 충분할까? "읽기에 수반되는 현기증, 곤혹감, 망설임"을 즐기기 위해서는 무엇보다 읽기 과정에 현기증, 곤혹감, 망설임을 수반하는 텍스트의 존재가 필수적이다. 만약 창작자가 일의적인 메시지와 정동의 투명한 전달에 주력한다면 그리고 그런 텍스트가 진화적 우세종을 차지한다면 우리가 작품을 읽

---

6 같은 글 95면.
7 같은 글 102면.
8 같은 글 100면.
9 같은 글 103면.

는 과정에서 "현기증, 곤혹감, 망설임"을 마주하는 일은 극도로 드물어지거나 언제나 작품의 의도를 배반하는 대가를 치러야 할지도 모른다.

2

오쓰카 에이지(大塚英志)의 「기능성 문학론」은 정확히 이 문제를 겨냥하고 있다.[10] 이 글에서 오쓰카 에이지는 소설에 대한 독자의 기대 요소가 변화함에 따라 실제 창작의 양상이 달라지고 있으며 그 결과 문학의 형질변경이 발생하고 있다고 주장한다. 그에 따르면 오늘날 독자는 소설을 대할 때 과거의 독자들과는 다른 요구 사항을 품게 되었다. 새로운 독자는 "책에서 즉효성 있는 정보 아니면 '눈물 나는' '무서운' '치유되는' '정욕을 자극하는' 등의 단일한 감정을 서플리먼트처럼 자극해주는 기능"[11]을 강력하게 원하는 존재로 탈바꿈했다는 것이다. 물론 실용서나 자기계발서의 인기에서 알 수 있듯 책에서 효용을 찾는 태도는 어제오늘의 일이 아니지만 오늘날 독자들은 소설에까지 그와 같은 직접적인 (감정적) 효능을 요구하게 되었다는 점에서 오늘날 사태가 직면한 특이점이 있다. 이렇게 "소설이나 그 밖의 책, 언어 등에서 '감정'에 대한 직접적 효능을 찾는 독해 방식이 예전보다 훨씬 당연시"[12]될 경우 창작의 영역에서는 어떤 일이 발생하는가?

단적으로 '묘사'가 기피되는 현상이 발생한다. 오쓰카 에이지는 고바야시 히데오(小林秀雄)의 소설 「하나의 뇌수(腦髓)」와 '전 소년A'(元少年A)의 소설 『절가(絶歌)』에 나오는 긴 분량의 묘사 장면을 차례로 인용한 뒤

10 오쓰카 에이지 「기능성 문학론」, 『감정화하는 사회』, 선정우 옮김, 리시올 2020.
11 같은 글 197면.
12 같은 글 199면.

이렇게 적는다.

> 아마도 얼마 전까지 이와 같은 '묘사'에 탐닉하는 것이야말로 '문학'을 읽는 행위가 주는 희열의 근간을 이루었을 터이다. 소설가가 자아나 번뇌를 '풍경'에 투영해 '묘사'하는 과정에서 그 자아나 번뇌에 '윤곽'이 부여되고, 그런 소설을 읽으면서 미성숙한 독자들 역시 자신의 '나私'에 윤곽을 부여하는 간접 체험을 한다. 그 쾌락을 마약처럼 익힌 자 중 일부가 결국 어느새 '문학'을 쓰기 시작하게 되는 것이다.[13]

'묘사'는 외부 사물과 풍경을 단지 건조하고 객관적인 필치로 그려내는 장치에 그치지 않는다. 그 핵심은 묘사를 수행하는 창작자의 숨은 자아를 독자로 하여금 하나의 생생한 인격으로 감각하게 만드는 데 있다. 그래서 오쓰카 에이지는 묘사가 필연적으로 문체와 연결되어 있다고 말한다. 한 작가의 문체가 가장 극명하게 드러나는 데가 묘사인 까닭은 묘사에는 주체의 시선 및 그 이동의 행로가 그가 표방하는 사유의 흐름과 나란히 전개되기 때문이다. 묘사가 긴 소설을 읽는다는 건 작가의 자아를 그만큼 더 직접적이고 자주 대면한다는 의미이기도 하다. 그런데 이는 오늘날 독자가 추구하는 직접적인 '효능감'과 아주 거리가 먼 것이다. 길게 이어지는 정경 묘사를 읽는다고 해서 독자가 얻을 수 있는 것은 작가가 그리는 세계에 자기가 서서히 합치되고 있다는 느낌 외에는 아무것도 존재하지 않는다. 이는 작가의 자아에 나의 자아를 융합시킴으로써 잠시나마 나의 세계를 내려두고 타인의 세계로 넘어가는 일이다. 하지만 "타인 자아의 표출을 접하는 일이 다른 무엇보다도 불쾌"[14]하게 느껴지는 오늘날 독자들은 이

---

13 같은 글 203~204면.
14 같은 글 205면.

러한 자아의 습합을 원하지 않는다. 그 자아가 지극히 '문청'스러운 자의식이 넘실거리는 자아라면 더욱 그렇다. 독자들은 길게 이어지는 묘사문을 대강 훑어보며 지루한 표정으로 이렇게 되뇔 뿐이다. "안물안궁……"

흥미로운 것은 오쓰카 에이지가 '묘사'의 소멸 문제를 다루면서 전 소년A의 『절가』를 고바야시 히데오의 「하나의 뇌수」와 나란히 배치하고 있다는 점이다. 여기서 전 소년A는 1997년 '고베 아동 연속살상사건'의 범인 아즈마 신이치로(東眞一郎)를 말한다. 당시 만 14세였던 아즈마 신이치로는 초등학교 6학년생이었던 하세 준(土師淳)을 살해하고 그의 목을 잘라 도모가오카 중학교 정문에 걸어둔 엽기적인 행각으로 일본 열도를 충격에 빠뜨린 바 있다. 당시 아즈마 신이치로는 하세 준의 입안에 "자, 게임이 시작됐습니다/우둔한 경찰 제군/나를 저지해보시게/나는 살인이 즐거워서 견딜 수가 없어/사람이 죽는 게 보고 싶어 미치겠어/더러운 채소들에게는 죽음의 제재를/수년간에 걸친 큰 원한에 유혈의 심판을"이라고 쓴 쪽지를 넣어두기도 했다. 소년범이었던 아즈마 신이치로는 감옥에서 고작 7년을 보낸 뒤 출소했으며 한동안 은둔 생활을 이어가다 2015년 6월 자신의 범행 내용을 담은 오토픽션 『절가』를 출간했다. 오쓰카 에이지가 「기능성 문학론」에 인용한 글은 바로 그 『절가』의 일부이다. 어쩌자고 오쓰카 에이지는 흉악한 살인범의 글을 고바야시 히데오의 글과 나란히 배치한 걸까. 그 역시 평소에 "예술가는 범죄자와 미치광이의 형제다"라는 말을 신용하고 있었던 것일까?

오쓰카 에이지가 고바야시 히데오의 소설 옆에 전 소년A의 글을 나란히 세운 것은 전 소년A의 글 안에 "과거 '문학'에서 필수조건이었던 것, 즉 '문체' 같은 것이 존재한다"[15]라고 생각했기 때문이다. 하지만 이것은 전 소년A의 글재주를 칭찬하기 위함이 아니다. 오늘날에는 그런 '문학적

---

15 같은 글 206면.

인 문체'는 타인들에게 불쾌함을 초래하거나 비대한 자의식의 발로라며 조롱받을 뿐이다. 오쓰카 에이지가 전 소년A의 소설에 주목하는 것은 "이처럼 '문체'를 필요로 할 만큼의 '자아'는 결국 어떤 종류의 범죄 청소년들에게밖에 남지 않은 것 같다는 기분"[16]을 설명하기 위해서다.

거의 폭언에 가깝게 말해보자면, 근대 소설 집필자의 상당수가 신경증 환자였던 것처럼 자아 따위는 '마음의 병'일 뿐이고 그 처방전의 하나가 '소설 쓰기/읽기'였던 역사도 얼마든지 있지 않았나. 그것이 오작동할 경우 때로 청소년 '범죄'가 되기도 했는데, 이 나라의 전후에 청소년 살인 사건이 통계적으로는 일관되게 감소하는 와중에도 '살인'으로 오작동을 일으키는 이들이 일정하게 있어왔다. 그리고 이 '오작동'은 '문학을 쓴다'는 행위와 치환 가능하다. 이는 고마쓰가와 사건의 이진우를 필두로 하여 '연속 사살마' 나가야마 노리오, 그리고 실은 미완의 소설(물론 수준은 논할 바가 못 된다)을 남겼던 유아 살인범 미야자키 쓰토무와 그 이후의 범죄 청소년들에게서 일관적으로 발견되는 경향이다. 나는 전 소년A도 그 계보에서 흔히 볼 수 있는 한명이라고 생각한다.[17]

복도훈이 황종연의 구절을 어떻게든 오해와 오독으로부터 구원해내기 위해 애쓰는 것과 달리 오쓰카 에이지는 아무렇지 않은 얼굴로 범죄 행위와 문학 행위를 자유롭게 치환 가능한 것으로 간주한다. 오쓰카 에이지가 이러한 무구함을 보일 수 있는 이유는 첫째, 일본에서는 한국과 다르게 범죄자가 쓴 소설이 대량 존재하기에 범죄와 창작의 상호치환을 역사적 사실의 관점에서 건조하게 기술할 수 있기 때문이고 둘째, 그가 '정치적

---

16 같은 글 207~208면.
17 같은 글 208면.

올바름' 같은 것을 애초에 적수로 상정하고 있지 않기 때문이다.

정치적 올바름 같은 것은 전혀 염두에 두고 있지 않기에 오쓰카 에이지의 문제의식은 복도훈의 그것과 전혀 다른 과녁을 향한다. 그가 제기하는 문제는 오늘날 예술가와 범죄자의 연결고리가 끊어졌다는 사실에서 비롯한다. 그것이 오늘날 소설에서 '문체'가 소멸하고 있는 주된 이유 중 하나일 수 있기 때문이다. 오쓰카 에이지는 에토 준(江藤淳)의 말을 빌려 범죄자가 사회 현실과 알력을 빚듯 작가 역시 사회와 알력을 빚는 과정에서 문체가 탄생하는데 요즘에는 어느 작가도 예전 범죄자가 사회와 알력을 빚듯 자신의 사회와 알력을 빚지 못한다고 주장한다. 사회와 거대한 알력을 빚을 만큼 대범한 범죄자적 기질을 가진 사람을 오늘날 문학계는 받아들이지 못한다는 것이다. 그로 인해 "범죄 대신 문학을 쓸 법한 사람이 문학으로 진입하기 어려운 상황이 만들어졌"으며 "스스로를 '무뢰배'나 '한량'의 후예처럼 연출하는 문학자들의 인간 실격이라는 것이 요즘은 기껏해야 편의점 다니듯 '풍속업'에 다니고 어머니 연금에 기생하는 수준의 반사회성"에 불과하다는 것이 오쓰카 에이지의 진단이다.[18]

3

오쓰카 에이지는 이런 현상을 "'문학' 내지는 '문단'의 컴플라이언스화"[19]라고 지칭한다. 컴플라이언스(compliance)는 우리에게 낯선 용어이다. 주로 기업의 윤리 경영과 관련해서 사용되는 이 용어는 통상 법규준수, 준법감시, 내부통제 등의 의미를 가지지만 명확한 번역어가 정착되어

---

18 같은 글 209면.
19 같은 곳.

있지 않아 보통 '컴플라이언스'로 지칭된다. 컴플라이언스의 목표는 기업의 비윤리적 행태로 인해 발생할 수 있는 리스크를 사전에 차단하고 나아가 기업의 윤리성을 확보함으로써 기업의 대사회적 이미지를 제고하는 데 있다. 오쓰카 에이지가 말하는 문학 혹은 문단의 컴플라이언스화는 이처럼 문학(문단)이 사회적으로 시끄러운 물의를 빚을 수 있는 요소들을 사전에 차단함으로써 내부의 건전성을 확보하게 된 현상을 일컫는다. 일면 이는 정치적 올바름의 작동 기제와 유사해 보이기도 한다. 하지만 컴플라이언스는 정치적 올바름과 다르게 사회의 평균적인 도덕률을 결코 넘어서지 않는다(물론 사회의 도덕률은 시대에 따라 변화하기 때문에 컴플라이언스의 도덕률도 고정되어 있지 않다). 정치적 올바름이 다채로운 소수자적 감정을 배려하는 제스처를 취하는 것과 달리 컴플라이언스는 누구도 거부할 수 없는 범속하고 당위적인 도덕률을 앞세울 뿐이다(컴플라이언스는 범속화된 정치적 올바름이다).

컴플라이언스화를 대표하는 현상이 바로 캔슬컬처다.[20] 캔슬컬처는 사회적으로 물의를 빚은 창작자의 창작물을 사회로부터 깨끗이 말소하는 것을 목표로 하는 집합적 움직임을 의미한다. 이는 자주 '정치적 올바름'과 함께 엮여 논의되어왔지만 그보다는 컴플라이언스라는 개념에 입각해 바라볼 때 그 특징이 보다 명확해지는 면이 있다. 흔히 캔슬컬처는 무정형의 대중들이 물의를 빚은 개인이나 그 개인의 창작물을 제작한 기업을 향해 일방적인 취소의 요구를 가하는 것이라고 생각하기 쉽지만 거기서 가장 강력한 취소의 힘은 기업 내부의 결정으로부터 온다. 이때 기업이 내세우는 명분이 바로 기업의 윤리적 책임, 즉 컴플라이언스다. 오늘날에는 사회적 공론장의 영역에서 보다 치열하게 논의되어야 할 쟁점들이

---

20 '캔슬컬처'와 관련해서는 졸고 「자유주의, 캔슬컬처, 윤리」, 『릿터』 2021.12~2022.1 참조(이 책 제2부에 수록).

이제 기업 측의 선제적인 취소 조치에 의해 일단락되는 경우가 점점 많아지고 있다. 기업 측에서는 이를 통해 사회적 물의를 빚은 사안이 계속 쟁점화될 때 발생하는 유무형의 손해를 재빨리 차단하면서도 윤리와 도덕에 민감한 기업이라는 인정까지 획득해낸다.

　문학의 컴플라이언스화는 사회의 컴플라이언스화의 일부로서 작동하는 것이기 때문에 그 추세로부터 홀로 벗어나거나 역행하기는 어렵다. 그 말은 문학이 과거와 달리 반사회적 상상력의 거점으로 존재하기가 점점 어려워지고 있다는 뜻이다. 비단 문학만이 아니다. 오늘날 반사회적인 것은 패러디와 기믹(gimmick) 안에서만 가능한 듯 보인다. 그렇다면 인간이 품은 '문명 속의 불만'과 '반사회적 충동'은 어떤 방식으로 귀환하거나 승화될 수 있을 것인가? 사회로부터 탈각된 동시에 기이한 방식으로 접합된 이 모순적인 시대를 모종의 분열과 착란 없이 통과하는 것이 가능할까? 한때 나는 이 물음을 진지하게 고민했다. 시대가 바뀌어도 인간의 욕망과 충동의 구조는 변하지 않을 거라 생각했기 때문이다. 하지만 요즘에는 그렇지 않을지도 모른다고, 그건 정신분석학 특유의 구조주의적 관점일 뿐 이제 인간은 과거와 같은 방식의 충동과 불만에 더는 사로잡히지 않는 종으로 진화하고 있는지도 모른다는 생각에 빠지곤 한다. 정말이지 날로 영혼을 아름답게 가꿔가고 있는 인류는 별달리 억압할 만한 것도, 그래서 공들여 승화시켜야 할 것도 없는 종족으로 진화하고 있는 것은 아닐까.

　그러나 그렇게 치부하기엔 오늘날 우리는 너무나 많은 갈등과 싸움, 혐오와 미움을 대면하며 살아가고 있지 않은가. 하지만 달리 보면 그 갈등과 싸움, 혐오와 미움은 어쩌면 오쓰카 에이지가 일갈했듯 "편의점 다니듯 '풍속업'에 다니고 어머니 연금에 기생하는 수준의 반사회성"에 지나지 않는 듯 보이기도 한다. 범죄와 패륜, 일탈과 광기에 대해 너무나 재빨리 그리고 더없이 범속한 표정으로 "그러면 안 된다"라고 말해버리고 재빨리 삭제해버리는 컴플라이언스 시대에는 문학이 담아내는 반사회적 알력의 양상 또한 달라질 수밖에 없다. 거기서 주체는 사회에 맞서고 있는 듯 보이는 순간에도 범속한 대의에 자동적으로 반응하는 내면 없는 기계가 되어갈 뿐이다.

해나 아렌트(Hannah Arendt)의 말을 패러디해 이를 '선의 범속성'(banality of good)이라고 불러보면 어떨까. 2024년 한국일보 신춘문예 당선작인 「말을 하자면」(김영은)에 등장하는 '너'는 '선의 범속성'을 누구보다 잘 보여주는 인물이다. 이 소설은 '너'가 공장에서 일하던 도중 "노후된 기계에 팔이 잘렸고 접합 수술을 시도했지만 쇼크사로 죽음에" 이른 형우의 죽음을 널리 알리기 위해 '우리 모두 형우다'라는 문구가 적힌 피켓을 들고 시위하는 장면으로 시작한다. 신문사 입사를 준비하는 '너'는 평소 SNS에 "캣맘 사건, 민식이법, 스쿨미투, 동성결혼 합법화" 등에 대한 소신과 "공정무역과 케냐 어린이노동착취, 플라스틱으로 오염된 바다 사진들이 가득한 글"을 올리는 정의감 넘치는 학생이다. '너'의 시위를 촉발한 형우는 '나'가 '너'와 함께 아르바이트를 하러 간 휴대폰 제조 공장에서 만난 동생이었다.

평소 "대화를 하다보면 정의, 인권, 노동권과 같은 단어들"을 자연스럽게 발화하던 '너'가 형우의 죽음을 고발하는 시위에 나선 것은 자연스러워 보인다. 하지만 이를 지켜보는 '나'의 시선은 미심쩍은 의구심으로 가득 차 있다. '너'는 나이가 비슷한 형우와 친하게 지냈지만 함께 술을 마시던 중 형우가 여자들도 군대에 가야 한다는 말을 하자 화를 참지 못하고 "너 같은 놈들 때문에 나라가 망하는 거야. 멍청하면 배우기라도 하든가, 배우기 싫으면 멍청하단 티를 내지 말든가." "고졸 새끼 주제에"라고 크게 화를 낸 뒤 일을 그만둬버렸기 때문이다. 숙소에 돌아와서도 '너'는 '나'를 향해 "형우의 말이 얼마나 차별적인지에 대해" 성토하곤 했다. 그렇다면 이 소설은 입으로는 정의를 내세우지만 일상에서는 아무렇지도 않게 차별에 가담하는 '선량한 차별주의자'를 냉소하기 위한 소설인가?

실제로 이 작품에는 '너'가 지닌 위선을 고발하려는 의도가 승한 나머지 부자연스럽고 작위적인 연출이 두드러지는 문제가 돌출한다.

그러나 이 작품의 초점은 '너'가 모순적인 존재라는 사실을 강조하는 데 맞춰져 있지 않다. '너'가 다채롭게 모순적인 존재라는 사실이 중요한 것이 아니라 그와 같은 모순으로부터 어떤 면에서는 자유로워 보이는 인물로 그려진다는 점이 핵심이다. 말하자면 '너'는 내면이 텅 비어 있는 존재처럼 그려진다. 알다시피 내면은 자아가 자아 외부에 놓인 세계와 맞서는 순간 발생한다. 그렇다면 부정의한 사회와 싸우고 있는 '너'가 탈내면화된 주체라는 주장은 쉽게 납득이 가지 않을 수 있다. 사회의 부조리함을 직시하고 그 안에서 자신이 할 수 있는 모든 노력을 다하려는 '너'의 내면은 진정성으로 가득 차 있다고 볼 수도 있기 때문이다. 하지만 '너'에게는 사회적인 분노는 존재할지 모르겠으나 자기 자신에 대한 반성적 시선은 존재하지 않는다. 그래서 '너'는 일말의 수치심과 부끄러움을 느끼는 능력조차 탈각된 존재처럼 비친다. '너'는 정의와 올바름을 향한 신실한 추구로 가득 차 있는 듯 보이지만 그 정의로운 가치는 '딱 한번만' 성찰된 것이다. 이 단 한번의 성찰은 위선보다도 문제적이다. 위선은 완벽할 수 없는 인간이 선을 지향하는 과정에서 필연적으로 맞닥뜨릴 수밖에 없는 간극이라는 점에서 우리 곁에 늘 존재한다. '너'의 문제성은 그 위선이 주체로 하여금 어떠한 내면적 마찰도 불러일으키지 않는다는 데 있다. 해나 아렌트가 아이히만을 통해 본 '악의 범속성'(banality of evil)의 특징이 무사유성이라면 '너'는 '정의와 연대, 대의와 올바름을 무사유적으로 내면화한 자동인형'과 같다.

새뮤얼 볼스(Samuel S. Bowles)를 비롯한 진보 경제학자들은 인간이 한낱 호모 에코노미쿠스(Homo economicus)에 불과하다는 사고에 균열을 내기 위해 오랫동안 투쟁해왔다. 신자유주의가 세계적인 규범으로 등장하면서 인간을 저마다의 경제적 이익을 좇는 합리적 인간으로 바라보는 관점이 인간 이해의 강력한 규범으로 자리 잡았다는 점을 떠올려보면 그들의 오랜 투쟁이 지니는 의미를 짐작해볼 수 있을 것이다. 정치적 올바름은 인간이 '호모 에코노미쿠스'가 아니라는 걸 가장 잘 보여주는 증거 중 하나이다. 인간의 선택에는 경제적인 이익과 손해에 대한 고려만이 아니라 다른 차원의 윤리적·도덕적 가치에 대한 고려가 깃들어 있음을 드러내기 때문이다. 그에 반해 컴플라이언스는 여전히 그 동기가 경제적인 이익과 크게 관련되어 있다. 다만 이제까지는 이익의 영역과 윤리의 영역이 분리되어 있었다면(경제적 자율성!) 이제는 윤리와 융합된 이익을 추구한다는 차이가 있다. 자본조차 가세한 이 추세는 되돌릴 수 없을 만큼 강력하다. 하지만 그 윤리성이 다른 차원의 내면을 수립하는 것으로 나아가지 못하고 일종의 범속한 당위로 기능하면서 탈내면화된 주체를 양산하게 될 우려 역시 현존하는 위험으로 우리 앞에 존재한다. 알게 모르게 윤리의 범속화를 조장하는 각종 제도적·비제도적 힘에 우리는 어떻게 맞설 수 있을 것인가? 오늘날 새로운 서사 윤리는 이 질문을 염두에 두지 않고서는 구성되기 어려워 보인다.

고유한 삶

◆

이주란의 『어느 날의 나』

1

이주란(李珠蘭)의 소설을 읽는 독자는 자신도 모르는 사이 누군가의 속마음을 엿보는 자리로 옮아간다. 하지만 엿보는 자리에 선 독자들은 그녀의 소설이 완벽한 일기의 형식을 빌려올 때조차 온전한 관음의 쾌락을 허락받지 못한다. 거기서 고백의 내밀한 핵심은 끝내 발설되지 않기에 독자는 모든 것을 읽은 후에도 인물이 품고 있는 어떤 비밀로부터 여전히 간격을 두고 떨어져 있을 수밖에 없기 때문이다. 화자가 겪은 모종의 사건이 "그 일"이라는 대명사로 거듭 환기될 뿐 끝내 정체가 밝혀지지 않는 「일상생활」(『한 사람을 위한 마음』, 문학동네 2019)이 대표적인데, 그와 같은 비밀은 이주란의 거의 모든 작품 안에 편재해 있어 그녀의 소설에 나타나는 은폐된 공백의 자리를 함부로 발설될 수 없는 외상적인 '실재'(the Real)의 흔적으로 읽게끔 유도한다.

그 은폐된 비밀의 자리는 이주란 소설이 지닌 특유의 신비가 발원하는 원천이기도 하다. 독자들은 작품에 등장하는 "그 일"이 어떤 일인지 결코 알 수 없지만 그럼에도 종내 "그 일"이라고밖에 표현될 수 없는 어떤 경험의 외상성에 기꺼이 연루된다는 것, 그리고 끝내 좁혀지지 않는 그 거리에서 소외가 아니라 이해의 순간이 발생한다는 것, 이것이 이주란의 소설이 품고 있는 대표적인 신비이다.

그 신비는 서사의 원근법이 만들어내는 깊이에 일상의 부력(浮力)을 대립시키는 과정을 통해 증폭된다. 흔히들 개인이 획득하는 삶의 깊이는 지나온 삶의 내력을 구조화하는 전략에 달려 있다고 말한다. 그래서 사람들은 과거에서 미래로 향하는 시간이라는 축에 경험이라는 또다른 축을 덧대어 지나온 시간에 지나간 일들을 교차시키거나 미래의 시간 속에서 앞으로 자신이 서 있을 위치를 가설적으로 정박시키곤 한다. 이주란의 소설에는 그런 확고한 좌표의 흔적이 드물다. 그녀의 소설은 플롯이 전개되는 과정에서 발생하는 서사의 내적 응집력보다 무심한 듯 배치된 에피소드의 병렬이 도드라지기 때문이다. 사건이 경험이라는 파편적인 질료를 서사적으로 가공함으로써 의미를 산출해내는 공정이라면 에피소드는 총체적인 종합과 거리를 둔 채 구체적인 정서를 환기하기 위해 활용된다. 이주란 소설의 진가를 음미하기 위해서는 그녀가 에피소드를 능란하게 활용하는 과정에서 발생하는 정서의 향연에 초점을 맞춰야 하는 이유가 여기에 있다.

2

『어느 날의 나』(현대문학 2022)는 주인공 유리가 3개월에 걸쳐 써내려간 기록이다. "처음엔 살기 위해 썼"(10면)다는 말에서 알 수 있듯 유리에게 글쓰기는 일상의 단순한 기록의 의미를 넘어 죽음 쪽으로 자꾸 기울어가는 자신을 삶 쪽으로 거듭 돌려 세우려는 노력의 일환이었다. 삶과 죽음을 가늠하는 위태로운 경계 위에 서 있는 글쓰기라고 하면 거친 질감의 실존주의적인 고뇌가 담겨 있을 법하지만 정작 그녀가 쓰는 글에 어떤 "대단한 내용"(51면)이 담긴 것은 아니다. 거기에는 함께 음식을 만들어 먹고, 산책을 하고, 가끔 예전에 살던 집이 있는 마을에 들러 그곳 주민들의 삶을 지켜보는 장면이 고요하게 서술될 뿐이다.

유리의 사정에 대해서라면 비교적 자상한 소개가 제공되어 있다. 부모님이 없는 그녀는 3년 전 함께 살았던 할머니가 돌아가시면서 혼자가 되었으며 20,408원의 잔고와 7천만원가량의 빚밖에 남지 않았던 그녀에게 언니가 먼저 손을 내밀어 함께 살게 되었다거나 지금은 커피숍에서 일을 하며 조금씩 집을 넓혀가고 빚을 갚아가고 있다는 사실을 우리는 문면을 통해 쉽게 확인할 수 있다. 그렇지만 이런 항목은 한 인물이 처한 외적인 조건을 드러낼 뿐이어서 그녀가 지닌 고유함의 징표를 찾기 위해서는 다른 곳으로 눈을 돌려야 한다. 가령 함께 사는 언니가 꿈을 꾸었다고 하자 내용을 검색해본 후 별로 좋지 않은 해석이 나와 굳이 언니에게 말해주지 않는 장면은 그녀가 타인의 마음과 기분을 섬세하게 고려하는 사람이라는 걸 알려준다. 유리는 파를 키워 먹는 일이 합리적이지는 않지만 돌이켜보면 무척 기분 좋은 기억으로 남을 것 같다는 예감에 마음을 내어주는 사람이고 "시원하게 몸을 씻고 편한 옷으로 갈아입고 내 방에 누우면 수많은 사람 중의 하나가 아니라 나 자신이 되는 기분"(37면)에 젖는 사람이며 스스로 솔직하지 못하다고 생각하면서 천번씩 만번씩 속에 있는 말을 삼키는 사람이다.

그중에서 특히 우리의 눈길을 끄는 것은 유리가 "나 자신이 되는 기분"에 대해 서술하는 장면이다. 그녀가 "살아 있는 상태로 나 자신이 되고 내 세상이 되는 것"(같은 면)에 대해 말할 때 발생하는 고유함에 대한 감각이 이 작품의 핵심 테마를 이루고 있기 때문만은 아니다. 보다 중요한 것은 이 작품에 드러나는 고유함에 대한 감각이 특수성에 대한 존중을 포함하지만 동시에 끊임없이 차이를 증폭시키며 개별화하려는 강박과 무관하다는 데 있다. 유리와 언니의 동거생활은 그와 같은 고립을 낳는 개별화와 구별되는 특수성에 대한 존중이 구체적인 삶의 국면에서 어떻게 나타나는지를 잘 보여준다.

유리는 "누군가와 함께하고 싶어 하면 나약한"것이며 "자꾸만 내게 스스로 일어서"(33~34면)야 한다는 사람들의 요구에 모욕감을 느꼈던 일을 떠올리면서 언니와 함께 사는 일의 기쁨에 대해 여러번 언급한다. 부모가 없고 할머니마저 돌아가신 유리에게 혼자됨은 자립이나 독립이기 이전에 고립이자 소외의 두려움으로 다가온다. 그녀는 일체의 사회적 관계를 무화시키고 개별적인 주체의 자조(自助)만을 강조하는 세태에 맞서 연결과 연대의 온기를 갈망하는 인물이기도 한데 작품 속에서 언니와의 동거생활을 통해 그려지는 연결과 연대의 모습은 우리가 흔히 생각하는 것과 조금 다르다.

유리와 언니는 산책을 할 때 함께 시작하지만 종내 함께 걷지는 않는다. 둘이 걷는 속도가 달라 사이가 벌어지면 그 거리를 억지로 좁히지 않고 그대로 둔다. 하지만 그 거리는 소외나 몰이해의 간극으로 표상되지 않는다. 현존하는 눈앞의 거리는 미래에 함께 집으로 돌아올 가능성을 잠재하고 있고 유리는 그 잠재하는 가능성만으로 충분히 만족한다("집으로 같이 돌아갈 이가 있다는 게 이렇게 마음 좋은 일인가 생각했다", 33면). '함께' 걷는다기보다 함께 '걷는' 이런 산책은 영화를 볼 때도 마찬가지다. 둘은 함께 영화관에 가서 서로 다른 관에서 영화를 보고 나오는데 이역시 '함께' 영화를 본다기보다 함께 '영화'를 보는 것에 가깝다. 이런 장면에서 엿볼 수 있듯 둘 사이의 동거는 많은 것들을 '함께'하기로 기대되는 연인이나 부부 사이에 수행되는 동거 형태와는 다르다.

이런 동거 형태를 뭐라고 부르면 좋을까? '셰어 하우스'라는 그럴듯한 이름이 있지만 이는 집이라는 물리적 공간을 공유할 뿐 여기서 드러나는 것과 같은 마음의 나눔을 전제하지 않는다. 언니가 "우리도 가족 같은 건가?"(49면)라고 말하는 대목은 둘 사이를 대안적인 가족의 모델처럼 바라보게 만들지만 이때의 가족은 끝내 벗어날 수 없는 운명적인 천륜의 굴레로부터 자유로운 동시에 단자화된 개인들의 자족적인 주체성과도 무관하다. 유리와 언니는 서로를 돌보지만 그 과정에서 상대의 고유함을 자신의 욕망으로 물들이지 않는다. 그러면서도 부드럽고 따뜻하게 공존하는 둘의 동거는 화이부동(和而不同)에 담긴 뜻이 일상에서 구현된 드문 장면처럼 보인다.

스스로의 온전함을 추구하면서도 타자와 유대의 온기를 나누며 공존하는 삶에 대한 희구는 작품의 시작부터 역력하게 드러난다. 작품의 첫 문장은 "모르는 사람들이 내게 괜찮다, 말해주네"(9면)인데 여기서 목적어는 의도적으로 생략되어 있다. 그 비어 있는 목적어를 한번 채워보자. 이때 가장 먼저 떠오르는 것은 '나'라는 명사이다. "(나를) 모르는 사람들이 내게 괜찮다, 말해주네." 혹은 "(내가) 모르는 사람들이 내게 괜찮다, 말해주네.' '나를 모르는 사람들'이든 '내가 모르는 사람들'이든 공통적으로 '내가 살아온 삶의 내력'에 대해서는 무지할 수밖에 없다. 실제로 타인에 대해 잘 알지도 못하면서 이런저런 말을 함부로 건네는 사람들에 대한 염오의 감정은 우리에게 이미 익숙하다. 그렇지만 여기서 그 문장은 잘 알지도 못하면서 함부로 괜찮다는 말을 내뱉는 타자의 폭력을 고발하기 위해 동원된 것이 아니다. 중요한 것은 '나'에 대한 타인의 앎의 수준이 아니라 어쩌면 모든 무지에도 불구하고 혹은 그 무지를 기꺼이 딛고 발화되는 위로의 건넴에 있기 때문이다.

그런 점에서 이 작품의 진정한 주인공은 그동안 유리의 삶과 직접적인 관련을 맺지 않았던, 그 수많은 "모르는 사람들"인지도 모른다. 거기에는 유리를 "88"(90면)이라고 부르는 언니의 동생처럼 제멋대로인 사람도 있지만 303호의 문을 다시 노크하기 미안해서 하릴없이 기다리는 주인집 아주머니처럼 마음 여린 사람도 있고 파 없이 고깃국을 먹으면 미친다는 말을 한 것에 책임감을 느끼고 언니에게 파 키트를 선물해준 낯모르는 누군가도 자리한다. 언니에게 저 말을 해준 것으로 짐작되는 노부부와 장춘자 할머니는 역시 '모르는 사람들'의 일부로서 작품 안에 깃든다. 그들은 모두 서사적인 사건의 구성요소라기보다 서정적인 풍경처럼 유리의 삶을 느슨하게 감싸며 존재한다. 거기서 유리가 모르는 사람들 혹은 유리를 모르는 사람들과의 마주침은 유리로 하여금 삶이 끊임없이 이어지고 있다는 연속의 감각을 부여한다.

3

그 연속의 감각에서 '어디에나 있는 작은 따뜻함'이 솟아난다. 절망은 그것이 온전히 자신만의 것이어서 이를 이해할 사람이 존재하지 않는다는 고립감 속에서 더욱 증폭된다. 그렇지만 우리의 삶을 일으켜 세우는 것은 나를 완벽하게 이해해주는 사람이라기보다 어디에나 있는 작은 온기를 기꺼이 감지할 수 있는 독특한 마음의 눈이 아닐까. 선물받은 파 키트를 보며 이제 이 파는 그냥 파가 아니라 처음인 파가 되었다고 생각하거나 달을 보기 위해 자꾸 걸음을 멈추는 남자를 향해 덕분에 자기도 아름다운 달을 보게 되어 고맙다는 말을 속으로 건넬 때, 우리는 유리가 세계를 대하는 독특한 마음의 형식을 지니고 있음을 안다.

그 독특함은 때론 엉뚱하고 때론 발랄하지만 그 모든 것들이 모여 유리라는 한 인물의 고유함을 구성해낸다. 유리는 언니가 방에 새로 단 커튼을 보며 "언니의 모든 것은 언니 같다"(23면)고 생각하는 장면은 어떤가. '언니의 언니 같음'은 언뜻 동어반복처럼 보이지만 결코 불필요한 군말이 아니다. 존재와 존재의 속성이 일치되는 것을 발견한 순간 그 존재 전체에 대한 애틋한 긍정이 발생하기 때문이다. 그렇지만 이때 방점은 긍정보다도 애틋함에 찍힌다. 유리와 언니는 모두 쓸쓸한 체념을 통해 그와 같은 긍정에 도달한 사람들이기 때문이다. 부모로부터 사랑을 받지 못한 언니는 자신의 삶이 "온전히 편안한 인생은 아닌 느낌이 들지만, 이대로도 괜찮도록 살아봐야지"(54면)라고 말하며 유리 역시 "희망이라는 단어를 자주 쓰거나 대단한 미래를 꿈꾸며 살지는 않지만" "오늘 나는 그 어느 날의 나보다 괜찮"(114면)다고 스스로를 다독인다. 중요한 것은 유리와 언니가 그와 같은 마음을 서로 공유하고 인정해주는 타자로서 존재하며 서로의 삶에 온기와 용기를 나눈다는 데 있다. 삶을 계속 살게 하는 힘이 완벽한 이해나 뜨거운 사랑이 아니라 어떤 존재를 염려하는 애틋한 마음에서 비롯할 수 있다는 사실을 우리는 이 소설을 읽으며 깨닫게 된다.

긍정할 수 없는 자신을 부정하지 않는다는 것

◆

윤이형의 「버킷」

1

1972년 2월 19일, 일본 나가노현에 있는 한 산장에서 극좌 혁명조직 연합적군파와 경찰 사이의 총격전이 발생했다. 당시 텔레비전을 통해 일본 전역으로 생중계된 이 총격전은 최고 89.2퍼센트의 시청률을 기록하면서 전대미문의 스펙터클을 연출했지만 열도를 큰 충격에 빠뜨린 건 정작 그 총격전이 제압된 후였다. 체포된 연합적군파 세력을 조사하는 과정에서 이미 12명의 조직원이 동료들의 폭행에 의해 잔혹하게 살해당한 상태였다는 사실이 밝혀졌던 것이다.

요시미 슌야(吉見俊哉)는 이 사건을 일본 전후의 정치주의가 대중적으로 패배하게 된 결정적인 계기로 짚으면서 연합적군파 내부에서 일어났던 집단 린치와 폭력이 '자기부정'의 심정을 극한까지 추구한 결과라는 기타다 아키히로(北田曉大)의 분석을 인용한다. 여기서 '자기부정'이란 "경멸해 마땅한 스스로의 내면을 직시함으로써 부정적인 정체성에 대한 자각을 지향하는 반성 형식"을 일컫는데 요시미 슌야는 여기에 "자신을 끊임없이 부정적인 것으로 극복해가는 것이 실존의 본질이라는 실존주의적인 관념과 자신들이 '혁명'을 지향하면서 대학생이라는 특권적인 지위에 있다는 사실을 비판해가려고 하는 성실함이 합류"하고 있었다고 말한다.[1]

　간추리자면 이렇다. 먼저 기존의 주체로 하여금 다른 주체가 되길 요구하는 이념이 존재하고 그 이념의 호명에 성실하게 응답하려 한 주체가 뒤따른다. 하지만 현실의 주체('프티부르주아적 대학생')는 이념의 이상('공산주의적 인간')에 언제나 미달하기 마련, 그 간극은 주체로 하여금 자신의 모든 것을 죄책감과 경멸감 속에서 거부하게끔 만든다. 그래서 더 나은 주체가 되겠다는 열망이 강력해짐에 따라 자기부정의 열도 또한 높아진다. 문제는 주체가 스스로를 부정해가는 과정에서 타인 역시 그 사람을 쉽게 부정할 가능성의 공간이 조금씩 열리게 된다는 데 있다. 자아성찰을 빌미로 열어젖힌 틈을 타고 주체의 내부로 올바름의 외피를 뒤집어 쓴 타인들이 쏟아져 들어온다. 서로가 서로에게 순수한 이념으로 등극할수록 서로의 부정적이고 불철저한 면모는 더욱 크게 부각된다. 내적 성찰은 어느새 내부의 적을 고발하는 메커니즘으로 변모하고 세계를 변혁하기 위한 실천은 변혁되지 못한 주체를 처단하는 활동으로 환원된다.

　안타까운 일이다. 왜냐하면 이런 일은 더 나은 사람이 되어 보다 정의로운 사회를 만들겠다는 선한 각오를 새기는 이들에게만 발생하기 때문이다. 자명한 듯 보이는 '세상의 이치'를 주워섬기며 제 이익과 쾌락을 좇는 사람에게는 자기부정의 계기가 들어설 여지가 거의 없다. 그들에게 긴요한 것은 '적응'의 방편이지 '부정'이나 '극복'의 치열함이 아니기 때문이다. 하지만 세상에는 언제나 지금과는 다른 모습으로, 그러니까 더 낫고 올바른 모습으로 자신을 바꾸어가려는 충동에 이끌리는 사람들이 존재하며 그런 사람들끼리 모여 세상을 바꾸기 위해 힘을 모으기도 한다. 하지

---

1 요시미 슌야 『포스트 전후 사회』, 최종길 옮김, 어문학사 2013, 26~27면.

만 그 과정은 물론이고 결과마저 언제나 아름답고 선한 것은 아니다.

지금과는 다른 그리고 더 나은 사람이 되어야 한다는 합당한 윤리적 명령과 외부로부터 강요된 자기부정의 파괴적 힘을 어떻게 구별할 것인가? 아니, 이 둘은 정말 구별 가능하긴 한 걸까. 그렇지만 이 둘의 구별을 포기하는 건 인식의 한계에 대한 겸허한 인정이 아니라 구체적 실천을 방기하는 무기력한 알리바이는 아닌가. 그렇다면 우리는 자기부정을 획책하는 외부의 압력에 맞서 어떻게 더 나은 존재로 나아갈 것인가? 그 방도는 과연 존재하는가? 윤이형의 「버킷」(『문학과사회』 2019년 가을호)은 이렇게 꼬리에 꼬리를 물고 이어지는 물음들을 마주하게 만든다.

2

「버킷」은 류미가 태정을 만나러 대전에 내려가는 장면으로 시작한다. 대학교에서 포크 음악 창작 동아리 활동을 했던 류미는 12년 전인 4학년 때 학교 공연에 온 태정을 처음 만나게 된다. 하지만 당시 류미는 다른 친구들처럼 음악에 대한 진지한 열정이 없다는 "자책"과 "부끄러움"으로 인해 기타를 팔고 음악은 그만둔 상태였는데 그녀의 부끄러움 뒤에는 "다른 아이들과는 달리 집에서 학비를 지원받는다는 이유"(75면)도 있었다. 자기가 동료보다 경제적으로 풍요롭다는 이유로 '자책'과 '부끄러움'에 빠지는 류미로부터 요시미 순야가 말한 '자기부정'의 심정을 떠올리기란 어렵지 않다. 한편 그런 그녀에게 "전설적인 선배이자 현직 뮤지션"(76면)인 태정은 "형체 없는 거대한 적에 맞서 쉬지 않고 날갯짓을 하는 한마리 나비 같은 의연한 인상"(77면)으로 다가온다. 자신을 자주 부끄러움에 빠뜨리는 자기부정에 침몰되지 않고 그에 맞서 의연하게 싸우고 있는 듯 보이는 태정에게 류미는 강한 끌림과 매혹을 느낀다.

졸업 후 음악 웹진을 내는 회사에 취업한 이후 류미는 이혼과 이직을 차례로 겪으며 세상과 사람들에 대한 원한에 가득 찬 고통스러운 날들을 보내게 되는데 태정은 이때도 홀로 남은 류미에게 조언과 희망을 건네는 의젓한 선배가 되어준다. 태정은 류미에게 작은 양철 버킷을 선물하며 "너를 힘들게 하는 그 말들과 너 자신을 분리해야 해. 분리해야 살 수 있어. 류미야, 너의 분노는 정당해. 하지만 그 말들을 너무 오래 들여다보지는 마. 그게 너 자신을 향하게 하지는 마"(85~86면)라는 애정 어린 조언을 건넨다. 세상에 대한 원망과 스스로에 대해 자책하는 마음이 자신을 부정하는 힘으로 활개 치도록 내버려두지 말라는 태정의 조언에 따라 류미는 양철 버킷에 혼잣말들을 쏟아 넣으며 힘든 시간을 버텼고 다른 삶을 살겠다는 결심이 설 무렵 양철 버킷에 배양토를 눌러 담고 당근 씨앗을 키운다. 얼마 지나지 않아 당근 싹이 흙을 밀어내고 얼굴을 내밀었을 때, 류미는 고통으로 가득 찼던 삶의 한 계절이 비로소 끝났음을 예감하고 다시 세상에 나갈 작은 용기를 얻게 된다.

하지만 그 시절 류미에게 커다란 용기와 위로가 되어주었던 태정은 지금 음악과 관련된 모든 활동을 그만두고 고향인 대전으로 내려가 칩거 중인 상태다. 태정이 그녀에게 내색하거나 속을 털어놓지 않았기에 류미는 왜 태정이 일순간 사람들의 시야에서 사라져버려야 했는지 알 수 없다. 류미는 태정에게 그 이유를 묻기 위해 대전행 열차에 올라탔고 이후의 그녀는 태정을 만나 태정이 왜 그토록 사랑하는 음악을 떠날 수밖에 없었는지에 대한 이야기를 듣게 된다. 간단히 말하면 주위 사람들에게 시달렸던 탓인데 그 시달림의 내용이 간단치는 않다.

아주 오랫동안 많은 사람에게 괴롭힘을 당해왔다고, 무언가를 바라고 접근해 그것을 요구하고는, 태정이 그 무언가를 줄 능력이 없거나 주지 않을 거라는 사실을 깨닫고 나서 당신은 이기적이고 오만하며 특권의식에 젖어 있다고 욕을 퍼붓고 사과하라고 요구한 사람이 너무 많았다고. (…) 유독 당신에게 애정을 품어주었는데, 당신이 감히 나를 이렇게 대할 수가 있느냐고 그들은 말했다고 했다. (88면)

문제는 태정이 보기에 자신에게 무언가를 바라는 사람들이 "다들 너무 힘든 사람들"이었다는 데 있다. 이를테면 힘들고 괴롭고 아픈 사람들의 편에 서서 그 사람들의 이야기에 귀 기울여야 한다는 '윤리적 당위'가 태정으로 하여금 그 사람들의 말로부터 벗어날 수 없도록 했던 것. 태정의 고백에 이번에는 류미가 단호한 어투로 태정을 위로한다.

"휴…… 그런 사람들을 부르는 말이 따로 있어요. 심리 조종자. 자신이 가진 약자성 하나를 무기로 사람을 마음대로 조종하려들죠. 전혀 관계없는 일로 극도의 죄책감을 자극해서 남들을 나쁜 사람들로 만들면서 원하는 걸 얻어내요. 그들이 약자라는 생각 때문에 당하는 사람은 방어를 할 수가 없어요. (…) 그런 거, 선을 그어야 돼요. 방어를 하고 도망쳐야 한다고요. 안 그러면 영원히 끌려다니면서 살게 돼요." (90면)

여기에는 도입부에서 소개한 연합적군파의 '자기부정'의 메커니즘과 유사하지만 뚜렷한 차이도 존재한다. 먼저 이념적 대타자(공산주의)가 사라진 자리에 약자성(윤리적 대타자)이 들어서 있다는 점이 눈에 띈다. '정치'의 시대에는 압도적인 이념의 옳음이 주체로 하여금 극도의 죄책감을 자극하게 했다면 지금은 내가 너보다 아프고 힘들다는 약자성이 죄책감을 자극하게 하는 것이다. 영악한 사람들은 자신의 약자성을 무기로 타인의 죄책감을 자극하여 자기부정의 상태에 빠지게 만든 후 무장해제된 마음을 이리저리 조종하려든다. 태정의 마음은 "어려운 사람은 도와야 한다는 생각"(91면)이 결국 자기 자신을 '나쁜 사람'으로 만들어버리는 안타까운 상황 속에서 피폐해져갔던 것이다. 이에 대해 류미는 "고통을 옳고 그름의 기준으로 삼으면 안 되죠. 더 고통스러워하는 사람이 항상 옳지는 않잖아요"(92면)라고 말하지만 실은 그녀도 잘 알고 있다. 태정이 약자성을 무기로 삼는 사람에게 "조금이라도 사납게 자기방어를 하는 모습을 보였다면, 누구를 미워하는 것 같은 기미라도 보였다면"(95면) 아마 '여성 뮤지션'으로서 태정의 생명이 안전하지 않았으리라는 것을.

태정은 류미의 말에 수긍하면서도 실제로 사람들은 고통을 근거로 가치판단을 하기 마련이라는 점을 강조한다. "다만 정말 극심한 고통이나 절박한 상황 속에 있는 사람에게 객관화라는 건 단순히 불가능한 일이 아닐까, 그런 것을 요구하는 일이 맞는 걸까, 그런 생각이 들었어."(93면) 태정의 이런 말을 세상물정 모르는 나약한 말로 치부하는 류미는 이제 확실히 자기부정의 단계를 넘어선 사람처럼 보인다. 그에 비해 "약자 중에 나쁜 사람들이 있다는 사실을 인정할 수 없고, 그런 생각을 하는 자신이 나쁜 줄 알고 끙끙 앓다가"(95면) 노래를 그만두어버린 태정은 예전의 류미가 그랬듯 자기부정의 덫에 빠져 있는 듯 보이기도 한다.

3

류미와 태정은 거울을 사이에 두고 마주 선 주체의 형상과도 같다. 자기부정을 극복한 듯 보이는 류미의 경우는 타인을 신뢰하고 싶은 인간의 본연적인 마음을 '위선'으로 치부하지 않고서는 견딜 수 없다는 점에서 온전히 자기부정 상태에서 빠져나왔다고 보기는 어려우며, 자신의 태도가 옳음을 추구한 결과가 아니라 타인에게 인정받고 사랑받고 싶은 욕망의 발로임을 깨닫게 된 태정의 경우는 타인의 시선을 의식하는 삶에서 벗어나는 일의 중요성을 인식하게 되면서 자기부정의 질곡을 벗어날 하나의 계기를 배태하는 듯 보이기 때문이다.

그렇지만 과연 자기부정의 심정에서 완벽하게 벗어난다는 것은 가능할까. 보다 나은 사람이 되기 위한 필수적인 계기로서 자기부정이 요청되는 수많은 순간들이 존재하며 무엇보다 인간은 그 자신을 주체화하는 구조적인 힘에 속박되어 있다는 점을 떠올려보면 회의적이다. 대타자는 어디에나 있다. 과거에 그것은 이념이었고 오늘날 연대하려는 사람에게는 고통받는 약자일 수도 있으며 그와 무관해지려는 사람에게는 궁극의 쾌락일 수도 있다. 문제는 도저히 긍정할 수 없는 나를 서둘러 긍정하지 않거나 극단적으로 부정하지 않는 것인지도 모른다. 하지만 어떻게?

"이제는 그렇게 살지 않을 거야. 어떻게 살아야 할지는 모르겠지만." (97면)

소설의 결말 부분에 나오는 태정의 말이 실마리처럼 가벼운 희망으로 읽히는 건 어떻게 살아야 할지를 일러주는 삶의 지침보다 이제 그렇게 살지 않겠다는 작은 결단이 오히려 문제를 풀어갈 수 있는 답이 되는 경우도 있기 때문이다. 많은 경우 자기부정은 어떻게 살아야 하는지를 너무 잘 아는 혹은 너무 잘 알고 있다고 가정되는 주체들로 인해 발생한다. 이때 중요한 건 그 가르침을 따르는 순종의 경험이 아니라 그 모든 것들로부터 선을 긋고 당신들이 말하는 대로, 그렇게만 살지는 않을 거라고 다짐하는 결단의 순간에 있지 않을까.

그럼에도 이 모든 것을 주체의 결단에 맡겨놓는 것은 무책임한 일일 테다. 그 주체의 고뇌와 번민이 사회적 관계 속에서 발생하는 한 그들 주변에 서 있는 우리의 책무 또한 무거워진다. "강하지도 못한데 못되지도 못한 태정 같은 사람들을 위선이나 허영 같은 말로 비난"(98면)하지 않으면서, 그러니까 자기부정의 심정에 정당하게 이끌리는 그들의 섬세한 윤리적 충동을 존중하면서, 긍정할 수 없는 스스로를 손쉽게 부정하지 않도록 자신의 옆을 내어주는 것. 나의 모자람을 당신의 모자람이 기댈 수 있는 처소로 내어주는 것. 긍정할 수 없는 자신을 부정하지 않는다는 것. 그럼으로써 곁에 선 타인 역시 부정하지 않는 것. 더 나은 세상을 꿈꾸는 우리가 지닐 수 있는 관계의 윤리의 한 단면은 그런 것일지도 모른다.

제3부 | 비평의
안과 밖

자아 생산 장치로서의 에세이

◆

'에세이 열풍'을 읽는 하나의 시각

1

나는 최근 시인 장정일과 주고받은 편지를 모아 책으로 펴냈는데 거기에 실린 마지막 편지에서 장정일은 이렇게 썼다. "한국에는 '장르 피라미드'라는 게 있어서 피라미드의 꼭대기에 시와 소설이 있고, 그 밑에 평론·에세이·동화·희곡·시조 등속이 자리합니다. 체험수기 혹은 르포 같은 건 글로 쳐주지도 않아서 장르 피라미드 안에 들어오지도 못하고 피라미드 바깥에 있죠."[1] 피라미드 각 층에 속하는 장르에 대해서는 이견이 있을 수 있지만 현실의 '문학 공화국'에서 각 장르들이 암묵적인 위계(hierarchy)에 의해 자신의 자리를 할당받는다는 사실을 경험적으로 부정할 사람은 많지 않을 것이다. 그렇지만 오늘날 그 위계가 예전만큼 공고하지 않은 것도 사실이다. 과연 이와 같은 위계는 어떤 역사적 과정을 거쳐 오늘의 변화된 상황에 이르렀을까. 그 변화를 이끈 동력은 무엇이며 그 결과 우

---

1 장정일, 한영인 『이 편지는 제주도로 가는데, 저는 못 가는군요』, 안온북스 2022, 446면.

리 시대는 얼마나 다른 모습으로 나타나고 있을까.

제작물들 사이의 위계를 정초한 최초의 인물로 알려진 사람은 플라톤 (Platon)이다. 플라톤에 따르면 제작물은 모두 이데아를 불완전하게 모방한 것이지만 그 모방에도 등급이 있다. 목수가 만든 침대가 침대의 이데아로부터 한 단계 떨어진 것이라면 그 침대를 모방해 그린 그림은 그로부터 두 단계 떨어져 있다는 식이다. 그렇다면 침대를 그럴듯하게 그려내는 화가의 기술(techne)은 좋은 침대를 만드는 목수의 기술보다 열등할 수밖에 없다. 이 위계는 그러나 아리스토텔레스(Aristoteles)에 와서 전도된다. 아리스토텔레스에 따르면 시를 창작하는 기술은 침대나 신발을 제작하는 기술보다 더욱 뛰어나다. 개별적이고 일회적으로 존재하는 사물과 달리 시는 영원하고 보편적인 정신을 담아낼 수 있기 때문이다. 일정한 조건이 충족된다면, 시는 현실의 제작물은 물론이고 사실 그 자체의 기록인 역사보다도 우월하다.

그 일정한 조건을 한 단어로 요약하자면 '형식'이 가장 적절할 것이다. 플라톤이 『국가』에서 시인을 탄핵하면서 서사시와 비극의 저속한 내용을 문제 삼았던 것과 달리 아리스토텔레스는 『시학』에서 훌륭한 플롯이 지녀야 할 형식적 요건을 해명하는 데 주안점을 둔다. 『시학』 제22장에서 "비극시인들이 일상적인 대화에서 아무도 사용하지 않는 말을 사용한다고" 조롱한 아리프라데스를 비판하면서 시적 언어와 일상 언어 사이에 차이가 있음을 역설하는 장면이 대표적이다.[2] 언어의 기능에 관한 야콥슨 (Roman Jakobson)의 두 구분(시적 기능과 지시적 기능)은 물론이고 시의 언어와 산문의 언어를 구분한 사르트르의 논의에서도 우리는 아리스토텔레스의 오래된 그림자를 발견할 수 있다. 비극을 공격하는 사람들에 맞서 "옳고 그름의 기준은 정치학과 시학이 서로 다르고, 다른 예술과 시학도

---

2 아리스토텔레스 『시학』, 박문재 옮김, 현대지성 2021, 91면.

서로 다르다"는 걸 강조하는 제25장의 논의 역시 마찬가지다.[3] '예술의 자율성'에 대한 인식과 형식에 대한 엄밀한 기술적 고려가 동시에 나타났다는 사실은 흥미롭다.

아리스토텔레스는 『시학』을 통해 좋은 플롯이 지녀야 할 형식적 구성 요소에 대해 꼼꼼하게 논했으며 그 기준에 입각해 서사시와 비극 사이의 위계는 물론이고 비극 시인들 사이의 위계까지 설정할 수 있었다. 이런 위계가 가능했던 것은 시의 창작을 비이성적인 감정의 표출이 아니라 치밀하고 까다로운 제작의 과정으로 인식했기 때문이었다. 같은 가죽이라도 그것을 활용하는 장인의 솜씨에 따라 각기 다른 품질의 가방이 탄생하는 것처럼 동일한 내용을 담았다 하더라도 창작자가 발휘하는 기예에 따라 작품의 형태와 가치가 달라진다. 이 기예는 질료-내용이 아닌 형상-형식의 영역에 속하는 것이다.

다시 '장르 피라미드'로 돌아와보자. 장정일은 시와 소설이 그 피라미드의 최상단에 위치해 있고 논픽션은 그 아래 위치한다고 말한다. 그렇다면 시와 소설, 그리고 에세이나 르포르타주를 비롯한 논픽션을 분할해온 근본적인 원리(arche)는 무엇일까? 역시 '형식'이다. 일반적으로 소설에는 에세이나 르포르타주보다 훨씬 더 엄격한 형식적 완결성이 요구된다. 가령 사람들은 소설의 결말을 두고 논쟁하듯 에세이의 결말을 두고 논쟁하지 않는다. 에세이는 소설과 달리 플롯의 규율로부터 자유롭기 때문이다. 어떤 소설이 플롯의 통일성을 비롯한 형식적 요건을 의도적으로 무시하거나 파괴한다고 해서 형식의 지배로부터 자유로운 것은 아니다. 형식의 파괴는 언제나 파괴할 형식에 대한 명료한 자기의식을 배면에 깔고 있기 때문이다.

---

3 같은 책 104면.

2

형식은 어떻게 개별적인 작품과 장르를 위계화하고 서열화하는 통치의 권력으로 작동할 수 있는가? 그건 형식이 쓰는 사람은 물론이고 읽는 사람에게도 특정한 방식으로 습득하고 계발해야 할 희소한 자원의 성격을 지니기 때문이다. 김현(金炫)의 말대로 문학은 무용할지 모르지만 그 무용한 문학이 거느린 다종다양한 형식에 통달하기 위해서는 적지 않은 '수업료'를 내야 한다. 문예창작학과 등록금이나 사설 창작 아카데미 수업료만을 의미하는 것이 아니다. 대학이나 사설 아카데미에서 공부하지 않더라도 얼마든지 문학의 형식을 배우고 실험할 수 있다. 하지만 그러기 위해서는 상당한 시간을 독서와 습작에 바쳐야 한다. 등록금이나 수업료는 일생을 통해 치러야 하는 세월의 대가에 비하면 오히려 저렴해 보인다.

물론 형식을 단일한 것으로 취급하는 건 옳지 않을 것이다. 캐럴라인 러빈(Caroline Levine)이 주장하듯 형식을 "모든 형태들과 배치들, 모든 질서화의 원리들, 모든 반복과 차이의 패턴들"[4]로 볼 수 있다면, 형식은 언제나 복수형으로 이해되어야 한다. 그렇지만 러빈은 다양한 형식들이 교차하고 중첩하는 양상에 주목할 뿐 개별 형식들이 계급적 위계에 침윤되어 있다는 점엔 덜 주목한다. 그러나 아니 에르노(Annie Ernaux)의 다음과 같은 진술은 다양한 형식들의 평등한 공존이 환상에 지나지 않음을 날카롭게 드러낸다. "내가『어린 소녀 브리지트』와 델리의『노예 혹은 여왕』을 읽고 부르빌 주연의「제법인데」란 영화를 보러 갔던 무렵, 서점에는 사르트르의『성 주네』, 칼라페르트의『순수한 사람의 진혼곡』이 나왔고, 연극으로는 이오네스코의「의자들」이 상연되고 있었다. 내게 이 두 계열은

---

4 캐롤라인 레빈『형식들』, 백준걸·황수경 옮김, 앨피 2021, 30면.

영원히 분리된 상태로 남아 있다."[5] 이 두 계열을 멀리 떨어뜨려놓는 것은 취향이라는 지극히 사적인 개념으로 은폐된 계급적 분할이다.

그래서 급진적인 평등 이념으로 무장한 문학운동은 계급 분할에 오염된 기존의 문학 형식을 해체하고 보다 평등하고 민주적인 문학세계를 만들고자 시도했다. 우리에게 가장 먼저 떠오르는 것은 사회주의 리얼리즘의 영향을 받아 제기된 '장르확산론'이지만 그와 같은 지향은 사회주의 리얼리즘이 공식화되기 이전부터 존재했다. 1920년대 러시아 아방가르드의 '팩토그래피' 운동이 대표적이다. 당시 러시아 아방가르드는 "당연시되어온 전통적인 작가상 및 글쓰기의 모델을 전면적으로 비판하고, 그것을 대체할 수 있는 새 대안을 제시"하고자 했다. 이들은 러시아 프롤레타리아작가동맹(RAPP)조차 "소위 '순문학'에 대한 고집, 혁명적 헌신을 그려내고 일깨우기 위한 수단으로서 '리얼리즘 소설'에 대한 강조"에 매몰되어 있다고 비판한 뒤 "일기, 전기(傳記), 회상기, 여행기, 르포르타주"를 비롯해 "'오체르크'(ocherk)라 불리는 짧은 에세이 장르"를 새로운 대안으로 제시했다.[6]

팩토그래피 운동을 이끌었던 트레티야코프(Sergei Tretyakov)는 오체르크의 핵심 특징으로 비유적 언어나 문학적 플롯을 따르지 않는 것을 꼽았다. 그는 비유로 점철된 문학을 비판하며 "보고서나 명령서 같은 사무적·기술적 산문의 극단적 형태"[7]로 대체해야 한다고 주장했다. 플롯이 비극의 영혼이며 시인이 갖추어야 할 최고의 기술은 은유라고 주장했던 아리스토텔레스가 들으면 무덤에서 벌떡 일어날 말이지만 모든 급진적 운동처럼 팩토그래피 역시 결코 뒤를 돌아보는 법이 없었다. 이 과정에서 오

---

5 아니 에르노 『부끄러움』, 이재룡 옮김, 비채 2019, 114면.
6 김수환 『혁명의 넝마주이: 벤야민의 『모스크바 일기』와 소비에트 아방가르드』, 문학과지성사 2022, 153~54면.
7 같은 책 155면.

체르크와 같은 에세이와 르포르타주는 새롭게 정초된 '장르 피라미드'의 최상단에 오르게 되었고 '순문학'은 "이데올로기적이고 이론적인 차원에서도 그 위상이 격하되었다."[8]

이후 역사의 전개는 아는 대로다. 급진적 해방운동의 기운은 잦아들었고 '순문학'은 다시 '장르 피라미드'의 정상을 탈환했다. 그렇지만 그 과정에서 에세이를 비롯한 논픽션의 위상이 추락한 건 아니다. '에세이 열풍'이라는 말이 쉽게 통용될 정도로 오늘날 독서 시장에서 에세이가 차지하는 비중은 막대하다. 하지만 형식처럼 에세이 역시 복수형이라는 걸 기억해야 한다. 개체발생이 계통발생을 반복하듯 에세이도 자신의 유(類)에 속한 개별적인 종(種) 사이의 위계를 가동한다. 몽테뉴(Michel de Montaigne) 에세이의 탁월성을 거론하면서 그의 에세이가 "자칫, '아무 말 대잔치'로 전락할 수 있는" 요즘 유행하는 에세이와 달리 "'어떻게 살 것인가'라는 질문을 던지고, 그 대답을 시험해본 후, 결과를 손에 쥐고 전후를 성찰해 존재를 수정하는 가운데 조금씩 삶을 형성하는 기술이었다"[9]고 말하거나 "하루키와 서경식의 에세이는 이즈음 이 땅에서 낙양의 지가를 올리는 힐링을 표방하는 에세이와는 그 결과 품을 달리한다"[10]고 말하는 대목에서 우리는 그 위계가 작동하는 장면을 확인할 수 있다.

에세이 자체에 이와 같은 분열과 위계가 작동하고 있다면 "에세이란 무엇인가? 에세이가 의도하는 표현 형식이 무엇인가? 이런 표현을 가능하게 하는 수단과 방법은 무엇인가?"[11]라는 루카치(György Lukács)의 물음은 표적을 잃고 방황하기 십상이다. 그 물음이 동시적이고 통합적으로 겨냥하는 단일한 대상을 상정하기 어렵기 때문이다. 이런 분열 앞에서 이

---

8 같은 책 151면.
9 장은수 「에세이 열풍을 어떻게 볼 것인가」, 『황해문화』 2019년 봄호, 259~60면.
10 권성우 「고립을 견디며 책을 읽다」, 같은 책 281면.
11 게오르크 루카치 『영혼과 형식』, 홍성광 옮김, 연암서가 2021, 42면.

제까지 비평이 흔히 취해온 방법은 '얄팍한 에세이'와 "하나의 예술 형식이고, 독자적이고 완전한 삶에 대해 독자적이고 완전한 형식을 부여하는"[12] 에세이를 구분한 뒤, 후자에 해당하는 뛰어난 에세이가 이룬 성취를 조명하는 것이었다. 이는 '평가와 선별'이라는 비평의 본령을 따르는 듯 보이지만 에세이라는 '장르' 자체에 대한 비평으로 성립하기에는 한계가 있다.

아즈마 히로키(東浩紀)는 "작품이나 사건을 자세하게 분석하는 것만으로는 평론이 되지 않"으며 "평론이 평론으로 인지되려면 대상의 개별성으로부터 보편적인 문제를 도출하고, 여기에서 사회성이나 시대성을 읽어냄으로써 작품이나 사건과는 언뜻 무관해 보이는 독자와도 공감의 회로를 만들어내야" 한다고 말한다.[13] 그렇다면 에세이라는 '장르'에 대한 평론을 성립시키려면 에세이의 생산과 소비를 둘러싼 시대적 욕망을 오늘날 사회의 변화된 면모를 통해 보여주어야 하며 이를 위해서는 몇몇 '진정한 에세이'에 초점을 맞춰온 관성을 탈피할 필요가 있다고 말할 수 있을 것이다. 프랑코 모레티(Franco Moretti)는 문학장이 "개별 사례의 합이 아닌, 그 자체가 전체로서 파악되어야 할 집단적 구조"라고 쓴 바 있다.[14] 에세이를 이와 같은 '집단적 구조'로 파악한다는 것은 개별 에세이 작품들의 매혹을 해명하는 것을 넘어 에세이라는 '장르'를 오늘날 우세종을 차지한 글쓰기 '장치'(dispositif)로 파악한다는 의미일 터, 이렇게 보았을 때 우리가 읽어낼 수 있는 오늘날 한국의 사회성과 시대성은 무엇일까?

---

12 같은 책 74면.
13 아즈마 히로키『느슨하게 철학하기』, 안천 옮김, 북노마드 2021, 97면.
14 프랑코 모레티『그래프, 지도, 나무』, 이재연 옮김, 문학동네 2020, 12면.

3

이런 물음은 오늘날 에세이의 생산과 소비를 이끄는 주도적인 힘에 대한 탐구를 필연적으로 요청한다. 오늘날 그 힘은 위계화된 문학 제도를 해체하기 위한 급진적 변혁운동이나 시민적 교양의 축적을 위한 열망이 아니라 세계를 바라보고 해석하는 '나'의 주관성이 타인의 그것과 동일한 무게와 의미를 지닌다는 다원주의적 평등의 관념에서 비롯하는 듯 보인다. 정주아(鄭珠娥)가 지적했듯 "이제 에세이는 더이상 글쓰기를 업으로 삼는 작가나 인간사에 대한 통찰을 요구받는 종교인의 전유물이 아니"며 "'나'를 중심으로 세계가 해석되고 시야가 제한되는 특징을 삶의 태도로 기꺼이 수용하려는 추세"와 맞닿아 있다.[15]

'문학의 민주주의'라는 관점에서 본다면 이런 경향은 긍정적으로 평가할 수 있을 것이다. 소수 엘리트 작가에게 독점되어 있었던 출간의 기회가 보다 평범한 다수의 사람들에게 확대되어가는 진보의 과정으로 볼 수 있기 때문이다. (레이먼드 윌리엄스Raymond Williams라면 이를 '기나긴 혁명'의 일부로 보았을 것이다.) 이 과정에서 그동안 억압되어 있던 사회적 소수자의 존재가 가시화된다. 기존의 사회적 분할하에서 침묵을 강요받았던 사람들이 에세이를 통해 스스로 언어를 획득해내는 감동적인 광경은 우리에게 낯설지 않다. 이렇듯 글쓰기의 민주주의라는 관점에서 본다면 우리는 에세이가 우세종이 된 오늘날의 글쓰기 풍경을 통해 보다 평등해진 다원주의적 개인주의 시대의 긍정적인 면모를 읽어낼 수 있을 것이다.

하지만 다원주의적 평등 관념을 뒷받침하는 개인주의가 지닌 양가적

---

15 정주아 「일인칭 글쓰기 시대의 소설」, 『창작과비평』 2021년 여름호, 54~55면.

측면을 동시에 고려할 필요가 있다. 개인주의는 개인의 자율성과 행위 능력을 크게 확대시켰지만 동시에 도덕적·미적·사회적 판단의 짐을 홀로 져야 하는 부담을 부과한다. 개인주의가 지닌 양가성에 주목하는 논의들이 근래 자주 발견되는 건 우연이 아니다. 개인이 자율적이고 능동적인 판단과 행위의 주체가 되어야 한다는 부단한 요구는 오늘날 사람들을 깊은 허무와 무력감의 늪에 빠뜨리는 원인으로 지목되기도 한다. 박동수는 휴버트 드레이퍼스(Hubert Dreyfus)와 숀 켈리(Sean Dorrance Kelly)가 쓴 『모든 것은 빛난다』를 소개하면서 오늘날 현대적인 개인이 빠진 곤경을 이렇게 서술한다.

모든 것이 나로부터 시작하고 내가 모든 것에 의미를 부여할 때, 모든 사물과 사건은 그 자체로 의미를 갖지 못하게 된다. 그렇게 우리는 더욱더 허무해지고 만다. (…) 이처럼 개인의 자아가 선택의 부담을 많이 가지게 될수록 선택의 자유는 축복이 아니라 오히려 저주가 된다. 그런 까닭에 개인주의의 시대가 부상할수록 그 이면에는 각종 심리적 문제들 또한 부상할수밖에 없다. 이것이 오늘날 그 많고 많은 심리학서와 에세이 문학이 번성하는 이유이기도 하다. 과거에는 신과 공동체가 부담했던 것들이 모조리 자율적 개인에게 떠맡겨지기 때문이다. 그리고 이렇게 될 때 모든 의미 추구는 실상 그것이 순전히 개인적이라는 점에서 자의성에서 벗어날 수가 없게 된다. 내가 왜 이것을 하고 있는지에 대한 어떤 확실하고 절대적인 근거도 개인으로부터는 나올 수 없기 때문이다.[16]

'심리학서와 에세이 문학의 번성'을 개인주의 시대가 맞닥뜨린 심리적 문제와 연결시킨 박동수의 논의는 에세이 열풍에 깃든 사회성과 시대

---

16 박동수 『철학책 독서모임』, 민음사 2022, 139~40면.

성을 검출하려는 이 글의 목적과 관련해 많은 것을 시사한다. 오늘날 생산되는 많은 에세이들은 보편적이거나 규범적인 삶의 형태란 없으며 누구나 자기 고유의 삶을 살아가야 한다고 말한다. '나만 잘못 살고 있는 건 아닐까' 하는 두려움 앞에서 사람들은 다른 사람이 거쳐온 삶의 행로를 따라 읽으면서 위안과 용기를 얻고자 한다. 하지만 그 타인의 삶은 "순전히 개인적이라는 점에서 자의성"을 벗어날 수 없기에 일회적 대증요법에 그칠 뿐이다.

오늘날 에세이의 생산은 평등하고 자율적 개인이라는, 언뜻 보기에 긍정적인 관념에 기대고 있다. 하지만 그 개인은 "우리 자신이 스스로 의미의 원천이 되고, 자아를 확장하는 것이 우리 삶의 영원한 과제가 되어야 한다"[17]는 시대의 정언명령에 속박된 존재이기도 하다. 이 '영원한 과제'를 수행하는 양태와 관련해 강경석(姜敬錫)이 '자아독재'라고 표현한 최근의 주체성의 양상은 특별한 주목을 요한다. 강경석은 민주주의가 국가나 공동체의 통치술로는 자명한 것처럼 받아들여지거나 이따금 의심되기도 하지만 그 통치술이 개별자의 '자아통치'라는 차원에서 논의된 적은 드물다고 말하면서 이렇게 적는다.

고정된 자아에 대한 그릇된 집착을 일컫는 아상(我相)이나 배타적 자기애로서의 나르시시즘이 문제가 되는 이유는 그 모두가 저마다의 참된 주인됨을 가로막고 진실의 드러남을 은폐하는 일종의 '자아독재'에 다름 아니기 때문일 것이다. 그러므로 만약 우리의 '공동'이 "진영 논리와 확증편향과 적대적 공존의 재생산 속에서만 작동하는 것처럼 보인다"면 그것은 그만큼 우리 삶의 경험구조가 더 많은 자아독재를 요청하고 단련하는 방향으로 조형되어 있다는 뜻이 된다. 그리고 이때의 자아독재란 그것의 경제적

---

17 같은 책 138면.

표현인 사적소유와 상호작용하는 가운데 자아를 하나의 사유재산으로 전락시키는 한편 사유재산은 자아의 반영으로 의미화하는 메커니즘을 작동시킨다.[18]

여기에 "올바른 이야기를 한다는 것만으로 윤리적 정당성이 확보된다고 느끼는 순간에 윤리적 입장은 나르시시즘의 재료로 소모되고 만다"[19]는 정주아의 경고까지 덧붙이면 오늘날 다원주의적 개인주의가 지닌 긍정성 이면에 자리 잡은 한계와 위험이 보다 뚜렷하게 포착된다. 개인의 목소리를 가시화하는 평등주의가 나르시시즘을 반복 강화하는 '자아독재'의 위험과 맞붙어 있다면 우리는 '나'의 고유함과 개별성을 억압하는 세계에 맞서 존재의 자율성을 주장하는 동시에 '나' 스스로를 끊임없이 의심하고 성찰해야 한다는 상반된 요구에 직면해 있는 셈이다. 이 까다로운 요구는 그러나 "모든 것에 비판적이고 회의적인 자율성의 상태로는 의미 있게 살아갈 수"[20] 없다는 지적 앞에서 다시 길을 잃는다.

4

강경석이 '자아독재는 자아를 하나의 사유재산으로 전락시킨다'고 말한 대목에 조금 더 머물러보자. 에세이 역시 자아를 일종의 자산으로 생산해내는 장치가 아닌지 의심해볼 필요가 있기 때문이다. 먼저 오늘날 개인의 일상과 삶이 지닌 정치경제학적 위상이 과거와 확연하게 달라졌다는 사실을 확인해둘 필요가 있다. 내가 어렸을 때 가수는 무대에서 노래

18 강경석 「진실의 습격」, 『리얼리티 재장전』, 창비 2022, 17~18면.
19 정주아, 앞의 글 68면.
20 박동수, 앞의 책 150면.

를 하고, 개그맨들은 콩트를 하고, 탤런트는 연기를 했다. 가끔 토크쇼에 나와 자기 이야기를 하지 않은 건 아니었지만 그럼에도 우리가 연예인들의 시시콜콜한 일상생활을 속속들이 아는 건 불가능했다. 그들은 그저 노래를 부르고, 연기를 하고, 방송을 진행할 뿐이었다.

오늘날엔 어느 연예인이 어떤 집에 살고, 어떤 취미가 있으며, 누구와 어울리고, 무얼 하며 사는지가 모두 독립적인 콘텐츠로 기능한다. 혼자 살면 혼자 사는 대로(《나 혼자 산다》), 같이 살면 같이 사는 대로(《동상이몽》), 아이를 키우고 살면 키우고 사는 대로(《슈퍼맨이 돌아왔다》), 이혼하면 이혼하는 대로(《우리 이혼했어요》) 모두 쏠쏠한 콘텐츠가 된다. 오래전부터 유행한 '일상툰'의 경우에서 보듯 개인의 일상생활이 콘텐츠의 소재로 활용된 건 어제오늘의 일이 아니다. 하지만 이렇게 많은 사람이 자신의 삶을 콘텐츠로 삼았던 적은 없었다. 오늘날 사람들은 유튜브나 SNS를 이용해서 자기 자신을 콘텐츠화하는 데 능숙하다. 오늘날 에세이의 생산은 이처럼 자기 자신을 콘텐츠화할 수 있게 길을 터준 다양한 기술매체의 진화와 떼어놓고 설명하기 어렵다. 에세이-책은 스마트폰-기계처럼 자아 생산 장치로서의 성격을 강화해가고 있다.

이런 변화된 현실은 미셸 푸코가 탐구한 근대인의 자기고백과 그 성격이 상당 부분 겹치지만 미묘한 차이도 발견된다. 푸코는『성의 역사』제1권에서 "자신의 진실을 힘겹게 고백"[21]하게 만드는 권력의 방식에 대해 고찰한 적이 있다. 거기서 푸코는 "개인은 오랫동안 다른 사람들의 보증과 타인에 대한 유대의 표명(가족, 충성, 후원)에 의해 공증되었으나, 그후에는 자기 자신에 관해 말할 수 있거나 말해야 하는 진실한 담론에 의해 정당성을 인정받았다"고 말한다.[22] 근대 이전에는 공동체가 개인에게

---

21 미셸 푸코『성의 역사 1: 지식의 의지』, 이규현 옮김, 나남 2016, 48면.
22 같은 책 70~71면.

고정된 위치를 할당해줌으로써 개인으로부터 내가 누구인지 말해야 하는 의무를 면제해주었지만 "신과 공동체가 부담했던 것들이 모조리 자율적 개인에게" 맡겨진 오늘날 개인은 자기 자신을 스스로 생산해내야 한다는 것이다.

그래서 근대인들은 "자신의 생각과 욕망을 고백하고 자신의 과거와 몽상을 고백하고 자신의 어린 시절을 고백하고 자신의 질병과 빈곤을 고백하고, 누구나 가장 말하기 어려운 것을 최대로 정확하게 말하려고 열심"히 노력해야 했다.[23] 자신의 내밀한 진실만이 자신을 타인과 구별해주는 주체성의 표지가 되기 때문이다. 푸코가 강조했듯 그 과정에서 문학의 형질 변경이 일어났다("이로 인해 아마 문학이 변모했을 것이다. (…) 고백의 형식 자체 때문에 도달할 수 없는 것으로서 번쩍거리는 진실을 자기 자신의 깊은 곳에서 낱말들 사이로 돋아나게 하려는 무한한 노력에 의해 지배되는 문학이 떠올랐다").[24] 에세이 역시 푸코가 '진실을 생산하는 권력의 작용'이라고 말한 것과 깊숙이 연루되어 있다. 이는 오늘날 주체들이 행하는 능동적이고 자발적인 자기진술이 권력에 의해 강제된 것에 불과하다는 이야기가 아니다. 그 능동적이고 자발적인 자기진술이 주체에 대한 진실을 생산해내는 권력을 스스로 (재)생산하고 있다는 뜻에 가깝다.

푸코는 주체의 진실이 오늘날처럼 강력한 환금성을 지니게 되리라고는 미처 예상하지 못했을 것이다. 실제로 오늘날 개인은 단지 자신의 진실을 고백하고 스스로 이야기해야 하는 의무만 지는 것이 아니라 그 고백된 진실을 상징적·금전적 자본으로 전환시키는 '크리에이터'가 되길 요구받는다. 조용히 고양이와 노는 것에 만족해서는 안 되며 고양이와 노는 모습을 영상으로 찍어 널리 퍼뜨리라는 명령이 환청처럼 귓가에 맴돈다. 고양이

---

23 같은 책 71면.
24 같은 책 72면.

와 함께 보내는 목가적인 시간은 점차 잠재적인 이익에 대한 기회비용으로 간주된다. 영상 속 고양이는 애교도 많고 말도 잘하는데, 그래서 집사에게 많은 돈과 명성을 안겨주는데, 우리 집 고양이는 밥을 먹고 똥을 많이 싸는 것 외에는 할 줄 아는 게 없다는 침울함이 곰팡이처럼 피어난다.

이런 반문이 제기될 수 있을 것이다. 오늘날 행해지는 자아의 사적 소유화가 나쁘기만 한 것인가? 어차피 프롤레타리아는 자기 자신 말고는 내다 팔 것이 없는 존재 아닌가? 오늘날 프레카리아트(precariat)는 과거의 프롤레타리아가 자신의 노동력을 내다 팔듯 자신의 일상과 경험을 내다 파는 것 아닌가? 일상을 거래할 수 있는 자유 시장은 새로운 시대가 열어준 기회의 문이 아닌가? 그게 아니라면 주체가 공동체에 의해 타율적으로 생산되었던 시대가 더 좋았다는 말인가? 그런 생각이야말로 퇴행적 복고주의자의 시대착오적 낭만 아닌가?

미셸 푸코라면 둘 중 무엇이 더 나은지 우열을 가리는 건 자신의 관심사가 아니라고 말할 테지만 한병철이라면 헝가리 작가 페테르 나더시(Péter Nádas)의 다음과 같은 글을 인용하는 것으로 자신의 '퇴행성'을 당당하게 주장할 것이다.

> 여기에서 삶은 개인적 체험들로 이루어지지 않고 (⋯) 깊은 침묵으로 이루어진다는 느낌이 든다. 충분히 납득할 만하다. 개인적 의식을 축복으로 받은 인간은 자신이 아는 것보다 더 많이 말하도록 끊임없이 강제당하는 반면, 근대 이전의 분위기에서는 누구나 모두가 아는 것보다 훨씬 더 적게 말한다.[25]

근대 이전의 인간이 아는 것보다 훨씬 더 적게 말했는지는 모르겠지만

---

25 한병철 『리추얼의 종말』, 전대호 옮김, 김영사 2021, 42면.

오늘날 사람들이 자신이 아는 것보다 더 많이 말하도록 끊임없이 강제된다는 말은 사실이다. SNS는 자신이 아는 것보다 더 많이 말하도록 강제하는 대표적인 장치 아닌가? 만약 사람들이 자기가 아는 것에 대해서만 말하거나 꼭 필요한 말만 한다면 SNS는 금세 망할 것이다. 한병철에 따르면 신자유주의에 의해 개별화된 주체는 "더 많이 주목받기 위해 자기를 생산한다."[26] 푸코가 관찰한 근대사회가 스스로 고백함으로써 자기 진실을 생산하도록 유도하는 사회라면, 한병철이 관찰한 신자유주의 사회는 그 진실을 자원화하도록 부추기는 사회다. 하지만 자발적 착취가 자기계발이라는 아름다운 용어로 포장되듯 이 사적 자원화는 '소통'과 '공감'이라는 휴머니즘의 옷을 빌려 입는다. 오늘날 운위되는 공감과 소통은 인간의 자연스러운 교감의 욕망이 아니다. 그것은 타인으로부터 획득해야 할 일종의 자원이며 공감과 소통의 욕망은 사실 그 자원을 착취하고픈 욕망과 동일한 것이다. '좋아요'나 '리트윗', '구독'과 '좋아요' 숫자는 우리가 그 자원을 얼마나 획득했는지 실시간으로 알려준다. 우리는 개인의 일상과 삶을 스스로 자원화하길 요구받는 최초의 인류인지도 모른다.

공감과 소통마저 개인이 획득하고 착취해야 할 자원으로 기능하는 오늘날 주체의 자기표현이 마냥 개인을 해방하는 긍정적인 힘으로 작동하리라 생각하기는 어렵다. 2018년 미국에서 두달간 약 3천명을 대상으로 한 노리나 허츠(Noreena Hertz)의 실험에 따르면, 페이스북 계정을 비활성화한 집단은 행복감과 삶에 대한 만족감이 늘어났고 불안감과 외로움은 이전보다 더 적게 느낀다고 했다. 영국 배스대학 연구팀의 실험도 비슷한 결과를 보여준다. 실험에 참여한 사람들 대부분이 SNS에서 벗어나자 기분이 개선되고 전체적으로 불안이 완화되는 긍정적인 효과를 보였는데 그중 긍정적인 효과가 가장 컸던 그룹은 SNS를 아예 끊은 그룹이었

---

26 같은 책 24~25면.

다. 행복해지기 위해서 SNS를 비롯한 자아 생산 장치로부터 벗어나야 한다는 주장을 하려는 게 아니다. 오히려 그게 더 행복하다는 걸 알면서도 우리가 그 장치로부터 벗어나지 못한다는 사실이 중요하다. 오늘날 그 장치를 벗어나 자신의 삶을 가꿔갈 수 있는 대안적인 관계를 형성하는 일은 대단히 어려운 과제가 되어가고 있다.

5

앞서 나는 소설과 에세이를 분할하는 근본 원리가 형식이며 이 형식은 '장르 피라미드'의 위계를 구축해온 통치 원리였지만 오늘날 그 통치의 위력이 예전만큼 안정적이지 않은 측면이 있다고 말했다. 오늘날 에세이에 대해 사유할 때 형식을 피해갈 수 없는 이유는 단지 에세이가 형식으로부터 자유로운 글쓰기 장르로 여겨지기 때문만이 아니다. 여기에는 오늘날 정치사회적 트렌드와 공명하는 까다로운 문제가 깃들어 있다. 그것은 형식에 대해 오늘날 사람들이 지니는 불만과 원한의 감정이다. 이 불만과 원한 감정은 앞서 러시아 아방가르드나 사회주의 리얼리즘의 예에서 확인할 수 있듯 오래된 것이다. 형식이 근본적으로 계급적 위계를 내포하고 있다면 소외되고 억압된 계급이 그 형식의 엘리트주의적인 성격에 대해 적대감을 보이는 건 당연한 일이다. 그런데 형식에 대한 적대는 진보와 해방을 기치로 내건 사회주의-좌파만의 전유물이 아니다. 한병철에 따르면 신자유주의 또한 형식에 대한 일반화된 적개심을 산출해낸다.

강제적이고 매혹적인 형식의 자리에 담론적 내용이 들어선다. 마술은 투명성에 밀려난다. 투명하라는 명령은 형식에 대한 적개심을 일으킨다. 예술은 의미의 측면에서 투명해진다. 이제 예술은 유혹하지 않는다. 마술적인 베일은 벗겨진다. 형식은 직접 나서서 말하지 않는다. 형식의 언어, 기표의 언어는 농축, 복잡성, 다의성, 과장, 고도의 불명확성, 심지어 모순성을 특징으로 가진다. 형식은 의미심장함을 암시하지만 의미에 흡수되지 않는다. 그런데 오늘날 형식은 단순화된 의미와 메시지를 위해 사라지고, 예술 작품에 단순화된 의미와 메시지가 덮어씌워진다.[27]

신자유주의는 개인을 진정성의 주체로 생산해내고 진정성의 주체는 자신의 진정성을 내면 밖으로 꺼내 타자에게 투명하게 전달하고자 한다. 진정성은 타자의 승인 없이 존립하기 어렵기 때문이다. 우정과 사랑은 그 승인의 전통적인 형식이었지만 오늘날 그 무거운 형식은 '좋아요'와 '리트윗' 같은 인스턴트 반응으로 대체되고 있다. 한병철은 이와 같은 승인의 인스턴트화에 맞서 '리추얼'(Ritual)의 형식적 기능을 다시 사유할 것을 요구한다. 그가 말하는 '리추얼'은 일종의 상징적 의례로서 대개 진정성이 없는 형식적 허례허식으로 여겨지곤 하는 것들이다. 오늘날 이와 같은 리추얼의 소중함을 높이 사는 사람은 거의 없다. 소중한 것은 그런 외형적 껍데기가 아니라 개인의 내면에 존재하는 진실이라고 생각하기 때문이다. 모든 의미와 가치가 개인의 내부에서 발원한다고 믿는 사람들이 늘어갈수록 의례는 자기 자신이 만들지 않은, 외부에서 부과된 억압적 형식에 불과해진다.

요즘 에세이들이 각광받는 이유 중 하나는 그런 형식의 억압을 단호하게 거부하고 개인의 고유함을 과감하게 승인하는 데 있다. 하지만 우리는 소설을 통해서도 얼마든지 개인의 고유함을 주장할 수 있지 않은가. 아니, 소설이야말로 이제까지 그걸 가장 잘할 수 있는 영역이라고 여겨지지 않았던가. 그러나 오늘날 속도와 투명성에 있어 소설은 에세이보다 비효

---

27 같은 책 37면.

율적인 장르라는 점이 명백해지고 있다. 더 많은 형식을 요구하는 소설은 느리고 불투명하며 동시에 형식에 적대적인 오늘날의 문화와 마찰을 빚는다. 푸코가 고백이 문학의 변화를 가져왔다고 말한 것처럼, 에세이 열풍을 추동한 속도와 투명함에 대한 열망은 이제 소설의 형질변경을 야기하는 듯 보인다.

김미정(金美晶)의 「흔들리는 재현·대의의 시간: 2017년 한국 소설 안팎」은 오늘날 문학의 형질변경과 관련해 주목을 요하는 글이다. 『82년생 김지영』(2016)이라는 텍스트의 안팎을 심도 있게 분석하는 이 글에서 내 눈을 사로잡은 것은 "작가의 욕망과 독자의 욕망"[28]을 한데 묶는 대목이었다. 이둘을 한데 묶는 게 문제여서가 아니다. 예전에는 거기에 '인물의 욕망'까지 더해 셋이 하나의 세트로 붙어 다녔는데 어느샌가 '인물의 욕망'이 삭제되고 작가와 독자의 욕망만이 교호한다는 점이 흥미를 끌었던 것이다.

김현은 「소설은 왜 읽는가」에서 "소설은 수필이나 자서전과 다르게, 쓰는 사람이 읽거나 보고 들은 것을 나의 입장에서가 아니라 소설 속의 인물들의 입장에서 서술하는 이야기"[29]라고 정의하고 이로부터 소설에 내재한 세가지 욕망을 도출했다. 첫째는 세계를 변형시키려는 소설가의 욕망이고, 둘째는 소설가의 욕망에 따라 혹은 그 욕망에 반대하여 자신의 욕망에 따라 세계를 변형하려 하는 소설 속 인물의 욕망이며, 셋째는 소설을 읽는 독자의 욕망이다. 김현에 의하면 소설과 에세이의 차이는 인물의 욕망을 승인하느냐 그러지 않느냐에 있다. 하지만 이런 구분은 김현 고유의 비평적 견해라기보다는 근대문학이 널리 합의해온 보편적인 특성에 가깝다. 소설은 에세이와 달리 인물을 매개로 세계와 대면하는 간접

---

28 김미정 「흔들리는 재현·대의의 시간: 2017년 한국 소설 안팎」, 『문학들』 2017년 겨울호, 35면.

29 김현 「소설은 왜 읽는가」, 비평동인회 크리티카 엮음 『소설을 생각한다』, 문예출판사 2018, 514면.

성의 양식이며 그 인물은 작가는 물론이고 독자에게까지 저항한다는 것, 독자가 보내는 열광과 지지로 말끔하게 회수되지 않는 잉여는 인물이 지닌 고유한 운동의 영역으로부터 발생한다는 점은 굳이 '전문독자'가 아니더라도 누구나 동의할 수 있을 것이다. 인물은 독자는 물론이고 작가조차 완전히 장악할 수 없는 세계가 존재함을 보여주는 타자성의 증표이며 그 타자성의 영역에서 비로소 작가는 독자의 탄생을 위해 스스로의 죽음을 대가로 치를 수 있다. 김미정의 글은 그 타자성의 영역이 소설 안에서 점차 축출되는 현실을 보여준다. 타자성의 혼돈이 아니라 동일성의 공감을 강하게 요구하는 새로운 독자의 탄생이라고 할 수도 있겠다. 독자는 인물을 경유하지 않고 작가의 욕망에 곧바로 접속하고 작가는 인물의 욕망을 건너뛰고 독자에게 육박한다.

예전이었다면 "각성된 주체들의 욕망"[30]에서 곧바로 변혁적 전망을 읽어내는 것이 가능했을 것이다. 하지만 오늘날 '각성한 주체들의 투명한 욕망'은 새로운 변혁의 전망만큼이나 신자유주의의 시대정신과 공명하는 것처럼 보인다. 과거의 급진적 반(反)형식주의처럼 오늘날 신자유주의 역시 "모든 유형의 형식주의"를 경멸하며 "'형식'에 대한 보편적 반란"[31]을 획책하기 때문이다. 신자유주의는 도처에서 불필요한 규제=형식을 발견하며 그 낡은 규제=형식을 타파하고 사회에 더 빠른 속도를 불어넣길 원한다. 문학에서 이런 경향이 우세해지면 진정성의 직거래 시장이 열리게 된다. 과거 소설의 독자들이 소설을 읽는 과정에서 온전히 이해할 수 없는 인물과의 부대낌을 비용으로 지불해야 했다면 직거래 시대의 소설은 왜 이제까지 그런 쓸데없는 비용을 낭비했느냐고, 여기서는 그런 수고 없이 원하는 걸 바로 얻을 수 있다고 유혹한다. 이런 직거래가 유행할수록

---

30 김미정, 앞의 글 29면.
31 한병철, 앞의 책 15면.

'작가의 죽음' 같은 것은 한가한 옛 소리가 되어간다. 작가는 죽지 않는다. 거대한 브랜드로 부풀어오를 뿐이다. 이것이 과거의 변혁적 전망과 오늘날 신자유주의 체제의 차이점이다. 집단창작이 운위되던 시절의 작가는 소시민적 개인성을 규탄받고 그 위상이 격하되었다. 하지만 오늘날 사정은 판이하게 다르다. 오늘날 위상이 격하된 것은 작가가 아니라 명료한 의미의 산출과 전달을 방해하는 모종의 형식들이다.

오해를 피하기 위해 덧붙이면 나는 저자에서 텍스트로, 텍스트에서 독자로 해석의 권한이 이동해온 역사적 과정을 무시하려는 게 아니다. 오늘날 새로운 독자들이 수행하는 능동적인 개입과 실천이라고 간주되는 것들이 어쩌면 그 외양과는 달리 독자의 자유로운 활동 영역을 삭제하는 것이 아닐까, 그것은 독자중심주의의 탈을 쓴 채 작가중심주의를 기묘한 방식으로 강화하는 건 아닐까 의심해볼 필요가 있다고 생각할 뿐이다.

내 생각에 '정치적 올바름'을 둘러싼 논란은 『82년생 김지영』 현상이 지시하는 모종의 변화를 이해하는 데 핵심적인 사안이 아니다. 그보다는 자아의 진정성과 시대적 메시지를 작품을 매개로 주고받는 방식에서 일어난 변화에 착목하는 것이 더 적실해 보인다. 김홍중(金洪中)에 따르면 진정성은 한국사회에 신자유주의가 전면화되기 이전, 그러니까 '97년체제'가 본격화되기 이전에 우세종으로 군림했던 마음의 양식이었다. 그래서 김홍중의 진정성은 언제나 느리고 머뭇거린다. "윤리적으로 진정하다는 것은 해답 없는 질문에 대한 기약 없는 숙고의 과정이며, 언제나 부정되어 새롭게 사유되어야 하는 진실에 대한 끝없는 접근의 열망"이기 때문이다. "윤리적 진정성의 순수한 형태는 행위나 실천이 아니라, 행위나 실천의 극단적인 지연(遲延)에 깃들인다. 그것은 망설임이며, 주저이며, 때로는 실천적 무능이기도 하다."[32] 그 '윤리적 진정성'이 '도덕적 진정성'

---

32 김홍중 「진정성의 기원과 구조」, 『한국사회학』 제43집 제5호, 2009, 18면.

에 자리를 내줄 때, 그것은 한병철이 비판하는 신자유주의적·나르시시즘적 진정성으로 전락하고 만다. 김홍중이 진정성이 우리 시대의 대안이 될 수 없다고 말하면서 "사회적이고 공적인 관심과 책임과 실천의 역량을 가진 주체를 생산할 수 있는 어떤 새로운 '장치'들의 형성과 발명"을 요구하는 것도, 나르시시즘으로 귀결되기 쉬운 진정성의 한계를 날카롭게 인식했기 때문일 것이다.

그렇지만 그 새로운 장치의 발명은 실패했고, 우리는 진정성을 자아의 윤리성과 주체성을 보증하는 상징적 자산으로 재활용하는 편을 택했다.[33] 진정성이 타인으로부터 명료하게 확인받고 확인해야 하는 주체의 사유 재산이 되면서 문학에 기대하는 독자들의 요구도 변화하게 된다. 독자들은 작가로부터 진정성을 곧바로 확인할 수 있는 투명하고 명료한 구성을 요구하고 작가도 불확실하거나 불명료한 메시지가 가져올 미지의 위험을 회피하면서 보다 정확한 메시지의 전달에 힘쓰게 되기 때문이다. 앞서 말한 김미정의 글은 오늘날 개인의 진정성과 사회적 메시지의 영역 모두에서 망설임과 주저, 실천적 무능, 행위의 극단적인 지연을 뛰어넘고 불명확성과 모호성을 가로질러 부단히 명료해질 것을 새로운 실천 윤리로 요구하는 '일군의 독자들'이 등장했음을 보여준다.

---

33 김홍중은 '진정성의 레짐'이 윤리적 진정성과 도덕적 진정성의 절묘한 결합으로 구축되어 있기에 양자의 분리로 인해서 언제든지 와해될 가능성을 내포하고 있는 불안한 체제라고 말한다. 그에 따르면 윤리적 진정성이 도덕적 진정성과 유리될 때 공적 지평으로 나아가지 못하는 나르시시즘의 위험이, 반대로 도덕적 진정성이 윤리적 진정성과 유리될 때 그것은 행위자들을 억압하는 사회적 초자아로 군림할 위험이 불거진다(같은 글 19면). 하지만 우리가 오늘날 맞닥뜨린 곤경은 윤리적 진정성과 도덕적 진정성이 분리되었다는 점에서 발생하는 것이 아니라 김홍중이 그 분리의 결과로서 각각 나타난다고 말한 자아도취적 주체성과 억압적인 사회적 초자아가 기이한 방식으로 결합하여 독특한 '진정성의 레짐'을 구축하고 있다는 점에서 발생하는 것이 아닐까. 오늘날 새롭게 구성된 '진정성의 레짐'과 한병철이 말한 '신자유주의적 진정성' 사이에는 공유하는 지점이 꽤 많아 보인다.

이 독자들은 언뜻 굉장히 참여적이고 능동적인 듯 보인다. 하지만 그 능동성은 텍스트의 다채로운 향유 과정이 아니라 자신이 기대하는 메시지의 투명한 산출을 기대하는 과정에 정향이 되어 있다. 그 산출의 주체는 당연히 독자가 아니라 작가이다. 독자는 다르게 읽는 수고로움을 지불하는 대신 작가에게 제대로 쓰라고 말한다. 오늘날 '새로운 독자들'은 기존의 '독자'와 절반 정도의 정체성만 공유한다. 나머지 절반의 새로운 이름은 소비자이다. 한병철이 "불명확성이나 이중의미도 벌써 우리를 불편하게 만든다"[34]고 말한 이유가 여기에 있다. 우리가 마트에 가서 프라이팬을 구입하려는데 그 사용법이 불명확하다면 마음 놓고 그 제품을 구매할 수 있겠는가?

6

나는 이 글을 통해 오늘날 주체로 하여금 자기 진실을 생산하게 하고 그 진실을 사적으로 자원화하는 자아 생산 장치가 일반화되었으며 에세이 역시 그와 같은 자아 생산 장치로 기능하는 측면이 있음을 드러내고자 했다. 오늘날 우리는 '자아의 사유재산화' 혹은 '주체의 크리에이터화'라는 미증유의 압력 앞에 직면해 있으며 그 압력은 자신의 일상과 개인의 역사를 자기 자본화함으로써 자아로 하여금 스스로를 경영하게 하는 주체로 옹립하는 새로운 자기 통치의 양식과 무관치 않다. 이렇게 변화된 사회는 에세이를 자아 생산 장치의 일부로 포섭해내는데 그 과정에서 진정성, 공감, 소통과 같은 휴머니즘적 가치들이 동원된다. 에세이는 동시에 형식에 대한 반감과 투명하고 명료한 전달에 대한 욕망을 드러내는데 이

---

34 한병철, 앞의 책 112면.

반감과 욕망이 오늘날 소설의 생산과 독법에도 일정한 영향을 미치고 있지 않나 하는 질문도 함께 던져보고 싶었다.

하지만 그 질문은 여전히 해결되지 않은 다른 질문을 끌고 온다. 자기진술과 자기표현을 가능하게 하는 모든 매체가 자아 생산 장치의 일종이라면 어떻게 그 장치에서 탈피해 스스로를 정립해나갈 수 있을 것인가? 그 장치들이 약속하는 즉각적인 이익과 만족을 포기하고 새로운 관계의 짜임을 만들어나가기 위해서 우리에게 요구되는 덕목은 무엇일까? 즉각적인 행동을 지양하고 망설임, 머뭇거림, 주저, 우유부단, 지연의 편에 서는 것은 오늘날 갖은 오해와 억측을 불러오지 않던가? 그런 위험을 무릅쓰면서 굳이 후자의 편에 서야 할 어떤 정당한 이유가 있을까? 이 글은 과거와는 달라진 자아의 정치경제학 위상을 염두에 두면서 에세이가 유력한 자아 생산 장치로 떠오르게 된 상황을 강조할 뿐 그 장치의 포획으로부터 벗어나려는 분투가 깃들 정당한 자리를 마련하지는 못했다. 이 질문들을 끌어안고 걸어가는 와중에 그 분투의 자리를 조금이라도 만들어나갈 수 있다면 나로서는 행운일 것이다.

김봉곤 사태와 창작의 쟁점들

1

이른바 '김봉곤 사태'에서 우리가 이끌어낼 수 있는 문학적 쟁점은 크게 세가지다. ① 창작윤리 문제 ② 출판권력 문제 ③ 비평의 책임 문제. 이 글은 이중에서 특히 창작윤리의 문제에 주목하고자 한다. 출판권력의 문제나 비평의 책임 문제가 창작윤리보다 덜 중요해서가 아니라 김봉곤 사태를 촉발한 근본 요인은 창작의 차원에 있다고 판단하기 때문이다. 그에 비하면 출판권력의 문제나 비평의 문제는 부차적이다. 비록 출판사의 부적절한 대응이 사태를 악화시켰고 비평의 직무유기를 비판하는 논의들의 타당성과 중요성을 인정한다 하더라도 이것들이 사태와 관련해 부차적이라는 사실은 변하지 않는다. 여기서 부차적이라 함은 책임이 덜하다는 게 아니라 출판사의 대응과 비평의 무능을 김봉곤 사태를 야기한 결정적인 요인으로 보기 어렵다는 뜻이다.

그런데도 김봉곤 사태 이후 제출된 대부분의 글들은 비평의 문제에 집중하고 있다. 가장 큰 이유는 공적인 발언의 기회를 얻은 사람들 대부분이 비평가이기 때문일 것이다. 늘 그래왔듯 이번에도 비평가들의 목소리는 과잉 대표되고 창작자들의 그것은 과소 대표된다.[1] 그 과정에서 모종의 '비평중심주의'가 발생하는 건 분명해 보인다. 비평(가)을 욕하는 사람이나 책임을 통감하는 비평(가)이나 사태의 원인과 해결의 방안을 비평에서 찾는다는 점에서 비평중심주의를 강화하는 건 마찬가지다. 그런데 이런 비평중심주의는 사태를 교묘하게 비평 쪽으로 구부려 전유하지 않는가. 비평만 바로 선다면 두번 다시 이런 일은 없을 거라는 막연한 기대와 다짐은, 윤리의 산물인가 기만의 결과인가.[2]

김봉곤 사태는 왜 일어났을까? 이 근원적인 질문 앞에서, 처음에는 김봉곤 개인의 비윤리성을 탓하는 분위기였지만 비평가들이 개입하면서 그 원인이 다시 비평에 귀속되는 모양새다. 강동호(康棟晧)는 "현장 텍스트에 대한 비평의 비판적이고도 성찰적인 담론의 장이 있었다면 이번 사건을 방지할 수 있었을 것"[3]이라고까지 말한다. 정말 그런가? 김봉곤에 대한 평단의 호평이 "당대 문학에 대한 세대론적 호명"[4]의 결과라는 걸 인정하는 것과 별개로 정말 그로 인한 '비판의 부재' 때문에 지금의 사태가 발생했다고 할 수 있을까? 회의적이다. 나는 강동호가 요청하는 '비판적이고

---

1 과문한 탓이겠지만 『자음과모음』 2020년 가을호에 소설가 임현이 쓴 「논픽션의 윤리가 아닌, 논리」 이외에 창작자가 김봉곤 사태와 관련해 쓴 글은 아직 보지 못했다.

2 비평중심주의에 대한 비판은 신경숙 사태 때도 있었다. 심보선은 신경숙 표절 논란 이후 열린 한 토론회에서 다음과 같이 말한 바 있다. "이 신앙에 가까운 논리에서 나오는 문제 진단과 해결책은 여전히 비평 중심적입니다. (…) 오창은 평론가는 '한국문학의 위기는 비평의 위기'라고 진단합니다. 다시 말해 나쁜 비평이 아니라 좋은 비평이 개입하면 위기는 극복될 것이라는 말이겠죠. (…) 나는 이같은 비평 중심주의, '자신의 전문적 역량으로 한국문학을 발전시킬 수 있다는 확고한 비평적 믿음 자체를 반성해야 한다'고 주장하고 싶습니다. (…) 한국문학은 비평적 개입에 의해 관리되고 정화되고 개선될 수 있는 그런 종류의 조직적 세계로 환원될 수 없습니다." 「'썩은 시스템'에서 작가들은 어떻게 좋은 글을 써왔는가」, 『경향신문』 2015.6.25.

3 강동호 「비평의 시간」, 『문학과사회』 2020년 가을호, 442면.

4 같은 글 428면.

성찰적인 담론의 장'이 마련되어 있었다고 해도 이번 사태를 막지는 못했을 거라고 생각한다. 그 '비판적이고 성찰적인 담론의 장'에서 비평가가 김봉곤에게 '만' 타인과 연루된 자신의 경험을 함부로 소설에 가져오는 일에 신중해야 한다거나 김봉곤의 소설에 대해서 '만' 허구와 사실의 경계를 심문하는 장면을 상상하기는 쉽지 않기 때문이다. 최소한 강동호가 기대한 '비판적이고 성찰적인 담론의 장'에서는 그런 식의 심문이 배제된다고 생각하는 게 합리적이지 않을까?

그건 '비판적이고 성찰적인 담론의 장'이 특정 담론의 장을 지배하는 에피스테메(epistēmē)로부터 자유로울 수 없기 때문이기도 하다. 당시 비평의 장은 급부상하는 퀴어 페미니즘이 대표하는 타자와 소수자의 윤리에 강력하게 이끌렸다. 이를 '윤리의 에피스테메'라고 불러보면 어떨까? 그런데 강동호가 말하는 '비판적이고 성찰적인 담론의 장'은 이러한 '윤리의 에피스테메'에 비판적으로 맞서는 것인지, 아니면 그 '윤리성'을 더욱 강화한 것인지는 불분명하다. 만약 후자라면 그것은 김봉곤을 환대한 이유와 동일한 것이기 때문에 그것으로 사태를 방지할 수 있으리라고 기대하는 건 모순이다.

비평은 왜 김봉곤의 소설에 내재한 '위험'을 적발하지 못했을까? 그 위험과 오류를 보지 못한 건 비평의 타락과 무능 때문일까? 하지만 이런 질문은 사태를 단순화하는 측면이 있다. 우리는 비평이 왜 무언가를 보지 못했는지에 대해 물을 때조차 그때 비평이 무엇을 보고 있었는지에 대해 살펴야 하기 때문이다. 응시는 필연적으로 맹목을 동반하는바, 맹목이야말로 적극적인 응시의 결과일 수 있다. 그때 비평은 무얼 보고 있었던가?

김봉곤의 "'오토=픽션'은 저자와 화자와 인물의 동일성이라는 '오토'의 진위 여부에 독자를 가두기보다 독자로 하여금 '오토' 여부를 맥거핀 삼아 '오토'를 규정하는 불확정성 자체를 즐기는 쪽으로 나아가게 한다"[5]는 진술에서 드러나듯, 당시 비평이 김봉곤의 소설에서 보려 했던 건 확실히 "'오토'의 진위 여부"가 아니었다. 그 진위 여부를 군이 확인하려 하지 않다보니 거기 등장하는 인물이나 대화가 실제 사람이 직접 한 것인지 여부도 자연스럽게 논의의 대상으로 떠오르지 않았다. 그 여부를 '맥거핀'으로 처리한 이유는 비평이 무능하거나 문학권력에 도취되어 있어서가 아니라 김봉곤 소설의 화자를 실존적 개인으로서의 작가와 동일시하고 그의 소설에서 강박적으로 사실 여부를 확인하려는 관음증적인 호기심이 지닌 위험성에 대한 경계를 당시의 평단이 공유하고 있었기 때문이었다. 김봉곤이 소설 밖의 자신과 소설 안의 자신을 끊임없이 일치시키려는 열망을 보여주었다면 비평가들은 의식적으로 "실제 저자와 텍스트의 진술 주체를 구별하기 위한 이론적"[6] 조작에 힘썼다. 이는 김봉곤의 지향에 모순되거나 반대 방향으로 달려가는 일이었다기보다 오히려 발화 주체의 자율성을 확보하게끔 해주는 울타리에 가까웠다.

관련해 김봉곤의 소설이 '고백'의 형식을 띠고 있는 점은 주목을 요한다. "고백은 자기가 생각할 때 세상 사람들이 바람직한 것으로 여기지 않는 방향을 선택한 사람이 취하는 방법이다."[7] 김봉곤은 "세상 사람들이 바람직한 것으로 여기지 않는" 성소수자에 대한 혐오에 온몸으로 맞서며 스스로의 '생활'을 고백해냈다. 당시 비평가들은 이와 같은 '생활'의 물질성과 고백의 핍진함을 재빠르게 승인했는데 그건 단지 새로움에 대한 강박 때문은 아니었다. 오히려 그건 소수자의 고백을 한국사회를 급속하게 점유해가던 혐오의 정동으로부터 방어하는 것을 당대 문학의 윤리적 과제로 받아 안았다는 사실과 관련된다. 중요한 건 그 과정에서 김봉곤과 비평 사이에 '고백의 메커니즘'이 형성되었다는 점이다. "아무리 사소한 고

5 소영현 「퀴어의 비선형적인, 복수의 시간」, 『크릿터』 제1호, 민음사 2019, 79면.
6 김태환 『실제 저자와 가상 저자』, 문학실험실 2020, 62~63면.
7 송태욱 「김승옥과 '고백'의 문학」, 연세대학교 대학원 국문학과 박사학위 논문 2002, 36면.

백이라 하더라도 고백하는 자와 고백을 들어주는 자의 관계라는 고백의 구조 안에 들어서게 되면 고백의 메커니즘이 작동하게"[8] 되는바, 비평가-독자는 김봉곤의 고백을 듣는 순간 자연스럽게 그 고백에 연루되며 고백한 자의 비밀을 지켜내고 고백한 자를 이해해야 한다는 모종의 의무를 배당받게 되었던 것이다. 만약 비평이 김봉곤의 소설에 대해 적절한 거리두기와 비판을 하지 못했다면, 그것은 비평가가 무능하거나 비윤리적이어서가 아니라 오히려 당시 평단에 구축되어 있던 모종의 윤리성이 김봉곤의 고백을 방어하고 지켜주는 메커니즘으로 작용했기 때문이라고 보아야 한다.

그러니까 커밍아웃한 게이 소설가가 섹슈얼리티를 포함하여 자신의 이야기를 진솔하게 써냈을 때 거기에 대고 "당신 소설은 어디까지가 사실이고 어디까지가 허구야? 과거에 만난 사람 이야기는 그 사람 허락받고 소설화한 거야?" 하고 전짓불을 들이대지 않은 건, 무슨 비평정신이 대단히 타락해서가 아니라 사회적으로 안정된 정체성을 허락받지 못한 소수자의 고백에 대해 그런 식으로 의심과 회의의 눈초리로 대응하는 건 어렵게 용기 낸 주체의 고백을 다시 침묵시킬 수 있으리라는 우려 때문이었다. 그런 점에서 김봉곤이 활용한 '고백의 메커니즘'이 고백 주체의 진정성을 자동적으로 보증하게 하는 측면이 있다는 임현의 지적은 일리가 있지만 그건 오직 김봉곤에게만 허락된 '비평의 특전'은 아니었다.[9] 다양한 소수자의 발화와 고백에 대한 '환대'는, 차라리 근대문학이 계발해온 고유한 속성에 가깝다. "근대문학과 고백의 친연성은 (…) 보편적인 현상이다. 자기 자신의 내면을 들여다보는 일, 그리고 그 내면을 기록하는 것이 결국 근대문학의 시작이었기 때문이다."[10]

---

8 같은 글 12면.
9 임현, 앞의 글 312면.
10 송태욱, 앞의 글 27~28면.

2

 최근 제출된 몇몇 논의들은 '윤리의 에피스테메'와 '고백의 메커니즘'이 한데 얽혀 작동했던 당시 비평의 장의 중력을 너무 쉽게 간과하는 것 같다. 단지 무언가를 보지 못했다는 후회만 가득할 뿐 그것이 자신이 무언가를 적극적으로 바라보았기 때문에 생성된 맹점이었다는 사실에 대한 인식은 희미하다. 하지만 자신의 시야를 고정시킨 그 힘에 대해 망각하게 되는 순간 비평은 거대한 착각과 환상을 가동하게 된다. 김봉곤 소설이 지닌 위험성을 결과론에 기대 손쉽게 지적하는 게으름이나 마치 시계를 되돌려 과거로 갈 수만 있다면 김봉곤을 제대로 비판함으로써 사태를 미연에 방지할 수 있었으리라는 후회 같은 것들이 대표적이다.

 사전에 정답을 알고 있었지만 단지 착오로 인해 실수를 저질렀다며 자책하고 후회하는 비평가의 모습을 보는 건 씁쓸한 일이다. 그가 이미 알고 있었다고 소리치는 답이 정답이 아니라 오답에 가깝다는 걸 생각해보면 더욱 그렇다. 물론 '정답'을 알고 있다고 생각하는 사람이 과거로 돌아갈 수만 있다면 모든 걸 바로잡을 수 있으리라 후회하는 건 자연스러운 일이다. 하지만 영화 「나비효과」(2004)는 그런 식의 결과론적 후회가 얼마나 순진한 것인지를 이미 보여주지 않았던가. 그런데 「나비효과」가 보여준 비극은 지금 이 자리에서 희극으로 반복되고 있는 것 같다.

 백지은(白志恩)은 김봉곤의 소설을 비판하며 "옛 애인이 '단행본의 첫 소설에서 자신의 이름을 발견한다면 과연 어떤 기분일까? 나는 그가 어떤 기분일까? 라는 질문을 만들어볼 수는 있었지만, 그가 정말 어떤 기분일지 헤아려보지는 않았다'(「엔드게임」, 『시절과 기분』, 창비 2020, 150면)라고 했을 때, 왜 질문을 만들어놓고도 그의 기분을 헤아려보지 않았는지 의아해했어야 했다. '내가 그럴 권리쯤은 가졌다는 걸' '허락의 문제가 아니라고 생각'(같은 면)했다는 등의 발언에 대해, 대체 무슨 권리인지, 어째서 허락의 문제가 아닌지 되물었어야 했다"[11]는 자책 섞인 후회를 밝힌 바 있다. 그런데 이런 후회는 비평적 성찰의 결과가 아니라 이미 사회적으로 규정된 사건의 성격과 결과로부터 도출된 것 아닌가. 이렇게 결론론에 기댄 비판은 허무함을 넘어 어딘가 비윤리적이지 않은가.

가라타니 고진은 세계종교가 자유의지를 부정한 것은 자신의 의지가 아닌 것을 그렇게 믿는 것을 부정하기 위해서이며 어떤 사람이 평생 사람이나 동물을 죽이지 않아도 된다면 그건 돈이 있어서 그러한 입장에 놓이지 않아도 되기 때문일 수도 있음을 잊어서는 안 된다고 말한 적이 있다. 이때 그걸 자신의 의지에 의한 것이라고 생각하고 아무도 죽이지 않았으니까 천국에 갈 수 있다고 믿는다면 어리석은 동시에 비윤리적이기 때문에 종교는 그런 자유의지를 부정하고 인간에 실존적인 한계를 부여함으로써 모종의 윤리성을 보증하려 했다는 게 고진의 주장이다. 자유의지가 아닌 것을 자유의지로 착각하는 순간 윤리는 기만의 대지 위로 추락하고 만다는 고진의 견해에 기대어 다시 묻자. 저 후회는 백지은의 '자유의지'에 의한 것인가, 김봉곤이 받은 사회적 유죄평결에 의한 것인가? 백지은이 저런 후회를 발설할 수 있는 건, 그리고 그 후회가 비평적 성찰로 포장되는 건, 단지 이제는 김봉곤의 소설에 대해 그런 식으로 말해도 무방하게 되었기 때문 아닌가?

소설 속 인물의 말과 행동에 대해 독자가 어떠한 의아함이나 불만을 품어서는 안 된다는 게 아니다. 그건 자연스러운 독서 과정의 일부다. 하지만 백지은은 같은 글에서 "픽션과 논픽션, '일반 픽션'과 '오토픽션'이 이론적으로 구별되고, 거기에 맞춰 독법과 의미화가 달라지는 '심미적·윤

---

11 백지은 「왜 소설에 사적 대화를 무단 인용하면 안 되는가」, 『문학동네』 2020년 겨울호, 164면.

리적 기준'이 상이하게 존재한다"[12]는 견해에 분명히 동의하지 않는다고 말했다. 김봉곤의 소설이 단지 오토픽션을 표방했다는 이유만으로 거기에 '일반 소설'과 구별되는 별도의 잣대를 들이대서는 곤란하다는 말로 이해해도 무방할 것이다. 그런데 소설 속 인물이 지니는 저와 같은 자기중심성을 비판해야 했다는 후회는 그가 소설 속 화자는 실제 작가와 동일 인물이고 거기 등장하는 애인의 이름도 실존 인물의 이름이라는 판단을 전제하고 있지 않은가. 그게 아니라면 저 김봉곤 소설의 진술이 자기중심적이고 위악적인 면은 있지만 그렇게 큰 문제이긴 어렵지 않은가. 다른 소설엔 저보다 더 자기중심적이고 위악적이며 심지어 그냥 악한 인물들이 수없이 등장하곤 하는데 그러면 백지은은 다른 모든 소설에 등장하는 인물의 발언에 저와 같은 잣대를 들이대겠다는 것인가.

한국문학 비평의 무능과 오류에 대해서는 그 자체로 냉철한 반성과 검토가 필요하다. 강동호가 지적했듯 관습화된 '비평의 부재'는 분명 문제적 경향일 수 있다. 하지만 오늘날 비평이 현장 텍스트에 대한 비판적이고 성찰적인 담론을 거의 생산해내지 못하고 있다는 비판을 수용한다 해도 여전히 남는 물음이 있다. '비판적이고 성찰적인 담론장의 부재'가 왜 다른 작가들은 비켜가면서 오직 김봉곤의 경우에만 치명적인 사태를 야기했는가 하는 점이다. 오히려 이런 관점은 김봉곤 사태가 가진 고유성을 비평 일반의 무능으로 뭉치는 게 아닌가. '김봉곤 사태는 한국문학 비평의 무능과 오류를 예기치 않게 드러낸 하나의 사례이다'라고 말할 수는 있다. 하지만 '한국문학 비평의 무능과 오류 때문에 김봉곤 사태가 일어났다'라고 말할 수는 없다.

그렇게 말하는 순간, 김봉곤이라는 기표는 비평의 갱신을 위해 도구적으로 동원될 뿐이다. 비평은 김봉곤 사태 속에서 김봉곤의 자리를 삭제하

---

12 같은 글 154면.

고 그 자리에 스스로 들어앉는다. 작가와 작품은 비평을 위한 소중한 자산이지만 그럴수록 비평은 모든 것을 스스로를 위한 자원으로 삼아버리는 자기중심성을 반성하지 않으면 안 된다. 따라서 이번 사태가 문학권력 비판과 비평의 갱신을 도모하는 계기로 작용하는 것과는 별개로 나는 김봉곤 사태를 낳은 근본적인 원인인 창작의 차원에 더 오래 머물 필요가 있다고 생각한다.

강동호는 글의 말미에 "김봉곤 작가에게 쏟아진 비난과 신속한 후속 조치"를 언급하며 "지금 그에게 집중적으로 지워진 막대한 책임이 과연 정당한 수준의 것인지"를 물은 바 있다. 김봉곤을 비평의 혁신을 위한 불쏘시개로 태워버리고 끝낼 일이 아니라면, 이 물음을 더 오래 붙잡을 필요가 있다. 김봉곤 사태는 단지 사적 대화를 무단 도용한 사건에 국한되는 것이 아니다. 그 이후의 처분 과정까지 포괄해야 비로소 사태의 전모가 분명해진다. 하지만 그 처리 과정에 대해서는 모두 약속이라도 한 듯 입을 굳게 다물고 있다. 김봉곤 사태가 드러낸 무능이 있다면 그건 비평의 무능만이 아니라 명색이 공동체를 표방하면서도 이와 같은 사안을 어떻게 다룰지에 대한 합의의 영역을 자율적으로 형성하지 못한 '문학계' 전체의 무능이라고 나는 생각한다.

문학계에서 발생한 문제들이 모두 법정에서 해결되어야 한다고 생각지는 않는다. '정치의 사법화'가 문제라면 '문학의 사법화' 또한 문제적이다. 게다가 법은 최소한의 도덕이라지 않은가. 하지만 이 말은 법적 판결과 별개로 윤리의 고유한 영역이 존재한다는 뜻이지 마련된 법적 절차를 임의로 생략해도 무방하다는 말은 아닐 것이다. '정치의 사법화'를 극복하기 위해 요구되는 것이 사법이 보장한 절차에 미달하는 처분을 정치의 이름으로 승인하는 것이 아니라 사법적 판결로 포괄하지 못하는 영역을 정치의 기술을 통해 감싸 안는 일이듯 문학에서도 마찬가지다. 하지만 이번 사태로 드러난 것은 문학계에서는 그런 자율적이고 내재적인 절차의 영역이 없다는 것 아닌가. 김봉곤 사태와 관련한 처분 과정이 과연 사법 행정이 보장하고 있는 형식적 절차보다 더 낫다고 할 수 있을까. 우리는 그 과정에서 어떤 부끄러움을 느껴야 하는 게 아닐까. 그토록 오랫동안 윤리를 외쳐왔음에도 최소한의 윤리(=법)가 보장하고 있는 절차에도 미치지 못하는 일방적인 속도전 끝에 한 작가를 지워버리는 걸로 사태를 마름질하고 속 편하게 '비평정신의 회복'만 외치면 할 일 다 한 걸까. 그렇게 생각하지 않기 때문에 이 글을 쓴다.

김봉곤 사태와 관련된 창작의 쟁점을 다루겠다는 글에 일견 무관해 보이는 이야기를 이토록 오래 늘어놓은 건 김봉곤의 소설이 보여준 창작윤리의 문제를 지적할 때조차 그가 받은 처분의 합당성을 염두에 두지 않을 수 없기 때문이다. 하지만 이건 당장 어떻게 할 수 있는 문제가 아니다. 법정처럼 정해진 양형기준이 있는 것도 아니고 사안에 대해 심판을 내릴 명확한 주체가 있는 것도 아니기 때문이다. 강조하지만 '지금 그에게 집중적으로 지워진 막대한 책임이 과연 정당한 수준의 것인지'를 묻는 물음에 정해진 답은 없다. 누군가는 과도하다고 생각할 수도 있고 누군가는 정당하다고 판단할 수도 있다. 다양한 의견이 부딪치는 건 좋은 일이다. 문제는 아무도 이에 대해 질문하지 않거나 답변하지 않으려는 데 있다. 김봉곤을 삭제하는 방식으로 출구전략을 마련하려는 움직임에, 그런 식으로 이 사태를 문단 혁신의 알리바이로 삼으려는 시도에 나는 반대한다.

3

이제 김봉곤 사태와 관련된 창작의 쟁점에 대해 살펴볼 차례다. 사실 창작의 쟁점에 대해 본격적으로 다룬 글은 많지 않다. 앞서 언급한 백지은의 글에서 이 문제가 일부 다뤄진 바 있는데 백지은은 "작가가 '진짜'

에 너무 집착했다는 것, 숨기거나 거짓말하고 싶지 않다는 생각으로, 작위와 꾸밈을 경계하는 것을 '실화'에 가필하지 않는 것으로 여겼다는 것, 그것을 '진실한' 이야기로 착각했다는 것"을 거론하며 여기에 김봉곤의 "오류"와 "과오"가 있었다고 비판했다.[13] 하지만 작가가 숨기거나 거짓말하고 싶지 않다는 생각을 가진 것이 무슨 엄청난 잘못일 것이며 '실화'에 가필하지 않았다는 사실에서 그 이야기의 진실성을 추출해 향유했던 건 작가가 아니라 비평가를 비롯한 독자들이다.

한편 이소연은 '오토픽션'을 표방했다 하더라도 다른 사람과 문자로 주고받은 대화 내용을 그대로 옮긴다면 이는 표절에 해당하며 정황상 주변 사람이 등장인물의 신원을 충분히 확인할 수 있는 경우라면 작가 독단의 결정으로 소설에 출연시켜서는 안 된다고 주장한다.[14]

타인과 주고받은 메신저 대화 내용을 그대로 소설로 옮긴 걸 표절로 볼 수 있느냐 없느냐의 문제는 법적인 측면과 문학적인 측면을 망라해서 살펴봐야 할 것이다. 실제 현행법에서 이 대목을 어떻게 판단할지 알 수는 없으나 과연 문학적 관점에서 이를 표절로 볼 수 있을지는 의문이다. 함께 주고받은 메시지에 대해 "다른 사람이 쓴 것을 인용했다는 사실을 소설"에 어떻게 "표기"할 수 있을까. 많은 보도 특종은 누군가가 기자를 만나 사적인 대화임을 전제하고 공개 금지를 요청하며 발설한 정보를 추후에 기자가 폭로하는 형식으로 이루어진다. 이런 경우 언론은 사적인 약속을 지킬 때 얻는 공익보다 그걸 파기하고 공개했을 때 얻는 공익이 더 크다는 판단을 변명처로 내세운다. 이때 문제되는 것은 취재윤리와 법정증거 효력의 문제이지 표절의 차원은 아니다. 소설에서도 마찬가지다. 타인과의 대화를 옮긴 것을 표절의 층위에서 단죄할 수는 없다. 그렇게 되면

---

13 같은 글 163면.
14 이소연 「소금이 짠맛을 잃으면: 비판정신과 비평의 책무」, 『문학과사회』 2020년 가을호, 447면.

편집자는 소설에 등장하는 수많은 대화들에 대해 작가에게 일일이 확인을 요청해야 한다. 허구를 전제한 일반 소설과 오토픽션은 다르다고 주장할지도 모르겠다. 하지만 오토픽션에 등장하는 모든 대화를 실재했던 것으로 보기는 어렵다. 오토픽션은 저자=화자=인물의 동일함을 충족하는 소설 형식을 말하는 것이지 소설에 등장하는 모든 대화가 정확히 그 장소에서 그 시간에 이루어진 것임을 온전히 보증하는 장치가 아니기 때문이다. 말하자면 거기에는 오토와 픽션 사이의 회색지대가 있는 것이고 오토픽션은 그 회색지대가 일종의 숨구멍 역할을 해주기 때문에 성립 가능한 장르인지도 모른다.[15]

김봉곤이 저질렀다는 '사적 대화 무단 인용'을 마치 그가 선택한 오토픽션의 성격으로부터 자동적으로 추출하려는 시각도 있는데 타인과의 대화를 소설 속에 그대로 가져오는 문제는 오토픽션의 장르적 특질과 전혀 무관하다. 오토픽션을 쓰지 않는 작가라 하더라도 얼마든지 타인과의 대화 내용을 그대로 소설로 가져올 수 있다. (실제로 나는 오토픽션을 표방하지 않으면서도 친구와 가족을 비롯해 주위 사람들과의 대화를 소설 안에 가져온 무수한 사례를 알고 있다.) 김봉곤 사태의 폭발력은 표절 때문도, 단지 지인과의 대화 내용을 소설에 갖다 쓴 데 있는 것도 아니다. 핵심은 그 대화에 섹슈얼한 내용이 들어가 있었기 때문이다. 만약 감자튀김과 맥주에 관한 사소한 대화였다면, 물론 그래도 허락 없이 소설에 들어

---

15 변광배는 오토픽션에 "포착과 재현이 불가능한 망각 속의 기억, 무의식 속에 억압되어 있는 과거, 형언할 수 없는 고통 등과 같은 감정의 실제에 접근하기 위해 자서전에 '허구'의 장치를 접목시키는" 측면이 있음을 강조했는데 이런 규정을 가장 잘 충족하는 작가는 박완서인 것 같다. 주지하듯 박완서는 원래 박수근 화백에 대한 논픽션을 구상했지만 잘 써지지 않아서 끙끙 앓다가 문득 이걸 소설로 쓰자 술술 풀렸다고 회고한 바 있다. 논픽션이 사실을 있는 그대로 재현해야 한다는 강박을 요구하는 반면 자전적 소설은 픽션-허구라는 장치가, 이와 같은 회색지대가 되어 작가 스스로를 엄폐할 수 있는 안전지대를 제공해주기 때문일 것이다. 변광배 「오토픽션: 위험한 장르?」, 『문학과사회』 2020년 가을호, 394~95면.

간 것에 대해 누군가 문제 제기를 할 수 있겠지만, 책의 판매중지와 절필 압력으로까지 이어지진 않았을 것이다. 하지만 피해자가 '성적 수치심'을 느꼈다고 이야기하면서부터 사태의 프레임이 완전히 달라졌다. 이 사건은 표절이나 무단 도용과 같은 저작권의 문제를 넘어 일종의 성폭력 사건처럼 여겨지게 된 것이다. 물론 공개되었을 때 개인의 명예와 관련된 특별한 사안은 더 큰 보호를 받아야 한다는 점을 고려해야 한다는 것은 타당하다. 그러나 그런 고려와 함께 우리는 명백히 특정인을 겨냥하고 특정인에게 성적 수치심을 주기 위한 성폭력으로서의 폭로와 우발적으로 발생한 상황을 구별할 필요도 있다.

의도와 목적은 행위의 결과만큼이나 중요하다. 김봉곤은 피해자에게 성적 수치심을 안겨줄 목적으로 그 소설을 썼을까? 그렇게 보긴 어렵다. 일반적인 폭로에서 작성자=폭로자이며 피해자=특정인의 관계가 성립하는 반면 김봉곤 사태에서는 폭로자는 존재하지 않으며 피해자만 존재하는데 불특정 다수의 독자는 그 피해자를 특정인으로 특정할 수 없다는 것도 차이점이다. 따라서 김봉곤이 창작 과정에서 불철저하여 실수를 저질렀다는 사실과 그가 누군가에게 성적 수치심을 안겨주기 위해서 타인의 사생활을 함부로 가져다 소설의 재료로 썼다는 식의 '파렴치 프레임'은 구분되어야 한다. 그럴 의도가 없었지만 결과적으로 그렇게 된 데 대해서는 책임을 져야 하겠지만 그의 소설이 우리가 흔히 접하는 논란이 된 사소설이나 자전소설에서의 폭로와는 목적도 방향도 전혀 달랐다는 점 또한 주목할 필요가 있다. 그 차이는 김봉곤에게 '집중적으로 지워진 막대한 책임이 과연 정당한 수준의 것인지'를 판별하는 데 있어 중요한 요소로 고려되어야 할 것이다.

소설가는 소설에 누구를 등장시킬 수 있고 누구를 등장시킬 수 없는가? 소설은 언제나 기존의 관습과 경계를 파괴하려는 속성이 있기 때문에 누구도 등장시키지 않을 수 있으며 누구나 등장시킬 수 있다. 그건 연역적이고 규범적 차원에서 그렇다는 것이 아니라 그 규범을 비틀고 넘어서려고 하는 욕망 때문에 그렇다. 알다시피 박완서의 데뷔작 『나목』에 등장하는 옥희도는 박수근(朴壽根) 화백을 모델로 했다. 이 점은 박완서 역시 누차 밝힌 바 있고 학계에서도 대중적으로도 정설로 인정되고 있다. 박완서가 이 작품의 집필에 착수한 것은 박수근 화백의 작고 이후이기 때문에 박완서는 박수근에게 당신을 내 소설에 등장시켜도 되겠느냐고 동의를 구하지 못했을 것이다. (만약 살아 있었다고 한들 동의를 구했을지는 의문이다.) 이소연의 주장대로라면 『나목』을 쓴 박완서는 "정황상 주변 사람이 등장인물의 신원을 충분히 확인할 수 있는 경우"임에도 박수근을 "작가 독단의 결정으로 소설에 출연"시킨 파렴치한 작가가 된다. (심지어 박수근은 이미 사망한 상태라 그 작품에 대해 어떤 항변도 할 수 없다.) 그런데 정말 그런가? 우리는 이소연의 말대로 등장인물의 신원을 독자가 파악할 수 있는 사람의 경우 소설에 등장시키면 안 되며 그런 작가가 있으면 찾아서 지탄해야 하는가? 아니면 박수근은 유명한 사람이니까 상관없지만 일반인의 경우엔 보호해줘야 하는 걸까? 그럴 경우 유명인은 왜 그 보호에서 제외되어야 하며 유명과 일반을 가르는 경계는 어디에 있는가?

오한기의 「나의 클린트 이스트우드」라는 작품에는 생존해 있는 미국의 영화배우 클린트 이스트우드(Clint Eastwood)가 등장한다. 만약 클린트 이스트우드가 한글을 배워서 그 소설을 읽은 다음에 자신의 삶은 누군가가 함부로 소설로 갖다 써도 되는 그런 재료가 아니며 그 소설로 인해 자신의 자존감과 내부의 긍지가 모조리 무너지는 수치스러운 경험을 했다며 오한기를 고발하고 나서면 우리는 클린트 이스트우드의 편을 들어줘야 할까? 우리는 그런 클린트 이스트우드에게 뭐라고 말할 것인가?

이소연의 우려가 정확히 해당되는 사건도 있다. 이문열(李文烈)의 「사로잡힌 악령」 필화 사건이다. 거기서 이문열은 고은(高銀)으로 추정되는 사람을 등장시켰고 그를 악하고 위선적인 존재로 그려냈다. 그 작품에서 누군가를 공격하고 비난하려는 의도는 아예 숨어 있지도 않았다. 그러니 어쩌면 중요한 건 실제 인물의 이름을 그대로 소설에 기입해도 되는지 안 되는지, 혹은 이름을 노출시키지 않더라도 주변 사람이 등장인물의 신원을 확인할 수 있는지 아닌지 여부가 아니라 의도와 맥락이 더 중요한지도 모른다. 박완서의 『나목』에 대해 누구도 박완서가 박수근의 허락 없이 함부로 그의 삶을 소설화했다고 비난하지 않는 것은 박수근의 삶을 통해 박완서가 말하려고 했던 바가 폐허 속의 희망이자 현실의 고난 속에 꺾이지 않는 한 인간의 위대한 내면이었기 때문이다. 클린트 이스트우드의 경우에도 오한기가 자연인 클린트 이스트우드의 명예를 조롱하고 공격할 목적으로 그 소설을 썼다고 보기는 어렵다. 그렇기 때문에 나는 클린트 이스트우드가 그 소설을 읽고 엄청난 마음의 부서짐과 수치심으로 일상이 무너졌다고 주장하더라도 그건 보호되어야 할 창작의 범위에 속한다고 말할 것이다.

그렇다면 우리는 관련된 사안을 다룰 때 작가의 의도와 의도치 않은 결과를 균형 있게 고려해야 한다는 기준을 세워볼 수도 있을 것이다. 물론 '의도의 오류'라는 측면에서 보면 개별 작품을 작가의 의도에 귀속시키는 것이 불가능하다고 주장할지도 모른다. 그리고 실제로 작가가 어떤 의도로 특정인을 연상시키는 사람을 등장시켰는지 확인하기 어려운 경우도 존재한다. 그럼에도 우리는 일상에서 어떤 작가가 어떤 의도로 어떤 작품을 썼으며 거기서 인물에 대해 어떤 태도를 취하고 있으며 그로 인해 작가의 이념과 태도가 어떠하다는 것 또한 파악할 수 있다. 가령 똑같이 허락받지 않고 특정인을 소설화했음에도 이문열의 경우와 박완서의 경우는 다르며 박완서의 경우는 용납되지만 이문열의 경우는 용납되지 않는다고 판단할 수 있는 것이다. 이는 이문열이 아무리 자신의 '의도'를 부정하더라도, 그동안 이문열이 취해온 이념적 스탠스나 여타의 발언, 혹은 다른 작품세계를 통해 그 의도를 파악하는 것이 불가능하지 않기 때문이다. 박완서 또한 그동안 그가 『나목』 및 박수근 화백에 대해 했던 이야기를 토대로 그가 어떤 '의도'로 특정인을 작품화했는지 파악할 수 있다.

그렇다면 누군가를 음해하거나 비난할 목적으로 그 사람을 연상시키는 인물을 등장시킨 작품은 모조리 폐기되거나 절판되어야 하는 걸까? 가령 '찌질했던 구남친'의 이야기를 소설로 쓴 여성 작가가 있다고 쳐보자. 아마 그 여성 작가의 친구나 구남친, 혹은 구남친의 친구들은 거기 등장하는 찌질한 남자 인물이 곧 그 사람이라는 사실을 알 수 있을 것이다. 하지만 그 이유만으로 그 여성 작가가 사회적으로 지탄받고 그 소설은 폐기되어야 할까? 물론 법적으로는 그럴 수 있다. 하지만 법이 아니라 문학의 관점에서 봐도 그럴까? 아니면 문학도 사회의 일부이기에 어디까지나 법적인 범위 안에 있어야 하는 것일까? 그렇다면 우리가 이러쿵저러쿵 논하는 걸 넘어 그냥 사안이 생길 때마다 법의 판단에 맡기는 게 좋지 않을까?

만약 그럴 수 없고 문학계 내에서 관련된 사안을 판단하는 기준을 마련하고자 노력해야 한다면 그 기준의 하나로 올리버 웬들 홈스(Oliver Wendell Holmes Jr.) 전 연방대법관이 1919년 '셍크(Schenck) 판결'에서 표현의 자유를 제한할 수 있는 조건으로 내건 '명백하고 현존하는 위험'을 참고할 수 있지 않을까 싶다. 물론 이는 다시 무엇이 명백하고 현존하는 위험인지에 대한 불가피한 토론을 요구한다. 하지만 우리가 원하는 게 모든 사안을 기계적으로 판정할 수 있는 초월적 규범의 수립이 아니라면 그와 같은 토론은 매순간 필수적이다. 가령 앞서 말한 오한기의 작품의 경우 그것이 클린트 이스트우드의 삶에 명백하고 현존하는 위험이라고 보기 어렵다. 아무리 그가 개인적으로 그 작품으로 인한 심리적 충격과 괴로움을 호소한다고 해도 말이다.

이상의 간략한 고찰을 통해 드러나는 것은 비평가가 선험적인 창작방법론을, 그것도 일종의 규율로 제시하는 건 위험하기보다는 무용한 측면이 있다는 것이다. 그것은 너무나 관료적인 접근법이다. 관료적 접근이란 무엇인가? 어떤 사태가 터지면 그 사태 안에 힘겹게 머무르고자 하지 않고 각종 규제를 서둘러 도입함으로써 '무언가 일을 했다'는 생색을 내는 데 몰두하는 것이다. 하지만 우리는 이와 같은 관료적 접근의 유혹에서 벗어나야 한다. 관련해 우리는 '오토픽션' 자체가 필리프 르죈(Philippe Lejeune)이 규범화한 표의 빈틈을 메우려는 의도적인 실험이었다는 점을 상기할 필요가 있다. 요컨대 어떤 규범이 제시된다 하더라도 그 규범은 작가들의 때론 뻔뻔하고 때론 기지 넘치는 실험에 의해 언제나 무화된다. 그렇다고 모든 창작방법론이나 창작의 원리가 부정되어야 한다는 건 아니다. 그 규범과 원리는 언제나 도래할 미래의 창작 앞에 잠정적일 수밖에 없음을 겸허하게 인정하는 태도가 중요할 뿐이다.

문학성(文學性)에서 문학성(文學+城)으로, 그리고 그 밖으로

1. 왜 지금 문학성(文學性)을 다시 묻는가

문학성(文學性)에 대해 묻는 일은 '문학이란 무엇인가'라는 저 오랜 물음을 반복하는 일이다. 하지만 본질에 대한 거의 모든 탐구가 그렇듯 이 역시 물음을 제기하는 주체를 '불가지(不可知)'의 좌절로 몰고 가거나 이미 확립된 저마다의 '정답'에 가닿는 것으로 끝날 위험을 함정처럼 지니고 있다. 그럼에도 우리는 이 함정에 자주, 그리고 기꺼이 빠져드는데 거기에는 몇가지 이유가 있을 것이다. '문학의 문학됨'을 묻는 것을 진지한 문학인의 본령이라 여기는 태도가 그중 하나려니와 때론 눈앞에 펼쳐지는 새로운 현실이 '문학'에 대한 기존의 굳은 관성을 흔들어 '문학다운 문학'에 대한 관점을 다시금 돌아보게 강제한다는 점도 빼놓을 수 없겠다. 그런데 질문은 그 자체로 새로운 문제틀(problematic)을 구성하는 한편 기존의 문제틀을 예각화하는 수행성을 지닌다. 따라서 질문의 욕망이 반드시 해답을 향해 있다고 볼 필요는 없다. 그것은 차라리 자신이 내던져짐으로써 세계 속에서 발생하는 어떤 교란과 교착의 상황을 즐긴다. 이

교란과 교착의 상황, 그것이 곧 위기다. 본질에 대한 의문은 존재의 위기와 밀접하다.

문학성에 대한 물음 역시 문학에 대한 기존의 상상적인 질서가 작동하지 않을 때, 즉 문학을 둘러싼 상징계에 어떤 균열이 발생하는 위기의 상황에서 떠오른다. 이 물음이 발설되는 순간, 한국문학은 다시 어떤 위기에 처한 것으로 받아들여지길 요청받는 것이다. 하지만 문학에 닥친 위기 자체가 새삼스러운 것은 아니다. 차라리 '한국문학'은 기원부터 위기를 자신의 쌍생아처럼 달고 태어났다고 말하는 것이 옳을 것인데, 실제로 근대문학이 제도적으로 자리 잡기 시작한 식민지 시기에서부터 해방과 전쟁, 분단과 독재, 민주화와 자유화를 거쳐 도달한 지금의 시기까지, 한국문학은 늘 안팎의 위기에 시달렸다. 네이션과 길항하며 구축되어온 근대문학의 역사를 돌이켜보건대 그것은 불가피한 일이었다. 그것은 문학 자체의 위기인 동시에 문학 밖의 위기를 자신의 존재 근거로 삼아온 역사에서 비롯되는 것이기도 했다. 그 자신을 "민족적 위기의식의 소산"으로 규정했던 민족문학론의 경우를 떠올려보라. 어쨌거나 많았던 위기만큼이나 원인과 해결책도 다양했다. 식민화와 매판화, 쇄말화(瑣末化)와 사사화(私事化), 정보화 시대의 도래와 영상매체의 보편화, 신자유주의화와 상업화, 패권화와 권력화 등 수많은 진단과 비판이 난무했다. 오랜 기간 동안 위기에 처하지 않은 유일한 것이 있다면 오직 '한국문학의 위기'라는 명제밖에 없는 것처럼 보일 정도다. 왜 그랬을까? 거기에도 그 나름의 이유가 있다. "인간들이 세상의 문제를 스스로 떠맡기 위해", 다시 말해 누군가가 세계의 주체가 되기 위해서는 위기라는 계기가 필요하기 때문이다.[1]

---

1 정명교 「위기가 아닌 적이 없었다. 그러나 때마다 위기는 달랐다: 위기 담론의 근원, 변화, 한국적 양태」, 『현대문학의 연구』 제51권, 2013, 15면.

그러니까 세상에 대한 근본적인 질문은 세계의 주도권을 넘겨받기 전의 불가피한 전단계이다. 전 세상의 해답이 아무것도 해결해주지 않았기 때문이다. 그러면 위기와 불안이 오고, 그리고 그 위기와 불안을 떠맡는 주체가 태어난다. 하지만 그것뿐이 아니다. 근대인들은 그러한 위기와 불안을 자신들의 고유한 속성으로 만들었다. 그럼으로써 위기는 항구적으로 갱신되게 되었고 더불어 그 위기를 떠맡을 주체도 항구적인 변화의 흐름 속에 놓이게 되었다.[2]

영웅의 여정에서 고난이 필수적인 것처럼 근대의 인간들에게는 자신들의 능력을 보여줄 위기가 끊임없이 요청되며 근대의 인간은 위기를 매개로 비로소 세계에 맞서는 능동적인 주체로 바로 선다. 그렇다면 역사적 국면 속에서 계속해서 돌출해왔던 '문학의 위기' 역시 문제를 설정하고 그 위기와 정면으로 대면하고자 하는 주체의 의지가 반영된 것으로 봐야 할 것이다. '문학의 문학됨'을 진지하게 묻는 일은 과거의 적폐를 인식하고 현재의 모순을 반성하며 미래의 전망을 열어내고자 고투하는 새로운 주체를 탄생시키는 과정이며 그런 점에서 문학성에 대한 물음은 알튀세르(Louis Althusser)가 말한 '호명'(interpellation)의 구조와 기능을 갖는다. '어이 당신, 지금 이 엄중한 위기 상황에서 뭐 하고 있어?'라는 외침이 문득 들려올 때, 누군가는 뒤를 돌아보고 '문학 장치'는 다시 한번 가동된다.[3]

그렇지만 위기라고 해서 다 같은 위기가 아니다. 그러니 중요한 것은 현재의 위기를 구체적이고 객관적으로 설정하는 일이 아닐 수 없다. 그런데 과거의 위기가 외생적인 요인에 의해 촉발된 것과는 다르게 현재의 위기는 우리 내부의 한가운데에서 피어오르고 있는 것 같다. 과거의 큼직했

---

2 같은 글 16~17면.
3 '문학 장치'에 대한 최근의 정교한 논의로는 이광호 「문학 장치의 경계에서: '문학권력론'의 재인식」, 『문학과사회』 2015년 겨울호 참조.

던 위기들을 돌이켜보자. 가령 민족민중문학의 위기는 현실사회주의의 붕괴에 뒤이은 신자유주의 세계화의 조건 속에서 발생했고 근대문학의 종언을 둘러싼 논쟁 역시 가라타니 고진이라고 하는 '외부인'의 '선언'이 뒤늦게 우리에게 전해지면서 발생한 바 있다. 그러나 지금 문학성을 다시 묻게 만든 오늘의 위기는 그러한 세계사적 구조 변동과의 연결이 그다지 또렷하지 않은 듯하다. 신경숙(申京淑) 표절 사건에서부터 문단 내 성폭력 사건, 그리고 한국문학에 드리운 여성혐오에 대한 고발에 이르기까지, 지금의 위기는 한국문학 내부의 오래된 적폐를 대상으로 하고 있기 때문이다. 문단을 둘러싼 각종 추문으로 인해 '(한국)문학' 자체가 사회적으로 지탄받는 위기에 처하고 만 것이다. 나는 지금 이 시점에 제기된 문학성에 대한 재탐색의 요청은 바로 이와 같은 위기를 배면으로 하고 있다고 여기며 일단 그 부름에 멈춰서 뒤를 돌아본 이상, 관련하여 내 나름의 생각을 적어보고자 한다.

2. 문학성(文學性)에서 문학성(文學+城)으로

본격적으로 들어가기에 앞서 먼저 문학성(文學性)이 지니는 두가지 용례에 대해 살펴보자. 하나는 주로 문학 텍스트를 비문학 텍스트와 구별 짓기 위한 규범을 정립하려는 노력 속에서 나타난다. 이때 문학성은 비문학 텍스트와 구별되는 문학 텍스트의 특질에 해당한다. 가령 문학이 언어의 조직화에 있어 다른 목적에 사용되는 언어와 구별된다거나, 문학은 언어 그 자체를 '전경화'시킨 언어의 체계라거나, 문학의 언어는 발화의 구체적인 맥락으로부터 분리되는 특징을 지닌다거나, 문학의 언어는 세계와 맺는 허구적인 관계를 강조한다거나 하는 논의들이 대표적이다.[4] 주로 '문학이론'의 측면에서 문학성을 명료화하려는 시도라고 할 수 있는 이러한 논의들은 자율적이고 분화된 제도로서 문학이 성립되고 존재해나가는 과정과 밀접한 관련을 맺고 있다.

다른 용례는 일단 '문학'으로 인정된 것들을 대상으로 하는 논법에서 드러난다. 어떤 작품의 문학성을 따지는 경우가 대표적이다. '모 작가보다는 이 작가의 문학성이 더 뛰어나다'거나 '그 작가는 상업성은 있지만 문학성은 없다'는 식의 발화가 대표적이다. 이때 문학성은 단순히 여타의 '문헌'과 구별되는 '문학작품'의 근본적인 차이를 지시하는 것이 아니라 '문학적 탁월성'을 의미한다. 여기에는 전자의 용례와 다르게 가치판단을 내포하고 있다. 가령 신문 기사와 문학작품의 차이는 질적인 것이 아니지만 같은 문학작품 사이에서 이뤄지는 문학성에 대한 평가는 명백히 가치평가적이다. 어떤 것이 보다 참된 문학에 가까운가에 대한 평가를 담고 있는 이 개념은 그러므로 매우 논쟁적이며 하나의 단일한 기준으로 환원되기 어렵다.

두 질문 모두 각각 형식적·이념적 측면에서 '문학의 본질'과 관련되어 있다. 하지만 '문학다운 문학, 문학의 문학됨'에 대한 우리의 질문은 이 두 범례와 닿아 있으면서도 그것을 뛰어넘는다. 그것은 앞서 얘기했듯이 이 질문이 발원하는 맥락 — 심대한 위기 상황이라는 — 이 존재하기 때문이다. 우리는 지금 한가하게 문학과 비문학의 경계를 묻거나 더 나은 문학작품의 요건을 묻는 것이 아니다. 지금 우리의 입을 통해 나오는 '문학이란 무엇인가'라는 물음은 이성적인 탐구의 계기로 발설되는 것이 아니라 차라리 자조 섞인 한탄과 푸념에 가깝다. 무엇이 우리를 이러한 자조와 한탄으로 이끌었는가? 그것은 "문단이라고 불리는 공간에 실재하는 젠더 불평등과 '강간 문화'"다.[5] 문학의 이름으로 자행된 일련의 참담한 사태가

---

4 조너선 컬러 『문학이론』, 이은경·임옥희 옮김, 동문선 1999, 36~71면.
5 조연정 「겨울호를 펴내며」, 『문학과사회』 2016년 겨울호, 30면.

지금 우리에게 문학성을 다시 묻게 했다는 것은 명백해 보인다. 조연정 (曺淵正)은 관련해 이렇게 말한다. "어느 시대 어떤 집단에서도 문학에 대한 단일한 목소리는 불가능하다. 문학이라는 이름으로 우리가 할 일은 끊임없이 질문하고 주장하며 우리 시대의 '문학성'을 이루는 세목들을 갱신해나가는 일뿐인지도 모른다. (…) 한명의 여성 평론가로서 우리 시대의 '문학성'을 재발견하고 그것을 쉼 없이 갱신하는 일에 적극적으로 목소리를 보태야 할 것이다."[6]

아마 이 지면(『문학과사회 하이픈』 2017년 봄호 특집 '다시, 문학성을 논하다')에 실리게 될 대부분의 글들은 위와 같은 문제의식에서 발원한 것일 테다. 그렇다면 이 글 역시 "문학의 근본적 속성"을 새로이 묻고 "우리 시대의 '문학성'을 재발견"하는 노력에 할애되어야 할 것이나 결론부터 말하자면 별로 그렇지는 않다. 이 참담한 사태를 마주한 우리가 지금 되물어야 할 것이 진정 문학성인가 하는 의문이 채 해소되지 못했기 때문이다. 일련의 사태가 과연 문학의 근본적 속성을 묻는 일을 게을리했거나 과거의 낡은 문학적 관성에 포박된 탓에 발생한 것인가? 하여 문학의 근본적 속성을 더욱 깊이 파헤치고 문학성의 세목을 갱신해가는 작업을 통해 이 참담한 사태를 극복해나갈 수 있단 말인가? 이 두 작업의 소중함을 인정하는 것과는 별개로, 나는 그렇게 생각하지 않는다. 예컨대 조연정은 이번 습작생들을 대상으로 한 문단 내 성폭력 사태를 "특정 출판사가 산출할 수 있는 권력의 효과를 직간접적으로 이용하며 '독자-제자-미등단자-여성'들을 '강간'"한 사태로 규정했다. 하지만 우리는 그 특정 출판사가 산출한 권력이 다름 아닌 문학성의 외피를 두르고 있었다는 점을 잘 알고 있다. 과거의 문학성과 구별되는 새로운 문학성의 갱신 작업은 중요한 것이지만 그렇게 갱신된 문학성이 현재의 제도와 결합될 경우 이런 사태는

---

6 같은 글 29~30면.

얼마든지 계속 일어날 수 있다.

나는 과거에 문학성이 정립되어온 과정을 비판적으로 성찰하고 새로운 문학성의 세목을 갱신하는 작업의 의의 자체를 부정하려는 것이 아니다. 하지만 그 작업을 위해서는 역설적으로 문학성이라는 개념을 떠날 필요가 있다고 생각한다. 어쩌면 지금 우리에게 필요한 것은 문학성의 세목을 다시 구성하거나 문학에 대한 각자의 생각을 자유롭게 나누는 것이라기보다 조연정이 "괄호에 넣"자고 말한 "기성의 제도와 관습과 역사"를 전면에 드러내고 이를 구체적으로 변모시킬 방안을 마련하는 것이 아닐까 싶다.

이를 위해 나는 '문학'이 생성되고 작동하는 구체적인 장으로서 문학성(文學+城)이라는, 상상적이면서도 실체적인 공간을 설정하고자 한다. 문학성(文學性)에 대한 논의가 형이상학적이고 관념적인 논의로 흐를 위험이 큰 만큼 구체적인 역사와 몸피를 지닌 공간으로서 문학성(文學+城)을 상정하고 그 작동 원리와 내적 모순을 들여다보자는 것이다. 문학성(文學+城)이라고 말했거니와 이는 사실 부르디외(Pierre Bourdieu)가 말했던 '문학장'(champ littéraire)과 어느 지점에서 유사하다. 하지만 부르디외의 문학장에 관한 이론을 지금의 한국문학에 그대로 적용시키긴 어렵다. 가령 부르디외가 말하는 '대량생산의 하위장'은 상업적 성공과 경제자본을 추구하는 공간이며 '제한생산의 하위장'은 상징적 자본을 추구하는 공간인데, 이를 지금 한국문학에 적용하면 상업주의에 물든 '창비'나 '문학동네'(문동)는 '대량생산의 하위장'에 속해 있으며 그에 반해 '문학과지성사'(문지)는 '제한생산의 하위장'에 속해 있다고 볼 여지가 생긴다.[7] 이 관점에 입각하면 적대의 축이 '창비' '문동' 대 '문지'의 구도로 세워지는데

---

7 사실 이런 독법은 꽤 일반적인 것이다. 이하에서 비판한 천정환의 '문학 자본주의론'은 바로 이러한 독법에 근거한 대표적인 논의다.

지금의 참담한 사태가 이런 적대의 축에서 발원한 것으로 보기는 어렵다. 오히려 현재의 사태는 이른바 '메이저 3사'를 포함한 전체 한국문학의 장이 야기한 문제로 보아야 한다. 문학성(文學+城)은 그 한국문학의 장을 비유적으로 이미지화한 것이며 이는 엄밀하게 이론적이라기보다는 다분히 경험적이고 수사적인 것이다. 따라서 저마다의 경험이 가진 차이에 따라 사태는 달리 인식되는 것이 당연하겠다. 그렇지만 다양한 저마다의 시각이 모여 온전한 전체의 모습을 드러낼 수 있다는 점을 생각해볼 때 이러한 개인적인 관점의 소용이 전혀 없다고 볼 수는 없을 것이다. 또한 문학성(文學+城)이라는 공간의 설정은 이 성의 경계에 놓인 존재를 가시화하는 데 효과적이다.

문학성(文學+城)은 흔히 독점의 혐의를 받고 있는 몇몇 메이저 출판사와 그들이 운영하는 계간지, 그리고 그 계간지를 기획하는 비평가들의 협업으로 구축된 성채로 여겨지지만 그것이 문학성(文學+城)의 전부는 아니다. 문학성(文學+城)은 편집위원이 아닌 평론가(혹은 문학연구자), 이른바 메이저 출판사가 아닌 곳에서 발간하는 다양한 잡지, 신춘문예를 비롯한 다기한 등단 제도 등을 포함한다. 그렇다고 문학성(文學+城)이 다원주의적인 열린 공간인 것만도 아닌데 왜냐하면 그곳에서는 주류 세력이 옹호하는 문학의 지속성과 구속력을 계속 유지시키기 위한 작업이 끊임없이 진행되기 때문이다. 이는 문학성(文學性)이라는 범례적 규준을 창출하는 작업과 맞닿아 있다. 그 결과 현재 한국사회에서 문학성(文學性)을 획득한다는 것은 문학성(文學+城)이라는 공간 내에 성공적으로 편입되는 것을 의미하게 되었다. 문학성(文學+城)에 편입되지 않고서도 성공하는 작가나 작품은 많지만 그것의 승인 없이 문학성(文學性)을 인정받는 경우는 거의 없다는 점을 떠올려보라. 문학성(文學+城)은 문학성(文學性)을 독점적으로 생산하고 추인하는 상징적 작업이 수행되는 공간인 동시에 (상징)자본의 축적을 꾀하는 장소다.[8]

문학성(文學+城)에는 다양한 구성원들이 존재한다. 먼저 그 성채는 성 안의 사람과 성 밖의 사람을 나눈다. 알다시피 부르주아의 어원인 'Bürger'는 원래 성 안의 사람을 의미했다. 문학성(文學+城) 안에서 시민 권을 얻은 자, 즉 '부르주아'는 등단에 성공한 작가와 평론가들 혹은 등단을 거치지 않았지만 이런저런 인연으로 유수 계간지를 통해 글을 발표하며 문학에 대한 내적 발언권을 획득한 사람들이다. 하지만 '부르주아'들이라고 해서 처지나 형편이 모두 다 같은 것은 아니다. 거기서 가지고 있는 금전적·상징적 자산의 크기는 모두 다르다. 그렇지만 이것이 이들이 성 안의 사람들이라는 사실을 바꾸지는 못한다.

성 안의 사람들이 있다면 성 밖의 사람들도 있을 것이다. 성 밖의 사람들의 존재 역시 다양하다. 어떤 사람들은 그 성채 안을 동경하기도 하고 어떤 사람은 그에 냉담하기도 하다. 아예 성 밖에서 다른 성을 구축하며 기꺼워하는 사람들도 있다. 문제는 이 문학성(文學+城)의 구성적 외부에 놓인 사람들이다. 이들의 눈은 오직 성 안을 향해 있으며 이들의 꿈은 이 성채 안에 당당하게 진입하는 것이다. 따라서 모든 성 밖의 사람들이 문학성(文學+城)으로부터 배제당했다고 성급하게 말해서는 곤란하다. 누군가는 기존의 문학성(文學+城)과 상관없는 자리에서 자신들만의 영토를 구축해내며 이를 통해 새로운 문학성(文學性)을 창안하는 데 성공하기 때문이다. 지금 배제당한 자로서 문제가 되는 것은 오직 성 밖에 있으면서 성 안을 상상적으로 동경하는 사람들이다. 등단을 준비하는 습작생들이 대표적이다. 문학성(文學+城)은 자신들만의 코드로 특정한 문학성(文

---

8 문제는 한국의 문학성(文學+城) 내의 동질성이 매우 강하다는 점이다. 주류와 비주류를 가르는 선은 문학관이나 작품에 대한 관점이라기보다는 차라리 (상징)자본의 차이밖에 없어 보인다. 이러한 현실이 문학성(文學+城) 내에 각기 다른 처지의 거주민들의 존재에도 불구하고 문학성(文學+城)이 동질적인 하나의 성채로 구획되어 인식되는 원인일 것이다.

學性)을 생산해내며 성 밖의 사람들로부터 상징권력을 획득해낸다. 하지만 모든 이데올로기가 그렇듯 주체의 응답이 없다면 그것의 작동은 불가능하다. 이때 문학성(文學+城)에서 발신하는 문학성(文學性)이라는 이데올로기는 정확히 등단을 희망하는 습작생들을 겨냥하며 그 이데올로기에 응답하는 순간 그들은 문학성(文學+城)의 구성적 외부가 되며 문학성(文學+城)의 상징자본을 재생산하는 '프롤레타리아트'로 변모한다. 따라서 이번에 불거진 '문단 내 성폭력' 사건은 그런 점에서 잘못된 명명이다. 그 사건은 대부분 '문단 내'에서 이루어진 것이 아니라 '문단의 경계'에서, 다시 말해 문학성(文學+城)의 안과 밖이 교호하는 자리에서 발생한 것이기 때문이다. 문학성(文學+城)의 구조와 작동방식에 비추어보아 피해자의 상당수가 습작생이었다는 것은 결코 우연이 아니다.

문학성(文學+城)이 문제적인 공간으로 우리 앞에 제시될 때, 우리는 크게 세가지 방향에서 이 문제를 논할 수 있다. 먼저 문학성(文學+城) 내의 작동 방식을 총체적으로 점검하고 개혁하는 방안을 마련하는 일이다. 다음으로는 문학성(文學+城)의 경계를 확장시키고 담장을 낮춰 문학성(文學+城)의 개방을 꾀하는 일이다. 마지막으로는 현재의 문학성(文學+城)과 독립적인 다른 성채의 구축을 시도하는 일이다. 이 세가지는 독립적인 것이라기보다는 서로 깊숙이 연루된 것이기도 하다. 가령 문학성(文學+城) 내의 담합 구조에 대한 비판은 필연적으로 문학성(文學+城)의 경계 확장을 요구하며 이 경계 확장의 요구는 문학성(文學+城) 밖에서 자신들의 자리를 마련하려는 이들을 통해 제기될 수도 있다. 웹툰 『송곳』의 명대사인 "서는 곳이 달라지면 풍경도 달라지는 거야"라는 말은 인간의 간사함을 냉소하는 것을 넘어 모든 인간이 자신의 시야를 근본적으로 제약하는 한계 내에 서 있을 수밖에 없는 처지임을 냉철하게 일깨운다. 내가 선 곳과 이 글이 자리할 곳이 문학성(文學+城) 내이므로, 일단 그 내부의 작동방식을 들여다보는 것에서부터 시작하고자 한다.

3. 문제는 문학주의가 아니다: 제도 비판을 넘어서

문학성(文學+城)에 대한 기왕의 비판이 없었던 것은 아니다. '문학권력'론이 대표적이거니와 '문학주의' 비판 역시 그 일환이었다. 여기서 '문학주의'는 단지 개인이 문학에 대해 취하는 주관적인 신념의 체계를 지시하는 것이 아니다. 문제는 이것이 제도와 시스템에 대한 반성적 성찰을 가로막는 알리바이로 기능해온 저간의 사정에 있다. 강동호는 관련해서 다음과 같이 말한다.

> 우리가 문학주의에 대한 신앙에 가까운 믿음에 비판적으로 접근할 필요가 있는 것은 원론적인 차원에서의 문학주의가 바로 그 의도와 무관하게 저 기이한 결탁의 양상을 가리는 알리바이로 동원될 수 있기 때문이다. (…) 문학 역시 사회학적 분석의 대상이 되어야 한다는 자의식적 긴장이 부재한 문학주의는 탈역사적인 신비주의와 의기투합하여 문학 자체를 낭만적으로 물신화하는 데 일조한다.
>
> 더욱 문제적인 것은 신비주의와 결합한 문학주의가 그 의도와 무관하게 문학주의의 도덕화를 야기할 수 있다는 사실이다. 즉, 권력의 존재론과 함께 사유되지 않는 자족적 윤리(혹은 미학적 윤리)는 윤리의 도덕화, 윤리의 권력화로 귀결되기에 이른다. 신앙에 버금가는 신념의 탈정치성은 정치의 무대 자체를 봉쇄시키고 토론의 가능성을 차단해버린다는 점에서, 오히려 보수적인 성격을 띤다.[9]

이번 '문단 내 성폭력 사태' 이전에 발표된 글이지만 문학주의의 문제

---

9 강동호 「비평의 장소」, 『문학과사회』 2015년 겨울호, 433면.

점을 날카롭게 지적하고 있다. 흔쾌히 동의할 수 있는 말이다. 나 또한 단언컨대 문학주의는 문제적이다. 하지만 문학주의에 대한 비판이 새로운 구상과 실천으로 이어지지 못할 경우 그 역시 '자족적 윤리의 표출'에 그칠 위험이 있다. 문학주의 비판은 이제 구체적인 제도의 개혁을 위한 실천과 연결되어야 한다. 이는 기왕의 제도 비판을 반복하는 것을 넘어 새로운 대안과 실험에 접속하는 일이어야 할 것이다. 이번 사태를 통해 우리는 '등단 제도'를 발본적으로 들여다보게 되었다. 습작생들에 대한 각종 '착취'를 매개하는 것이 등단 제도이기 때문이다. 문학성(文學+城)으로의 진입이 누군가에게는 삶의 성패를 좌우하는 것으로 다가올 때 거기서 현저한 권력의 불평등이 발생한다. 알다시피 등단은 기성 작가와 평론가들의 심사를 통해 이루어진다. 그런데 여기서 작가와 평론가들이 얼마나 '문학주의적'인지는 별로 중요하지 않다. 가령 문학주의를 비판하는 강동호는 그러나 『문학과사회』의 신인 작가를 선정하는 데 영향력을 행사할 것이며 출판사의 출간 계획에도 관여할 것이다. 문학성(文學+城)의 재생산의 관점에서, 그러니까 강동호가 강조했던 "'시스템'이라는 차가운 사회학적 용어"를 통해 보았을 때 '문학주의자' 아무개와 '반(反)문학주의자' 아무개라는 '요인'(factor)은 거의 '무차별'(indifference)하다.

따라서 이 지점에서 중요한 것은 문학주의에 대한 비판을 넘어 등단 제도를 둘러싼 열린 논의의 장을 마련하는 일이다. 관련해서 우리는 비평가와 기성 작가들이 후보작을 선별하여 그중 한명만을 선발하는 신인상 제도의 폐지를 생각해볼 수 있을 것이다. 물론 좋은 작가를 선발하는 일은 문학 출판사의 포기할 수 없는 본령이지만 이것이 반드시 현재와 같은 제도로 이루어져야 하는 것은 아니다. 가령 '삼인 시집선'은 시집 한권을 채울 수 있는 50~60편의 작품을 받아본 뒤 역량이 확인된 시인들의 시집을 출판하기로 했는데 이때 투고 자격과 등단 유무는 무관하다. 창비에서 새로 나온 문학잡지 『문학3』 역시 등단 유무와 상관없이 작품 투고를 받는다. 『21세기 문학』도 기존의 신인상을 없애고 문호를 개방한다고 밝혔다. 이러한 실험은 아직 준비 중이거나 초기 단계라 어떤 결과를 내게 될지 섣부르게 예측할 수는 없다. 하지만 많은 출판사들이 기존의 등단 제도에 의지하지 않는 '수고로움'을 기쁘게 받아들여야 할 상황이 다가오고 있는 것만은 분명해 보인다.

문학주의에 대한 신랄한 비판자로 천정환(千政煥)을 빼놓을 수 없다. 그는 '작은 문학주의'라는 용어를 사용하는데 이는 "문학으로 사회를 바꿔야 한다는 '운동으로서의 문학' 같은 데에 거리를 분명히 설정하지만, 동시에 다른 어떤 것보다 우월한 시, 소설만의 신비로운 역능이 있다고 신앙하는 역설적 태도"를 지시한다.[10] 그는 이러한 태도에 매우 냉소적인데 거기에는 문학주의가 "비평의 타락"을 동반하며 굴러가는 '문학 자본주의'라는 하부구조를 분식(粉飾)하는 이념적 태도에 불과하다는 판단이 작용하고 있는 듯하다. 강동호가 '문학주의의 도덕화'를 경계한다면 천정환은 '문학주의의 상업화'를 힐난한다. 그리고 '상업화'가 타깃이 될 때, 자연스럽게 창비와 문동이 비판의 주된 대상으로 떠오르며 문지는 한발 뒤로 물러나게 된다. 그러나 천정환이 주장하는 '공생의 유물론'은 한국 문학사에서 가장 강력한 문학주의의 생산처이자 발신처였던 문지를 정면으로 다룰 수 없다는 점에서 '절반의 유물론'에 불과하다. 현재 한국의 문학 자본주의는 화폐자본과 상징자본의 긴밀한 연합으로 구성되어 있는데 천정환의 논의에서는 상징자본의 기능과 위상이 전혀 고려되고 있지 않기 때문이다. 가령 이번 문단 내 성폭력 사태가 문학과지성사에서 시집을 낸 여러 시인들을 둘러싸고 터져나온 것은 문학성(文學+城) 내에서 문지가 차지하고 있는 상징자본의 거대함에서 비롯된 것이며 문지가 문학성

---

10 천정환 「'몰락의 윤리학'이 아닌 '공생의 유물론'으로: 문학장과 지식인 공론장의 구조 변동을 위한 제언」, 『말과활』 제9호, 2015, 89면.

(文學性)의 규범과 실천 양태를 구축하고 유포해온 역사와도 맞물린 것이다. 따라서 습작생들을 대상으로 한 문단 내 성폭력 사건은 젠더의 문제인 동시에 (상징)자본의 문제이며 그런 점에서 계급적 문제이기도 하다. '문학 자본주의론'은 문학성(文學+城)의 착취 메커니즘을 오히려 단순화시키는 측면이 있는 듯 보인다.[11]

지금 우리에게 필요한 것은 '문학주의를 타도하자'와 같은 슬로건이 아니라 현재 문학장을 구성하고 작동시키는 갖가지 제도와 장치를 어떻게 바꾸거나 혁신할 것인가에 대한 구체적인 대안을 모색하려는 노력이다. 천정환 역시 현재 한국문학을 지탱하고 있는 "제도와 자본의 힘에 대해 우리는 제대로 바라봐야겠다"고 옳게 말한 바 있다.[12] 그래서 문제는 다시 제도 비판이지만 사실 이제까지 행해져온 제도 비판을 고스란히 반복하는 일로 충분한지에 대해서는 회의적인 마음이 들기도 한다. 가령 몇십년 동안 성실한 비판을 계속해왔는데 사태가 더 나빠져만 간다면 우리는 어쩔 수 없이 우리의 비판에 어떤 문제가 있지는 않았는지 돌아보지 않을 수 없기 때문이다. 권명아(權明娥)는 한국사회에서는 제도 비판이 불가능하다면서 그 이유를 "제도 비판을 인격화해서 개인적 모욕으로 간주하는 경향이 강"하다는 점에서 찾는다. 한국문학 제도에 관한 비판 역시 비판을 받는 측이 이걸 사적 모욕으로 받아들여 한국문학이 자기비판의 계기를 상실했다는 것이다.[13] 문학권력 비판에 신경질적이고 회피적으로 반응한 피비판자 측의 태도를 떠올려보건대 이러한 지적이 전적으로 틀렸다고 보기는 어렵다. 그러나 이제까지 이루어진 제도 비판이 '사적 모욕'과는

---

11 천정환의 '문학 자본주의론'에 대한 더 구체적인 논의로는 「'문예지'의 공공성: 창비를 소재로 생각해본 '편집'과 '소유' 또는 사업성과 공공성의 모순」, 『오늘의 문예비평』 2016년 봄호 참조.

12 같은 글 85면.

13 권명아 「독점과 모욕의 자리」, 『한겨레신문』 2015.7.8.

관련 없는 '순수한 제도 비판'(이런 게 있을 수 있다면)이었다고 주장하는 것도 곤란하다. 가령 천정환의 이런 말—"오늘날 문학비평가들의 평균적 지위란 매우 한심하다. 도무지 존재 근거를 알 수 없는 지경이다. 그중 나은 창비, 문동의 문학 관련 편집위원 중에서도 몇몇은 여전히 '문단 말석'에 가까운 자리에서 '작가 선생님'과 '비평가 선배님' 사이를 오가며 허드렛일을 할지도 모른다. (물론 그 수고의 대가는 다양한 세속적 보상으로 주어지는 경우도 있는 것으로 보인다.) 학문적·비평적으로도 어떤 영향력이 있는가?"—을 듣고 이를 '사적 모욕'으로 받아들이지 않을 '문학비평가'가 있을까? 천정환의 문학 자본주의론에 대해 진지하게 토론하고자 하는 '주류 문단의 문학평론가'들은 이제 그 자신이 "다양한 세속적 보상"을 노리고 문단 말석에서 "허드렛일"을 하지 않았다는 것을 구차하게 증명하거나 자신의 작업이 지니는 "학문적·비평적 영향력"을 스스로 입증해야 하게 생겼다. 그런데 누가 자신의 이러한 '결백'을 굳이 입증하기 위해 그와 논쟁적 토론에 임하겠는가? 물론 제도 비판이 다 이런 식이라는 것은 아니다. 천정환의 경우만 해도 한국문학 제도와 문학의 공공성을 사유하기 위한 소중한 생각의 단초를 우리에게 여럿 던져준 바 있다. 그렇기 때문에 오히려 이러한 태도와 서술이 더욱 아쉬워지는 것이다

한편 권명아는 같은 글에서 "사적이고 독점적으로 비평가를 재생산하는 방식도 공개적으로 비판되어야 한다. 논란이 되는 대형 출판사 관계자들이 한국문학의 가치를 수호하는 것과 독점자본의 지위를 모순 없이 겸해왔던 이중성에 대해 근원적인 자기비판이 필요하다"[14]고 말한 바 있다. 하지만 문제의 핵심은 비판의 부족이나 자기성찰의 부족이 아니다. 관심법을 쓰지 않는 한 어떤 자기비판이 "근원적인 자기비판"인지 아닌지 여부를 판명할 방도는 없기 때문이다. 따라서 중요한 것은 타자의 성찰과 자

---

14 같은 글.

기비판에 대한 요구라기보다는 그조차 받아들이지 않을 수 없는 개혁 방안을 도출해내고 합의에 이르게 하는 노력이다. 이는 말처럼 쉽지 않은데 왜냐하면 이러한 합의를 도출하고 실천해나가기 위해서는 비판세력과 피비판세력 사이의 최소한의 신뢰가 형성되어 있어야 하는데 지금은 도무지 그러한 신뢰를 찾아볼 수가 없기 때문이다. 권명아는 같은 글에서 창비와 문학동네에 대해 이들이 "한국문학의 수호자라는 '신성한 자리'를 이후로도 유지할 수 있으려면 독점자본과의 실질적 분리가 이뤄져야 할 것이다. 그리고 그러한 분리가 과연 가능한지 스스로 물어야 한다. 이런 최소한의 형식적 변화조차 불가능하다면, 한국문학 제도는 파산해버려도 아깝지 않은 한국문학 주식회사에 불과하다"고 말한 바 있는데 토론이 필요한 부분을 '정답'처럼 제시해놓은 후 자신이 마련한 정답에 도달하지 못할 경우 그 존재 의의를 송두리째 부정하는 식의 태도는 곤란하다.

권명아는 또한 "대형 출판 주식회사의 상징적이고 실제적인 주주 자리에 있는 이들이 비평가나 편집위원을 겸하는 것은 금지되어야 한다"고 주장한다. 그러나 주주와 비평가의 겸업 금지가 '문학 자본주의'를 극복하는 충분한 대안일 수 없음은 '실천문학' 사태가 증명한 바 있다. 실천문학의 편집위원들의 대다수는 주주가 아니었지만 바로 그 때문에 대주주가 중심이 된 주주총회 결과 물러날 수밖에 없었다. 물론 이를 두고 '실천문학은 파산해버려도 아깝지 않은 한국문학 주식회사에 불과하다'고 말할 수는 있다. 그러나 그렇다면 현재 협동조합이나 공동 소유 형식으로 운영되지 않는 모든 출판자본이 파산해도 아깝지 않은 주식회사들에 불과해진다. '독점출판자본'과 '문학주식회사'들이 엄존하는 현실 내에서 그 나름의 대안을 마련하려는 수많은 노력들과 만날 수는 없는 것일까?

제도 비판은 문학권력 비판에서 문학 자본주의론으로 점점 정치해지고 급진화되어가고 있는데 왜 우리가 발 딛고 서 있는 문학 현실은 점점 나빠져만 가는 걸까? 나는 이를 '비판과 실행의 분리' 현상에서 찾고 싶다.

우리 현실에서 대부분 비판자는 곧 당사자인 경우가 많다. 우리가 한국사회를 비판하는 것은 우리가 한국사회에서 살아가야 할 시민이기 때문이며 우리가 정당과 정치인을 비판하는 것은 우리가 그들밖에 대안으로 가지지 못한 가련한 유권자이기 때문이다. 하지만 문학의 경우엔 다르다. 여기서 우리는 문학성(文學+城)은 학술장의 구조변동과 뗄 수 없는 관계를 맺고 있다는 점을 상기할 필요가 있다. 비평이 체제 내화되었다는 비판이 나온 지 오래다. 그렇게 말하는 사람들은 비평가들이 창비, 문동, 문사 등 몇몇 거대 문학권력 시스템 안에 안주해 올곧은 비평정신을 잃고 타락했다고 말한다. 일리 있는 말이지만 나로서는 '거대 출판사'보다 더 큰 '체제'가 눈에 띈다. 바로 대학이다. 내게 있어 비평가가 체제 내화되었다는 말은 비평가들이 더는 문학성(文學+城)을 자신의 터전으로 삼지 않고 대학을 자신의 터전으로 삼았다는 것을 의미한다. 이해할 만하다. '논문 수'와 '업적량'은 당장 자신의 생계와 직업을 유지해주는 데 반해 '문학비평'은 그에 비하면 별로 쓸모없는 물건이기 때문이다.

이렇다보니 문학성(文學+城)의 문제는 날카롭게 지적되는 데 반해 이것을 어떻게 바꿀 것인지에 대한 구체적인 실천 방안은 잘 보이지 않는다. 이 작업은 오랜 시간이 걸리며 구체적인 수고를 요하는 일이기 때문이다. 그러나 이미 그 공간이 자신의 공간이 아니라고 생각하는 사람이 굳이 그 수고를 질 리 없다. 우치다 다쓰루(內田樹)식으로 말하자면 여기에는 '어른'이 없는 것이다. 우치다 다쓰루에 따르면 아무리 잘 만들어진 사회 시스템도 지속적으로 작동되기 위해서는 일정 수의 '어른'이 필요하다. 이때 어른은 시스템이 망가졌을 때 호들갑을 떨며 남에게 수리를 미루는 사람이 아니라 이 시스템의 보전이 자기 일이라고 생각하며 선뜻 그 수리를 떠맡는 사람이다.[15] 그러니 '이 시스템은 내 것이 아니니까 파산

---

15 우치다 타츠루『어른 없는 사회』, 김경옥 옮김, 민들레 2016, 39~40면.

하거나 없어져버려도 상관없어'라고 말하는 사람의 목소리는 시스템 내부의 문제를 해결하거나 사태를 나아지게 하는 데 거의 도움을 주지 못한다. 이런 생각을 하는 사람의 목소리를 시스템 내부에서 진지하게 경청하기를 기대하기란 어려운 일이다.

그러나 비판자들이 '어른'의 역할을 하지 못하게 된 것을 비판자 자신의 문제로 돌릴 수는 없는 노릇이다. 비판자들이 이 공간을 더이상 자신의 공간으로 여기지 않게 된 것은 문학성(文學+城)의 주류 세력들의 책임 역시 크기 때문이다. 비판자들은 스스로 문학성(文學+城)을 떠난 듯 보이는 동시에 문학성(文學+城)으로부터 배제된 듯 보이기도 한다. 돌이켜보건대 첫 단추부터 잘못 끼워졌다. 2000년 이후 문학권력 논쟁이 벌어졌을 때, 비판받는 측에서는 이 비판을 열린 태도로 경청하고 그 문제의식을 차분히 고려하기보다 감정적이고 공격적인 반응으로 일관했다. 그 결과 비판자들로부터 신뢰를 잃게 되었다. 여기서 신뢰를 잃었다는 것은 문단의 주류세력이 비판자들과 다른 입장을 지니고 있다는 사실에서 비롯한 것이 아니라 그 사실을 확인하는 과정에서 서로에게 깊은 감정적 불신의 골이 생겼다는 것을 의미한다. 그리고 이러한 불신과 감정적 앙금은 후배 세대들에게 고스란히 '거대한 유산'으로 상속되었다. 그래서 이들은 우리의 선배 세대들이란 결국 문학판에 반목과 불신, 냉소와 조롱, 체념과 분노만을 증여해준 이들이 아닌가, 그 결과 누군가는 남고 누군가는 떠났지만 그 승패(勝敗)의 문제는 한국문학의 성패(成敗)의 문제와 결국 무관한 것 아니었나 의심한다. 따라서 이후 세대들은 그러한 제도 비판과 상관없는 자리에서 자신들의 새로운 영토를 개척하고자 분투하거나 현재를 즐긴다.

이른바 문단의 주류들은 자신에 대해 쏟아지는 비판 앞에서 경직되고 수동적인 공격성을 보여왔는데 지난 신경숙 표절 사태 때 창비와 문학동네가 보인 반응을 떠올려볼 때 이러한 태도는 아직까지 여전한 듯하다.

그때 많은 단체들에서 공개 토론회를 열었지만 창비는 그 토론에 공개적으로 응하지 않았다. 한마디로 그 비판의 목소리들을 회피하거나 묵살한 것이다. 문학동네는 마치 거기가 경기의 중립성을 보장할 수 없는 어웨이 경기장이기라도 한 듯 몇몇 비판자들을 자신의 홈그라운드로 불러들였고 알다시피 그 오만의 대가는 혹독했다. 하지만 이러한 오만하고 폐쇄적인 태도로는 자신의 생각을 상대방과 독자들에게 허심탄회하게 전달할 수 없으며 자신은 여전히 외부에 의해 개혁의 '대상'으로만 남게 된다. 하지만 앞에서 말했듯 지금 개혁의 마땅한 '주체'는 존재하지 않는 상황이다 (그들은 문단 일보다는 주로 다른 일에 더 바쁘므로). 그러니 비판받는 측은 그 스스로 개혁의 대상인 동시에 주체라는 점을 잊어서는 안 된다.

나는 지금이라도 이제까지 문단 주류를 향해 제기된 여러 요구와 제안들을 공식적으로 토론할 수 있는 공간이 시급히 마련되어야 한다고 생각한다. 공개적으로 서로가 맞붙어야 한다는 거다. 맞붙는다는 건 강동호가 지양하는 바처럼 "객관적 사실의 측면에서 오인하는 지점이 있더라도 그 오인을 세세하게 지적하고 교정하는 방식으로 비판에 응답하는 것"을 포함하는 일이 되어야 한다. 강동호의 말은 일견 비판자에 대한 너그러운 포용을 보여주는 듯하지만 이런 태도야말로 징후적인 권력 현상에 다름 아니다. 마치 선생님이 학생의 잘못된 질문도 잘 헤아려 들어줘야 한다는 듯이, 또는 어른이 아이의 무지를 탓하지 않아야 한다는 듯이. 과연 비판자들이 그런 태도를 고마워하며 감격할까? 어림없는 소리다. 비판자들의 주체성을 인질로 자신의 윤리성을 보강하는 꼴이다. 비판자들은 우리가 헤아려주거나 보듬어줘야 할 '약자'가 아니다. 그들 역시 문학성(文學+城)의 엄연한 시민이며 따라서 그들의 발언을 동등한 시민의 발언으로 대우할 필요가 있다. 그러니 이런저런 계급장 다 떼고 같은 시민으로서 붙어야 한다. 계간지, 출판 시스템, 등단 제도, 작가론, 작품론, 작가·비평가 관리 시스템, 젠더 불평등 등등 모든 부문에서 활짝 열고 토론해야 한다. 물론 이러한 문제 제기가 없었던 것은 아니다. 그러나 비판받는 대상은 대개 내부 사정을 알지 못하는 발언이라거나 현실성 없는 이상론이라며 공개적으로 그 비판에 대응하기를 꺼렸다. 이제껏 공개적으로 묵살했다. 더는 그래서는 안 된다. 문학성(文學+城)은 몇몇 출판사와 인물이 독점할 수 있는 그런 공간이 아니다. 그들 역시 문학성(文學+城)의 시민으로서 발언권이 있으며 우리 모두 서로의 목소리를 동료 시민의 소중한 의견으로 받아 안을 필요가 있다.

그런 마음이 도저히 생기지 않는다면 비판자의 비판이 얼마나 정합성과 실천력이 떨어지는지를 보여주기 위해서라도 그 목소리에 응답해야 한다. 공개적인 지면과 공개적인 자리를 통해 되는 것은 되고 안 되는 것은 왜 안 되는지를 대중 독자들에게 보여줄 필요가 있다. 우리가 그동안 "그 오인을 세세하게 지적하고 교정하는 방식"으로도 대응하지 않았기 때문에, 아예 무시했기 때문에 지금의 불신이 유발된 것은 아닌가. 물론 이 과정에서 출판사는 외부에 알리고 싶지 않은 혹은 알릴 필요가 없는 정보의 공개까지 감당해야 할 경우가 생길지도 모른다. 그럼에도 그 위험은 한국문학계를 위해 충분히 감수할 만한 위험이라고 나는 본다. 요는 이제까지 해온 방식의 제도 비판은 어떤 면에서는 충분하지만 그래서 많이 부족하다는 것이다. 구체적인 대안과 개혁 프로세스를 합의하기 위한 만남이 이제는 필요하다.

4. 천국은 다른 곳에

하지만 문학성(文學+城) 내의 개혁에 힘쓰는 것과 동시에 우리는 성 안에 안주하려는 시도를 벗어던지고 더 넓은 광야로 끊임없이 나아가고자 애써야 하는 것이 아닐까. 여기저기서 들려오는 날선 비판들을 종합해보건대 지금 문학성(文學+城)은 구제불능의 상태에 처해 있는 것이 아닌가. 한국문학계에 대한 실천적인 혁신 로드맵이 나오지 않는 것은 비판자들의 나이브함 때문이 아니라 그 안에서 어떠한 변화의 희망도 찾기 힘들다는 (비판자들의) 암울한 판단 때문은 아닌가. 모두들 소리 높여 '공공성의 회복'을 외치지만 스스로 그 가능성에 대해 회의적인 것은 아닌가. 그러니 차라리 우리의 천국은, 다른 곳에 있다고 보는 편이 낫지 않은가.

그 비판에 모두 동의할 수 있는 것은 아니지만 그렇다고 그 비판에 어린 분노와 회의감이 쓸모없는 것이라고 생각지도 않는다. 그 분노와 회의의 정동을 문학성(文學+城) 안으로 투여하는 것을 멈추고 성 밖에서 대안적인 무언가를 구축하는 에너지로 쓸 수 있다면 말이다. 이제껏 제도 비판은 언제나 문학성(文學+城) 안을 향하고 있었다. '중심'을 향한 집중은 그곳에서도 역력했던 것이다. 그러나 그 중심이 기쁨이 아니라 분노를, 희망이 아니라 체념을, 해방이 아니라 억압을 가져다준다면 더이상 그것을 붙들고 있을 필요가 있을까. 차라리 문학성(文學+城)을 떠나 새로운 대안을 창출하는 길로 나아가는 것이 낫지 않을까.

새로운 대안을 창출하는 일, 물론 쉽지 않다. "독점화된 제도의 힘은 이로부터 이탈하는 힘들이 자리할 토양을 사실상 황폐화"[16]한 것처럼 보이기 때문이다. 그러나 한국 정치에서 보수 양당의 독점이 오래되었다고 해서, 그리고 그것이 진보정당이 배태될 토양을 황폐화했다고 해서, 비록 그것이 사실일지라도 언제까지 앉아서 거대 양당 욕만 하고 있을 수는 없는 노릇이다. 그럼에도 새로운 정치의 영토를 개척해야 하는 것이 우리의 과제이듯 이 역시 마찬가지다. 그리고 나는 제도로부터 이탈하는 힘들이 자리할 토양이 황폐화되었다고 전혀 생각하지 않는다. 오히려 독립출판의 유행이 보여주는 것처럼 제도의 자리 너머에서 자신의 문학을 생산하고

---

16 권명아, 앞의 글.

유통할 공간이 지금 그 어느 때보다 활짝 열리고 있다. 이제 문학성(文學+城)은 그 밖에 생겨나는 다양한 성채들로 인해 보다 자유롭고 활기찬 공간으로 변모하게 될지도 모른다.

지금 눈앞에서 조금씩 열리고 있는 이 공간이 '우리의 천국'인지는 확실치 않다. 그 잠정적인 천국을 기다리는 동안 우리는 우리가 지금 발 딛고 서 있는 이 보수적인 제도를 개선하기 위한 노력을 게을리할 수 없다. 어쩌면 천국은 언제나 늘 내가 지금 서 있는 자리보다 약간 비켜선 곳에 자리하고 있는지도 모른다. 하지만 문학은 영원히 닿을 수 없는 그 천국을 향한 유토피아적 열정의 다른 이름이라고 할 때, 현재의 문학성(文學+城)에서 조금 비켜난 그 자리에 자신의 문학적 거처를 마련하려는 소망을 잃지 않는 일은 무엇보다 중요하다. 비록 현재는 초라하고 미약한 가능성의 양태일 뿐이지만 그곳만이 우리의 천국이 될 수 있을 테니 말이다.

'촛불혁명' 시대의 비평

◆

한기욱 평론집 『문학의 열린 길』

1

거대 양당의 대통령 후보들이 모두 유례없는 '비호감도'를 기록하고 있는 현재(2021)의 상황은 2016년 겨울 타올랐던 촛불의 환한 온기를 착잡한 마음으로 돌아보게 만든다. 그 후보들을 향한 비호감도는 단지 후보 개인들의 자질 부족만이 아니라 '촛불' 이후 펼쳐질 더 나은 세상을 향해 품었던 시민들의 희망과 기대가 차츰 꺾여나가고 그 빈틈을 분노와 실망이 잠식해갔던 저간의 사정을 반영하는 듯 보이기 때문이다. 그 분노와 실망에 초점을 맞춘다면 5년 전 촛불을 손에 들고 거리로 쏟아져나온 시민들의 궐기를 '촛불혁명'이라고 부를지 혹은 '촛불항쟁'이나 '촛불시위'라고 부를지를 두고 벌였던 논쟁들이 조금은 공소해 보일 법하다. 실제로 최근에는 무슨 용어를 사용하든 크게 상관하지 않는 사람들이 늘어났는데, 다른 입장에 대한 이해가 그만큼 깊어졌기 때문이라기보다 그 논쟁에 참여했던 일군의 사람들이(주로 '촛불'의 혁명성이 과장되었음을 지적했던 사람들이다) 더는 '촛불'을 유의미한 사유와 실천의 지표로 삼지 않게 된 탓이 큰 것 같다.

한기욱 평론집 『문학의 열린 길: 사유·정동·리얼리즘』(창비 2021)을 톺아보는 자리에서 굳이 2016년의 촛불을 되돌아보는 이유는 이 평론집을 관통하는 핵심 화두가 '촛불혁명'이기 때문이다. 한기욱은 책을 여는 자리에서 "이 글들을 쓰는 동안 한국사회와 문학에 가장 심대한 변화를 불러일으킨 사건"은 "2016년 말에 시작된 촛불혁명"이라고 말한 뒤, 이 사건의 혁명성은 "박근혜 정부의 탄핵과 정권교체 자체라기보다 그를 포함한 여러 종류와 층위의 기득권 장벽을 돌파함으로써 한국사회의 기본적인 체질을 바꿔놓는 일"에 있음을 강조한다(5면).[1] 촛불혁명에 대한 그의 평가에 동의하지 못할 사람들도 있겠으나 그가 행한 비평 작업의 성취를 짚는 데 있어 촛불혁명에 대한 입장의 차이가 결정적인 것은 아니다. 오히려 관건은 한국사회의 대전환을 목표로 하는 촛불혁명과 그 흐름과 밀접하게 연관되어 있되 어느 정도 자율적으로 행해질 수밖에 없는 개별 문학작품들 사이의 내적 연관성을 그의 비평적 독법이 얼마나 설득력 있게 보여주는지에 있다. 만약 촛불혁명을 도그마처럼 활용해 개별 작품에 대한 해석과 평가를 끼워 맞추는 식의 '정답주의'에 그치고 만다면 설령 '촛불혁명론'에 찬동하는 사람이라 할지라도 그의 비평에 온전한 지지를 보내기는 어려울 것이다.

그렇다면 우리는 사건으로서의 촛불혁명에 견결한 충실성을 간직하는

---

1 이와 관련해 백낙청은 2016년 촛불시위의 국면을 '촛불대항쟁'으로 부를 것을 제안하며 이를 '촛불혁명'과 구분한다. '촛불혁명'은 2016년에 발발한 대규모 시위 자체를 지칭하는 이름이 아니라 한국사회의 거대한 전환을 이룩해나가는 데 있어 하나의 지침이 되어주는 '화두'에 가깝다(백낙청 「촛불혁명과 개벽세상의 주인노릇을 위해」, 『근대의 이중과제와 한반도식 나라만들기』, 창비 2021, 12면). 그런 의미에서 '촛불혁명'은 '촛불대항쟁'과 밀접하지만 동시에 그 시간대가 현재와 미래로 확장된다. 한기욱 역시 이런 백낙청의 관점을 공유하며 "'촛불정부'를 자임한 정부 출범 이후에도, 그리고 촛불 5주년을 맞이하는 지금도 촛불혁명이 끝나지 않은 것"이라고 말한다(한기욱 『문학의 열린 길』, 창비 2021, 5면).

동시에 개별 작품을 통해 오늘날 문학이 발신하는 새로운 사유와 감각을 적실하게 포착해내고 있는지를 이 평론집의 성취를 가늠하는 하나의 기준으로 삼아볼 수 있을 것이다. 이는 정치적 사건에 대한 충실성과 "예술 언어를 통해 드러나는 그날의 진실"(93면)에 대한 충실성을 동시에 담지 해야 한다는 점에서 몹시 까다로운 기준이지만 "문학은 작가가 의식하든 안 하든 주어진 삶과 현실을 온몸으로 밀고 나가 사유와 감각에서 미답의 세계를 여는 일이며, 비평은 이 창조적 행위가 열어놓은 새로운 인식과 감성의 의미를 밝히면서 그 창조적 핵심을 지켜내는 일"(79면)이라면 그 작업의 가치를 온전하게 사주기 위해서라도 까다로운 기준을 무턱대고 양보할 일은 아니다. 게다가 어떤 사유의 모색은 그와 같은 까다롭고 가혹하기까지 한 잣대를 사유의 짝패로 맞세울 때에야 그 특유의 성취가 더욱 날카롭게 드러나는 면도 있지 않던가.

2

시대와 문학 혹은 세계와 문학은 밀접하게 연관되어 있되 완전히 겹치는 것은 아니어서 서로 다른 두 층위의 만남을 주선해줄 매개자가 필요하다. 이번 평론집에서 그 매개자는 '주체'이다. 「주체의 변화와 촛불혁명」이라는 첫 글에서부터 새로운 주체의 수립을 둘러싼 그의 관심이 뚜렷하게 드러나거니와 「문학의 열린 길」에서도 "도래할 새 체제를 일궈나갈 정치적 주체"(87면)의 탐색은 관건적인 지위를 차지한다. "온갖 종류의 갑질과 불평등, 모멸과 혐오의 일상"(20면)을 극복해내고 더 나은 세상을 만들어가기 위해서는 그 과업을 수행해나갈 주체의 능력에 대한 신뢰가 필수적이기 때문일 것이다. 그런데 이와 같은 주체의 행위성에 대한 신뢰는 목전의 과제를 해결해나갈 적극적인 힘을 창안하게 해주지만 문학의 창조적 활력에서 비롯하는 새로운 감각과 사유를 발굴하는 일은 조금 다른 차원의 문제일 수밖에 없다. 더 나은 세상이 반드시 더 나은 문학 생산의 조건이 되지는 않는 것처럼 "모멸과 혐오의 일상" 속에서 사람들은 이제 까지 스스로 뒤집어쓰고 있던 허위의식을 벗어던지고 정직한 인식과 표현에 육박하는 순간을 맞이할 수도 있기 때문이다. 그렇다면 관건은 오늘날 세계와 주체의 변화를 예리하게 관찰하고 동시대에 생산되는 작품들 속에서 그 변화의 기미를 포착하는 일일 터, 관련해 한기욱은 오늘날 주체들이 점차 정동적으로 되어가는 면에 주목함으로써 감각과 사유의 새로운 통합을 도모한다.

그에 따르면 정동은 정서나 감정과 관련된 몸의 상태를 지시하지만 의식 이전의 유동적이고 혼란스러운 것이어서 고정된 개념으로 포착하기는 어려운 어떤 것이다. 하지만 이와 같은 유동성은 "기존의 재현체계를 가로지름으로써 종래에는 무시되기 일쑤였던 비식별 영역에 주목할 수 있어서, 주체의 새 면모를 부각하는 데 유리"(21면)하게 만들어주는 면이 있다. 이렇게 요약하면 마치 정동이 그 자체로 긍정적이기만 한 내적 역량처럼 보이지만 정동은 얼마든지 부정적인 방향(예컨대 원한 감정이나 혐오와 같은)으로 전화될 수도 있다. 특히나 불평등의 객관적 지표가 악화되고 정치적 양극화가 심해지는 한국 현실에서 부정적인 정동은 더욱 손쉽게 주체를 장악해 들어가기 쉽다. 한기욱은 한국사회의 주체들이 정동적이 되어가고 있다는 사실을 강조하는 데 그치지 않고 어떻게 "자신의 부정적인 정동을 감당하면서 마침내는 그런 정동에 휘둘리지 않도록 자기변화를 거듭할"(23면) 것인가를 고민한다. 그와 같은 어려운 자기변화를 가능하게 하는 힘으로 그는 "어떤 상투성에 매이지 않으면서 정동의 아나키즘을 능히 감당할 수 있"(55면)게끔 하는 "정동마저 통합하는 사유"(같은 면)를 꼽는다.

평론집의 부제를 겸하고 있는 「사유·정동·리얼리즘」은 병렬적으로 나열된 세 항목 사이의 내적 관계를 유기적으로 설정하는 것을 목표로 하는 글이다. 먼저 눈에 띄는 것은 리얼리즘이다. '리얼리스트'로서 한기욱의 실천적인 관심사가 오늘날 리얼리즘 문학의 현황을 냉정하게 검토하고 그 혁신의 가능성을 탐구하는 데 있음을 보여주기 때문이다. 이 글이 '사유의 상투성'을 극복 대상으로 삼아 비판하는 이유도 상투성에서 벗어난 사유만이 현실에 대한 깨어 있는 앎을 가능케 해준다는 데 있다. 오늘날 현실에 대한 '리얼한' 인식은 굳어진 대상에 대한 사실적 모사에 의해 획득되는 것이 아니라 그 모사의 상투성과 대상을 굳어진 질서로 바라보는 시선의 상투성마저 극복할 때 비로소 가능하다는 것이다. 한기욱은 이처럼 상투성에서 벗어난 사유의 한 예를 황정은의 「상류엔 맹금류」(『아무도 아닌』, 문학동네 2016)에서 찾는다. 그런데 이 작품은 '상투성에서 벗어난 사유'를 체계적인 질서를 갖춘 언술로 제시한다기보다 막연하고 애매한 질문의 형태로 암시하는 데 그치는 면이 있다. 그 질문은 작가가 독자로 하여금 자연스럽게 던지게끔 설계한 것이지만 그 질문에 대한 답은 정해져 있는 것이 아니어서 모두가 고정된 앎에 이를 수 있는 것은 아니다. 하지만 한기욱은 작가가 이미 결론에 도달한 후 질문을 하는 경우는 계몽적인 깨달음을 줄 수 있지만 사유를 촉발함으로써 상투성을 돌파하는 데는 황정은의 작품처럼 쉽게 답을 찾을 수 없는 질문을 거듭하는 가운데 애매한 층위들을 탐사하게 만드는 방식이 더 강력할 때가 있음을 암시한다. '상투성을 벗어난 사유'에 대한 사유마저 상투성에서 벗어나야 할 필요가 있음을 깨닫게 되는 대목이다.

정답을 상정하지 않은 애매한 질문의 연쇄만큼이나 상투성을 돌파하는 데 효과적인 것이 정동적 요소의 활용이다. 한기욱은 정동적 요소를 적절하게 활용하는 문학작품은 "상황이나 인물의 생생함을 높일 수 있을 뿐 아니라 반복적인 서사로 말미암은 상투성이나 정치적 정답주의 등 서사의 도식성"(48면)을 내파함으로써 새로운 감각의 창조에 이를 수 있다고 주장한다. 그러면서 「상류엔 맹금류」에서 재희가 발목을 다치는 장면을 묘사한 부분과 김금희의 「세실리아」(『너무 한낮의 연애』, 문학동네 2016)에서 세실리아가 몸에 꼭 끼이는 터틀넥 안을 긁는 장면을 거론하며 이 장면이 작품 전체에 가지는 정동적 울림의 존재감을 강조한다. 그런데 한기욱이 거론한 두 장면은 일견 '사소해' 보여서 큰 관심을 갖지 않는 독자라면 신경 쓰지 않고 그냥 지나치기 쉽다. 이 부분은 그 자신이 작품을 통해 받은 정동적 감응을 직접 하나의 예로 제시한 셈인데 이 평론집의 특징 중 하나는 이처럼 쉽게 넘겨버릴 수도 있는 장면 앞에 멈춰 서서 세밀한 독법으로 다시 읽는 장면이 풍부하다는 데 있다.

한기욱에게 정동은 서사의 상투성을 돌파해내는 중요한 자원인 동시에 그 아나키즘적 성격에 적절하게 대처해야 하는 과제를 제기하는 것이기도 하다. 정동적 요소의 활용은 긍정하되 부정적인 충동을 제어할 수 있는 모종의 장치가 필요한 것이다. 그는 프레드릭 제임슨(Fredric Jameson)의 말을 빌려 "서사적 '관점'(point of view)의 수호"(47면)가 그와 같은 제어의 역할을 담당할 수 있으리라 기대한다. 물론 기왕의 리얼리즘론에서 '노동자계급 당파성' 운운했던 과거를 떠올려보면 '관점' 자체가 그다지 새로운 용어라고 볼 수는 없다. 한기욱 또한 이 점을 예민하게 의식하면서 "소설의 '관점'을 어떻게 정하고 어떤 방식으로 운용할지의 문제"는 여전히 남으며 "시대의 현실에 걸맞은 서사적 '관점'이 무엇인지 항상 새롭게 물을 필요"(48면)가 있다고 말한다. 여기서도 고정되거나 정해진 '정답주의'를 거부하는 한기욱의 유연한 태도가 발견되거니와 그와 같은 관점을 새롭게 묻기 위해서는 "정동적인 충동에 깨어 있는 사유"가 종요롭다. 한기욱은 김세희의 작품을 독해하면서 관찰자가 아닌 당사자의 시선을 채택함으로써 확보하게 되는 생생한 실감에 주목하는 동시에 작품의 관점과 화자의 관점을 미묘하게 불일치시킴으로써 독자들에게 능동적인 사유의 영역을 제시하는 측면을 높이 산다.

이렇듯 한기욱은 오늘날 주체들이 정동적 주체로 전환된 데에는 모종의 위험이 도사리고 있음을 간파하지만 그 부정적인 정동을 그저 타매하지 않고 정동을 통합하는 사유의 필요성을 역설한다. 정동과 사유의 내적 연관성을 긴밀하게 탐구할 때에야 리얼리즘적 재현이 빠질 수 있는 상투성의 위험에서 벗어날 수 있기 때문이다. 이때 상투성은 "낡은 언어와 어법"(75면)에 침윤된 도식성의 다른 이름이기도 하다. 한기욱의 리얼리즘은 이와 같은 일체의 경직되고 상투적인 사유를 배격하는 가운데 "그때그때 구체적인 장소와 시간에 살아 있음을 드러냄으로써 구현"(79면)되는 어떤 시적 경지에 가깝다. "그것은 문학의 언어가 머리만의 언어가 아니라 몸의 언어이기도 하고, 그 어법이 달라지는 순간 마음이 움직이는 방식도 달라지기 때문이다."(75면)

3

총론 격에 해당하는 1부에 실린 글들을 주로 살펴보았지만 개별 작품과 작가론을 담고 있는 2부와 장편소설론에 관한 글들을 모아놓은 3부, 그리고 저자의 전공분야인 영문학 관련 논의를 묶은 4부에 배치된 글들의 무게감도 남다르다. 흥미로운 것은 이 글들이 처음부터 정교하게 기획한 것처럼 총론에서 보여준 리얼리즘론, 장편소설론, 정동론, 촛불혁명론과 밀접한 관련성을 맺고 있다는 점이다. 가령 2부에 실린 황정은론은 사실주의적 기법으로 환원되지 않는 리얼리즘의 현재성은 물론이고 이후 본격적으로 전개될 정동적 요소의 활용에 관한 요소를 포함하고 있다. 황석영과 김애란의 소설을 다루고 있는 「우리 시대의 '객지'들」 역시 당시 제기되었던 랑시에르(Jacques Rancière)의 '문학의 정치론'을 비판적으로 독해하며 우리 시대 현실의 핵심적 면모를 유연하게 포착하는 리얼리즘의 강점에 주목하고 있다. 장편소설을 둘러싸고 벌였던 논쟁의 흔적을 담고 있는 3부에서도 호베르투 슈바르스(Roberto Schwarz)의 소설론에 대한 치밀한 검토를 수행함으로써 기왕의 논쟁을 현재적 문제의식으로 확장시킨다. 이러한 연속성은 그가 시류에 휩쓸리지 않고 오히려 그 시류를 도전 삼아 일관된 비평적 '관점'을 수립해왔음을 보여주는 증거일 것이다. 담론의 시효가 상품의 유통주기를 닮아 점차 짧아지고 있는 평단의 현실을 생각해볼 때 이러한 한기욱의 지속적인 작업은 이례적이어서 주목할 만하다.

한기욱의 비평집을 일별하며 새삼 깨닫는 것은 자신이 옳다고 믿는 인식론적·실천적 방법론에 대한 곧은 신념의 중요성이 아니라 그 신념에서 발원한 인식이 오늘날 세계에서 얼마나 정확하고 적실한 것인지를 끊임없이 자문하는 성찰의 소중함이다. 그 성찰에서 비롯된 균형 감각이 세계에 대한 냉철한 인식과 개별 문학작품에 대한 해석의 활력을 북돋고 있기 때문이다. 비평적 출사표라 할 수 있는 「문학의 열린 길: 어그러진 세계와 주체, 그리고 문학」에서 한기욱은 이렇게 말한다.

> 문학의 열린 길은 존재의 개방성을 전제로 하며 문학이 어떤 특정한 공간과 특정한 규칙에 매이지 않음을 함축한다. 그렇다고 무슨 보편적인 진리의 공간에 거주한다는 뜻은 아니다. 오히려 문학은 '보편적인 진리'라고 일컬어지는 형이상학을 해체하면서 한 개인이 그때그때 구체적인 장소와 시간에 살아 있음을 드러냄으로써 구현되기 때문이다. (79면)

그에 따르면 문학은 어떤 특정한 규칙에, 설령 그가 우월한 문학적 방법론으로 승인하는 '리얼리즘'이 마련한 내부의 규칙에도 전적으로 얽매이지 않는다. 형이상학적이고 보편적인 진리나 정치적 목적이 따로 있어 거기에 복무하며 효능감에 젖는 것도 꽤나 기만적이어서 문학의 열린 길에 부합하지 않는다. 한기욱이 거듭 반복해서 강조하는 것은 "그때그때 구체적인 장소와 시간"이다. 그는 이를 간단히 '현재성'이라는 단어로 요약하기도 하는데 문제는 현재의 현재다움에 대한 인식이 현재를 살아가는 사람들에게 저절로 보장되지는 않는다는 사실이다. 왜냐하면 우리가 흔히 '현재'라고 말하지만 문학의 세계에서 현재는 "'이 세상'과 '다음 세상', '다른 세상'"(104면)이 중첩되어 존재하기 때문이다. 한기욱은 "그 셋의 복합적인 관계를 동시에 사유하는 종합적인 예술이 더없이 소중하다"(같은 면)고 말하거니와 문학은 사회과학과 철학을 비롯한 인문학적 지식과 맞닿아 있지만 그 지식들의 체계가 미처 담아내지 못하는 삶의 생생함을 전달해준다는 점에서 그와 같은 종합적인 예술의 가치에 값한다.

현재를 세가지 층위의 복합적인 중첩으로 인식한다면 한기욱이 말하는 '촛불민주주의' 시대 혹은 '촛불혁명' 시대가 가진 현재성의 의미 역시 새롭게 읽힌다. 촛불혁명 시대는 촛불이 가뭇없이 꺼진 듯 보이는 '이 세상'의 표면만이 아니라 '이 세상'의 모순과 한계를 '촛불'의 온기를 통해 넘어서려는 열망을 여전히 간직하고 있는 '다른 세상'에 대한 염원과 그 '다른 세상'이 필연적으로 놓일 '다음 세상'에 대한 객관적 인식 역시 그 안에 간직하고 있기 때문이다. 앞서 한기욱의 비평 작업을 평가하는 하나의 잣대로 '정치적 사건에의 충실성과 예술언어가 빚어내는 일상적 삶의 진리를 통합적으로 추구하는 관점'을 제시한 바 있는데 이처럼 현실에 대한 중층적인 인식 자체가 그와 같은 통합적 관점의 산물임을 우리는 알게 된다. 이 책의 표지에는 (허먼 멜빌 연구자인 저자의 이력을 반영하듯) 저자가 직접 그린 어린 향유고래들이 헤엄치는 삽화가 박혀 있다. 망망대해를 가로지르며 자유롭게 유영하는 고래의 이미지는 문학의 열린 길을 걸어나가는 것이 현실의 질곡을 뚫고 개성적이고 창조적인 자유를 구가하는 일임을 우리에게 일깨워준다.

비평적 대화를 수행하는 섬세한 독해의 힘

◆

정홍수 평론집 『가버릴 것들을 향한 사랑』

1

최근 평단은 대화를 향한 열띤 의지를 드러내고 있다. 올여름(2023) '비평적 대화의 연속과 심화'를 기치로 걸고 혁신호를 꾸린 『자음과모음』은 이어지는 가을호에서도 "비평을 중심에 두고 여러 대화적 시도를 해보자는 방향성"[1]을 견지할 것임을 재확인했다. 이에 응답하듯 『문학과사회』는 가을호 하이픈 주제를 '대화-비평'으로 잡고 열한명의 비평가를 지면으로 초대해 다채로운 대화의 공간을 기획하기도 했다. 모처럼 펼쳐진 비평의 향연을 즐겁게 따라 읽으면서 발견한 의외의 사실이 하나 있다. 그건 오늘날 '비평적 대화'를 촉구하는 목소리가 과거처럼 치열한 '논쟁'을 거의 요구하지 않는다는 점이다. 이는 과거에 펼쳐진 논쟁의 허와 실에 대한 비평 주체의 평가가 개입된 것일 수 있지만 "모종의 폭력과 마찰이 일어나지 않도록 대상을 조심스럽게 대하는"[2] 소극적 자세가 윤리적 태도

---

1 노태훈 「체크 포인트」, 『자음과모음』 2023년 가을호, 7면.

로 여겨지면서 발생한 현상일 수도 있다.[3]

　원인이 무엇이든 전통적으로 비평적 대화의 중핵에 놓여 있던 논쟁이 그 중심에서 밀려난 건 분명해 보인다. 그렇다면 오늘날 비평적 대화에의 욕망이 새롭게 겨냥하는 목표는 무엇일까? '플랫폼으로서의 문예지'라는 발상에서 드러나듯 그것은 다름 아닌 연결 그 자체이다. 이때 연결은 이메일을 통해 두 평론가 사이의 서신을 교환하는 기획(『자음과모음』의 '#시소')에서 엿볼 수 있듯 일차적으로 비평가 사이의 연결을 의미하지만, 비평적 대화를 재구축하려는 시도가 단지 비평가들끼리의 접속 국면을 늘리는 것으로 시종하고 있는 건 아니다. 그 연결은 '메타비평' 지면(『자음과모음』)의 기획에서 드러나듯 비평문과 비평문 사이의 연결도 상정한다. 그렇지만 하나의 비평문이 무기력한 자기독백으로 끝나지 않고 이후에 발생하는 비평문과 연결되기 위해서는 앞선 비평문을 발견하고 그것을 자기 논의로 끌어오는 또다른 비평가의 능동적인 작업이 필요하다. 결국 거기서도 연결의 노드(node)로서 비평가는 압도적인 기능을 수행하는 셈이다. 그렇다면 오늘날 강력하게 제기되고 있는 비평적 대화 요청은 당면한 위기를 타개할 방안을 비평 주체의 활성화에서 찾는다는 점에서 익숙한 주관주의적 실천을 반복하고 있는 것은 아닐까.

　비평이 텍스트와 비평가 사이의 내재적 대화의 산물이라는 점을 떠올

2　노태훈·심진경·이현석·하재연·황인찬 좌담 「한국문학은 여성의 것이 되었나」, 『자음과모음』 2023년 가을호, 25면. 대화 중 황인찬의 발언.

3　이은지는 「비평의 오물: 물밑을 휘저으며」(『문학과사회 하이픈』 2023년 가을호)에서 특정 의제에 관한 평론가들 사이의 논쟁을 통해 비평장은 활력을 얻지만 평론가 개인이 감당해야 하는 "열패감이나 모멸감, 분노와 적의"(81면)는 오롯이 평론가 개인의 몫으로만 남는다는 사실을 지적한다. 이은지의 말처럼 "비평을 비평이게 하는 수사는 (…) 누군가의 감정을 할퀴는 잔인한 칼"(82면)이라면 그 수사가 극대화되는 논쟁은 지양될 수밖에 없다. 이는 오쓰카 에이지가 말한 "'문학' 내지는 '문단'의 컴플라이언스화"(오쓰카 에이지 『감정화하는 사회』, 선정우 옮김, 리시올 2020, 209면)의 한 양상일 수 있는데 이에 대한 구체적인 분석은 다른 지면을 통해 이어갈 예정이다.

려본다면 사실 대화는 비평의 조건으로 언제나 선재하고 있는 셈이다. 오늘날 생산되는 텍스트와 비평가–독자가 그 텍스트를 읽고 의미화하는 구체적인 독해의 양상을 비판적으로 검토하는 일의 중요성을 강조하는 이유가 여기에 있다. 다양한 각도에서 초래된 비평의 위기에 맞서기 위해 비평이 마련할 수 있는 유일한 자구책이란 기실 구체적인 텍스트와 깊고 치열한 대화를 나눔으로써 비평을 읽고 쓰는 일의 쓸모를 스스로 입증하는 길밖에 없다고 믿기 때문이다. (이때 텍스트는 개별 작품만이 아니라 그것과 접속하고 있는 물리적 세계 일반으로 확장시켜 이해해야 한다.) 정홍수(鄭弘樹) 평론집 『가버릴 것들을 향한 사랑』(문학동네 2023)은 "작품과의 대화적 충실성"(564면)에 집중한 독해가 어떻게 비평적 대화를 풍부하게 생산하는지를 생생하게 보여준다는 점에서 주목할 필요가 있다.

2

정홍수의 이번 평론집에 실린 글들은 서정인·황석영·윤흥길·최윤 같은 원로작가부터 은희경·윤대녕·정지아 등 중진을 거쳐 정지돈·김혜진·이서수와 같은 신진작가에 이르기까지 상당히 폭넓은 시간대를 아우르고 있다. 여기에 김윤식과 김종철의 비평적 의의를 탐사한 글과 필립 로스(Philip Roth)에 대한 문학적 헌사까지 더하면 다루는 주제와 공간의 넓이도 만만치 않은 셈이다. 천착하는 문학적 주제와 즐겨 구사하는 기법은 물론이고 이념과 세계관마저 상이한 작가들의 작품을 그때그때 검토한 글을 묶은 만큼 다소간의 편차와 내적 모순이 필연적으로 나타날 수밖에 없을 텐데 의외로 이 책에서는 그런 편차와 모순이 빚어내는 덜컹거림이 그다지 느껴지지 않는다. 이는 그의 비평이 작품에 앞서 전제된 모종의 이론적 규준에서 출발하지 않고 유동하고 살아 있는 작품 자체의 활력에서 출발해 그 고유한 생명력을 드러내려 한다는 점에 힘입은 것으로 보인다.

작품을 치밀한 고려와 전략에 의해 구성된 대상으로 간주하고 객관적으로 접근하는 정홍수 비평의 특징은 이번 평론집에서도 역력하다. 여기서 그가 작품을 객관적으로 대한다는 말은 기계적인 중립지대에 서서 주관적 감정을 배제한 채 작품을 바라봄을 의미하지 않는다. 그는 오히려 작품이 촉발하는 다채로운 감정에 그 자신을 활짝 열어놓고 기꺼이 즐긴다. 다만 자신에게 즐김을 촉발한 요인을 작품의 내적 구성 원리를 통해 객관적으로 해명하는 섬세한 분석을 가동시킨다는 점이 특징이다. 그가 문학에서 얻는 향유의 지점이 있다면 그것은 어디까지나 사유와 상상력에 의해 반성된 쾌락의 성격을 띨 것이다.

이와 같은 객관적 거리감은 정홍수가 견지한 소설론의 소산이다. 그는 서정인의 『달궁』(1987~90; 개정합본판 최측의농간 2017)을 집중적으로 검토하는 평문 「삶, 말, 글의 섞임 그리고 전체를 향하여」에서 이렇게 쓴다. "소설은 자연이 아니며, 세계-현실 그 자체도 아니다. 그것은 언어의 특별한 사용, 조직과 관계된 사유와 상상의 방식이며, 세계-현실을 정의하고 설명하는 길이다."(47면) 언어의 특별한 사용을 근거로 소설을 여타의 에크리튀르(écriture)와 구별되는 담론적 구성물로 보는 그의 관점은 소설을 "'말'이라는 기본 단위로 구성된 장르의 하나"[4]로 보았던 미하일 바흐친(Mikhail Bakhtin)의 소설론을 자연스럽게 떠올리게 한다. 소설이 곧 언어의 특별한 짜임이라면 작가가 사용하는 바늘과 실의 물성은 물론이고

---

4 이병훈 「대화적 장르론과 구성적 문체론의 관점에서 본 바흐찐의 소설이론」, 『러시아 연구』 제31권 제1호, 2021, 214면. 이병훈은 바흐친의 목표가 "소설을 구성하는 최소 물질 즉 소설의 원자(atom)를 규명하고 그것을 중심으로 소설의 장르적 본질을 설명하며 그것의 역사를 문체론의 관점에서 재구성하는 일"이었다고 했는데 소설을 분석하는 과정에서 언어의 국소적 활용을 치밀하게 탐구하는 정홍수의 비평은 그 역시 바흐친처럼 언어를 '소설의 원자'로 삼고 있음을 방증한다.

손놀림의 정확함과 리듬이 빚어내는 효과가 무엇보다 중요해질 터, 그의 비평에서 언제나 시점, 화자, 수사를 둘러싼 세밀한 분석이 동반되는 이유의 일단을 여기서 찾을 수 있다.

현란한 이론적 담론이 유행하는 오늘날 비평 풍경에서 정홍수가 수행하는 세밀한 문장 및 문체 분석은 얼핏 고루해 보이기도 한다. 하지만 시각을 달리한다면 우리는 언어의 국소 단위에 천착하는 그의 분석을 통해 요즘 비평이 자주 몰각하는 작품에 대한 온전한 존중의 태도가 비평의 내적 깊이를 어떻게 구축하는지를 읽어낼 수도 있다. 김금희의『경애의 마음』(창비 2018)에 자주 등장하는 "호흡을 길게 가져가는 문장"을 분석하면서 "이러한 긴 호흡의 문장이 잘 재현되지 않고 의미화하기 힘든 마음 혹은 정동의 기술과 관련하여 일정한 효과를 달성한 측면"(438~39면)이 있음을 설득력 있게 드러내는 대목이 대표적이다. 문장 단위의 세밀한 분석은 편혜영의『홀』(문학과지성사 2016)을 비평할 때도 빛을 발한다. 이 작품의 마지막 대목 몇 문장을 꼼꼼하게 읽어내면서 그 안에 "편혜영 소설을 이해할 수 있는 유력한 단서"와 "우리의 질문을 유발하는 덫"(206면)이 내재해 있음을 날카롭게 드러내는 대목이 그렇다. 작품을 이루는 아주 작은 요소에 착목하는 정홍수의 태도는 작품을 하나의 완결체로 간주하고 이를 무비판적으로 수락하는 물신적 태도와 다르다. 오히려 그는 "소설의 물리적 한계"(130면)를 소설의 인식론적·존재론적 제약으로 기꺼이 받아들이는 편이다. 하지만 이와 같은 소설의 한계가 소설이 현실에 대한 부정확하고 열등한 재현으로 남을 수밖에 없다는 무기력한 인식으로 귀결되지 않는다는 데에 정홍수 비평이 지닌 견실함이 있다. 그는 소설이 스스로를 그 한계 지점까지 밀어붙이는 창조적 작업을 통해 기꺼이 현실을 개방하는 열림의 수행성을 작동시킬 수 있다고 믿는다.

이와 같은 개방성은 현실과 인간에 대한 이해를 확장하는 담론적 장치로서 소설에 내재한 고유한 역능인 동시에 소설을 읽는 과정에서 독자가 획득해내야 하는 실천적인 덕목이다. 작품 내부의 대화는 물론이고 작품 사이의 대화를 강조하는 정홍수의 소설론은 여기서 다시 바흐친과 만난다. 바흐친은 세계를 완결 짓는 단 하나의 단일한 진리가 있으며 그 자리에서 하나의 언어는 고정된 의미를 전달한다는 식의 생각에 단호히 반대했다. 정홍수에게 그것은 작품의 의미를 일의적으로 고정하는 소설에 대한 비판으로 나타난다. 그가『달궁』의 작가와「미조의 시대」(이서수『젊은 근희의 행진』, 은행나무 2023)의 작가가 공히 자유간접화법을 구사하고 있음을 지적하면서 두 작품에서 "다성과 혼성의 언어"(303면)가 나타나고 있음을 논증할 때, 거기에는 "화자의 특권적 지위"(63면)에 의해 지배되는 소설이란 현실은 물론이고 미래에도 결코 열려 있을 수 없다는 분명한 비판을 품고 있는 것이다.

3

　개방성과 더불어 정홍수의 글에서 주목해야 하는 또 하나의 개념이 전체성이다. 언뜻 두 개념은 대립하는 듯 보인다. 전체성이 현실의 파편들을 하나의 질서 아래 구성하는 구심력을 상기시킨다면 개방성은 그와 같은 구성적 질서화의 힘을 벗어나려는 자유로운 운동을 떠올리게 만들기 때문이다. 하지만 정홍수는 현실과 소설의 관계를 되물으며 서로 다른 방향성을 지닌 두 힘을 결합해낸다. 그에 따르면 작가는 즉자적인 현실에 "담론의 힘과 질서를 부여하여 그 힘과 질서 안에서 그 말들이 자신들의 잠재성을 일으켜세우고 살아가도록 돕는"(66면) 존재다. 그 존재가 구성하는 텍스트와 그것을 읽는 독자의 실천에 의해 "현실은 (…) 미세하게나마 새롭게 구조화된다."(379면) 그가 여러차례 강조하듯 소설은 그 자체로 현실이 아니며 다만 현실을 구조화하는 다양한 담론 형식의 하나일 뿐이다.

하지만 그것은 현실의 전체성을 포착해낼 수 있다는 점에서 다른 담론 형식과 구별되는 위상을 지닌다. 그가 편혜영의『홀』과 윤대녕의『피에로들의 집』(문학동네 2016)이 거둔 일정한 성취에도 불구하고 "구멍과 균열에 내속된 인간 주체의 불안이든 관계나 유대를 통한 인간성의 복원 가능성이든 결국 한 덩어리의 이야기로 탐구되어야 한다"고 비판하는 이유도 소설이 "인간 현실의 덩어리, 그 전체의 미메시스"(217면)여야 한다고 믿기 때문이다.

소설이 인간과 세계의 다채로운 측면을 균형 있게 담을 때에야 비로소 현실을 전체적으로 조망할 수 있다는 그의 전언은 타당하다. 하지만 애초부터 현실의 전체성을 풍부하게 드러내는 것을 목표로 하지 않은 작품에도 동일한 기준을 적용해야 하는지에는 의문이 드는 것도 사실이다. 가령『홀』에 등장하는 인물들이 "철저히 자기들의 이해관계 안에서만 움직"(209~10면)이는 것이 사실이라 하더라도 애초에 이 작품의 설계 의도가 한국사회에 대한 객관적인 재현에 있지 않다는 점을 고려할 필요가 있지 않을까? 정홍수가 타당하게 지적했듯『홀』에 등장하는 축소된 인간 모형은 분명 단순하게 과장되어 있다. 하지만 그로 인해 비극적 '하마르티아'(hamartia, 착오)의 드라마가 더욱 또렷하게 전율한다는 점에서 그 모형은 나름의 기능과 역할을 성공적으로 수행한다고 볼 수도 있을 것이다. 근대 장편소설의 인물을 기준으로 본다면 연극적 기능을 수행하는『홀』의 인물들이 가진 모형성이 도드라질지 모른다. 그렇지만 그와 같은 인물관을 그와 다른 지향을 가진 작품의 성패를 판단하는 기준으로 도입하는 것은 근대소설이 구성한 "미학적 심급"(120면)을 일반화하는 일일 수 있다.

과거 문학운동이 지향했던 "소설의 총체성이나 객관성"(279면)의 이념이 스러진 오늘날, 소설의 전체성을 확보하는 일은 더욱 까다로운 작업이 되어가고 있다. 정홍수가 리처드 로티(Richard Rorty)의 '자유주의 아이러니스트' 개념에 거듭 착목하는 이유도 총체적 이념이 사라진 상황에서 타자와 세계에 대한 상상력을 가동함으로써 '전체로서의 현실'을 드러낼 수 있는 유연한 태도의 단초를 발견할 수 있으리라는 기대 때문일 것이다. 물론 '자유주의 아이러니스트'에 대한 그의 입장은 양가적이다. 그는 작품 해석에 초월적인 기준으로 작동하는 이념을 거부한다는 점에서 로티의 논의를 수용한다("소설은 하나의 진리를 향한 경연장이 아니다. 그것은 유토피아를 향한 도정도 아니다. 소설을 설명하고 규정하는 하나의 메타-언어가 존재할 수 없다는 사실이야말로 소설의 축복일 테다", 248면). 하지만 필립 로스의 작품을 독해하는 대목에서는 "로티의 논의 방식"이 "개인성과 자율성의 신화와 관련된 20세기 모더니즘의 변형된 판본일지도 모른다"(142면)는 의구심을 제기하기도 한다. 이렇듯 정홍수는 로티가 열어놓은 지평('사적인 것'과 '공적인 것'의 우연적 결속)과 그 한계('자유주의와 개인주의의 독단적 결속') 사이를 방황하듯 오가면서 전체주의적이지 않은 방식으로 소설의 전체성을 확보하는 독법을 고민한다. 소설의 전체성을 추구하는 정홍수의 비평 방식에 모두 동의하는 것은 아니지만 개인의 경험이 더 넓은 지평과 접속하지 못하고 점점 더 고립된 파편으로 흩어지는 오늘날, 소설이 창조할 수 있는 전체성의 감각을 강조하는 그의 전언은 사뭇 절실하게 다가온다.

그 전체성을 구축하는 선험적인 메타-형식은 아마도 존재하지 않을 것이다. 그것은 어디까지나 작품이 만들어낸 실감은 물론이고 미처 드러나지 못한 잠재성의 지대까지 구체적으로 읽어내는 독자의 능동적인 활동을 통해서 점검되고 판명될 수밖에 없다. 이 평론집에는 정홍수가 소설을 "독자의 참여와 도움을 아주 적극적으로 요청하"(66면)는 담론의 형식으로 파악하는 대목이 여럿 등장한다. 소설은 그 자체로 완결되어 있지 않아서 독자의 적극적인 파악 의지 없이 결코 그 자신의 온당한 성취에 도달할 수 없는 까닭이다. 정홍수에게 있어 비평가는 바로 그러한 성취를 완성하는 최종 심급에 해당하는 독자이며 그러한 작업을 수행하는 독자라면 누구나 이미 충실한 비평가라고 할 수 있다. 이 책은 저자 자신이 이와 같은 의미의 독자-비평가가 되기 위해 치러야 했던 다양한 고민과 모색의 흔적이다. "문학작품을 납작한 인식론의 영역으로 환원하지 않고 작품에 담긴 존재의 움직임과 목소리를 보고 들으려는 열린 태도"(566면)는 그 치열한 모색의 길에서 마침내 그가 깨달은 유연하면서도 간결한 독법의 핵심일 테다.

제4부 문학은
어디에서나
온다

혁명이 끝나고 난 뒤

◆

김연수의 『일곱 해의 마지막』

1

스물아홉이 되던 해에 훌쩍 만주로 떠난 백석(白石)은 해방 이후 고향 정주로 돌아와 소련 문학 번역과 아동들에게 사회주의 교양성을 함양시키기 위한 동시 창작에 매진한다. 백석이 월남하지 않고 북에 남은 이유에 대해서는 여러 견해가 엇갈린다. 백석은 우리에게 가난하고 쓸쓸한 내면을 호젓하게 노래한 서정 시인으로 기억되고 있기에, 그 말들엔 늘 어떤 안타까움과 비극적인 정조가 깃들곤 한다. 하지만 백석이 낭만적 사회주의자의 면모를 지녔다는 사실은 종종 간과되는 것 같다.

먹을 것과 입을 것이 넉넉하고 거처할 곳이 비좁지 아니하고 그리고 길에 늙은이의 짐을 지고 다니는 모양을 볼 수 없고, 차 안에 아이 업고 서 있는 어머니의 모양을 볼 수 없고, 길을 가리키는 사람의 말이 친절한 정에 넘치고, 그리고 존장과 선배 앞에서 외면하는 젊은 사람이 없는 나라 —— 이 구현은 오늘 우리들에게서 혁명적 도덕의 준수를 요구한다. 례의 —— 이는

혁명적 공민의 도덕이며, 공민의 의무이며, 공산주의자의 의식임을 잊어서
는 안 될 것이라고 생각한다.[1]

물론 백석은 끝내 북한 당국이 요구한 '주체 문예'의 선봉으로 우뚝 서
지 못했다. 당은 그에게 단지 "혁명적 수준의 도덕"을 인류의 차원에서 그
려내는 일이 아니라 감상적인 한 시인의 "내면에 감춰진 보수주의와 소극
성"(131면)을 불사르고 "낡은 사상 잔재를 반대하는 투쟁을 힘있게"(132면)
펼칠 것을 요구했기 때문이다. 이와 같은 존재 이전의 요구를 충실히 이
행하지 못했던 백석에게 스탈린 사후 찾아온 짧은 해빙의 순간은 차라리
교묘한 운명의 덫이었다. 북한 문학의 도식주의와 경직성을 비판하고 문
학 창작에 있어 형상화의 중요성과 예술성을 강조했던 일이 특히 치명적
이었다. 북한 당국은 흐루쇼프의 개인숭배 비판에 호응하는 일련의 움직
임을 곧바로 '수정주의'로 규정하고 '8월 종파사건'(1956)을 통해 오히려
김일성 개인숭배를 더욱 강화했던바, 백석은 당으로부터 자신의 사상을
개조할 것을 요구받고 1959년 삼수 관평의 목축 노동자로 파견된 뒤 다시
는 평양으로 돌아오지 못하게 된다. 사실상의 숙청이었다.

김연수(金衍洙)의 『일곱 해의 마지막』(문학동네 2020)은 백석이 북한 문
예 당국으로부터 본격적으로 비판받고 숙청당하기까지 3년여에 걸친 시
간을 집중적으로 조명하면서 백석의 내적 고뇌를 섬세하게 되살린 작품
이다. 백석의 실제 삶을 모티프로 하고 있는 이 소설은 그러나 북한에서
사회주의 문학인으로 활동했던 백석의 면모를 다면적으로 되살리려는 시
도와는 거리가 멀다. 소설 속에서 '사회주의 시인' 백석의 면모는 거의 드
러나지 않는데, 이는 북한에서 백석이 창작했던 시들은 "체제에 적응하고

---

1 백석 「사회주의 도덕에 대한 단상」, 『조선문학』 1958.8. 이상숙 『가난한 그대의 빛나는
마음』, 삼인 2020, 129면에서 재인용.

살아남기 위한 거짓과 위장의 텍스트"이며 "문학적 진실과 진심은 다른 곳에 있으리라 단정하는 태도"로부터 작가가 부러 거리를 두고 있지 않기 때문이다.[2]

일각에서는 이러한 태도를 두고 백석의 다른 모습을 있는 그대로 인정하고 싶지 않은 연구자의 주관과 욕망의 산물임을 지적하지만 이 작품은 백석의 문학세계에 대한 엄밀한 연구를 목적으로 한 것은 아니기에 그와 같은 주관과 욕망의 존재 자체가 문제라고 보기는 어렵다. 중요한 건 백석의 비극적인 문학적 말년을 재구성하는 과정에서 김연수가 드러내는 '주관과 욕망'이다. 이 소설 속의 백석은 — 비록 거기서 그의 삶이 엄밀하게 입증된 전기적 사실에 기반하고 있다 하더라도 — 어디까지나 김연수의 프리즘을 통과한 백석이라는 사실을 기억할 필요가 있다.

2

『일곱 해의 마지막』이 소구하는 문학적 보편성이 있다면 그것은 어떤 것일까? 만약 이 소설이 다른 언어로 번역된다면, 그래서 백석이라는 한 인간의 생애와 그의 작품을 전혀 알지 못하는 독자가 이 소설을 접한다면, 그들은 이 소설에서 무엇을 읽어낼까? 그들은 한국의 독자와 비슷한 부분에 밑줄을 긋고 비슷한 문장에서 비슷한 느낌을 받게 될까? 아니면 백석에 대해 알지 못하는 그 독자들은 우리가 느끼는 안타까움과 비극의 정조를 공유하지 못할까?

그렇지는 않을 것이다. 동구권의 독자라면 자연스럽게 비슷한 운명을 겪었던 조국의 예술가들을 떠올릴 것이고 냉전기 문화 전쟁을 치렀던 서

---

2 이상숙 「분단 후 백석을 이해하기 위하여」, 『가난한 그대의 빛나는 마음』 46~47면.

구의 독자 또한 사정은 크게 다르지 않을 것이다. 김연수가 정치와 예술 사이의 오랜 적대와 대립을 드러내기 위해 백석의 삶을 차용했다고 말하려는 것은 아니다. 소련에서 일어났던 해빙의 기미를 억압하고 정확히 반대 방향으로 달려갔던 북한의 모습은 기존 냉전체제의 역사로 온전히 회수되지 않는 한반도 분단체제의 고유한 모순을 상기시켜주거니와 그 과정에서 남과 북 양측에서 금기시되었던 백석의 운명은 동구권의 예술가들이 겪어야 했던 비극과 또다른 역사적 개별성을 지니기 때문이다.

그럼에도 '감상적인 서정 시인이 사회주의 국가에 의해 새로운 인간형으로 재탄생할 것을 강요받다가 자신의 문학과 함께 스러지는 안타까운 이야기'가 20세기 냉전체제기 '자유 진영'의 입장을 대표하는 '마스터플롯'이라는 점 역시 분명하다. 이 작품의 뼈대를 구성하고 있는 '시인 백석의 비극적인 운명'에는 높고 가난하고 쓸쓸함을 노래했던 백석이라는 개별적 인물의 고유성만이 아니라 억압하는 이념과 예술의 자율성 사이의 대립이라는, 주로 서방 세계의 반공주의자들에 의해 제기되었던 20세기 냉전체제의 정치적·예술적 문제가 어지럽게 얽혀 있다.

물론 김연수가 '작가의 말'에 쓰고 있듯 이 소설을 쓰게 된 가장 큰 이유는 "기행의 마음"(244면)을 되살려 우리를 그 마음 앞에 세워보고 싶었기 때문일 테다. "자신의 인생이 완전히 실패한 것이라고 생각했을" (246면) 백석에게 꼭 그런 것만은 아니라고, 되살아난 당신의 마음을 앞에 두고 감히 헤아릴 수 없는 당신의 말년을 상상하며 이렇게 서 있는 우리를 보라고, 나직하게 어루만지는 목소리를 들려주는 일이었을 테다. 그 점에 있어 이 작품이 거둔 성과는 값진 것이다. 서른개가 넘는 짤막한 단편 (斷片)으로 구성된 이 소설은 역사적 인물과 사건을 소재로 한 장편소설 치고는 확실히 소략한 분량이지만 선택과 집중, 생략과 조명을 자유자재로 구가하는 김연수의 장인적 솜씨는 우리를 어느새 엄혹한 운명과 그 앞에서 고뇌하는 한 시인의 곁으로 조용히 데려간다.

하지만 이 소설의 핵심은 되살려낸 백석의 내면만이 아니라 그 내면의 고뇌를 구성하는 사회적 압력과 갈등의 성격에 있다는 점은 거듭 강조할 필요가 있다. 그 압력과 갈등은 소설 속에서 백석의 불우한 운명을 추동하는 직접적 요인으로 작동하거니와 예술과 정치의 관계를 논하는 데 있어 여러차례 반복되어온 적대의 양상이기도 하다. 소설 속에서 이는 '사회주의 리얼리즘' 혹은 '주체 문예'의 허구와 기만을 폭로하는 것으로 드러나지만 단지 '창작방법론'에 국한된 문제로 보는 건 타당하지 않다. 그 창작방법론조차 당시의 북한이 새롭게 창조해야 할 것을 주문한 인간과 사회의 특성으로부터 연역적으로 도출되는 것이기 때문이다.

"외로움을 나쁜 것이라고만 생각하니까 그럴 수밖에. 외로워봐야 육친의 따스함을 아는 법인데, 이 사회는 늘 기쁘고 즐겁고 벅찬 상태만 노래하라고 하지. 그게 아니면 분노하고 증오하고 저주해야 하고. 어쨌든 늘 조증의 상태로 지내야만 하니 외로움이 뭔지 고독이 뭔지 알지 못하겠지. (…) 이건 마치 항상 기뻐하라고 윽박지르는 기둥서방 앞에 서 있는 억지춘향의 꼴이 아니겠나. 그렇게 억지로 조증의 상태를 만든다고 해서 개조가 이뤄질까? 인간의 실존이란 물과 같은 것이고, 그것은 흐름이라서 인연과 조건에 따라 때로는 냇물이 되고 강물이 되며 때로는 호수와 폭포가 되는 것인데, 그 모두를 하나로 뭉뚱그려 늘 기뻐하라, 벅찬 인간이 되어라, 투쟁하라, 하면 그게 가능할까?"(30~31면)

백석과 술상을 마주하고 앉은 친구 준(『잔등』의 작가 허준許俊을 가리키는 듯하다. 백석의 시 「남신의주 유동 박시봉방」은 백석이 허준에게 주었던 시로 허준은 1948년 백석의 허락을 구하지 않고 이 시를 발표한 것으로 알려져 있다)은 당시 북한 체제가 강요하는 새로운 인간형을 "고통을 느끼지 못하는 인간, 슬픔을 모르는 인간, 고독할 겨를이 없는 인간"(30면)이라 규정한다. 고독, 쓸쓸함, 슬픔

같은 인간 본연의 실존적 감정이 도래할 승리의 환희 속에 가뭇없이 은폐되는 북한 사회는 확실히 "아무 일도 하지 못하고 어두운 마음으로 방바닥에 뒹굴며 고민하거나, 서러운 옛날이야기에 젖어 먼 시원의 고향을 상상하거나, 짙은 음식과 삶의 냄새에 고향을 그리워하던 서정적인 화자"[3]의 설 자리를 허용하지 않는다. 그곳은 "미리 제작한 벽체를 올려 아파트를 건설하듯이 한정된 단어와 판에 박힌 표현"(162면)만이 허락되는, "음영 없는 예술"(129면)의 인공낙원일 뿐이다.

'메디나충 박멸의 교훈'을 다루는 챕터는 소설 속에서 북한이 건설하려는 인공낙원의 성격을 단적으로 보여준다. "병원균의 박멸을 위해서는 환자의 치료나 비감염자의 예방 같은 소극적인 차원을 넘어 유행을 유발하는 외부 환경 전체를 바꿔야 한다는 교훈"(121면)은 단지 보건위생의 측면에 국한되는 것이 아니다. "처음에는 바이러스와 병원균이 불타겠지만, 곧 그 불은 종파주의와 낡은 사상으로 옮겨붙을 것이고, 종내에는 서너줄의 시구를 얻기 위해 공들여 문장을 고치는 시인이, 맥고모자를 쓰고 맥주를 마시고 짠물 냄새 나는 바닷가를 홀로 걸어가도 좋을 밤이, 높은 시름이 있고 높은 슬픔이 있는 외로운 사람을 위한 마음이 불타오를 것이다"(165면)라는 말에서 드러나듯 사회주의의 이상에 합치되지 않는 모든 것들은 정화되고 척결되어야 할 불순물로 간주되는 '멸균에의 의지'는 종내 평범한 시인의 마음을 겨냥하게 된다. 그러니 백석이 평양이라는 인공낙원으로부터 쫓겨난 건 어쩌면 자연스러운 일이었는지도 모른다. 선악과를 통해 선과 악에 대한 분별력을 갖게 된 아담과 이브처럼, 백석은 쓸쓸함과 괴로움과 같은 존재의 음영을 이미 돌이킬 수 없을 만큼 알아버린 사람이었으니.

---

3 이상숙 「북한 시인 백석」, 같은 책 105~106면.

3

『네가 누구든 얼마나 외롭든』(문학동네 2007)과 『밤은 노래한다』(문학과지성사 2008)에 이 소설을 더해 김연수의 '혁명 3부작'이라고 부를 수 있지 않을까. 세 작품 모두 혁명을 둘러싼 인물들의 다양한 내적 갈등이 각기 다른 역사적 현실과 얽혀 드러난다는 점에서 그렇게 부르는 게 무리는 아닐 듯하다. "광장에서 막걸리를 가운데 두고 둥글게 모여 앉은 학생들은 소리 높여 북한의 혁명가곡을 불렀고, 문과대학 앞에서는 노동계급의 최종적 승리를 단언하는 시들이 낭송됐으며, 강당에서는 프롤레타리아 혁명을 고취하는 영화들이 상영"(54면)되었던 1990년 대학 캠퍼스의 풍경에서 출발하는 『네가 누구든 얼마나 외롭든』과 '조선 혁명이냐 중국 혁명이냐'를 놓고 동포들끼리 치열한 살육을 주고받았던 『밤은 노래한다』의 비극에 이어 『일곱 해의 마지막』은 사회주의 정권이 성공적으로 수립된 이후, 그러니까 '혁명이 끝난 뒤'의 상황을 소설의 핵심적인 배경으로 채택한다. 흥미로운 것은 김연수는 '혁명 3부작'의 마지막이 될 이 소설을 통해 혁명이 성공적으로 수행되고 그것이 공고화되는 과정에서 인간을 속이는 '연극'이 발생하는 건 아닌지, 그 연극은 경직된 혁명의 이념으로부터 발생하며 그 이념은 인간 존재의 다양한 측면을 억압하고 말살하는 정치적 힘에 불과해지는 것이 아닌지 회의한다는 점이다.

"이런 상황이라면 결국 사람들은 둘 중 하나를 선택할 수밖에 없지. '시바이(芝居, 연극, 속임수)'를 할 것인가, 말 것인가. 그게 개조의 본질이 아닐까 싶어. 시바이를 할 수 있다면 남고, 못한다면 떠나라. 결국 남은 자들은 모두 시바이를 할 수밖에 없을 텐데, 모두가 시바이를 하게 되면 그건 시바이가 아닌 현실이 되겠지. 새로운 사회는 이렇게 만들어진다네. 이런 세상에

서는 글을 쓴다는 것도 마찬가지야. 자기를 속일 수 있다면 글을 쓰면 되는 거지."(31면)

연극이 끝나고 난 뒤의 객석엔 어둠과 정적만이 흐르고 있다는 노래 가사처럼 혁명이 성공적으로 완수되었음이 선언된 순간 거대한 기만의 드라마가 펼쳐진다. 혁명이 끝나면 이제 연극이 시작되는 것이다. 그렇게 시작된 연극은 결코 끝나지 않기에 거기에는 텅 빈 객석의 정적도, 고독과 쓸쓸함도 없다. 혁명적 개조는 결국 거짓과 기만의 연극을 꾸며내는 일에 다름 아니라는 것. 이는 정치와 혁명, 이념에 대한 작가의 태도가 끝내 또렷한 환멸로 귀착되었음을 의미하는 것일까?

『네가 누구든 얼마나 외롭든』과 『일곱 해의 마지막』 사이에 존재하는 차이에 주목할 경우 그런 추측은 더욱 힘을 얻는다. 가령 『네가 누구든 얼마나 외롭든』의 결말에 이르러 '나'는 "사기꾼이자 협잡꾼, 광주의 랭보 이길용이자 안기부의 프락치 강시우였던 그 남자"(375면)에 대해 자신이 알 수 있는 것은 그가 아직 죽지 않았다는 사실뿐이라며 이렇게 덧붙인다. "죽지 않는 한, 그는 살아남기 위해서 시시각각으로 열망할 테고, 그 열망이 다시 그를 치욕스럽되 패배하지 않는 인간으로 살아남게 할 테니까 말이다."(같은 면) 이 마지막 장면에서 인간은 세계의 폭력과 운명의 장난에 농락당할지라도 다시 일어서는 존재로 그려진다. 그러나 『일곱 해의 마지막』의 벨라는 백석에게 이와 같은 생(生)의 긍정이 아니라 "날마다 죽음을 생각해야만 해요. 아침저녁으로 죽음을 생각해야만 해요"(165면)라고 충고한다. 이 죽음에의 민감성은 현실의 세계가 폭력과 억압에 의해 지배되는 닫힌 곳이라는 인식에서 발원한다. 혁명 이후의 삶이 "지옥 이후에도 계속되는 삶"(117면)에 불과하다면 그에게는 영원한 치욕만이 허락될 뿐이다. 패배를 딛고 살아남으려는 의지는 세계에 대한 운명적인 체념에 자리를 내준다.

이런 차이는 냉전체제의 종언을 고하던 1990년대 초입의 세계와 본격적인 수령체제를 강화해가던 1950년대 말의 북한이라는 서로 다른 시공간적 배경에 따른 자연스러운 결과처럼 보이기도 하지만 그 시공간적 배경 역시 작가에 의해 의도적으로 선택된 것임을 떠올려보면 문제는 간단치 않다. 김연수는 왜 하필 북한에서의 백석을 소재로 한 이 소설을 썼을까? 1962년 이후 거대한 침묵과 무한한 공백으로 남은 백석의 삶은 '살아남기 위한 자의 뜨거운 열망'으로 채워질 수 없다. 체제 찬양시를 쓰고도 숙청을 피할 수 없었던 백석에게 '치욕스럽되 패배하지 않는 인간'은 허락되지 않은 존재의 형식이었던 셈이어서 애초에 그와 같은 존재의 열망은 봉쇄되어 있기 때문이다. 그런데 애초에 봉쇄된 게 그것뿐이었을까. 북한에서 숙청당한 백석의 이야기를 쓰겠다고 마음먹은 순간, 어쩌면 이 소설이 나아갈 길은 하나로 정해져버린 것은 아닐까.

하지만 같은 재료로 요리해도 사람에 따라 음식의 맛이 제각각이듯, 허락된 유일한 길을 걸어가면서도 김연수가 남긴 고유의 흔적은 또렷하며 그것이 이 소설이 선사하는 각별한 감동의 원천이 된다. 벨라가 "저는 모든 폐허에서 한때의 사랑을 발견하기 위해 시를 씁니다"(164면)라고 말할 때, 우리는 『네가 누구든 얼마나 외롭든』의 마지막 장면에 등장하는 발터 벤야민의 문장을 자연스럽게 떠올리게 되는 것이다. "감각들이 머릿속에 둥지를 틀고 있지 않다는, 다시 말해 창문과 구름, 나무가 우리 두뇌 속이 아니라 우리가 그것을 보고 감각하는 바로 그 장소에 깃들고 있는 것이라는 학설이 옳다면, 사랑하는 여인을 바라보는 순간 우린 우리 자신의 바깥에 있는 것이다."(『네가 누구든 얼마나 외롭든』 391~92면)

우리는 스스로를 벗어날 수 있는가. 반대로 억압하는 체제에 속한 시인은, 그 체제의 압력으로부터 달아날 수 있는가. 방법은 있다. 그것은 사랑이다. 시인이 지나간 시간의 더미를 파헤쳐 지나간 사랑의 지층을 발견하는 고고학자라면, 그리고 인간은 사랑의 순간을 통해 동일성의 덩어리인 스스로로부터 빠져나와 다른 세계에 설 수 있는 존재라면, 백석 역시 지나간 사랑을 떠올림으로써 겨우 그 자신을 체제의 바깥에 세워둘 수 있었을 것이다. 소설에 등장하는 옥심과 리진선의 비극적인 사랑은 그 자체로 체제의 바깥 아닌가. 물론 그 한때의 사랑은 성냥팔이 소녀가 켠 성냥처럼 희미하고 위태로운 것이지만 우리는 김연수가 안간힘으로 열어놓은 그 '바깥'의 영토에서 그가 사랑했던 것들을 그처럼 떠올리며 백석의 쓸쓸하고 높은 마음 곁에 잠시 우리의 마음을 나란히 놓을 수 있게 되었다. 이건 김연수의 노력 덕분에 우리가 허락받은 흔치 않은 행운임이 분명하다.

관음하는 견자

◆

김소진론

1. 나의, 소진의 기억

오래된 책 냄새가 가득하던 한여름의 도서관에서 김소진(金昭晉)을 처음 만났다. 이제 막 한 학기를 마쳤을 뿐이지만 대학 생활이라는 건 어떻게 하는 건지 도통 알 수 없었고 어학연수나 배낭여행은 꿈도 꾸지 못한 형편에 여름방학은 너무 덥고 길었다. 그 스무살의 여름날, 나는 영어공부를 한답시고 도서관에 갔지만 토익 문제집은 가방에서 꺼내지도 않고 하냥 도서관의 서가만 맴돌았다. 어두운 조명 아래 코를 박고 소설을 읽어내려가는 일이 내 삶을 합당하게 유예시키는 방편처럼 느껴지던 시절이었다. 순서대로 'ㄱ'부터 훑어내려갔으니 문학동네에서 나온 '김소진 전집'(전6권)을 발견하기까지는 그리 오랜 시간이 걸리지 않았을 것이다. 물론 교과서나 언어영역 문제집에 나오는 몇몇 작가들의 이름 정도나 겨우 알던 내가 그의 이름을 알 리 없었다.

하지만 벌어진 밤송이의 열을 맞춰 늘어선 알밤처럼 가지런히 놓인 여섯권의 책은 누군가의 이목을 끌기에 충분했다. 이름도 들어본 적 없는 작가의 전집이라니. 나는 조금 의아했는데, 그러니까 전집은, 뭔가 황석영이니 박완서니 최인훈이니 하는, 아주 유명하지만 그래서 아직까지 살아계시다는 얘길 들으면 죄송스럽게도 본의 아니게 깜짝 놀라게 되는, 그런 유명한 작가들에게나 어울리는 것으로 생각됐기 때문이었다. 나는 비록 처음 본 작가지만 자신의 전집을 가질 정도라면 여기에는 뭔가 있겠구나 싶어 그중 한권을 뽑아 들고 읽기 시작했다. 그때 집어든 책이 『열린 사회와 그 적들』이었다. 책을 읽어나가는 동안 나는 누군가에게 내 은밀한 속마음을 들킨 것처럼 조마조마하게 조여오는 가슴을 몇번이고 진정시켜야 했다. 나 역시 그와 똑같은 종류의 싸움을 벌이고 있다고, 그의 절망을 모조리 다 이해할 수 있을 것 같다고, 책장을 덮으며 나는 그렇게 생각했다. 이것이 내가 기억하는 김소진과의 첫 만남이다.

　김소진 소설의 주된 공간적 배경인 서울 미아리 일대에 아버지가 5년간 산 적이 있었다는 사실을 안 건 나중의 일이었다. 횡성에서 중학교를 마친 아버지는 서울로 도망쳐 낮에는 구두를 닦고 밤에는 야간 고등학교를 다녔는데 아버지가 그때 다녔던 고등학교가 서라벌고등학교, 바로 김소진의 모교였다. 아버지가 이따금 소주를 드시고 추억하시던 그 미아리 산동네의 열차집은 『장석조네 사람들』에 나오는 열차집과 조금도 다르지 않았을 것이다. 아버지가 중학교를 마치고 서울로 도망친 게 1968년이고 김소진이 철원에서 미아리로 이사한 게 1967년이니 어쩌면 까까머리 고학생과 코흘리개 꼬맹이는 미아리 산동네 어느 좁은 골목에서 어깨를 스치고 지나갔을지도 모를 일이다. 아니더라도 "노인정에서 불목하니 노릇을 도맡아하는 꽥꽥이 영감"이나 "찬바람이 들면 방구들 뜯어고치는 일로 한겨울을 나는 쌍용이 애비"[1] 혹은 "양은 장수 최씨"나 "똥쟁이 광수 애비"[2] 같은 사람들과 늘 얼굴을 마주하고 지냈음은 분명하다.

1 「춘하 돌아오다」, 『열린 사회와 그 적들』(김소진 전집 2), 문학동네 2002, 130~31면.

김소진에 대한 작가론을 써달라는 잡지의 청탁을 흔쾌히 받아들인 건 첫 만남의 기억과 이후 우연히 알게 된 일련의 이야기들이 내게 자못 강렬하게 다가왔기 때문이었다. 이후 그는 내가 좋아하는 작가의 목록에 늘 한자리를 차지하고 있었고 그의 작품에 대해서라면 나 역시 이런저런 할 말이 없지 않다고 생각해왔다. 하지만 이 글을 쓰기 위해 기존의 평문들을 일별하면서 나는 적잖은 낭패감을 맛볼 수밖에 없었는데 그건 내가 가진 '할 말'이라는 것이 이미 벌써 누군가가 '한 말'이었기 때문이었다. 김소진의 소설을 지배하는 '아버지'의 존재나 미아리 산동네를 배경으로 펼쳐지는 진짜배기 민중의 모습, 옛 우리말이 상징하는 스러져가는 것들에 대한 애틋한 관심, 그의 명편 「열린 사회와 그 적들」이 상기시키는 민주주의의 역설과 틈새 등에 대해서 나는 충실한 소개 이상을 덧붙이기 어렵다. 더군다나 나는 생전의 그와 애틋한 추억 하나 없는 처지가 아니던가.

이미 제출된 입장을 반복하지 않으면서 김소진을 다시 읽어내는 작업은 자연스레 "김소진 소설이 시간의 침식을 견뎌내고 미래의 독자에게도 여전히 읽힐 만한 가치가 있는지 여부"[3]를 따지는 일의 일부가 되는 만큼 그를 추모하는 지면(『문학동네』 2017년 여름호 '김소진 20주기에 부쳐')에 이 글을 써야 하는 나의 부담감은 더 커질 수밖에 없었다. 그 부담감 때문에, 혹은 그 부담감에도 불구하고 나는 이 지면을 김소진이라는 작가의 작품세계를 총체적으로 조망하는 자리로 삼기보다는 오랜만에 다시 읽은, 그의 소설에 매료되었던 한 독자의 지극히 내밀한 독후감으로 채울 수밖에 없었다. 나는 이 작업이 그의 맑고 선량한 얼굴을 상기시키거나 '민중의 삶에 뿌리 내린 리얼리즘'과 같은 평가로 귀착되는 일과 상관없는 것이 되

---

2 『장석조네 사람들』(김소진 전집 1), 문학동네 2002.
3 진정석 「김소진을 읽는 시간」, 안찬수·정홍수·진정석 엮음 『소진의 기억』, 문학동네 2007, 4면.

길 바랐다. 그건 "이미 죽어 말이 없는 인물에 대하여, 더구나 면식도 없었던 자에 대하여 의기양양한 얼굴로 이러쿵저러쿵 쓰는 것은 무례하기도 하거니와 속물근성을 낱낱이 드러내는 품위 없는 짓이기도 하다"[4]는 어느 소설가의 말에 십분 동의해서라기보다는 고인을 둘러싼 이러한 평가가 그의 소설을 지나치게 매끈한 것으로 만들어 박제화시키는 측면이 있는 건 아닌가 하는 생각 때문이었다. 김소진의 소설을 다시 읽으며 느낀 것은 '민중'이나 '리얼리즘'과 같은 어휘로 마름질되기에는 충분하지 않은 어떤 마찰의 지점들이 그 안에 존재한다는 것이었다.

작품이 지니는 현재성은 현재적 문제성의 다른 이름이다. 아무리 잘 쓴 소설이라 하더라도 현재적 문제성과 접속하지 않으면 그 작품은 계속해서 생명력을 담보해나가기 어렵다. 이번에 김소진의 작품을 다시 읽으며 나는 여러번 독서를 멈추고 두 눈을 크게 떠야 했다. 예전에는 보이지 않았던, 혹은 무심히 보아 넘겼던 어떤 장면들이 그 앞에 멈춰 더욱 깊이 생각할 것을 요구했던 것이다.

2. '어머니-여성'에 대한 공포와 혐오

좀처럼 이해하기 힘든 한 남자의 편집증적 의심에서부터 시작해보자. 「자전거 도둑」에 등장하는 '나'의 경우다. 김소진의 많은 작품들처럼 이 소설 역시 전형적인 남성 판타지로 채색되어 있다. 여기 '나'의 자전거를 훔쳐 타는 누군가가 있다. 처음에는 동네 조무래기인 줄 알았는데 범인은 의외로 스포츠 센터에서 에어로빅 강사를 한다는 아름답고 늘씬한 여인

---

4 마루야마 겐지 「소설가가 작품의 전면으로 나설 때: 미시마 유키오의 죽음」, 『소설가의 각오』, 김난주 옮김, 문학동네 1999, 29면.

이다. '나'는 아파트 근처에서 우연히 그녀를 만나 포장마차에서 술을 마시며 이야기를 나눈다. 자전거 도둑의 이름은 서미혜. '나'는 그녀의 아름다움을 칭찬하면서 그녀의 환심을 사려 노력한다. 둘은 이내 서로의 집을 드나들며 내밀한 비밀까지 주고받는 사이로 발전하는데 '나'의 경우 그 비밀은 김소진의 많은 소설들이 그렇듯 지우고 싶은 아버지에 대한 기억에 닿아 있으며 서미혜의 경우에는 간질을 앓던 오빠를 처참하게 죽게 만들었다는 죄책감으로 채워져 있다.

여기서 중요한 것은 서로가 서로에게 털어놓는 비밀의 '내용'이 아니다. 외려 우리의 눈길을 끄는 것은 서미혜의 고백을 들은 뒤 '나'가 취하는 이상한 반응이다. "도망치듯 서둘러 빠져나온 뒤론 거진 달포쯤 그녀를 만나지 못했다. 사건이 많이 터져 신문사 일에도 바빴고 왠지 그녀를 찾고 싶은 마음이 생기질 않았다. 그때 들은 오빠 얘기 때문인지, 자꾸만 그녀가 나에게 함정을 파고 있을 것 같다는 생각이 들었다."[5] 서미혜가 자신에게 어떤 함정을 판 것은 아닐까 의심하는 반응은 사실 뜬금없는 것이다. 서미혜가 '나'의 자전거를 훔쳐 탄 건 사실이지만 그걸 빌미로 아름다운 여인 서미혜에게 먼저 접근한 건 '나'이기 때문이다. 소설의 마지막 장면에 등장하는, 서미혜가 다른 남자에게 접근하기 위해 계속 자전거를 바꿔 훔쳐 탄다는 생각 역시 어디까지나 '나'의 망상에서 비롯된 단정일 뿐이다. 여기서 서미혜의 고백을 들은 후 그녀가 자신에게 무언가 함정을 파고 있다고 느끼는 '나'의 태도는 '팜 파탈'(femme fatale)에 대한 전형적인 공포와 맞닿아 있는 것처럼 보인다.[6] 알다시피 팜 파탈은 남자를 성적

---

5 「자전거 도둑」, 『자전거 도둑』(김소진 전집 3), 문학동네 2002, 170면.

6 이러한 남성 인물의 태도는 「경복여관에서 꿈꾸기」(『자전거 도둑』)에서도 반복되어 등장한다. 거기서 '나'는 번역서 출간과 관련해 출판사 사장 '홍'을 만난다. 40대 후반인 그녀는 "탁자 아래로 부풀어오른 살찐 허벅지를 억제하느라 거의 찢어질 듯 팽팽해진 가죽 미니스커트"를 입은, "색다른 이미지와 강렬한 느낌"을 불러일으키는 전형적인 팜 파탈형 여인이다. '나'는 그녀 앞에서 당황하여 횡설수설을 늘어놓게 되는데 그때

으로 유혹한 뒤 파멸에 이르게 하는 여성 캐릭터를 일컫는다. 「자전거 도둑」에서 서미혜는 '나'에 의해 부당하게 팜 파탈로 표상되는데 '나'가 서미혜에 대해 수행하는 그 '부당 전제'는 문제적이다. '나'는 서미혜가 자신에게 건넨 고백을 왜 자신의 치명적인 불안과 교환하는 것일까?

이를 이해하기 위해서는 간질 발작을 일으키던 서미혜의 오빠가 사람들의 눈을 피해 갇혀 살았다는 '다락'이라는 공간에 주목할 필요가 있다. 그 '다락'은 서미혜의 오빠가 유폐되었던 공간인 동시에 '나'가 스스로를 유폐시킨 최초의 공간이기 때문이다. 그의 다른 작품 「부엌」을 보자. 거의 유일하게 철원 시절을 배경으로 하고 있는 이 소설에는 자신의 출생 장면을 강박적으로 확인하려드는 어린 화자가 등장한다. '나'는 다섯살 많은 누나로부터 자신이 부엌에서 태어나 도마 위에 놓여졌다는 사실을 전해듣는다. 당시 '나'의 어머니는 새로 이사 간 집에서는 아이를 방에서 낳지 않는다는 미신 때문에 맨땅인 부엌 바닥에 신문 쪼가린지 누런 시멘트 종인지 알 수 없는 것을 바닥에 깔고 '나'를 낳았는데 태어날 때 제대로 울지도 못했던 '나'는 차가운 윗목에서 나흘을 보낸 후에야 비로소 울음을 터뜨리게 된다. '나'가 부엌을 자신의 고향인 양 마음 편하게 여기는 것은 이런 출생의 사연을 전해들은 탓이다.

초등학교 4학년 때 누나가 봉제공장 기숙사로 떠나게 되면서 '나'는 부엌 위 다락방을 차지하게 된다. 이때부터 '나'의 다락방 생활이 시작된다. "나는 밖에 나가봤자 어울릴 친구도 없는지라 주야장천 다락방에 이불을 깔고 뒹굴며 문고판 책을 읽거나 공상을 즐기기 일쑤였다. 밥도 다락방으로 올려주는 걸 간신히 받아먹다가 아예 요강을 갖다놓아 변소 가는 시간

혼자 이런 생각을 한다. "어쩌면 함정에 빠졌는지도 몰라." 하지만 '홍'이 함정에 빠뜨린 것도, '나'가 함정에 빠진 것도 아니다. 단지 '나'가 번역에 있어 치명적인 실수를 저질렀을 뿐이다. 이 장면은 남성 인물의 위기를 팜 파탈형 여성이 쳐놓은 덫에 빠진 것으로 간주하려 하는 (무)의식적인 김소진 소설의 한 경향을 여실히 보여준다.

마저 줄인 채 다락방 위에서 지냈다."[7] 자신의 출생을 강박적으로 확인하는 '나'의 이면에 출생 전으로 돌아가고자 하는 타나토스적 욕망이 도사리고 있다. 하지만 다시 어머니의 자궁으로 돌아갈 수 없기에 '나'는 어머니의 자궁을 대신할 공간(다락)을 찾아 스스로를 유폐시킨다. 자궁의 끝에 세상과 연결된 틈이 있듯 '나' 역시 다락방 벽에 "둥근 틈새"를 파놓고 그 틈을 통해 세계의 은밀한 비밀을 접수해나간다.

가장 강력한 것은 두말할 것도 없이 성(性)과 육체를 둘러싼 비밀이다. "젖가슴이라는 말을 듣는 순간 나는 숨이 꽉 막혔다. 보드랍게 출렁거리는 두 살덩이가 틈새 너머로 얼핏 스쳤기 때문이었다. 캄캄한 눈앞에서는 햇볕을 받아 눈이 녹는 한낮의 기름종이 지붕처럼 아지랑이가 모락모락 피어났다. (…) 바닥이 푹 꺼지긴 했지만 다락 때문에 천장이 낮아진 부엌에서 누나가 젖은 머리 타래를 한번 길게 휘두르자 한 갈래가 거진 다락 바닥에 닿을 듯 솟구쳐 올랐다. 마치 내 눈 속을 파고들 듯이 바짝 달라붙는 그 머리칼 때문에 나는 움찔거리며 눈을 틈새에서 뗐다. 그리고는 베개 속으로 얼굴을 파묻고 귀를 세게 틀어막았다. 입술이 새까맣게 말라 있었다. 아마 또다시 열꽃이 필 모양이었다. 나는 왠지 그 열꽃을 즐기고 싶은 생각이 들었다. 아아, 이 머릿속 허연 뇌수까지 벽에 짓이겨진 파리의 내장처럼 바짝 태워주라 나의 열꽃이여! 나는 메마른 혓바닥으로 꺼끄러운 베갯잇을 마구 핥기 시작했다."[8]

엄마와 누나의 목욕 장면을 훔쳐봄으로써 근친상간과 여성의 육체라는 이중의 금기를 대면한 '나'는 온몸으로 열병을 앓는다. 그 열병을 앓으며 '나'는 반(反)성장이라는 타협적 전략을 마련해낸다. "거기서 성장을 멈추고 싶었다. 나는 언제까지나 다락방의 아이이자 부엌의 아이로 남고 싶

---

7 「부엌」, 『눈사람 속의 검은 항아리』, 강 1999, 135면.
8 같은 글 138~39면.

었다."[9] 외면과 회피는 실재와의 대면 앞에서 주체가 취하는 가장 일반적인 반응이다. 그 외면과 회피의 방책으로 '나'가 선택한 것은 성적 실천을 유예받은 무구한 존재인 아이로 영원히 머무는 것이다. 아이는 대개 아무것도 모르는 존재로 여겨지기에 비로소 근친상간과 육체라는 금기의 세계로부터 한걸음 물러나 있을 수 있지만 그 누구도 시간이라는 선악과를 베어 물지 않고 살아갈 도리는 없다. 따라서 영원히 아이로 머물고자 하는 '나'의 선택은 어디까지나 잠정적인 것일 수밖에 없다.

얼마 후 '나'는 다락방에서 필례와 털보의 정사 장면을 훔쳐보며 첫 몽정을 하게 된다. 비로소 금지와 쾌락이 한데 얽혀 있는 성(性)의 세계에 진입하게 된 것이다. 이때 '나'가 다분히 사디즘적이고 폭력적인 성관계를 목도함으로써 성의 세계에 입사(initiation)하게 되었다는 사실은 이후 '나'가 성적 실천에 대해 지니게 될 태도를 예고하는 것이기도 하다.[10] 섹스를 비롯한 다양한 성적 실천 앞에서 김소진이 취하는 부자연스럽고 위악적인 태도의 기원 역시 이 지점에 도사리고 있는 것으로 보인다. 어쨌거나 일단 몽정을 한 '아이'는 더이상 '아이'일 수 없으므로 다락 또한 그에게는 맞지 않는 옷이 되어버린다. 열달을 채운 태아가 어머니의 자궁을 떠나야만 하듯 성의 비밀을 알게 된 아이는 이제 다락을 떠날 수밖에 없다. "그런 나를 다락방에서 끌어내린 건 대낮부터 질퍽하게 내리기 시작한 첫눈이었다. (…) 나는 문득 멀게만 느껴졌던 바깥세상이라는 게 바로 코앞

---

9 같은 글 139면.

10 김소진의 다른 작품 「첫눈」에도 비슷한 모티프가 반복되어 등장한다. 여기서 '나'는 "송탄댁 부엌과 우리집 부엌을 가르고 있는 얄팍한 판자"(「첫눈」, 『자전거 도둑』 65면) 사이에 난 구멍을 통해 송탄댁과 봉학이 맺는 사디즘적 성관계를 훔쳐본다. 한편 「부엌」에서 '나'를 다락방에서 내려오게 한 것도 '첫눈'이었다는 점도 주목할 만하다. 흔히 '첫눈'은 순결을 상징하지만 김소진에게는 은밀한 비밀을 알아버린 다음에 찾아오며 실재와 대면한 주체의 기억을 덮어버리는 은폐의 기능을 수행한다. '눈'이 갖는 이러한 은폐의 기능은 「눈사람 속의 검은 항아리」에서 가장 도드라지게 나타난다.

에 다가와서 내게 손짓을 하고 있다는 느낌이 확연히 들었다. 갑자기 다락방이 좁아진 것 같은 생각도 그래서 든 모양이었다."[11] 소설의 시작에 생물학적 출생에 대한 강박적 물음이 놓여 있었다면 소설의 결말에는 바깥세상으로 비로소 한걸음을 내딛는 주체의 사회적 탄생이 대응하고 있다.

이렇듯 '나'에게 다락은 주체가 실재와의 대면을 회피하기 위해 스스로를 유폐시킨 공간인 동시에 그 피하고 싶었던 실재와 최초로 마주한 공간이다. 서미혜가 다락에 숨어 살던 자신의 오빠를 죽게 만든 사건도 예의 근친상간이라는 금기와 맞닿아 있다. 그렇다면 「부엌」의 '나'는 자라서 「자전거 도둑」의 '나'가 된 것이며 어릴 적 잊고 있었던 '다락'과 근친상간의 금기는 서미혜의 고백을 통해 되살아나게 된 건 아닐까. 하여 실재와 대면했던 충격을 무의식의 지층에 묻어두고 살아가는 '나'에게 자신의 무의식적 지층을 뒤흔드는 서미혜는 불길한 존재로 떠오를 수밖에 없었던 것은 아닌가. "나는 서둘러 허둥지둥 자전거 전용도로를 벗어나 달아나기 시작했다"는 소설의 마지막 문장은 '나'가 그 실재와의 대면 앞에서 느끼는 당혹스러움을 역력히 보여준다.[12]

근친상간이라는 금기는 실제로 그가 여성 인물을 형상화할 때 커다란 장애로 기능한 것 같다. 김소진은 한 대담에서 여성 인물을 형상화하는 작업의 어려움에 대해 다음과 같이 토로한 적이 있다. "저의 경우는 가난이라는 문제가 원체험 구실을 했던 것 같습니다. 한방에서 아버지, 어머니, 형, 누나가 다 함께 공동생활을 했습니다. (…) 사춘기 때 누나와 한방을 썼기 때문에 느꼈던 당혹스런 상황들도 소설을 쓰는 데 직간접적으로 원체험으로 작용한 것 같기도 하고요. 소설에서 여자를 다루는 장면이 나오면 지레 당황을 하고 그럴 때가 많습니다."[13] 뒤이은 말에서 김소진은 현

---

11 「부엌」 147~48면.
12 「자전거 도둑」 171면.
13 김소진·김형경·박상우 「원체험, 현실 그리고 독자」, 『그리운 동방』(김소진 전집 6),

실에서 여성과의 교제나 대면의 경험이 부족했던 것에 대한 아쉬움을 이야기하고 있지만, 사실 문제는 더욱 근원적인 데에 있다고 봐야 할 것이다. 그것은 바로 아버지에 의해 수행되지 못했던 거세에 대한 불안과 공포가 어머니를 통해 구현되었다는 점이다. 어쩌면 이 사실이 '어머니-여성'에 대한 그의 불안과 공포의 다른 한 축을 구성하고 있는지도 모른다.[14]

김소진의 소설 속에서 아버지가 더없이 나약하고 비루한 존재로 그려진다는 점은 잘 알려져 있다. 그 역시 "나는 아버지에게서 남성성을 배우지 못했다"[15]고 직설적으로 토로한 바 있거니와 "세상을 물어뜯을 것 같은 눈빛을 아버지에게서 보는 게 소원이었다"[16]는 어느 소설 속 화자의 진술은 그가 일반적인 오이디푸스 콤플렉스와는 다른 결의 결핍을 지닌 채 성장했음을 암시한다. 오이디푸스 콤플렉스의 배후에 자리 잡고 있는 것

문학동네 2002, 293면.

14 「경복여관에서 꿈꾸기」에서는 근친상간과 관련된 장면이 등장한다. 경찰에 잡혀 취조를 당하고 풀려난 '나'는 같은 패밀리 소속 예숙이 마련해준 은신처인 경복여관에 숨어 시간을 보낸다. 거기서 '나'는 미라라는 이름의 창녀와 성관계를 갖게 된다. 흥미로운 것은 여기서 '나'와 '미라'가 근친상간의 장면을 모방한다는 점이다. "나는 의식이 가물가물해졌다. '불러, 불러어예!' 귀에 대고 속삭이는 소리가 들렸다. '어, 무이……' 흑흑…… 나는 못나게도 가느다란 울음을 터뜨렸다. 숨이 막혔다. '그래 우리 애기야 또, 또오 부르거래이!' '예, 예숙아!' '옹야 참 착하구나, 또, 또오!'"(「경복여관에서 꿈꾸기」, 『자전거 도둑』 291면) 미라라는 창녀가 어머니의 역할을 대신하는 이 장면은 의미심장한데 이는 김소진의 소설 속에서 다수의 여성들이 '창녀형'으로 표상되는 것과도 관련된다. 여기서 창녀는 단순히 몸을 파는 여성을 의미하는 것이 아니라 '나'에게 '비릿함'과 '역겨움'이라는 성적 경험을 최초로 각인시킨 존재를 의미한다. 「춘하 돌아오다」에서 그 대상은 춘하이지만 「용두각을 찾아서」에서는 그 최초의 대상이 어머니로 그려진다. 거기서 '나'는 어머니의 음부에서 풍기는 "비릿한 내음"을 맡은 뒤 중요한 터부가 깨져나갔음을 깨닫는다. 그리고 그후의 세계가 "한갓 무질서고 공포고 허무요 구토일 따름이었다"(「용두각을 찾아서」, 『열린 사회와 그 적들』 207면)라고 말한다. 최초의 성적 체험이 '역겨움'과 '구토'로 거듭 표상되는 이 장면은 여성에 대한 그의 공포 및 혐오의 기원과 관련되는 것처럼 보인다.

15 「시간, 기억의 아들, 이야기」, 『그리운 동방』 26면.

16 「사랑니 앓기」, 『열린 사회와 그 적들』 170면.

은 아버지에 의한 거세 공포지만 "세상을 물어뜯을 것 같은 눈빛"과 정반 대편에 놓인 아버지의 무기력한 초상으로부터 거세의 공포를 읽어내기란 불가능에 가깝다. 그런 김소진에게 그 역할을 대리 수행한 것은 다름 아 닌 어머니다. 그는 이렇게 말한 적이 있다. "어머니는 툭하면 '이 씨를 말 릴 함경도 종자들아' 하면서 주걱을 흔들어대며 우리 부자(父子)들을 싸 잡아 공격하곤 했다. 특히 '종자'를 발음할 때의 어머니의 입놀림은 기묘 했다. 마치 질긴 비곗덩어리 같은 것을 입안에 넣고 자근자근 짓씹는 모 양이었다. 그 욕은 그 어떤 다른 욕보다 나를 절망 속으로 몰아넣었다."[17] 김소진이 느낀 절망은 무엇보다도 비루한 아버지의 삶으로부터 자신의 운명과 상동성을 읽어내는 불길한 시선에서 비롯하는 것이지만 ── 그는 아버지에 대해 아들의 "생물학적인 운명을 결정해주는 존재"이자 "사회 적인 운명의 많은 부분을 틀지어주는 존재"라고 말한 적이 있다[18] ── 어쩌 면 저 '씨를 말린다'는 표현이 상기하는 죽음에의 불쾌감 역시 어쩔 수 없 이 큰 부분을 차지한 건 아닐까. 거세는 일종의 상징적 죽음이 아니던가.

물론 김소진에게 있어 어머니와 죽음이 맺는 관계는 상징적이면서도 실제적인 것이기도 하다. 김소진은 「용두각을 찾아서」에서 자신의 죽음 을 관장하는 힘을 가진 존재가 다름 아닌 어머니였음을 고백하고 있다. "내가 죽으면 너희들은 거지 중에서도 아주 상거지가 된다. 차라리 그렇 게 사느니 서로 쥐약이라도 먹고 일찌감치 몰사 죽음을 하는 게 여러모로 깨끗하다. 어머니는 이런 말을 입버릇처럼 붙이고 살았다. (…) 어머니가 말하는 죽음이란 항상 깨끗하고 아쌀한 것이었다. 그 시각과 장소를 결정 할 수 있는 권한은 두말할 것 없이 어머니에게 있는 걸로 생각되었다."[19] 앞서 살펴본 「부엌」에서 '나'는 부엌에서 태어난 뒤 도마에 올려진다. 그

---

17 「나의 가족사」, 『그리운 동방』 19~20면.
18 「아버지의 미소」, 같은 책 64면.
19 「용두각을 찾아서」 207~208면.

리고 그의 어머니는 "부뚜막에 대고 썩썩 갈다 만 식칼"[20]을 든 존재로 상상된다. 도마 위에 올려진 자신의 목숨을 단칼에 내려쳐 끊어버릴 수 있는 식칼! 김소진이 어머니에 대해 느끼는 거세(살해) 공포는 이토록 깊다. (김소진 소설에서 어머니-여성은 다분히 '바기나 덴타타'vagina dentata의 형상을 띠고 있다는 점도 특기할 만하다.)

김소진에게 있어 어머니는 최초의 여성이며 소설 속 다른 여성들은 변주된 어머니에 가깝다. 나는 앞서 김소진의 소설에 등장하는 여성들이 대개 '창녀형 인물'이며 그 기원에 '어머니'가 자리하고 있다고 말한 바 있다. 「아버지의 자리」에서의 '춘하' 역시 아버지의 성적 상대가 되는 '유사(pseudo)-어머니'이다. 여기서 우리는 김소진의 작품에 반복되는 여성에 대한 위악적인 폭력의 근거를 어렴풋이 짐작할 수 있게 된다. 그건 근친상간의 금기 앞에서 주체가 취하는 회피와 부정의 태도다. 「고아떤 뺑덕어멈」에 나오는 다음과 같은 장면을 보자. 여기서 '나'는 약장수 단을 따라다니며 약과 몸을 함께 파는 '뺑덕어멈'에 아버지가 관심이 있다는 아버지 친구의 말을 듣고 전공서적 두권을 팔아 아버지의 화대를 마련한다. 그 마음에 감동을 받은 뺑덕어멈은 '나'를 만나서 고마운 마음을 전하려 한다. "갸륵혀서. 내 증말루 갸륵해서……" 하지만 나는 그녀의 말에 이렇게 대꾸한다. "그렇게 갸륵하다믄 화대라도 깎아주실라우?" "내 츤하디 츤하게 몸을 파는 계집이지만 댁네겉이 갸륵하고 참한 총각은 츰이라우. 증말이어라." 이때 그녀의 분내가 '나'의 코를 자극했고 그 자극적인 냄새에 결국 신경질이 폭발한 '나'는 그녀에게 이렇게 쏘아붙인다. "그래서 허구 싶은 말이 뭐유? 애비와 그 아들과 차례루다 돌림빵으로 붙어먹고 싶다는 게유 뭐유?"[21] '뺑덕어멈' 역시 '춘하'와 같은 계열에 속한 '유사

---

20 「부엌」 132면.
21 「고아떤 뺑덕어멈」, 『열린 사회와 그 적들』 316면.

(pseudo)-어머니'의 하나라고 할 때 '나'의 터무니없는 분노를 야기하는 원인은 분명해 보인다. 근친상간이라는 금기를 대면한 주체가 취하는 강한 부정과 회피의 태도 바로 그것이다.

이렇게 김소진의 소설에서 여성은 남성을 함정에 빠트려 파멸시키는 두려운 존재로 상상되는 동시에 역겹고 비릿한 내음을 풍기며 거세 공포를 자극하는 존재로 그려진다. 그 불쾌한 무의식적 상상의 기원에 '어머니'가 도사리고 있으며 어머니는 다른 유사한 여성들로 변주되어 나타난다. 이 점을 강조하는 것은 김소진이 '여성혐오 작가'라거나 김소진 소설 속에 드러나는 '여성혐오의 양상'을 부박하게 고발하려는 것과 거리가 멀다. 다만 '어머니-여성'에 대해 김소진이 취하는 특수한 태도를 빼놓고는 김소진의 작품세계를 풍부하게 읽어내기 어렵다는 것은 분명해 보인다. 김소진의 소설을 다시 읽으면서 좀처럼 납득하기 힘들었던 것은 그 뜻을 짐작하기도 힘든 순우리말 어휘가 아니었다. 그건 사전을 찾으면 해결될 문제였다. 더 어려웠던 건 김소진이 소설 속 여성들을 형상화하고 의미화하는 방식이었는데 어쩌면 그 속에 소설가 김소진이 싸워왔던 다른 하나의 대상이 숨어 있을지도 모르겠다. 김소진은 비루한 아버지와만 싸웠던 것이 아니라 너무 쉽게 아버지의 자리를 찬탈함으로써 발생하는 근친상간의 유혹과도 싸웠던 것은 아닐까. 그리고 이를 억누르기 위해 성적 자극들 앞에서 그토록 부자연스럽게 회피하고 부정하는 태도를 보인 것은 아닐까. 김소진 소설에서 여성을 형상화 (못)하는 방식에 대해서는 차후에 더 깊은 논의가 필요하리라고 본다.

3. 관음하는 자의 시선으로 세상 보기

김소진은 김영현, 방현석 등과 함께 종종 후일담 작가로 거론된다. 하지만 그의 소설은 일반적인 후일담과는 결이 조금 다른데 유희석(柳熙錫)은 이러한 김소진식 후일담의 특징을 "반후일담적 후일담"이라고 명명한 바 있다.[22] 후일담이 "지난 시대의 변혁의 꿈과 그 참담한 실패에 대한 자기 변명적 회한과 패배의식이 주를 이루는 이야기"를 의미한다면 "김소진은 그러한 회한과 의식을 일면 인정하면서도 끝내는 거스르는 '방황'을 부각하기 때문"이라는 것이다.[23] 실제로 김소진이 1980년대의 정치적 열정에 대해 취하는 태도는 어딘가 회의적인 데가 있다. 가령 「갈매나무를 찾아서」의 두현은 사적 유물론의 교의를 정답처럼 읊는 윤정을 보며 자신과 윤정의 나이는 "한번쯤 자유가 현기증 나는 것은 아닌지 의심해볼 나이, 명쾌한 것보다 애매모호한 게 가끔씩은 저도 모르게 끌리는 나이"가 아닌지 되물으며[24] 「고아떤 뺑덕어멈」의 민세 역시 "저 깊은 곳에서 역사가 부르는 가열찬 소리가 들리지도 않아? 한평생 나가자며 도림천변에서 밤새 술마시고 해방춤 추며 다짐한 맹세는 다 어디 갔냐고" 따지는 친구에게 "굵은 목소리는 이젠 너무 뜨거워. 너 사람이 뜨거워지면 어떻게 되는지 알아? 돌아버린다고" 대꾸한다.[25] 민중이 해방된 자유롭고 평등한 세계보다 "저 도저한 허무의 심연"을 마주한 채 "아름다운 지옥"[26]으로 가고 싶어 하는 인물에게 스러진 변혁의 꿈에 대한 진정성 어린 회한을 기대하기란 난망해 보인다.

왜 김소진 소설의 인물들은 1980년대의 변혁적 전망에 온몸을 다 실을 수 없었던 것일까? 이제까지의 주된 설명은 역사와의 매개가 되어주는 아버지의 부재 때문이라는 것이었다. 그의 대표작 「개흘레꾼」을 보자. 거기

---

22 유희석 「김소진과 1990년대」, 『소진의 기억』, 문학동네 2007, 241면.
23 같은 글, 같은 면.
24 「갈매나무를 찾아서」, 『눈사람 속의 검은 항아리』 269면.
25 「고아떤 뺑덕어멈」 306~307면.
26 「갈매나무를 찾아서」 269~70면.

서 '나'는 80년대 당시 자신의 마음을 잘 대변해주는 한 평론가의 글을 인용한 뒤 이렇게 덧붙인다. "그가 말하는 소설이란 결국 세계관의 다른 이름이었다. 다시 말하자면 나의 아비는 숙명의 종도, 그리고 권력투쟁에서 패배한 남로당이었다고 외칠 만한 위치에 있지도 못했기 때문에 나는 또 다른 가슴앓이를 해야 했던 것이다. 그렇다고 다시 '아비는 군바리였다'거나 '아비는 악덕 자본가였다'라고 외칠 처지는 더욱 아닌 데 나의 절망은 깃들여 있었다."[27] 사회주의 활동을 했던 장명숙의 아버지가 '테제'일 수 있고 악덕 자본가였던 석주 형의 아버지가 '안티테제'일 수 있었던 것과는 다르게 '개흘레꾼'에 불과한 아버지는 도무지 극복의 모험을 허락하지 않는다. 역사를 부성적(父性的) 질서의 구성물로 인식하는 이러한 태도에 내재한 가부장적 편향성을 지적하는 일과는 별개로 이 절망이 김소진 소설의 인물들로 하여금 역사라는 정언명령으로부터 한걸음 비켜서게 만든 주요한 요인이었다는 점은 분명해 보인다.

지금 보면 그 절망이란 다소 과장된 것처럼 느껴진다. 1980년대의 청년들 중 남로당 출신 아버지를 둔 사람이나 악덕 자본가 혹은 여당 정치인을 아버지로 둔 사람이 얼마나 되었겠는가? 물론 중산층 출신도 적지 않았겠으나 상당수가 농민의 자식이거나 평범한 민중의 아들딸이 아니었겠는가. 이제까지 궁색하고 초라했던 자신의 부모와 가계의 주변을 그저 부끄러워하기를 그치고 이들을 착취의 희생자로 긍정하고 변혁의 주체로 우뚝 세워갔던 것이 바로 80년대 민중론의 세례를 받은 아들딸들이 걸었던 길이 아니었던가. 그런 점에서 김소진의 소설은 바로 이러한 80년대식 민중론이 그 자신의 '정치적 올바름'으로 미처 봉합하지 못했던 어떤 틈새를 집요하게 벌여놓았다고 볼 수 있다. 요는 김소진이 초라하고 비루한 아버지를 두었기 때문에 역사의 부름 앞에 정면으로 마주할 수 없었던

---

27 「개흘레꾼」, 『열린 사회와 그 적들』 398면.

것이 아니라 80년대의 정치적 언설 및 실천들과 불화할 수밖에 없었던 그 자신의 알리바이로 아버지를 내세운 혐의가 있다는 것이다.

비루한 아버지가 그 자신마저 속여버리는 알리바이에 불과하다면 무엇이 진정으로 김소진을 역사의 가열찬 부름 앞에 당당하게 마주서는 일을 저어하게 만든 걸까? 이는 그가 세계를 보는 방식과 관련되어 있는 것 같다. 김소진 소설의 인물들은 세계의 모습을 바로 대면하지 못하고 늘 훔쳐보는데 이 유구한 관음의 역사가 김소진으로 하여금 여성과 바로 대면하지 못하게 했다는 사실은 앞에서 언급했거니와 이는 역사와 정치, 현실로까지 확장되는 것 같다. 나는 앞서 「첫눈」과 「부엌」에는 '관음 모티프'가 등장한다는 것을 말한 바 있다. 그런데 흥미롭게도 이 관음은 김소진이 밝힌 자신의 창작 방식이기도 하다. 그 자신의 말을 직접 들어보자. "말하자면 관음증 비슷한 것이지요. 제가 세상을 이런 식으로 바라보고 있는 거예요. 소설이라는 게 이런 방식을 통해서 살이 많이 붙잖아요. 그림 그리듯이 원근법으로 바라보는 것이 아니라 문틈으로 바라보는…… 그런데 제가 초고를 보여주겠어요? 제가 관음을 당하는 것인데 어떻게 보여줄 수 있겠어요? 자기검열을 통해서 빼고 더하는 대목도 있는데……"[28]

역사의 부름을 온몸으로 받아 안고 강고한 신념을 견지하는 태도가 반드시 옳은 것이 아닌 것처럼 한걸음 비켜서서 세계를 바라보는 김소진의 관음증적 태도가 윤리적으로 반드시 부정적인 결과만을 초래하는 것은 아니다. 훔쳐보는 행위는 이를 통해 목도한 진실에 외설적인 효과를 덧입히지만 동시에 이는 자명한 것으로 받아들이길 강요하는 일련의 교리들을 반성적으로 성찰할 시선을 획득하게 해주기 때문이다. 80년대를 치열하게 통과했던 여느 작가들의 후일담과 구별되는 김소진적 후일담의 특징과 매력은 바로 이러한 교조적인 이데올로기를 정면에서 추억하거나

---

28 김소진·서영채 「'헛것'과 보낸 하룻밤」, 『그리운 동방』 271면.

재구성하는 것이 아니라 그 이데올로기의 구성적 외부에 놓인 것들을 뒤돌아보게 만드는 힘에서 발생한다. 이데올로기의 세계는 이를 훔쳐보는 자에 의해 외설적인 것으로 표상되고 이는 그 이데올로기에 의해 외설적인 것으로 치부된 것들의 의미를 다시 심문하게 만든다. 따라서 '개흘레꾼'에 불과한 초라한 아비에 대한 작중 인물의 절망을 액면 그대로 받아들여서는 곤란하다. 그 절망의 진정성과는 별개로 그 절망이 새롭게 들여다보게 만드는 세계의 이면이 있기 때문이다.

그 세계의 이면에 자리한 것이 '헛것'과 '밥풀때기'와 같은 존재들이다. 이는 역사의 환한 빛을 똑바로 쳐다볼 때 눈이 부셔 시야에서 사라지는 것들이다. 하지만 그 빛을 정면으로 바라보지 않고 비켜선 채 조그마한 구멍으로 그 광채를 내뿜는 역사라는 것을 관음함으로써 김소진은 엄연히 존재하지만 가시화될 수 없었던 존재들을 포착할 수 있게 된다. '헛것'은 그의 데뷔작 「쥐잡기」에 등장한다. 거기서 '나'의 아버지는 포로수용소에서 남과 북을 선택해야 하는 기로에 놓이게 된다. 하지만 이때 아버지의 선택은 이데올로기가 아니라 자신이 돌본 흰쥐의 행방을 따른다. 아버지는 그 일을 추억하며 "기러다보니 맹탕 헷것이 눈에 끼었는지두" 모르겠다고 덤덤하게 말한다.[29] 인간의 삶을 결정하는 우연적인 힘 같은 것, 그것이 바로 '헛것'이다. 이는 과학적 신념으로 무장한 채 세계의 원리를 체계적으로 파악하고 이를 통해 그 세계를 변혁하고자 하는 태도와 정반대편에 놓인 것이다. 그 우연의 세계에 놓인 존재는 운명 앞에서 그저 무기력할 뿐이다. 한편 그의 명편 「열린 사회와 그 적들」에 등장하는 '밥풀때기'들은 '우리'의 순수성을 교란하는 존재들이며 '역사'나 '대의'와 같은 장소(topos)에 그 자신을 정위시키지 못한 존재들이다. 80년대적 이념의 구성적 외부에 놓이는 이같은 존재들을 가시화한 그의 작업이 당대의

---

29 「쥐잡기」, 『열린사회와 그 적들』 24면.

진보적인 사람들에게 비판의 표적이 된 것은 당연한 일. 하지만 김소진은 그에 항의하며 이렇게 말한다. "그리고 또 헛것과 이데올로기를 완전히 가르는 입장이라기보다는, 비이데올로기적인 시각에서 이데올로기를 바라볼 때 그 이데올로기라는 것의 실체가, 이데올로기가 좋은 것이라거나 나쁜 것이라는 가치판단을 떠나서, 좀더 어떤 측면에서 새롭게 들여다볼 수 있는 여지가 생기는 것이 아닌가 하는 생각, 가령 아버지 같은 사람은 사상이라는 것이 전혀 없는 사람이잖아요. 그런 사람을 통해서 이데올로 기를 바라보게 함으로써 이데올로기의 새로운 모습을 더듬어본다든지 그런 측면도 있는 것 아니에요. (…) 보통 일반적으로 이야기할 때, 그 사람 이데올로기적이야, 라고 하면 현실에 대한 어떤 확고한 신념을 가지고 있는 사람을 가리키고, 그런데 그 사람 헛것만 보는 사람이야, 라고 하면, 뭔가 비현실적이고 그런 사람을 가리키잖아요…… 밥풀때기 같은 사람들이 무슨 이데올로기가 있어서 과격 폭력 시위한 것은 아닐 테지요. (…) 그러다보니까 세련된 시민의 눈으로 볼 때는 적이고 열린 사회로 나가는 걸림돌로 보일 텐데, 그 사람들의 세련되지 못한 분노나 정서나 행동거지 같은 것들이 과연 아무 의미 없는 것들인가 하는 생각을 했던 것인데……"[30]

무언가를 은밀히 훔쳐보는 자는 비겁한 존재다. 이데올로기적 신념을 지니고 역사의 부름 앞에 달려나가는, 끝내 실재와의 대면을 불사하는 초극적(超克的) 존재에게는 더욱 그렇게 보일 것이다. 하지만 김소진은 이 비겁함을 즉자적으로 부인하지 않는다. 아니, 그 비겁함을 선선히 수용했기 때문에 그는 때론 비겁하고 때론 따뜻한 민중들의 모습을 어떤 선험적 규정에도 구애받지 않고 그려낼 수 있었다고 말하는 것이 옳을 것이다. 그런 면에서 김소진의 관음은 양가적인 측면을 지닌다. 성적 금기와 관련해서 이는 강력한 트라우마의 원인이 되며 남성 인물들은 여성과의 관계

---

30 김소진·서영채 「'헛것'과 보낸 하룻밤」 272~73면.

맺기에서 거듭 실패한다. 하지만 이는 동시에 '터부'가 깨짐으로써 세계에 대한 일체의 환상과 기대를 버리게 되는 계기가 된다. 김소진이 80년대적 이념으로부터 거리를 둘 수 있었던 건 아마도 훔쳐보기가 결과한 '허무함'과 '무질서'의 맛을 일찍 본 탓일지도 모른다. 하지만 그는 그러한 허무와 무질서를 자학적으로 탐닉하는 데 머물지 않았다. 이데올로기의 광채에 가려진 너절하고 비루한 풍경들을 그 자신의 역사로 상승시키고자 하는 고투를 통해 그는 한국 소설사에서 유례없는 장면을 우리에게 안겨주었던 것이다.

4. 김소진의 빈자리

김소진 20주기(2017)를 맞아 그의 절친한 문우로 알려진 정홍수는 한 칼럼에서 이렇게 썼다. "지난 연말 광화문 촛불 광장에서 내가 문득 옆을 돌아보았다면 그때 그는 그곳 어딘가에 있었을까. 「열린 사회와 그 적들」의 '밥풀때기'들과 함께. 국민 주권의 함성이 벅차게 타오르고 있던 그 축제의 현장에서도 혹간 구석을 찾아드는 궁벽진 자리는 있었을 테고, 김소진의 문학 언어는 그곳들을 챙겼으리라."[31] 김소진의 언어가 축제의 중심이 아닌 구석을 찾아드는 궁벽진 자리를 향했으리란 정홍수의 말은 정확하다. 하지만 나는 1991년에 발표된 「열린 사회와 그 적들」을 다시 읽으며 조금 다른 생각을 하기도 했다. 어쩌면 '밥풀때기'들은 "국민 주권의 함성이 벅차게 타오르고 있던 그 축제의 현장"의 궁벽진 자리에조차 서지 않았던 건 아닐까. 그러니까 그들은 아예 다른 곳에 있지 않았을까 하는 외

---

31 정홍수 「김소진은 문학이 정직과 겸손의 노동이라는 점을 보여줬다」, 『중앙일보』 2017.4.9.

람된 생각 말이다. 이는 단지 이번 촛불시위만큼 자발적 평화와 비폭력의 '압력'이 거셌던 현장은 없었다는 생각 때문만은 아니다. 그보다는 차라리 '밥풀때기'가 소설 속에 박제화된 인물이 아니라 "그들 자신이 규칙으로 통제할 수 없고 정의할 수 없는 잉여들이며" "그럼으로써 민주주의의 은폐된(은폐되어야 하는) 결여를 증거하는 자들"이라는 점을 떠올릴 때 그렇다.[32]

태극기 집회를 참관(?)하기 위해 시청 광장 앞에 갔을 때 보았던, 태극기를 들고 고함치는 사람들의 얼굴이 떠오른다. 하여 2017년의 '밥풀때기'들은 광화문 광장이 아니라 차라리 대한문 앞 시청 광장에 있었던 것은 아닐까. '밥풀때기'들이 현재 시스템에 대해 강한 박탈과 원한의 감정을 품은 주변적 존재라면 그 원한의 감정이 솟구쳐 올랐던 곳이 다름 아닌 대한문 앞 시청 광장이 아니던가. (최현숙은 이번 태극기 집회에 참가한 사람들의 심리를 '박탈감과 소외감'으로 정리한 바 있다.[33]) 그러니 1991년의 밥풀때기들에게 '열린 사회'를 허락하지 않았던 '민주화 이후의 민주주의'의 경과 속에서 이제 "적으로 규정"된 존재들의 정처를 대한문 앞에서 찾는 것도 무리는 아닐 것이다. 민주주의와 평화, 질서라는 이름이 대한민국을 뒤흔든 그 계절 앞에서, 그리고 온갖 악다구니가 넘쳐나는 또다른 풍경 앞에서, 김소진은 과연 어떤 표정을 지었을까?

그런 생각들이 꼬리에 꼬리를 물 때면, 나 역시 그의 빈자리가 문득 궁금해진다.

---

32 김영찬 「민주주의와 그 적들: 1991년 밥풀때기, 그리고⋯⋯ 2000년대에 다시 읽는 김소진」, 『소진의 기억』 276면.

33 최현숙·이나미·김진호 대담 「태극기 집회는 박탈감에 의한 인정투쟁」, 『주간경향』 1219호, 2017.3.28.

폐허의 반복, 이면의 낙관

◆

박민정의 『바비의 분위기』와 한정현의 『소녀 연예인 이보나』

지속적인 생산력의 향상을 보증하는 과학기술의 발전 및 자유와 해방을 향해 진보하는 역사에 대한 믿음은 흔히 근대를 이끌어온 두가지 동력으로 거론된다. 그렇다면 생산력이 발전할수록 인류 생존의 토대인 지구의 미래가 침식되고 더 나은 미래를 향한 희망마저 바이러스의 습격 앞에 얼어붙고 만 지금이야말로 문자 그대로 '포스트-모던'에 육박하는 시대가 아닐까. '포스트-모던'이라고 했거니와 이번 소설집 『바비의 분위기』(문학과지성사 2020)에서 박민정(朴玟貞)은 일관되게 헤겔적 사유의 대척점에서 역사와 인간을 파악한다. 기술적 진보와 인간 이성에 대한 믿음이 종언을 고한 세계의 복판에 서서 구조는 오래되었으나 현상은 갱신되고 있는 폭력의 양상을 선연하게 응시하는 그의 시선은 현실을 바라보는 우리의 눈길마저 한층 날카롭게 벼려준다.

헤겔(G. W. F. Hegel)에 따르면 역사는 이성의 법칙을 따라 진행하며 개별적인 인간은 보편적인 정신의 자유로운 실현 과정과 일치됨으로써 드넓은 자유의 바다로 나아간다.[1] 하지만 「바비의 분위기」의 화자 유미는 역사를 이성의 자기전개 과정이자 자유의 확장 과정으로 파악하는 헤겔의 주장에 결연히 맞서기라도 하듯 이렇게 선언한다. "우리는 더이상 실천이성의 주체로서 언어의 주인이 될 수 없다."(94면) 이런 판단의 일차적인 근거는 인간의 이성이 그 자신의 산물에 종속되는 역설 때문이다. 트위터의 매체적 특성에 대한 연구로 논문을 준비 중인 유미는 새롭게 도래한 웹 공간에서 인간은 일종의 "사이보그"가 되어 자동적이고 기계적으로 각종 혐오 발화들을 생성해낸다고 주장한다. 이제 인간의 견해는 숙고된 이성의 결과물이 아니라 온갖 정동을 순식간에 글자로 변환해내는 매체의 기술력에 의해 기계적으로 생산된 물질에 방불하는 것이다. 이렇듯 변화한 뉴미디어 환경 속에서 인간이 "새로운 매체라는 기술의 종속변수로서 움직"일 뿐이라면 확실히 "해석학적 전통에 의해 만들어진 근대 주체의 이미지는 이제 더이상 유효"(111면)하지 않아 보인다.

자동화되고 기계화된 '사이보그적 인간형'의 출현은 인간에 대한 새로운 이해를 요청한다. 사이보그적 인간형은 성장과 발전을 경험하는 계기로서의 역사와 무관하다는 점에서 근대적 휴머니즘과 결별한다. 헤겔은 변화와 운동이야말로 역사의 핵심이자 열쇠라고 말했지만[1] 사이보그적 인간형은 자유롭게 운동하지 않으며 그저 자신의 정념에 수동적으로 반응할 뿐이다. 그들은 인간처럼 보일 때조차 오직 "인간 비슷하게 만들어"(「천사의 비밀」 195면)진 존재에 불과하다. 이와 같은 근대적 휴머니즘의 종언과 사이보그적 인간형의 출현은 박민정의 소설에서 역사가 진보하지 않고 반복되는 것으로 체험되는 것과도 무관하지 않다. 그 반복되는 것의 중핵에는 이성을 통한 자유의 전개가 아닌 유구한 폭력이 자리 잡고 있음은 물론이다. 19세기 말 파리의 시체 공시소가 개현(開顯)한 여성 신체에 대한 관음증적 스펙터클이 전자통신 기술의 발달을 거쳐 오늘날 불특정 여성의 신체를 '언제 어디서나' 전시하는 불법 촬영물의 범람으로 이어진

---

1 G. W. F. 헤겔 『역사철학강의』, 권기철 옮김, 동서문화사 2016, 19~27면.

것처럼 여성을 향한 폭력은 새로운 기술의 발달에 의해 갱신되는 한편 더욱 심화되고 있다.

사정이 이와 같다면 인류의 해방에 기여하리라 기대받았던 과학기술 발전에 냉소적인 태도를 취하는 건 자연스러운 일이다. 「바비의 분위기」의 유미가 사촌오빠의 메시지를 받고 "마치 PC통신 시절에서부터 지금에 이르기까지 기술 발전이 조금도 이뤄지지 않았다는 듯, 오빠와 자신을 포함한 누구도 성장하지 않았다는 듯, 십수년 세월을 뛰어넘어 그때처럼 난데없는 오빠의 메시지가 도착해 있었다"(110~11면)고 말하는 데서 드러나듯 PC통신을 사용하던 먼 과거와 5G 스마트폰의 상용화를 눈앞에 둔 현재 사이에는 엄청난 기술 혁신이 존재하고 있지만, 그 기술의 발전은 개별 주체의 성장과는 무관하고 여성의 삶에는 오히려 유해하다. PC통신 시절 유미의 사촌오빠는 짝사랑하는 여자의 이메일을 해킹했지만 오늘날 그는 로봇 제작 기술을 활용해 그 여자의 얼굴을 "프랑켄슈타인의 괴물과도 같은 얼굴"(113면)로 재현해내기에 이른다.

아즈마 히로키라면 그와 같은 자폐적인 '오타쿠'의 형상으로부터 어렵지 않게 알렉상드르 코제브(Alexandre Kojève)가 말한 '역사의 종언'을 떠올릴 것이다.[2] 그러고 보면 「모르그 디오라마」에서 화자를 포함해 "'이 세계는 곧 끝장나리라'는 정서"(20면)에 휩싸였던 한 무리의 소녀들이 등장하는 장면 또한 주목할 필요가 있다. 새 밀레니엄을 앞두고 독버섯처럼 자라났던 종말론은 결국 거짓으로 밝혀졌지만 종말을 면한 세계가 끝장나지 않은 세계인 건 아니다. 종말 이후에도 "이불을 뒤집어쓰고 여긴 우리가 죽은 세상이야"(30면) 하고 읊조리며 폐허로 변한 세계를 버텨내야 하는 소녀들의 모습은 '역사의 종언'과 '세계의 종말'이 박민정의 소설에서 주요하게 작동하는 두가지 세계 인식이라는 점을 일러준다.

---

[2] 아즈마 히로키 『동물화하는 포스트모던』, 이은미 옮김, 문학동네 2007.

*

끝났지만 죽지 않은 세계는 좀비처럼 위험하다. 거기서 의미 있는 것들은 유효하게 작동하지 않으며 오직 작동하는 것은 유희적인 성욕의 분출이나 즉물적인 혐오처럼 동물화된 반응들뿐이다. 세계는 그토록 위험하기에 안전한 곳은 '이불 속'밖에 없으며 이불 밖을 나서는 순간 여성들은 예상치 못한 멸시와 폭력에 무방비로 노출된다.

그 폭력은 시간의 축을 거슬러도 동일하게 발견되며 수평적인 공간의 축을 옮겨도 마찬가지로 펼쳐진다. 앞서 언급했던 파리의 시체 공시소도 그렇거니와 뉴올리언스의 마르디 그라 축제에 구경 갔다가 졸지에 포르노 사이트에 얼굴을 올리게 된 주희와 필리핀의 여성들을 농락하는 한국 남자들과 그들의 거울쌍인 "한국 여자 킬러 크루"(「천국과 지옥은 사실이야」 208면)들의 존재는 여성에 대한 성적 착취와 농락이 말 그대로 세계적 보편성의 수준에서 작동하고 있음을 확인시킨다.

이처럼 박민정의 소설은 기술의 진보와 발달에도 불구하고, 아니 그 발달의 결과 예상치 못한 폭력에 노출된 여성들의 현실을 중층적인 시선을 통해 핍진하게 그려낸다. 해설을 쓴 송종원(宋鐘元)이 박민정의 소설은 "지성의 소산"이며 그는 "앎"에 대해 쓴다고 말했을 때 겨냥했던 것도 이처럼 세계의 진상을 외면하지 말고 바로 보게 만드는 인식적 효과라고 할 수 있을 것이다.[3] 그런데 나는 이와 같은 정당한 평가에 덧붙여 그의 소설에 우정이나 사랑 같은 여하한 친밀성의 이상(理想)이 부재하다는 점을 강조하고 싶다. 그것은 박민정 소설의 인물들이 마주하는 세계가 폐허라는 엄연한 사실에서 비롯하는 동시에 여전히 세계를 폐허로 남아 있게 만

---

3 송종원 「괴물과 사실, 그리고 앎의 장치로서의 소설」, 박민정 『바비의 분위기』 해설, 문학과지성사 2020, 255~56면.

드는 주요한 요인처럼 보이기 때문이다.

　여성에 대한 혐오와 폭력이 시대와 국가를 초월하며 편재한다는 사실을 반복적으로 강조하다보면 의도치 않게 그 폭력을 자연화하는 효과가 발생하기도 하지만 박민정의 소설에서 세계가 폐허인 까닭은 단지 그 폭력이 자연화된 구조를 띠고 있어서만은 아니다.[4] 그보다는 차라리 그 세계에서는 더 나은 미래를 지향하는 어떠한 보편적 기획도 가능하지 못한다는 사실이 관건이다. 박민정의 세계에서 20세기 사회주의의 보편 기획을 상징하는 노래인 「인터내셔널가」는 단지 영어에 능숙한 J의 무용담처럼 냉소적으로 소비될 뿐이며(「세실, 주희」) 대표적인 친밀성의 관계로 상상되는 가족과 친구, 연인 사이에서도 사랑과 우정은 부재하다. 아버지는 딸이 자신의 친자가 아니라며 의심하고(「모르그 디오라마」), 할머니는 손녀들을 단지 여자아이라는 이유로 해외 입양을 보내거나 집요하게 구박하며(「신세이다이 가옥」), 아버지는 재혼을 핑계로 아들을 버려둔 채 이해 없는 폭력으로 간헐적인 양육을 대신한다(「바비의 분위기」). 우정 또한 마찬가지여서 세실과 주희 사이에는 좀처럼 건너기 힘든 상호 이해의 장벽이 가로놓여 있으며(「세실, 주희」), 결정적으로 필중은 자신이 오래 사랑했던 여자가 벌인 어처구니없는 시험 때문에 낯선 필리핀 땅에서 죽고 만다(「천국과 지옥은 사실이야」). 이렇듯 박민정의 세계에서 이웃한 존재들 사이의 우정과 마주침, 이해와 사랑의 순간은 거의 발생하지 않는다. 사이보그적 인간에게 고전적인 휴머니즘적 가치를 기대하는 건 애초에 무리이기 때문일까?

4　이는 불평등에 대한 핍진하고 구체적인 재현이 자칫 "불평등은 결코 개선되지 않는다는 생각으로 귀결"될 우려를 낳는 것과 유사하다. 관련해 황정아는 "불평등의 재현이 불평등의 '현실주의'에 포섭되지 않는 방식을 고민"해야 함을 주문하는데 우리는 박민정의 소설을 통해 마찬가지의 고민을 던져볼 수 있을 것이다. 황정아 「불평등의 재현과 '리얼리즘'」, 『창작과비평』 2019년 가을호, 23~24면.

그렇지만 인간, 이웃, 가족, 우정, 사랑 같은 것들이 오늘날 우리가 도모할 수도, 붙잡을 수도 없는 불가능한 범주일 뿐이라면 지금 이 순간에도 시시각각 우리를 조여오고 있는 가공할 폭력의 그물로부터 벗어날 힘을 어디서 구할 수 있을까. 오직 혼자 웅크리고 들어앉은 이불 속만이 우리의 안전 가옥인 걸까. 세계와 싸워나가기 위해서라도 우리는 각자의 힘을 그러모을 수 있는 가능성의 지대를 마련해야 하지 않을까. 하지만 그 가능성을 대체 어디서 찾을 수 있단 말인가. 우리를 얽매고 있는 폭력과 혐오의 그물을 그토록 쉽게 찢어낼 수 있다는 발상이야말로 그 안에서 고통을 감내하고 있는 이들을 모욕하는 일이 아닐까. 꼬리에 꼬리를 무는 의문들을 품은 채 『소녀 연예인 이보나』를 읽어보려 한다.

*

한정현의 첫 소설집 『소녀 연예인 이보나』(민음사 2020)는 정상성과 규범성의 타자들이 감내해야 했던 모멸과 폭력의 역사를 조명함과 동시에 혐오와 차별로 얼룩진 세계를 사랑과 낙관을 통해 넘어서려는 작지만 소중한 의지를 담아내고 있다. 정상성이 다양한 특질을 가진 사람을 통계적 다수성의 원리에 의해 다수자와 소수자로 구분한 뒤 다수자의 존재 양식을 정상으로 소수자의 존재 양식을 비정상으로 규정하는 메커니즘이라면, 규범성은 통계적으로 다수에 속하는 존재 양식을 도덕적이고 이상적인 상태로 규정함으로써 '정상적인' 주체성의 형식에서 벗어난 존재들을 교화하고자 하는 욕망의 생산과 맞닿아 있다.

타자를 향한 모욕과 혐오는 대개 이와 같은 정상성 및 규범성에서 발원한 도덕적 교화의 욕망과 밀접하거니와 그것들은 흔히 근대적 이분법 하에서 소수의 위치에 놓이거나 둘 중 어느 항에도 안정적으로 귀착할 수 없는 존재들을 향한다. 이 소설집에서 그 타자들의 목록은 "표준어를 제대로 발음하지 못하는"(「괴수 아키코」 26면) 오키나와인, 무당, 여장 남자, 레즈비언, 트렌스젠더 등으로 이어진다. 주로 젠더 이분법하에서 배제된 존재들이지만 문제의 근원은 젠더 자체라기보다 이분법이라는 간편한 인식적 도구를 통해 정상성·규범성을 규정하려는 인간의 뿌리 깊은 편협함과 범속함(banality)에 있는지도 모른다. 그러고 보면 『소녀 연예인 이보나』는 마치 인간의 편협함과 범속함이 낳은 폭력을 고발하기 위해 쓴 것처럼 보이지만 그건 이 소설집에 대해 절반만 이야기하는 것이다. 멸시받고 차별받는 소수자들이야말로 폭력으로 점철된 세계와 맞설 수 있는 "강한 사람"(「우리의 소원은 과학 소년」 265면)이며 그 강함은 이웃한 존재에 대한 사랑과 세계의 변화 가능성에 대한 낙관에서 비롯한다는 점을 함께 읽을 때 비로소 이 책의 전언은 완벽해진다.

「우리의 소원은 과학 소년」에서 안나는 경준을 강한 사람이라고 부르는 이유를 묻는 누군가의 질문에 이렇게 대답한다. "언제든지 변화할 수 있는 그런 사람이었으니까. 단지 눈에 보이는 세상이 전부라고 믿고 주저앉지 않았던 강한 사람"(265면). 한정현의 세계는 표면과 이면의 두가지 층위로 이루어져 있으며("나는 이렇듯 표면이 아닌 이면에 대해서도 말하고 싶었다", 「과학 하는 마음」 183면) 주체와 세계의 가소성(plasticity)을 승인하는 반본질주의적 관점에 입각해 있다. 그가 혐오와 차별과 폭력으로 가득한 표면의 현실을 직시하면서도 이면에 잠재한 새로운 세계의 가능성을 찾아 나설 수 있는 건 이와 같은 인식에서 비롯한다. 식민지 조선을 수놓았던 다채로운 풍속들과 1970년대 이태원 클럽을 비롯한 하위문화의 기록은 그 이면의 가능성을 확인하기 위해 역사적 문서고를 뒤진 끝에 마침내 그의 눈앞에 떠오른 풍경들이라고 할 수 있을 것이다.[5] 박민정에게

---

5 한정현 소설의 역사성에 대한 분석으로는 김요섭의 「역사의 도서관과 번역어들: 정지돈·한정현의 소설과 역사성의 재고」(『문학들』 2019년 가을호)가 꼼꼼하고 자상하다.

역사의 기록이 시대와 지역을 망라하는 여성 폭력의 구조적 동일성을 입증하는 자료였다면 한정현에게 그것은 오늘날 우리가 향유하는 정상성·규범성이 임의적으로 구성된 것에 지나지 않다는 사실을 뒷받침하는 증거들의 목록에 가깝다.

한정현은 세계의 억압과 폭력을 비판하는 데 머물지 않고 그 질곡을 뚫고 변화한 세계에 닿고 싶은 주체의 적극적인 욕망을 부각시키는 데 주력한다. 그 대표적인 작품인 「과학 하는 마음」은 경아와 재일조선인 사츠케 사이의 연애담을 뼈대로 하고 있지만 '관광하는 모던 걸에 대하여'라는 부제에 담긴 새로운 주체의 형상이 작품의 핵심이다. "그동안 소설에서 강요되듯 순정을 바치며 소비되는 여성 인물들을 보면서 나는 다짐한 게 하나 있었다. 내 소원도 꿈도 그거 다 내 거다. 그것은 모두 다 내 욕망이어야만 한다. 내가 다짐한 건 그거였다"(182~83면)라는 문장에서 드러나듯 주인공 경아는 '표면적인 윤리의식'의 압력을 넘어 자기 자신의 욕망을 따라 월경하는 주체적 삶을 꿈꾼다. "그러니까 모던 걸은 원래 자신의 선택을 따라 움직이는 사람, 그러므로 관광하는 모던 걸 또한 어디든 갈 수 있다."(205면)

그런데 어째서 '투쟁하는 모던 걸'도 아니고, '연대하는 모던 걸'도 아닌, '관광하는 모던 걸'이 여성의 욕망을 실현하는 동시에 더 나은 세상과 접속할 수 있는 대안적 주체가 될 수 있을까? 이 물음에 답하기 위해서는 아즈마 히로키의 논의를 경유해야 한다.

*

이 소설에 등장하는 '관광(객)' 개념이 아즈마 히로키의 『약한 연결』에서 차용한 것임은 작가 또한 각주에서 밝히고 있지만, 관광(객)에 대한 본격적인 정치철학적 분석을 살펴보기 위해서는 그의 근작 『관광객의 철학』을 펼쳐야 한다.[6] 이 책에서 아즈마 히로키는 역사의 종언에 이은 인간의 동물화·속물화라는 코제브의 테제를 거부하고 '포스트-모던' 시대에 걸맞은 새로운 타자의 철학을 구상하는 가운데 관광객을 호명한다. 아즈마 히로키에 따르면 관광객은 내셔널리즘과 글로벌리즘 사이에서 분열된 세계를 우연적이고 임의적으로 오가면서 다시 통합할 수 있는 — 그러나 이때의 통합은 당연히 근대적이고 고체적인 것이 아니라 유동적이고 액체적인 것이다 — 새로운 주체. 그는 "관광객의 사상적 의미를 사유하는 것은 포스트역사에 있어 동물의 사상적 의미를 사유하는 것과 같다"[7]고 역설하지만 여기서는 그의 주장의 타당성 여부를 따지기보다 한정현이 종언 이후의 '포스트-모던'한 주체로서 관광객이 지니는 우유적(偶有的)이고 비본질적인 측면을 새로운 주체의 가능성으로 채택하고 있음을 강조하는 데서 그치고자 한다. 이 우유성과 비본질성은『소녀 연예인 이보나』전체를 관류하는 주체에 대한 반본질주의적 이해와 존재의 우연성·가소성에 대한 승인과도 밀접하다.

한정현이 '관광하는 모던 걸'을 자유로운 주체의 형상으로 제시하는 이유는 관광이 주체에게 목적론적 억압을 수여하지 않으면서도 이질성이나 특이성과 접촉할 수 있는 다채로운 기회를 제공하기 때문이다. "관광은 원래 갈 필요가 없는 장소에 기분에 따라 가서, 볼 필요가 없는 것을 보고, 만날 필요가 없는 사람을 만나는 행위"[8]라는 아즈마 히로키의 정의에서 알 수 있듯 관광엔 그 어떤 본질도, 억압하는 목적도 없다. 하지만 관광객은 생각지 못한 곳에서 생각지 못한 사람을 만나는 우발적인 존재인 동시에 그 짧은 마주침을 통해 타자와 교감할 수 있는 존재이기도 하다. 아즈마 히로키가 리처드 로티를 인용하며 인간이 "자신의 사적인 가치관

6 아즈마 히로키『관광객의 철학』, 안천 옮김, 리시올 2020.
7 같은 책 107면.
8 같은 책 36면.

이 단지 우연한 조건의 산물임을 인정"함으로써 "공감의 힘으로 확장된" "연대"에 이를 수 있다고 말할 때,[9] '관광하는 모던 걸'은 곧 '연대하는 모던 걸'이자 존재를 본질에 구속시키려는 통치의 메커니즘에 맞서는 '투쟁하는 모던 걸'이 된다.

관광객의 목적 없는 산책과 우발적인 마주침의 가능성[10]에서 비롯하는 연대의 이념은 박민정의 세계에서는 존재하지 않는 것이다. 뉴올리언스에 '관광'을 갔던 주희는 마르디 그라 축제 때 성추행을 당해 포르노 사이트에 얼굴이 공개되고, 국경을 넘어 필리핀 남자와 사랑에 빠졌던 유진은 결국 농락당하며, 유진과 함께 필리핀 여행길에 올랐던 필중은 필리핀에서 이유를 알 수 없는 죽음을 맞는다. 그 세계에서 타인과 낯선 공간은 대개 주체의 안전을 위협하고 지울 수 없는 상처를 아로새기는 함정과 같다.

그에 반해 한정현은 타자와 다른 공간이 건네는 가능성에 비교적 개방적인 편이다. 이러한 상이한 관점은 테크놀로지에 대한 두 작가의 입장의 차이와도 무관하지 않다. 박민정이 첨단 과학기술을 개별 인간의 성장과 무관하고 여성에 대한 새로운 폭력을 생산하는 장치로 파악하는 것과 달리 한정현의 「과학 하는 마음」의 경아는 히로시마에 떨어진 핵폭탄을 싣고 간 것도 네가 그렇게 좋아하는 비행기였다는 사실을 알지 않느냐는 사츠케의 '윤리적인' 비아냥에 대해 그것은 그저 표면에 불과하고, 그 이면에는 "과학기술의 발전이라는 의미에서의 비행기가 아니라, 저들의 과학 하는 마음, 그 자체"(183면)가 깃들어 있음을 애써 헤아리려 한다.

비행기는 남성적 욕망으로 점철된 제국주의 전쟁을 수행하는 파괴의 무기로도 쓰였지만 그걸 비행기의 본질로 파악하는 태도는 표면의 현실주의일 뿐이다. 세계를 표면과 이면의 두 층위로 파악하고 표면의 현실과

---

9 같은 책 204~206면.

10 예컨대 「대만호텔」에서 아키코는 이렇게 말한다. "산책하는 건 어떤 가능성인 것 같아요."(301면)

투쟁하면서도 이면의 낙관을 저버리지 않는 경아는 미지의 사람들과 평화로운 만남을 꿈꾸며 비행기를 만들었을 어떤 이들의 마음을 전유함으로써, 그리고 거기에 몸을 싣고 가장 자기다운 곳을 찾아 떠나는 여성 주체의 욕망을 겹쳐놓음으로써 비행기-과학에 대한 새로운 의미화의 가능성을 생성해낸다. 이런 장면은 확실히 드물고 귀한 것인데 소수자에 대한 혐오와 차별이 짙어져가는 오늘날 표면의 현실을 넘어 그 이면에서 낙관을 견지하는 일은 어지간한 마음의 노력 없이는 여간 어려운 일이 아니기 때문이다.

한정현의 소설에서 타인은 사랑을 나누고 서로의 행복과 안녕을 진심으로 기원하는 이웃으로 나타난다. 그 이웃은 물리적인 테크놀로지로는 가닿을 수 없고 오직 마음의 테크놀로지로만 접근 가능한 영토일 텐데 오늘날 그런 이웃과 친구, 연인의 형상이 작동 가능한 실체로 존재하느냐고 반문한다면 우리는 다음과 같은 문장을 돌려줄 수 있을 것이다. "있었는지 없었는지, 오로지 리얼의 문제만을 생각하면 나아감이란 없습니다. 없는 것을 있게 만든다, 그것이 모던 걸들이니까요."(201면) 이 답변은 '리얼'에 매몰되어 표면의 '있음'만 보는 것이 아니라 이면의 '있어야 함'에 대한 요구를 수반한다는 점에서 리얼리즘의 핵을 간취하는 바가 있다.[11]

식민지 시기의 경성과 개발독재 시기의 서울, 그리고 성전환한 군인의 복무를 거부한 오늘날의 서울이라는 다층적인 시공간적 배경이 교차하고 있는 「우리의 소원은 과학 소년」에는 도무지 낙관할 수 없는 현실에서 낙관할 것을 다짐하는 목소리가 여러차례 나지막이 울려 퍼진다. 그 낙관

---

11 황정아는 앞의 글의 결말에서 '리얼리즘'의 현실인식에서는 "'있는 현실'과 함께 '있어야 할 현실' 및 '상상의 현실'"을 "각기 따로 떼어 생각하는 일이 불가능"하며 "현실은 언제나 '있어야 할 것'을 일부라도 배태한 '있음'이요 '없는 것'들의 '흔적으로 있음'"이라는 인식이며, 그런 의미에서 "'온전하게 눈앞에 있음'이라는 관념"에 대한 비판을 함축한다는 백낙청의 중요한 지적을 환기시키며 '불평등의 현실주의'를 넘어서는 '리얼리즘'의 가능성을 타진한 바 있다. 황정아, 앞의 글 33면.

이 공허하거나 무력하게 느껴지지 않는 건 표면의 '리얼'에 짓눌리지 않고 그 이면에서 다른 세상을 상상하는 힘 때문임을 이제는 또렷이 알 수 있거니와 지금 이 순간에도 저마다 키워나가고 있는 '다른 세상'에 대한 염원만이 우리를 '있어야 하는 현실'에 한발짝 가까이 다가서게 하리라는 점 또한 자명해진다. 이렇듯 "어떤 폭력이 끝없이 반복되고 있"(「소녀 연예인 이보나」 79면)음을 분명하게 인지하면서도 우리가 더 나은 세계를 꿈꿀 수 있는 강한 존재라는 사실을 마주하게 만드는 한정현의 소설은 폭력과 차별, 혐오로 얼룩진 오늘날의 현실을 힘겹게 통과하는 우리에게 단단한 위안이다.

소설을 왜 쓰는가

◆

김덕희의 『사이드 미러』와 오한기의 『인간만세』

이청준(李淸俊)은 '소설을 왜 쓰는가'라는 물음을 화두로 삼아 궁구했던 대표적인 작가이다. 그의 '언어사회학서설' 연작 모두가 이 간단치 않은 물음과 정면 대결한 흔적이거니와 그중에서도 특히 「지배와 해방: 언어사회학서설 3」은 사적 욕망에서 출발한 글쓰기가 어떻게 보편적인 해방의 지평으로 나아갈 수 있는지를 치밀하게 논구한 작가론의 전범이다. "소설을 쓰지 않을 수 없고 소설을 써야 하고 거기다가 또 반드시 소설로써 가능하고 소설로 해서만 이루려고 하는 바가 무엇이냐"[1] 하는 물음 자체야 특별할 것이 없다. 이청준만의 특별함은 원한 감정과 복수심이라는, 일견 원숙한 문학적 성취와 무관해 보이는 삿된 감정에서 그 해답의 실마리를 찾아 나서는 데 있다. 그에 따르면 인간이 수행하는 최초의 글쓰기는 "바깥세상에서 겪은 자신의 낭패를 변명하고, 자기를 낭패시킨 그 바깥세상의 풍속과 질서들을 원망하면서 스스로 위안을 얻으려는 행위"[2]의

---

1 이청준 「지배와 해방: 언어사회학서설 3」, 『서편제』(이청준 전집 12), 문학과지성사 2013, 330면.
2 같은 글 316면.

일종이다. 욕망의 좌절을 맛본 인간은 세계에 대해 원한 감정을 품게 되고 그 원한 감정은 복수심으로 변모하게 되는데 이 복수심이야말로 글쓰기를 추동하는 원초적 힘이라는 것이다.

이청준이 '복수심'이라는 개념으로 글쓰기의 동기를 포착한 데는 그에게 크나큰 수치심을 안겨주었던 유년 시절의 가난과 청운의 꿈을 품고 올라온 서울에서 맞닥뜨린 도회살이의 어려움이 암암리에 작용하고 있음은 잘 알려져 있다. 이청준에게 서울이라는 도시는 "매연과 소음의 수렁" "거짓과 속임수의 수렁" "피곤한 말과 소문과 사람들의 수렁"이었으며[3] 그곳에서 문학의 질료인 말(言)은 진실의 힘을 잃고 소외되었다. 인간과 언어의 이중적 소외가 점증하는 현실에서 소설을 쓴다는 것은 어떤 의미를 갖는가? 이청준에게 이 물음은 곧 자신의 존재 증명의 문제였으며 오늘날의 작가들 역시 피해가기 어려운 질문이기도 하다. 그런데 이청준이 말한 '복수심'은 비역사적으로 항존하는 개인적 심성의 구조를 가리키는 듯 보이지만 거기에는 한 개인이 세계에 대해 품는 기대의 수준을 결정하는 사회의 탄성력이 개입될 수밖에 없다. 시대에 따라 그 물음과 대결하는 방식이 달라질 수밖에 없는 이유다.

*

김덕희와 오한기의 신작을 톺아보는 자리에서 이청준을 소환하는 이유는 두 작가의 신작에 이청준의 전매특허라고 할 수 있는 '왜 쓰는가'라는 물음이 공통적으로 깔려 있기 때문이다. 오한기의 작품이 "소설가로서의 자기정체성을 심문하거나 창작 과정에 대한 자기고백적 진술을 담고 있"[4]

---

3 이청준 「자서전들 쓰십시다: 언어사회학서설 2」, 같은 책 132면.
4 졸고 「소설가와 자급자족의 이상」, 오한기 『나는 자급자족한다』 해설, 현대문학 2018, 366면.

음은 이미 거론한 바 있지만 김덕희의 『사이드 미러』(문학과지성사 2021)에 실린 작품들 역시 서사의 윤리를 되묻는 과정을 통해 '왜 쓰는가'라는 물음과 접속하는 순간을 여럿 포함하고 있다. 물론 여기에 실린 여덟편의 작품을 저와 같은 하나의 물음 아래 일괄하여 복속시키는 데서 발생하는 결락의 지점이 없지 않다. 하지만 "워드프로세서는 말하자면 이 소설집의 구성 원리다"(287면)라는 해설자의 명쾌한 규정에 동의할 수 있다면 '왜 쓰는가' 하는 물음을 이 소설집의 핵심적인 주제로 삼는 것도 영 엉뚱한 일은 아닐 것이다.

그랬을 때 가장 흥미롭게 다가오는 작품은 「추」이다. 이 작품의 주인공은 한 출판사에서 새로 론칭한 "문학계가 꾸준히 조명해야 할 작가를 선별하고 그의 자선 대표 단편 둘을 포함해 신작 자전소설까지 세편을 '콤팩트'하게 묶는 시리즈"(43면)의 첫번째 작가로 섭외될 만큼 큰 인기를 누리고 있는 중년 남성 소설가다. 그는 25년 전 습작생이었던 당시를 회고하며 '압력'이라는 제목의 자전소설을 집필 중이지만 그 작업은 쉽게 진척되지 못한다. 무엇보다도 남루했던 25년 전 습작생 시절과 원숙한 실력을 자랑하는 오늘날 자신 사이에 내재하는 불일치가 문제다. 글쓰기를 자아의 통합성을 유지시키는 기능적인 장치로 간주하는 논의를 떠올려본다면 이와 같은 불일치는 자전소설을 쓰는 자기와 '자전'을 통해 재현된 자기 사이에 모종의 분열이 내장되어 있음을 암시하는 대목이라 할 수 있을 텐데 이 분열은 작품의 결말에 이르기까지 아슬아슬한 뇌관으로 작동한다.

이 소설에는 서로 다른 세 텍스트가 중층적으로 얽혀 있다. 먼저 주인공이 쓰는 자전소설 「압력」이 있다. 그리고 「압력」 속 인물이 쓰고 있는 소설이 있다. 남자는 「압력」을 쓰면서 동시에 「압력」 속 소설을 써나가는 셈인데 베스트셀러 소설가로 설정된 인물이 압력밥솥 폭발로 큰 화를 입게 된다는 게 「압력」 속 인물이 쓰는 소설의 내용이다. 그런데 오랫동안 사용했던 압력밥솥의 추를 새로 사는 문제를 두고 아내와 대화하던 주인공이 그 상황에 대한 기시감을 느끼게 되고 급하게 자신이 스물다섯살 무렵 썼던 습작 소설을 찾게 되면서 여기에 또다른 텍스트 「악령」이 끼어들게 된다. 남자가 어릴 때 썼던 「악령」은 작가 지망생 진수가 악마와 계약을 맺고 등단에 성공한 뒤 스타 작가로 발돋움하지만 오랫동안 사용해왔던 압력밥솥의 폭발로 파멸을 맞는다는 내용의 소설이다. 그 폭발로 인해 아내가 처참하게 죽게 되고 아내의 죽음에 충격을 받은 베스트셀러 소설가 진수 역시 스스로 목을 매어 자살하고 만다는 것.

사태는 「악령」에 묘사된 진수의 행적이 남자의 그것과 정확하게 일치하면서 걷잡을 수 없어진다. 정말 「악령」과 남자의 삶이 동일하게 흘러간다면 아내의 목숨은 물론이고 자신의 목숨까지 위태로울 터, 그렇지만 사태를 해결할 방법이 없지는 않다. 남자는 우연히 자신이 현재 쓰고 있는 자전소설 「압력」의 내용이 「악령」에 반영되고 있다는 사실을 알게 된다. 하지만 어디까지나 스물다섯 습작생 시절처럼 틈이 많고 허술하게 쓸 경우에만 반영될 뿐이어서 그는 "스물다섯살짜리 작가 지망생이 썼을 법한 다른 이야기를 현재의 마감이 당도하기 전에 지어내야만"(63면) 하는 상황에 처하게 된다. 하지만 결국 남자는 「압력」 속 진우로 하여금 자신과 아내를 모두 살릴 수 있는 결말을 쓰게 하는 데 실패한다. 남자가 변명처럼 늘어놓는 실패의 이유는 다음과 같다.

아무리 생각해도 다른 결말이 떠오르지 않았다. 내가 모자라서가 아니라 다른 결말이 없기 때문인 것 같았다. 컴퓨터가 고장 나지 않고 소설을 고치는 장면으로 매듭지으려고도 해봤다. 그러나 예술가의 양심이 허락하지 않았다. 그렇게 끝내버리면 앞서 매설한 장치들이 모두 헛소리에 지나지 않게 되었다. 극적 재미를 위해서도 이게 맞았다. 써야 하는 대로 썼으나 괴로웠다. 눈을 질끈 감고 앞으로 벌어질 일을 상상했다. (67면)

여기서 충돌하는 건 '예술가의 양심'과 생존에의 본능이다. 남자는 여기서 '예술가의 양심'을 선택한다. 독자들은 이런 남자의 선택을 납득하기 어려운데 왜냐하면 아내의 목숨을 살리기 위해 소설적 완성도를 양보하는 게 예술가로서 차마 하지 못할 부도덕한 행위로 보이지는 않기 때문이다. 예술적 완성도를 위해 플롯의 법칙에 순종하여 자신은 물론이고 아내의 목숨까지 위태롭게 만든 남자의 선택을 제단에 이삭을 바치라는 신의 명령에 순종한 아브라함의 그것에 비견해야 할까? 그리고 보면 남자는 "1장에서 총을 소개했다면 2장이나 3장에서는 반드시 총을 쏴야 한다"라고 주장했던 안톤 체호프(Anton Chekhov)의 충실한 사도처럼도 보인다. 그렇지만 히치콕(Alfred Hitchcock)은 왜 안 된단 말인가? 맥거핀(Macguffin)을 염두에 둔다면 '앞서 매설한 장치들을 헛소리로 만들지 않고도' 충분히 서스펜스를 자아내며 소설을 마무리 지을 수 있었을 것 아닌가. 이런 의아함은 충분히 일리 있는 것인데 실제로 이 소설은 맥거핀을 능란하게 활용하고 있다. 작품의 결말에 아내가 쌓아왔던 불만과 분노를 폭발시키는 장면은 (진짜 폭탄은 압력밥솥이 아니라 아내의 내면이라는 의미에서) 압력밥솥을 일종의 맥거핀처럼 보이게 만든다. 하지만 그 순간도 잠깐, 압력밥솥은 여전히 폭탄으로서의 잠재성을 지니고 있다. 압력밥솥에 내장된 뇌관은 제거되지 않은 채 시시각각 남자를 조여오고 있다.

절명의 위기 앞에서 우리가 마주하게 되는 건 '왜 쓰는가' 하는 물음의 다음과 같은 변용태들, 그러니까 '왜 쓰지 못하는가' 혹은 '어떻게 써야 하는가' 하는 물음이다. 앞서 살폈듯 남자는 소설의 결말을 쓰지 못한 이유를 '예술가의 양심'과 '플롯의 내적 법칙' '극적 재미' 등의 개념을 통해 변명한다. 하지만 그 변명에서 숭고한 예술가적 염결성을 떠올리는 독자는 거의 없을 것이다. 그건 남자가 유명작가로서 세속적 명예욕을 충족시키는 데 관심이 있으며 소설가로서의 자신을 지탱해온 아내의 노동과 거기에 수반된 복잡한 마음의 결을 헤아리지 못할 만큼 자기중심적인 인물이기 때문만은 아니다. 혹여 그렇다 하더라도, 아니 그렇기 때문에 더욱 '예술가의 양심'과 '플롯의 내적 법칙'에 복종하는 그의 '윤리적' 선택은 문제가 된다.

관련해 「압력」의 주인공이 "안 죽이고 안 벗기고도 좋은 소설을 써보라는" 후배의 요구를 "지엄한 명령"(66면)으로 받아들이는 장면에 주목할 필요가 있다. 이 장면은 정치적으로 올바른 소설을 요구하는 초자아의 명령과 그 명령을 수행하지 못하는 주체 사이의 대립을 표면화한다. 이청준식으로 말하자면 이때 남자는 '현실적인 자기 욕망의 실현'을 선배의 호된 꾸중과 후배의 간곡한 요구에 의해 좌절당할 위험에 처해 있다. 이청준이라면 이 욕망의 좌절은 복수심을 낳고 작가는 그 복수심에서 해방되고 싶어 하기 때문에 그 방책으로 "보다 선하고 의롭고 힘이 있는 새 질서"의 마련을 기도한다고 주장할 것이다.[5]

그렇다면 남자가 소설의 결말을 짓지 못한 장면을 우리는 그가 새로운 질서의 수립에 끝내 실패하는 장면으로 읽을 수 있을 것이다. 왜 남자는 새로운 질서의 수립에 실패하고 마는가? 그건 오늘날 우리에게 요청되는 새로운 문학의 세계가 플롯의 법칙과 개연성의 원리 같은 과거의 문학적 규범에 순응하는 것으로는 수립될 수 없기 때문이다. 남자는 '자전소설'이라는 형식을 통해서도 끝내 스물다섯의 자신으로 돌아가지 못한다. 지난 시간으로의 회귀는 안온한 퇴행과 구별되지 않기 때문이다. 이렇듯 과거의 문학이 사라지지 않은 채 오늘날 작가의 목숨을 위협하고 있는 「추」의 상황은 이청준이 붙잡았던 '왜 쓰는가' 하는 물음이 오늘날 '왜 (그런 걸) 썼는가' 하는 반성적 물음과 연계될 수밖에 없으며 과거와 단절한 새로운 문학을 '어떻게 쓸 것인가' 하는 방법론적 물음 역시 뒤따라 나올 수밖에 없음을 우리에게 보여준다.

---

5 이청준 「지배와 해방: 언어사회학서설 3」 319면.

그런데 소설을 어떻게 쓸 것인지, 혹은 좋은 소설을 쓰기 위해 요구되는 덕목이 무엇인지를 묻는 건 어디까지나 소설을 '작품'의 차원에서 접근할 때 성립 가능한 물음이다. 소설이 지닌 그런 정신적이고 이념적인 성격을 도외시하고 하나의 '상품'으로 취급한다면 이야기는 달라진다. 「지배와 해방: 언어사회학서설 3」에서 소설은 개인의 사적인 충동에서 출발하지만 끝내 보편적인 삶의 해방의 차원까지 상승하는 이념적 구성물로 간주되는데, 자본주의가 고도화됨에 따라 문학의 '상품'적 성격이 우세해진다면 '왜 쓰는가'의 물음 역시 다른 방식으로 제기될 수밖에 없다. 그와 같은 현실에서는 '무엇을 생산하는가 혹은 어떻게 유통되는가' 하는 물음이 '왜 쓰는가' 하는 물음과 뒤얽힌다.

「사이드미러」는 문학이 '상품'으로 생산되고 유통되는 시대에 문학 하는 의미를 되묻는 작품이다. 이 작품의 주인공은 시인인데 전날 밤 창작지원금을 받은 소설가 친구 종규와 함께 술을 마시고 완전히 취해서 주차된 벤츠의 사이드미러를 발로 차버리고 만다. 이튿날 종규는 주인공에게 벤츠 차주의 연락처를 건네고 수리비로 200만원 정도가 필요할 것 같다고 말한다. 당장 200만원을 구할 수 없었던 주인공은 새 시집 원고를 출판사에 가져가 선인세를 받으려고 하지만 출간을 거절당하고 대신 출판사 사장으로부터 물류 창고 아르바이트 자리를 주선받는다. 졸지에 "2천 5백종, 80만권쯤"(192면) 되는 책을 보관하고 있는 물류 창고에서 일하게 된 주인공은 창고에 쌓인 출고를 기다리는 책들과 서점에서 반품한 책들, 그리고 재사용할 수 없어 그대로 파쇄기에 갈려버리는 책들의 더미를 목도하게 된다.

갈가리 찢기는 책의 운명을 지켜보는 게 괴로웠던 주인공은 그 책들을 어디 기증이라도 하면 안 되느냐고 묻지만 송 과장은 "출판사들이 책을 공짜로 풀어버리면 시장이 어지러워진다"(196면)고 답한다. 여기서 책은 철저하게 '상품'으로 유통되며 독자는 사라지고 오직 "구매자, 소비자, 고

객”(201면)이 존재할 뿐이다. 상품이 된 작품은 교환의 논리가 지배하는 시장에서 '목숨을 건 도약'에 성공해야만 그 자신의 '가치'를 실현할 수 있으며 작가 역시 그 도약 외에 별다른 자기증명의 방편을 갖지 못한다. 그래서 주인공은 자신의 시집 한권이 출고되어 나가자 "감격에 겨워 모든 것에 감사"(198면)할 정도로 달뜨지만 이내 반품된 자신의 시집을 보고 크게 낙담하고 만다.

그런데 이 모든 사건은 종규의 장난 어린 복수였음이 후에 밝혀진다. 과거 종규에게 신춘문예 당선과 관련해 장난 전화를 걸었던 자신의 죄과를 톡톡히 되돌려 받은 것. 결국 주인공으로서는 하지 않아도 될 일을 한 셈인데 그렇다면 물류 창고에서의 노동은 무가치한 헛수고에 지나지 않는가? 그렇지는 않다. 왜냐하면 주인공은 그 노동을 통해 문학이 상품으로 유통되는 교환의 세계, 다시 말해 '자본주의 리얼리즘'의 실재를 대면했기 때문이다. 이 소설을 '현실-입몽-각몽'의 구조를 취하고 있는 몽유소설의 구조에 빗대보면 흥미로운 점이 포착된다. 주인공은 술자리에서 행패나 부리는 시인이다(현실). 술에 취해 정신을 잃었다가 깨어나보니 물류 창고라는 낯선 세계에서 일하고 있다(입몽). 후에 친구에 의해 이 모든 것이 거짓 장난이었음이 드러나고 주인공은 현실로 복귀한다(각몽). 하지만 여기서 꿈과 현실의 위상은 전도되어 있는 게 아닐까. 시인이 술에 취해 정신을 잃고 행패를 부리지 않았다면 목도할 수 없었던 물류 창고의 세계는 간계에 빠져 잘못 들어간 꿈의 세계가 아니라 기만적으로 억압해놓은 실재라면 어떨까. 그렇다면 이 몽유담은 꿈의 세계에 머물던 인물이 우연한 계기에 충격적인 실재를 마주했다가 이내 그 실재를 억압하고 다시 기만의 세계로 귀환하는 이야기가 된다.

하지만 그 기만의 세계, 꿈의 세계로의 귀환은 안전하게 이루어지지 않는다. 실재를 맛본 주체는 아픈 곳에 자꾸 손이 가듯 그 주위를 어슬렁거리며 맴돌 수밖에 없기 때문이다. 왜 시인은 작품의 결말에 "오늘 밤엔 아무래도 술을 좀 마셔야겠다. (…) 잔뜩 취할 것이다. 토하도록 들이부을 테다"(206면)라고 말하는가? 이 말은 술을 마심으로써 각박한 현실을 잊겠다는 투정이 아니다. 앞서 살펴보았듯 음주는 실재로 진입하기 위한 제의 행위와도 같기 때문이다. 따라서 여기에는 모순된 욕망이 넘실거리고 있다. 주체는 표층의 차원에서 현실을 잊으려 하지만 그 현실은 꿈과 다를 바 없기에 현실을 망각하려고 할수록 자기도 모르게 실재에 가까워지게 되는 것이다.

이 작품은 상품이 된 문학은 그 가치를 측정하는 데 있어 생산의 측면보다 교환의 측면이 압도적으로 우세해진다는 사실을 여실히 드러낸다. 이것이 오늘날 작가들이 서 있는 물질적 토대임을 부정할 수 있는 사람은 없을 것인데, 그렇다면 이와 같이 작가들을 패배의 위협 앞에 닦아세우는 '자본주의 리얼리즘'의 현실 속에서 작가는, 도대체 왜 쓰는가?

*

『인간만세』(작가정신 2021)의 화자는 "한국문화예술위원회의 청탁을 받았기 때문"이라고 대답한다. 답십리도서관 상주 작가의 경험을 토대로 글을 써달라는 청탁을 받은 화자가 처음 구상한 건 사람들과 함께 자서전을 만들었던 행복했던 경험에 관한 소설이었다. 하지만 "행복은 글로 풀리지 않"(17면)기에 그 기획은 실패로 돌아간다. (「사이드미러」의 시인은 글을 쓰기 위해서는 습관적으로 "감정의 균형을 약한 강도의 우울"(198면)에 맞춰야 한다고 말했고 이청준은 "모든 것이 행복스럽게 잘 실현되고 있는 사람들에겐 (…) 쓸 일이 없다"[6]라고 적었다.) 그다음에 쓰려는 소설은 고전소설 낭독회를 이끌었던 경험에 관한 것이다. 그 모임에는 사사건건

---

6 같은 글 316면.

"문학은 대체 무슨 가치가 있는 거죠?"(27면)라고 따져 묻는 은퇴한 대학 교수가 등장하는데 그 교수를 주인공으로 한 '사람다운 이야기'라는 제목의 소설을 써서 제출하고자 한 것이다. 하지만 이 역시 교수에게 고소를 당할 것 같다는 핑계를 대며 포기하고 만다. 두번의 실패를 겪은 뒤 주인공은 "인간의 근원적 본성과 내면에 대한 소설, 그러니까 인류애에서 비롯된 감동이 가득한 인간 본연의 아름다움을 소설화"해보고자 시도한다. 그러고는 "똥이야말로 인간의 트레이드마크"(32면)라고 주장하며 똥에 대한 소설을 구상한다. 하지만 똥을 구체적으로 묘사하기엔 타고난 비위가 약한 데다 후세에 똥으로 기억되는 작가가 되기는 싫다는 이유로 이 역시 실패로 돌아가고 만다. 『인간만세』는 실패한 소설들의 조각들을 이어 엮은 브리콜라주인 셈이다.

그렇기 때문에 여기서는 실패의 조각들을 한땀 한땀 누비는 바늘의 움직임에 주목해야 한다. 그런데 여기서 실패를 야기하는 원인과 그렇게 실패한 조각을 이어 붙이려는 의지는 다음과 같은 물음을 공유하고 있다. "대체 문학은 무슨 의미가 있는 거죠? 소설에는 어떤 가치가 있는 거냐고요."(20면) 그러고 보면 '사람다운 이야기'가 실패한 이유는 고소에 대한 공포 때문만은 아닌 것 같다. 그보다는 화자가 교수의 이 질문에 뾰족한 답을 낼 수 없었기 때문에 쓰는 데 실패했다고 보는 편이 옳다. 그렇다면 이후의 이야기는 어떤 방식으로든 교수의 이 물음에 대한 응답의 포즈를 취할 수밖에 없을 터, 여기서 가장 먼저 기각되는 것은 문학에 대한 물신숭배적 태도이다("문학은 숭고합니다. (…) 저는 탈퇴하겠습니다", 23면). 그런데 문학은 숭고하다고 믿는 페티시즘과 소설에는 아무런 가치가 없다는 대학 교수의 냉소는 동전의 양면과 같다. 앞서 「사이드미러」를 통해 확인한 것처럼 오늘날 문학은 상품의 형식으로 생산되고 있으며 그것이 현재 문학의 실재이기 때문이다. 맑스에 의하면 가치는 사회적 노동의 특정한 역사적 형태를 표현할 뿐 어떠한 정신적 존재도 내포하지 않는다. 그런데 이와 같은 관점에서는 상품(문학)의 가치가 그 자체에 본래적으로 내재하는 것이라고 여기는 물신숭배적 태도와, 상품(문학)에는 어떠한 내재적 가치도 존재하지 않는다는 냉소가 동시에 나타나게 된다.

소설=상품이 어떠한 정신적 가치도 내포하지 않는다면 소설이 표방하는 휴머니즘 역시 그 이념적인 지위가 위태로울 수밖에 없다. 거기서 인간은 정신적 존재가 아니라 한낱 생물학적 기관의 집적으로만 간주될 뿐이다. 『인간만세』의 화자는 왜 "인간의 근원적 본성과 내면에 대한 소설"을 쓰겠다고 해놓고 "똥" 이야기를 하는가? 똥은 내면이 아니라 내장에 관한 것이며 생물학적 기관으로 환원된 인간에 대한 자연주의적 은유이기 때문이다. 주인공은 "인간 이꼬르 똥"(33면)이라는 '메타포'가 진부하다고 말하는데 그럴 수밖에 없다. 이미 우리에겐 장정일의 똥이 있기 때문이다. 장정일은 『내게 거짓말을 해봐』에서 와이의 똥을 먹는 제이에게 "나는 어떻게 이렇게 똥을 잘 먹을 수 있는가" 하고 묻게 하고는 "까닭은 자명하다. 제이 자신이 똥이기 때문이다"[7]라고 대답한다.

장정일에게서 똥은 인간의 은유가 아니다. 여기서 똥을 먹는 건 일종의 제의적 카니발리즘, 즉 죽은 이의 몸을 나눠 먹음으로써 그 사람과 동화될 수 있다는 주술적 믿음의 실천에 가깝다. 제이는 똥이기 때문에 똥을 먹지만 동시에 똥을 먹음으로써 똥이 된다. 여기에는 그 어떤 환유적 미끄러짐도 동반하지 않는다. 그저 인간 자체가 똥이고 똥 그 자체가 인간인 것이다. 『인간만세』에서 후배의 지적처럼 주인공이 쓰는 똥 이야기에 "리얼리티가 결여"(35면)돼 있다면 그건 주인공이 현실과 음모론적 망상을 혼동하기 때문이 아니라 진심으로 "인간 이꼬르 똥"이라고는 생각하지 않기 때문인지도 모른다. 이 불철저한 믿음은 '인간=똥'에 대한 이야기를 하겠다고 했다가, 철회했다가, 결국 환영으로써 작품 속을 맴돌게 하

---

7 장정일 『내게 거짓말을 해봐』, 김영사 1996, 195면.

는 갈팡질팡함의 원인이 되기도 하는데 그럼에도 화자가 인간의 본성과 내면을 똥에 빗댈 법한 현실적 근거가 없지는 않다. 거기에는 앞에서 살펴본 바와 같이 오늘날 작품이 상품이 되어버린 현실이 자리 잡고 있다. '소설-인간-휴머니즘'으로 이어지는 고리는 소설이 상품으로의 포섭이 완료되면서 그 정신적 성격을 탈각하고 '상품-똥-환영(idola)의 이데올로기'라는 새로운 고리로 변모하게 되는 것이다.

왜 작품의 중반부에 이르러 화자는 상주 '작가'에서 "도서 대여. 도서 운반. 서가 이동. 특강 기획. 수서 업무"(112면)를 하는 노동자로 변신하게 되는가? 소설이 상품이고, 그래서 어떠한 정신적인 존재도 깃들 수 없다면 남는 것은 모든 상품의 유일한 공통적 속성, 즉 노동의 산물이라는 점밖에 없다(「사이드미러」의 시인이 물류 창고에서 노동을 하게 되는 것도 마찬가지 이유다). 그런데 화자는 상품의 세계에서 노동자가 됨으로써 비로소 대학 교수가 그토록 따져 묻던 '문학의 가치'와 대면하게 된다. "1906년 러시아에서 발간된 초판본의 최초 번역본으로 100만원이 넘는 가치가 있었다"(122면)라거나 "1954년 출간된 책이고 시중에는 절판됐으며 중고 서점에 팔면 20만원 정도의 가치가 있다"(157면)와 같은 문장을 심상히 넘겨서는 곤란하다. 이 대목은 작품 안에서 문학의 가치가 뚜렷하게 서술된 몇 안 되는 대목이기 때문이다. 이때 '가치'의 자리에 '가격'이 들어가야 하는 것 아닌가 하는 질문은 자연스럽지만 바로 그 착오가 결정적이다. '자본주의 리얼리즘'의 세계에서 가치는 생산이 아닌 교환의 측면에서 발생하며 사용가치가 아니라 교환가치로 재현되기 때문이다.

이렇듯 김덕희와 오한기의 세계에서 '왜 쓰는가'의 물음은 '소설이 상품이 된 현실에서 무엇을 어떻게 쓸 수 있는가' 혹은 '교환에 거듭해서 실패하는 소설에 어떤 가치가 있는가' 하는 물음으로 변주되어 나타난다. 이청준의 탐구에서 거의 나타나지 않았던 이러한 질문들이 오늘날 작가들의 작품에서 공통적으로 드러나는 것은 문학-상품의 존재론이 그만큼 작가에게 압도적인 위력을 행사하고 있기 때문일 것이다. 그런데 "세계 최저 수준"이라는 "한국의 독서량"과 "특히 문학은 아예 읽지 않는"(125면) 현실에서 오늘날 작가들은 '목숨을 건 도약'에 거듭 실패하는 좌절을 맛보고 그 욕망의 좌절은 모종의 원한 감정과 복수심을 낳는 것처럼 보인다(「사이드미러」에서 반품된 자신의 시집을 보고 자기도 모르게 화를 내는 시인처럼). 소설 쓰기가 '욕망의 실현이 좌절당한 사람이 복수심에 불타 벌이는 구차스런 자기주장의 일종'이라는 이청준의 말을 따른다면 이는 역설적으로 오늘날 작가들에게 비록 부정적인 성격일지언정 창작의 동력이 마련되어 있음을 의미하는 것이기도 하다. 관건은 좀더 인간답고 자유로운 삶을 위해 어떻게 그 부정적인 복수심을 해방시켜나갈 것인가 하는 것일 텐데, 관련해 도서관에 있는 모든 책을 신의 창작으로 채우려 하는 '진진'의 야망(혹은 망상)은 주목을 요한다. 진진의 일견 망상적인 권력의지의 배면에는 "현실의 질서를 자기 식으로 뒤바꿔놓고 싶은 욕망" "그가 꿈꾸고 모색해낸 새로운 질서로 그 세계를 지배하고 싶은 욕망"[8]이 가로놓여 있기 때문이다.

진진은, 그리고 도서관장에 의해 강요된 노동자로서의 역할에서 결국 빠져나와 창고에서 "패배를 인정하는 동시에 소설에 전력을 다하는"(131면) 『인간만세』의 화자는, 비록 「날개」 「천변풍경」 「운수 좋은 날」 「소나기」(35면)의 작가와는 거리가 멀지 몰라도 더없이 이청준적 인물인 건 분명하다. 이청준이 말했듯 소설가는 "현실의 세계에 대해선 언제나 무참스런 패배자일 수밖에"[9] 없지만 그 패배 속에서 오늘도 내밀하게 단련되고 있는 존재이기 때문이다.

---

8 이청준 「지배와 해방: 언어사회학서설 3」 332면.
9 같은 글 334면.

문학은 어디에서나 온다

◆

정지돈의『우리는 다른 사람들의 기억에서 살 것이다』

정지돈(鄭智敦)의 소설을 읽고 나면 '좋은 소설'을 읽었다는 충만함보다 '매력적이고 흥미진진한 작업'을 마주했다는 가벼운 흥분에 먼저 붙들리게 된다. 다른 소설가에게는 어쩌면 실례일 수 있을 이 말을 그의 근작『우리는 다른 사람들의 기억에서 살 것이다』(워크룸프레스 2019)를 톺아보는 글의 첫머리에 배치한 데는 이유가 있다. 흔히 '좋은 소설'의 덕목을 서술할 때 동원되는 관습적인 세목 ─ 가령 "인간이 사건의 진실에 응답하면서 그를 통해 인생의 근본 물음에 대한 각자의 답을 제출하고 문학은 그것을 음미하면서 내면을 발견하고 삶의 의미를 생각해야 한다"(50~51면. 강조는 원문) ─ 에 대한 깊은 불신과 회의 위에서 자신의 글쓰기를 전개하고 있는 정지돈이라면 이런 서술을 결코 모종의 아쉬움이나 불만의 표현으로 받아들일 리 없기 때문이다.

『우리는 다른 사람들의 기억에서 살 것이다』는 단편(短篇)과 단편(斷片)의 조합으로 이루어진 매력적이고 흥미진진한 단편집이다. 그래서 우리는 여기에 '독특한 형식 실험' 같은, 이제는 전혀 독특하지도 않고 실험적이지도 않은 낡은 단서를 붙이고 싶은 유혹에 이끌리지만 '형식 실험'

역시 어쨌거나 "소설이라는 형식에 대한 일종의 환상"[1]에 붙들리고 있다는 점에서 그 유혹에 쉽게 넘어갈 일은 아니다. 오히려 이 책에 이르러 정지돈이 추구하는 것이 기존의 영토를 끊임없이 곁눈질하면서 간보듯 잽을 날리는 좀스러운 '형식 실험'이 아니라 모종의 반(反)형식이라는 사실이 보다 뚜렷해지는 것 같다.

그 반형식의 지향은 챕터를 메멕스(Memex)로 분절한 「우리가 생각하는 대로」와 「존 케이지와의 대화」에서 특히 도드라진다. 버니바 부시(Vannevar Bush)가 1945년 월간 『디 애틀랜틱』(*The Atlantic*)지에 기고한 「우리가 생각하는 대로」(As We May Think)라는 글에서 제시한 이론적인 원시 하이퍼텍스트를 일컫는 메멕스[2]는 이 단편집 전반을 지배하는, 방법론적 반인간주의라고 해도 좋고 반주체적 기능주의라고 해도 무방할 무언가에 대응하는 서술의 단위로 맞춤하다. 메멕스의 도입은 동시에 작품을 유기적인 의미소의 결합이 아니라 파편적인 정보의 나열로 구성한다는 점에서 문학에 대한 전통적인 이해와 결별하려는 작가의 의지와도 닿아 있는 듯하다.

작품에 대한 소개가 축자적일 필요는 없지만 제일 먼저 실린 작품이자 사이버네틱스의 역사에 분기점을 이루는 '메이시 회의'에 참여했던 이들의 행적을 '재닛 프리드'라는 그 실체가 알려지지 않은 기록자의 삶을 추적하는 형식으로 파고들어간 「우리가 생각하는 대로」에서부터 시작하도록 하자. 이 작품에서 무엇보다 내 눈길을 잡아끈 것은 시스템과 개체, 패턴과 주체의 의지 사이의 관계를 기후학을 경유해 서술하는 다음과 같은 부분이다.

---

1 정지돈, 금정연 「새로운 문학은 가능한가: 믿음, 소망 그리고 문학에 관한 이야기」, 『작가세계』 2016년 여름호, 321면.
2 이에 대한 설명은 이상우 「〈IT인물열전〉 세상 모든 정보를 연결하다, 테드 넬슨」, 『IT동아』 2015.8.27. (https://it.donga.com/22214/)

날씨를 개별 인간으로 본다면 기후는 인간 일반이다. (…) 사이버네틱스가 기계와 인간, 유기체와 비유기체의 정보교환을 다룬다면 기후학은 날씨를 정보로 변환한 뒤 자연과 인간의 정보교환을 다룬다. (…) 인위적인 것과 인위적이지 않은 것 사이의 구분은 존재하지 않으며 그러한 구분이 있다고 생각하는 것이 인위적이었다는 사실, 자연과 우리와 기계가 하나의 시스템 속에 있으며 우리가 만든 환경은 일종의 제어로 시스템 속에서 서로를 구성한다. (23~25면)

한때 문학은 ─ 특히 리얼리즘 문학은 ─ 개별적 인간에 대한 전형적 탐구를 통해 보편적 인간에 대한 유의미한 깨달음으로 나아가야 함을 강조해왔다. 이때 개별적 인간은 단지 양적인 평균성을 의미하는 것이 아니라 그 자체로 고유한 삶의 경험을 지닌 주체로 상정된다. 하지만 정지돈이 인용하는 기후학에서 '개별 인간'에 해당되는 날씨는 정보로 변환된 뒤에야 비로소 전체 기후 속에서 유의미한 정보값으로 위치할 수 있다. 이러한 변환 과정을 거친 날씨는 자연의 신비를 벗고 인위의 산물로 격하되지만 정지돈은 여기에 모종의 전도가 내재해 있는 건 아닌가 의심한다. 즉, 자연과 인위의 구획은 우리가 생각하는 것만큼 자연스럽거나 자명하지 않다는 것. 인위와 자연을 구분하는 관념마저 더 큰 시스템에 복속된 효과일 수 있다는 것.

기후학에 대한 이와 같은 서술을 문학에 적용해보면 어떨까. 전통적이기에 자연스럽게 여겨지는 작품과 그러한 자연스러움을 배격하는 형식 파괴적인 작품을 구분하는 시선 역시 인위적인 것이라고, 그것은 소설-문학을 하나의 날씨로 포함하는 글쓰기라는 더 큰 기후에 복속된 것일 뿐이라고 말할 수 있지 않을까.「우리가 생각하는 대로」에 뒤따르는 단편(斷片)「존 케이지와의 대화」에서 이 점은 더욱 역력해진다.

「존 케이지와의 대화」는 앞선 작품의 창작노트인 동시에 정지돈 나름의 문학론이 개진되고 있다는 점에서 주목할 만하다. 여기서 정지돈은 자신을 "'패턴주의자'"라고 규정하며 "이야기는 정보의 의미 있는 패턴"이라 주장한다(52~53면). 그런데 우리는 이미 인상적인 한명의 '패턴주의자'와 대면한 적이 있다. 장강명의 『그믐, 또는 당신이 세계를 기억하는 방식』(문학동네 2015)에서 패턴은, 그러나 주체의 자유의지를 기만적인 것으로 만드는 시스템을 속박하는 힘에 가깝다. 하지만 정지돈이 말하는 패턴은 장강명의 그것과 사뭇 다르다. 정지돈에게 (정보의) 패턴은 그 자체로 현실을 구성하는 원리이며 우리의 인지 가능성을 초과하는 지점에서 새로운 현실을 지시한다. 가령 "유기체를 구성하지 못한 입자나 의미를 전달하지 못하는 문자"(53면)들을 패턴이 없다면서 인식의 대상에서 누락시켜버리는 우리의 한계는 어떤가. "의미와 무의미, 의도와 무의도, 질서와 무질서"에 대한 "불가능한 구분"(같은 면)에 기대고 있는 기존의 패턴관과 달리 정지돈에게 패턴은 "시간과 공간의 제약 속에 있는 인간"을 "전혀 다른 제약 속"으로 옮겨놓는 일이 된다(58면).

「우리가 생각하는 대로」의 재닛 프리드나 「빛은 어디서나 온다」의 태순 같은 인물은 어쩌면 이런 패턴관에 의해 비로소 작품 속에 안착하게 된 '입자'들인지도 모른다. 재닛 프리드는 사이버네틱스의 역사에 중요한 분기를 이루는 '메이시 회의'의 기록자이지만 그녀에 대한 정보나 역사적 기록은 거의 전무하며 오사카 만국박람회에서 한국을 알리기 위해 비상식적인 격무에 시달렸던 안내양들에 대한 우리의 기억 역시 마찬가지다. 이는 그녀들의 존재가 오랫동안 전통적인 역사 서술의 규범에 미달하는, 그래서 '의미'보다는 '무의미'의 영역에 자리 잡은 것으로 여겨졌기 때문일 테다. 이렇게 "의미를 전달하지 못하는 문자"처럼 취급되어왔던 이들의 삶은 어떻게 우리에게 의미와 응시의 대상이 될 수 있을까. 정지돈은 여기서 모종의 '패턴의 구조'를 통해 이런 미달과 누락된 존재들에 대한

"인식 가능성"(56면)을 탐문할 수 있다고 주장하는 것처럼 보인다.

이러한 관점은 분명 전통적인 휴머니즘에서 벗어난 것이지만 그렇다고 인간에 대한 관심 자체가 사라진 것일 리는 없다. 정지돈은 여기서 단지 '포스트 휴먼'이라는, 이전과는 다른 방식으로 정립되는 주체성의 형식에 대해 주목하고 있을 뿐이다. 그런데 '포스트 휴먼'에 대한 일련의 논의들을 통해 '포스트 휴머니즘'의 가능성을 타진하는 정지돈의 작업은 문학의 미래, 그러니까 '포스트-문학(주의)'에 대한 관념과도 연결된다.

픽션적인 것과 비픽션적인 것을 구분하고자 하는 것이 미래에는 물론 불가능하게 될 것이라는 점이다. (「존 케이지와의 대화」 56면)

이 글은 언젠가 소설이 될 것이다. (「해변을 가로지르며/바다를 바라보며」 91면)

이 두 정보값을 합치면 다음과 같다. '소설과 비소설을 구분하는 것이 불가능해지는 미래에는 이 글이 소설이 될 것이다.' 지금은 소설이 아닌 정지돈의 작업이 소설로 받아들여지기 위해서는 시간이 필요하다는 말처럼 들리기도 하는데 과연 그럴까. 여기서 정지돈이 요구하고 있는 것이 자신의 파격을 양식화할 수 있는 미래의 시점일까. 하지만 이미 살펴보았듯 정지돈의 시간은 과거-현재-미래의 순서로 전개되는 연대기적 형식이 아니며 시간성은 「존 케이지와의 대화」에서처럼 뒤섞여 있다. 「빛은 어디에서나 온다」의 결말에서도 태순은 미래라는 말을 이해하는 데 평생을 바쳤지만 아직도 그것의 의미를 이해할 수 없으며 "미래가 반복된다면 그것을 미래라고 할 수 있"는지를 되묻고 있지 않은가(81면).

그렇다면 정지돈이 슬그머니 들여오는 '미래'는 어쩌면 우리가 생각하는 그 '미래'가 아닐 수도 있지 않을까. 미래가 그렇게 회귀된 것의 회귀라면 이미 그것은 한번쯤 도래해 있었던 것이 아닐까. 정지돈의 이 책이 현재 우리의 손에 쥐어졌듯이. 하여 우리가 굳이 정지돈의 소설을 위해 지금과는 다른 시간성을 요청할 필요는 없을 것이다. 정지돈의 문학은 우리가 생각하는 미래가 아니더라도 어디에서나 와서 우리 곁에 이미 존재하고 있기 때문이다.

'우익'은 어떻게 단련되는가

◆

오에 겐자부로의 「세븐틴」과 장정일의 『구월의 이틀』 겹쳐 읽기

1. '우익 성장소설'은 가능한가?

2023년 3월 3일, 일본의 소설가 오에 겐자부로(大江健三郎)가 타계했다. 그의 부음을 접한 순간 내 머릿속에 제일 먼저 떠오른 그의 작품은 다름 아닌 「세븐틴」(1961)이었다. 이 작품은 아쿠타가와상을 수상한 「사육」(1958)이나 『만엔 원년의 풋볼』(1967)처럼 흔히 오에 문학의 '정수'로 거론되는 작품에 비하면 상대적으로 덜 알려져 있다. 그의 부음을 전하는 기사에도 이 작품은 거의 언급되어 있지 않으며 자신의 독서 편력을 작품의 창작 과정과 연결시켜 설명하는 대목이 단연 흥미를 끄는 『읽는 인간』(2007)에도 이 작품의 이름은 등장하지 않는다. 그럼에도 나는 왜 그의 죽음 앞에서, 그의 수많은 대표작을 두고 이 작품만을 강렬하게 떠올린 걸까.

「세븐틴」은 구성이 복잡하거나 형식이 난해해서 이해하기 곤란한 작품은 아니다. 실제 일어난 사건을 소재로 삼은 만큼 어딘가 범속하고 선정적인 느낌을 풍기기도 한다. 여기서 실제 일어난 사건이란 1960년, 당시 17세 소년이었던 야마구치 오토야(山口二矢)가 히비야 공회당에서 열린

연설회에 참석한 사회당 위원장 아사누마 이네지로(淺沼稻次郞)를 단도로 찔러 살해한 사건을 말한다. "전후의 가장 유명한 우익 활동가"[1]로 손꼽히는 아카오 빈(赤尾敏)의 연설을 듣고 감명받아 16세의 나이로 대일본애국당에 입당한 야마구치는 범행을 저지른 해 옥중에서 '칠생보국(七生報國), 천황폐하 만세'라는 유서를 남긴 후 목매달아 자살하고 만다. 「세븐틴」은 야마구치를 모델로 삼아 비대한 사춘기의 자의식을 주체하지 못하고 자기혐오로 빠져든 한 소년이 우익 테러리스트로 변모하는 과정을 담은 일종의 성장소설이다.[2]

이 '성장소설'이라는 단어에 내가 느꼈던 당혹감의 핵심이 응집되어 있다고 해도 좋을 것이다. 이 작품은 전후 민주주의자로서 오에가 천황제를 비판했다는 정치사회적 의미 때문에 화제를 모으기도 했지만 그보다는 성장서사로서의 독특하고 이질적인 면모 때문에 내게 그토록 강렬한 인상으로 남은 게 아닐까. 그런데 과연 '우익 성장소설'은 성립 가능한 개념일까? 기실 성장소설(교양소설)은 탈정치적인 장르이다. 거기서는 현실 정치질서를 구획하는 이념적 적대의 구조보다 자신의 진실한 내면과 그 대립자로서의 세계라는 구획선이 한층 도드라지기 때문이다. 세계가 자아와 대립하고 자아를 억압하는 외적인 힘으로 표상되는 한 그것이 좌익적 색채를 띠고 있는지 우익적 색채를 띠고 있는지는 그리 중요한 문제가 아니다. 물론 성장소설의 역사적 전개 과정이 근대의 이념들과 무관하기만 했던 것은 아니다. 가령 사회주의 리얼리즘 계열의 많은 소설들은 성장의 내러티브를 중요한 요소로 포함한다. 이 글의 제목을 빌려온 오스트롭스키(Nikolai Ostrovsky)의 『강철은 어떻게 단련되었는가』는 그 사실을

---

1 야스다 고이치 『일본 '우익'의 현대사』, 이재우 옮김, 오월의봄 2019, 125면.
2 오쓰카 에이지 역시 이 작품을 "정신과 신체의 빌둥을 그린다는 점에서 교양소설적이다"라고 평가한 바 있다. 오쓰카 에이지 『감정화하는 사회』, 선정우 옮김, 리시올 2020, 107면.

확인할 수 있는 수많은 사례 중 하나일 뿐이다.

사회주의 리얼리즘과 성장서사 사이에 어떤 내적인 연관성이 존재하는 듯 보인다면 그 주된 이유는 사회주의 리얼리즘이 겨냥하는 자본주의 세계체제가 근대의 보편적 하부구조를 구성하고 있기 때문일 것이다. 세계를 구성하는 구조적인 힘이 자본주의와 이를 하부구조 삼아 구축된 이데올로기라면 그 안에서 세계에 맞서 개인이 긋는 투쟁의 전선이 어디에 그어질 것인지는 자명하다. 각종 이데올로기적 국가장치에 포획되어 진실을 바로보지 못했던 주체가 세계의 기만과 폭력의 메커니즘을 깨닫고 이를 넘어서기 위해 투쟁하는 주체로 성장해나간다는 내러티브는 그 자체로 우리에게 익숙한 성장의 문법이다. 우익 성장소설이라는 표현이 낯설게 들리는 이유 역시 여기서 찾을 수 있다. 우익적 세계관이 지배적이고 보편적인 힘으로 작용하고 있다면 우익으로 성장하는 일이란 그저 세계가 깔아놓은 길을 그대로 걷는 것에 불과하지 않은가 하는 의문을 피할 수 없기 때문이다. 게다가 일본이나 한국처럼 '극우 반공주의'가 오래 지배한 나라에서 우익은 그 사회의 주류이자 기득권으로 군림해오지 않았던가.[3]

---

3 흔히 프랑스혁명을 기점으로 좌익과 우익의 구별이 나타났다고 보는 것이 상례지만 개별 국민국가의 역사 전개 과정에 따라 '우익'의 면모는 다양하게 나타난다. 가령 야스다 고이치(安田浩一)에 따르면 일본에서 우익을 성립시킨 역사적 계기는 구미 열강의 식민주의에 반대하는 국권수호운동이었다. 그렇기 때문에 일본에서 우익은 반미, 반서구, 반근대, 반자본주의의 이념과 접합되었으며 태평양전쟁 당시 제기되었던 '근대초극론'에 이르러 정점에 달하게 된다. 따라서 자본주의 세계체제에의 순응 여부로 우익과 좌익을 구분하는 것은 지나치게 논의를 단순화한다는 한계로부터 자유롭지 못하다. 일본의 경우 반자본주의, 반미주의를 기치로 내건 '우익'도 분명 존재한다. 그렇게 보면 우익은 크게 두가지 전선을 갖는 것 같다. 근대 자본주의 세계체제에 대한 복고주의적이고 민족주의적인 저항의 전선과 공산주의에 대한 자유주의적 저항의 전선이 그것이다. 우리는 '우익' 하면 흔히 후자를 떠올리게 된다. 일본의 경우 패전 이후 미국의 영향력 아래 놓이게 되면서 우익들이 대거 '친미 반공주의' 노선으로 변모했고 한국의 경우에도 일본의 하위 파트너로 위상이 정립되면서 비슷한 길을 걸었기 때문이다. 이

그렇지만 '극우 반공주의'가 군림했던 한국과 일본에서도 우익의 초상은 언제나 불안정하고 분열적이었다. 자유(민주)주의는 좌익 이념뿐 아니라 우익 이념 역시 그것이 극단화될 경우 거기에 대한 유무형의 제재를 요청하기 때문이다. 따라서 우익은 좌익과 싸우는 동시에 자유주의와도 긴장한다. 그렇다면 우리는 우익 성장소설을 단지 과대망상적인 반공주의자의 시대착오적인 모험담이 아니라 근대 세계를 지배하고 규율해왔던 자유주의 이념의 임계를 예기치 않게 드러내는 흥미로운 서사양식으로 읽어볼 수도 있을 것이다. 이 글에서는 오에 겐자부로의 「세븐틴」(『오에 겐자부로』, 박승애 옮김, 현대문학 2016)과 장정일의 『구월의 이틀』(랜덤하우스코리아 2009)을 겹쳐 읽으며 그와 같은 독해의 가능성을 타진해보고자 한다. 그 과정에서 오늘날 사회정치적 '난제'로 떠오른 일군의 남성 청년 집단의 정치적 (무)의식을 얼마간이라도 검토할 수 있다면 다행이겠다.

2. 자위하는 '세븐틴'

오에의 「세븐틴」은 열일곱번째 생일을 맞은 소년이 자위행위를 하는 장면으로 시작한다. 필요 이상으로 길고 적나라하게 이어지는 자위행위에 대한 묘사를 읽고 눈살을 찌푸릴 사람도 있을 것이다. 아닌 게 아니라 책을 펼치자마자 "벗기면 벗길 수도 있는 포피가 발기하는 장밋빛 귀두를 부드러운 스웨터처럼 감싸주고, 그걸 가지고 열에 녹은 귀두지를 윤활유 삼아 자위 가능 상태가 되는 성기가 좋고 내 성기가 바로 그렇다. (…) 나는 자위의 고수가 되었다. 사정하는 순간에 자루 끝을 쥐듯 포피 끝을 잡고

글에서는 '우익'을 이와 같은 두가지 성격을 망라하는 용어로 사용하지만 맥락에 따라 강조하는 점에 차이를 두려고 했다. 가령 여기서 '주류로서의 우익'은 2차대전 이후 양국에서 사회정치적 기득권으로 자리매김한 '친미 반공주의 우익'을 뜻한다.

정액을 포피 안에 가두는 기술까지 발명했다"(193면)는 소년의 고백을 마주하면 누구라도 당혹스러울 수밖에 없다. 그렇지만 못 볼 걸 보았다는 듯 재빨리 책장을 넘겨버려서는 안 된다. 자위행위를 둘러싸고 소년이 겪는 모종의 분열이야말로 이 소설의 핵심적인 모티프를 구성하기 때문이다.

지금은 빅토리아 시대가 아니다. 10대 남성 청소년이 즐기는 자위행위가 뭐가 문제란 말인가 하는 반문에 누구라도 고개를 끄덕이며 동의할 만큼 오늘날 자위행위는 정상적인 성적 쾌락추구 행위로 받아들여지고 있다. 주인공 소년도 이 점을 잘 알고 있다. "그러나 책방에서 선 채로 읽은 성의학 책에는 자위의 해로운 점이란 거기에 대해 느끼는 죄의식뿐이라고 쓰여 있었다. 나는 그것을 알고 나서부터는 완전히 해방된 기분이 들었다."(같은 면) 하지만 소년이 만끽했던 해방감은 오래 지속되지 못한다. 소년은 또다시 "모두들 나를 향해 저 자식은 상습적으로 자위하는 놈이다, 저 얼굴색하고 흐리멍덩한 눈 좀 봐 하며 혐오스러운 동물이라도 보듯 침을 뱉고 있을 것이다"(197면)라고 두려워하면서 수치심에 휩싸이고 만다. 소년이 거듭해서 휩싸이는 그 죄책감과 수치심은 어떤 구조를 통해 작동하는 걸까.

소년은 자위행위가 정상적인 행위라는 점을 '과학적으로는' 이미 알고 있다. 하지만 '그럼에도' 여전히 소년은 죄의식과 수치심에 시달린다. 일종의 '물신주의적 부인'(fetishistic disavowal)의 구조를 취하는 이 간극에서 확인할 수 있는 것은 객관적 지식을 표방하는 성의학 담론이 결국 소년의 죄책감과 수치심을 없애는 데 실패한다는 것이다. 그런데 소년이 자위행위에 대해 지니는 분열에는 전후 아메리카니즘이 토대하고 있는 자유주의적 질서의 임계를 근본적으로 건드리는 민감한 문제가 내재해 있는 게 아닐까. 여기서 소년이 읽은 그 성의학 책에 잠시 주의를 기울여보자. 자위행위가 비도덕적이거나 일탈적인 행위가 아니라 인간의 자연스러운 성욕 해소 수단이라는 주장을 세계만방에 널리 떨친 건 '킨제이 보고서'로 유명한 앨프리드 킨제이(Alfred Kinsey)였다. 이후 미국을 중심으로 의학적 견지에서 자위행위의 무해성에 대한 논의가 급증하기 시작했고 아마 소년이 읽은 성의학 책 역시 그와 같은 연구 조류에 토대하고 있었을 가능성이 크다. 미국에서 자위행위에 대한 옹호는 성적 자유주의의 신장과 그 결을 같이하기에 소년이 접한 성의학 책을 미국의 전후 자유주의의 담론적 실천의 한 양상을 대표하는 것으로 보아도 큰 무리는 없다.

문제는 그 미제(美製) 담론이 웬일인지 소년에게는 제대로 작동하지 못하고 기능부전에 빠지고 만다는 데 있다. 이 기능부전은 미국식 자유주의 (성)담론이 분열된 존재를 통합하는 총체적인 윤리적 거점으로 기능하지 못하고 있음을 징후적으로 보여준다. 오쓰카 에이지(大塚英志)는 이 작품에 드러나는 성적 묘사를 냉소하며 "'남근'의 빌둥스로만(Bildungsroman)은 오에 겐자부로에서 무라카미 하루키로 이어지는 한심스러운 부분"[4]이라고 일갈한 바 있지만 그렇게 치부하고 넘어갈 경우 이 미제(美製) 자유주의 담론의 실패 양상을 놓치게 된다. 우리는 이 실패를 직시함으로써 이 작품을 전후 민주주의의 전개와 이에 따라 '미국화하는 일본'에 대해 그 당시 많은 사람이 느꼈으나 의식 아래로 밀어넣어버린 모종의 심리적 분열과 원한 감정을 정면으로 마주한 작품으로 다시 읽어볼 수 있을 것이다.

관련해 생각해볼 것이 하나 있다. '자위행위는 정말 일탈적이거나 도착적인 음란행위가 아니라 보편적이고 정상적인 행위일까'라는 물음이 그것이다. 자유주의적 (성)담론에 따르면 이에 대한 답변은 긍정적이다. 그렇지만 동시에 이런 반문도 제기될 법하다. '그게 그렇게 정상적인 행위라면 왜 공개된 곳에서 행할 경우 국가가 나서서 처벌하는 걸까?' 실제로 대부분의 나라에서 공개된 장소에서 자위행위를 할 경우 공연음란죄로 처벌받을 수 있다. 자위행위는 폐쇄된 사적 공간에서 수행될 때는 그 정

---

4 오쓰카 에이지, 앞의 책 107~108면.

상성을 인정받을 수 있지만 사적 영역의 울타리를 벗어나면 곧바로 비정상이자 범법으로 낙인찍히는 기묘한 이중성을 지닌 행위이며 그런 점에서 자유주의의 작동 방식을 전형적으로 보여주는 증좌이기도 하다. 공과 사의 분할에 근거하는 자유주의는 자위행위가 사적인 영역에서 수행되는 것이라면 그것을 얼마든지 정상적인 것으로 용납한다. 하지만 그것이 사적인 영역의 테두리를 벗어났을 때 비정상적인 도착으로 간주하여 처벌하고 추방한다.

깔끔하지만 이런 도식으로는 소년이 강박적으로 사로잡히는 수치심과 공포감의 정체를 이해하기 어렵다. 왜냐하면 소년은 어디까지나 자신만의 골방에 숨어들어 은밀하게 자위행위를 하기 때문이다. 자유주의적 관념에 따르면 소년의 행위는 도착적인 음란행위가 아니라 보편적이고 정상적인 행위일 뿐이다. 하지만 이와 같은 자유주의적 해법은 소년에게 아무런 심리적 지지대가 되어주지 못한다. 여기서 생각해봐야 할 것은 소년이 왜 그토록 자신이 자위행위를 한다는 사실이 남에게 발각될까 두려워하느냐에 있다. 그건 어쩌면 대부분의 자위행위가 통제되지 않은 성적 백일몽을 동반하기 때문인지도 모른다. 많은 사람들이 자신이 자위행위를 한다는 사실 자체는 그리 어렵지 않게 남에게 밝힐 수 있다. 하지만 자신이 자위행위를 하는 동안 어떤 상상을 하는지 당당하게 밝힐 수 있는 사람은 거의 없다. 자위행위에는 그 행위 자체의 정상성과 그 행위가 수반하는 성적 백일몽의 비정상성 사이에 분열을 내재하고 있는 것이다.

물론 자유주의적 규범을 따르는 한 자위행위에 수반되는 성적 몽상 자체를 문제 삼기 어렵다. 여기서 문제 삼기 어렵다는 것은 자유주의가 온갖 성적 백일몽 자체를 긍정한다기보다 그것을 판단하고 처분할 일관성 있는 내적인 척도를 마련하기 어렵다는 뜻이다. 그래서 미국식 자유주의 (성)담론은 자위행위를 정상성의 범주 내로 포섭하는 데엔 성공했지만 방금 살펴보았듯 거기에는 쉽게 봉합할 수 없는 모종의 분열이 내재해 있다. 자유주의 (성)담론은 이를 어떻게 해결하는가? 폐쇄된 사적 영역에서 행해지는 자위행위가 문제될 게 없듯 개인의 두뇌에 갇혀 있는 망상 역시 아무런 문제가 없는 것으로 간주함으로써 이 문제를 비켜간다. 하지만 문제는 그와 같은 '모른 척'을 통해서는 소년이 간절하게 바라는, 책임감 있는 누군가가 "내 문제에 개입해주기를 바라는"(204면) 욕망이 충족되기 어렵다는 데 있다. 여기서 말하는 "내 문제"는 공적인 시민이자 사적인 개인 사이의 분열을 포괄하는 것이다. 진보적인 학생으로서 정치 사안에 좌익적인 견해를 가지는 '나'와 매일같이 이상한 망상에 빠져 자위행위를 즐기는 '나' 사이의 분열이라고 해도 좋겠다.

자위행위 끝에 사정한 소년은 목욕탕 여기저기에 튄 자신의 정액을 물로 씻어내려 애쓰지만 "말랑말랑한 조그만 덩어리가 틈새에 끼여서 좀처럼 씻겨나가지 않"(195면)아 애를 먹는다. 그와 동시에 그는 거기에 누나가 우연히 앉는다면 임신이 될지도 모른다는 망상에 휩싸인다. 가령 소년의 이런 망상은 그가 '자유주의적 주체'로 살아가는 데 별다른 문제가 되지 않는다. 하지만 그렇다고 해서 소년이 이런 망상에 사로잡히는 자기 자신에게 느끼는 혐오감과 수치심이 사라지는 것도 아니다. 일본의 전후 민주주의는 과연 이 간극과 분열을 치유할 수 있는 존재론적인 대안을 마련해줄 수 있을까?

한편 근친상간의 망상은 자신의 성기를 흔드는 동안 "구름 한점 없는 여름 한낮의 바다에서 침묵에 잠긴 행복한 나체 군단이 조용히 해수욕을"(194면) 즐기는 장면을 떠올릴 만큼 황홀했던 기분을 일거에 사라지게 만들어버릴 정도로 강력하다. 소년은 자위행위를 시작할 때만 해도 "여름이 될 때까지 나의 근육은 단단해질 거고 온몸 구석구석까지 잘 발육해 바다에서 여자애들의 시선을 사로잡을 수 있을 거"(같은 면)라는 낙관에 부풀지만 자위행위를 마치고 근친상간의 망상에 도달하게 되면서 비로소 자신의 허술하고 한심한 신체의 현실을 자각하게 된다.

이 근친상간의 망상은 쾌락원칙을 제어하는 현실원칙의 일환으로 도입된 것이다. 이는 그의 누나가 현재 소년을 지배하고 있는 가장 강력한 현실의 질서임을 의미하며 그래서 소년은 거듭 그녀의 존재를 혐오하고 부인한다. 소년에 따르면 그의 누나는 고도 근시로 안경을 썼다는 사실이 수치스러워 평생 결혼하지 않기로 마음먹고 자위대 병원에 들어가 자포자기한 사람처럼 매일 책만 읽는 한심한 인간이다. 동시에 그녀는 자위대에 복무하는 간호사답게 정치적으로는 '보수 반동'적 입장을 취하고 있다. 그에 비해 소년은 "관내 고등학교 중에서도 가장 진보적인" 학교를 다니고 있으며 "데모 행진에도 나간 적이 있고 학교신문에 기지 반대 운동에는 고등학생도 참가해야 한다는 투서를 넣"을 정도로 '좌익적'이다 (200면). 하지만 소년의 좌익적 가치관은 누나가 설파하는 '현실론' 앞에서 무참히 패배한다. 누나는 자위대의 존재를 부정하는 소년에 맞서 "지금 일본에 주둔한 외국 병력이 철수하고 일본의 자위대도 해체되어 일본 본토가 군사적 진공상태가 된다면, 예를 들어 남한과의 관계 같은 게 일본에게 유리하게 돌아갈"(같은 면) 리가 없다고 반박한다. 소년은 유엔의 존재를 들먹이며 자위대의 존재를 거듭 부정하려 하지만 이미 전쟁이 일어난 뒤 유엔군이 개입해봤자 수많은 사람이 죽은 후일 뿐이라는 누나의 반박에 말문을 잃고 만다.

소년은 누나의 논리에 밀리고 있다는 점을 깨닫고 급속하게 초조해진다. 소년은 흥분해서 소리를 지르며 눈물까지 흘리지만 누나는 소년의 그런 반응에 눈 하나 깜짝하지 않고 자신의 논리를 이어나가며 비아냥댄다. "그래, 다음 선거에서 어디 한번 진보당이 정권 잡아보라 그래. 그래서 기지에서 미군도 몰아내고 자위대는 깨부수고 그리고 세금은 내리는 거지. 실업자도 없애고 경제성장률도 쑥쑥 올리는 거 구경 한번 해보자. 나도 괜히 남에게 멸시받아가며 자위대 간호사 노릇 같은 거 하고 싶지 않아. 양심적이고 진보적인 노동자가 된다면 그보다 더 기쁜 일이 어디 있겠어?

완전히 환상적인 이야기네……"(202~203면) 결국 분노를 참지 못하고 이성을 상실한 소년은 "고함을 지르며 누나의 이마를 냅다 걷어"차고 "누나는 찻상 쪽으로 손을 뻗은 채 벌러덩 나가자빠"진다(204~205면). 소년은 깨진 안경 파편에 찔려 피가 흘러내리는 누나의 창백한 얼굴을 넋이 나간 채 바라보다 창고를 개조해 만든 자기만의 방으로 숨어들듯 도피한다.

3. 냉소하는 아버지, 무기력한 자유주의

소년이 저지른 발작적 폭력은 미숙한 정신이 강고한 현실의 논리에 맞닥뜨렸을 때 발생할 법한 외상적인 돌발 행동에 가깝다. 이때 소년이 대면한 현실 질서는 냉혹한 국제정치의 규범만이 아니라 근친상간에 대한 터부를 바탕으로 형성되는 문명의 질서이기도 하다. 그런데 여기서는 이런 대립구도가 으레 전제하는 하나의 일반적 요소, 즉 아버지의 자리가 빠져 있다. 소년의 아버지는 집 안에서 일어난 소년과 누나의 싸움을 애써 모른 척하고 소년은 그런 아버지에 대한 경멸을 숨기지 않는다. "아버지라는 사람은 아들이 눈물까지 흘리고 있는 데도 태연히 신문이나 뒤적이고 있다. 그게 바로 아버지가 생각하는 미국식 자유주의적인 태도다. 근무처인 사립 고등학교에서도 절대 학생들을 강제한다든지 학생들 문제에 개입하지 않는 미국식 자유주의 교육을 하고 있다는 게 아버지의 자랑이었다."(203면)

작품의 초반에 등장했던 미국식 자유주의 (성)담론의 실패는 미국식 자유주의자를 자처하는 그의 아버지에 이르러 더 분명하게 그 모습을 드러낸다. 그의 아버지가 신조로 삼는 미국식 자유주의의 핵심은 타인에 대한 차가운 무관심과 그 자연스러운 귀결인 무개입이다. "언젠가 아버지 학교의 학생이 사창가에 드나드는 사건으로 스무명이나 체포되어 매스컴에서 난리가 난 적이 있었는데 그때도 아버지는 자유주의자로서 학생들의 방과 후 생활까지 구속하지 않는다는 것이 자신의 신조라며 태연하게 지나갔다.”(같은 면) 여기서 소년의 아버지는 패전 이후 일본 사회가 무비판적으로 수용한 ‘아메리카니즘’의 부박함을 상징하며 전전(戰前)의 보수파가 그 허약함과 퇴폐성을 들어 비난하는 일본의 전후 민주주의의 한계를 체화하고 있는 인물이다. 하지만 그토록 경멸하는 아버지와 소년은 서로 진보-리버럴 이념의 허약함을 공유하고 있기도 하다. 소년의 좌익적 가치관이 누나의 현실론 앞에 무기력하듯 아버지의 미국식 자유주의 이념 또한 그의 제자들로 하여금 그를 “싫어하고 경멸하며 별 볼일 없는 선생으로 취급”(같은 면)하게 만들 뿐이다.

미국식 자유주의를 추종하는 아버지는 소년이 누나를 발로 차서 큰 상처를 입히는 것을 보고도 소년을 꾸짖지 않는다. 단지 “넌 이제 누나한테 대학 등록금 얻어 쓰기는 글렀다”(205면)고 비아냥댈 뿐이다. 전후의 아메리카니즘의 풍조를 유행처럼 두른 아버지는 철저히 속물화되어 차가운 현금 거래 이외에 그 어떤 인륜적 가치도 인정할 수 없게 된 불능의 존재이다. 도쿄대를 졸업하고 유명 방송국에 취업했지만 지금은 “마약중독자 같은 꼴로 재즈에 도취되어 있는”(207면) 형에 대한 묘사에서도 이른바 ‘미국식 자유주의’의 허약함과 퇴폐성에 대한 부정적 인식이 여실히 드러난다. 이렇듯 소년은 “가족 모두의 이해와 사랑 속에서 성장하며 변화해가야 하는 시기”(208면)를 통과하고 있지만 ‘미국화된’ 현실의 가족은 그와 같은 인륜적 욕구를 충족시켜주지 못한다. 이 작품에 등장하는 소년을 일본의 의인화된 표상으로 읽는다면 그를 둘러싼 가족들은 그의 실존이 행복하게 합치될 수 있는 ‘일본적인 인륜성’을 탈각하고 ‘미국식 자유주의의 퇴폐풍조’에 길들어져 있다고 말할 수 있다. 여기서 전후 일본 사회가 내달렸던 ‘미국화’에 반발하는 우익의 심정을 어렵지 않게 간취할 수 있다.[5]

앞서 자위행위가 이 소설의 핵심적인 모티프라고 말했거니와 이는 단지 사춘기 소년이 으레 지닐 법한 성적 욕망만을 지시하지 않는다. 잠시 우뚝 솟았다 사정 후 초라하고 볼품없게 쪼그라든 소년의 성기는 중일전쟁 이후 군국주의로 치달았다 패전의 잿더미를 직면하게 된 일본 현대사의 은유처럼 보이기 때문이다. 그렇다면 소년을 괴롭히는 수치심으로부터 우리는 메이지 유신 이후 문명개화를 통해 내달렸지만 결국 패전을 통해 미국의 강력한 영향력 아래 꼼짝없이 놓이게 되었다는 사실에서 비롯하는 '민족적 수치심'을 읽어내는 것도 가능할 것이다. 둘 사이의 공통점은 모두 자신의 존재를 타인의 시선을 경유해서만 확인하려든다는 데 있다. 앞서 살펴보았듯 소년은 타자의 시선에 강박적으로 집착한다. "나를 보며 비웃던 타인들의 눈으로부터 내 얼굴을 이런 식으로 감추어버릴 수 있다면 얼마나 자유롭게 해방된 기분일까"(197면) 생각하며 타인의 시선으로부터의 자유를 갈망하는 것은 그 강박에 뒤따르는 자연스러운 반작용이다. 한편 일본 현대사에서 그와 같은 타자는 유럽에서 미국으로 이동했다. 태평양전쟁 당시 일본 지식인들의 발언을 살펴보다보면 공통적으로 전도된 인정욕구가 발견되어 흥미를 끈다.[6] 거기서 인정욕구는 일본이 서구라는 타자를 향해 맹목적으로 달려간 사실을 부끄럽게 여기는 마음으로 표출되고 있다. 오쓰카 에이지가 그저 한심하게 치부했던 "'남근'의 빌둥스로만"에 보다 복잡한 사정이 내재되어 있다는 것은 이런 의미다. 「세븐틴」에 등장하는 남근의 표상에는 일본이 경험한 근대국가의 '빌둥

---

5 물론 모든 우익이 '미국화'에 반발했던 것은 아니다. 전전에 귀축미영(鬼畜米英)을 부르짖으며 반미의 선봉에 섰던 우익은 패전 이후 '친미반공'으로 대거 노선을 선회한 바 있다. 그럼에도 당시에 '정통 우익'을 자처했던 사람들 중에는 전전의 아시아주의를 계승하며 미국을 비롯한 서구에 부정적인 태도를 취하는 경우가 많았다. 특히 1960년대 일본의 우익 학생운동에서는 "'대미 자립' '자주헌법 제정' '일미안보 파기' '전후 체제 타파'를 슬로건"으로 삼아 활동하기도 했다(야스다 고이치, 앞의 책 233면). 몇몇 구호만 놓고 보면 과거 한국의 민족자주(NL)계열 학생운동의 그것과 크게 차이 나지 않는다.

6 이와 관련한 일본 지식인들의 담론은 나카무라 미츠오, 니시타니 게이지 외 『태평양전쟁의 사상』, 이경훈 외 옮김, 이매진 2007을 참조할 수 있다.

스로만'이 겹쳐 있으며 동시에 전후 민주주의에 대한 회의와 부정, 반동의 심리가 서사의 무의식 깊이 자리하고 있는 것이다.

소년은 누나와의 싸움에서 완패한 뒤 극심한 혼란에 시달린다. 그러다 문득 "나에게 이 세상은 남의 것이고 내가 마음대로 할 수 있는 건 아무것도 없"(213면)다는 사실을 자각하게 된다. 자신이 세계의 중심이라고 착각하는 유년의 환상에서 깨어나는 일은 고통스럽지만 그와 같은 고통 없이 우리는 성장을 맞이할 수 없다. 따라서 이와 같은 소년의 자각에서 우리는 새로운 사태의 전환을 기대해볼 수도 있을 것이다. 하지만 그 뼈아픈 고통에 직면한 소년이 하는 일이라곤 다시 자위행위에 몰두하는 것뿐이다. 소년은 자위하면서 아버지와 엄마의 성관계 장면을 망상하다가 이내 자신은 아버지의 정자로 태어난 아이가 아니라 엄마가 간통해서 태어난 아이가 아닐까 상상한다. 이와 같은 망상은 외설적인 것이지만 사실 자위행위를 지탱하는 근간은 이와 같은 외설적인 환상에 있다. 꿈의 기능이 잠의 연장에 있다면 자위행위의 기능은 환상으로의 도피에 있다고까지 말할 수 있다.

한편 그 도피는 자아와 대립하는 세계의 현실성으로부터의 도피이기도 하다. 소년은 자아의 나르시시즘을 포기하는 대신 "이 세상의 누군가가, 정열적으로 매달릴 수 있는 간단하고 확실한 무엇을 나에게 제시해"(214면)주길 갈망한다. 하지만 세계를 단숨에 제압할 그런 '간단하고 확실한 무엇'이 존재할 리 없다. 자신을 구원해줄 '세상의 이치'를 여전히 타인으로부터 구한다는 점에서 소년의 바람은 그 간절함에도 불구하고 내성적인 성장의 문법과 이질적이다. 따라서 소년이 "온 세상을 바꾸고 보강하는 것은 모두 타인들"(217면)이며 "나란 인간은 현실 세계를 조금도 바꾸지 못하는 놈"(같은 면)이라는 자학에 휩싸이고 마는 것은 필연적이다. 나와 타인과 세계가 소년의 인식에서는 절대적인 위계로 구획되어 있으며 그 사이에서 내적인 교통 가능성은 원천적으로 차단되어 있기 때문이다. 그 결과 소년이 맞닥뜨린 절대적인 고립은 다음 날 학교에서 벌어진 800미터 달리기에서 오줌을 지리고 비웃음거리로 전락함으로써 완성된다. "나는 이제 더이상 타인들의 현실 세계에서 선의를 찾아내기 위해 매달리지 않기로 결심했다."(229면) 하지만 타인도 현실 세계도 아니라면 그는 불안한 자신의 실존을 어디에 의탁할 수 있을까? 가능한 답은 두가지이다. 자기 자신이거나 또는 타인과 현실 세계의 논리를 부정하고 초월함으로써 존재하는 '대안적 사실의 공간'이거나. 그렇지만 살펴봤듯 소년의 자아는 이미 대타자의 시선의 침탈을 받아 수치심으로 얼룩져 있다. 따라서 현실 세계의 지배 논리를 초월(한다고 주장)하는 대안적 세계에의 의탁은 필연적이다.

4. 자아로부터의 도피

800미터 달리기 시험 도중 오줌을 싼 소년은 수치심을 이기지 못하고 이후 예정된 자치회에 참여하지 않은 채 그대로 학교 문을 나선다. 그리고 잠시 뒤 혼자서 전철을 기다리던 중 신토호라는 동급생으로부터 '우익 바람잡이' 아르바이트 제안을 받게 된다. 일의 내용은 간단하다. 신바시역에서 열리는 황도파 활동가의 연설에 청중인 양 참석해 박수를 치고 환호성을 질러주면 500엔을 벌 수 있다는 것. 신토호의 제안을 받아들인 소년은 신바시역 광장으로 가 사카키바라 구니히코라는 황도파 활동가의 연설을 듣게 된다. 처음에는 얼간이처럼 절규하는 사카키바라의 모습에 실망하지만 이내 그가 쏟아내는 악의와 증오의 말에 자기도 모르게 마음이 움직이는 것을 느끼게 된다. "그 자식들 전부 죽여버릴 거야. 학살해버린다고. 그 자식들의 마누라하고 딸들은 다 강간할 거고, 아들들은 돼지 사료로 만들겠어. 이게 정의라는 거다! 그것이 우리의 의무다! 우리는 그 자식들의 전원 학살이라는 신의 역사적 사명을 띠고 이 땅에 태어났다! (…) 이건 그 자식들의 하느님인 레닌 형님이 떠들어대던 소리다! '제군, 자신의 약한 인생을 지키기 위해서는 저들은 모두 죽이시오, 그것이 정의라오.'라고."(237~38면)

사카키바라가 레닌의 말을 제멋대로 전유해 읊어대는 '정의론'에서 소년은 제어되지 않은 순수한 힘의 분출을 감지한다. 사카키바라는 현대 자유주의 문명사회가 존속의 필수 요건으로 삼는 다양한 규범들을 공격하는데 그 증오의 언설 속에서 다원성이란 이름 아래 동등한 교섭의 대상으로 존재하는 타인들의 존재는 사라지고 세계는 '나'와 '적'의 이분법적 대립구도로 표상된다. 그리고 이 앙상한 세계관은 그동안 소년을 끈질기게 괴롭혔던 수치심과 혐오감을 단번에 사라지게 만들어주는 의도치 않은 효과를 발휘한다.

> 아울러 나는 이 현실 세계에 대하여 타인들에 대하여 적의와 증오를 새롭게 다졌다. 언제나 자신을 책망하고 자신의 약점을 붙들고 자기혐오라는 진흙탕에 빠져 나만큼 혐오받아 마땅한 놈은 없을 거라고 생각하게 만드는 내면의 비평가가 갑자기 사라져버렸다. (…) 악의와 정의라는 흉포한 음악이 재생 장치를 파괴할 정도의 볼륨으로 온 세상으로 퍼져나갔다. 자신의 연약한 생명을 지키기 위해서 저들을 다 죽여버려라. 그것이 정의다. 나는 자리에서 벌떡 일어나 박수를 치며 환호성을 질렀다. (236~38면)

여기에 등장하는 "내면의 비평가"는 에리히 프롬이 "인간이 스스로 자기 마음속에 앉혀놓은 노예 감독"이라 불렀던 것에 대응한다. 프롬은 세계에 대한 적개심과 증오에 뿌리박은 자기비난과 자기비하의 심정은 종종 양심과 의무의 가면을 쓰고 나타나는데 그 양심은 통합된 인격의 일부를 이루는 것이 아니라 단지 가혹하고 잔인하게 인간을 몰아붙일 뿐이라고 말한 바 있다.[7] 그렇다면 우리는 소년이 자위행위에 몰두하는 스스로에 대해 지녔던 자기비난과 자기비하의 감정은 세계에 대해 막연하게 품었던 적개심과 증오가 외부 세계가 아니라 소년 자신을 향하게 됨으로써 발생했다고 볼 수 있을 것이다. 프롬에 따르면 인간은 자유로워질수록 동시에 "점점 고립되어 결국 자신을 하찮고 무력한 존재로 느끼"게 되는 역설적 상황에 처하게 된다.[8] 극단적인 자기비하와 느닷없는 우익으로의 전향이라는 소년의 좌충우돌 속에서 이와 같은 자유의 역설을 발견하는 건 어렵지 않다. 이때 소년은 그 역설을 '내면의 비평가'를 처형시켜버림으로써 겨우 돌파해내지만 그로 인해 발생하는 공백이 곧바로 문제가 된다. '내면의 비평가'가 차지하고 있던 자리를 새롭게 채울 의미와 상징의 구조가 필요하기 때문이다.

"어머, 저 사람 '우익'이네. 젊은 사람이 웬일이라니? 직업 꾼인가봐."

나는 사납게 뒤를 돌아보았다. 사무원풍의 여자 셋이 움찔했다. 그렇다, 나는 '우익'이다. 나는 갑자기 환희에 휩싸여 몸이 부르르 떨렸다. 나는 비로소 진정한 나를 만난 것이다. 나는 '우익'이다! 나는 여자들을 향해 한 걸음 내디뎠다. 여자들은 서로의 몸을 껴안고 겁에 질려 작은 소리로 자기들끼리 종알거렸다. 나는 여자들과 그 주위의 남자들 앞에 버티고 서서 말없이 적의와 증오로 불타는 눈길로 그들을 노려보았다.

(⋯)

"'우익'이 뭐, 어이, 우리 '우익'이 어쨌다는 거야? 이 씨발년들아!"

(238~39면)

---

7 에리히 프롬 『자유로부터의 도피』, 김석희 옮김, 휴머니스트 2020, 112면.
8 같은 책 55면.

새로운 의미와 상징의 구조는 소년이 한 무리의 여자들이 그를 '우익'이라고 부르는 순간 느닷없이 소년의 내부에 마련된다. 주체 구성에 개입하는 이데올로기의 작용을 호명(interpellation)이라는 개념을 통해 설명한 알튀세르의 논의를 떠올리게 만드는 이 대목에서 눈길을 끄는 것은 소년이 여성에 대한 위악적이고 미소지니(misogyny)적인 증오를 표출할 때조차 그의 새로운 주체성이 그 여성들의 시선을 경유해서 구성되고 있다는 사실이다. 소년이 새롭게 쟁취한 '우익'이라는 주체성은 그 자신이 그토록 혐오하는 타자에 절대적으로 의존하고 있는 것이다. 재일조선인을 혐오하는 '재특회'를 비롯해 인종차별적 적의를 드러내는 거의 모든 '우익'들에게서 이런 동일한 역설이 발견된다. 그들은 혐오하는 타자를 자신의 세계에서 제거함으로써 순수함을 회복하려 하지만 그 순수함을 회복하는 순간 그들은 '우익'으로서의 자기 정체성을 상실하는 역설에 처해 있다. 그렇기 때문에 '우익'들은 (무)의식적으로 자신의 존재 근거가 자신이 그토록 혐오하는 일군의 타자들과 깊숙이 연루되어 있다는 사실을 은폐하거나 부정하려 애쓴다. 이를 위해 필요한 것은 즉자적인 부정 대상으로서의 타자가 아니라 자신을 기꺼이 거기에 합치시킬 수 있는, 초라하고 연약한 자아를 초월한 절대적인 존재이며 이 작품에서 그 역할을 담당하는 것은 천황이라는 이념적 거멀못이다. 사카키바라의 서가에서 다니구치 마사하루의 『천황절대론과 그 영향』이라는 책을 읽은 소년은 '충(忠)에는 사심이 있어서는 안 된다'라는 문장을 만난 뒤 다음과 같이 전율한다.

내가 불안에 떨며 죽음을 두려워하고 이 현실 세계를 파악하지 못해 무력감에 사로잡히는 건 나에게 사심이 있기 때문이다. 사심이 가득한 나는 자신을 기괴한 모순덩어리, 지리멸렬하고 복잡하고 추잡하고 늘 겉도는 존재로 느끼며 불안에 떨었던 거다. 무엇인가를 할 때마다 혹시 잘못된 선택을 한 건 아닐까 하는 의심이 들어 불안해서 견딜 수가 없었던 것이다. 그러나 충에는 사심이 있어서는 안 되는 것이었다. 그렇다. 사심을 버리고 천황폐하께 정신과 육체를 모두 드리는 거다. 사심을 버린다. 나의 모든 것을 포기한다! (251~52면, 강조는 원문)

'멸사봉공(滅私奉公)'의 봉건적 이념이 지배하던 옛 세계에서 개인적 욕망은 공공적 가치와 이념에 의해 절멸되어야 할 것으로 여겨져왔다. 이는 근대 자유주의와 개인주의가 투쟁을 통해 벗어나려 했던 구제도의 유습이기도 하다. 그런데 소년은 천황에 귀의하면서 다시 개인(사심)을 버리고 거기에서 충만한 행복과 해방감을 느낀다. 이런 소년의 모습은 에리히 프롬이 파시즘의 대두를 목격하며 던졌던 질문들 — "왜 사람들은 자신이 통제할 수 없는 권위에 스스로 복종하게 되었는가?" "왜 오늘날 인간들에게 자유는 거기에서 벗어나려고 애쓸 만큼 무거운 부담이 되었는가?" "오늘날 그토록 많은 사람들이 강력한 지도자에게 복종하는 데 매력을 느끼는 이유를 어떻게 설명할 것인가?" "복종에는 숨겨진 만족감이 존재하는가? 그렇다면 그 본질은 무엇인가?" — 과 자연스럽게 포개진다.

불과 얼마 전까지만 해도 심각한 자기혐오에 시달렸던 소년이 처음 보는 우익 활동가의 증오에 찬 연설을 듣고 "지금까지 나를 괴롭혀왔던 모순에 가득 찬 가슴의 응어리"(252면)를 일거에 해소해버리는 건 너무 느닷없게 느껴지기도 한다. 그렇지만 근대인의 성격 구조를 면밀하게 고찰한 프롬은 이런 일이 얼마든지 '정상적으로' 일어날 수 있다고 말한다. 한 개인을 사로잡고 있었던 회의가 "불안과 증오로 세상을 대하는 개인의 고독과 무력함에서 생겨나는 비합리적인 회의"일 때, 그 개인은 "고립된 개별적 자아를 제거하고, 개인 밖에 있는 압도적으로 강한 힘의 손에 쥐어진 도구가 됨으로써 확실성을 찾으려"[9] 하며 이때 회의에서 확신으로의 변화

---

9 에리히 프롬, 앞의 책 92면.

는 심리학적으로 보면 모순되기는커녕 강한 인과관계를 형성하기 때문이라는 것이 프롬의 주장이다.

실제로 소년은 천황에 귀의하기로 마음먹은 뒤 "나는 더이상 어느 쪽을 선택해야 할지 몰라 불안에 떨지 않아도 된다. 천황폐하가 선택해주시기 때문이다. 돌이나 나무는 불안을 모르니, 불안에 떨어질 일이 없다. 나는 사심을 버림으로써 천황폐하의 돌과 나무가 되었다"(252면)고 말한다. 선택은 인간이 지닌 고유한 자유의지를 증명하는 대표적인 사례거니와 소년은 오히려 돌이나 나무 같은 일개 '사물'로 스스로 전락함으로써 자유로부터 성공적으로 도피한다. 사물의 절대적인 수동성에 그가 매혹되는 이유는 그와 같은 사물에는 어떠한 자유의지도 없어서 거기에 뒤따르는 실존적 불안도 없기 때문이다. 인간의 자유의지를 극한으로 긍정할 때, 삶은 선택의 끝없는 연쇄로 이어질 뿐 궁극적인 실존의 귀착점 같은 것은 존재할 수 없다. 이때 삶의 의미를 결정짓는 인자는 과거에 어떤 선택을 한 자기 자신뿐이다. 문제는 소년처럼 이런 자기 자신을 긍정할 수 없을 때다. 개인이 자기 삶의 의미를 구성하는 유일한 인자로 기능할 때, 자기 자신을 혐오한다는 것은 한 개인이 삶의 의미와 방향 자체를 모조리 상실할 위험을 야기한다.[10] 소년은 그와 같은 방향 상실과 무의미, 극단적인 회의와 무력감 앞에서 천황이라는 "개인 밖에 있는 압도적인 강한 힘"의 세계에 자발적으로 복종함으로써 "절대적인 확실성을 약속하는 어떤 공식"에 자신을 내던진다.

---

10 이와 관련해 에리히 프롬은 이렇게 적었다. "그는 어딘가에 속해 있지 않으면, 그의 삶이 어떤 의미와 방향도 갖지 않으면, 자신이 한낱 티끌처럼 느껴질 것이고, 개인적으로 무의미하다는 느낌에 압도당하고 말 것이다. 그의 삶에 의미와 방향을 줄 어떤 체제와도 자신을 결부시킬 수 없을 것이고, 의심으로 가득 찰 것이다. 그리고 이 의심은 결국 그의 행동 능력, 즉 살아갈 수 있는 능력을 마비시킬 것이다."(같은 책 38면)

5. 체제와 불화하는 '우익'

한편 황도파 본부에서 입당 선서를 한 뒤 가장 어린 황도파 당원으로 거듭난 소년은 그 세계에 몸담은 사람들과 교류하게 된다. 거기서 만난 또래는 크게 두 부류로 나뉘는데 한 부류는 우스꽝스러운 '오타쿠'처럼 그려지는 동료 '우익'들이고 다른 한 부류는 보수당 청년부의 젊은 당원들이다. 비슷한 정치이념을 공유하고 있는 듯 보이지만 "황도파 청년 당원들은 보수당 젊은 놈들을" '좌익' 출세주의자와 하나도 다를 바 없는 놈들이라며 "경멸"한다(242면). 여기에는 체제와 반체제 사이의 알력이 내재해 있다. 황도파 청년 당원은 보수당 당원과 달리 현행 체제를 극단적으로 부정하는 심리에 강하게 이끌리는 반면, 보수당 청년 당원들은 어디까지나 보수적인 현 정치사회 질서를 승인하고 강화해나가는 가운데 자신의 입지를 확보하려 애쓰는 것이다. 그들의 '출세주의'는 어느 보수당 청년 당원이 소년에게 보낸 엽서에서 잘 드러난다.

'나는 주식으로 20만 엔을 모았는데, 지금 사놓은 주식도 순조롭게 잘 불어나고 있어. 지금 내가 스물네살이니 스물다섯살에 도의 간부가 되고, 서른살에 시의 간부가 되고, 서른다섯살에 입각한다는 꿈을 달성하기 위해 한쪽으로는 주식으로 자금력을 확보하고 한쪽으로는 당 청년부 분쿄쿠 지부 선전국장 직무를 통해 파벌 참가를 노리고 있어. 나는 인간 실력주의니까 당 본부에 출입할 때는 당 간부들과도 대등한 입장에서 논의를 전개하지. (…) 우리 한번 큰 그림을 그려보자고. 그리고 주식에 관한 거라면 마쓰카와 증권사 사장, 정치에 관한 거라면 당 선전부장 기쿠야마 씨에게 소개해주겠네.' (243면)

이와 같은 내용의 엽서를 받은 소년은 보수파 청년들 대부분이 "출세를 위한 연줄 잡는 데만 혈안이 된 심보 비뚤어진 촌뜨기들"(같은 면)에 불과하다는 점을 깨닫고 실망하게 된다. 소년의 실망에는 샌프란시스코 강화조약 이후, 경제자립 5개년 계획의 수립과 실행으로 대표되는 '경제의 계절'에 대한 심정적 경멸이 담겨 있다. 이는 미국 중심의 전후 세계질서에 대한 일부 우익의 불만과도 연결된다. 아메미야 쇼이치(雨宮昭一)는 포츠담 선언의 성격을 분석하면서 거기에는 영국과 미국이 "'자유'와 '민주주의'라는 사고방식을 무조건 패자에게 침투"시켜 자신들의 체제와 "동화, 동질화할 수 있는 체제로서의 전후 국제체제"를 형성하고자 하는 노골적인 의도가 담겨 있었다고 말한 바 있다.[11] 여기서 문제가 되는 것은 새롭게 형성되는 자유민주주의 체제와 '우익' 사이의 관계이다. 앞에서 살펴보았듯이 '보수파'는 그 새로운 체제의 작동방식에 적극적으로 편승하려들지만 '우익'은 그 자유민주주의 체제와도 불화한다. 그것은 경제적 자유주의의의 교리가 우세종을 점유하는 새로운 자유민주주의 체제에서는 개별 주체에 대한 보편적 인정의 과제가 곧잘 부차적인 것으로 치부되기 때문이다. 프랜시스 후쿠야마(Francis Fukuyama)는 자유주의에 내재된 이와 같은 고유한 취약점을 다음과 같이 서술한다.

이 불만들은 자유주의의 매우 근본적인 어떤 핵심과 연관되며, 자유주의가 존재한 수세기 동안 반복적으로 제기되어왔다. 고전적 자유주의는 의도적으로 정치의 시선을 낮추어 그 목표를 특정한 종교, 도덕적 신조 혹은 문화적 전통에 의해 정의된 좋은 삶이 아니라, 사람들이 좋은 삶이 무엇인지에 대해 동의하지 못한 상황에서 삶 자체를 보존하는 것에 두었다. 이는 자유주

---

11 아메미야 쇼이치 『점령과 개혁』(일본 근현대사 시리즈 7), 유지아 옮김, 어문학사 2012, 35면.

의적 질서를 정신적 진공상태로 남겨두었다. 이로써 개인들은 그저 자신만의 길을 걷게 되었고, 오직 얇은 의미의 공동체만이 창출되었다. (…) 따라서 자유주의 사회는 종종 물질적 자기만족을 맹목적으로 추구하도록 조장하는데, 이 소비사회에서 사람들은 사회적 지위에 항상 굶주려 있으면서, 어떤 주어진 상황에서 개인이 달성할 수 있는 것에는 결코 만족하지 않는다.[12]

자유주의는 서로 다른 종교적·도덕적 신조를 추앙하는 사람들이 어떻게 극단적인 폭력의 유혹에 이끌림 없이 공존할 수 있는지에 초점을 맞춘다. 그 다양한 방식 중 하나가 종교적·도덕적 신념에의 열정을 물질적 부의 축적을 향한 열정으로 돌려놓는 것이다. 이른바 '자유주의 통치성'은 그와 같은 전향과 몰입을 체제의 지속과 발전을 안정적으로 가능하게 하는 핵심적인 요인으로 설정한다. 하지만 '신도(神道, 신토)'에 귀의함으로써 "진정한 생명"(252면)의 열락을 맛본 소년에게 그와 같은 '자유주의 통치성'에 인도받는 삶은 그저 목숨의 보존을 갈구하는 '동물화된 삶'에 불과하다.

보다 순수한 정치적 실존을 가능하게 하는 이념과 이를 잠재적인 축적 체제의 위협으로 감지하는 자유주의 통치성 사이의 긴장과 적대 구도는 비슷한 시기 한국에서 발표된 윤정규(尹正奎)의 「오욕의 강물」(『창작과비평』 1969년 봄호)에서도 발견된다. 해방/패전 이후 미국 중심의 자유주의 축적 시스템에 편입된 두 나라에서 유사한 긴장과 적대가 드러나고 있다는 점은 우연이 아니다.

「오욕의 강물」의 주인공 이상태(異常泰)는 그 이름에서부터 '이상성'(abnormality)을 노골적으로 드러내고 있는 인물이다. 그는 해방 전 나고야에서 일본인인 줄 알고 살아왔던 조선인 디아스포라 출신이다. 해방 이

---

12 프랜시스 후쿠야마 『자유주의와 그 불만』, 이상원 옮김, 아르테 2023, 170면.

후 부모와 함께 조선으로 귀환하면서 비로소 자신이 조선인임을 깨닫지만 부산에서 부모를 잃어버려 졸지에 고아 신세가 되어 한국전쟁이 터지기 전까지 구걸과 신문팔이를 전전하며 유랑생활을 하게 된다. 당시 그는 "개돼지가 먹던 것이라도 사양하지 않을 심산"으로 거의 짐승과도 같은 삶을 산다(62면). 한편 미군부대에서 물품을 훔쳐 팔던 이상태는 우연히 길거리에서 장 과장의 불심검문에 걸린다. 군으로 끌려가거나 감옥에 갈 위기에 처한 이상태의 약점을 이용해 장 과장은 그를 자신의 정보원으로 삼는다. 이때부터 본격적인 이상태의 '애국운동'이 시작된다. 그가 벌인 활동이란 '민중자결단'을 조직해 '백골단' '땃벌떼' 등과 함께 이승만(李承晚)을 호위하는 관제 데모에 참여하고 '반공철혈사령부'를 조직해 이승만의 삼선개헌을 지지하는 데모를 기획하는 등의 우익청년운동이었다(74면). 어느 시인의 말처럼 "내가 그의 이름을 불러주었을 때 그는 나에게로 와서 꽃이 되었"듯이, 이상태는 국가-장 과장이 그를 "애국청년"으로 불러주었을 때 비로소 눈앞의 생존에 연연하던 '개돼지'에서 벗어나 국가 안에서 삶의 의미를 찾은 '인간'이 되었다.

그러나 그건 지나간 과거의 일일 뿐, 1968년 현재 그는 다시 '개돼지'로 전락할 위험에 처해 있다. 그가 장 과장의 끄나풀로 누렸던 위세가 꺾여버렸기 때문은 아니다. 오히려 사정은 정반대다. 그는 장 과장이 새로 차린 신벌(新閥)건설의 현장 부감독이 되어 "공사현장에서 부리는 인부만 수백명이 넘고 이 수백명을 호령할 수 있는 자리"에 서게 된 것이다(53면). 그럼에도 불구하고 이상태는 새롭게 시작된 자신의 삶에서 극한의 무기력을 느낀다. 과거 반공민주주의의 이념을 위해 투쟁하던 순간에 맛보았던 희열과 진정성이 사라졌기 때문이다. 이상태가 바라보는 1968년의 현실은 "깃발을 흔들고 구호를 외치며, 거리거리에 반공과 멸공의 의기를 씨뿌려줄 사람"은 사라지고 "그저 그런 패들이 한뭉치가 되어 돈벌이에 미쳐" 있는 세상에 불과하다(55~56면). 이렇게 "이전의 정열과 신념과 용기"를 잃어버린 현재의 시간은 이상태로 하여금 그와 그를 둘러싼 풍경을 지극히 '동물적인 것'으로 바라보게끔 만든다.

> 상태는 김 십장에게 술잔을 권하고 귀찮은 듯 웅성웅성 서서 술을 마시는 인부들을 휘휘 둘러봤다.
> 나이가 없는 인간들이었다. 때문에 격(格)이 없었고 동물적이었다. 사랑스러운 구석이라곤 없었다. 그러나 염치없이 웅성거리고 마실 때엔 이상한 생기를 띠고 있었다. 마치 사육하는 동물이 구유통에 매달린 모습을 보듯이 귀엽게 보였다. 그래 빙그레 웃었다.
> (…)
> 그리고 이기적인 오 기사류의 인간과 동물적인 인부들을 떠올리며 세상이 이들 때문에 망하지 않을까 생각했다. 쓴웃음이 나왔다. 분명 이들로 인해서 전진 발전하지 못할 것 같았다.
> (…)
> 상태는 자신이 타락하고 있음을 깨달았다. 정말 타락한 사실을 부인할 수 없었다. 낮은 동물적인 인부들과 어울려 뜻도 없는 시간을 보내고, 해가 기울면 방종한 오 기사와 술을 마시는 것이 고작인 생활은 타락이라 하지 않으면 안 될 것이었다. (95~98면)

알렉상드르 코제브는 맑스-헤겔적인 역사의 종언 이후의 인간의 형상을 미국적 동물과 일본적 속물로 대별한 바 있는데, 그에 의하면 거대서사의 종언 이후의 인간은 "타자와의 대립과 투쟁 속에서 자신의 존재근거를 정립하는 헤겔적인 주체"와는 매우 다른, '탈역사적 동물'의 모습을 띠게 된다.[13] 그렇다면 그 '동물'은 어떤 점에서 '인간'과 차별화되는가? 그

---

13 김홍중 「삶의 동물/속물화와 존재의 참을 수 없는 귀여움」, 『마음의 사회학』, 문학동

것은 즉자적인 욕구만을 지니는지, 아니면 그것을 넘어선 욕망을 지니는지에 있다. 코제브에 따르면 인간은 욕망을 갖지만 동물은 욕구밖에 갖지 않는다.[14] 이상태가 바라보는 저 공사장 인부의 모습처럼, '동물'들은 그저 먹고 마시고 배설하는 생리적인 욕구의 충족과 충만한 삶의 의미를 등가로 교환한다.

이상태가 극단적이고 폭력적인 방식으로 추구하는 반공민주주의는 반공국가 남한의 지배적 가치와 이상이라는 점에서 성찰의 대상이 아니라 의심할 수 없는 선험적인 소여로 제시된다. 이상태는 이러한 소여된 이념을 유연하지 못한 방식으로 추구하는 도덕적 진정성의 주체인데, 여기서 이상태의 진정성과 불화하는 대상이 바로 '돈벌이'와 '자유주의'이다. 도덕적 진정성의 주체로서 이상태가 마주하는 적(敵)은 정치적인 적대의 예봉을 침식하는 경제적인 것의 속화된 활동으로서의 '돈벌이'와 국가권력의 제어와 조절을 개인의 자유를 수호하기 위한 일차적인 조건으로 삼는 '자유주의'이다. 이 작품에서 장 과장이 경제성장을 통한 축적의 논리를 대표한다면 오 기사는 「세븐틴」에서 소년의 아버지가 그렇듯 '자유주의'를 부박하게 체현하고 있는 인물이다.

장 과장은 이상태에게 "애국혼과 투쟁의 용기를 심어준 스승이요 신령님"인 동시에 "반공민주주의의 제일인자라 할 만큼, 반공민주주의에 미쳐 있던 사람"으로, "오직 반공민주주의를 위해서 숨쉬고, 먹고 싸고 연애하고 하면서 사찰과장으로까지 승진을 했던"사람이다(54면). 장 과장의 이력은 해방 전으로 거슬러 올라간다. 해방 전에 일제 순사였던 그는 해방 직후 반공주의자로 변신하면서 자신의 활동을 '애국'의 일관된 흐름 속에 위치시킨 기회주의자다. 이후 사찰과장이 되어 이상태 등의 룸펜들을 동

네 2009, 58면.

14 아즈마 히로키 『동물화하는 포스트모던』, 이은미 옮김, 문학동네 2007, 148면.

원하여 이승만 정권을 호위하기 위한 관제 데모를 기획했고 야당 인사들에게 백색테러를 일삼으며 '비애국자들'을 처단하는 데 그 누구보다 앞장섰던 그는 4·19와 5·16을 거치면서 다시 한번 변신을 시도하게 된다. 정치투쟁의 일선에서 물러나 본격적인 치부에 몰두했던 것이다. 하여 장 과장은 이제 장 사장이 되었지만 영악한 기회주의자답게 그는 이러한 변신조차도 그의 일관된 '애국 인생'의 일부로 편입시킨다. 이렇게 장 사장이 된 장 과장을 바라보는 이상태의 마음은 혼란과 애증으로 가득 차 있다.

그렇던 사람이 한두번의 풍파를 겪고는 분수와 이념에 도시 어울리지 않는 건설회사의 사장이 되어, 신문광고란의 입찰공고나 찾아보고 건설관청 현관이 닳도록 뛰어다닌다는 것은 절대로 정상적인 변모일 수는 없는 일이었다. 기묘한 변태가 아니면 반공민주주의 건설의 체념이요 패배랄 수밖에 없었다. (54면)

이상태의 말처럼 장 과장은 한낱 "천하기 짝이 없는 자본가"(56면)가 되어 애국의 길로부터 이탈한 것일까? 홀로 한국전쟁을, 그것도 진지전이 아닌 기동전을 이어가고 있는 이상태의 눈에는 그렇게 보이겠지만 장 과장으로서는 결코 동의하지 않을 말이다. 그의 '기회주의'는 거스를 수 없는 시대의 도도한 물결 위에 잘 안착해 있는 것이기 때문이다. 시대가 그의 알리바이인 것이다.

"아니, 장 과장님! 이럴 수가 있습니까? 대체 어떻게 된 일입니까? 아무려나 이렇게 뒤죽박죽인 세상을 그래, 보고만 있을 참이오? 아무 작정도 없이?"

억울하여 이렇게 따져들면 장 사장은 이즘 들어 벗어지기 시작한 이마에 주름살을 짓거나, 지난해보다 한관은 더 무거워졌을 복통을 불룩거리며 애써 태연히 말씀하시곤 하였다.

"이봐! 이상태군! 난 장 과장이 아니라 장 사장님인 걸 명심하도록 해주게! 사람들 앞에서, 함부로 날 과장으로 격하시켜선 예의가 아닐 거야. 뿐만 아니라 무식한 자네가 생각하는 것과는 반대로 세상은 평화롭고, 나라는 일익 발전해가고 있으니까 걱정할 필요는 없어. 걱정 말고 일이나 잘해!"(54면)

분단된 나라를 평화로운 것으로, 그리고 나날이 번영하고 있는 것으로 바라보는 장 과장의 현실인식이 눈길을 끈다. 번영이야 객관적인 수치로 파악해낼 수 있다손 치더라도 평화는 그런 종류의 것이 아니기 때문이다. 게다가 이 대화가 진행되던 1968년은 소설에 나오듯이 1·21 무장공비 침투 사건, 푸에블로호 억류 사건, 동백림 사건, 국제전신국 수류탄 투척 사건 등등이 일어나며 그 어느 때보다 긴장감이 높았던 시기이다. 하지만 뒤숭숭한 시국에도 불구하고 장 과장은 세상을 평화롭다고 이야기한다. 따라서 장 과장의 말은 현실에 대한 진단이라기보다는 평화를 정상성의 상태로 요청하는 것으로 보인다. 언제든지 길거리로 뛰쳐나갈 수 있는 흥분된 긴장상태를 필요로 하는 이상태와는 달리, 장 과장에게는 평화야말로 그 무엇보다 긴급하게 요청되는 항목이다. 푸코에 의하면 자유주의 통치성은 사법적이거나 규율적인 메커니즘과는 다른 안전 메커니즘을 동원한다.[15] 안전 메커니즘은 내치와는 다르게 "인구의 운동이 가진 필연적으로 불투명하고 자율적인 성격을 인정한다."[16] 이 불투명과 자율적인 성격은 국가를 전지전능한 힘을 가진 주권자로 인식하는 것과 정반대되는 것으로 자유주의적인 통치성의 핵심을 이룬다. 이상태식의 낡은 반공민주

15 콜린 고든 「통치합리성에 대한 소개」, 『푸코 효과』, 심성보 외 옮김, 난장 2014, 43면.
16 같은 글 42~43면.

주의는 사법적인 허가-금지의 논리에 기반하고 있는데, 이러한 사법적 모델에서는 폭력이 극단적으로 가시화되기 쉽다. 혹은 거꾸로 폭력이 쉽게 가시화되는 곳에서 사법적 모델은 그 힘을 발휘한다. 하지만 앞서 언급했듯 자유주의 통치성의 안전 메커니즘은 '안전으로서의 자유'를 보장하는 것을 그 특징으로 한다.[17] 이때의 자유는 적극적인 의미에서의 자유라기보다는 시장에서 자유로운 영리활동에 종사할 수 있도록 보장해주는 어떤 안전한 상태를 의미한다. 평화와 안전이 자유주의 통치성의 필수불가결한 요소인 것은 바로 그 때문이다. 거꾸로 평화와 안전이 외부로부터 위협받을 때, 자유주의 통치성은 그 원활한 작동을 방해받는다. 따라서 장 과장이 이야기하는 '평화'는 자유로운 영리활동을 안전하게 추구하기 위해 요구되는 정상적인 상태이다.

> "녹용이 여기에선 나지 않지만 홍콩에만 가면 얼마든지 살 수 있으니 사오도록 해야 되지. 쌀을 수출해서 녹용을 수입한다면 국력부강은 물론 돈도 벌릴 거야. 지금 연구 중이지만, 알겠나? 이군! 한몫 톡톡히 잡을 셈이지."(81면)

장 과장은 이상태와는 다르게 '중농주의적' 사고에 입각한 인물이다. 장 과장에게 돈벌이와 국력부강은 서로 배치되는 것으로 상정되지 않는다. 자유로운 교역이 국가의 부강함과 어떻게 연결이 되는지 알고 있는 것이다. 국력을 부강하게 하는 것은 길거리에서 멸공의 횃불을 높이 드는 것으로 가능한 것이 아니라 자유롭고 평화로운 시장 거래를 통해 달성된다는 것은 자유주의 통치성의 핵심적 교의이기도 하다. 이와 같은 장 과장의 말 속에서 국가의 부강은 엄연한 이상적 목표로 제시되지만 그 어디

---

17 같은 글 42면.

서도 이를 달성하기 위한 국가의 행위는 가시화되지 않는다. 다만 보이는 것은 국가를 대신해서 움직이는 분산되고 자유로운 개인이다. 콜린 고든(Colin Gordon)의 말처럼 자유방임은 행동하지 않는 방식일 뿐만 아니라 행동하는 방식이기에[18] 이상태의 눈에는 장 과장이 국가의 부강을 위해서 아무것도 행동하지 않는 사람으로 보이지만 실은 장 과장이야말로 경제적 자유주의의 논리에 의해 가장 적극적으로 행동하고 있는 사람이라고 할 수 있다. 오히려 행동하고 있지 않은 것은 이상태. 그의 '이상성'(abnormality)은 이러한 전도를 통해 다시 한번 드러난다.

> "말하자면 이런 거야. 제일선에 나가 투쟁하는 것은 젊은이에게 넘겨주고, 우린 제이선에 서서 한층 실속 있는 애국을 해야 하는 거야. 즉 내가 돈을 벌면 이 나라가 부강해지는 거고, 그러니 자립경제의 달성이 목표인 이 나라에 대한 최상의 애국이 되는 거란 말여. 알겠나? 아뭇소리 말고 일이나 해. 그게 돈을 버는 것이니까. 그게 새 시대의 새로운 애국이야. 간첩이니 공비니 하는 건 순경이나 군인들에게 맡겨둬. 그래야 그들도 공을 세우고 영광을 누릴 게 아녀? 알겠나?" (82면)

5·16쿠데타 직후 군사혁명위원회는 "반공을 국시(國是)의 제일의(第一義)로 삼고 지금까지 형식적이고 구호에만 그친 반공체제를 재정비 강화한다"는 항목을 군사혁명 공약의 최우선에 배치한 바 있다. 그렇지만 이는 과거 남로당 전력이 있었던 박정희에 대한 미국의 의심을 잠재우기 위한 수사적인 배려 차원이 더욱 강했다. 오히려 이후 박정희 정권의 전개는 "민족적 숙원인 국토통일을 위하여 공산주의와 대결할 수 있는 실력 배양에 전력을 집중한다"는 5항의 실현 과정이었다. "공산주의와 대결할

---

18 같은 글 38면.

수 있는 실력"이 '경제적 실력', 즉 경제력이었음은 주지의 사실이다. 이후 박정희 정권이 민족주의적 구호를 앞세워 경제성장에 진력하게 되는데, 이러한 상황은 이상태에게는 국가가 "돈의 노예"가 된 것으로 보이게끔 만들었지만 장 과장에게는 애국의 실천적 방법이 변화되어야 함을 깨닫게 만들었다.

5·16쿠데타 직후 국가재건최고회의 의장 자문위원으로서 제1차 경제개발5개년 계획의 수립 작업을 진두지휘했던 박희범(朴喜範)은 한국의 국시가 반공이라는 것을 전제로 하면서도 정책의 결정에서는 냉전 이데올로기보다 국익을 우선해야 한다고 주장했다. 이러한 인식에는 '반공'이라는 관념적 이념과 '국익'이라는 구체적 실익의 대비가 전제되어 있다. 이러한 대비에서 생기는 간극이야말로 어쩌면 이승만 정권에서는 발생하지 않았던 박정희 정권만의 독특한 특징이라고 할 수 있을 것이다. 그렇다면 박정희 정권의 '경제성장 지상주의'를 기존의 반공 담론의 내면화 차원에서 이해하는 것은 일면적이다. 오히려 '경제성장 지상주의'가 기존의 반공 담론을 균열시키고 새로운 차원에서 반공 담론을 주조해냈음에 주목하는 것이 더욱 중요하다. 이러한 '경제성장 지상주의' 담론은 그 담론에 적극적으로 호응하는 새로운 주체성의 형식을 만들어냈으며 기존의 반공 담론의 장치에 포획되어 있던 주체에게는 분열을 일으키는 요인으로 작용했다. 장 과장이라는 인물이 보여주는 시장 자유주의적 면모가 대표적이거니와 이상태의 '이상성'은 이러한 분열의 결과이다. 이렇게 자유주의 통치성의 문제 설정을 따라 애국은 그 내적 논리를 조정하게 된다. 이에 따르면 과거에 애국이었던 것이 이제는 해국(害國)이 되는 것이다.

'보이지 않는 손'에 의거한 개인의 상업적 자유를 국가의 부강과 연결시키는 장 과장이 경제적 자유주의의 통치 논리를 대변한다면 오 기사는 정치적 자유주의의 교리를 대변하는 인물이다. "자유주의자로 자칭하는 놈"(59면) 답게 오 기사는 이상태와 사사건건 대립한다.

"우선 자유를 신장하도록 해야지요."

"자유를?"

"그러기 위해서 우선 권력기관을 축소시켜야 되겠죠. 도대체 권력기관이 너무 많아요. 만능기관도 있으니까 안 될 일이죠. 초민주주의적인 기관이 있는 한 자유가 위축될 건 불문가지란 말입니다. 국가기관의 권력은 강하지 않을수록 좋은 나라란 말입니다. 내 같으면 무엇보다 먼저 법 만능, 초법 만능, 탈법 만능의 권력주의를 싹 씻어내겠습니다. 다음은……"

"가만……"

상태는 오 기사의 말을 가로챘다. 그리고 두어번 밭은 침을 삼키고 호령하듯 소리쳤다.

"아니, 그게 무신 말이오? 국가를 강하지 않게 한다니?"

오 기사의 얼굴이 굳어졌다. 오 기사는 어려운 말을 이해하지 못하는 사람을 느낀 듯 당황한 표정을 했다.

(…)

"그래 나라를 강하게, 미국보다 강하게 만든다고 해도 무엇한데 국가를 안 강하게 한다니, 그게 무슨 망발이요. 그게 망발이 아니고 뭐요? 응?"

오 기사는 손가락 새에서 타들어가던 담배를 껐다. 그리고 대답했다.

"난 국가를 말한 게 아니라 국가권력이라고 말씀드렸습니다. 국가권력……"

"국가나 국가권력이나 마찬가지 아니오? 그게 다르오?"

(…)

"이 선생과 나완 시각이 다릅니다. 근본적인 가치관도 다르고요. 그러니 얘기가 안 되는 거죠. 나는 타락하지 않았습니다. 나의 인생을 자유롭게 향락하려는 것뿐입니다. 후진국일수록 전진이니 공업화니 자립경제니 하는 구호로 이 자유의 문제를 외면하고 있습니다. 제가 하고자 하는 말은 국민의 권리의무와 국가의 국력 책임이 평형을 이뤄야 한다는 것입니다. 우리의 이상은 반공방첩에 있는 것이 아니라 인간의 존중과 기회의 균등, 인생을 향락할 자유에 있는 것입니다. 자유에 도달하기 위해 반공방첩을 하는 것입니다. 그런데 지금은 자유는 어디로 가버리고 반공방첩이 목표가, 이상이 되어버리지 않았어요? 난 단지 이 변질된 정신을 개혁해야 한다는 것입니다." (87~88면)

이상태는 장 과장의 자유주의적 경제관('개인의 치부가 나라의 부강이 된다')을 이해하지 못하듯 오 기사의 자유주의적 정치관도 이해하지 못한다. 그래서 그 어느 나라보다 부강한 나라를 염원하는 이상태의 이상(理想)은 국가와 국가권력을 구별하지 못하는 이상한 무지를 노출하고야 만다. 하지만 이상한 것은 오 기사도 매한가지다. 장 과장이 어딘가 시대의 흐름 위에 매끄럽게 올라타 있는 인상을 주는 반면 오 기사의 정치적 자유주의는 부박한 이질감을 선사한다. 오 기사는 입으로는 자유를 뇌까리지만 실상 그 자유는 자기 멋대로 살고 싶다는 수준을 넘어서지 못한다. 「세븐틴」에서 소년의 아버지가 내세우는 자유주의가 타자를 자신의 삶의 지평에서 몰아냄으로써 자아를 겨우 보존하려는 차가운 욕망을 덧칠하는 용어인 것처럼 오 기사의 자유주의 역시 이념적 열도가 제거된 허황된 장식에 불과하다.

"기분 나쁘다 뿐입니까? 솔직히 말해서 애국이고 나발이고가 있습니까? 이 선생이나 저나 괜한 소리, 하 심심하니까 헛소리나 하는 거지요. 뭐니뭐니 해두 제일 좋은 건 먹는 거지 달리 있습니까? 마구 먹어치는 거지요. 닥치는 대로…… 나라가 어떻게 되든 말든 우리가 알 게 뭡니까? 부자들과 정치가들이 알아서 할 일이지 제에길!"
상태는 어이가 없어 오 기사를 멀거니 바라보기만 하였다. 그리고 자유니 국가니 하고 씨부렁대던 입술이 마알간 거짓임을 속으로 셈하며 아예 상대할 놈이 아니라고 작정했다.

"허! 오 기사도 허황한 사람이로군. 다시 봐야겠어."

상태는 상대가 너무나 속 빈 사람임을 의식하며 실망에 겨워 느릿느릿 사무실을 나왔다. (94면)

종내 이상태와의 시국담을 모두 헛소리라고 치부하고 일견 위악적인 어조로 그저 먹는 문제가 제일 중요하다고 말하는 오 기사는 이로써 다시 '동물'의 위치로 전락하고 만다. 흥미로운 것은 오 기사가 그렇게 속내를 드러내는 순간 둘 사이에 팽팽하게 존재하던 어떤 긴장이 일순간에 푹 꺼져버린다는 데 있다. 오 기사가 정치적 자유주의자를 자처할 때, 이상태는 오 기사에게 분노했을지언정 실망하지는 않았다. 정치적인 이념을 사이에 두고 대립하는 동안 오 기사는 이상태의 정치적인 '적'일 수 있었지만, 그 정치적인 대립을 허물어뜨리고 '먹는 것'이 제일 중요하다며 넌덜머리를 내는 순간, 오 기사는 이상태의 정치적 대립자로서의 위상을 잃고 만다.

6. '새로운 성장소설'[19]

장정일은 『구월의 이틀』의 '작가 후기'에 이렇게 썼다. "내가 이 소설을 쓰면서 의식했던 것 가운데 하나는 '우익청년 탄생기(성장기)'를 써보겠다는 것이었다. 그런 생각을 하게 된 것은 서구 유럽의 소설을 읽으면서 느꼈던 서구 우파에 대한 막연한 부러움이 구체화되면서부터였다." (334면) 그가 읽었던 서구 유럽 소설의 목록이 소개되어 있지 않아 독자로

---

19 이 소제목은 장정일의 『구월의 이틀』 제10장의 제목에서 가져왔다.

서는 그가 느꼈던 막연한 부러움의 정체를 짐작하기 어렵지만 이후의 서술로 미루어볼 때 거기에는 보편적 근대의 정상적 경로를 밟아왔다고 가정된 유럽의 이념적 지형에 대한 '후진국적 선망'이 내재해 있는 것 같다. 장정일은 서구 유럽에는 "건전한 상식과 나름의 철학을 토대로 한 우파가 득세"했지만 한국의 경우에는 "정당성도 갖추지 못했을뿐더러 부도덕한 우파가 득세"했기에 "'우익청년 일대기'"같은 것이 나올 수 없었다고 말한다.

'품격 있는 보수'에 대한 선망은 익숙하다. 식민과 분단, 뒤이은 반공 전체주의 체제에서 소멸된 것은 좌익만이 아니었기 때문이다. '품격 있는 보수'는 공동체가 함께 수호하고 전승해야 할 가치에 대한 보편적인 합의가 존재할 수 있을 때 가능하지만 한국의 경우 '반만년' 운운하는 역사가 무색하게 공동체가 공유하는 유무형의 가치에 대한 존숭(尊崇)이 희박하다. 건국절 논란에서 보이듯 보수를 자처하는 '대한민국 세력'은 자신들의 기원을 좀처럼 1948년 이전으로 소급시키려 하지 않는다. 그러나 그들은 '대한민국'의 역사가 전쟁을 예비한 극심한 갈등과 학살, 그리고 전쟁 이후 온 나라를 병영으로 만들어 운영했던 폭력의 역사이기도 하다는 사실을 자주 망각한다. 그런 풍토에서 '우익청년'은 앞서 살펴본 「오욕의 강물」의 이상태처럼 우스꽝스럽게 일그러진 병리적 인물로 표상될 뿐 시간의 내력을 충분히 견디어 거기에 앞날을 정박시키려는 '품격 있는 보수'에의 의욕을 보여주지 못한다.

장정일이 '우익청년 일대기'를 시도했다는 건 이상태와 같은 우익청년과는 구별되는, 새로운 우익청년의 형상화를 도모해볼 수 있을 만큼 세상이 바뀌었음을 의미한다. 실제로 2000년대 들어 '뉴라이트 운동'이 활발하게 벌어지면서 일군의 젊은 청년들이 스스로를 보수우익으로 정체화하기 시작했다. 그렇지만 이 작품이 '뉴라이트'를 새로운 보수 운동의 총아로 승인하는 데 그 목적이 있지는 않다. 장정일의 시선은 당면한 '뉴라이트'라는 현실이 아니라 그 현실을 지양하는 과정을 통해 새롭게 구성될 '우익의 미래'를 향하고 있기 때문이다. 장정일에 따르면 새로운 우익을 표방하고 나선 뉴라이트 역시 "좌파에 대한 피해의식과 원한으로 가득" 차 있다는 점에서 "일제와 독재에 부역한 원죄가 있"는 올드라이트와 별다를 바 없다(335~36면). 장정일이 기대를 거는 인물은 이 소설의 두 주인공 중 하나인 '은'이다. 장정일은 '은'에게 "다른 인물에게는 없는 자기개발의 특성과 사태를 객관적으로 바라보려는 반성 능력"을 부여했다고 설명하며 비록 이 작품에서 그는 올드라이트와 뉴라이트의 영향 아래 있지만 "그들과의 사상투쟁을 통해 자긍심에 찬, 젊고 순수한 우익으로 단련되어갈 것"이라는 희망을 내비친다(336면). 그로부터 20년이 지난 지금, 장정일이 기대했던 "젊고 순수한 우익"은 과연 출현했는가?

이 작품의 주인공 '금'과 '은'은 2003년에 대학교에 입학한 새내기이다. '금'은 광주 출신으로 지역에서 사회운동에 헌신하다가 노무현(盧武鉉) 대통령 취임과 동시에 청와대 비서실에서 근무하게 되는 아버지를 따라 고향을 떠나 서울로 올라오게 된다. 부산 출신인 '은' 역시 서울로 대학을 진학하면서 가족과 함께 고향을 떠나게 된다. 사회과학대학에 입학한 '금'과 사범대학교 국어교육학과에 입학한 '은'은 서로 전공은 달랐지만 교양 필수과목인 '현대문학의 이해'를 함께 수강하면서 교분을 쌓는다. 작품의 서사는 각각 '금'과 '은'의 행로를 번갈아가며 좇지만 무게는 '은'에게 더 기울어 있다. 이 소설은 문학과 예술로 대표되는 미적 가치를 추구했던 '은'이라는 소년이 그 세계를 위악적으로 부정하고 냉혹한 힘의 원리를 숭배하는 우익으로 거듭나는 이야기라고 할 수 있다.

앞서 말한 장정일의 '작가 후기'에 등장하는 "서구 유럽의 소설" 리스트에 토마스 만(Thomas Mann)이 쓴 「토니오 크뢰거」가 들어 있을까? 그럴 확률이 매우 높을 거라 추측할 수밖에 없는데 『구월의 이틀』이 품고 있는 다양한 모티프들이 「토니오 크뢰거」의 그것과 많은 유사성을 보여주기 때문이다. 토니오 크뢰거가 한스 한젠에게 품은 동성애적 감정은 '은'이 '금'에게 품은 동성애적 감정과 유사하거니와 '문학소년'인 토니오 크뢰거와 '은'이 공통적으로 지니고 있는 문학과 예술에 대한 양가감정이 핵심이다. 열네살의 토니오 크뢰거는 "승마를 하고 체조를 하며 수영을 하는 씩씩한 장부"(『토니오 크뢰거·트리스탄·베니스에서의 죽음』, 안삼환 외 옮김, 민음사 1998, 14면)인 동창생 한스 한젠을 사랑하지만 내향적인 성격의 그는 한스와 흔쾌히 어울리지 못한다. 문제는 단지 그의 성격이 내향적이라는 데 있지 않다. 토니오 크뢰거는 스스로를 "선량한 학생들과 건전한 평범성을 갖춘 학생들"(13면)과는 다른 '별종'으로 여기는데 그 결정적인 이유는 그가 남들과 다르게 시를 쓰고 있기 때문이다. 시를 쓰는 일은 일반적인 남성 동성사회성을 구성하는 목록에 들어 있지 않은 것이어서 토니오 크뢰거 역시 "시를 쓴다는 것이 방종한 짓이며 원래 온당치 않은 짓이라는 것"(12면)을 잘 알고 있다. 시를 사랑하는 자기 자신에 대한 경멸감은 이후 잉에보르크 홀름을 사랑하게 된 후에도 지속된다. 한스에 대한 사랑은 잉에 홀름에 대한 사랑으로 옮아갔지만 토니오 크뢰거는 그녀가 "시 나부랭이를 쓰고 있다는 사실 때문에 틀림없이" 자신을 "경멸하고 있었을 것"이라고 단정 짓고 상심한다(28면).

시를 쓰는 자기 자신에 대한 경멸감은 『구월의 이틀』의 주인공 '은'에게도 나타난다. 오에의 「세븐틴」에서 소년이 부정의 대상으로 삼았던 것이 설익은 좌익 이념이었다면 『구월의 이틀』에서 그것은 "미"와 "시"이다(44면). 중요한 것은 그 둘이 표면적으로 내세운 부정의 대상이 아니라 그 부정을 추동하는 심리적 기제이다. 「세븐틴」의 소년이 설익은 좌익이념이라는 관념과 자위행위에 몰두하는 초라한 자아라는 실체 사이에서 발원하는 수치심과 모멸감을 이기지 못하고 천황이라는 상징에 자아를 내던졌다면, 『구월의 이틀』의 '은'은 '사람을 철없고 한심스럽게 만드는 문학'과 결별하고 현실을 지배하는 객관적인 '힘'에 투신함으로써 '성장'을 도모한다. "부산 시내의 고등학교 문예반 연합 동아리 전체에서 가장 시를 잘 쓰는 학생"(192면)이었던 '은'은 아버지의 사업이 부도를 맞고 자신이 아껴가며 읽었던 세계문학전집까지 차압당해 빼앗기게 되면서 "그걸로는 나를 지킬 수도 없고, 세상을 만들 수도 없다는 생각"(97면)에 닿게 된다. 그 생각은 점점 커져서 종내 "'내가 이렇게 한심스럽고 현실에 어두운 까닭은, 다 시집을 끼고 살기 때문이야. 조금만 생각해보면 다 아는 것을 나만 모르는 것은 그래서야. 그러니 사람을 철없고 한심스럽게 만드는 이런 문학과는 어서 결별하는 게 좋아. 그런데…… 내게 그것이 가능할까? 내가 시 쓰기를 그만둘 수 있을까?'"(151면)와 같은 실존적인 고민으로 발전한다.

이 고민은 정확히 토니오 크뢰거를 사로잡고 있었던 것과 동일하지만 '은'은 토니오 크뢰거와 정반대의 방향으로 나아간다. 토니오 크뢰거는 "진부한 것에 대해서는 예민하게 반응하고 분별과 취향의 문제에 있어서는 지극히 민감"하게 반응할 줄 아는 날카롭고 섬세한 예술가적 재능을 발판 삼아 등단에 성공하여 "탁월한 것을 지칭하는 대명사"로 우뚝 선다(38면). 시인이 된 그의 경멸은 이제 나약하게 시 따위에 마음을 빼앗기는 스스로가 아니라 예술가적 삶을 외투처럼 걸치는 딜레탕트들을 향한다. 이 작품에서 토마스 만은 자신의 유년 시절을 모델로 한 토니오 크뢰거의 입을 빌려 평범한 세인들과는 다른 예술가의 독특한 존재론을 설파한다. 그는 연인인 리자베타에게 늘어놓는 일장연설을 통해 "우리 예술가들 자신은 그 무엇인가 인간 외적인 것, 비인간적인 것이 되지 않으면 안 되며, 우리들 자신은 인간적인 것과 이상하게도 동떨어지고 무관한 관계에 빠지지 않으면 안 된다"(45면)고 주장한다. 어린 시절 자신을 유난한 '별종'으로 느끼게 했던, 평범하고 선량한 사람들 사이에서 함께 어울리지 못하게끔 만들었던 성격적 결함은 예술가로서 마땅히 지녀야 할 "반어, 불신, 반항"의 징표로 여겨진다.

이 대목만 떼어놓고 본다면 「토니오 크뢰거」는 미와 예술의 세계를 사랑한다는 이유로 소외받다가 예술을 통해 명성을 획득하게 된 예술가가 자신을 소외시킨 범속한 세계를 향해 원한을 발산하는 이야기처럼 보일지도 모른다. 하지만 「토니오 크뢰거」는 단지 일반 시민과는 다른 예술가의 미적 존재성을 독단적으로 내세우는 작품이 아니다. 작품의 말미에 이르러 토니오 크뢰거는 스스로를 "예술의 세계 속으로 길을 잃은 시민"(106면)이라 지칭하면서 그 자신의 내부에 "인간적인 것, 생동하는 것, 일상적인 것에 대한 나의 이러한 시민적 사랑"(107면)이 자리 잡고 있음을 고백하기 때문이다. 그는 자신이 시민과 예술가라는 서로 다른 세계의 경계에 놓여 있음을 인정하면서도 "마성적인 미의 오솔길 위에서 모험을 일삼으면서 '인간'을 경멸하는 오만하고 냉철한 자들"(같은 면)을 비판하면서 "나의 시민성이 '삶'에 대한 나의 사랑과 완전히 동일하다"(106면)는 사실을 기꺼이 수긍한다.

하지만 '은'에게는 토니오 크뢰거가 지녔던 분열된 세계 속에서 스스로를 통합하게 해주는 근본적인 요소인 '시민적 사랑'의 감정이 존재하지 않는다. 어쩌면 '은'이 문학의 세계를 위악적으로 부정하고 힘의 논리에 투신하게 되는 이유가 이와 같은 '시민적 사랑'의 부재에 있는지도 모른다. 예술가적 유미주의와 범속한 세속주의 사이를 방황하면서도 끝내 이 둘을 '시민적 사랑'으로 통합하려는 토니오 크뢰거와 달리 "문학이 현실에서 패배한 자들의 넋두리에 불과하다"(243면)고 생각하는 '은'은 시의 세계에 침을 뱉고 돌아선 뒤 우익 학생운동에 뛰어든다. 한때 탐미주의자에 가까웠던 '은'이 과격한 우익 학생으로 변모한 이유는 복합적이다. '은'은 중학교 때부터 "병적일 정도의 신체적 열등감"(164면)에 시달렸으며 시의 세계는 그런 열등감을 자족적으로 보상하는 상상의 도피처였다. 하지만 그 도피처가 실제 현실에서 아무런 힘을 발휘할 수 없음을 깨닫게 되자 '은'은 현실을 움직이는 실질적인 힘과 의지에 매혹된다.

거기에는 보수 논객으로 활발하게 활동하는 그의 작은아버지의 영향이 크게 작용했다. '은'의 작은아버지는 '대한민국 재건국 운동'을 앞장서서 펼치면서 "한국의 자유민주주의를 걱정하는 전국대학생연합회 '자유의 나무'"를 물밑에서 이끄는 인물이다. '은'은 "한줌의 좌파들보다 침묵하는 다수가 실은 더 많았는데도, 자유민주주의 진영은 한줌도 못 되는 좌파 책동가들에게 농락당했"으며 "이제 우익청년 대학생도 조직해야" 한다는 작은아버지의 연설에 감동하여 '자유의 나무'에 가입하기로 마음먹는다. 흥미롭게도 그 순간 '은'은 「세븐틴」의 소년이 느꼈던 것 같은 폭력의 에피파니(epiphany)에 휩싸인다("박정희를 빨갱이라고 부르대는 철부지들을 박멸해야 한다! 바퀴벌레 잡듯 잡아야 한다! 놈들의 창자를 꺼내야 한다!", 205면). 발산하는 폭력의 에피파니는 '은'이 자신에게 비어 있는 시민적 우애와 사랑의 자리를 「세븐틴」의 소년을 따라 '빨갱이'에 대한 증오와 적개심으로 채우게 됨을 적나라하게 드러낸다.

7. '패자의 언어'에 어떻게 접근할 것인가

진보적이고 양심적인 좌익을 꿈꾸었던 「세븐틴」의 소년과 시인이 되기를 소원했던 『구월의 이틀』의 '은'은 심정적으로 '자기모멸'과 무력감에 시달렸다는 공통점이 있다. 「세븐틴」의 소년은 자유의지를 포기함으로써, 즉 자신이 느끼는 무력감을 극단까지 몰아붙여 일종의 사물과 같은 수동성에 도달함으로써 역설적으로 그 무력감으로부터 벗어난다. '은'은 자신이 현실에서 무력한 이유를 시에 탐닉하는 유약한 정신 탓으로 돌려버리고 자신의 성정체성('은'은 동성애자이다)과 문학에 대한 사랑을 모두 위악적으로 부정한 채 자신이 힘으로 세계를 길들일 수 있기를 욕망한다. '자기모멸'의 심정과 세계를 지배하는 단일한 원천으로서의 힘에 경사되는 마음의 구조는 '우익 성장소설'을 구성하는 중요한 모티프라고 말해도 좋을 것이다.

그렇지만 이 두 청년 사이에는 건널 수 없는 차이도 존재한다. 「세븐틴」의 소년에게는 귀의할 수 있는 정치적 통합의 상징으로서의 '천황'이 존재하는 반면, 한국인인 '은'에게는 그와 같은 것이 없다. 그래서 '은'은 스스로를 "고속도로 위에 내던져진 고아"(330면)로 여긴다. 이 차이는 한국 우익 이념의 형성과 전개에 상당한 영향을 미쳐온 것 같다. 신성한 통합의 거점이 존재하는 사회에서의 '우익됨'과 그런 것이 없이 모든 것이 세속적인 힘의 논리에 좌우되는 사회에서의 '우익됨'은 차이를 지닐 수밖에 없기 때문이다. 『구월의 이틀』에는 '은'의 고등학교 시절 국사 선생님이 일본 여행을 다녀온 뒤 한국의 씨름과 일본의 스모 경기를 비교하며 한국의 씨름은 "세속적이고 상업적이며 볼거리 위주의 오락성이 지배"하는 데 반해 일본의 "스모 경기는 종교의례처럼 엄숙"하다고 말하는 대목이 등장한다(73면). 국사 선생님의 말을 듣고 '은'은 갑자기 한국의 대통령 취임식을 떠올리며 다음과 같은 생각에 잠긴다. "대통령 취임식이 신성한 의례와 초인적인 주재자의 축복 없이 진행된다는 것은 두루 불행한 일이다. 꼭 대통령 취임식만 아니라, 어떤 국가적인 의례에서건 국교가 없는 나라는 세속을 피할 수 없다. 그러니 어서 국민투표를 해서 국교부터 정해야 하는 게 아닐까?"(74면)

"세속을 피할 수 없"는 사회에서는 가치와 이념을 둘러싼 다툼이 극단화되기 쉽다. 세속의 다툼을 초월적으로 심판할 준거가 존재하지 않기에 당장 동원할 수 있는 자원과 힘의 차이에 따라 결과가 달라지기도 한다. '은'의 인식에 따르면 한국은 일본과 달리 세속적 이해관계를 뛰어넘어 공동체를 결속시켜줄 여하한 초월적 상징을 갖지 못한 나라다. 이런 나라에서 '보수'이자 '우익'의 정체성을 수호하며 산다는 것은 두가지 양태를 띠게 된다. 절단된 국토의 절반을 지배해온 정치지도자를 페티시즘적으로 숭배하거나 비합리적인 대중과 구별되는 이성적인 존재로서의 자기 자신을 '작은 신'으로 모시며 살아가거나. 전자는 현실을 지배하는 힘이 곧 옳은 것이라는 현실주의적 인식으로, 후자는 진보와 좌익을 설익은 '감성팔이'로 치부하며 자신들은 그런 선동에 넘어가지 않고 '팩트'만을 신봉한다는 물신주의적 태도로 나타난다. 이 두 양태는 서로 결합되어 나타나기도 하지만 오늘날 보다 지배적인 정동은 후자에 입각한 태도이다.

『구월의 이틀』이 배경으로 삼은 2003년 이후 한국사회의 정치사회적 지형은 어떻게 변화했을까? 이 작품은 노무현 정권 이후 본격적으로 등장한 '뉴라이트 운동'을 새로운 보수우익 정치세력화의 출발로 삼고 있다. 이 운동은 이후 이명박(李明博), 박근혜 정권의 창출에 기여하며 세를 불려나갔지만 박근혜 대통령 탄핵을 계기로 그 기세가 한풀 꺾였다. 흥미로운 것은 그 과정에서 장정일이 기대했던 "자긍심에 찬, 젊고 순수한 우익" 비슷한 것도 등장하지 않았다는 점이다. 이는 장정일이 젊고 순수한 우익의 요건으로 삼았던 '냉철한 사상투쟁' 같은 것이 존재하지 않아서가 아니라, 그 '사상투쟁'의 내용이 더는 기존의 정치문법으로 환원되지 않기 때문이다. 20여년 전보다 훨씬 탈정치화된 오늘의 정치사회적 지형에서 '우익'과 '보수'가 포괄하는 의미망은 확연하게 달라졌다. 가령 지난 대선에서 윤석열(尹錫悅)을 지지했던 20대 남성들의 수는 60대 다음으로 가장 많았다. 하지만 이 결과가 20대 남성들이 보수우익적 정치이념을 표출했다는 주장과 합치하지는 않는다. 여러 조사결과가 보여주듯 20대 남성들의 정념과 행태는 진보와 보수를 분할하는 기존의 정치적 잣대를 교란하는 측면이 있다. 이들은 이승만과 박정희에 대한 역사적 평가에 연연해서가 아니라 권위적 배분의 기준으로서의 공정에 관심을 기울인다는 점에서 정치적이다.

장정일은 '우익청년 일대기'를 쓰겠다고 했지만 『구월의 이틀』은 '일대기'라기보다는 '입문기'에 가깝다. 하지만 오늘날 정치사회적 지형은 이 작품이 다루는 진보와 보수의 구획으로 환원되지 않으며 개인들이 정체성을 형성하는 과정 또한 대면적 결사보다 인터넷 공간을 기반으로 한 비대면적 상호작용에 더욱 크게 빚지고 있다. 「세븐틴」의 소년이 투신했던 우익 조직이나 『구월의 이틀』의 '은'이 몸담았던 '자유의 나무' 같은 단체는 이제 '우익청년'을 조직하거나 그들의 맞춤한 활동무대로 기능하기 어려운 이유다. 개인들은 예전보다 훨씬 파편적이고 고립된 상태로 존재하면서 인터넷 공간을 통해 정치적 정념을 발산한다. 하지만 그 정념은 과거 우익 보수주의자들이 지녔던, '은'의 생각인 "강한 것은 선하고, 강한 것은 아름답다"(243면)라는 우승열패적 힘의 논리와 조금 다르다. 오늘날에는 우익 보수주의자들조차 '강한 것은 폭력적이고, 폭력적인 것은 나쁘며, 나는 그와 같은 폭력의 희생자이다'라는 신조에 젖어 있는 듯 보인다. 프랜시스 후쿠야마는 이와 같은 "우파의 피해망상증"[20]은 과거에는 정치적 스펙트럼의 주변부로 밀려났지만 오늘날에는 보수 우익들이 그와 같은 '희생자 의식'을 표나게 내세운다. 이는 기존 '우익 헤게모니'가 해체되어 예전만큼의 강고함을 지니지 못하고 있음을 보여주는 동시에 오늘날 헤게모니 다툼의 전선이 누가 '선량한 피해자'의 지위를 획득하는지에 그어져 있음을 방증한다.

처음의 질문으로 돌아가보자. 나는 이 글을 시작하면서 우익 성장소설을 과대망상자의 시대착오적 모험담이 아니라 근대 세계를 지배해온 보편이념으로서의 자유주의의 임계를 드러내는 서사 양식으로 독해할 수 있는 가능성을 타진해보고자 한다고 밝힌 바 있다. 이제까지 살펴본 오에 겐자부로와 장정일의 소설은 공통적으로 현대 자유주의가 불러일으키는 모종의 불만을 겨냥한다. 「세븐틴」에서 미국식 자유주의는 "더 넓은 국가적 목적 없이 단지 평화롭게 다양성을 조율하는 메커니즘"[21]으로, 지극히

---

20 프랜시스 후쿠야마, 앞의 책 161면.
21 같은 책 198면.

형식적이고 외면적인 시스템으로 간주된다. 자기 삶에 개입해 실천적 지침과 고양된 목표를 부여하는 형이상학적 힘의 존재를 갈구하는 소년은 무기력한 자유주의에 실망하고 그와 같은 지침과 목표를 제시해주는 것처럼 보이는 우익 선동가의 외침에 투항한다.『구월의 이틀』의 '은'은 자유주의 전통의 핵심 원칙인 '평등'을 위악적으로 비난한다. 자유주의는 "모든 인간들에게 동일한 도덕적 지위를 부여하면서 그들 간의 도덕적 가치 차이를 법적 혹은 정치적 질서와 연관짓"[22]기를 거부하지만 '은'은 "함께 진화하며 성장하고 함께 적자생존의 단맛을 나누지 못할 낙오자들은 대한민국을 위해서나 인류 문명을 위해서나 빨리 사라져야 한다"며 분개한다(244면).

이와 같은 자유주의 보편이념에 대한 불만을 단지 시대착오적인 것으로 치부하기 어려운 것은 오늘날 그 불만이 더욱 극단화되어 표출되고 있기 때문이다. 물론 여기에는 "정치가 지향하는 목표를 낮추고자 시도"하면서 "정치는 종교에 의해서 정의된 좋은 삶을 위한 수단이 아니라 삶 그 자체의 보전, 즉 평화와 안전을 보장하기 위한 방식"[23]으로 스스로를 제한한 자유주의의 내재적인 한계에서 비롯된 측면이 있다. 요컨대 '좋은 삶이 무엇인가'에 대한 보편적인 합의가 공백으로 남아 있는 사회는 그 공백을 기만적으로 채우려는 극단적 행동주의에의 매혹을 불씨처럼 안고 있을 수밖에 없는 것이다.

더불어 오늘날 악화되는 계급적 격차 역시 다양한 '우익 성장담'이 자라날 토대가 된다는 점도 주목할 필요가 있다. 아니, 계급적 격차만이 아니다. 오늘날에는 문화적·성적·인종적 격차가 경제적 계급화와 연관되면서 다채로운 '열등감'을 구성해내기 때문이다. 양자오(楊照)는 "인간의 타

---

22 John Gray, *Liberalism*, Milton Keynes: Open University Press 1986, x면. 프랜시스 후쿠야마, 앞의 책 19면에서 재인용.
23 같은 책 25면.

락은 무지와 가난이 아니라 열등감"에서 나온다고 지적한 바 있다.[24] 하지만 양자오는 무지와 가난이 곧바로 인간의 타락을 가져오는 건 아니라고 덧붙인다. 북미 인디언의 경우 무지하고 가난했지만 결코 타락하지 않았는데 이는 그들이 평등한 사회에 살았기 때문에 눈을 들어 주위를 살펴봐도 자신과 닮은 부족뿐이어서 열등감을 느낄 일이 없었다는 것이다. 양자오가 말한 '타락'을 요즘 유행하는 말로 바꾸자면 '흑화'쯤 될 것이다. 오쓰카 에이지는 「세븐틴」을 '스쿨 카스트' 문학의 일종으로 파악한 바 있다('스쿨 카스트'란 학생들 사이에서 발생되는 학급 내의 위계도를 인도의 신분제도인 카스트에 비유한 일본의 조어이다). 그렇게 본다면 「세븐틴」의 주인공 소년의 '흑화'는 '격차'와 무관하지 않은 셈이며 『구월의 이틀』의 '은' 역시 자기모멸과 열등감을 해소할 다른 출구를 찾지 못한 채 '흑화'되었다고 볼 수 있을 것이다.

오쓰카 에이지는 "이 나라에서 지금 나오는 말들은 '승자의 언어'와 '패자의 언어'로 구분되어 있고, 우리는 '패자의 언어'에 의한 고발에 귀를 닫고 있다"[25]고 말한다. 그의 관찰처럼 "사람들이 '수평적 차이'에서 안심을 얻지 못하고 히에라르키라는 '수직적 차이'를 통해 안심하게 되는"[26] 것이 오늘날의 현실이라면 수직적 위계의 아랫부분에 놓인, 그 '패자의 언어'에 우리가 어떻게 접근할 것인지가 하나의 중요한 문제로 떠오르게 된다. 이번에 살펴본 두 작품은 '우익 성장담'이라는 형식으로 그 '패자의 언어'에 접근한 사례라고 할 수 있지만 오늘날 '흑화'를 둘러싼 날선 쟁점들은 여전히 우리 곁에 응시되지 않은 채로 남아 있다.

24 양자오 『미국의 민주주의를 읽다』, 조필 옮김, 유유 2018, 132면.

25 오쓰카 에이지, 앞의 책 123면.

26 같은 책 91면.

친밀한 적

◆

성혜령의 『버섯 농장』

1. 원한의 하드보일드

성혜령(成慧玲)의 소설은 차갑고 건조한 문체와 서스펜스의 능란한 활용을 통해 오늘날 한국사회가 맞닥뜨린 불안과 원한의 정동을 서늘하게 묘파해낸다. 그의 소설을 따라 읽어온 독자라면 누구나 수긍할 수 있을 이러한 서술에서 성혜령 소설의 개성적인 문제틀을 구성하는 핵심인자를 꼽으라면 그것은 단연 '사회'이다. 그의 소설이 사회 현실에 대한 리얼리즘적 재현을 목표로 삼고 있지 않다는 점을 떠올려보면 조금은 의아하게 느껴질지 모르겠다. 확실히 그의 소설은 오늘날 한국사회의 다채롭고 모순적인 풍경을 객관적인 관찰자의 위치에서 날카롭게 재현하고자 하는 시도와 그 결을 달리한다. 그의 소설적 배경은 현실의 일부를 뚝 떼어내 전경화한 무대장치에 가까우며 작품에 등장하는 대부분의 인물들은 여타의 사회적 관계로부터 절연된 채 고립되어 존재한다.

하지만 그 단절과 고립이 오늘날 세계적인 보편성을 갖는 사회적 사실로 우리에게 육박하고 있다면 어떨까? 노리나 허츠가 『고립의 시대』(홍정인 옮김, 웅진지식하우스 2021)에서 경고했듯 미증유의 초연결 사회를 살아가는 현대인들은 역설적으로 관계 빈곤에 따른 만성적인 외로움에 시달리고 있다. 병적으로 깊어진 외로움은 타인을 향한 적의와 불신, 박탈감과 원한 감정을 증폭시키고 상업적 미디어를 통해 실시간으로 전파되는 사고와 재난은 파국을 맞이한 세계에 홀로 남겨져 있다는 공포와 무력감에 휩싸이게 만든다. 성혜령 특유의 서스펜스는 근대의 사회적 상상을 뒷받침해왔던 도덕적 규범과 심리적 안정이 지속 불가능한 것으로 여겨지는 오늘날 사회구조를 예리하게 되비춘 결과물이다. 친밀성의 외피 아래 잠복한 균열을 포착하고 그 균열의 틈새로 파고드는 파국의 징조를 현시하는 그의 소설은 오늘날 변화한 사회적 관계성에 대한 섬뜩한 우화처럼 보인다.

표제작 「버섯 농장」(『버섯 농장』, 창비 2024)에서 출발해보자. 스릴러 문법을 차용하고 있는 이 작품은 자연스럽게 남자를 죽인 범인이 누구인지 묻게 만든다. 남자는 과연 "협심증, 심근경색, 뇌경색"(33면)과 같이 돌발적인 신체 이상으로 숨진 걸까. 아니라면 진화에게 살해당한 걸까. 온당한 궁금증이지만 여기서는 조금 다른 질문을 던져보고 싶다. 그것은 ('누가 남자를 죽였는가'가 아니라) '다른 사람이 아닌 왜 하필 그 남자가 죽어야 했는가'라는 물음이다. 다시 말해 남자의 죽음은 서스펜스를 자아내기 위해 도입된 우발적 에피소드에 불과한가 아니면 모종의 서사적 필연성이 작동한 결과인가?

이 물음에 답하기 위해서는 진화가 어떤 인물인지 살펴볼 필요가 있다. 진화는 "복잡한 상속 소송에 걸려" "거의 방치된"(10면) 낡은 오피스텔에 거주하면서 "부모 잘 만나서 스무살 때 쇼핑몰을 시작해 (…) 내킬 때마다 해외로 여행이나 다니는 어린 사장"(9면) 밑에서 일하는 노동자다. 회사 대표를 향해 매일같이 "저주와 욕"(같은 면)을 퍼붓고 입버릇처럼 "불평"(10면)을 늘어놓으며 자주 격정적인 "화"(14면)에 사로잡히는 그녀는 부의 대물림이라는 사회적 유전 법칙의 그물에 걸린 채 온갖 부정적인 정동에 속수무책으로 노출된 인물이기도 하다. 교통사고로 사망한 "부모님이 가지고 있던 오피스텔"의 월세와 "보험금"(18면) 덕분에 생계를 위한 노동으로부터 방면된 기진을 은연중에 세습의 수혜자로 바라볼 만큼 그녀의 내면은 곪아 있다.

이 작품은 오늘날 사회적 격차를 낳는 주요인으로 급부상하고 있는 세습을 정면으로 겨냥한다. 여기서 세습을 둘러싼 적대의 선은 진화와 기진 사이의 우정을 분할하는 것에 그치지 않는다. 그것은 세습을 둘러싼 사회적 욕망의 벡터를 정반대로 거스르는 남자의 태도로 인해 진화가 사로잡히게 되는 차가운 분노와도 결부된다. 남자의 잘못은 흔히 생각하듯 그가 진화의 빚을 갚아주지 않았다는 데 있지 않다. 기진이 친구라는 이유로 진화의 빚을 대신 갚아주어야 할 의무가 없듯 남자 역시 장성한 아들의 잘못을 책임져야 할 의무는 없다. 그렇다면 남자의 죽음은 우발적인 사고였을 뿐인가?

그렇지 않다. 진화는 어머니를 부양하는 데 몰두할 뿐 자식의 삶에는 무책임한 남자의 태도에서 자기도 모르는 사이 아버지의 얼굴을 읽어낸 듯 보이기 때문이다. 진화는 남자의 비닐하우스에 놓인 "실내용 미니 골프대"(29면)를 보고 아버지의 사장실에 있던 "미니 골프대"(33면)를 떠올린다. 미니 골프대는 진화가 IMF로 인해 아버지의 사업이 망하기 전까지 꽤 윤택한 생활을 영위했음을 보여주는 증거인 동시에 계급적으로 추락해버린 자신의 현재를 되비추는 오브제다. 그것은 한때 진화를 중산층에 안착시켜줄 수도 있었으나 오래전에 끊어져버린 동아줄의 잔해이기도 하다.

골프채를 손에 쥔 진화는 쓰러진 남자에게 다가가 그의 머리를 가볍게 친 뒤 이렇게 말한다. "한번, 쳐보고 싶었어."(33~34면) 그런데 진화가 응징하고 싶었던 사람이 정말 그 남자였을까? 진화의 무의식적 분노가 겨냥하는 대상은 좋은 사업체와 월세가 나오는 오피스텔이 아니라 비루하고 초라한 삶을 물려준 그녀의 아버지가 아니었을까. 남자의 죽음은 세습으로부터 소외된 진화의 내면에 쌓인 분노와 원한이 자식에 대해 무책임한 태도로 일관하는 남자를 보는 순간 되살아나 엉뚱한 방식으로 회귀한 결과처럼 보인다. 이렇듯 남자가 진화의 아버지를 대리표상하는 존재인 한 그가 살아서 버섯 농장을 빠져나갈 가능성은 처음부터 없었다고 봐도 좋다.

2. 친밀성의 이면들

「버섯 농장」이 세습 자본주의 시대의 원한 감정을 서사의 정동적 자원으로 삼아 무의식의 복수극을 연출하고 있다면 「물가」는 서로 다른 계급적 위상에서 발생하는 낙차가 친밀성의 하부구조를 어떻게 침식하는지를 드러낸다.

오랜 친구 사이인 '나'와 유안은 서로 다른 계급에 속한 인물이다. 외국어고등학교를 나와 "대학 졸업 후 외국계 무역회사에 취직"(70면)한 유안이 중상계급(upper-middle class)에 속해 있다면 오래된 빌라 원룸에 거주하면서 샌드위치 가게에서 아르바이트를 하는 '나'는 불안정 노동 무산계급(precariat)에 속해 있다. 서로 다른 계급에 속한 이들은 어떻게 친구가 될 수 있었을까? 비밀은 작품의 결말에 이르러 밝혀진다. '나'는 유안이 어릴 때 학교에서 실종된 여아가 "브랜드 아파트단지"가 몰려 있는 자기 동네에서 사체로 발견된 사건 때문에 어쩔 수 없이 "아랫동네"(88면) 놀이터에서 놀면서 사귀게 된 친구였던 것이다. 유안과 '나'의 우정은 계급적 월경(越境)의 산물처럼 보이지만 유안이 '나'와의 진실한 우정을 위해 기꺼이 그 벽을 넘은 것 같지는 않다. 신자유주의 엘리트들이 국경의 벽을 무람없이 넘으며 자신의 생활세계를 확장해나가듯 유안 역시 자신의 이익을 위해 편의적으로 계급의 벽을 오갔을 뿐이다.

둘 사이를 가로막고 있는 계급의 장벽은 '나'의 눈에 마냥 "안전하고 좋은 세계"(70면)에 거주하는 듯 보였던 유안 역시 여성혐오적 폭력에서 자유로울 수 없는 존재임이 드러나면서 균열의 계기를 맞이하게 된다. 실제로 유안은 임신한 뒤에 인셀을 비롯해 "총기난사, 묻지마 폭행, 안티페미니스트 시위"를 다룬 수많은 기사를 '나'에게 보내면서 "내가 그동안 세상을 너무 몰랐던 것 같"(69면)다는 분노를 드러낸다. 그러나 유안의 분노는 이제까지 자신을 포근하게 감싸주던 "안전하고 좋은 세계"가 위협받게 되었다는 억울함에서 비롯할 뿐 그와 같은 위험을 일상적으로 맞닥뜨리며 살아가야 하는 '나'의 처지에 대한 공감으로 확장되지는 않는다. '나'는 그런 유안의 "자기중심적인" 면모마저 기꺼이 이해하려 애쓰는데 ─ "유안 같은 삶을 산다면 그렇게 되지 않기가 더 어려울 테니까."(85면) ─ 이런 '나'의 태도에서 우리는 두가지 사실을 유추할 수 있다. 이제까지 유안과 '나'의 관계는 '나'의 체념 섞인 이해를 바탕으로 지속되어 왔을 거라는 것. 그리고 '나'는 여성을 대상으로 한 폭력에 함께 노출되었다는 공통 감각만으로 계급의 장벽을 뛰어넘을 수 있으리라고 순진하게 기대하지 않는다는 것.

'나'는 유안과 함께 잃어버린 그녀의 반려견 치약이를 찾으러 나서지만 유안은 반려견을 찾아도 그만 못 찾아도 그만이라는 듯 심드렁한 태도를 보인다. 치약이를 찾지 못하면 네 마음이 힘들지 않겠느냐는 '나'의 물음에도 유안은 이렇게 대답할 뿐이다. "그것까지 신경 쓰진 마."(90면) 유안의 대답은 '나'의 죄책감을 덜어주기 위한 배려가 아니다. 거기에는 자기보다 하층계급에 속한 '나'가 감히 자신을 걱정하는 건 주제넘은 짓이라는 불쾌감이 은연중에 배어 있다.[1] 계급적으로 구획된 거주지와 그에 조

---

[1] 「대체 근무」에는 관련해 인상적인 대목이 등장한다. 출산휴가를 쓴 임 주임의 자리에 임시 사무보조 직책으로 투입된 단강은 사무실의 여성 연구원들과 종종 밥을 먹으며 작은 친분을 쌓게 된다. 아이가 사망한 뒤 조기 복귀한 임 주임이 불성실한 업무

응하는 아비투스의 격차를 고려한다면 처음부터 유안이 '나'를 진지한 친구로 여겼을 가능성은 거의 없다. 어쩌면 '나'도 치약이도 유안에게는 마음만 먹으면 "언제든 다시 뽑을 수 있"(87면)는 인형에 불과했는지 모른다.

이처럼 성혜령은 사적인 친밀성에 스며 있는 사회적 권력과 자원의 불평등한 배치를 예민하게 의식하지만 그의 세계에서 사회적인 계급 격차만이 친밀성을 위협하는 유일한 요소는 아니다. 「윤 소 정」이 보여주는 것처럼 좀처럼 접근을 허락하지 않는 타자의 심연 또한 친밀성의 균열을 가져온다. 이 작품의 제목은 마치 단일한 고유명사처럼 보이지만 개별 구성요소 사이에 팽팽한 척력이 작용하고 있다는 점에서 친밀성에 관한 통찰력 있는 은유를 담고 있다. 친밀성의 영역이란 타인에게 투명하게 닿고 싶다는 욕망과 타인이 온전하게 파악할 수 없는 자신의 고유성을 주장하고 싶은 욕망이 모순적으로 충돌하는 공간이 아니던가.

성혜령 특유의 하드보일드 스타일은 친밀한 관계의 외피 아래 잠복한 냉정한 거리감을 극대화한다. 그 차가움 때문일까. 사랑처럼 우정도 오래 묵으면 어쩔 수 없이 부패해버리는 부분이 생겨나기 마련인데 이들의 우정에는 그런 질척이는 부패의 흔적이 거의 느껴지지 않는다. 소는 정이 보이스피싱에 당해 돈을 날린 날 공원을 걷다가 이렇게 묻는다. "그런데 왜 우린 한번도 잔디밭에 안 들어가지?"(42면) 어쩌면 셋은 잔디밭 주위를 맴돌 듯 서로의 가장자리만 오래 맴돌았을 뿐 서로의 복판으로 뛰어들 생각은 하지 못했던 게 아닐까. 아무리 친밀한 사이더라도 일정 정도의 거

태도를 보이자 단강은 여직원들에게 임 주임이 "일하러 온 사람 맞는지 모르겠어요"(138면)라고 공개적인 불만을 토로한다. 그러자 평소에 먼저 나서서 임 주임을 흉봤던 여직원들은 "단강의 말에 고개를 끄덕였지만 평소와 달리 임 주임에 대한 말을 덧붙이지는 않"(139면)는다. 여직원들의 침묵에는 정직원인 우리가 임 주임을 욕하는 건 괜찮지만 비정규직 사무보조인 네가 우리와 똑같이 정규직인 임 주임을 욕하는 건 주제넘은 것이라는 메시지가 깔려 있다. 공교롭게도 임 주임에 대해 공개적으로 불만을 이야기한 다음 날 단강은 혼자 점심을 먹는다.

리를 유지하게 만드는 척력의 관성이 정이 겪은 고립감과 우울에 깊이 다가가려는 둘의 발걸음을 가로막고 있었는지도 모른다.

윤은 보이스피싱에 당해 심하게 자책하는 정에게 "다소 짜증 난 어투로 우리는 괜찮으니까 너나 잘 추스르라고"(같은 면) 말할 뿐, 정의 복판에 뛰어들어 그녀가 겪고 있는 고통 옆에 나란히 서지 않는다. 그건 정을 향해 "사기를 친 사람이 나쁘지, 네가 왜 나쁘냐고. 왜 그렇게까지 미안해하냐고"(63면) 말했던 소도 다르지 않다. 정의 고통이 잃어버린 돈 때문이 아니라 끊어낼 수 없는 자기혐오 때문이라는 걸 깨달았다면 윤과 소는 정에게 기꺼이 기댈 수 있는 존재가 될 수 있었을까. (남자친구와 함께 사느냐는 소의 물음에 정이 "의지할 사람이 필요해서"(50면)라고 답하는 대목은 가슴 아프다.) 작품의 결말에서 정의 어머니를 위해 산 옷을 버스에 놓고 내렸다는 사실을 알고 자책하는 소에게 윤은 괜찮다고, "정말로 괜찮다고"(64면) 말한다. 윤이 소에게 건네는 괜찮다는 말은 윤과 소가 정에게 건넸던 괜찮다는 말과 닮은 듯 다르며 다른 듯 닮아 있다.

3. 균열과 침입

성혜령의 소설에는 유독 침입자가 많이 등장한다. 남미와 조오의 집에 들이닥친 살림의 친구(「주말부부」)와 문진의 별장에서 눌러앉아 주인 행세를 하는 순연과 노부부(「마구간에서 하룻밤」), 물을 얻어 마시러 들어왔다가 나갈 생각을 하지 않는 군인(「사태」)이 대표적이다. 일반적으로 침입자는 평온한 일상에 돌연한 균열과 파국을 가져오는 존재로 여겨진다. 하지만 성혜령의 세계에서 침입자는 균열과 파국을 초래하는 존재가 아니라 이미 도래해 있는 균열과 파국의 징조를 현시하는 존재에 가깝다.

「주말부부」의 경우를 살펴보자. 사건은 지방 공장에서 일하며 주말마다 신혼집에 올라오는 조오가 기숙사 룸메이트인 살림의 담배를 몰래 꺼내 피우게 되면서 발생한다. 알고 보니 (마약으로 추정되는) 그 담배는 한 대에 백만원짜리였던 것. 살림의 친구라고 주장하는 낯선 외국인이 조오와 남미의 신혼집으로 찾아들고 엉겁결에 남미는 그 남자를 집 안에 들이게 된다. 자초지종을 들은 조오는 남미에게 카드를 주며 오백만원을 찾아오라고 내보낸 뒤 몰래 문자를 보내 집에 들어오지 말고 밖에서 기다릴 것을 주문하지만 돈을 받기 전에 남자가 결코 집을 떠나지 않을 거라 생각한 남미는 조오의 말을 무시하고 집에 돌아와 남자에게 돈을 건넨다.

범상치 않은 사건이지만 이 사건이 조오와 남미 사이에 특별히 가시적인 갈등을 초래하는 것 같지는 않다. 남미는 조오에게 왜 남의 담배를 허락도 없이 피워서 생돈 오백만원을 날렸느냐고 타박하지 않으며 조오 역시 왜 집에 들어오지 말고 밖에서 기다리라는 자기의 말을 무시했느냐고 남미를 추궁하지 않는다. 살림의 친구가 돌아간 뒤 남미는 아무 일도 없었다는 듯 샤워를 하고 조오는 휴대폰으로 일본 코미디쇼를 볼 뿐이다. 그 과정에서 조오와 남미는 서로에 대해 많은 생각을 하지만 그 생각은 결코 입 밖으로 발설되지 않는다. 그리고 이튿날 조오와 남미는 마치 평범한 부부의 역할을 연기하듯 한강공원으로 피크닉을 떠난다. 둘의 사이는 단단한 신뢰와 애정으로 결속되어 있어 그깟 돈 오백만원에 흔들릴 일이 없는 걸까.

그보다는 돈 문제로도 뜨거운 싸움을 불러일으키지 못할 만큼 둘 사이는 이미 차갑게 식어 있는 것처럼 보인다. "2주간 남미를 보지 못했는데 그다지 힘들지도 슬프지도 않아서 불안"(100면)을 느낄 만큼 조오는 아내 남미에 대한 정서적 친밀감이 희박하며 남미 역시 자신의 속마음을 조오에게 허심탄회하게 털어놓지 않는다. 남미는 조오가 "정말로 페인트 공장에 만족하고 있는 것이 아닌가?"(119면) 의심하지만 조오를 향해 그 물음을 직접 발화하지 않으며 조오 역시 "남미가 무엇을 생각하고 무엇을 그리든 자기와 상관없는 일"(103면)로 치부한다. 「윤 소 정」의 친구들 사이에 작용하는 척력의 관성은 조오와 남미 사이에도 작용하는 것 같다. 서로를 향한 생각은 내면적 독백으로만 발화되며 현실에서의 대화는 묽은 메밀 반죽처럼 뚝뚝 끊어질 뿐이다. 조오는 결혼하고부터 자기 말을 전혀 듣지 않게 된 남미가 "모든 걸 망쳤다고"(121면) 원망하지만 어쩌면 조오가 "자기가 남미를 구제했다고 믿었고 그 사실을 가끔은 남미보다 사랑"(102~103면)하게 된 순간부터 그들의 관계에는 깊은 균열이 생겨나고 있었던 건 아닐까.

「마구간에서 하룻밤」의 노부부는 "소파를 차지하고 자기 집인 양 텔레비전을 보면서 문진이 알지도 못한 지난 25년간의 일에 대해 돈을 내놓으라고 요구"(179면)하고 순연은 마치 그 노부부와 "한 가족"(178면)처럼 문진의 별장에 눌러앉아 웃음과 이야기를 나눈다. 그 별장은 분명 문진의 것이지만 그곳에서 주인 행세를 하는 것은 문진을 제외한 나머지 타인들이다. 이 작품의 침입자들은 경계 바깥의 타자가 우리의 재산과 안전을 느닷없이 위협할지 모른다는 세계화된 공포를 반영하는 듯 보이기도 한다. 친밀성을 가장하며 자신의 내부에 깊숙이 침입하고 있는 그들은 오늘날 선량한 시민들의 안전을 위협하는 적대적 타자를 대표하는 난민과 외국인을 표상하는 걸까?[2]

그렇게 해석할 여지가 없지 않다. 그렇지만 이 작품이 난민과 외국인을 비롯한 경계 밖 타자를 잠재적인 범죄자로 간주하는 적대적 태도를 합리

---

2 성혜령의 소설에는 '외국인'에 대해 편집증적 분노를 지닌 인물이 여럿 등장한다. 「대체 근무」에는 공장에서 일어난 폭발 사고가 외국인 노동자의 테러라고 주장하는 인물이 등장하며 「주말부부」의 조오는 자신의 평온한 주말을 망친 살림의 친구를 범죄자라 부르며 분노를 드러낸다. 「마구간에서 하룻밤」에 등장하는 노부부와 순연, 펜션 여자 역시 자신의 일상에 돌연히 침입한 외부인의 계열에 속해 있다. 이 외부인 계열의 인물들은 자연스럽게 오늘날 세계적인 공포와 위협의 대상으로 떠오른 국경 밖의 타자를 떠올리게 만든다.

화한다고 말하기는 어려울 것 같다. 이 작품에서 핵심은 그 침입자의 실체보다 모종의 분열증을 겪고 있는 문진의 진실에 맞춰져 있기 때문이다. 만약 문진이 정말 분열에 시달리고 있다면 그것은 침입자로 인해 발생한 것이 아니다. 따라서 그녀가 겪는 분열증의 원인을 외부의 타자에게 돌리기는 어렵다. 그녀의 분열은 오히려 국경 밖의 타자와 대면하는 과정에서 오늘날 현대사회가 마주하고 있는 극심한 분열과 공명하는 듯 보인다. 그렇다면 성혜령 소설에서의 침입자들은 우리 사회가 앓고 있는 오랜 병증을 공개적으로 드러내 시험대에 올리길 닦달하는 '손님'인지 모른다.

4. 불가해한 미래

이제까지 살펴보았듯 성혜령의 소설 세계는 개인의 심리적 안정을 보증하던 전통적인 관계가 해체되었으나 대안적인 친밀성의 형식은 아직 발명되지 않은 위기의 공간이다. 세계의 거대한 허방에서 피어오르는 낯선 두려움을 성혜령 소설의 인물들은 다채로운 편집증적 의심으로 변주해낸다. 「버섯 농장」의 기진은 "상처를 입은 채 버려져 있던 고양이를 구조하고 입양한 뒤 일주일에 한두번씩 영상을 업로드"(8면) 하는 유튜버가 실은 "고양이한테 상처를 내고 구조하는 영상을 찍어 유튜버가 된 것은 아닌가"(31면) 의심하고 「사태」의 보정 역시 자신의 아이가 고양이를 죽인 사이코패스가 아닐까 의심하며 「윤 소 정」의 윤은 정의 남자친구가 치매에 걸린 정의 어머니를 학대하는 건 아닌지 의심한다. 아무리 반복해 읽는다 해도 우리는 결코 그 상황을 명확하게 설명할 유일한 진실에 도달할 수 없다. 그 의심은 우리의 이성적 앎을 넘어선 곳에 자리 잡고 있다는 점에서 무지가 아니라 불가해에 속한 것이다.

성혜령 소설에서의 불가해함은 현대인이 거느리는 오만한 자유의지를 극단적으로 심문한다. 과연 우리는 우리 행위의 완벽한 통솔자인가? 우리가 바라본 세계를 우리는 온전히 믿고 수용할 수 있는가? 겉과 속이 다른 타인처럼 우리가 대면하는 세계 역시 제멋대로 분열되어 있는 것이 아닌가? 보는 것이 정말 믿는 것일 수 있는가? 성혜령의 소설은 의식의 통제를 벗어나 제멋대로 미끄러져 나가는 의외의 운동성을 보여줌으로써 우리를 그와 같은 물음 앞에 데려다놓는다. 하지만 이 물음에 대한 우리의 대답이 허무주의적인 무기력으로 귀결될 이유는 없다. 그 불가해함은 현재를 단일한 결론에 묶어두지 않음으로써 다가올 미래를 개방하는 가능성의 중심이 될 수도 있기 때문이다. 과연 성혜령은 다가올 미래를 어떻게 다른 방식으로 열어낼 수 있을까. 그 불가해한 미래를 상상하며 그의 다음 작품을 기다리는 동안 우리는 지루함을 느낄 틈이 없겠다.

이토록 서늘한 우연의 세계

◆

우다영의 『밤의 징조와 연인들』

일상 속에서 느닷없이 마주치는 돌연한 순간을 특유의 언어적 질감을 통해 포착해내는 것을 목표로 삼는 소설이 있다. 거기서 작가의 언어는 로고스적 행위로 기능하는 것이 아니라 합리적인 로고스의 법칙에 가려진 음영의 기미를 포착하는 데 소용된다. 그 그늘은 빛나는 태양처럼 확고한 진실과 당위를 발설하는 대신 독자들을 그늘이 드리운 서늘한 자락 속으로 기꺼이 끌어들인다. 이때 외부를 향해 뻗어나가던 직선적인 시야는 그 그늘 밑에서 굴절되어 스스로의 내면을 향하게 되고 그로 인해 세계는 환한 대지가 아니라 몽환적인 기분에 가득 찬 불가해한 덩어리로 변해버린다. 그 순간 발생하는 어떤 기이한 '기분'을 하이데거(Martin Heidegger)가 말한 '철학적 시작점'과 비슷한 것으로, 가령 문학이 스스로의 존재 의미를 묻고자 하는 충동의 장소로 볼 수 있지 않을까.

우다영은 소설을 쓰고 읽는 일이 곧 지금의 세계를 다른 기분에 젖어 돌아보게 만드는 일이라는 것을 누구보다 예민하게 의식하고 있는 작가다. 그녀의 소설을 추동하는 힘은 세계를 탈주술화시키려는 로고스적 의지가 아니라 세계를 재주술화시키려는 충동에 가깝다. 이때 그녀가 우리에게 제안하는 대표적인 기분은 '신비로움'이다. '보통의 이론이나 상식으로는 도저히 이해할 수 없을 만큼 신기하고 묘함'을 의미하는 이 단어 속에 우다영의 소설 세계를 압축해서 이해할 수 있는 단초가 모두 들어가 있다고 해도 좋다. 이는 그녀가 현실을 이성의 빈틈없는 자기전개의 장이 아니라 논리적 인과관계로 환원시킬 수 없는 우연한 징조들의 무수한 집합으로 바라보고 있는 데서 비롯한다.

우다영의 소설에서 세계는 단단한 현실적 지반을 지니고 있는 곳이 아니라 곳곳에 "발을 헛디디면 나락으로 떨어지는 구멍"(「조커」, 『밤의 징조와 연인들』, 민음사 2018, 192면)이나 "어떤 연유도 죄도 없이 생긴 깊고 어두운 구덩이"(「얼굴 없는 딸들」 253면) 같은 것들이 함정처럼 우글거리는 곳이다. 그런 허방뿐인 세계에서 어찌 논리와 인과의 벽돌을 층층이 쌓아 이야기를 곧추세울 것인가. 출렁이는 대지 위에서 이야기는 다만 스스로를 느닷없는 단절과 공백 속에 놓아둘 뿐이다.

그러니까 이런 식이다. 여기 한 여자를 소개받기 위해 카페에 앉아 있는 남자가 있다. 하지만 소개받기로 한 여자는 전염성 독감에 걸려 자리에 나오지 못하고 잠시 후 남자는 자신의 테이블로 다가온 어떤 여자에게 자신의 휴대폰을 빌려주게 된다. 여자는 남자의 휴대폰으로 누군가에게 문자 한통을 보낸 뒤 답신이 올 때까지만 기다려줄 수 있겠느냐고 부탁한다. 흔쾌히 수긍한 남자에게 여자는 마치 보답처럼 자신이 어릴 때 앓았던 병이 낫게 된 이야기를 들려준다. 서너살 무렵 기관지가 수축되는 병을 앓게 된 여자의 부모는 여자가 열살 무렵 어느 수도원에서 고아인 한 남자아이를 입양하게 되었고 얼마 뒤 그 남자아이가 개에게 물리는 장면을 본 뒤 여자의 병은 말끔히 사라지게 되었다는 이야기다.

여러번 읽어봐도 알쏭달쏭함은 가시지 않는다. 입양된 오빠가 개에 물린 것과 여자의 병이 나은 것 사이에는 인과관계가 없기 때문이다. 여자는 자신의 병이 나은 것(행운)과 오빠가 개에 물린 일(불운)이 독립적인 사건이 아니라 '운의 교환'을 매개하는 유기적인 사건이었는지도 모르겠다고 암시하지만 이것이 얼마나 비논리적인 이야기인지는 여자가 누구보다 잘 알고 있다. 그래서 여자는 아마도 곤혹스러운 표정을 지었을 남자를 향해 이렇게 덧붙인다. "왜 병이 사라졌는지 아무도 몰라요. 그게 내게 온 이유를 몰랐던 것처럼요. 내가 당신에게 해준 이야기 어딘가에 그 이유가 있을지도 모르죠. 그래서 내 병에 대해서라면, 그리고 오빠에 대해서라면 이런 식으로밖에 설명할 수 없는 거예요. 이해할 수 있나요?"(188면) 아마 금융사에 근무하며 "불규칙한 방식으로 나열되지만 결국엔 규칙적인 방향으로 움직"이는(171면) 숫자를 취급하며 살아가는 남자로서는 쉽게 이해할 수 없을 것이다. 그건 우다영의 소설을 읽는 독자들도 마찬가지일 텐데 이렇게 그녀의 소설은 인과적이고 논리적인 이해 가능성을 초월하는 새로운 이해의 지평에 설 것을 우리에게 요구한다.

그 새로운 이해의 지평이란 어떤 것인가? 우다영은 작품집 전반을 통해 관련한 여러 단서를 우리에게 암시하고 있다. 먼저 눈에 띄는 것은 "구멍"이다. 이 작품의 후반부에서 결혼한 남자는 아내 친구의 집에 부부동반 저녁 식사를 하러 가게 되는데 그곳에서 아내 친구 남편으로부터 느닷없이 아이를 둘씩이나 유산했다는 말을 전해 듣는다. 고백과도 같은 말을 마친 뒤 그 남자는 이렇게 덧붙인다.

"아내에게는 살면서 그런 일들이 많이 일어났습니다. 이해할 수 없는 불운들이었죠. 세상의 법칙과 순서에서 동떨어져 작용하는 운들이 있습니다. 사소한 변수일 때도 있고, 삶의 방향을 완전히 틀어버리는 순간일 때도 있죠. 이제 아내는 스스로를 어떤 구멍처럼 여기게 됐습니다. 자칫 발을 헛디디면 나락으로 떨어지는 구멍 말이죠. 그 구멍은 아내 스스로가 빠질 수도 있고, 곁에 있는 사람, 가령 나 같은 사람이 빠질 수도 있다더군요."(「조커」 192면)

때론 삶의 방향을 완전히 틀어버릴 수도 있는 이 강력한 '구멍'은 무엇인가? 그것은 예측할 수 없는 미래에 대한 단순한 은유인가 아니면 실제로 물리적인 힘을 발휘하는 미스터리한 실체인가? 정답은 둘 모두다. 우다영의 세계에서 그것은 은유이자 상징인 동시에 실재하는 물리적 힘인 것이다. 거기서 인과적 논리를 초월하는 우연적 사건은 거대한 힘으로 작용하고 있으며 그 우연은 인물들의 남은 삶에까지 지속적으로 커다란 영향을 미치고 있다. 예컨대 소설 속에서 남자의 아내의 친구는 언젠가 과거에 남자와 만나기로 약속되어 있었지만 독감에 걸려 나오지 못한 그 여자일 수도 있다는 사실이 암시된다. 그 사실을 알아챈 남자는 "그녀가 나의 아내가 되고 그가 전혀 상관없는 사람이 되는" 장면을 상상하는데 그것은 단순한 망상이 아니라 우연이 삭제해버린 그 남자의 또다른 미래일 수 있다. 여기서 우연은 그 남자의 삶을 만들어낸 동시에 삭제해버린 힘으로 작용하고 있는 것이다.

누군가가 스스로를 구멍으로 여긴다는 것은 주체를 이성적이고 합리적인 존재로 곧추세우지 않고 모호한 우연의 힘의 결정에 내맡겨진 존재로 여긴다는 것을 의미한다. 인간의 삶이 어떤 합법칙적인 경로를 통해 펼쳐지는 것이 아니라 수많은 우연과 불확실성 속에 내던져져 있음은 우다영이 반복적으로 제시하는 고유의 세계관이다. 정말이지 그녀에게 세계는 합리적인 법칙에 의해 설명될 수 없는 온갖 빈틈으로 가득 차 있다. 조금만 각도가 빗나가도 궤도에 안착하지 못하고 컴컴한 우주를 떠돌아야 하는 행성처럼 인간의 미래도 마찬가지다. 그 궤도를 정밀하게 계산조차 할 수 없다는 점에서 어쩌면 우리가 처한 상황은 더욱 나쁜지도 모른다.

'구멍'이 온갖 운들이 통과하는 틈새라고 할 때, 인간의 현재와 미래는 타인의 그것과 교환 가능하다는 점에서 잠정적인 것이 된다. 이 잠정적인 것은 오직 우연의 힘을 통해서만 현실에서 발현되는데 그 우연의 계산에 개입되는 힘들에 대해서 우리는 알 수 없다. 하지만 우리는 그 불확실한 힘과 별개로 은밀한 소망을 품기도 한다. 때로는 남의 불행을 대가로 자신의 행운을 바라기도 하는 것처럼 말이다. 여자가 오빠가 개에 물린 사건을 자신의 행운의 대가로 보는 것은 아마도 그녀 내면에 잠재되어 있던 은밀한 죄의식의 발로일 것이다. 여기서 그 죄의식이 깊이 탐구되는 것은 아니지만 타인의 불행을 나의 행복의 구성적 조건으로 포함시키려는 이러한 태도는 우다영의 소설 속에서 반복적으로 나타나는 특징 중 하나라고 할 수 있다. 이와 같은 '운의 교환' 모티프는 「노크」에서도 나타난다.

> 그런데 어쩐지 아이가 잃은 어떤 것들과 동일한 양의 축복이 나에게 옮겨졌다는 생각이 들어. 그건 전혀 논리적인 사고가 아니지만, 원칙적으로 그런 식의 교환은 있을 수 없지만, 그럼에도 불구하고 말이야. (153면)

"논리적인 사고"를 뛰어넘는 다른 방식의 이해를 우리에게 요청한다는 점에서 「노크」는 우다영식 세계관을 대표하는 작품이다. 여기서도 '구멍'은 등장하는데 — "구멍 같은 거야. 나한테 작은 구멍이 있는데 여기엔 내가 빠질 수도 있고 내 곁의 다른 사람이 빠질 수도 있어. 구멍에 빠지는 일은 정말 무서운 일이지만 운이 좋다면 빠지지 않을 수도 있지. 그러니까 구멍 같은 것은 모르고 지내는 게 좋아."(132면) — 이때의 '구멍'은 우연의 은유라기보다 차라리 중력의 작용으로 인해 시공간을 왜곡시킬 수 있다는 물리학의 '웜홀'에 근사하다.

이 작품에서 우연의 신비는 현재에서 미래로 이어지는 삼차원적 시공간의 제한을 넘어 그것의 휘어짐마저 초래한다. 이는 단순히 '반전'을 노린 기교라기보다는 현실을 낯설게 보기 위해 작가가 적극적으로 차용한 물리학적 인식론에 가깝다. 가령 「기분에 이르는 유령들」에서 작가는 현철의 입을 빌려 "우리는 현재를 살아간다고 믿지만 실은 과거와 미래가 현재와 분리되지 않은 채 순서도 정렬도 없이 동시에 생성되는 거라면?

(…) 고정된 관념을 정확히 보는 사람들, 혹은 보려는 것만 보는 정상인들이 사실은 제정신이 아닐 수도 있다는 말이란다. 우리가 보고 있는 것들은 그것의 전부가 아니야. 절대로, 그것을 온전히 볼 수 없단다"(302면)라고 말하는데 이는 우리가 아무런 의심 없이 현실이라고 믿고 받아들이는 세계를 비판적으로 회의할 필요가 있음을, 물리학의 언어를 빌려 강조하고 있는 대목이다.

우다영은 눈에 보이는 삼차원의 세계를 실재하는 가능 세계의 전부로 여기는 일상인(das Mann)의 태도를 주어진 현실을 무반성적으로 수락하는 태도로 비판하면서 인간을 우연이 드나드는 창(窓)과 같은 틈새로 흥미롭게 변주한다. 이는 달리 말하면 이성과 합리성에 의해 탈주술화된 세계를 우연의 서늘한 그늘로 재주술화하려는 의지라고 할 수 있을 것이다. 실제로 그 자체로 뛰어난 연애담인 「밤의 징조와 연인들」에서 '나'는 이수와 사랑에 빠진 뒤 "그런 세상에서 말은 언어가 아니었다"(24면)고 말한다. 기능적으로 '말'은 로고스의 체현이며 이성의 매개이지만 사랑이라는 신비 속에서 '말'의 로고스는 모두 녹아내려 눈짓과 몸짓, 체온 같은 것속으로 흡수되어버리고 만다. 사랑이란, 정말이지 우연이 만들어낼 수 있는 가장 신비로운 사건이지 않은가. 우다영이 이토록 핍진하면서도 서늘한 연애담을 주조해낼 수 있었던 것은 그녀가 우연의 신비를 들여다보는 깊고 독특한 눈을 지녔다는 사실과 무관하지 않을 것이다.

우연은 역설적이게도 항상 '왜?'라는 물음을 내포한다. 기실 우연은 제 낱말의 뜻풀이 속에 아무런 인과관계가 없음을 명토박아두고 있지만 우리는 인과관계가 명확한 일이 아니라 ── 그런 일이라면 '왜?'라는 물음에 합당한 정답이 제시되어 있을 것이므로 ── 우연히 발생한 일에 대해서만 거듭해서 '왜?'라고 묻는다. 우연은 그에 대한 답을 초월한 일을 설명하기 위해 고안된 개념이므로 거기서 '왜?'라는 질문은 사실 부질없는 것이다. 그렇다면 우연은 '왜?'라는 질문을 선험적으로 차단하는 동시에 그 질문을 영원히 발생시킬 수밖에 없는 모순 덩어리에 다름 아닐 텐데 그 모순은 우리 삶에 영겁회귀하는 의문의 사슬인 동시에 영원히 풀리지 않는 신비의 샘이다.

우다영은 서사 속에서 이 신비를 섣불리 풀어헤치지 않고 그대로 보존하는 방식을 선택한다. 그래서 그녀의 소설에서 사건은 명확한 인과가 제시되지 않은 채 단지 추측과 짐작으로만 남게 된다. 「기분에 이르는 유령들」로 돌아가보자. 현철은 백화점 엘리베이터에서 괴한으로부터 염산 테러를 당해 하얀 뼈를 드러낸 얼굴에 붕대를 감은 채 중환자실에 누워 있는 딸의 과거를 추적한다. 딸의 친구를 통해 딸이 나이 많은 남자와 만나고 있었다는 걸 확인한 날, 공교롭게도 유부남인 범인이 범행 전에 피해자의 이름을 이미 알고 있었다는 얘기를 전해 듣는다. 그렇다면 '묻지마 범죄'인 줄 알았던 딸의 사고는 교묘하게 계획된 치정극인 것일까. 그 남자는 딸의 옛 연인이었고 헤어지자는 딸의 말에 격분해 그와 같은 일을 벌인 것일까.

남자가 딸의 과거에 집착하는 것은 "불운에는 보이지 않지만 분명히 존재하는 어떤 이유가 있다고"(304면) 생각하기 때문이다. 하지만 과연 그럴까. 운과 불운이 모두 우연에 달린 것이라면 거기에는 반복되는 질문만 있을 뿐 합당한 대답은 존재하지 않을 것이다. 아니나 다를까 딸의 소설을 얻기 위해 과사무실로 찾아간 남자는 조교로부터 그 여자와 딸은 "인사도 하지 않는 사이"(305면)라는 말을 듣게 된다. 딸의 친구라는 여자의 말은 과연 사실일까. 어쩌면 그녀 역시 보라색 목도리를 버스에 놓고 왔노라 거짓말했던 그 소녀와 다를 바 없는 인물인 것은 아닐까. 아니, 조교가 사실을 잘못 알고 있는 것이고 사실 둘은 절친한 친구이며 그래서 그 여자의 말이 사실인 것은 아닐까. 짐작과 추측은 난무하지만 진실의 실마리는 그 어디에서도 찾을 수 없다.

우다영은 독자로 하여금 서로 다른 가능성이 뻗어 있는 갈림길 앞에 자주 서게 하는데 이는 그녀가 미래를 무수한 우연들의 조합의 결과로 현실화되는 가능성의 공간으로 인식하고 있기 때문이다("작은 우연이 의외의 패를 만든다",「조커」190면). 그런데 여기서 분기하는 것은 서사의 결론만이 아니다. 소설 속에서도, 아니 현실에서도 우리는 다양한 삶의 갈림길 앞에 서지 않는가.「얼굴 없는 딸들」에서 모르는 오빠들에게 기대선 채 담배를 피우고 있던 세희와 승은이를 보는 순간, 그리고 그걸 한심하게 생각하는 주란이를 보는 순간 '나'가 느낀 "어떤 예감"(243면) 같은 것, 그러니까 "저 애들과 나 그리고 경진이를 서로 다른 곳으로 데려갈 작은 비틀림. 틀어진 방향과 시간의 동력이 만들어내는, 전혀 다른 공간에 대한 직감 말이다."(같은 면) 이렇듯 개인의 앞날을 뒤바꿀 그 비틀림은 계산 가능한 물리적 각도가 아니라 어렴풋한 예감이나 직감의 형태로만 감지된다.

우연의 힘 앞에 속수무책으로 노출된 잠정적인 존재인 인간은 세계를 거대한 폭력으로 마주할 수밖에 없다. 그곳은 스스로의 의지와 계획을 배반하는 어두운 힘에 의해 획책되는 공간이기 때문이다. 하지만 우다영 소설의 인물들은 그 공포 앞에 짓눌리지 않는다. 예컨대「기분에 이르는 유령들」에 등장하는 현철의 딸은 자신이 당한 테러에 대해 "이건 아주 평범한 사고예요"(311면)라고 말하는데 그 담담한 말에 서린 서늘함은 작가가 우연의 폭력 앞에서 취하는 태도의 정체를 극적으로 보여준다. 원인을 제거하면 사라지는 공포와 달리 불안에는 명확한 대상이 없다. 계속해서 가늘게 떨고 있는 지남철처럼 인간 역시 온갖 우연과 불확실성 앞에 내던져진 채 불안에 떨어야 하는 존재일 뿐이다. 우다영은 그와 같은 우리의 존재 조건을 짐짓 무시하거나 억누르지 않고 다만 서늘하고 덤덤하게 포착해낸다.

어쩌면 우다영은 우연과 불확실성 속에 내던져진 인간의 존재 조건을 너무 일찍 알아차린 작가인지도 모른다. 몹시 독특하고도 인상적인 성장소설이라 할 수 있는「얼굴 없는 딸들」이 그 증거다. 대개의 성장소설이 객관적인 외부 현실과 그에 길항하는 개인적 자아 사이의 대립구도를 설정하고 있는 것과 달리 이 작품은 '나'를 둘러싼 수평적인 관계 구조를 밀도 있게 드러내고 있다. 작품의 주요 배경이 되는 '오로'가 이미 주변부로 설정되어 있거니와 등장하는 주요 인물 역시 사회와 가족의 정상성의 경계 내지는 외부에 놓여 있는 인물들이다. 그 이중의 주변부에서 보낸 한 철을 희미한 죄책감과 함께 추억하는 이 소설의 결말부에 작가는 이렇게 쓴다.

어쩌면 대수롭지 않은 일이었다. 그 시기에는 누구나 아무 노력 없이 몸이 자랐고, 이해하지 않아도 조금씩 어른이 됐다. 매일 모르는 사이에 무언가를 잃어버리고 그것을 잃었다는 사실도 쉽게 잊었다. 친구의 이름. 얼굴. 어제의 즐거움. 두려움. 화답을 기대하는 마음. 슬며시 생겨난 앙심. 단순하게 반복되는 폭력. 결별. 지난 계절의 더위. 추위. 꿈. 불가해한 죽음. 지속되지 않는 다짐. 너를 버린다는 말. 그 모든 것들이 기억 너머로 가라앉는다. 아래로 더 아래로 가라앉아 깊은 구덩이 속에 고이고, 바로 거기, 잔잔한 수면이 생긴다. (256~57면)

소설은 '오로'라는 지명의 유래와 닿아 있는 "다섯 노인들"의 얼굴을 비추며 끝이 난다. 그 얼굴은 "상처와 흉터마저 주름에 파묻"(260면)혀 있는데 이는 '오로'에서 보낸 한 철이 '나'를 (과잉)성숙시킨 시간들이었음을 짐작하게 한다. 결국 삶이 주체의 의지대로 기획되는 것이 아니라 원인과 결과를 알 수 없는 어떤 불가해한 힘에 의해 굴러가는 것임을 깨달은 주체가 맞닥뜨리게 되는 어떤 무기력의 소회가 거기에는 담겨 있다. 지나간 삶을 회억하는 '나'의 시선에는 정말로 노인이 취할 법한 어떤 돌아봄의 정서가 미만하지 않은가. 어쩌면 덤덤함을 넘어 냉정하다고까지 할 수 있는 이러한 작가의 시선은 그녀가 상정하고 있는 '인간의 조건'과 결코 무관하지 않을 것이다.

한편 '나'를 둘러싼 모든 감정과 사건들, 다짐과 추억들이 가라앉아 버린 저 "깊은 구덩이"는 무엇인가? 어쩌면 이것은 우다영의 소설 속에 반복적으로 등장하는 구멍의 원초적인 생성 지점이 아닐까. 만약 이 깊은 구덩이가 인간의 삶에 함정처럼 매복하고 있는 허방이라면, 그 허방은 단순한 물리적 함정이 아니라 개인의 내밀한 삶과 기억이 복잡하게 얽혀 있는 역사적 구성물이며 우리가 바라보면 "잔잔한 수면"은 세계의 표피에 불과할 따름이다. 그렇다면 타인이 파놓은 구덩이에 빠진다는 것은 타인이 지닌 가장 내밀한 지점으로 빠져드는 일이 되거니와 그것은 치명적인 위험이 도사린 사랑에의 유혹에 다름 아닐 것이다.

세계가 타인의 표피만을 훑는 시선으로 가득 차 있을 때 문학은 그 아래 자리한 "깊은 구덩이"를 응시할 것을 주문한다. 그 구덩이는 아름답고 안전한 진실의 거처가 아니라 누군가가 성장하면서 봉인해놓은 갖가지 추악한 과거가 모기떼처럼 우글거리고 있는 밀림의 늪에 가깝다. 그렇기에 대부분의 사람들은 그 허방에 빠지는 일에 극도의 예민함을 발휘하지만 우리 삶은 우연이라는 불가해한 힘의 작용으로 인해 어쩔 수 없이 그 구덩이에 빠져들지 않는가. 우다영의 소설을 통해 우리는 이 거부할 수 없는 삶의 진실에 조금이나마 가닿게 된다. 그 순간 삶은 우리에게 돌연 낯선 것으로 체험되며 우리는 우리 안에 자리한 저마다의 구덩이로 눈길을 돌리게 된다. 타인에게 관습적으로 내보이는 "잔잔한 수면" 아래 봉인되어 있는 각자의 진실을 비로소 두 눈을 부릅뜨고 대면할 시간이 찾아온 것이다.

그녀들의 천진 시절

◆

금희의 『천진 시절』

1. '탈향'하는 여자들

고향을 떠나는 이야기는 아주 오래전부터, 그러니까 자본의 본원적 축적 과정에서 발생하는 이산(離散, Diaspora)이 본격화된 근대 이전부터 있어왔다. 하지만 그때 길을 나서는 모험은 거의 남성에게만 허락된 것이었으며 그것은 대개 영웅담의 형태를 띠곤 했다. 고향을 떠나 낯선 곳에서 자신의 삶을 펼쳐 보이는 여성의 이야기가 등장하기까지는 그로부터 오랜 시간이 필요했다. 아마도 여성이 전근대적 공동체를 떠나 '자유로워지기' 위해서는 맑스가 『공산당 선언』에서 말한 것과 같은 (부르주아지에 의한) '모든 봉건적·가부장적·목가적(牧歌的) 관계의 파괴'가 선행되어야 했기 때문이리라.

더 나은 삶을 찾아, 그러나 반쯤은 떼밀리듯이 고향을 떠난 여성들의 이야기는 우리에게도 낯설지 않다. 1960년대 들어 본격적으로 진행된 산업화와 도시화는 농촌에 정주하던 사람들을 자본의 투입 요소로 전환시킬 것을 요구했고 그 과정에서 많은 여성이 정든 고향을 떠나 차가운 공장의 컨베이어 벨트 앞에 서야 했다. 고향을 등진 그녀들을 감싸고 있던 것은 영웅적 숭고함이라기보다는 낯설고 속악한 도시에 대한 두려움과 환멸, 그리고 미증유의 강도 높은 노동이 선사하는 극심한 피로였다. 그 한구석에 세련되고 번화한 도시에 대한 매혹과 더 나은 미래에 대한 희미한 희망이 뒤얽혀 있었음은 물론이다.

산업화가 낳은 거대한 이동은 '여공'이라 불렸던 여성 노동자들의 무수한 자기 서사를 낳았다. 배움에 목말랐던 여성들은 야학에서 공부하며 자신의 이야기를 직접 기록하기도 했다. '노동수기'라는 이름으로 묶인 그 글들은 멀리서 보면 저마다 엇비슷한 사연을 담고 있었지만 그들이 감내해야 했던 고통의 무늬와 포기할 수 없는 꿈의 색깔은 제각각이었다. 여성들의 '탈향(脫鄕) 서사'는 한 사회의 정치경제적 변동과 긴밀하게 연동된다는 점에서 당대 리얼리즘 문학의 성취를 가늠하는 데 있어서도 관건적 위치를 점하게 된다. 금희(錦姬)의 『천진 시절』(창비 2020)은 비록 중국을 배경으로 하고 있지만 그와 같은 맥락 속에서 주목을 요하는 작품이다.

본격적인 이야기를 시작하기에 앞서 금희에 대한 간략한 소개가 필요할 것 같다. 금희는 1979년 중국 길림성(吉林省)에서 태어난 조선족 작가다. 2013년 중국에서 『슈뢰딩거의 상자』라는 소설집을 펴내기도 했지만 국내 독자에게 이름을 알린 것은 2014년 봄 계간 『창작과비평』에 단편 「옥화」를 발표하면서부터다. 이듬해 한국어로 쓴 소설을 모아 『세상에 없는 나의 집』을 묶어낸 금희는 "자본주의 세계체제로서의 근대라는 폭넓은 범주 속에서 사람들의 다양한 욕망을 형상화"[1]한 작가로 평가받고 있다. 이번 작품 역시 "생존을 위한 절박한 선택을 포함하여 '더 잘살기 위해서' 여러 나라를 가로지르는 자발적인 이동의 삶"[2]을 그리고 있다는 점

---

1 백지연 「돌아오기 위해 떠나는 사람들」, 금희 『세상에 없는 나의 집』 해설, 창비 2015, 275면.
2 같은 글 274면.

에서 그녀의 일관된 주제의식에 닿아 있다.

2. 1998년, 상승과 혼돈의 시대

동생의 결혼식 때문에 상해(上海)에 잠시 머물게 된 주인공 상아는 우연히 정숙의 연락을 받고 "까맣게 잊고 살았던"(12면) 1998년의 천진(天津) 시절을 떠올리게 된다. 그녀가 회상하는 1998년의 중국은 어떤 모습일까? 우리에게 1998년은 건국 이래 처음으로 정권 교체에 성공한 정부가 직전에 불어닥친 엄혹한 경제적 위기 속에서 출범했던 해로 기억된다. 그러나 바닥을 향해 질주하는 그래프 위에 위태롭게 올라타 있던 우리와는 다르게 작품 속 중국의 1998년은 등소평(鄧小平) 이래 개혁개방에 나섰던 중국이 본격적인 경제성장을 이룩하던 희망찬 상승의 시기로 묘사된다. "무엇보다 세계를 향한 적극적인 문호개방이 아시아의 침체에는 아랑곳없이 높은 경제성장률로 이어지던 시기였다. 연해 도시에서는 하룻밤 자고 나면 새 외자기업들이 우후죽순처럼 일어섰"(13면)다.

중국의 경제적 팽창은 단지 숫자놀음에 그친 것이 아니라 당대를 살고 있던 사람들의 실질적인 삶에도 엄청난 변화를 몰고 왔다. 고향 마을 남산촌을 떠나 천진으로 이주한 상아의 삶 역시 그와 같은 중국의 구조적인 변동에 밀접하게 연관되어 있음은 물론이다. 상아가 1998년의 천진 시절을 "가슴 뜨거웠던 시절"(14면), "젊고 단순하고 생명력 넘치는 열정의 시절"(15면)로 기억할 때 우리는 당시 중국을 휩쓸던 경제적 상승의 기운이 한 개인의 내면에 어떻게 투사되어 자리 잡고 있는지를 여실히 확인할 수 있다. 그런데 이 빛나던 시절을 왜 그녀는 남의 것인 양 모른 척 묻어두고 살았던 걸까? 그건 아마도 그와 같은 밝고 역동적인 기억의 반대편에 쓰린 배신의 그늘이 함께 드리워져 있기 때문일 것이다.

고향 마을에서 학교를 함께 다닌 친구이자 천진으로 가는 길을 열어준 약혼자 무군. 약혼자라 했지만 상아는 열두살 때 처음 무군을 만난 이후 한번도 그에게 마음을 주어본 적이 없다. 상아가 무군과 짝을 맺게 된 것도 무군에 대한 이성적 호감 때문이 아니라 천진에서 함께 일할 사람을 찾는다는 무군 누나의 연락 때문이었다. 1998년의 어느 날, 상아는 가난하고 가망 없는 고향을 떠나 큰 도시에서 미래를 개척한다는 흥분과 함께, 그럼에도 어딘지 마음에 차지 않는 무군과 짝지어졌다는 우울을 동반한 채 기차를 타고 천진으로 향하게 된다.

무군은 남다르게 성실하며 상아에 대한 순수한 사랑을 간직한 사람이지만, 더 나은 미래를 향해 적극적으로 삶을 개척하려는 포부와 능동성이 없는 그를 상아는 초라하고 답답하게 여긴다. 무군과 평생을 함께한다는 건 그녀 역시 계층 상승의 기회를 잃고 밑바닥 노동자의 삶을 전전해야 한다는 것을 의미하기 때문이리라. 그럼에도 상아가 무군과 약혼한 건 어쨌거나 무군을 경유하지 않고서는 천진으로 대표되는 도시에의 접근이 여의치 않았던 사정 때문이겠다. 상아의 선택은 여성이 독립적인 주체로 자신의 삶을 개척하기가 그만큼 어려웠던 당시의 상황을 방증하는 것처럼 보인다.

이 작품에는 남자를 매개로 신분 상승을 도모하는 여자들이 여럿 등장한다. 언뜻 지극히 속물적이고 타산적으로 보이는 이 인물들은 그러나 동시에 당시 중국의 경제성장이 철저한 남성 연대에 기반해 이루어진 것임을 일러준다. 개혁개방에 이은 경제성장 과정에서 부와 권력을 쥔 사람들은 대부분 남자였으니 아무런 연줄이 없는 시골 출신 여자 입장에서 그 남자들을 매개하지 않고서는 새롭게 획득되는 부와 권력의 부스러기에도 접근하기가 쉽지 않았던 것이다. 경제성장을 알리는 화려한 숫자들의 향연 속에서도 여성이 주체적으로 즐길 자리는 결코 평등하게 배분되지 않았으니 작품 속에 등장하는 여성들의 '속물성'은 자연적 소여라기보다는 구조적 불평등이 파생한 효과에 가깝다.

가령 "여자가 아직 젊고 봐줄 만할 때 기회를 잘 잡아야지, 안 그러니?" (149면) 또는 "우리는 필요한 만큼 함께하겠지. 그동안 누가 상대에게서 더 많은 것을 얻어낼 수 있는가도 각자의 수완에 달렸어. 얻을 수 있는 게 없어지면 관계를 끝내면 되잖아. 복잡할 거 하나도 없다"(150면)라고 말하며 상아의 마음을 동요시키는 옛 동창 춘란은 어떤가. 사업가와의 '스폰서' 관계를 알선하는 춘란의 제안에 상아는 크게 놀라 결국 거부하지만 이내 마음은 그녀의 부도덕함을 지탄하는 대신 그녀의 욕망과 삶의 방식을 추인하는 쪽으로 기울고 만다. "이 세상의 구조 속에서 우위를 차지하기 위해 도전할 수 있는 가장 빠른 경로가 무엇인지에 대해 매우 정확히 알고 있었다."(150~51면) 상아의 윤리의식 타락을 손가락질하기 이전에 우리는 그런 도전만을 능동적인 것으로 남겨두는 "이 세상의 구조"의 속성에 먼저 주목하지 않을 수 없다.

농업공동체 위주의 사회주의 사회에서 탈피해 본격적인 산업화와 도시화를 구가하던 1998년의 중국은 "흑백 분명하던 원리들의 자리가 바뀌고 모든 가치가 부풀려지고 뒤섞이면서 정체성이란 개념조차 불분명"(68면)해지던 시대로 기억된다. 전통적인 윤리가 힘을 잃고 욕망을 향해 돌진하는 부나방 같은 질주가 새로운 삶의 태도로 떠오르던 시기이기도 하다. 그러니 "난 이제 알았어. 지금은 그저 돈 없는 사람이 나쁜 사람이란 걸. 선한 마음만 있으면 뭐 해? 그거 가지고는 아무도 도울 수 없는데"(154면)라는 정숙의 말은 부러 과장하는 위악이 아니라 차라리 당대 사람들이 직면해야 했던 시대적 진실이라 해야 할 것이다.

(영화 「첨밀밀」에서 장만옥이 연기했던 '이요'를 떠올리게도 하는) 상아와 춘란, 정숙 등은 모두 그 시대적 진실 앞에 자기 나름대로 몸부림친 인물들이다. 도무지 시대에 부합하지 못하는 무군과 희철 같은 사람들을 답답하게 여기던 그들은 순수하지만 무력한 사랑의 울타리에 머무는 대

신 적극적으로 그 울타리를 넘어 상승하는 삶과 접속할 수 있기를 바랐다. 그녀들의 처절한 몸부림에는 지금의 삶과 사랑에 만족하고 나면 영영 낙오되어버릴지 모른다는 불안이 짙게 배어 있었지만 사실 상승의 기회가 자신들에게 공평하게 열려 있지 않다는 사실을 그들은 애써 모른 척한다. 가진 게 없고 배운 게 없는 소수민족 출신 젊은 여성에게 '중국몽(中國夢)'은 과연 얼마만큼 가능성 있는 프로젝트였을까? 실제로 20년 만에 다시 만난 정숙은 결국 여러 문제를 일으키는 남자를 만나 이혼한 뒤 딸을 혼자 키우고 있으며 상아 역시 일자리를 찾아 한국을 들락거리는 남편을 대신해 온전히 딸을 돌보아야 하는 처지다.

쓰라린 배신의 대가치고는 어딘지 초라해 보이는 것이 사실이지만 중요한 것은 현재의 결과가 아니라 1998년 천진에서 그녀들이 맞닥뜨렸던 욕망의 정체라 할 것이다. 그녀들은 거기서 처음으로 자신의 욕망에 따라 결단할 기회를 얻게 되었고 확률과 상관없이 모두 현재를 버리고 더 나은 미래의 가능성을 택했다. 그 가능성의 문이 그녀들에게 얼마나 열려 있는지 여부는 젊은 시절 그녀들을 사로잡았던 강렬한 상승의 욕망 앞에 사소한 문제였을 것이다. 그녀들은 확실한 오늘의 사랑보다 불확실한 욕망을 좇았고 그 선택을 고스란히 자신의 것으로 감당해낸다.

3. 욕망의 덫

한편 상아는 천진에서 시작했던 무군과의 소꿉놀이 같은 신혼 생활을 접으며 자신의 욕망을 정직하게 응시하고 그것을 따르는 것이 옳다는 새로운 시대의 '정언명령'을 거듭 곱씹는다.

나의 약혼자가 저런 사람이었던가, 내가 저런 사람이랑 결혼하려고 여태 이렇게 살아왔단 말인가 하는 생각이 갈마들 때마다 나는 맛도 없는 음식을 허겁지겁 먹다가 체한 사람마냥 속이 더부룩했다. (…) 나는 삶의 어떤 변화, 질적으로 더 나은 변화를 원하고 있었다. 내 욕망이 정당하다고 나는 생각했다. (…) 그걸 위해서 사는 삶이라면 오히려 춘란이나 미스 신이 나보다 더 낫다는 생각이 들었다. 최소한 그녀들은 욕망 앞에서 정직하고 그것을 위해 '최선'을 다하지 않는가. (152~53면)

어쩌면 상아의 배신은 그녀가 운명처럼 물려받은 이름에서 예고되어 있었는지도 모른다. 중국 전설 속 월궁선녀 상아는 명궁수 후예의 아내였지만 남편이 서왕모에게 하사받은 불사약을 혼자 먹고 몸이 가벼워져 달나라로 홀로 올라가버리고 만다. 그런데 중요한 건 월궁선녀 상아가 불사약을 마신 게 단지 자신의 욕심 때문만이 아니라는 점이다. 판본에 따라 전해지는 이야기는 (조금씩) 다르지만 정설은 상아가 악당 봉몽의 협박에 못 이겨 불사약을 빼앗기게 될 위기에 처하자 어쩔 수 없이 불사약을 먹는 선택을 했다는 것이다. 그 점을 염두에 두면 작품 속 상아의 배신 역시 나약한 한 개인으로서는 도저히 피할 수 없었던 압도적인 시대의 공세에 굴복한 결과처럼 보이기도 한다.

하지만 상아의 배신을 단지 수동적 무력감의 발로로만 보는 것은 상아라는 인물이 품고 있는 욕망을 너무 적게 읽은 결과일 것이다. 여기서 흥미로운 것은 천진에서 새롭게 눈뜬 상아의 욕망이 다분히 (사회)진화론적인 위계를 상정하고 있다는 점이다. 구 사장과 함께 일을 다니며 '성공한' 남자들의 세계를 엿보게 된 상아는 그로 인해 "더 진화한 인류가 된 것 같은 착각"에 빠져 "모종의 우월감"(152면)을 느끼지 않을 수 없었다고 고백한다. 화려한 도시의 불빛과 아늑한 자가용, 그리고 번듯한 고층 아파트는 단지 안락한 삶을 위한 소비재가 아니라 '진화의 척도'로 여겨지고 있는 것이다. 이것이 왜 중요한가? 욕망이 이렇게 진화의 위계 속에 놓인 것이라면 자신의 소박한 연인 곁에 머무르는 일은 '진화'라는 자연스러운 법칙을 거스르는 일이 되기 때문이다. '진화'가 객관적으로 관철되는 자연법칙이라면 그 진화적 발달 단계를 따르는 것 역시 자연스러운 선택이 된다. 20년 만에 만난 정숙이 혹시 과거의 선택을 후회하지 않느냐는 상아의 질문에 다시 돌아가더라도 마찬가지의 선택을 할 거라고 말하는 것도 그 때문이겠다.

정숙은 상아가 무군과 함께 천진에 있는 공장에 다닐 때 알게 된 고향 언니로 첫사랑인 희철과 연애 중이었다. 같은 조선족 출신 노동자라는 공통점으로 인해 넷은 급속도로 가까워진다. 희철 역시 무군처럼 순수하고 성실한 사람이었지만 가난한 집 장녀로 물질적 성공에 집착하는 정숙은 결국 희철과 함께하는 미래 대신 이별을 택하고 만다. 희철이 사람은 좋지만 너무 고지식하고 융통성이 없어서 이 사회에서 도무지 잘나갈 수 있을 것 같지 않다는 게 그 이유였다. 그러면서 정숙은 이렇게 말한다. "같이 가난하게 만드는 사랑이라면, 그 사랑도 증오한다고."(133면) 희철은 정숙의 마음을 돌리기 위해 공장 기숙사를 나와 번듯한 공간을 마련하려 했지만 결국 그곳에 침입한 강도의 칼에 맞아 죽고 만다.

희철의 죽음은 정숙과 상아 모두에게 죄의식을 자극하는 어두운 기억이다. 게다가 무군 역시 상아의 배신으로 인해 영혼의 커다란 한 부분이 죽어버렸을 것임을 짐작해보면 상아의 화려했던 천진 시절은 수많은 사람들이 헤어날 수 없는 '욕망의 덫'에 걸려 허우적거렸던 무참한 과거를 숨기고 있던 시절이기도 하다. 하지만 이 무참함은 작품 속에서 결코 도덕적으로 단죄되지 않는다. 작품은 그런 단죄보다 강렬한 끌림을 선사했던 한 시대의 욕망에 서린 빛과 그늘을 꺼내 보는 데 더욱 주력한다.

결국 상아는 자신을 찾아온 무군을 매몰차게 내쫓은 뒤 천진 생활을 접고 고향 집으로 돌아오면서 정숙과도 헤어지게 된다. 이후 그녀는 고향 마을에서 자신에게 아낌없이 순수한 사랑을 주었던 무군을 가슴 아프게 추억하는데 이 장면이 먹먹한 것은 무군이 선사한 사랑의 순수함 때문만이 아니라 시간을 되돌린대도 상아가 마찬가지의 선택을 했으리란 걸 우리 모두 알고 있기 때문이다.

4. 삶은 계속된다

계층적 상승을 향한 그녀(들)의 욕망은 결국 실현되지 못한다. 중국은 그때보다 경제적으로 훨씬 더 발전했지만 그 화려함은 이제 그녀(들)의 신산함을 더욱 돋보이게 할 뿐이다. 하지만 작품은 그런 현실을 추인하고 과거의 기억을 부단히 먼 곳으로 밀어내면서 다가올 시간에 집중하는 태도를 보여준다. 과거를 어떻게 기억하고 애도하느냐 하는 것은 서사 윤리에 있어 관건적인 행위이지만 그녀(들)에게 더 급박한 것은 당면한 오늘을 다시 한번 살아내는 일이기 때문이리라.

정숙은 친정 부모님을 부양하기 위해 또 하루치의 노동을 해야 하고 상아의 남편 역시 한국 땅에서 "휴식시간이면 포장을 뜯지 않은 자재 위에 걸터앉아 담배 한개비 피우고, 점심시간이면 회사에서 정해준 식당에서 김치찌개를 먹으면서 평범한 하루하루를 살아갈 것이다."(195면) 상아 역시 어린 딸을 돌보며 고향 마을에서 부모님과 함께 살림을 돌보며 무거운 일상의 무게를 감당해야 함은 물론이다. 홀로 불사약을 마시고 달로 간 죄로 달에서 두꺼비로 변해 살게 되었다는 월궁선녀 상아에 얽힌 또다른 이야기를 이따금 떠올리면서.

하나 아쉬운 건 끝내 무군의 행방이 묘연하다는 점이다. 천진에서 상아에게 매몰차게 쫓겨난 이후 무군은 서사의 표면에서 증발해버리고 만다. 그는 훗날 상아처럼 고향에 돌아왔을 수도 있고 그게 아니라면 마을 사람들을 통해 그의 소식이라도 전해들을 수 있었을 텐데 어찌된 일인지 무군의 뒷이야기는 삭제되어 있다. 마치 그와 함께한 천진 시절이 슬프도록 아름다운 백일몽에 불과했다는 듯 말이다. 무군의 증발은 천진 시절을 이미 지나간 삶의 한 국면으로 축소시키려는 상아의 무의식적인 욕망의 결과일 것이다. 물론 그것 역시 자신의 삶을 미래로 실어 보내는 하나의 방편일 수는 있다.

하지만 이 작품은 미래를 향해 흐르는 삶의 물결에서 봉인된 과거의 기억이 불현듯 떠오를 수밖에 없는 것이 우리의 인생이라는 걸 보여주고 있지 않은가. 하여 그녀의 지속될 미래 속에서 천진의 '외딴 방'은 어떤 식으로도 또다시 그녀를 급습하게 될 것이다. 그 영겁회귀하는 사랑과 배신, 상승과 추락의 기억은 소시민적 삶과 무관하게 흘러가는 듯 보이는 시대와 역사의 표정을 닮아 있다.

잔존하는 잔열

◆

윤고은의『부루마불에 평양이 있다면』

1. 현실에서 딱 한 발짝

윤고은은 비교적 이른 시기에 고유의 문체/문채(style/figure)를 확립하는 데 성공한 작가다. 그녀는 첫 소설집『1인용 식탁』(문학과지성사 2010)에서부터 훗날 '메이드 인 윤고은'의 징표로 거론될 여러 문체/문채적 특질들을 이미 선보였으며 이후 꾸준한 작품 활동을 통해 그 특질들을 강고한 개성으로 자리매김한 바 있다. 그녀는 확실히 다작의 작가이지만 당연하게도 꾸준한 다작이 문체/문채의 확립을 자동적으로 보증해주는 것은 아니다. 사태는 거꾸로 이해되어야 한다. 문체/문채의 확립은 작가의 주관적인 재능과 노력 여하에 달린 것이 아니라 독자들의 수용 양상과 접합되는 간주관적 영역에서 발생하는 사건인바, 거기서는 작가가 제출한 문체/문채를 당대 문학장의 스펙트럼 속에서 유의미한 개성으로 승인하는 독자들의 수용 태세가 결정적인 요인으로 작용하기 때문이다. 그렇다면 한국문학의 독자들은 윤고은의 소설에서 어떤 매력과 수용 가치를 발견했던 걸까?

먼저 현실에 존재하는 사물과 사태들을 밀착된 시선으로 포착하는 것에서 출발하지만 끝내 그로부터 가뿐하게 이탈하는 윤고은 특유의 활달한 비약을 빼놓을 수 없을 것이다. 예컨대 이런 식이다. '혼밥'이 점차 단자화되는 주체의 현실을 보여주는 사회적 현상을 식문화의 관점에서 포착한 저널리즘적 명명이라면 윤고은은 거기서 한발짝 더 나아가 '혼밥 학원'이라는 엉뚱한 소설적 장치를 가동시킨다(「1인용 식탁」, 『1인용 식탁』). 또한 술을 마시고 헤어진 옛 연인에게 전화를 거는 주책맞은 실수는 우리 주변에도 흔하지만 그녀는 거기서 멈추지 않고 음주통화를 전문적으로 받아주는 새로운 기업을 설립함으로써 우리를 미증유의 임노동 관계 속으로 밀어넣는다(「해마, 날다」, 『알로하』, 창비 2014). 윤고은 소설은 이렇듯 일상적인 장면에서 출발하지만 그로부터 전개되는 플롯은 일상의 풍경을 비약적으로 초과한다. 이 과정에서 그녀가 천연덕스럽게 내보이는 의뭉스러움과 엉뚱함은 독자로 하여금 교묘하게 비틀어진 현실을 낯설게 바라보게 만든다.

윤고은은 현실과 환상의 경계를 자유롭게 넘나드는 작가로 유명하다. 하지만 이때 우리가 주목해야 하는 것은 현실과 환상 사이에 놓인 빗금이 아니라 환상을 여전히 현실에 얽매어놓는 중력의 엄연함이 아닐까 싶다. 아마 첫 장편소설의 제목이 워낙 강렬한 탓이겠지만—그 책의 제목은 『무중력 증후군』(한겨레출판사 2008)이다—그녀의 소설은 종종 현실의 기율(중력)을 무책임하게 뛰어넘는다는 평가로부터 자유롭지 못했다. 물론 눈을 감는다고 눈앞의 현실이 사라지는 것이 아닌 것처럼 현실은 아무리 재기발랄하고 자유분방하게 뛰어넘어도 늘 그 자리에 억압과 질곡의 실체로 작용하고 있다는 지적은 적확하다. 문학이 그런 현실을 가볍게 초월할 것이 아니라 두 눈을 더욱 부릅뜨고 현실 세계와 시스템의 원리를 묘파하는 데 진력을 기울여야 한다는 주문 역시 문학의 인식적 기능과 가치를 고려할 때 수긍이 간다. 그러나 그것이 윤고은 소설에 대한 비판적 평가에서 비롯된 주문이라면 이야기는 조금 달라진다. 왜냐하면 그녀가 즐겨 채택하는 상상력은 현실로부터의 가벼운 이탈의 장치가 아니라 현실을 지배하는 자본의 논리를 정확히 겨냥하고 있는 경우가 많기 때문이다.[1] 아마 윤고은의 소설이 단순히 현실의 중력을 재기발랄한 상상력으로 해제시키는 정도에 머물렀다면 그녀의 문체/문채는 그 순간 힘없는 수사로 곤두박질쳐버렸을 것이다.

윤고은의 소설은 현실에서 딱 한발짝 비켜섬으로써 현실과의 정면충돌을 방지하는 동시에 여전히 독자의 눈이 지금 이곳을 향하게끔 시야의 좌표를 설정한다. 그 한발짝의 거리감이 윤고은 소설의 활기와 재미, 그리고 현실적 반성력을 확보해낸다. 이번에 여섯편의 작품이 묶인 『부루마불에 평양이 있다면』(문학동네 2019)을 통해서도 우리는 그 특유의 거리감과 문체/문채가 자아내는 윤고은만의 활력과 매력을 어렵지 않게 확인할 수 있다.

2. 서울에서 평양까지

서울에서 딱 한발짝을 내딛는다면 그곳은 어디가 될까? 어떤 한심한 국회의원은 부천과 인천부터 떠올릴 것이고 나처럼 경기 북부에서 오래 살았던 사람은 의정부나 구리 정도를 떠올릴 것이다. 하지만 윤고은이 지닌 기발한 상상력의 보폭은 쉽게 휴전선을 넘어 개성과 평양에 자신의 한쪽 발을 내려놓길 주저하지 않는다. 「부루마불에 평양이 있다면」은 윤고은식 '딱 한발짝'이 성공적으로 내디뎌진 좋은 예이다.

우연히 하와이 경품 항공권에 당첨된 '나'는 '알리'라는 수학자 겸 부동

---

1 관련된 글로는 졸고 「세계의 불안을 견디는 두가지 방식」, 『창작과비평』 2016년 여름호 참조(이 책 제1부에 수록).

산 투자자가 운영하는 에어비앤비 숙소에 묵게 된다. 북한 부동산 투자에 관심이 있는 '알리'는 일부러 북한 출신 투숙객만 골라 받는다. 이야기는 그 사실을 미처 알지 못했던 주인공이 의도치 않게 국적을 북한으로 속이고 '알리'의 집에 묵게 되면서 시작되는데 이후 '나'는 '알리'로부터 적극적으로 북한 부동산 투자를 권유받게 된다. 여기서 북한은 미국 중심의 국제질서에 맞서는 '악의 축'이나 대량살상무기로 세계를 위협하는 '불량국가'가 아니라 세계화된 자본에 의한 수동적인 공략 대상으로 표상된다.

이러한 발상은 실제 현실의 변화와 부합하는 면이 있다. 워런 버핏(Warren Buffett), 조지 소로스(George Soros)와 함께 세계 3대 투자 대가로 꼽히는 짐 로저스(Jim Rogers)는 최근 한 인터뷰에서 자신은 2차 북미정상회담 결렬에 실망하지 않으며 여전히 북한에 전 재산을 투자하겠다고 밝혀 화제가 된 바 있다. 북한에 내장된 풍부한 천연자원과 우수하지만 저렴한 노동력, 그리고 관광 상품으로서의 가치 등을 높이 산 것이 그이유였다. 그런데 외부 자본의 유입은 북한의 성공적인 개혁개방을 이끌어내는 데 필수적인 요소지만 동시에 자본에 의한 식민화의 위험을 내포하고 있는 것이기도 하다. 하여 분단체제를 올바르게 극복하고 보다 인간적인 한반도 체제를 만들어가는 과정에서 이러한 자본의 힘을 어떻게 제어할 것이냐를 고민하는 것은 중요로운 일일 수밖에 없다.

이 소설이 매력적인 지점은 이와 같은 거시적 과제를 오늘날 구체적인 남한의 현실 위에 포개어놓는 방식에 있다. 여기서 질문 하나. 개성이나 평양에 건설될 신도시의 아파트에 투자하는 것과 남한에서 젊은 청춘 남녀가 결혼하고 아이를 낳아 기르는 일 중 어느 것이 더 비현실적일까? 금강산 관광은커녕 개성공단까지 문을 닫은 지금의 현실에서 많은 사람들은 당연히 전자를 고를 것이다. 하지만 합계 출산율이 0명대로 떨어진 작금의 상황을 떠올려보면 이게 그렇게 생각만큼 간단한 문제가 아니란 사실을 깨닫지 않을 수 없다. 이 땅에서 남녀가 사랑으로 결합해서 가정을 꾸리고 아이를 낳아 기르는 일은 이제 리얼리즘 서사가 아니라 SF서사가 담당해야 하는 영역이 아닐까 싶을 정도로 사랑과 결혼과 출산은 북한에 대한 직접투자만큼이나 우리 세대에게는 비현실적인 일이 되어가고 있기 때문이다.

'나'는 연인 선영과 9년 동안 사귀었으나 선영의 은근한 압력에도 불구하고 선뜻 결혼을 결정하지 못하고 있다. 결혼이라는 현실적인 목표 지점 앞에서 '나'가 번번이 발걸음을 멈추게 되는 건 "전셋집이나 수도권의 미분양 아파트를 찾기에도 역부족"인 "예산" 탓이 크다. 결혼에 골인하지 못한 채 김빠진 교제를 이어온 '나'와 선영의 관계는 결혼과 출산을 포기한 우리 시대 청년들의 자화상과 자연스럽게 포개지지만 "이제는 남한이 아니라 북한까지 고민해봐야 하는 우리의 상황"이라는 '웃픈' 자조에서 드러나듯 청춘의 졸아든 처지는 분단과 통일, 그리고 북한이 처한 식민화의 위험을 경유하면서 비로소 활달한 문제성을 지니게 된다.

그런데 이 소설은 '나'와 선영이 평양 신도시에 분양 신청을 하고 결혼을 약속하면서 조금은 갑작스럽게 느껴지는 해피엔딩으로 마무리된다. 이와 같은 결말이 데이비드 하비(David Harvey)가 말한 '공간적 해결'(spatial fix)의 한 사례로 볼 수 있을까?[2] '나'가 분양을 신청한 평양 신도시 아파트의 입주 시점인 2025년까지 통일이 될지 불확실하다는 점과 '나'와 선영의 평양 투자는 투기적 자본의 운동이라기보다는 사랑과 결혼에의 의지를 확인하는 맹세와 서약의 기능을 갖는다는 점에 주목하는 사람이라면 그렇게 치부하기란 쉽지 않다고 주장할 것이다. 하지만 그럼에

---

2 데이비드 하비는 제국주의를 '권력의 영토적 논리'와 '자본주의적 논리' 사이의 변증법적 또는 모순적 관계로 규정하면서 미국의 금융자본을 중심으로 한 신제국주의의 특성을 논구한 바 있다(데이비드 하비 『신제국주의』, 최병두 옮김, 한울아카데미 2016 참조). '공간적 해결'이란 한계에 부딪친 잉여자본을 영토를 넘어서 투자함으로써 자신의 모순을 해결하려는 자본의 움직임을 의미한다.

도 그 맹세와 서약이 "규제가 풀린 북한 쪽으로 외국 자본부터 물밀듯이 들어갈" '오래된 미래'에 기반하고 있다는 사실 역시 무시하기 어렵다.

　이 소설은 북한이라는 유사(pseudo) 식민지의 존재에 기대어 작동한 해피엔딩 플롯이라는 혐의를 받을 만하지만 결말에 제기된 "여기, 지금, 당장"의 문제가 지닌 하중의 뚜렷함이 동시에 그 혐의와 맞서게 만든다. 북한의 신도시는 둘째 치더라도 일단 여기서 보금자리를 마련하기 위해서는 은행에 가야 한다는 냉혹한 현실 말이다. 이 단호한 명령의 화법 앞에서 청춘의 행복한 결합은 다소간 유예될 수밖에 없는데 윤고은의 세계 속에서 성공적인 로맨스의 완성을 맞이하기 위해서 인물들이 넘어야 할 현실의 벽은 이렇듯 높고 험하다. 그 어려움은 부루마불에 평양이 들어가는 세계를 낙관할 수 없다는 사실과도 맞닿아 있다. 부루마불에 평양이 등장하는 날은 아마도 북한이 '평평해진 세계'(토머스 프리드먼) 속에서 '정상국가'의 일원으로 기입되는 날일 것이다. 그런데 그 미래의 세계로부터 우리가 그다지 밝은 희망을 감지하지 못하는 이유는 무엇일까? 어쩌면 그건 "사랑하는 사람과 함께"하는 소중한 순간마저 복속시키는 지구적 자본의 투기성으로부터 우리의 오늘이 결코 안전할 수 없기 때문은 아닐까?

3. 로맨스푸어의 로맨스

　잘못 전달되었을 뿐 진심이라니. 연경은 그가 자신을 비꼬고 있다고 느꼈다. 베이비푸어가 된 친구의 푸념을 들어준 적이 있고, 하우스푸어가 된 친구의 푸념을 들어준 적이 있지만, 연경은 자신이 친구들과 같은 돌림자를 갖게 될 거라고 생각해보지는 못했다. 그런데 로맨스푸어라니. (「오믈렛이 달리는 밤」 90면)

윤고은의 소설에서 좀처럼 찾아볼 수 없는 것들의 목록을 작성해본다면 과연 거기에는 어떤 것들이 들어갈까? 독자에 따라 내놓는 목록은 다양하겠지만 나는 '로맨스'라는 걸 넣고 싶다. 물론 그녀의 소설에 연인과 부부 혹은 남자와 여자가 등장하지 않는 건 아니지만 그들 사이에서 딱히 '로맨스'라고 부를 만한 사건이 일어나는 경우는 매우 드물다. 사랑이 일반적이고 보편적인 문학의 오랜 테마라는 점을 떠올려보면 윤고은에게 나타나는 이와 같은 '로맨스푸어' 경향은 그것이 사랑-로맨스에 대한 일종의 의식적인 거부의 산물일 가능성을 내포한다는 점에서 주목할 만하다.

윤고은 소설에서 로맨스가 부재한 데에는 여러 이유가 있을 것이다. 먼저 작가 자신이 통속적인 남녀 사이의 만남과 사랑을 그리는 일에 별 흥미가 없을 가능성이 크다고 봐야 하겠지만 그녀가 즐겨 채택하는 알레고리적 기법 자체에서 발원하는 영향도 적지 않은 것 같다. 알다시피 알레고리 속에 등장하는 인물들은 구체적인 숨결을 지닌 인물의 모방이라기보다는 기능적인 요소로 환원되는 경향이 있다. 나는 윤고은 소설에서 "인물들은 대개 상품의 의인화된 형태"로 나타나는 측면이 있음을 지적한 바 있는데 이런 종류의 인물들이 '로맨스'를 나누는 장면을 상상하는 것은 확실히 쉽지 않은 일이다.[3]

그렇지만 이번 작품집 이후 이와 같은 평가는 '미세하게' 조정되어야 할지도 모르겠다. 왜냐하면 여기서는 그 전과 다르게 소소한 로맨스의 기미가 단연 눈에 띄기 때문인데 굳이 '미세하게'라는 단서를 단 것은 그 로맨스가 우리가 으레 생각하는 전형적인 모습과 살짝 떨어져 있기 때문이다. 우리는 이 로맨스를 '윤고은표 로맨스', 그러니까 '로맨스푸어의 로맨스'라 부를 수 있지 않을까.

일견 로맨스와 무관해 보이는 「우리의 공진」에서부터 출발해보자. 이

---

3 졸고, 앞의 글 268면.

소설은 비슷한 환경에 놓인 사람들 사이의 비대면적 접촉을 다루고 있다. 비대면적 접촉이라고 하면 사람들은 PC 통신이나 소개팅 어플 같은 것들을 떠올릴 테지만 여기서는 난데없이 통근버스가 등장한다. 현실의 사물·사태에서 한발짝 더 나아가는 윤고은 소설답게 이 통근버스는 그냥 통근버스가 아니라 "좌석마다 모니터와 접이식 테이블, 독서등과 비상호출 버튼"이 있는 프리미엄 통근버스다. 언뜻 이 작품은 기업사회를 알레고리적으로 형상화한 「P」(『알로하』)를 떠올리게 한다. 하지만 「P」에 등장하는 통근버스가 닫힌 세계를 왕복하는 회로의 기능적 부속품 같은 것이라면 「우리의 공진」에서 통근버스는 주인공이 익명의 타자와 접속하고 연결되는 매개로서의 의미를 지닌다.

「우리의 공진」은 회사로 대표되는 조직 사회의 단면을 그려내는 메인 플롯 아래 희미한 로맨스를 배치해놓고 있다. '나'는 우연히 같은 좌석을 공유하는 한 여자에게 호기심을 가지게 되며 이는 점차 이성적 설렘으로 발전한다. '나'는 그녀와 프리미엄 버스에 비치된 전자메모장의 낙서를 통해 조금씩 가까워지게 되고 마침내 여자는 '나'에게 만남을 청하게 된다. 이를테면 본격적인 로맨스가 시작되기에 충분한 어떤 전환점이 마련된 것이다. 하지만 '나'는 끝내 여자의 청을 받아들이지 않는데, 표면적인 이유는 그녀가 '나'의 지위를 과대평가하고 있다는 데 부담을 느낀 것이지만 진짜 이유는 그녀와의 만남이 빚어낼 파동을, 그러니까 둘이 함께 만들어낼 "공진"이 가져올지도 모르는 어떤 "파국"을 감당할 자신이 '나'에게는 없기 때문일 것이다. '나'는 스프링이 발생시키는 진동을 "스펀지나 유체 같은" "댐퍼"로 막는 데 골똘한 소시민일 뿐이며 그 소시민에게 로맨스는 자기가 감당할 수 없는 공포와 두려움의 대상일 뿐이다.

「우리의 공진」은 만남과 떠남이라는 두 축으로 구성되어 있다. 로맨스 서사의 경우 두 사람이 만나서(만남) 이전까지 고수하던 동일성의 자리에서 벗어나 불확실한 미지의 영역으로 발걸음을 옮길 때(떠남) 비로소 작동한다. 하지만 윤고은표 '로맨스푸어의 로맨스'는 이와 같은 로맨스 서사의 작동 원리를 의식적으로 거부하는 듯 보인다. 「양말들」의 경우가 대표적인데 여기서는 인물들의 만남이 "공진"을 발생시킬 가능성이 애초부터 차단되어 있다. 왜냐하면 한쪽은 이미 죽어 현실에 어떠한 작용도 미칠 수 없는 존재가 되어 있기 때문이다. 「양말들」은 그렇게 대면할 수 없는 존재들 사이에서 이루어지는 마주침에 대한 이야기이다.

「양말들」에는 영문을 알 수 없는 죽음을 맞은 후 자신의 죽음을 둘러싼 풍경을 들여다보는 인물이 등장한다. 그 풍경들을 들여다보며 '나'는 커다란 당혹감을 느끼는데 거기에 등장하는 대부분의 사건들은 오해에서 비롯된 것이기 때문이다. '나'가 남긴 유서나 친구 윤에게 잘못 건 전화 같은 것들은 모두 살아생전 '나'의 진심을 입증해주는 확고한 물증으로 작동하지만 그건 제멋대로의 해석이 만들어낸 오해일 뿐이다. 그중에서도 가장 난감한 건 취소된 결혼식의 축가를 불러주기로 했던 후와의 관계이다. '나'의 유서를 제멋대로 해석한 언니는 문상을 온 후에게 "연지가 그쪽을 많이 좋아했어요. 우리 연지 기억해주세요"라며 "잘못 배달된 고백"을 행한다. '나'는 혼자 차 안에 앉아 불러주기로 약속했었던 축가를 부르는 후를 바라보며 "어쩌면 정말 내가 후를 그리워했던 건 아닐까?" 하고 생각해보지만 그건 자신이 스스로에게 숨겨온 진실이라기보다는 일반적인 "가능성"에 지나지 않는다.

어쩌면, 어쩌면 정말 내가 후를 그리워했던 건 아닐까? 죽고 나서야 그걸 인식했다면 운이 없는 편이지만, 이제 와서 어떤 온도를 상상하는 게 영 쓸모없는 일은 아닐 것 같았다. 눈을 뜬 후가 노래를 부르기 시작했으니까. 내게 선물로 준 노래, 그 노래를. 후가 정말 노래를 부른 걸까. 아니면 내가 잘못 들은 것일까. (…) 후는 투명한 나와 노래를 함께 불렀다는 사실, 투명한 나를 길 위에 흘려뒀다는 사실도 모른 채 차의 시동을 걸었다. 그리고

멀어졌다. 나는 다시 분향실로 돌아왔다. (「양말들」 32면)

　무척 아름답고 쓸쓸한 장면이지만 감정은 극도로 절제되어 있으며 후와의 마지막 순간 역시 덤덤하게 처리되고 있다. 생전에 지녔을지도 모를 사랑의 가능성은 회한이나 안타까움이 아니라 "운이 없는" 정도로 그려질 뿐이어서 「양말들」에서도 로맨스는 점점 줄어드는 '나'의 영혼의 두께처럼 희미하게 존재한다.[4] 「우리의 공진」에서 로맨스를 가로막는 것이 공포와 두려움이라면 여기서는 미처 깨닫지 못한 뒤늦음과 작은 오해가 빚어낸 소동이지만 이 정도의 오해는 차라리 나은 편이다. 남녀 간의 로맨스가 이보다 더 지독한 오해로 점철된 것이라면 어떨까.

　「평범해진 처제」는 조금 전 살펴본 「양말들」과 비슷한 메시지, 그러니까 로맨스란 서로 간의 오해에 기반하기 마련이며 그 오해는 항상 너무 늦게 발견된다는 사실을 우리에게 상기시킨다. 작품 속에서 반복 교차되는 여러겹의 오해를 따라가다보면 우리는 자연스럽게 남녀 사이에 도저히 빠져나올 수 없는 오해의 깊은 늪이 존재한다는 사실과 마주하지 않을 도리가 없다. "너를 읽는 건 설레는 일이다"라는 표고영의 말이 '나'를 향한 게 아니라 '나'의 친구 민아를 향한 것이었으며 표고영이 여전히 잊지 못하고 있는 것은 한때 만났던 '나'가 아니라 과거의 민아일 따름이라면, 하여 과거 '나'가 표고영에게 고한 이별마저 주체적인 선택이 아니라 그 모든 상황의 압력에 마지못해 떠밀린 것이었다는 진실이 드러날 수밖에

---

4 물론 이 작품은 서사에서 차지하는 로맨스의 희미한 두께를 자신의 죽음 이후의 풍경을 따뜻하게 관조하는 인물의 시선으로 두껍게 채우고 있으며 그 따뜻함 역시 윤고은 소설이 가진 특유의 덕목 중 하나이다. 윤고은의 소설에는 악한 사람이 거의 등장하지 않는다는 사실은 이미 지적된 바 있는데 이건 제멋대로 후에게 고백한 언니를 향해 "나는 언니를 미워하지 않기 위해 언니 입장에서 생각해보려 애썼다"(30면)와 같은 문장을 통해서도 여실히 확인된다. 실수나 오해를 저지르는 사람의 선의를 믿고 그 선의를 애써 헤아리려는 마음 같은 것 말이다.

없는 순간이라면 우리가 서로에 대해 지니고 있는 기억과 추억들은 이해의 결과가 아니라 (스스로마저 속인) 오해의 산물에 불과한 것이 아니겠는가.

윤고은은 이와 같은 오해를 남녀 간의 관계에서 피할 수 없는 숙명적인 것으로 보고 있는 것처럼 보인다. 그 오해야말로 실은 이해보다 더 리얼한 현실감을 선사하기 때문이다. 가령 야동 리뷰를 쓰는 '나'는 "여자 냄새가 나는 문장을 쓰기 위해서는 결국 남자 입장에서 생각"해야 한다고 말하는데 그 이유는 "진짜 여자의 생각 말고, 남자가 상상하는 여자의 생각"을 쓸 때에야 그 글은 비로소 '리얼'해지기 때문이다. 이때 중요한 건 솔직함이 아니라 타인의 의도된 오해에 부합하는 역할을 수행하는 것인데 이는 그와 같은 오해를 경유해야만 서로에 대한 환상을 작동시킬 수 있는 상징계의 구조에서 말미암는다.

결국 남자는 자신과 섹스하는 여자의 얼굴을 보면서도 그 표정이 진짜인지 아닌지를 알 수 없어 두려워하고 여자 역시 진짜 자신의 본모습이 아닌 남성을 경유한 여성의 리얼리티를 승인할 뿐이다. 사정이 이와 같다면 로맨스는 믿을 수 없는 화자들이 가면을 쓰고 벌이는 진실게임에 다름 아닐 터, 어쩌면 윤고은의 '로맨스푸어'는 이와 같은 서늘한 인식에서 비롯한 결과처럼 보인다.

4. 잔존하는 잔열

'로맨스푸어'라는 단어가 직접 등장하는 「오믈렛이 달리는 밤」은 이번 소설집에 실린 작품 중 로맨스의 하중이 가장 큰 작품이다. 하지만 여기서도 로맨스의 당사자는 결합에 이르지 못하고 미끄러진다. 두 사람이 합심해서 만든 "진짜 본론"인 오믈렛이 "프라이팬과 접시 사이의 그 애매한 공백으로 툭" 하고 떨어지는 소설의 마지막 장면은 예의 윤고은표 '로맨스푸어의 로맨스'적 결론에 충실한데 프라이팬과 접시 사이에 놓인 그 애매한 공백을 우리는 남자와 여자 사이에 가로놓인 본질적인 허방으로 바꿔 읽을 수도 있을 것이다.

하지만 "왼쪽으로 한번 오른쪽으로 한번 꿈틀거리며 제 몸을 추스르고는 몸을 발딱 일으켜 세우고는" 다급하게 꽁무니를 빼는 오믈렛의 의뭉스러운 자태는 그 허방이 치명적인 함정이나 위험이라기보다 우리가 살면서 어쩔 수 없이 안고 가는 사소한 인간적 결점처럼 보이게 만든다. "모든 수가 다 틀어져버렸다고 생각되던 그 순간"에도 민망함을 무릅쓰고 움직이는 이와 같은 정동이야말로 '로맨스푸어의 로맨스'에 고유한 것일 텐데 그것은 "물리적 시간보다 더 오래 지속"되는 "잔열"과 맞닿아 있다.

「물의 정원」의 결말에서 선영은 "우리를 움직이는 건 아주 큰 에너지가 아니라, 그런 잔열"일 수도 있다고 말한다. 어쩌면 우리는 로맨스에 대해서도 비슷하게 말할 수 있지 않을까. 더할 나위 없이 뜨거운 결합이 아니라 "애매한 공백"으로 자꾸 미끄러지는 마음들이 빚어내는 "잔열"들이 우리가 살면서 대면하는 사랑의 정체라고 말이다. 그렇다면 갖은 공포와 두려움, 오해와 허방들 사이에서 비틀대며 걸어가는 인생이지만, 그리고 뭐 하나 뜨거울 것 없이 미지근하게 지속해나가는 일상이지만, 그럼에도 우리가 이따금 뒤를 돌아볼 수 있는 건 바로 그와 같은 "잔열"에 담겨 있는 "어떤 온도" 때문인지도 모르겠다.

사람의 내부에는 "어떤 걸 던져 넣어도 남는 소리가 없"는 텅 빈 심연이 존재한다. 로맨스의 (불)가능성은 그와 같은 텅 빈 심연의 바닥에서 마침내 희미하게 들리는 작은 소리를 감지해내는 조심스러운 기다림에서 시작하는 것일 테다. 윤고은은 이 소설집에 실린 작품들을 통해 그 희미한 소리와 미세한 열기를 우리에게 건네고 있다. 그녀에게 건네받은 희미하고도 미세한 기미를 어떻게 간직할 것인가 하는 문제는 이제 우리의 몫이다.

평범해서 쓸쓸한 존재들을 위한 노트

◆

김미월의 『여덟 번째 방』 다시 읽기

김미월(金美月)의 『여덟 번째 방』(민음사 2010; 개정판 2023)을 처음 읽은 건 대학원에 진학해 문학을 공부하기로 마음먹은 무렵이었다. 그때 나는 앞으로 내가 탐험해야 할 새로운 세계가 요연하게 꽂혀 있던 도서관 2층 한국소설 서가를 틈날 때마다 기웃거렸다. 김미월의 이름을 처음 본 것도 그 서가에서였다. 묘하게 마음을 잡아끄는 이름이어서 나는 그 앞에 멈춰서 그녀의 소설을 뒤적였다. 첫 소설집 『서울 동굴 가이드』(문학과지성사 2013)가 그 옆에 나란히 꽂혀 있었을 테지만 내가 집어 든 건 『여덟 번째 방』이었다. 대학 시절 내내 신촌 부근을 전전하며 이미 '다섯번째 방'에 살고 있었던 나로서는 그 제목을 보는 순간 내 동류의 이야기라는 확신이 들었던 것이다.

10년이 넘는 시간이 흘렀다. 그사이 나는 문학평론가가 되었고 김미월은 내가 가장 좋아하는 작가 중 한명이 되었다. 나는 김미월의 소설이 왜 그렇게 좋았을까? 김미월의 소설에 등장하는 인물들은 그들의 세계에서 매우 옅고 희미하게 존재하고 있었다. 그 평범한 인물들을 감싸고 있는 쓸쓸함을 차분하고 따뜻하게 응시하는 김미월의 눈길에 나는 매료되었던 것 같다. 그녀의 소설이 아니었다면 평범함 곁에 나란히 선 어떤 쓸쓸함에 대해 나는 여전히 많은 것을 알지 못한 채 살아가고 있을 것이다.

세간으로부터 얻는 관심과 주목이 경제적 성패는 물론이고 존재 가치까지 결정하는 '주목 경제'(attention economy)가 일반화된 오늘날, 김미월이 응시했던 '평범한 쓸쓸함'은 각별한 의미로 다가온다. 오늘날 자신이 세계의 주인공이 아니라는 깨달음은 심리적 소외감을 넘어 직접적인 생존의 위협으로 작용한다. 이런 세계에서 주체는 '관종'(관심병)의 덫에 빠지기 쉽다. '관종'은 타인의 관심과 주목을 효과적으로 착취하는 데 최적화된 주체성의 양식인바, 그 안에서 벌어지는 '만인에 대한 만인의 인정투쟁'은 생존을 위한 발악적인 몸짓을 요구한다. 그렇다보니 타인의 인정과 애정, 관심과 주목으로부터 소외된 이들은 자기도 모르는 사이 무력감과 우울감, 열패감과 원한 감정에 시달린다. 하지만 이에 맞서 개별적 존재가 지닌 고유함을 무턱대고 긍정하는 것도 '관종의 시대'에 대처하는 효과적인 방편이 되기는 어렵다. 마땅히 자신의 몫이 되어야 할 주목을 받아내지 못했다는 억울함과 허술하게 급조된 자기 자신에 대한 긍정 모두 존재에 대한 내성적 반성의 계기를 확보하는 데 걸림돌이 될 뿐이다. 이런 허위의식에서 벗어나 개인의 진실을 차분하게 마주하는 일은 어떻게 가능할까? 사회적 입사(initiation)의 문턱에서 방황하는 청춘들이 빚어내는 마음의 무늬를 섬세하게 마주해온 김미월의 소설은 우리가 그 대안의 단초를 모색하는 데 소중한 참조의 계기가 되어준다.

김미월 소설의 인물들은 "끊임없는 자기갱신과 변형, 이동성과 불확실성, 성장과 발전에 대한 욕구 등으로 특징지어지는 모더니티"[1]가 거스를 수 없는 실존적 조건으로 작용하는 세계 속에 살고 있다. 하지만 이와 같

---

1 복도훈 「1960년대 한국 교양소설 연구: 4·19세대 작가들의 작품을 중심으로」, 동국대학교 대학원 국문학과 박사학위 논문 2014, 1면.

은 근대적 자기 형성의 요구 앞에 김미월 소설의 인물들이 취하는 태도는 세간의 기대와 미묘하게 어긋난다. 미래를 향해 힘차게 돌진하는 인물은 그녀의 소설에서 거의 찾아보기 어렵다. 반면 이렇다 할 꿈도 목표도 없이 점점 자신을 옥죄어오는 자기 형성의 요구 앞에 거듭 위축되는 인물들의 내적 방황이 부풀어 오르는 미래의 낙관을 대신한다. "왜 꼭 뭔가가 되어야만 할까. 세상은 나에게 끊임없이 무언가를 요구한다. (…) 내가 원하는 것은 대단한 것이 아니었다. 그저 자유였다. 아무것도 되지 않고 아무것도 하지 않을 자유."(「29200분의 1」, 『아무도 펼쳐보지 않는 책』, 창비 2011, 45~46면) 이 작품의 제목에 등장하는 '29200'이라는 숫자는 인간의 평균수명을 의미하는 80년에 365일을 곱한 것으로 한 보편적 인간이 평생 동안 허락받음직한 날의 총합이다. 그런데 인간의 일생을 이처럼 산술적 숫자로 분절해 생각해보면, 성장과 발전이라는 목적론적 도정으로부터 이탈할 여지가 발생한다. 개별적인 날들이 미래라는 하나의 소실점으로 통합되지 못하고 낱장으로 흩어져 파편화되기 때문이다.

그렇지만 이를 '성장에 대한 거부'라고 성급하게 규정해선 곤란하다. 남들에게 내세울 그럴듯한 꿈과 목표가 없다고 해서 세속적 야망과 구별되는 '진정한 자신'이 되고 싶은 욕망까지 버려둔 것은 아니기 때문이다. 그들은 세속적 야망과 진정한 자신이 되고 싶은 욕망 사이에서 부대끼면서 자신이 꿈꾸는 진정한 삶에 대한 물음을 거듭 환기한다. "아무것도 되지 않고 아무것도 하지 않을 자유"를 요구하는 그들의 뻬딱함은 실은 타인과 세계가 강요하는 질서에서 벗어나 진정한 자신이 되고 싶다는 욕망에서 발현하는 성장통에 가깝다. 김미월 소설의 인물들은 그 성장통을 지극히 '김미월다운' 방식으로 겪는다. 그들은 자신이 숨어들 참호를 자기 내부에 마련하고 그 안에서 자신의 마음을 골똘히 들여다본다. 그래서 그들의 특별함은 여간해서는 겉으로 드러나지 않는다. 그들은 평범하다는 말이 진부하게 느껴질 정도로 평범하지만 그들을 그려내는 김미월의 손길은 그 평범함을 재료로 삼아 끝내 인상적인 고유함을 만들어낸다. 여기에 김미월이 구가하는 소설적 연금술의 매력이 있다.

　『여덟 번째 방』은 첫 독립에 나선 영대가 허름하고 비좁은 지하층 방에 입주하는 장면으로 시작한다. 영대가 바퀴벌레가 들끓는 낡은 방에 거처를 정한 이유는 경제적 어려움 때문이 아니다. 서울 아파트를 빚 한푼 없이 소유하고 있는 부모님 아래 자란 영대의 경제적 수준은 중산층에 가까워 보인다. 영대는 왜 안온한 중산층의 삶을 떠나 낡은 지하방으로 거처를 옮긴 것일까? 표면적인 이유는 실연 때문이다. 짝사랑하던 선배로부터 "너를 보면 가슴이 콱 막혀." "니 인생에 좀더 진지해져봐. 본인이 진짜로 원하는 게 뭔지 스스로 찾아야지"(15~16면)라는 충고와 함께 대차게 차인 영대는 그로 인해 이제까지 "한번도 자신의 의지에 따라 살아본 적이 없었다"(16면)는 각성에 이르게 된다.

　영대의 독립이 더는 이제까지 살아왔던 방식으로 살지 않겠다는 다짐을 대외적으로 공표하는 결연한 실천이라면 허름하고 비좁은 지하방은 단군신화에서 곰과 호랑이가 거처했던 동굴과 유사한 의미를 획득하게 된다. 굴에 갇혀 쑥과 마늘만 먹으며 100일 동안 햇빛을 보지 못하는 시련을 겪은 후에야 인간이 될 수 있었던 곰처럼 영대 역시 '방바닥에서 한기가 아니라 살기가 올라오고 화장실도 마음 놓고 갈 수 없는 거지 같은 집'에서 인고의 시간을 보낸 뒤에야 비로소 다른 존재로 재탄생할 가능성을 기대해볼 수 있기 때문이다. 영대가 갈구하는 진정한 삶이란 "자신의 의지에 따라 행동"하는 것을 의미한다. 인생의 주인은 그 누구도 아닌 자기 자신이며 진짜로 원하는 걸 스스로 찾아 성취하는 삶이야말로 자신의 주인됨을 실현하는 유일한 방도라는 믿음을 지니고 있다는 점에서 영대는 진정성의 주체라고 할 수 있다. "진정성을 추구하는 인간은 외재적인 도덕이나 타인들의 견해 혹은 가치관을 맹목적으로 추수하는 존재가 아니

라" 자기 고유의 내적 원리를 통해 자신의 삶을 설계하고 영위하는 존재이기 때문이다.[2]

우연히 영대가 펼쳐본 노트의 주인공인 김지영 역시 '진짜' 나다운 삶이 무엇인지 끊임없이 묻고 방황한다는 점에서 영대와 비슷한 결을 지니고 있다. 고향을 떠나 서울에 있는 대학에 진학한 그녀는 스펙터클한 캠퍼스의 풍경 속에서 자신의 진본성(眞本性)을 잃어버릴 것만 같은 위기감에 직면한다. "어째서일까. 내가 보고 있는 것이 설령 영화라 해도, 그것을 보고 있는 관객으로서의 나의 존재는 진짜인데. 허구가 아니라 실존인데. 그런데 왜 자꾸 가짜처럼 느껴지는 것일까. 내가 하는 건 어째서 다 어설픈 흉내 같고 어린애 장난 같을까. 조바심이 났다."(74면) 지영이 조바심을 내는 이유는 자신을 둘러싸고 있는 스펙터클의 장막을 걷어내고 "날것 그대로의 진짜 세상"을 마주하고 싶기 때문이지만 진짜 세상은 그녀에게 자신의 참모습을 쉽게 드러내지 않는다. 그건 세상의 진면목이 두꺼운 장막에 가려져 있어서가 아니라 세상에 뛰어든 사람의 주체적이고 능동적인 삶의 행로와의 부대낌을 통해서만 비로소 하나의 현실로 (재)구성되는 것이기 때문이다.[3]

---

2 김홍중 「진정성의 기원과 구조」, 『한국사회학』 제43집 제5호, 2009, 14면.
3 영대와 지영 모두 시시하고 수동적인 삶과 질적으로 구별되는 고유하고 진정한 삶이 존재하리라는 믿음을 공유한다. 하지만 영대의 경우 진정한 삶에 대한 갈망이 도드라질 뿐 그 진정성을 구현해나가기 위한 구체적인 행로가 작품 안에서 또렷하게 형상화되어 있지 않은 데 반해 지영의 경우는 보다 명확한 삶의 도정을 보여준다. 영대가 진정한 삶이란 무엇일까 하는 물음을 계속해서 현재의 시간성 안에서 제기하고 있는 데 반해 지영은 자신이 거쳐온 삶의 행로를 소설의 형식을 빌려 서술함으로써 보다 풍부하게 삶의 의미를 부여하는 것이다. 이런 차이는 영대라는 인물의 내적인 한계를 의미하는 것이 아니라 이 작품이 지영의 자기 역사 서술을 영대가 들여다보는 형식으로 구조화되어 있기 때문에 발생하는 현상이다. 작품은 영대의 이야기와 지영의 이야기가 교차하며 진행되지만 영대의 플롯이 지니는 시간성의 폭과 지영의 플롯이 지니는 시간성의 폭은 크게 차이가 난다.

지영은 바닷가에서 작은 서점을 운영하는 부모님을 떠나 서울에 있는 대학에 진학한다. 그곳에서 진주를 알게 되고 함께 황무지라는 동아리 활동을 시작하지만 자신이 짝사랑하던 시호 선배가 진주와 사귀는 걸 알고는 마음에 큰 상처를 받고 그들로부터 멀어지게 된다. 하지만 지영이 겪은 지독한 아픔은 어릴 적 고향 친구이자 첫사랑이었던 관에게서 온다. 관 역시 자신의 고유한 실존을 확립하기 위해 분투하고 방황하는 인물이다. 무당 어머니를 둔 관은 어려서부터 '무당 아들'이라는 꼬리표를 낙인처럼 달고 살아왔다. 자신이 선택하지 않은 정체성으로 규정당해온 관은 "새로운 사람들과 관계를 맺을 때마다 어쩔 수 없이 움츠러"들었고 "자신을 정말로 이해해줄 수 있는 사람은 아무도 없는 것 같다"(241면)는 쓸쓸한 절망감 속에서 살아온 인물이다. 이렇듯 타인의 진심으로부터 소외된 관은 그 자신의 내부에 지영의 사랑을 받아들일 공간을 마련하지 못했고 관을 향한 지영의 진심에도 불구하고 그들은 서로 멀어지게 된다.

이런 만남과 헤어짐은 지영의 성장 과정에서 중요한 계기로 작용한다. 처음 지영은 "살면서 많은 방들을 거쳐가듯, 사람들과도 숱하게 만나고 헤어지고 또 서로를 잊어가며 살게 되리라는 것을" 알지 못했지만, 점차 "어느 한 시절 자신에게 굉장히 중요했던 사람을 평생 동안 다시는 만나지 못하게 될 수도 있다는 것을, 정말 친했던 사람과 별다른 이유 없이 멀어질 수도 있다는 것을" 깨닫게 된다(144면). 이 깨달음은 지영이 다다른 성숙함의 한 징표이다. 어른과 아이를 구분하는 무수한 기준이 있지만 '인연'을 대하는 태도 역시 그 핵심적인 기준의 하나이다. 아이는 자신의 세계가 더 크게 확대되어 나가리라는 걸, 그 과정에서 지금 내 곁에 있는 사람들 역시 다른 사람으로 교체될 수 있으리라는 걸 경험적으로 인식하기 어렵다. 하지만 어른은 "남들이 결코 끊을 수 없는 억세고 질긴 인연의 동아줄"(191면) 같은 것은 존재하지 않는다는 것을, 인(因)과 연(緣)은 얼마든지 수명이 다해 서로 흩어질 수 있다는 사실을 담담히 받아들인다.

그렇지만 이런 담담함의 이면에는 영원한 것은 존재하지 않으며 인과연 사이에 작용하는 시간의 척력 앞에서 우리는 모두 변형과 소멸의 운명을 피할 수 없다는 쓸쓸함이 깔려 있다. 이런 쓸쓸함은 지영이 진주와 시호 오빠, 관과의 만남과 헤어짐을 통해 마침내 마주하게 된 세계의 진면목이라는 점에서 마냥 부정적인 건 아니지만 거기에 깃든 허무의 덫은 여전히 피해가기 어려운 문제로 남는다. 이때 지영은 글을 씀으로써 그 허무에 맞서 싸울 수 있는 내성의 공간을 마련한다. "나는 평범한 사람이다"(28면)로 시작하는 지영의 소설을 독자들은 이 책을 펼쳐 든 지 얼마 지나지 않아 만나지만 지영이 그 소설을 쓴 이유는 이 책을 모두 읽은 후에야 비로소 알 수 있다. 지영은 휴학계를 내러 간 자리에서 왜 휴학을 하느냐는 학과장의 힐난 섞인 추궁에 "소설을 써보고 싶어요"(214면)라고 대답할 때 자신의 대답을 "거짓말"이라고 명료하게 의식하고 있다. 하지만 언어의 수행성이라는 것은 묘해서 그 거짓말을 내놓자마자 그녀는 갑자기 소설을 쓰고 싶은 욕망에 사로잡히게 된다. 그렇지만 더욱 결정적인 계기는 "자신의 이야기를 쓰는 사람은 특별"(253면)하다는 관의 말 때문이다. 자신의 이야기를 어떻게 풀어나가야 할지 막막해하던 지영은 글쓰기를 통해 인간은 자기 삶의 주인으로 재탄생할 수 있다는 관의 말에 의지해 자신만의 특별함을 찾아가기 위한 글을 쓰기 시작한다.

물론 소설은 그녀가 본격적으로 쓰기 시작한 첫 글이 아니다. 미래에 대한 막막함과 관에 대한 그리움을 감당하기 어려울 때마다 일기를 썼기 때문이다. 그녀는 일기 쓰기가 자신에게 미친 영향에 대해 이렇게 적는다. "생각만 하는 것과 생각을 글로 쓰는 것은 차원이 완전히 다른 일이었다. 나는 후자가 내게 선사하는 각성의 서늘함과 위안의 따스함을 기꺼이 받아들였다."(194면) 글쓰기가 부여하는 각성과 위안은 이 소설에서 가장 돋보이는 주제이기도 하다. 거기서 각성은 자신조차 알 수 없는 혼란스러운 마음을 활자로 옮겨놓고 지긋이 바라보는 순간 발생하는 객관화된 인식에서 발생한다. 또한 그것이 위안일 수 있는 것은 그 객관화된 시선을 통해 자신의 존재를 바라봄으로써 나의 나다움을 있는 그대로 받아들일 따뜻한 용기를 얻을 수 있기 때문이다. 그래서 지영은 스무살 시절의 자신과 조우하게 된다면 과거의 자신에게 이렇게 대해주고 싶다고 말한다. "아니, 그냥 말없이 먼저 안아주기부터 해야겠다. 너는 참 평범하고 보잘것없지만 세상에 오로지 하나뿐인 존재라고. 그러므로 결코 평범하지도 않고 보잘것없지도 않다고. 너는 내 소설의 주인공이며 내 세계의 주인이라고."(264면)

글쓰기가 부여하는 쾌락과 위안이 이 소설에서 가장 돋보이는 주제라고 말했지만 읽는 행위 역시 글쓰기 못지않게 중요하다. 지영이 쓴 글은 영대의 읽는 행위를 통해서만 재현된다. 만약 영대가 흥미를 잃고 읽는 행위를 멈춘다면 이 소설 역시 더는 앞으로 나아가지 못했을 것이다. 그렇다면 영대는 왜 지영의 노트를 홀린 듯 탐독하는 걸까? 원래 영대는 "애초에 그것을 읽을 생각은 없었"으며 "그냥 앞부분만 슬쩍 훑어보고 도로 상자에 넣을 생각"이었다지 않은가(27면). 타인의 은밀한 기록을 훔쳐볼 때 발생하는 관음증적 쾌락도 무시할 순 없겠지만 결정적인 이유는 영대 자신이 '무엇이 진짜 삶일까'라는 질문을 마주하고 있기 때문이다. 인간은 자신의 삶에 어떤 균열과 위기가 잠입해 있다고 느낄 때 비로소 타인의 이야기에 진지한 관심을 기울이게 된다. 지금 자신의 상태가 충만하다고 느끼는 사람에게 타인의 이야기는 마음의 평형 상태를 흐트러뜨리는 소음에 불과할 뿐이다. 하지만 영대는 진짜 삶에 대한 고민을 처음으로 시작했고 그렇기 때문에 지영의 글을 읽을 눈을 비로소 얻을 수 있게 되었다. 지영의 노트를 끝까지 읽고 나서 영대는 자신이 살아 있는 한 아직 끝은 아니며 미래는 어떤 식으로든 계속될 거라는 작지만 단단한 희망을 얻는다.

이 작품을 다시 읽으며 나는 자주 멈춰 뒤를 돌아봐야 했다. 내가 두고 떠나온 한 시절이 가만히 내 등을 두드렸기 때문이었다. 나 역시 지영처럼 대학에 입학하자마자 "일주일에 한권씩 인문학 서적을 읽고 그것에 대해 의견을 나누는" 동아리에 가입했고 그곳에서 선배가 연주하는 기타 선율에 맞춰 「단결투쟁가」 「열사가 전사에게」 「들불의 노래」 같은 민중가요를 배웠다. 어느 겨울에는 일산 재개발구역에서 철거민들이 세운 골리앗에서 며칠 동안 함께 밥을 지어 먹으며 용역 깡패들의 침탈에 맞서기도 했다. 그 시절 만난 사람들과 그때 꾸었던 많은 꿈들은 지금 그 흔적을 찾기 어려워 보이지만 지금의 나는 내가 통과해온 시절이 빚어낸 하나의 결과라는 것을 이제 안다. 책장을 덮은 후에도 한동안 마음이 시렸던 것은 지영의 행방 때문이었다. "그녀는 어쩌다가 이렇듯 잠만 자는 방에까지 흘러들어오게 되었을까."(266면) 지영의 삶은 그후로 점점 나빠지기만 했을까. 그녀는 그 잠만 자는 방을 떠나 어디로 갔을까. 그로부터 오랜 시간이 지난 지금, 그녀는 그 시간을 무사히 통과해 보다 단단해진 자신을 마주하고 있을까.

지영의 미래가 염려될 때마다 나는 지영의 부모님이 운영하던, 그 바닷가 마을에 유일했던 해변서점을 떠올렸다. 어쩌면 지영은 고향으로 내려가 그 서점을 다시 열어 운영하고 있지 않을까. 작지만 고요한 그 서점에서 그녀는 문을 열고 들어오는 손님들에게 자신이 감명 깊게 읽은 책을 무심히 건네지 않을까. 지나간 방황과 불안을 어제의 페이지로 넘기고, 오늘의 새로운 방황과 불안을 마주하면서 그녀는 서점 창문을 통해 넓고 푸른 바다를 응시하고 있을지 모른다. 나도 모르게 그런 생각들을 하면서, 문득 지영의 미래를 상상하는 일이 우리가 각자 바라는 세계의 모습을 상상하는 일과 크게 다르지 않다는 사실을 깨닫게 되었다. 마지막 책장을 덮고 나서도, 우리는 여전히 그녀와 연결되어 있는 것이다.

제1부 전환 시대의 비평 논리

'뉴노멀' 시대의 소설: 김세희와 김봉곤의 소설 『창작과비평』 2019년 가을호

우리 이웃의 문학: 장류진, 이주란, 윤이형의 소설을 통해 본 한국 소설의 인간학
　　　　'문장웹진' 2020년 2월호

아폴로 프로젝트, AGAIN!: 장류진의 『달까지 가자』　장류진 『달까지 가자』 해설, 창비
　　　　2021

우리 시대의 노동 이야기: 장강명, 김혜진, 김세희의 소설 『창작과비평』 2021년 봄호

세계의 불안을 견디는 두가지 방식: 조해진의 「산책자의 행복」과 윤고은의 『알로하』
　　　　『창작과비평』 2016년 여름호

'한류'와 협동적 창조의 가능성: 「오징어 게임」과 「지옥」을 통해 본 'K-콘텐츠'의
　　　　문명 비판 『창작과비평』 2022년 봄호

제2부 '문학의 윤리'가 말한 것과 말하지 않은 것

윤리의 행방: 윤리비평 비판을 위한 예비적 검토 『문학들』 2019년 봄호

신은 주사위 놀이를 하지 않지만: 임현론 『문학과사회 하이픈』 2018년 가을호

자유주의, 캔슬컬처, 윤리: 기리노 나쓰오 소설 『일몰의 저편』 『릿터』 2021.12~2022.1

컴플라이언스와 '선의 범속성' 『현대비평』 2024년 봄호

고유한 삶: 이주란 소설 『어느 날의 나』　이주란 『어느 날의 나』 해설, 현대문학 2022

긍정할 수 없는 자신을 부정하지 않는다는 것: 윤이형의 「버킷」　웹진 '과자당' 2nd, 2019

제3부 비평의 안과 밖

자아 생산 장치로서의 에세이: '에세이 열풍'을 읽는 하나의 시각 『문학동네』 2022년
　　　　겨울호

제4부 문학은 어디에서나 온다

인명

ㄱ

가라타니 고진(柄谷行人) 35, 127, 128,
　136, 234, 248

강경석(姜敬錫) 214, 215

강동호(康棟晧) 229, 230, 235, 236,
　255~57, 263

고든, 콜린(Colin Gordon) 376

고바야시 히데오(小林秀雄) 177, 179

고은(高銀) 241

고프먼, 어빙(Erving Goffman) 41

권명아(權明娥) 258~60

금희(錦姬) 413~22

기리노 나쓰오(桐野夏生) 161, 162

기타다 아키히로(北田曉大) 194

김금희(金錦姬) 272, 280

김난도 16

김덕희 329~31, 340

김미월(金美月) 435~38

김미정(金美晶) 222, 223, 225

김봉곤(金蓬坤) 15, 25~33, 39, 171, 172,
　228~40

김성중(金成重) 145

김세희(金世喜) 15, 19, 23~25, 32, 67,
　69, 79, 81, 272

김소진(金昭晋) 297~316

김애란(金愛爛) 273

김연수(金衍洙) 287~96

김영은 184

김영현(金永顯) 309

김윤식(金允植) 278

갈라지는 욕망들

초판 1쇄 발행/2024년 5월 31일

지은이/한영인
펴낸이/염종선
책임편집/이진혁·정편집실
조판/박지현
펴낸곳/(주)창비
등록/1986년 8월 5일 제85호
주소/10881 경기도 파주시 회동길 184
전화/031-955-3333
팩시밀리/영업 031-955-3399 편집 031-955-3400
홈페이지/www.changbi.com
전자우편/lit@changbi.com

ⓒ 한영인 2024
ISBN 978-89-6363-2 03810